KB004762

불타는 세계

THE BLAZING WORLD
by Siri Hustvedt

불타는 세계

시리 허스트베트 장편소설 | 김선형 옮김

THE BLAZING WORLD

mujintree 뮤진트리

▪ 일러두기

- 이 책은 Siri Hustvedt의 《The Blazing World》(Simon&Schuster, 2014)를 우리말로 옮긴 것이다.
- 저자 주석은 본문 하단에 각주로, 옮긴이 주는 '— 옮긴이'로 표기했다.
- 책 제목은《 》로, 잡지, 논문, 작품 제목은〈 〉로 표기했다.

작품 해설

틈새의 존재, 틈새의 욕망

—경계를 가로지르는 창작과 해석의 자유로운 꿈

김선형(번역가)

참으로 운이 좋아 시리 허스트베트의 소설을 번역하게 되면, 그 때마다 능력의 한계치에 부딪히다 급기야 경외심에 가까운 감정에 사로잡힌다. 이 작가는 어떻게 이런 책이 아직도 읽히리라고 믿어 의심치 않을 수 있는 걸까? 그 용기와 뚝심에 찬탄하고 경탄한다. 우리 시대의 소설이 지성을 홀대하다 못해 적대한다는 느낌이 들 때가 적지 않다. 아무 노력도 들이지 않고 쉽사리 읽어 내려갈 수 있는 소설이 아니면 독자를 찾기가 힘겹다. 소설을 읽는다는 행위는 흔히 '머리를 식히는' 여가활동과 동일시된다. 소설을 집어들 때면, 특히나 소위 '고전'이 아닌 현대소설을 집어들 때면 대다수 독자들은 논문과 서류와 전공서적에 지친 지성에 '휴식'을 주기를 기대한다. 이처럼 지적인 사유와 성찰이 감수성과 이항대립을 이루는 구도가 알게 모르게 소설이라는 장르에 배어들어 굳어진 건 언제부터일까. 우리는 수많은 소설을 만나지만, 별다른 노력 없이 그저 즉자적인 쾌감에 만족하고 마지막 장을 덮는 순간 '며칠 동안 즐거웠어.'라고 인사한 후 미련 없이 잊어버린다. 헌신도 통찰도 여운도 기대하지 않고서.

하지만 번역을 하다보면 아주 가끔은, 허스트베트의 전작《내가 사랑했던 것》과 이번에 출간되는《불타는 세계》처럼, 독자들의 지성과 독서 행위에 대한 헌신을 철저히 믿고 지적으로 훈련된 독자들이 투입하는 노력에 감동적으로 보답하는 책들을 만날 때가 있다. 지성이 휴식을 취하기는커녕 과부하가 걸리지 않으면 다행이지만, 그렇다고 감정적으로 연루되지 않을 길도 없다. 뇌와 심장이 함께 해결해야만 풀리는 수많은 물음표들이 꼬리에 꼬리를 물고, 부단한 해석의 노력은 텍스트에 대한 헌신으로, 나아가 독자와 텍스트의 진짜배기 관계로, 책을 덮고 난 뒤에도 한참 동안 잊을 수 없는, 삶을 바꾸고 의미를 주는 애증의 연애로 이어지고 발전한다.

어쩌면 허스트베트가 써내는 일련의 소설들은 소설이라는 형식 자체가 품고 있는 거대한 가능성을 탐구하는 야심에 찬 프로젝트인지도 모른다. 사유와 감성의 이항대립을 보기 좋게 박살내고, 오로지 치열한 사유와 서사적 감수성의 공조를 통해서만 제대로 도달할 수 있는 아득한 통찰의 깊이를 목표로 삼아 시대의 피상성에 도전하는 돈키호테적 프로젝트 말이다. 허스트베트의 프로젝트가 가로지르는 건 사유와 감수성의 벽에 그치지 않는다. 여성과 남성, 통념과 예술, 정체성과 기억, 전통과 혁신, 자아와 타자, 이성과 미신, 비평과 창작, 재현과 본질을 모조리 가로지르는 유동성, 세상의 모든 간극을 가로지르는 부정형성, 이를 통해 소설은 허스트베트가 매혹된 또 하나의 예술 장르, 미술과 만난다.

이제까지 소설의 선통이 쏟아낸 그 어떤 전형에도 귀속되지 않는 해리/해리엇은 허스트베트의 가로지르기 작업을 대변하는 완벽한 마우스피스일지도 모르겠다. 여러 다른 인물들이 중첩되며 얽히는 관계성을 중시했던《내가 사랑했던 것》과 비교해보면《불타는 세계》는 해리/해리엇이라는 인물, 그녀의 의식과 본질적 정체성에 대한 탐구 그 자체라고 해도 과언이 아니다. 그렇기에 이 인물의 다면성과 복합성, 그리하여 아이러니컬하게도 '궁극적으로 재현 불가능한' 본질이 이 소설의 중추를 차지한다. 해리라고 불리고 싶어하는 해리엇은 이제까지 그 어떤 소설에서도 다루지 않았던 틈새 자리를 차지하고 있다. 세상에 가난한 천재를 다룬 소설은 많지만, 해리/해리엇은 유대계 교수의 집안에서 태어나 뉴욕 최고의 미술상과 결혼했고 엄청난 유산으로 젊은 뜨내기 예술가들을 후원하는 특권층 중년 부인이다. 수많은 소설에서 그려졌던 전형적인 여성성을 지닌 여주인공은 아니지만, 그렇다고 해서 요즘 들어 많이 보게 되는 남성적/중성적 매력으로 무장하고 동성애적 감수성에 어필하는 인물도 아니다. 거인처럼 크고 우아하지 못한 소년 같은 몸매를 지녔지만, 자신의 생각과는 달리 치명적으로 이성에게 어필하는 섹슈얼한 매력을 품고 있다. 그렇다고 전통적 가족 관계에 반기를 드는 페미니즘의 투사도 아니다. 공격적인 페미니즘 성향을 품고 있으면서도 전통적 가족 관계와 그에 수반되는 전통적 성역할의 의무에 철저히 순응하는 측면도 있으며, 이런 점에서 테리 캐슬 같은 페미니스트 비평가들의 반감을 사기도 했다. 예컨대, 해리/해리엇은 엄청난 지성과 천재적인 미적 감각을 겸비한 예술가이면서도 뉴욕의 미술계를 좌지우지하는 거부 미술상 남편과 사랑에 빠진 뒤로는 재능과 욕망을 철저히 억누르고 미술계 인사들의 파티를 주최하는 안주인 노릇만 하면서 남매의 완벽한 어머니로 살아간다. 그렇다고 댈러웨이 부인처럼 삶의 무의미함과 권태에 지친, 그러나 완벽하게 가정의 질서를 유지하는 중년 부인의 전형에 머무르는 것도 아니다. 말하자면 해리/해리엇은 그간의 어떤 소설에서도 포착하거나 재현하지 않은 틈새의 존재, 틈새의 욕망, 그것도 온 세계를 활활 불타오르게 만들 정도로 파괴적인 자기 재현의 욕망을 구현한다.

무엇보다 여성의 지성에 대한 가혹하다싶은 적개심이 해리/해리엇과 '세상'의 대립구도를 만들어낸다. (이 구도는 소설에서의 지성에 대한 세상의 적개심을 투영한 측면이 분명히 있다.) 예를 들어 미술계의 거물들은 해리/해리엇이 안방마님으로서 치명적인 결함이 있었다고 증언하는데, 그것은 바로 치열한 지성과 공격적인 자기주장의 성향이다. '갈등'을 지독하게 혐오하는 남편 때문에 늘 진압당하는 그녀의 지성과 자기주장은 중간적이거나 타협적이거나 우회적인 표현의 방식을 모조리 차단당한다. 수많은 사람들이 그녀가 가장 사랑하는 주제인 미술에 대해 끝도 없이 떠들어대는 (그녀가 주관하는) 파티에서 그녀의 생각과 그녀의 마음, 그녀의 주장은 결연하게 침묵하거나, 아니면 가끔씩 자제심의 균열을 통해 봇물처럼 쏟아져 나오거나 하는 양 극단으로 드러날 뿐이다. 따라서 평생 동안 가차

없이 진압당해 침묵을 강요당한 해리/해리엇의 지성과 예술적 재능은, 남편의 죽음 이후로 그녀의 자기 재현을 철저하게 진압해온 세계에 대한 쿠데타를 꿈꾸기 시작한다. 이제까지 불가능했던 가장 우회적이고 상징적인, 따라서 예술적인 방식으로.

말 그대로 실제 살아 있는 인간을 허구적 페르소나로 내세우는 해리/해리엇의 시도와 그 시도가 일으킨 의도했던 대로의, 혹은 의도 밖의 충격과 나비효과들이 이 소설의 서사적 뼈대를 구성하므로 이 글에서 자세하게 서술하지는 않을 생각이다. 하지만 해리/해리엇이 자신의 페르소나로 내세운 세 남자와의 관계와, 그 관계가 잉태하는 예술작품들의 효과는 여러 모로 생각해볼 거리를 남긴다. 해리/해리엇의 첫 번째 가면이었던 앤턴 티시는 예술가로서의 자아가 부재하는 텅 빈 그릇이었기에 어찌 보면 세 작품들 중에서 가장 해리답다고 할 수 있는 〈서양 미술의 역사〉를 남기게 되는데, '금발 머리의 청년 천재'에 굶주려 있는 미국 미술계가 예술가와 작품의 명백한 괴리를 철저히 무시하고 반응하는 양식, 그 명성에 중독되어 앤턴 티시에게 스스로는 결코 충족할 수 없는 예술가로서의 욕망이 자라나는 과정, 그 속에서 사라져가는 앤턴 티시의 젊은 자아는 해리/해리엇의 반란/프로젝트가 원하는 결과를 가장 순수하게 성취한 성공사례라 할 수 있을지 모른다. 반면 어느 정도 예술적 자아와 예술가로서의 정체성을 갖추고 있는 피니어스와 룬은 해리/해리엇과의 협업에 명백한 목표의식을 갖고 뛰어들며 전혀 다른 결과를 낳는다. 퍼포먼스 예술가인 피니어스와 존재 자체가 가면인 룬은 둘 다 예술에서 '가면'의 의미를 정확하게 파악하고 있는 이들이다. 젠더와 인종을 가로지르는 흑인 동성애자 피니어스는 해리/해리엇의 '가면'으로서 자신이 무엇을 해야 하는지 정확히 파악하고 가장 훌륭한 협조자 역할을 해주었으며 해리/해리엇의 역할을 유일하게 공공연히 인정하는 인물이었지만, 그 예술적 협업의 결과가 대중적으로나 예술적으로나 가장 적은 반향을 일으켰다는 점이 내게는 허스트베트의 의중을 읽게 해주는 대단히 흥미로운 디테일로 보였다. 거대 미술상인 해리의 남편이 그토록 싫어하던 '갈등'은 타인의 자아/정체성마저 자신의 것으로 스펀지처럼 흡수하는 블랙홀 같은 룬과 해리/해리엇의 협업/전쟁을 통해 극대화되어 재현되는데, 그 예술적 결과가 가장 흥미진진한 서사적 · 예술적 재현을 구현한다는 것도 흥미롭다. 룬의 최후가 지독한 죽음에의 의지를 구현한다고 볼 때, 암과 지독할 정도로 투쟁하는 해리엇의 최후는 끝까지 매달리는 삶의 의지를 구현하기에 두 사람의 '협업/전쟁'은 이 소설에서, 아니 예술의 본질이라는 측면에서 어쩌면 가장 본질적으로 예술적 창조의 원점을 보여주는 알레고리가 아닐까 하는 생각을 하게 된다. 기의가 없이 표류하는 무상의 기표라는 점에서 룬은 전작인《내가 사랑했던 것》에 나오는 마크와 많이 닮았고, 그 파괴성에서도 마크에 못지않아서 허스트베트가 현대미술을 어떤 시각으로 바라보는지 좀 더 일관되게 파악할 수 있도록 해준다.

그런 점에서, 허스트베트의 작품 세계에서는 성실한 해석자가 결국은 마지막 퍼즐 조각을 맞춘다는 점을 꼭 짚고 넘어가고 싶다. 해리/해리엇의 자기 재현은 예술작품뿐 아니라 투서와 일기, 어찌 보면 궁극적인 인간의 자기 재현인 자식들을 총동원해 그녀의 존재를 제 몸에 각인하기를 거부하는 세계에 흔적을 남기는 작업으로 진행되는데, 흥미로운 건 이것이 해리/해리엇의 시점으로 제시되지 않는다는 사실이다. 해리/해리엇의 이런 노력이 궁극적으로 결실을 맺고 의미를 새기게 되는 것은, 그녀가 남긴 재현의 단서들을 따라 추리에 가까운 해석의 노력을 하는 이 소설의 화자이자 이 책의 편집자가 존재하기 때문이다. 화가인 빌 웩슬러의 삶과 작품이 결국은 비평가인 레오를 통해 의미를 갖게 되는 것과 마찬가지로 해리/해리엇의 삶과 작품은 그녀가 남긴 흔적들의 점을 연결해 맥락 속에 집어넣는 편집자의 노고를 통해 의미를 갖게 되고, 최종적으로는 그 편집의 결과물인 이 소설을 읽는 우리들, 독자들의 해석을 통해 완성된다. 허스트베트의 《불타는 세계》에서는 전작들에 비해 여백과 단절, 파편과 분절이 훨씬 더 큰 자리를 차지하고 있는데, 어쩌면 이건 그녀가 자신의 작품세계를 비틀거리면서도 열심히 따라오고 있는 우리 독자들에 대한 믿음을 더욱 키웠다는 뜻일까.

차례

편집자 서문

"지적이고 예술적 창작물들은 모두 다, 하물며 농담이나 반어나 패러디까지도, 대중이 그 위대한 예술 또는 위대한 사기 뒤에 음경과 고환이 버티고 있다고 알고 있을 때 대중심리에 훨씬 더 잘 받아들여집니다." 2003년, 나는 몇 년간 충실하게 구독해왔던 융합학문 저널 〈오픈 아이〉에 투고된 독자 기고문에서 이 도발적인 문장을 우연히 접했다. 기고문의 저자인 리처드 브릭먼이 쓴 문장이 아니었다. 내가 한 번도 인쇄물에서 접한 적이 없는 해리엇 버든이라는 생경한 예술가의 말을 인용한 것이었다. 브릭먼은 버든이 장문의 편지를 자신에게 보내 하나의 프로젝트를 공표해달라고 부탁했다는 주장을 했다. 버든은 1970년대와 80년대에 뉴욕 시에서 작품을 전시한 적이 있으나 그 반응에 실망해 예술계를 완전히 떠났다. 그러다가 90년대 후반에 하나의 프로젝트를 시작해 5년에 걸쳐 완수했다. 브릭먼에 따르면 버든은 세 남자를 대리로 내세워 자신의 창작품을 발표했다. 세 차례에 걸쳐 뉴욕의 갤러리들에서 선보인 개인전은 각각 앤턴 티시(1998), 피니어스 Q. 엘드리지(2002), 그리고 룬이라고 알려진 예술가(2003)의 명의로 열렸지만, 사실 모두가 버든의 작품이었다. 그녀는 이 프로젝트를 통틀어 '가면 씌우기 Maskings'라고 명명하고, 예술계의 반여성주의적 편향을 폭로하려는 목적뿐 아니라 인간의 지각이 작동하는 복잡한 기제와 관객이 예술품을 감상하는 데 성性, 인종, 명성에 대한 무의식적 사고가 얼마나 영향을 미치는지 밝히고자 했다고 말했다.

그러나 브릭먼은 여기서 멈추지 않았다. 버든이 자기가 취한 가명으로 인해 창조된 예술의 성격 자체가 바뀌었다고 주장했다는 논의를 폈던 것이다. 바꿔 말해, 그녀가 가면으로 이용한 남자가 그녀가 생산한 예술의 형태에 일익을 담당했다는 뜻이었다. "각 예술가의 가면은 버든에게 있어 '시적 인격'이자 '양성적 자아'의 시각적 부연설명이 되었는데, 이는 그녀 자신의 것이라고도 가면의 것이라고도 말할 수가 없으며 '둘 사이에서 창조된 혼성의 현실'에 속해 있었던 것입니다." 미학 교수로서 나는 그 즉시 그 프로젝트의 야심뿐 아니라 복잡하고 세련된 철학적 성찰에 매료되고 말았다.

하지만 한편으로 브릭먼의 편지는 읽을수록 알쏭달쏭한 구석이 많았다. 어째서 버든은 직접 입장을 발표하지 않았을까? 어째서 브릭먼으로 하여금 대변인 역할을 하도록 했을까? 브릭먼은 버든이 '허구적 존재의 영역에서 보낸 서한'이라 제목을 붙인 60여 쪽에 달하는 편지가 통고도 없이 어느 날 우편함에 들어 있었으며, 자신은 이전에 그 예술가에 대해 전혀 몰랐다고 주장했다. 브릭먼의 편지가 취하는 어조도 희한하게 생색과 선망 사이를 오락가락했다. 그는 버든의 편지가 어법이 과장되었고 학문적 저널에 게재되기에는 적합지 않다고 말하면서도, 그녀가 썼다는 다른 대목들을 인용할 때는 호의적으로 평가하는 것처럼 보였다. 그래서 다 읽고 나자 편지에 대해 아리송한 인상만 남을 뿐 아니라, 논평으로써 버든의 원문을 효율적으로 지워버리는 브릭먼에 대해 짜증이 치솟았다. 그래서 나는 즉시 세 개인전을 찾아보았다. 티시의 〈서양 미술의 역사〉, 엘드리지의 〈질식의 방들〉, 룬의 〈저변〉은 서로 전혀 다른 뚜렷한 시각적 특징이 있는 전시들이었다. 그럼에도 불구하고 나는 세 개인전들이 공유하는 소위 '가족적 유사성'을 어렴풋이 감지할 수 있었다. 버든이 창조했다는 티시, 엘드리지, 룬의 개인전들은 모두 각각 예술로서 설득력이 있었으나, 특히 버든의 실험 자체가 흥미로웠던 건 나 자신의 학문적 관심사와 공명하기 때문이었다.

그해의 강의 스케줄은 몹시 버거웠다. 임시 학과장직을 맡고 있었던 터라 처리해야 할 업무도 많았고, 그래서 '가면 씌우기'에 대한 호기심을 충족하는 일은 집필 작업을 위해 안식년 휴가를 신청한 3년 후로 미룰 수밖에 없었다. 나는 쇠렌 키르케고르와 M. M. 바흐친, 예술사학자 애비 워버그의 저작을 논하는 책《복수의 화자와 다중의 비전Plural Voices and Multiple Visions》을 쓰고 있었다. 버든의 프로젝트와 '시적 인격'(이는 키르케고르의 표현이다)에 대한 브릭먼의 묘사는 내 생각과 완벽하게 어우러졌고, 그래서 나는 〈오픈 아이〉를 통해 브릭먼의 소재를 찾아 직접 얘기를 들어보기로 했다.

편집자 피터 웬트워스는 브릭먼에게서 받은 이메일을 몇 통 찾아냈다. 짤막하고 건조한 사업 관련 메모들이었다. 그러나 막상 브릭먼에게 연락을 취해보니 주소지가 불명이었다. 웬트워스는 브릭먼이 〈오픈 아이〉에 독자 기고문을 보내기 2년 전 발표한 논문을 보여주었다. 그걸 보니 뒤늦게 읽은 기억이 났다. 분석철학의 개념들에 관해 꾸준히 진행되고 있는 논쟁을 비판한 논문이었는데, 내 관심사와는 거리가 먼 주제였다. 웬트워스에 따르면 브릭먼은 에머리 대학에서 철학 학위를 받고 미네소타 주 노스필드 소재의 세인트올라프 칼리지에서 조교수로 재직하고 있었다. 그러나 세인트올라프에 연락해보니 학과에 리처드 브릭먼이라는 이름의 교수는 없었고 과거에도 그런 사람이 교편을 잡은 적은 한 번도 없었다. 당연히 에머리 대학에도 그런 이름으로 학위를 수여받은 사람은 없었다. 나는 곧장 해리엇 버든을 찾아가기로 마음먹었지만, 그녀의 딸 메이지 로드를 통해 뉴욕의 소재지를 파악했을 때는 이미 2년 전 사망한 후였다.

이 책의 아이디어는 처음 메이지 로드와 전화로 대화를 나누던 중에 착상되었다. 메이지 로드는 브릭먼의 기고문에 대해 알고 있었지만, 저자의 정체가 주장과 다르고 실존인물인지조차 의심스럽다는 말을 듣자 놀라워했다. 그녀는 모친이 브릭먼과 연락을 취하고 있었다고 짐작했지만 두 사람 관계의 자세한 내막은 전혀 모른다고 했다. 메이지와 통화했을 무렵 해리엇 버든의 작품들은 이미 모두 목록 정리되어 보관되어 있었고, 그녀는 벌써 몇 년째 모친에 대한 다큐멘터리를 제작하는 작업을 하고 있었다. 영화에는 모친이 남편 펠릭스 로드와 1995년 사별한 후 쓰기 시작한 개인적 일기 24권에서 발췌된 내레이션이 깔릴 예정이었다. 일기 각 권에는 알파벳 글자가 적힌 라벨이 붙어 있었다. 메이지가 아는 한, 일기에는 리처드 브릭먼에 대한 언급이 전혀 없었다(나는 리처드 브릭먼으로 추정되는 R. B. 라는 이름을 두 군데에서 찾아냈지만 그 이상은 알아낼 수 없었다). 그러나 메이지는 어머니가 일기에 상당수의 '단서들'을 남겨놓았다고 확신했다. 그 단서들이 가명의 프로젝트뿐 아니라 그녀의 말을 빌면 '우리 어머니 인격의 비밀들'을 밝혀줄 거라고도 했다.

전화상으로 대화를 나누고 나서 2주일 뒤 나는 뉴욕으로 가서 메이지와 남동생 이선 로드, 그리고 버든의 동반자였던 브루노 클라인펠드를 만났고 장시간에 걸쳐 그들 모두의 이야기를 들었다. 버든이 어디서도 발표하지 않았던 작품들 수백 점을 보았고, 최근 저명한 뉴욕의 그레이스 갤러리에서 그녀의 작품을 취득했다는 소식도 자식들을 통해 들었다. 2008년 개최된 버든 회고전은 화가가 생전에 필사적으로 갈구했던 존경과 인정을 받아냈으며, 사실상 사후 그녀의 경력을 궤도에 올려놓았다. 메이지는 미완의 다큐멘터리 러시 필름을 내게 보여주었고, 무엇보다도 결정적으로, 일기들을 읽을 수 있도록 허락해주었다.

버든이 쓴 수백 페이지의 글을 읽으며 나는 매료되었다가 도발당했다가 좌절하기를 거듭했다. 버든은 동시에 여러 권의 일기를 썼다. 어떤 글에는 날짜 표시가 되어 있었지만 그렇지 않은 글들도 많았다. 공책들을 교차 인용하는 그녀 나름의 체계는 단도직입적일 때도 있었지만 끔찍하게 복잡하거나 아예 말이 안 되는 경우도 많았다. 결국 나는 그 체계의 해독을 포기했다. 그녀의 글씨는 도저히 읽을 수 없을 만큼 쪼그라들기도 했고, 몇 문장 쓰지 않았는데 한 페이지가 꽉 찰 만큼 큼지막할 때도 있었다. 원문 몇 군데는 그림이 넘쳐 글씨를 뒤덮는 바람에 알아볼 수가 없게 되어 있었다. 공책 몇 권은 터져나갈 정도로 꽉 차 있는가 하면, 고작 몇 문단 쓰고 만 공책들도 있었다. 공책 A와 공책 U는 대체로 자전적이었지만 그렇지 않은 부분도 있었다. 그녀는 사랑하는 예술가들에 대해 상세한 메모를 남겼는데, 그 중 일부는 공책의 수 페이지에 걸쳐 이어지기도 했다. 예를 들자면 베르메르와 벨라스케스는 같이 공책 V에 담겨 있었다. 루이즈 부르주아는 (B가 아니라) L 항목으로 아예 공책 한 권을 차지하고 있었는데, 공책 L에는 유년기와 정신분석에 대한 방담도 들어 있었다. 공책 W에는 윌리엄 웩슬러(저자의 소설 《내가 사랑했던 것》의 주인공으로 실존인물이 아니다—옮긴이)의 작품에 대한 단상들이 들어 있었지만, 또한 로렌스 스턴의 《트리스트럼 섄디》와 일라이자 헤이우드의 《판토미나》에 대한 장황한 방담은 물론 호라티우스에 대한 논평도 같이 있었다.

일기의 상당 부분은 본질적으로 독서 기록과 단상이었는데, 방대할 뿐 아니라 문학 · 철학 · 어학 · 역사학 · 심리학 · 신경과학을 비롯한 수많은 분야들을 자유자재로 넘나들었다. 이유는 알 수 없지만 존 밀턴과 에밀리 디킨슨은 공책 G에 함께 다뤄져 있었다. 키르케고르는 공책 K에 있지만 버든은 그 공책에 카프카에 대해서도 썼고, 공동묘지에 대한 논평도 몇 단락 같이 넣었다. 에드문트 후설에 대한 공책 H는 '객관성의 상호주체적 구성'에 대한 후설의 사상과 그것이 자연과학에 미치는 영향을 몇 페이지에 걸쳐 다루고 있지만, 또한 모리스 메를로퐁티, 메리 더글러스에 대한 뜬금없는 언급과 인공지능에 대한 '상상의 시나리오'도 포함했다. Q는 온전히 양자이론과 뇌의 이론적 모델에 양자이론을 활용할 가능성에 바쳐진다. 공책 F(여성을 뜻하는 Female의 약자다)의 첫 페이지에 버든은 "공평한 성에 바치는 송가Hymns to the Fair Sex"(fair sex는 공평한 성, 아름다운 성, 두 가지로 해석할 수 있는 중의적 표현이다—옮긴이)라고 썼다. 그리고 이어지는 페이지에는 인용문들이 줄줄이 적혀 있다. 약간의 표본만 봐도 전체 분위기를 파악할 수 있을 것이다. 헤시오도스: "여성을 믿는 남자는 곧 사기꾼을 믿는 셈이다." 테르툴리아누스: "너희[여자들]는 악마의 문이다." 빅토르 위고: "신은 남자가 되었다 치자. 악마는 여자가 되었다." 파운드(〈칸토 XXIX〉): "여성은/자연의 원소, 여성은/혼돈, 문어/생물학적 과정." 버든은 이런 적나라한 여성혐오 사례들과 함께 신문기사와 잡지기사 수십 개를 한 페이지에 스테이플러로 고정시켜 놓고 그 위에 '억압당하다'라고 써 놓았다. 하지만 그런 잡다한 글들을 관통하는 공통 주제를 찾아볼 수 없어서 왜 그렇게 한 뭉텅이로 엮어 놓았는지 이유가 궁금했다. 그러다가 그 기사들에 공통적으로 명단이 나온다는 생각이 떠올랐다. 기사마다 동시대의 시각예술가, 소설가, 철학자, 과학자들의 명단이 실려 있었고 그중에 여자는 한 명도 없었다.

공책 V에서 버든은 학문적 저서들을 인용하기도 하는데, 원문 정보를 밝힐 때도 있고 그러지 않을 때도 있다. 나는 이런 인용문을 찾아냈다. "'괴물로서의 여성' 이미지—여자들이 뱀, 거미, 외계인, 전갈로 묘사되는—는 소년 문학에서 아주 흔한데, 미국뿐 아니라 유럽과 일본에서도 마찬가지다.(T, 97쪽 참조)." 괄호에서 언급한 원문은 기형학teratology을 의미하는 공책 T를 말한다. 버든은 공책 T의 첫 장에 '범주가 아닌 범주, 담을 수 없는 걸 담는 범주'라는 설명을 첨부했다. 버든은 괴물에 집착했고 과학과 문학 모두에 드러나는 괴물에 대한 언급들을 수집했다. 공책 T의 97쪽에서 버든은 희극적 괴물들로써 문학의 국면을 바꾼 라블레를 인용하며, 가르강튀아가 남들과 같은 구멍을 통해 탄생하지 않았다는 사실에 주목한다. "이 불행한 사고 덕분에 자궁이 약해졌고, 아이는 나팔관을 통해 빈 혈관으로 뛰어나와서는 횡격막을 타고 기어올라 혈관이 둘로 갈라지는 윗팔뚝까지 올라온 후, 그 갈림길에서 왼쪽 귀를 통해 기어 나왔다."(1권 6장) 바로 다음에 버든은 이렇게 썼다. "그러나 괴물이 언제나 호방한 식욕과 무한한 유쾌함을 지닌 라블레 같은 기적으로 그려지는 건 아니다. 그녀는 외롭고 오해받기 일쑤다(M과 N을 참조할 것)."

빽빽하게 채워진 두 권의 공책은(M과 N) 뉴캐슬 공작부인 마거릿 캐번디시(1623~1673)의 저작과 성숙기에 그녀가 사상가로서 보여준 물질주의 유기체론을 다룬다. 그러나 이 공책 두 권은 또한 데카르트, 홉스, 모어와 가상디(Pierre Gassendi, 1592~1655, 프랑스의 물리학자 · 수학자 · 철학자—옮긴이)도 논하고 있다. 버든은 캐번디시를 수잔 랭어(Suzanne Langer, 1895~1985, 미국의 무용 미학자, 철학자—옮긴이)와 데이비드 차머스(David Chalmers, 1966~ , 호주 출신의 세계적 인지철학자—옮긴이)같은 현대 철학자들과 연결할 뿐 아니라 또한 현상학자 단 자하비와 신경과학자 비토리오 갈레즈를 비롯한 여타 학자들과도 연결한다. 버든이나 캐번디시라는 이름을 들어본 적도 없는 우리 대학의 신경생물학과 동료인 스탠 디커슨은 문제의 글들을 읽은 후 버든의 논증이 "약간 엉뚱하긴 해도 설득력 있고 박학하다"고 평했다.

캐번디시는 17세기 인물임에도 불구하고 버든의 분신alter ego 역할을 했다. 뉴캐슬 공작부인은 평생에 걸쳐 시, 소설, 그리고 자연

철학 저작을 발표했다. 당시 소수의 사람들은 그녀의 작품을 옹호하고 추앙했으나—특히 남편인 윌리엄 캐번디시가 그러했다—공작부인은 자신의 성별로 인해 참담한 제약을 받는다고 느꼈고 후세에 독자들과 명성을 얻게 되기를 바라는 희망을 거듭 피력하곤 했다. 대화를 나누기 원했던 사람들로부터 수차례나 민망하게 거절당한 캐번디시는 글 속에서 대담자들로 가득한 세계를 창조했다. 캐번디시의 경우와 마찬가지로, 나는 사상과 예술의 대화적 특성을 고려하지 않으면 버든을 이해할 수 없다고 본다. 버든의 공책들은 모두 대화의 형식들로 읽을 수 있다. 그녀는 꾸준히 일인칭에서 이인칭으로, 또 삼인칭으로 변위한다. 어떤 대목들은 자아의 두 버전이 서로 논쟁을 펼치는 것처럼 쓰여 있다. 한 화자가 진술을 한다. 다른 화자가 반박을 한다. 공책들은 상충되는 분노와 분열된 지성이 지면에서 전투를 벌일 수 있는 전장이 되었다.

버든은 문화계, 특히 미술계의 성차별주의에 쓰디쓴 불평을 내뱉으면서 한편으로 '지적인 고독'을 한탄하기도 한다. 고립된 자신의 위치를 곱씹으며 자신이 적으로 인지하는 많은 사람들에게 회초리를 휘두르기도 한다. 동시에, 그녀의 글쓰기는 (캐번디시와 마찬가지로) 과장과 화려한 허세로 채색되어 있다. "나는 오페라다. 난동이다. 위협이다." 그녀는 캐번디시와의 영적 혈연관계를 직설적으로 논하면서 이렇게 썼다. 캐번디시와 마찬가지로, 평생 인정받기를 갈구했던 버든의 욕망은 궁극적으로 살아서가 아니면 죽어서라도 끝내 주목을 받게 되기를 바라는 희망으로 변질된다.

버든의 글이 워낙 방대하고 광범해서, 편집자로서 나의 딜레마는 결정적인 질문을 주축으로 돌았다. 무엇을 넣고 무엇을 뺄 것인가? 공책 몇 권은 철학사나 과학이나 예술사에 정통한 사람들이 아니면 도저히 이해할 수 없는 비교적秘敎的 소재를 담고 있다. 일부 인용들은 나조차 당혹스럽게 만들었고, 간신히 원문을 추적하고 나서도 글의 문맥에서 어떤 의미를 갖는지 모호한 채로 남는 경우가 잦았다. 나는 '가면 씌우기'에 관심을 집중해 직간접적으로 그 가명의 프로젝트와 관련이 있는 대목들만을 선별해 수록했다. 이 책에 실린 버든의 일기들 중 첫 발췌문들은 공책 C(고백Confessions? 비밀Confidences?)에서 취한 것이다. 이 공책은 버든이 62세 생일을 맞은 후 2002년 초반에 쓰기 시작한 회고록이지만, 금세 포기하고 다른 공책들과 비슷하게 더 파편적인 문체로 돌아갔던 것으로 보인다.

그럼에도 불구하고, 나는 버든이 남긴 다양한 소재로부터 일종의 이야기를 구축하려는 노력이 합당한 일이라고 보았다. 이선 로드는 내게 모친과 가까운 사람들로부터 서면으로 혹은 구술로 진술을 받아 '가면 씌우기'에 다양한 관점들을 더하면 어떻겠느냐고 제안했고, 나는 동의했다. 그래서 이 가명 프로젝트에 대해 알고 있었거나 어떤 식으로든 연루된 사람들로부터 정보를 취재해보기로 결심했다.

그녀의 '가면들'이 여전히 논쟁에 둘러싸여 있다는 사실에도 불구하고, 그레이스 갤러리의 전시회 이후로 해리엇 버든의 작품에 대한 관심은 기하급수적으로 증폭되었다. 논란이 되는 것은 특히 마지막이자 그중 가장 유명한 화가인 룬과의 관계였다. 버든이 티시의 〈서양 미술의 역사〉와 엘드리지의 〈질식의 방들〉을 창작했다는 사실은 암묵적으로 합의된 사항이었지만, 그녀와 룬 사이에 실제로 일어난 일에 대해서는 도무지 의견 일치가 이뤄지지 않았다.

버든은 〈저변〉의 작가가 아니거나 설치작품에 공헌한 바가 거의 없다고 믿는 사람들도 있었고, 버든이 룬 없이 창작했다고 믿는 사람들도 있었다. 또 다른 사람들은 〈저변〉이 공동 창작이라고 확신했다. 그 작품을 누가 탄생시켰는지 확실하게 결정한다는 건 불가능할지 모르지만, 버든이 룬에게 배신감을 느끼고 등을 돌렸다는 사실만은 명백하다. 그녀는 또한 그가 자기 스튜디오에서 작품 네 점을 훔쳤다고 굳게 믿고 있었다. 하지만 그런 절도가 어떻게 일어날 수 있었는지 아무도 해명하지 못했다. 건물은 굳게 잠겨 있었고 경비 시스템으로 보호받고 있었다. 열두 점으로 이루어진 연작 〈창문들〉은 룬의 작품으로 판매되었다. 열두 개의 상자들은 버든이 만든 구조물과 닮았고, 최소한 그중 네 점이 룬이 아니라 그녀의 작품이었을 가능성도 존재한다.

이 사건들에 대한 룬의 입장은 이 선집에 수록될 수 없었다. 장안을 떠들썩하게 만들었던 2004년 룬의 사망은 자살이든 아니든 센세이셔널한 미디어 기사가 되었다. 룬의 경력에 대한 방대한 문건들이 쏟아져 나왔다. 작품에 대해서도 광범한 비평이 이루어졌고, 수많은 비평들은 물론 그와 그의 작품세계에 대한 저서들이 여러 권 출간되어 관심이 있는 사람이면 누구나 구할 수 있다. 그럼에도 불구하고 나는 룬의 관점이 이 선집에 반영되기를 바랐고, 따라서 룬의 친구이자 전기 작가인 기자 오즈월드 케이스에게 일고를 부탁했다. 그리고 고맙게도 수락을 받았다. 다른 필진들로는 브루노 클라인펠드, 메이지와 이선 로드, 버든의 절친한 친구 레이철 브리프먼, 버든의 두 번째 '가면'이었던 피니어스 Q. 엘드리지, 버든과 한 집에서 살았던 앨런 듀덱('바로미터'라는 가명으로 알려져 있다), 그리고 〈서양 미술의 역사〉 제작 조수로 일했고 앤턴 티시와 가까웠던 스위트 오텀 핑크니가 있다.

나로서는 엄청난 노력을 했음에도 불구하고 티시와는 연락을 취할 수 없었는데, 만일 그가 버든과의 작업에 대해 자술을 해주었다면 비길 데 없이 값진 자료가 되었을 것이다. 그러나 그와 나눈 짤막한 인터뷰가 이 선집에 수록되어 있다. 2008년 나는 룬의 여동생 커스틴 라슨 스미스에게 서면으로 오빠와 버든의 관계에 관한 인터뷰를 청탁했지만, 그녀는 오빠의 때 이른 죽음에 너무 상심해서 차마 얘기할 수 없다며 사양했다. 그러다 자료를 모두 엮어 책의 편집을 마친 후였던 2011년 3월, 스미스가 전화를 걸어와 인터뷰 요청을 받아들이기로 결심했다고 말했다. 오빠에 대한 이야기를 들려준 그녀의 용기와 정직함에 깊은 감사를 표하는 바이다.

그리고 현재 버든에 대한 저서를 집필하고 있는 미술비평가 로즈메리 러너의 짧은 에세이와 버든의 '가면'을 전시한 미술중개인 2인의 인터뷰, 그리고 '가면 씌우기' 3부작 중 다른 두 전시회에 비해 주목받지 못한 〈질식의 방들〉 오프닝 직후 나온 짧은 비평을 한두 편 수록했다. 룬의 사망 이후 티모시 하드윅이 기고한 기사는 버든 역시 관심을 가졌던 인공지능에 대한 룬의 시각을 다루고 있기 때문에 선집에 첨부했다. 하지만 이 주제에 대한 버든의 메모는 두 사람의 의견이 일치하지 않았음을 시사한다.

정신병 문제를 짚고 넘어가야만 하겠다. 앨리슨 쇼가 〈아트 라이츠〉에 기고한 버든에 대한 에세이에서 화가를 "광적으로 편향된 세계에서 분별의 귀감"이라고 불렀던 반면, 〈블랭크: 예술 잡지〉에 실린 기사에서 앨프리드 통은 정반대 입장을 취했다.

> 해리엇 버든은 부유했다. 저명한 미술중개인이자 수집가인 펠릭스 로드와 결혼한 후로는 굳이 작업을 할 필요가 없었다. 1995년 남편이 세상을 떠나자 버든은 극심한 신경쇠약을 앓았고 정신과 치료를 받았으며, 평생 정신과 주치의의 도움을 받아야 했다. 모든 면에서 버든은 괴짜였고 편집광이었으며 호전적이고 히스테릭했다. 심지어 폭력적이기까지 했다. 강변 동네인 레드훅에서 그녀가 룬에게 신체적 공격을 가하는 광경을 목격한 사람이 여럿 있다. 한 목격자는 내게 개인적으로 말하기를 룬이 멍든 채 피를 흘리며 현장을 떠났다고 했다. 대체 그런 여자가 룬의 가장 위대한 작품일지도 모르는 엄정하고 복잡한 설치작품 〈저변〉을 창작할 만큼 심적으로 안정된 상태 근처에라도 갔을 거라 믿는 사람이 있다니 나로서는 도저히 이해가 되지 않는다.

이어지는 일기의 발췌분에서 버든은 남편의 죽음 이후의 괴로움을 토로하며, 스스로 큰 빚을 졌다고 생각했던 애덤 퍼티그에 대해서도 글을 쓰고 있다. 버든이 여생 8년 동안 정신과 의사이자 정신분석학자인 닥터 퍼티그를 계속 찾아갔다는 통의 주장은 옳다. 일주일에 두 번씩 심리 치료를 받으러 갔던 것이다. 또한 다수의 목격자 앞에서 그녀가 룬을 주먹으로 때린 것도 사실이다. 그러나 이런 사실에서 끌어낸 통의 결론은 크게 빗나간 것이다. 공책들의 저자는 예민하고 고뇌에 시달리고 분노하고 있었으며, 우리들 대다수와 마찬가지로 신경증적인 맹점들에 취약했다. 예를 들어서 버든은 예술계를 떠나기로 한 결정을 스스로 내렸다는 사실을 자주 잊어버리는 것처럼 보인다. 그녀는 세 명, 최소한 두 명의 남성 가면을 내세워 작품을 전시했지만 수년에 걸쳐 축적한 예술을 단 한 명의 중개인에게도 보여주지 않았는데, 이런 사실은 스스로 사보타지를 했다는 실마리가 되고도 남는다.

그녀를 잘 알던 지인들의 글과 진술은 물론 공책 24권을 꼼꼼하게 읽고 나니, 예술가이자 여성이었던 해리엇 버든에 대해 미묘한 뉘앙스를 잃지 않는 관점을 견지하게 되었다. 그러나 6년이라는 세월에 걸쳐 이 책 작업에 꾸준히 매달렸음에도 불구하고—필체를 해독하고 인용과 교차인용을 추적하려 최선을 다하고, 다중적 의미들을 이해하려 노력하면서—솔직히 고백하건대 가끔씩은 해리엇 버든의 유령이 내 어깨 너머에서 비웃고 있다는 느낌에 사로잡히곤 했다. 일기에서도 여러 번 자신을 '트릭스터'(문화인류학에서 도덕과 관습을 무시하고 사회 질서를 어지럽히는 신화적 인물이나 생물을 이르는 말—옮긴이)로 지칭했던 그녀는 온갖 속임수와 게임을 즐겼던 것으로 보인다. 버든의 알파벳 공책에는 딱 두 글자가 빠져 있다. I와 O다. 글자 I는 모두 알다시피 영어의 일인칭 대명사기 때문에, 나는 대체 어떻게 버든이 그 글자로 일기를 쓰고 싶은 마음을 참아냈는지 궁금해졌고, 결국 그녀와 그녀의 작품에 주목하게 될 나 같은 사람을 놀리기 위해서라도 어디 숨긴 건 아닐까 생각하게 되었다. 두 번인가 괄호 안에 I를 참조하라는 지시가 나오긴 하는데, 어쩌면 숫자 1을 뜻한 것일 수도 있다. O로 말하자면 글자인 동시에 숫자로서 무, 입구, 허공을 의미한다. 어쩌면 의도적으로 자신의 알파벳에서 그 글자를 뺐을지도 모른다. 나로선 모르겠다. 그리고 리처드 브릭먼은? 미국에는 수백 명의 리처드 브릭먼이 있지만, 나는 이 역시 버든의 또 다른 가명이었다고 추정하게 된다. 모친이 1986년에 로저 레이즌이라는 황당무계한 이름으로 최소한 한 편 이상의 비평을 발표했다는 이선의 얘기를 듣고 나서 내가 세운 가설을 확신하게 되었다. 물론 이 가설을 입증할 증거는 전혀 없지만 말이다.

최선의 방법은 이 책을 읽는 독자로 하여금 해리엇 버든이 의미했거나 의미하지 않았던 것들이 무엇인지, 그리고 자기 자신에 대한 그녀의 설명을 믿을 수 있을지 아닌지를 직접 결정하도록 선택권을 주는 것이다. 다수의 필자가 뒤섞인 선집에서 추출되는 이야기는 내밀하고 상충되며, 솔직히 말해서 좀 이상하다. 나는 텍스트들을 합리적인 순서로 엮고 버든의 글에 부연설명이 필요한 데가 있으면 주석을 달고자 최선을 다했지만, 모든 어휘는 필진이 직접 골랐고 나는 그저 편집 차원에서 소소하게 개입했을 뿐이다.

마지막으로 이 책의 제목에 대해 몇 마디를 첨언해야겠다. 공책 R에서(돌아온 망령revenant, 재방문revisit, 또는 반복repetition을 뜻할 가능성이 높다—세 단어가 모두 여러 번 등장한다) 유령과 꿈 얘기가 20페이지에 걸쳐 다뤄진 다음, 텅 빈 지면이 나오고 '집 안의 괴물들Monsters at Home'이라는 문구가 이어진다. 모든 텍스트들을 모으고 현재 순서로 정리하고 통독할 때까지 이것이 이 책의 가제였다. 나는 버든이 캐번디시에게서 빌려와서 죽기 전 완성한 최후의 작품에 붙인 제목이 전체 서사에 훨씬 더 잘 어울린다고 판단했다. 바로 '불타는 세계The Blazing World'다.

I. V. 헤스

추신

이 책이 인쇄되고 있는 바로 이 순간, 나는 메이지와 이선 로드에게서 연락을 받았다. 그들은 방금 또 한 권의 공책을 찾았다는 소식을 전해왔다. 바로 공책 O였다. O에 적힌 일기들은 해리엇 버든과 룬의 관계에 대해 심층적인 정보를 제공하며, 리처드 브릭먼이 내 짐작대로 버든 자신의 가명이었음을 밝혀준다. 그 공책에서 가장 의미심장한 페이지들이 이 선집에 추가 수록되었지만, 예술가에 대한 내 관점을 본질적으로 바꾸지는 않았기에 서문을 고쳐 쓰지는 않았다. 만일 어느 시점에서 이 텍스트의 재판이 출간된다면, 그리고 공책 I(이제 나는 그 공책의 존재를 확신하게 되었다)가 발견되면, 당연히 내가 쓴 원문을 다시 검토하고 적절하게 수정할 것이다.

(I. V. H.)

해리엇 버든

공책 C (회고록의 편린)

나는 펠릭스가 죽고 나서 일 년쯤 되었을 무렵부터 그것들을 만들기 시작했다. 토템, 페티시, 징표, 남편과 닮았거나 또는 별로 닮지 않은 생물들, 아이들을 겁주었던 온갖 종류의 희한한 생물체들. 물론 이제는 아이들이 다 커서 나와 같이 살고 있지 않지만 말이다. 아이들은 내가 '사체들' 중 일부는 온기가 있어야 하고 팔을 둘렀을 때 열기를 느낄 수 있어야 한다는 결정을 내린 후에 혹시 이게 '상궤를 벗어나 주체할 수 없게 된 슬픔'의 한 양태가 아닌지 의심했다. 메이지는 내게 마음을 가라앉히라고 말했다. "어머니, 너무 심해요. 이제 그만해야 해요, 어머니. 알잖아요, 이제 젊지 않으시단 말예요." 그리고 이선은 너무나도 이선답게 그것들을 '모성의 괴물들'이니 '아빠 생물들' '공포의 부성'이라고 명명하며 불쾌감을 표명했다. 오로지 기적 같은 우리 손녀 에이븐만 내 사랑스러운 짐승들을 좋아해주었다. 당시 그애는 채 두 살이 못 되었는데도 진지하게, 놀라운 섬세함으로 괴물들을 대했다. 빛나는 배에 뺨을 대고 아기 어르는 소리를 내며 좋아하곤 했다.

그러나 나는 물러서서 우회해야 한다. 내가 이 글을 쓰고 있는 이유는 시간을 믿지 않기 때문이다. 나, 해리엇 버든, 옛 친구들과 선별된 새 친구들에게 해리라는 이름으로 알려진 나는 예순 두 살이다. 늙어빠진 건 아니지만 '끝'을 향해 다가가고 있고, 지금 안고 사는 온갖 통증들 중 하나가 종양으로 밝혀지거나 기억상실 치매에 걸리거나 화물 트럭이 인도로 달려들어 내가 다시는 숨 쉴 수 없도록 벽에 짓뭉개버리기 전에 할 일이 너무 많이 남아 있다. 삶은 지뢰밭을 까치발로 걷는 일이다. 뭐가 닥칠지 우리로서는 절대 알 수 없고, 내 의견을 알고 싶다면 말이지만, 등 뒤에 뭐가 있는지도 제대로 파악하지 못한다. 그러나 확실한 건, 우리가 삶에 대한 이야기를 풀어낼 수 있고 제대로 이야기를 풀어내기 위해 뇌가 쪼개지도록 애쓴다는 사실이다.

시초는 수수께끼다. 엄마와 아빠. 부유하는 태아. 알에서부터Ab ovo. 그러나 삶에는 기원이라 부를 수 있는 순간들이 여러 번 있기 마련이다. 우리는 그저 그것들을 그 자체로 인식하기만 하면 된다. 펠릭스와 나는 다시 파크 애브뉴 1185번지의 옛 아파트에 돌아와 아침식사를 하고 있었다. 펠릭스는 매일 아침 그랬듯이 나이프로 교묘하게 반숙달걀 껍데기를 쳐서 깨뜨렸고, 스푼으로 흰자와 줄줄 흐르는 노른자를 떠서 입에 가져갔다. 뭔가 말을 하려는 눈치여서 나는 그를 바라보고 있었다. 그는 한순간 놀란 표정을 짓는 듯했다. 숟가락이 테이블에, 그러고는 마룻바닥에 떨어지더니, 그가 앞으로 푹 고꾸라지며 이마를 버터 바른 토스트에 처박았다. 창문으로 들어오는 빛이 파랑색과 흰색이 섞인 테이블보를 덮은 식탁을 희미하게 밝혔고, 버림받은 나이프가 커피잔 받침에 비스듬히 놓여 있었다. 초록색 소금 후추통이 그의 왼쪽 귀에서 몇 인치 거리에 놓여 있었다. 접시에 코를 박고 쓰러진 남편의 그 모습은 짧은 찰나 실감이 나지 않았지만 곧 내 마음에 화인火印처럼 새겨졌고, 지금도 눈앞에 선연하게 떠오른다. 벌떡 일어나 그의 머리를 받쳐 들고 맥박을 재고 도움을 청하고 입안에 숨을 불어넣고 나름대로 혼란스럽고 세속적인 기도를 하며 응급대원들과 구급차 뒷좌석에 앉아 사이렌의 비명을 듣고 있던 그때에도 눈앞에 그 광경이 보였다. 그때쯤 나는 돌의 여인이 되어 있었다. 관찰자인 동시에 그 장면을 연기하는 배우이기도 했다. 그 모든 게 생생하게 기억난다. 하지만 나의 일부분은 여전히 길고 좁은 부엌 창가의 작은 식탁에 앉아 펠릭스를 바라보고 있다. 그건 끝내 일어나 앞으로 나아가지 못한 해리엇 버든의 파편이다.

나는 다리(브루클린 브리지—옮긴이)를 건너가서 당시에는 지금보다 거친 동네였던 브루클린에 건물을 한 채 샀다. 맨해튼 예술계에서 도망치고 싶었다. 미학적 '오브제'를 사고파는 사람들로 구성된 근친상간적이고 돈 많은, 눈이 핑핑 도는 작은 구체 같은 세계에서 도망치고 싶었다. 그 불모의 소우주에서 펠릭스는 거인이자 스타들의 중개인이었고, 나는 가르강튀아의 화가 아내였다는 것은 사실이다. 하지만 아내로서의 내가 화가로서의 나를 압도했고, 펠릭스가 사라지자 그 잘난 세계의 거주민들은 내가 머무르든 '레드훅'이라 알려진 외딴 동네로 떠나든 별로 개의치 않았다. 내 작품을 취급하던 중개인이 둘 있었는데, 둘 다 차례로 나와 연을 끊었다. 내 작품은 많이 팔린 적도 없거니와 논의 대상이 되지도 못했지만, 삼십년 동안 나는 그 인간들에게 안주인 노릇을 해왔다. 수집가들, 화가들, 미술비평가들—서로서로 속으로 파고들고 넘치게 자라나다 못해 정체성이 온통 뒤섞인 것처럼 보이는 상호의존적인 클럽. 그 모든 것들에 작별을 고했을 무렵, 예술학교를 갓 졸업하고 '핫'하게 떠오르던 신진들은 하나같이 영상이며 퍼포먼스 예술이며 허세에 찬 헛소리에 구미에 맞게 윤색해서 갖다 붙인 이론적 인용들을 들고 나와서 내 눈에는 다 똑같이 보였다. 하지만 적어도 그애들은 희망에 차 있었다. 가망이 없는 자들—열렬하지만 무식하기는 한통속인 독자들에게 프랑스 문학이론의 차갑게 식은 찌꺼기를 정기적으로 배달하던 폐쇄적인 누더기 잡지 〈아트 어셈블리〉에 기고하던 바보천치들—을 보면서 그래도 배운 바가 있었던 것이다. 수년 동안 나는 혀를 놀리지 않으려고 안간힘을 쓰다 못해 하마터면 삼켜버릴 뻔했다. 수년 동안 나는 온갖 밝고 독특한 의상들을 차려입고 클레의 작품 맞은편 식탁 주위를 소리 없이 돌아다니며 민첩한 신호로 교통정리를 했다. 웃으면서, 항상 웃으면서.

펠릭스 로드는 어느 토요일 늦은 오후 소호의 자기 갤러리에 서서 이제 잊힌 지 오래지만 그래도 60년대에 짧은 영광의 순간을 누렸던 화가 히에로니뮈스 허쉬[1]의 작품을 감상하고 있던 나를 발견했다. 나는 스물여섯이었다. 그는 마흔여덟이었다. 내 키는 188센티미터였다. 그의 키는 178센티미터였다. 그는 부자였다. 나는 가난했다. 그는 내 머리가 꼭 전기의자에서 살아나온 사람 같다면서 좀 어떻게 해야겠다고 말했다.

그건 사랑이었다.

그리고 오르가즘이었다, 보드랍고 축축한 시트 속, 수많은 오르가즘들.

그건 커트였다, 아주 짧은 커트.

그건 결혼이었다. 내겐 처음. 그에게는 두 번째.

그건 수다였다—회화, 조각, 사진, 그리고 설치작품들. 그리고 색채, 색채에 대한 수많은 이야기들. 색채는 우리 둘을 얼룩지게 했고, 우리의 내부를 가득 채웠다. 서로에게 큰 소리로 책을 읽어주고 책 이야기를 나누는 것이었다. 그는 끝까지 끊지 못한 담배 때문에 살짝 거칠었지만 아름다운 목소리의 소유자였다.

그건 바라보고 있으면 좋았던 아기들이었다. 작은 신神들, 포동포동한 살과 액체로 뭉친 육감적인 쾌감들. 적어도 삼년 동안 나는 젖과 똥과 오줌과 토와 땀과 눈물범벅에 빠져 살았다. 지상천국이었다. 사람 진을 다 빼놓았다. 지루했다. 달콤하고, 흥분되고, 가끔은 이상하리만큼 아주 외로웠다.

흘러가는 삶에 대한 광적인 이야기꾼 메이지, 쿵쾅거리고 윙윙거리는 혼돈의 째지는 목소리. 그 아이는 여전히 말이 아주, 아주, 아주 많다.

정석의 아이 이선, 조각마루에 왼발, 그러고는 오른발을 내딛으며 복도를 리듬에 맞춰 산책하듯 고찰하던.

---

1) 그런 이름의 화가가 존재했음을 입증하는 문건은 없다. 어째서 15세기 플랑드르의 화가 히에로니무스 보쉬(1450?~1516)의 이름을 뒤틀어 자전적 이야기를 허구화했는지 그 이유는 알 수 없다. 공책 G에서 〈세속적 쾌락의 정원〉을 논하면서 버든은 이렇게 평한다. "어쩌면 육체적 경계와 그 몽환적 의미들을 탐구하는 가장 위대한 예술가일 것이다. 그와 고야가."

그건 밤늦게까지 나누는 아이들 이야기, 펠릭스의 체취, 희미한 화장수와 허브 샴푸향, 내 등에 닿아오던 그의 여윈 손가락들이었다. "나의 모딜리아니." 그는 내 길쭉하고 못난 얼굴을 미술작품으로 바꾸었다. 졸리 레이드(Jolie Laide, 예쁘지는 않지만 매력 있는 여자—옮긴이).

내가 작업을 하고 책을 읽을 수 있도록 해준 유모들: 뚱뚱한 루시와 근육질의 테레사.

나의 소우주라고 불렀던 방에서, 나는 수많은 글들이 벽에 쓰여 있는 작고 뒤틀어진 집들을 지었다. 한번 들여다봐주기라도 했던 아서 피기스[2]는 그것들이 '사변적'이라고 평했다. 젤라틴 같은 형체들이 거의 보이지 않는 와이어로 지탱되어 천정 근처에서 떠다녔다. 그중 하나는 "이 낯선 사람들은 여기서 뭘 하고 있는 거지?"라는 표지판을 들고 있었다. 나는 거기서 내 글을 썼다—아무도 읽지 않은 느낌표들, 심지어 펠릭스조차 이해하지 못했던 광기.

공항으로 가는 펠릭스. 옷장에 줄지어 걸려 있던 그의 정장들. 그의 넥타이와 거래들. 그의 컬렉션.

고양이 펠릭스. 다음 주에 베를린에서 당신을 기다릴게, 미칠 듯이, 뜨겁게. 사랑해, 앨릭스와 시그리드. 세탁소에 보내려던 양복 안주머니 안. 레이철은 말했다. 그이의 소홀함은 그들에 대해 나한테 말하지 않고서 말하는 방식이라고. 〈펠릭스 로드의 숨겨진 삶〉. 책이나 연극으로 쓸 수도 있겠다. 이선, 작가가 된 내 아들, 자기 아버지가 삼년간 한 쌍의 커플과 사랑을 했다는 걸 알면 그 애가 쓸 수

---

2) 아서 피기스, 《예술가들에 대한 소고, 1975~1990》(드레이퍼스 출판사, 1996) 참조.

도 있겠지. 아득한 눈빛의 펠릭스. 그런데 나 역시 그의 불가독성을 사랑하지 않았던가? 실재하는 게 아니라 부재하는 것 때문에 타인들이 그에게 매료당했듯, 나 역시 그래서 이끌리고 매혹당하지 않았던가?

처음에는 아버지의 죽음, 일 년도 못 되어 어머니의 죽음, 그리고 그 모든 역한 꿈들, 밤새도록, 밤마다 물밀듯 몰아치던 역겨운 꿈들—헤아릴 수 없는 문들 아래로 스며나와 섬광처럼 명멸하던 이빨과 뼈, 피를 따라 복도들을 헤매며, 알아봐야 할 텐데 도저히 알 수 없던 숱한 방들을 들여다보았다.

시간. 어떻게 내가 이렇게 늙을 수 있을까? 작은 해리엇은 어디 있지? 그토록 열심히 공부하던 커다란 덩치의 촌스러운 번개 머리 소녀는 어떻게 되었을까? 나는 어퍼 웨스트사이드에서 전적으로 행복하지만은 않은 결혼생활을 했던 교수와 아내—철학자와 배우자, WASP(White Anglo-Saxon Protestant, 미국의 실질적 지배층인 상류계급 백인 개신교도—옮긴이)와 유대인—의 외동딸이었다. 나의 좌편향적인 구두쇠 부모님, 두 분의 유일한 사치는 두 분 일생의 명분이었던 내게 맹목적인 사랑을 쏟아 붓는 것이었다. 두 분의 커다란 털투성이 골칫덩이는 어떤 면에서 그들을 실망시켰고 또 다른 면에서는 그렇지 않았다. 펠릭스처럼 우리 아버지도 정오가 되기 전 쓰러져 죽었다. 어느 날 아침 서재에서 책상 맞은편 책장 선반의 정해진 자리에 있던 〈모나돌로지〉지를 꺼내고 나서 아버지의 심장은 멈추었다. 한때 시끌벅적하고 분주했던 우리 엄마는 그 뒤로 점점 더 조용하고 느려졌다. 나는 점점 줄어드는 엄마를 지켜보았다. 날이면 날마다 어찌나 줄어들었던지, 훗날 병원 침대에 누운 왜소한 형체를 내가 거의 알아볼 수 없을 정도였다. 마지막에 그 작은 형체는 남편도 나도 아니라 당신의 엄마를 불렀다—거듭거듭 되풀이해서.

나는 세 사람 모두의 죽음을 심히 괴로워하며 비탄했다. 커다랗고 불안하게 서성이는 짐승처럼. 레이철은 어떤 슬픔도 단순하지 않다고 말한다. 그리고 나는 오랜 친구인 닥터 레이철 브리프먼이 정신의 희한한 작용들에 대해서 한 말들이 대체로 옳다는 걸 알게 되었다. 정신분석은 그녀의 천직이었다. 그리고 펠릭스 없이 살아야 했던 첫 해가 무서운 분노와 원망, 내가 그간 저질렀던 잘못들과 낭비해버린 모든 것들에 대한 고통의 내파內波, 우리 두 사람 모두를 향한 증오와 사랑의 대혼돈이었던 건 사실이다. 어느 날 오후에 나는 그가 바니스와 버그도프 백화점에서 사준 값비싼 옷들을 다 갖다버렸고, 불쌍한 메이지는 산더미만한 배를 해가지고 옷장을 들여다보더니 아빠의 선물을 구해야 한다는 둥 어떻게 어머니는 그렇게 잔인할 수 있느냐는 둥 우는 소리를 했다. 그리고 나는 그 멍청한 짓거리를 후회했다. 나는 아이들한테 최대한 숨겼다. 잠을 이룰 수 있게 해줬던 보드카, 내가 그토록 잘 알던 방들을 배회하며 느끼는 비현실적인 기분, 그리고 딱 집어 말할 수 없는 무언가에 대한 끔찍한 갈증. 그러나 구토는 숨길 수 없었다. 먹으면 음식이 위로 솟구쳐 올라 변기와 벽들에 다 튀었다. 도저히 멈출 수가 없었다. 지금 생각해도 그때 붙잡고 있던 변기 시트의 매끄럽고 서늘한 표면이 선하게 느껴진다. 꺽꺽거리며 뒤틀리던 목구멍과 위장의 발작도. 나도 죽어간다고, 사라지고 있다고 생각했다. 검사 또 검사. 의사 또 의사. 아무것도 발견되지 않았다. 그리고 소위 기능적 질환, 가능한 전이 반응, 발화를 찬탈한 육신의 최후 정거장. 레이철이 진단서를 끊어 나를 정신과의사—정신분석학자에게 보냈다. 나는 울고 말하고 또 흐느껴 울었다. 어머니와 아버지, 리버사이드 드라이브의 아파트, 쿠퍼 유니온. 내 해묵고 납작해진 야심들. 펠릭스와 아이들. 내가 무슨 짓을 한 걸까?

그러자 어느 날 오후 세 시 십 분, 상담 시간이 끝나기 직전, 닥터 퍼티그가 그 슬픈 눈으로 나를 바라보았다. 나 말고도 다른 크나큰 슬픔들을, 당연히 나보다 훨씬 더 깊은 슬픔을 많이 보았을 그 눈으로 나를 보며 낮지만 또박또박한 말투로 말했다. "아직 상황을 변화시킬 시간이 있어요, 해리엇."

아직 상황을 변화시킬 시간이 있다.

구토는 사라졌다. 세상에 마법의 주문이 없다는 말은 그 누구도 못하게 하라.

신시아 클라크

(클라크 갤러리의 전 소유주, 2009년 4월 6일 뉴욕 시에서)

헤스: 처음 해리엇 버든을 만났던 때를 기억하십니까?

클라크: 네, 펠릭스가 갤러리에 데리고 왔었어요. 세라와 이혼했을 무렵이었는데 무슨 거인 같은 여자애를 데리고 들어왔어요. 그야말로 집채만 한 덩치에 눈이 번쩍 튀어나올 만큼 대단한 글래머였지만 얼굴은 길고 특이하게 생겼었죠. 사람들은 그녀를 아마존 여전사라고 불렀어요.

헤스: 그럼 그녀의 작품을 잘 알고 계셨습니까?

클라크: 아니요, 하지만 솔직히 말해서 잘 아는 사람은 아무도 없었어요. 이젠 봤죠, 그녀의 초기작들을. 하지만 사실 당시에는 그

작품을 발탁할 사람이 예술계에 아무도 없었어요. 그 작품들은 너무 복잡했고 지나치게 관례를 벗어나 있었거든요. 어떤 스키마에도 맞아떨어지지 않았죠. 아시다시피 60년대 후반, 70년대 초반에는 예술 전쟁들이 엄청나게 많았어요. 그렇다고 그녀가 주디 시카고처럼 페미니스트 선언을 했던 것도 아니고요. 그리고 펠릭스도 그녀한테는 문제였을 거예요. 펠릭스가 직접 중개를 서줄 수도 없었잖아요. 족벌주의가 될 테니까.

헤스: 외모 말고 눈여겨보신 점이라거나, 이 책을 위해 말씀해줄 만한 인상적이었던 점이 있으신가요?

클라크: 언젠가 그녀가 만찬에서 소란을 일으켰던 적이 있어요. 오래전인데, 85년쯤이었을 거예요. 비평가 로드니 패럴과 이야기를 나누다가—이젠 빛이 바랬지만 그때는 힘깨나 쓰고 있었지요—아무튼 그가 무슨 말을 했는지, 홱 돌았던 모양이에요. 우리 모두 조용하다고 생각했던 그 여자가 폭발하더니 철학, 예술, 언어에 대해서 다다다다 쏟아내기 시작했어요. 아주 시끄럽고 훈계조에 불쾌했지요. 그 여자가 무슨 말을 하는지 조금이라도 알아들은 사람은 아무도 없었을 거예요. 솔직히 말해서 그냥 뜻 없는 횡설수설이었을지도 모르겠어요. 다들 하던 말을 딱 멈췄어요. 그러자 그녀는 웃기 시작했죠. 미친 사람처럼 깔깔 웃으면서 식탁을 떠났어요. 펠릭스는 기분 나빠했죠. 소란을 지독하게 싫어했거든요.

헤스: 그리고 가명들은요? 의심을 해보셨던가요?

클라크: 전혀요. 펠릭스가 죽고 나서 그 여자는 자취를 감추었어요. 아무도 그 여자 얘기를 하지 않았고요.

헤스: 앤턴 티시의 작품이 너무 정교하고 세련되었다는 사실에 놀라지 않으셨나요? 당시 스물네 살에 불과했고 뜬금없이 툭 튀어나온 신예였던데다, 인터뷰에서 보면 놀랄 만큼 어눌하고 작품에 대해서도 피상적인 견해만 견지하는 것 같았는데요.

클라크: 자기가 무슨 작업을 하는지 말을 못하는 예술가들 전시회를 여럿 열어주었는걸요. 전 늘 작품이 말해야 한다고 믿었고 예술가들한테 지워지는 자기표현의 부담은 잘못된 거라 생각합니다.

헤스: 저도 같은 생각입니다만, 〈서양 미술의 역사〉는 참고자료와 인용과 말장난과 철자 바꾸기로 충만한, 예술에 대한 복잡한 농담입니다. 심지어 아카데미의 연례 살롱 전시회에서 공개된 샤르댕의 유화에 대한 디드로의 언급도 인용되었어요. 그것도 프랑스어판에서요. 그 에세이는 영어로 번역이 되지 않았거든요. 그런데 그 청년은 프랑스어를 못했단 말입니다.

클라크: 이봐요, 이 얘기는 전에도 했는데요. 이제 와서 우리한테 어떻게 속을 수 있었냐고 따지는 건 다 좋아요. 마음대로 온갖 사례들을 늘어놓으셔도 좋아요. 나는 그가 어떻게 그걸 해냈는지 깊이 생각하지 않았어요. 그가 나한테 작품을 줬다고요. 반향을 일으켰어요. 팔렸죠. 그의 스튜디오에 가봤고 사방에 작업 중인 작품들이

있었단 말입니다. 당신이라면 어떻게 생각했겠어요?

헤스: 잘 모르겠습니다.

클라크: 이건 그렇게 딱 틀에 박힌 답이 나오는 게 아니에요. 그런 위장, 퍼포먼스가 작품 자체의 일부이며 총체적인 거라고 얼마든지 주장할 수 있어요. 잘 아시다시피 그 전시회에서 앤턴 티시의 서명을 달고 나온 작품들은 고가에 거래되고 있고요. 그 작품들을 전시한 건 일초도 후회한 적이 없습니다.

헤스: 진짜 질문은 말입니다, 그 작품들이 실제로 누구의 창작인지 아셨더라도 전시를 하셨을까요?

클라크: 그랬을 거라고 믿어요. 네, 그랬을 거 같아요.

메이지 로드

(녹취록 편집본)

브루클린으로 이사 간 뒤로 어머니는 유기된 것들을 모으셨어요—유기된 짐승들이 아니라 사람들을요. 어머니를 뵈러 갈 때마다 항상 새로운 '조수'가 있는 것 같았어요. 시인, 부랑자, 아니면 단순히 들어와 살라고 방을 하나 제공받은 자선의 수혜자였죠. 그래서 나는 그 사람들이 어머니를 이용하거나 강도질하거나 심지어 주무시는 동안 살해할까봐 걱정을 많이 했어요. 내가 워낙 걱정이 많아요. 고질병이죠. 나는 집안에서 걱정을 도맡아 하는 사람이 됐어요—그게 내 일이 된 거예요. 자칭 '바로미터'라고 하던 남자는 오랫동안 어머니와 같이 살았어요. 벨뷰에서 2주일을 살다가 어머니의 문간까지 흘러왔대요. 바람의 말이 어쩌고저쩌고 떠들며 습도를 낮추기 위한 특수한 동작들을 했어요. 그 사람이 불안하다고 말씀드렸더니 어머니는 "하지만 메이지, 그는 온순한 사람이야. 그리고 굉장히 그림을 잘 그린단다."라고 하시더군요. 나중에 보니 그 말씀이 옳았어요. 그는 내 영화의 소재가 되었지만, 그 밖에도 나그네처럼 스쳐지나갔던 온갖 불쾌한 인물들이 내 밤잠을 설치게 만들었지요. 결국엔 피니어스가 나타나서 어머니의 문제들을 정리해 주었지만 그건 나중의 일이었어요. 어머니 집은 엄청나게 넓은, 낡은 창고 건물이었어요. 2개 층이 있었는데 하나는 거주공간이고 나머지는 작업공간이었고요. 어머니는 그곳을 리모델링하면서 '장래의 손녀손자들'을 위해서 꼭 침실을 여러 개 만들어야 한다고 하셨지만, 내 생각에 한편으로는 젊은 예술가들에게 숙식을 제공하면서 작업공간을 주고 직접 후원하겠다는 꿈을 품고 계셨던 것 같아요. 아버지는 재단을 갖고 계셨죠. 어머니에게는 임시변통의 레드훅 예술가 집단이 있었어요.

이사하고 얼마 되지 않아서 어머니는 내게 말씀하셨어요. "메이지, 나 날 수 있어." 어머니의 에너지가 올라갔다는 말로는 모자랐어요. 어디선가 조증에 대해 읽은 기억이 나서 어머니가 혹시 조증이 아닐까 혼자 생각해봤어요. 배우자와의 사별은 온갖 신경계의 고조와 저하를 수반해 복잡해질 수 있는데, 아버지가 돌아가신 후로 어머니는 심하게 앓으셨거든요. 쇠약해지고 말라서 잘 거동도 못하셨는데, 일단 회복되신 뒤로는 멈출 줄 몰랐어요. 스튜디오에서 날마다 오랜 시간 작업을 하셨고, 그러고 나선 두세 시간씩 독서를 했어요. 책 한 권이 끝나면 또 한 권, 소설 · 철학 · 예술 · 과학 닥치는 대로 읽으셨어요. 일기도 쓰고 공책도 쓰셨어요. 커다랗고 묵직한 샌드백을 사고 완다라는 여자를 고용해 권투 수업도 받으셨어요. 가끔은 어머니를 보기만 해도 기운이 쭉 빠지는 기분이 들었어요. 항상 치열한 데가 있으셨어요—하찮은 사건에 갑자기 폭발하는 수가 있었거든요. 한번은 나한테 이빨을 닦으라고 하셨는데 내가 꾸물거렸어요. 아마 일곱 살쯤이었을 거예요. 어머니는 이성을 잃으셨어요. 고래고래 소리를 지르고 악을 쓰면서 치약 한 통을 다 짜서 세면대에 버렸어요. 그렇지만 대체로는 나와 오빠에게 참을성 있는 어머니였어요. 우리에게 책을 읽어주고 노래를 불러주는 분이셨고, 나와 이선을 동시에 만족시키는 긴 이야기들을 꾸며냈어요. 쉬운 일은 아니었죠. 나는 요정과 도깨비를 원했고, 이선은 다양한 무기를 발사하는 자동차와 로봇이 나오는 걸 원했거든요. 그래서 어머니는 두 가지를 섞어서 이야기를 만드셨어요. 일 년에 걸쳐 퍼비드라는 행성에 사는 퍼비들리들에 대한 기나긴 대하드라마를 만들어주셨어요. 마술과 결투와 정교한 무기들이 굉장히 많이 나왔죠. 어머니는 고등학교 때까지 우리 숙제를 봐주셨어요. 대학에 가서도 나는 어머니한테 전화를 걸어 강의나 논문에 대해 질문을 했죠. 어머니는 모든 주제에 관심이 있었고 모든 책을 읽으시는 것 같았어요. 우리가 경기나 낭송회나 연극을 해도 오시는 건 어머니였죠. 아버지는 가능하면 오셨지만 워낙 여행을 많이 다니셨어요. 어렸을 때 가끔 나는 아버지가 안 계시면 어머니 방에 들어가서 같이 자곤 했어요. 어머니는 잠꼬대를 했어요. 왜 이걸 기억하고 있는지는 모르겠는데, 한번은 "펠릭스는 지금 어디 있는 거야?"라고 외치셨어요.

아이들은 이기적이죠. 어머니가 인형과 유령과 짐승들로 가득찬 정교한 집들을 만드는 예술가라는 걸 알고 있었고 가끔 어머니한테 허락을 받아 만져보기도 했지만, 난 그 일을 직업이라고 생각해본 적이 없었어요. 우리 어머니셨으니까요. 우리 아버지는 어머니를 그분 마음의 마돈나라고 부르셨어요. 생각해보면 끔찍한데, 우리 어머니가 좌절하거나 불행할 거라는 생각은 한 번도 해본 적이 없어요. 끝없는 거절에 틀림없이 상처를 받으셨을 거예요. 그 불의에 말이에요. 하지만 어렸을 때는 솔직히 그걸 느꼈다고 말할 수가 없네요. 어머니는 구조물을 작업하다가 콧노래를 부르며 몸을 흔들곤 하셨어요. 그리고 형체를 만지기 전에 손가락들을 꼬물거리곤 하셨죠. 소재의 냄새를 킁킁 맡으면서 한숨을 쉬기도 하셨어요. 가끔은 눈을 지그시 감기도 했고, 몸과 몸의 리듬이 없으면 예술도 없다고 입버릇처럼 말씀하셨죠. 물론 십대 때는 이런 몸짓과 버릇들이 끔찍하게 싫었고 내 친구들이 절대 보지 못하게 하려고 했어요. 열일곱 살 때 어머니는 말씀하셨죠. "메이지, 너는 내 젖가슴을 닮지 않아서 다행이야. 작은 여자한테 큰 젖가슴은 매력적이지만, 덩치 큰 여자한테 큰 젖가슴은 무서운 거야—남자들한테 말이지." 어머니가 자신의 여성성과 몸과 신체 사이즈가 어떤 식으로든 삶에 방해가 되었다고 느꼈다는 사실이 내겐 충격이었어요. 가명 프로젝트를 하기 오래전 일이고, 나는 고등학교에서 처음 단편영화를 만드느라고 바빴어요. 시각적 일기라고 불렀는데 허세 충만하기 짝이 없고, 친구들이 거리를 걸어다니거나 자기 방에 앉아서 실존주의적 고뇌를 하는 장면들이 아주 많이 담긴, 뭐 그런 거였어요. 제 젖가슴이 그것과 무슨 상관이 있었겠어요?

훨씬, 훨씬 나중에, 그 프로젝트가 나오고 나서 나는 어머니가 옳았다는 역겨운 깨달음을 얻었어요. 당연히 그때쯤엔 어른이 되어 내 작품에 대한 폄하와 편견이라면 나름대로 겪을 만큼 겪었죠. 어머니가 논점을 주장하기 위해 그 남자들을 대리로 내세웠다고 믿었어요. 정말로 그랬죠, 적어도 부분적으로는. 하지만 회고록의 단편들과 일기를 읽으면서 어머니와 그 사람들과의 관계가 얼마나 복잡했는지, 또한 그 가면들이 실제라는 것도 알게 되었어요. 어머니는 끔찍하게 오해를 받았던 거예요. 사람들을 탈탈 털어 착취하는 차갑고 계산적인 짐승이 아니었어요. 사실 어머니가 언제 처음 가명을 생각하기 시작했는지 아무도 모를 거예요. 어머니는 80년대에 로저 레이즌이라는 이름으로 잡지에 난해한 리뷰를 실었던 적이 있어요. 당시의 보드리야르 광풍을 비판하며 시뮬라크라 논증을 박살 내는 글이었지만 거의 주목받지 못했죠. 열다섯 살 때 리스본에 가족 여행을 갔는데 어머니가 페소아의 동상에 가서 키스했던 기억이 있어요. 내게도 페소아를 읽어보라고 하셨는데, 그는 소위 '이명heteronym'으로 유명한 사람이잖아요(페르난두 페소아Fernando Pessoa, 1888~1935, 포르투갈의 시인이자 작가 · 비평가 · 번역가 · 출판인 겸 철학자. 75개 이상의 이름으로 시를 발표했으며 그 이름들을 가명pseudonym이 아니라 이명heteronym이라고 불렀다—옮긴이). 어머니는 또한 키르케고르에게서 깊은 영향을 받으셨어요. 다른 사람들이 되고 싶다는 충동은 어린 시절까지 거슬러 올라가는 게 확실했죠. 어머니의 제일 친한 친구인 레이철 브리프먼 씨는 정신과 의사 겸 정신분석학자예요. 심리치료가 우리 모두 과거에 한 번도 본 적이 없는 해리엇 버든의 또 다른 자아를 해방시켰다는 그분의 말씀이 맞을지도 모르겠어요. 그 밖에 어머니가 오랜 시간 깔고 앉아 있던 수많은 다른 페르소나와 인격들도요. 다중인격이라는 의미가 아니라 변화무쌍한 예술가의 자아라는 뜻에 가까워요. 불쑥불쑥 튀어나와 몸뚱이를 달라고 요구하는 자아들 말이지요. 이런 얘기는 심지어 일 년 전만 해도 절대 하지 못했을 테지만, 나는 서서히 우리 어머니를 다른 관점에서, 아니 여러 다른 관점들로 보게 되었어요.

하지만 그건 오랜 세월에 걸쳐 일어난 일이에요. 처음 〈추도몽 Memorial Dreams〉를 보았을 때는 미처 준비가 되어 있지 못했어요. 충격을 받았지요. 어느 일요일에 나는 딸 에이븐을 데리고 브런치를 먹으러 레드훅에 갔어요. 남편 오스카는 같이 오지 않았고요. 이유는 기억이 나지 않네요. 아마 그가 봐주던 아이들에 대해 보고서를 써야 했을 거예요. (그이는 심리학 박사라서 개인 환자를 보지만, 시설에서 자라는 입양아들과도 시간을 보내거든요. 돈은 거의 못 받는 일이지만요.) 어머니가 당시 노숙자들을 데리고 있었는지는 모르겠지만 그때 저희와 같이 있진 않았어요. 에이븐이 막 걸음마를 시작했을 때니까 1996년 봄이었을 거예요. 걔가 계속 걷는 바람에, 아니 걷다가 넘어지고 또 걷다가 넘어지는 바람에 아주 흥미진진하게 식사를 했어요. 어머니는 손뼉을 치며 웃으셨고, 에이븐은 기분이 굉장히 좋아서 계속 재롱을 부렸어요. 그러다 지쳐서 울기 시작해서, 어머니는 아이가 떨어지지 않게 베개를 둘레에 쌓고 소파에서 잠을 재웠죠. 어머니는 베개가 아주 많았어요. 무채색도 있고 밝은 원색들도 있었죠. 어머니는 색채와 의미 얘기를 하곤 하셨어요. 색채에는 몸으로 느껴지는 의미가 있다고 하셨죠. 눈에 보이는 색채의 이름을 말하기도 전에 이미 색이 우리 안에 들어와 있다고.

무슨 얘기를 하고 있었죠? 에이븐이 잠에서 깼을 때, 어머니는 그간 작업하던 작품을 보여주고 싶다고 하셨어요. 그리고 스튜디오 공간 반대편 끝으로 데리고 가셨어요. 아직 구조물이 올라가던 중이었어요. 우윳빛 반투명한 유리벽으로 둘러싸인 작은 방을 지어놓으셨더라고요. 벽을 통해 한 형체가 보였는데, 갑자기 제가 보고 있는 게 의자에 앉아 있는 아버지란 걸 깨달았어요. 닮게 느껴진 것은 아마 아버지의 자세였을 거예요. 어머니가 거의 보이지 않는 문을 열었을 때, 아버지와 꼭 닮아 보였던 부드러운 봉제 인형의 몸은 생김새가 투박하고 둔했거든요. 하지만 인형은 아버지의 양복을 입었고 무릎에는 아버지가 가장 사랑하셨던 책《돈키호테》가 놓여 있었어요. 내려다보니 방바닥이 서류, 복사물, 메모, 아버지가 쓴 쪽지들로 뒤덮여 있었어요. 어머니의 친필 글씨가 빨간색 리놀륨 네모칸들 속에 끼적거려져 있었죠. 그리고 미니어처 계단들 세 개가 위로 튀어나와 삼면 벽에서 끝나게 되어 있었어요. 벽에는 문 다섯 개가 조잡하게 그려져 있었고요. 난 울음을 터뜨렸어요. 그러자 에이븐도 울기 시작했고, 어머니는 상황을 수습하려 하셨죠. "미안하다, 정말 미안해." 전형적이었어요. 어머니는 사람들이 괴로워하는 걸 차마 못 보셨거든요. 육체적으로 영향을 받는 것 같았어요. 누가 때리기라도 한 것처럼 갈비뼈를 움켜쥐곤 하셨죠.

우리 모두 마음을 진정시켰지만, 에이븐과 함께 택시를 타고 떠나기 전에 어머니는 내 눈을 보셨어요. 차가운 게 아니라 엄한, 엄격한 눈빛이었어요. 내가 어릴 적에 거짓말을 하거나 속이거나 이선을 때렸을 때 가끔 보았던 눈빛이었죠.

그 기억이 나는 건 죄책감이 들었기 때문이에요. 이유는 확실히 모르겠지만 말이에요. 어머니는 눈을 감았다가 뜨면서 차분하고 나지막한 목소리로 말씀하셨어요. "심란하게 만들어서 미안하다, 메이지. 하지만 그를 만든 건 유감이 아니야. 안타깝지만 더 많은 꿈들이 있고, 그것들을 방출해야만 한단다." 어머니는 슬픈 미소를 지으면서 우리를 대기하고 있는 차까지 에스코트해주셨어요.

우리한테서 등을 돌리고 돌아서던 그 모습이 아직도 눈에 선해요. 그때 그 모습을 필름에 담았으면 좋았을 거예요. 그 강변 지역은 아름답고 자유의 여신상이 내다보이지만 황량한데다 지금보다 더 쓸쓸했어요. 그리고 어머니가 성큼성큼 돌아서서 우중충하고 커다란 구름 낀 하늘 아래 벽돌 건물을 향해 우리로부터 멀어져가는 모습을 보고 있자니, 어머니를 잃는 기분이 들었어요. 여름 캠프에서 어머니와 작별 인사를 한 뒤에 종종 그런 기분이 들곤 했었거든요. 그리고—이건 그냥 사소한 일인데—어머니가 머리를 자라는 대로 내버려두고 있다는 걸 깨달았어요. 그 머리칼은 어머니 머리 위에서 자그마한 야생 덤불처럼 보였어요.

해리엇 버든

공책 C

그들은 어디서 온 걸까? 날개 달린 페니스들, 그의 페니스, 텅 빈 양복 상의와 바지가 둥둥 떠서 펠릭스의 소지품들과 함께 뛰어다니는가 하면—돋보기안경, 화장수, 번득이는 손톱 가는 줄(파일 X), 텅 빈 캔버스(희망)—거인 펠릭스가 내 방들 중 하나에 앨리스처럼 찌부러져 들어가 있기도 하고, 아주 작은 펠릭스들이 다양한 옷차림을 하고 한 줄로 서 있기도 하다. 남편 인형들이라고, 나는 그것들을 그렇게 불렀다. 그러다 보니 아버지도 들어오기 시작했다. 스피노자의 책 페이지를 깔고 자다가 라이프니츠의 책으로 건너뛰는(아버지는 라이프니츠를 사랑하셨다) 책벌레 남자, 아주 작은 아빠 모양의 '공기 인간Luftmensch'이 층계 바로 위에 둥둥 떠다니기도 했다. 아버지의 투피스 양복 정장에는 온통 글씨들이 적혀 있었다. 손에 잡히지 않는 것, 내 손에 잡히지 않는 것들은 드로잉과 조각 속에서 뒤엉켜 섞이기 시작했다. 그들의 얼굴과 옷들, 욕망의 혼재, 해리의 마음속에서 뒤섞여버린, 화가 나서 미쳐버릴 만큼 사랑하는 이들. 그리고 또, 그들이 내게 행사하는 권력에 대한 분노. 그래서 그것들은 커졌다가 줄어든다.

어머니는 어떻게 만드는지 몰랐다. 그건 훗날 알게 될 터였다. 한때 내가 그 몸 안에 있던 사람을 형상화하는 데엔 약간의 문제가 있었다.

어머니는 내가 쫓아다닐 필요가 없었다.

나는 "날 봐요!"라고 울부짖으며 남자들을 쫓아다녔다.

존재하지 않고 존재할 수도 없는 가상의 사물들은 우리 생각 속에서는 항상 있지만 예술에서는 안에서 밖으로 움직이고 말과 이미지는 경계를 넘는다. 그 시절 나는 기다란 유리창 밖으로 물이 보이는 커다란 방 소파에 누워 후설[3]을 많이 읽었다. 그 명상이 최초의 절대 데이터다. 후설은 데카르트를 사랑했고 윌리엄 제임스(후설은 제임스를 읽었다)처럼 의식의 흐름을 탔다. 후설의 의식은 서로 스치고 넘고 관통해 흘러갔으며, 후설은 공감능력이 심오한 형태의 앎이라는 걸 알고 있었다. 후설의 제자 이디스 스타인[4]은 그 주

---

3) 에드먼드 후설(1859-1938). 독일 철학자. 일인칭으로 의식의 구조를 연구하는 학문인 현상학의 창시자. 공책 H에서 버든은 데카르트와 후설의 '사고의 유사성'에 대해 쓰고 있다. 두 사람 모두 수학과 논리적 확실성을 사랑했으며 근원적 의심을 주창했다. 버든은 "후설의 의심은 데카르트의 의심과 다르다. 데카르트의 코기토(cogito ergo sum, 나는 생각한다 고로 존재한다)는 연역의 기반이며, 정신적 동굴 속으로부터 떠오르는 것이다. 후설의 '코기토 메 코기타레(cogito me cogitare, 나는 내가 생각한다고 생각한다)'는 세계와 맺는, 세계를 향하는 관계로서의 의식이다." 후설은 의식은 흐름이라는 윌리엄 제임스의 사상에 영향을 받았고, 공감능력이 상호주체성으로 가는 길이라는 사실을 이해했다. 단 자하비, 《후설의 현상학》(스탠포드, 캘리포니아: 스탠포드 대학 출판부, 2003) 참조.

제에 대한 최고의 철학자였고 삶으로 철학을, 자신의 말들을 살아냈다. 철학이란 구체적으로 상상해내기 힘들다. 나는 공감을 재현해낼 수 있을지 궁금해지기에 이르렀다. 예를 들어서 '공감의 상자'를 구축한다거나. 나는 그 내부에 들어갈 수 있을 형체들을 끼적거렸다. 메모를 했다. 콧노래를 불렀다. 〈마태수난곡〉을 아주 많이 들었다. 나는 내 자유가 도래했음을 이해했다. 버든이라는 부담(이름인 버든Burden의 이중적 의미로 말장난을 한 것—옮긴이) 말고는 그 누구도 그 무엇도 거칠 게 없었다. 활짝 펼쳐진 미래, 커다랗게 입을 벌린 부재에 나는 현기증이 났고 불안했으며 가끔은 손도 안 댄 마약이라도 한 것처럼 취기가 올랐다. 나는 내 작은 브루클린 영지의 지배자였다. 갓난아기와 걸음마를 배우는 꼬마와 십대 아이들을 이미 오래전에 겪은 부자 과부. 그리고 내 두뇌에는 아이디어들이 넘쳐흘렀다.

그러다가 밤이면 고독이 찾아왔다. 그 초조한 갈망은 쿠퍼 유니언 시절 처음으로 뉴욕에서 얻은 아파트 생활을 새삼스럽게 상기시켰다. 젊은 시절의 내 자아로 훽 이끌려 돌아가버리곤 했다. 어떻게든 명성과 사랑을 아우르는 미래를 막연하게 갈망하던 외로운 소녀

---

4) 이디스 스타인(1891-1942)은 후설의 지도하에 박사논문을 썼으나 사상적으로는 후설의 입장과 갈라섰고, 어떤 면에서는 모리스 메를로-퐁티의 작업과 닮은 점이 있다. 버든은 공책에서 메를로-퐁티를 광범위하게 인용한다. 이디스 스타인 저, 《공감의 문제에 대하여On the Problem of Empathy》, 발트라우트 스타인 번역(워싱턴 D.C.: ICS 출판, 1989) 스타인은 후설의 《사상》 2권 출판 당시 편집을 맡았다. 이디스 스타인은 태생이 유태인이지만 아빌라의 성 테레사 자서전을 읽고 나서 개종의 체험을 한 뒤 가톨릭으로 개종해 가르멜 수녀회의 수녀가 되었다. 나치의 위협을 피해 네덜란드로 이주했지만 결국 아우슈비츠로 강제 이송되어 그곳에서 1942년 생을 마감했다. 1987년 가톨릭교회에 의해 복자로 추대되었다.

예술가. 나는 내가 청춘의 것이라고 차치했던 감정들이 사실 삶의 특정한 시기와 관련된 건 아니라는 사실을 이해하기 시작했다. 기나긴 하루 작업을 끝내고 내가 느낀 심리적 동요는 유년기에서 미처 벗어나지 못했던 시절 느꼈던 불안과 똑같았다. 나는 '누군가'를 열렬히 갈망했다. 남은 시간들을 채워줄 잠재적인 인물. 펠릭스, 오랜 친구이자 대화 상대, 섬세하고 의뭉스럽고 독설가에 박애주의자인 친절한 펠릭스는 이제 없었다. 당신 때문에 내 정신이 한계에 다다르겠어! (나는 한때 이렇게 악을 쓰곤 했었다.) 하지만 그 한계는 결국 오지 않았다. 내 정신도 그의 정신도 멀쩡하게 남았고, 우리는 서로에게 정기적으로 손해보상을 했다. 이젠 더 이상 보상도 수리도 없다. 고칠 수도 없다. 펠릭스는 없다. 나는 그 공백을 이해해보려고 발버둥을 쳤고, 부재가 현실이라는 걸 인식하기 시작했다는 사실 자체가 바로 그런 텅 빈 타자他者의 형태를 띠었다. 구멍, 마음속의 구멍, 그러나 그건 펠릭스라는 이름의 구멍은 아니었다.

그래서 나는 서니스 바까지 걸어가서 앉아 사람들을 보았다. 사람들의 이야기에, 향유 같은 목소리들에 귀를 기울였다. 가끔은 음악도 나왔다. 한번은 시 낭송을 듣고 나서 시인과 이야기를 나눠본 적도 있었다. 커다란 눈에 빨간 립스틱을 칠한, 이선보다 훨씬 어린 시인이었다. 그녀의 시는 끔찍했지만 나는 그녀가 꽤나 좋았다. 그녀는 자기 이름이 에이프릴 레인이라고 했는데, 글을 쓰다가 문득 떠올린 이름 같았다. 그녀는 지퍼가 열린 커다란 더플 백을 갖고 다녔고 스웨터 두세 벌과 모자를 가방에 묶어두었다. 짐을 들고 걷기 시작하는 그녀를 보고 나는 1867년 휘청거리며 부두에 내리던 이민자 같다고 말했다. 그녀는 현재 '집을 구하는 중'이라 친구 집의 소파에서 자고 있다고 해명했다. 그래서 나는 그녀를 집으로 데리고 왔다.

에이프릴 레인, 아랫팔뚝에 새 문신을 하고 가끔씩 피를 흘리게 만드는 유리 파편들 같은 느낌의 시를 쓰는 그 작은 백인 여성이 내가 처음 거주시킨 예술가였다. 그녀는 일주일 이상 머물지 않았다. 어느 날 밤 그녀는 서니스 바에서 흐트러진 행색의 청년을 만나 영영 돌아오지 않았지만, 그래도 그녀가 머물렀던 동안엔 주변에 두기가 즐거웠다. 그리고 그녀의 존재는 저녁이면 찾아오는 폭력적인 고통을 막아주었다. 레인 양의 부드럽고 하얀 얼굴과 통통한 뺨을 보며 렌틸 콩이나 구운 야채를 먹고(그녀는 채식주의자였다) 힐데가르트 폰 빙엔이나 크리스토퍼 스마트에 대해 수다를 떨면서 난 내가 어떤 모습인지를 잊었다. 주름이 자글자글하고 강력한 브래지어로 젖가슴을 치켜 올려야 하며 멜론처럼 튀어나온 중년의 뱃살이 있다는 걸 잊었다. 이런 기억상실증은 우리 일상의 현상학이며—우리는 스스로를 보지 못한다—오로지 바라보고 있을 때만 그 거울상은 우리가 된다. 어느 날 밤 스물두 살의 여성시인에게 잘 자라는 인사를 하고 나서 침대에 들기 전에 거울을 본 나는 내 얼굴에 놀라서 울음을 터뜨리고 말았다. 펠릭스는 이 늙어가는 몰골을 사랑해주었어, 나는 생각했다. 칭찬해주고 애무해주었어. 이제는 이 꼴을 사랑해줄 사람이 아무도 없어.

내 조형물 일부에 온기가 필요하다는 생각의 배후에는 자기 연민이 있었을지도 모르겠다. 이렇게 추해진 외모로는 어떤 남자의 침대도 따뜻하게 덥힐 수 없으리라는 자각 말이다. 어머니는 밤새도록 몸을 달궈주는 전기장판을 몹시 좋아하셨다. 혈액순환과 굳은

발이 문제라고 하셨다. “내 피는 흐르지를 않아. 기어 다녀. 그래서 도무지 발끝까지 가 닿지를 않아.” 부모님의 전기장판은 양쪽으로 각각 온도조절 스위치가 있었다. 어머니는 당신 쪽을 6으로 놓고, 아버지가 자다가 익지 않게 아버지 쪽은 꼭 꺼놓았다. 아버지가 돌아가신 후 어머니는 레벨을 10으로 올렸지만 아버지 쪽은 차갑게 내버려두었다. 추도의 냉기였다. 내 사체들에는 굳이 그런 테크놀로지가 필요하진 않았지만, 그래도 난 가끔 정말 행복해질 때까지 전선을 만지작거리곤 했다. 처음에는 실물 크기의 펠릭스 인형으로 시작했다. 모습을 똑같이 만든 게 아니라 관념적 재현이었다. 천으로 덧씌워 속을 넣은 늘씬한 그의 형상을 나는 파랑과 초록과 약간의 노랑과 군데군데 빨강으로 칠했다. 캔버스로서의 남자. 하지만 머리 위에는 짧고 하얀 머리카락을 덧붙였다. 플러그에 꽂았더니 부드러운 몸에 열이 났다.

이 일이 내게 가져다준 쾌감은 황당하다 못해 우스꽝스러웠다. 그때는 그 뜨거운 물건에 왜 그렇게 기뻐했는지 알 수 없었지만, 정말 그랬다. 나는 그것의 색칠한 옆구리를 만져보며 온기를 느꼈다. 두 팔을 둘러 감싸 안았다. 소파 옆자리에 앉히기도 했다. 난 그걸 내 덧없는 오브제라고 불렀다. 에이븐은 그걸 좋아했다. 이선은 진저리를 쳤다. 메이지는 참고 봐주었다. 레이철은 그것과 다른 인형들을 보며 재미있어하기도 하고 심각해하기도 했다. 내게 다시 갤러리를 알아보라고, 윌리 로먼처럼 나가서 내 공예품들을 팔고 주목을, 주목을 받으라고 했다. 하지만 그들은 이미 거듭거듭 평결을 내리지 않았던가? 아무도 로드 부인의 수공예품과 인형들을 원치 않는다고. 내가 무슨 세바스찬 성인이라도 된단 말인가?

닥터 퍼티그에게 인형들을 덥히는 메커니즘에 대해 이야기하다가 그 환희의 명백한 이유를 퍼뜩 깨달았다. 아니마Anima. 생명을 불어넣다.

그리고 주 하느님은 대지의 흙으로 사람을 만드시고 그 콧구멍에 생명의 입김을 불어넣으셨다. 그러자 사람은 살아 있는 영혼을 갖게 되었다.

황당무계한 일이었다. 죽은 남편과 아버지를 부활시키려고 거듭거듭 시도하는 스튜디오의 반신半神 해리 버든. 바느질을 하고 속을 채우고 전선을 넣고 톱질을 하고 형태를 빚고 납땜을 하는 동안에도 슬픔의 물레방아는 돌아가고 있었지만, 그래도 그런 일이 도움이 되었다. 도움이 되었고, 난 내가 처한 궁지가 절박해서 어떤 형태의 도움이든 얼마든지 받아들일 지경에 와 있었다.

일 년 동안 광적으로 남편과 아버지의—어쩌면 유령을 쫓는—피조물들을 미친 듯이 만들고 나서, 나는 내 기억 속에 살아 있는 생명체들에 대해서도 숙고하기 시작했다. 실제 사람들 뿐 아니라 방대한 독서 컬렉션에서 빌려온 캐릭터들에 대해서도. 캐릭터들만이 아니라 생각들, 화자들, 인물들, 말로 표현된 사상들, 말로 표현되지 않은 감정들까지 전부를 의미하는 것이다. 난 그것들을 메타모프(변이한 형체—옮긴이)라고 불렀고, 그것들은 차갑거나 따뜻하거나 뜨겁거나 실온室溫과 같았다.

그 동네의 젊은 부랑자들에게 나한테 가면 남는 방과 침대가 있다는 얘기를 한 건 에이프릴 레인이었을 수도 있다. 하지만 그보다는 에드거 홀로웨이 3세였을 가능성이 더 높다. 그는 어퍼이스트사이드에서 도망친 이선의 음악가 친구로 몇 년 전 대학을 중퇴하고 로큰롤의 꿈을 뒷받침할 일자리를 찾고 있었다. 에드거는 내 제작

조수가 되었다. 얼굴에 비해 너무 작아 보이는 들창코를 가진 땅딸막한 소년이었는데, 힘세고 온순하고 소재와 건축에 관한 한 습득이 빨랐다. 하지만 대화상대로는 말도 못하게 지루했으며, 덕분에 나는 그를 재미있게 해주어야 되겠다든가 내가 만든 방과 그 안에 넣는 괴뉼들의 의미를 설명해주어야 한다는 일말의 의무감에서 해방될 수 있었다. 나 역시 내가 뭘 하는지 확실히 알지 못했으니까.

내가 알고 있었던 건, 오랜 세월 나는 자아를 깔고 앉아 있었는데 그런 내게 뭔가 변화가 일어났다는 사실이었다. 닥터 퍼티그는 금제禁制라는 말을 썼다. 내가 예전보다 금제에 덜 얽매이게 되었으며, 묶여 있던 끈을 풀고 족쇄를 떨쳐냈다는 것이었다. 극심한 구역질에 감사할 일이라고 했다. 그 증상이 말과 전환을 가져왔으니 말이다. 나는 '사슬에서 풀린 해리엇'(영국 시인 셸리의 4막 서정시극 〈사슬에서 풀린 프로메테우스〉의 패러디—옮긴이)이 되었다. 당시에는 쉰다섯에 불과했지만 시간은 흘러가고 있었기에 난 다른 길들을 꿈꾸었다. 대안적 존재들을, 훨씬 일찍 풀어냈을지 모르는, 풀어냈을 수도 있는, 아니 풀어냈어야만 하는 또 다른 해리 버든들을 꿈꾸었다. 아니면 아담하고 분홍빛이 도는 에이프릴 레인처럼 생긴 해리 버든이나, 해리엇이 아닌 진짜 해리, 소년으로 태어났어야 마땅한 해리 버든을 꿈꾸기도 했다. 훤칠한 키와 부스스한 헤어스타일을 지닌 나는 근사한 청년이 되었으리라. 여자애라 쓸 데도 없는 키가 아깝다면서 탄식하던 어머니의 말씀을 들으며 자라지 않았던가? 다른 몸뚱어리, 다른 존재 방식에 대한 생각이 뇌리를 떠나지 않았다. 이것이 회한의 한 형태일까? 내 의식이 에드거의 몸에 들어가면 어떤 기분일까 궁금했다. 에드거의 정신은 전혀 탐나지 않았다. 테크노

밴드들과 아무 때나 '맨'을 남발하여 무의미한 접속사로 잇는 불완전한 문장들로 넘칠 듯 찰랑거리고 있었으니까. 형체를 갖게 된 판타지는 나, 즉 복수의 형상을 지닌 예술가에게 가능한 궤적들을 중심으로 공전했다.

나는 포장을 바꿔버리면 내 작품이 더 진지하게 수용될 거라고, 적어도 좀 더 진지한 접근을 받게 될 거라고 짐작하고 있었다. 그렇다고 나를 겨냥한 음모가 있었다는 생각은 아니다. 편견의 대다수는 무의식적이다. 표면적으로 드러나는 건 정체를 알 수 없는 혐오고, 그 다음에 이 혐오가 어떤 합리적인 수단을 통해 정당화된다. 아마 묵살당하는 게 더 나쁠지도 모른다—다른 사람의 눈에 떠오르는 지루함의 표정, 내게서 나오는 그 무엇도 결코 흥미롭지 않을 거라는 확증. 그래도 나는 내게 쏟아진 직격탄과 치욕들을 차곡차곡 쌓아두었고, 그 덕분에 겁이 많아졌다.

내 면전에 하지 않는 말: "저게 펠릭스 로드의 마누라야. 인형의 집들을 만들지." 킥킥.

내 면전에 대고는: "조나단이 당신의 작품을 맡았다고 들었어요. 펠릭스의 친구니까요. 게다가 리스트에 여성화가가 필요하기도 했고."

삼류 잡지 지면에서는: "조나단 파머 갤러리에서 열린 전설적 미술상 펠릭스 로드의 아내 해리엇 버든의 전시회는 각종 형상들과 텍스트들이 빽빽하게 들어찬 작은 건축적 구조물들로 구성되어 있다. 작품은 규율도 초점도 없고 허세와 순진함이 기괴하게 섞인 혼합물로 보인다. 대체 어째서 이 작품들에 전시회를 열어줄 가치가 있다고 판단했는지 그 이유가 궁금할 뿐이다."[5]

시간이 지나자 감정은 나아지는 게 아니라 오히려 더 곪았다. 다시 격전장으로 돌아가라는 레이철의 명령에도 불구하고 나는 젊음이 모두가 탐내는 상품이며, '게릴라 걸스'에도 불구하고 여전히 페니스는 있는 게 낫다는 걸 알고 있었다.[6] 나는 오래전에 꺾어진 나이에, 한 번도 페니스를 가져본 적이 없다. 이제 나 자신으로 나아가기에는 너무 늦었다. 나는 영원히 사라진 존재였고, 사라지는 게 그토록 수월했다는 사실 자체가 그들 모두와 맺은 내 관계가 얼마나 얄팍한 것이었는지 실감하게 해주었다. 펠릭스가 세상을 떠날 무렵에는 그의 전성기도 이미 지난 후였다. 그는 역사적인 인물이 되었다. 이미 오래전 잊힌 옛날의 P.와 L.과 T.를 대표했던 중개인으로 기억되고 있었다. 그의 아내는 역사와 무관하지만, 그래도 내가 다른 사람으로서 돌아간다면 어떨까? 나는 기발한 변장의 이야기들을 꾸며내기 시작했다. 후기의 홈즈처럼 나도 의상 속에 녹아들어 기발한 페르소나들로 아이들과 레이철마저도 속이고 싶었다. 있을 수 있는 해리들의 모습을 그렸다. 망토를 쓴 슈퍼맨 해리, 병들을 모으는 성별이 모호한 노숙자 해리, 짧고 깔끔한 흰 수염의 멋쟁이 노신사 해리, 그리스적 전통에서 그럭저럭 괜찮은 크기의 남성 성기를 달고 씩 웃고 있는 해리. 그리고 나는 과거에서 몇 가지 영감을 얻었다.

---

5) 앤서니 플러드, "혼탁한 미학", 〈아트 라이츠〉 1979년 1월호.

6) '게릴라 걸스'는 MoMA의 전시회 〈현대 회화와 조소의 국제적 개관〉에 반응해 결성된 조직이다. 이 전시회에는 작가들 169명이 소개되었으나 그중 여성은 17인에 불과했다. '게릴라 걸스'는 익명의 시위를 통해 시각예술계의 성차별주의와 인종주의에 관심을 돌리기 위한 행동을 주도한다.

캐서린 비자니의 사례에 대한 역[사]적이고 실[체]적인 연구로, 로마에서 태어나 8년간 남장을 하고 살다가 젊은 숙녀와의 사랑 때문에 살해당한 젊은 처녀의 모험을 담고 있음. 사체를 해부한 결과 순결한 처녀로 판명되었으며 하마터면 대중에 의해 성자로 추앙될 뻔함. 처녀막의 본질과 존재에 대한 흥미로운 해부학적 발언 포함. 해부를 담당했던 시에나의 해부학 교수 조반니 비앙키 저. 영국인 편집자의 필수적 논평 첨부. (런던 마이어 출판, 1751년)

비앙키 교수의 논문이 《패니 힐》의 악명 높은 저자 존 클릴랜드의 번역과 편집을 거쳐 영국에서 출간되고 얼마 되지 않아, 프랑스의 외교관이자 스파이이자 기병대대 대장이던 샤를 데옹 드 보몽이 공공연히 여장을 하고 나타나기 시작한다. 그는 자기가 소년으로 양육되었으나 사실 여자라고 해명했다. 그녀는 《마드무아젤 데옹의 군사적 · 정치적 · 사적인 삶La Vie Militaire, politique et privee de Madmoiselle d'Eon》이라는 제목으로 회고록을 출간했다. 그러나 사후에 보니 그녀는 남성의 성기를 가지고 있었다.

또한 제임스 배리의 놀라운 사례도 있다. 그는 1809년 에든버러대학교 의대에 입학했고, 1813년 영국의 왕립 외과대학을 졸업해 군의관이 되었으며, 다양한 임지를 전전하며 특진을 거듭했다. 제대 당시 그는 캐나다의 군 종합병원을 관장하는 감사원장이었다. 그는 1865년 런던에서 이질로 사망했다. 그제야 그가 '그녀'였음이 밝혀진다. 성별 때문에 의사가 될 수 없었기에 자신의 성을 바꿨던 것이다.

*

성공적인 재즈 음악가 빌리 팁턴은 사실 1914년 도로시 루실 팁턴으로 태어났으나 여자라는 이유로 고등학교 밴드에 가입을 거부당하자 남자로서 공연하기 시작했다. 빌리는 곧 철저히 남성의 삶으로 옮겨가서 전직 스트리퍼였던 키티 오크스와 오랜 연애를 했으며 그녀와 함께 세 아들을 입양했다. 1989년 빌리가 사망할 때까지, 그들 중 누구도 빌리가 원래 여자였다는 사실을 몰랐다.

여성성을 포기하고 남성성을 취하거나 편의에 따라 둘 중 하나를 위해 나머지를 버리는 이야기는 수도 없이 많고 그 이유도 각양각색이다. 남편을 따라 전장으로 가서 나란히 싸웠던 여성들도 있고, 순전히 애국적 열정으로 싸우고 나서 전투가 끝난 후 다시 여성으로 돌아온 이들도 있다. 아버지의 재산을 상속받기 위해 남자 행세를 한 여성들도 있고, 모든 것을 잃고—남편과 아이와 돈—여성으로 살기에는 위험성이 너무 커지자 남자가 된 이들도 있다. 상당수에게는 그들의 마음을 알아주고 비밀을 지켜준 어머니와 아버지와 형제와 친구들이 있었다. 소정의 의상, 이름, 억양을 바꾼 목소리, 그리고 어울리는 몸짓만 있으면 되었다. 어느 정도 시간이 지나면 남자가 되기란 쉬웠다. 또한 남자로서의 삶이 진짜가 되었다.

그러나 과연 내가 젖가슴을 꽁꽁 동여매고 바지춤을 채우면서 몸으로 실험을 하는 데 관심이 있었던 걸까? 그건 아니었다. 내가 관심을 가졌던 건 지각과 그 무상함, 우리가 대체로 보게 될 거라 예상하는 대로 본다는 사실이었다. 내가 거울에서 보았던 해리만 해도 얼마나 많이 변했는가? 가끔은 내가 진짜로 나 자신을 볼 수나 있는지 의심스러웠다. 어느 날 보면 괜찮아 보이고—나치고는—날씬해 보이다가, 다음 날엔 축축 처지고 퉁퉁 부은 엽기적인 몰골이 보였다. 아무리 잘 봐줘도 자아상이란 못 믿을 것이라는 생각을 하지 않는다면, 이런 변화를 어떻게 설명한단 말인가? 아니, 나는 내 육체를 배제하고 다른 이름들을 내세워 예술적 일탈을 하고 싶었고, 위장으로는 조지 엘리어트(영국의 여성 소설가 메리 앤 에번스의 필명—옮긴이) 이상의 무언가를 원했다. 가면들이 서로 상충하며 싸워대는 키르케고르 식으로 내 나름의 간접적 소통을 원했다. 아이러니들이 짙어졌다 흐려졌다 거의 보이지 않게 사라지기도 하는 작품들 말이다. 어디서 나만의 빅토르 에레미타, A와 B, 빌헬름 판사, 요한네스 드 실렌티오, 콘스탄틴 콘스탄티우스, 비길리우스 하우프니엔시스, 니콜라우스 노타베네, 힐라리우스 북바인더, 인테르 에 인테르, 요한네스 클리마쿠스, 안티클리마쿠스(키르케고르가 자신의 저서들에서 사용한 가명들—옮긴이)를 찾아낸단 말인가?[7] 내 경우에 그런 변신을 할 수 있는 수단은 좋게 말해도 불투명했다. 머릿속에서 끼

7) 버든은 공책 K에서 키르케고르의 가명들과 '간접적 소통'에 무려 75페이지를 할애하고 있다. 버든은 S. K.(쇠렌 키르케고르)의 사후에 발표된 〈작가로서 내 작품의 관점: 직접적 소통, 역사 보고서〉에서 다음과 같은 인용문을 취해 기록한다. "사람은 타인을 진실에서 벗어나도록 기만할 수도 있고—소크라테스를 돌이켜보자면—기만을 통해 진실로 유도할 수도 있다. 그렇다, 오로지 이러한 방식으로만—기만을 통해서만—기만당하는 사람이 진실에 도달할 수 있다는 말이다." (《키르케고르의 저작》, vol. XXII, 하워드/에드나 홍 번역[프린스턴 대학교 출판부, 1989], 53쪽). 버든은 또한 이렇게 쓴다. "진실로 향하는 길은 굴절되고 위장되어 있으며 아이러니하다. 이것이 나의 길이다. 곧지 않은, 구불구불한 이 길이!"

적이는 낙서에 불과했으나, 가능성은 충분히 있을 듯했다.

S. K. 역시 가명인 노타베네를 써서 본문이 없는 일련의 서문들을 쓰지 않았던가?[8] 만일 내가 예술비평으로만, 목록으로만 이루어졌으며 작품은 없는 예술가를 발명해낸다면 어떨까? 얼마나 많은 예술가들이 말장난을 일삼는 수많은 엉터리 글쟁이들의 헛소리를 타고 단숨에 저명한 예술가의 위상으로 뛰어올랐던가? 아, 에크리튀르ecriture여! 그 예술가는 청년이어야만 할 것이다. 그의 공허함으로 수 페이지에 달하는 텍스트들을 양산하는 '앙팡테리블'이어야만 한다. 아, 얼마나 재미있을까! 그래서 나는 한번 시도해보았다.

> X의 작품에 존재하는 아포리아는 부재로의 자동 유도 과정을 통해 성취된다. 암시된, 따라서 보이지 않는 성적 기원의 자위적 행위는 나락을 알 수 없는 붕괴, 파열의 판타즘과 욕망하는 대상의 박탈을 조장한다.

막다른 골목. 이 허세에 절고 진부한 산문을 제조하는 짓거리가 죽을 맛이리라는 건 알고 있었다.

*

나, 해리엇 버든은 다채로운 나의 판타지들이 다음과 같은 데서

---

8) 키르케고르는 니콜라우스 노타베네라는 가명으로 풍자적 서문 8편을 썼다. 쇠렌 키르케고르, 《서문들, 글쓰기 표본》, 토드 W. 니콜 편집/번역(프린스턴 대학교 출판부, 1987)

촉발되었음을 고백하는 바이다.

1. 잘난 척하는 바보들, 멍청이들, 천치들을 향한 전반적인 복수심
2. 그것에 대해 함께 얘기를 나눌 사람이 없는 수많은 책들 속을 배회함으로써 생겨난, 영속적이고 괴로운 지적 고립상태가 초래한 고독
3. 점점 증폭되는, 평생 오해를 받았다는 느낌과 더불어 제발 봐달라고, 제대로 봐달라고 미친 듯이 애원했지만 무슨 짓을 해도 소용이 없었다는 자각

좌절과 불행 속에서, 나는 심벌즈를 든 옛날의 내 원숭이 장난감처럼 매일 스스로 태엽을 감아 쾅쾅 심벌즈를 치는 자신의 소리를 듣는다. 그러다가 주목하라nota bene, 울음을 터뜨리고, 울음이 나면 어머니가 그리워진다. 병원에 입원해 계시던 작고 죽어가는 어머니가 아니라, 어린 시절 나를 안아주고 얼러주고 쯧쯧 혀를 차며 어루만지고 체온을 재주고 책을 읽어주시던 커다란 어머니가. 엄마의 딸, 하지만 엄마는 큰 덩치가 아니라 작고 통통하며 하이힐을 신고 계셨다. 네 아버지가 하이힐을 신은 내 다리를 좋아하시잖니. 하지만 한참 통곡하고 나면 세월이 흐른 뒤 어머니의 쭈그러든 뺨에 떨어진 두 방울 눈물의 반짝임과 퍼렇게 핏발 선 손에 꽂힌 정맥주사를 기억하게 된다. 괜찮아질 거예요, 엄마, 하고 말하지 않았다. 왜냐하면 괜찮아지지 않을 테니까. "내가 얼마나 버틸지 누가 알겠니? 그리 오래는 못 버틸 거야." 그렇지만 호스피스 병원에서, 어머니는 음식이며 이불호청이며 잠옷이며 간호사들 트집을 잡으며 까

다롭게 구셨다. 돌아가시기 일주일 전 어머니는 기운이 없어 못 하시겠다면서 내게 핸드백에서 작은 립스틱을 꺼내 발라달라고 부탁했고, 마지막에 어머니가 모르핀으로 정신이 혼미해지고 의식을 잃자 나는 황금빛 튜브를 꺼내 그 얇은 입술에 장밋빛 립스틱을 문질렀다.

고아가 되었다.

*

내가 말하려 하는 건, 자청한 레드훅에서의 추방생활이 내면적 관점에서 보면 그리 평온무사하지만은 않았다는 것이다. 시간이 끝없이 무너져 내리고 있었다. 산 사람들보다는 죽었거나 상상해낸 인물들이 내 일상적 현실에서 훨씬 더 큰 역할을 맡고 있었다. 나는 뒤로 펄쩍 뛰어가 추억의 편린들을 줍거나, 앞으로 도약해 상상의 미래를 만들어냈다. 내 삶에서 실제로 숨을 쉬는 사람들로 말하자면 나는 닥터 퍼티그와 매주 잡아둔 진료 예약을 충실히 지키며 '발전'을 보였고, 그 다음에는 파크 애브뉴와 95번가에 있는 레이철의 병원 근처에서 그녀를 만나 차나 와인을 한 잔 했다. 우리 사이의 오랜 친밀감은 서로 독설을 퍼붓거나 그녀가 내게 '강박적'이라고 비난을 해도 결코 줄어들 줄 몰랐다. 메이지는 내 걱정을 했다. 그애의 눈빛에서 읽을 수 있었다. 그애는 에이븐과 오스카 걱정도 했고, 나는 나대로 그애가 가족을 위해 너무 많이 희생해서 작업에 지장을 받을까봐 걱정을 했다. 그리고 이선은 카페를 돌아다니며 단편소설을 썼고, 오벌린에서 가장 친한 친구였던 레오나르도 러드니츠키와 함께 〈신新상황주의자의 뿔나팔〉이라는 아주 작은 잡지를 발간했다. 내 아들은 상품화와 스펙터클과 소외와 선각자였던 기 드보르의 이야기를 많이 했다. 기 드보르는 그에게 낭만적 영웅과 같았다.[9] 이선은 그 인간의 과장법을 이해하는 것 같지는 않았고, 그저 그의 사상이 인터넷에서 현실이 되었다고 알고 있었다. 직접적으로 살아냈던 모든 게 재현으로 옮겨갔다고. 그럼 복통은 어떤가?

혁명가인 내 아들은 사생활(여자애들)을 비밀로 했고, 안타깝게도 내가 내 나이에 새로운 삶을 시작했다는 사실에 약간 화가 나 있는 것 같았다. 내 짐작으로는 그게 막연히 음란하게 느껴졌을 뿐 아니라 아버지의 기억에 대한 배신으로 보였던 모양이다. 하지만 그애는 차마 그 말을 입 밖에 내어 말하지 못했다. 유감스럽게도 그애는 스스로에게서 소외되어 있었다. 딱딱한 장난감들을 가지고 옷장에 숨어 그들끼리의 전투와 휴전 이야기를 꾸며내던 꼬마는 성장해 어른이 되었다. 아기 때의 자신과 어머니가 붙잡고 앞뒤로 걸음마를 시켜주었던 기억, 몇 시간씩이나 흔들고 얼러주었던 기억, 잠드

9) 기 드보르(1931~1994), 1957년 창시된 국제상황주의(SI, Situationist International)의 자칭 지도자. 파리의 예술가와 지식인들이 결성한 이 소규모 조직은 (회원 수가 12명을 넘은 적이 없다) 원래 예술과 삶을 서로 구분할 수 없는 총체로 합일하고 배우와 관객의 구별을 철폐하고자 했다. 1960년대에는 무정부주의 운동에서 영감을 받은 이 그룹의 반자본주의 비판이 예술을 넘어 사회 전반으로 확장되었다. 1967년 출판된 드보르의 가장 유명한 저작 《스펙터클의 사회》는 이미지가 삶을 장악하여 대중에게 끊임없이 '유사 욕구'를 창출하는 사회의 '유통 화폐'가 되었다고 주장한다. 이 그룹은 내분으로 1972년에 해산되었고 드보르는 1994년 자살했다. 프랑스 언론이 대부분 상황주의와 드보르의 작품을 무시했음에도 불구하고, 드보르는 사후에 유명인사가 되었다.

는 걸 너무 힘들어해서 귀에 대고 노래를 불러주었던 기억은 까맣게 잊었다. 그렇지만 우리 모두 유아기는 기억하지 못한다. 어머니 거인의 땅에서 보낸 그 까마득한 옛 시절은.

앤턴 티시는 적당해 보였다. 키가 훤칠해서 거의 내 키에 육박했고 헐렁한 청바지를 입은 깡마른 아이로, 눈에 띄는 코에 어디 한 군데 오래 머물지 못하는 날카로운 눈빛을 하고 있었다. 덕분에 좀 산만한 분위기를 풍겼는데, 상황만 맞아 떨어지면 불안한 지성으로 해석될 만도 했다. 그리고 그는 예술가였다. 나는 97년 초엽의 아주 추운 어느 밤에 서니스 바에서 그를 만났다. 눈이 내렸다. 문이 열리고 닫히는 리듬에 따라 드나들던 차가운 공기, 쿵쾅거리던 장화 소리, 램프 불빛에 빛나던 창밖의 하얀 눈이 기억난다. 나는 '바로미터'를 데리고 갔고, 걸어다니는 풍향계이자 섬세한 소묘작가인 그에게 몇 주일째 숙식을 제공하고 있었다. 바로미터는 신체적 도구—그의 불가사의하리만큼 예민한 머리—를 활용해 기압이 높아지거나 낮아질 때마다 정확히 감지했을 뿐 아니라, 어느 시점부터는 실제로 환경의 이런 면모를 통제하는 능력을 획득해 기압을 1, 2 헥토파스칼 정도 올리거나 내릴 수도 있었다. 나는 바로미터가 내 인생에 들어올 때까지 헥토파스칼에 대해서는 들어본 적도 없었지만, 다량多量과 다수多數의 천재인 블레즈 파스칼의 이름을 딴 그 말이 그렇게 좋을 수가 없었다. 바로미터와 나는 상당히 잘 지냈다. 비록 그 사내는 자기가 지은 고치 속에 갇혀 살았고 대화가—정말로 말이 오가는 상태가—거의 불가능하긴 했지만 말이다.

그때쯤 나는 서니스 바의 단골이 되어 있었다. 서비스와 듬직한 우정에 감복한 나는 그 술집과 음산하거나 또는 그렇게 음산하지 않은 손님들을 그린 잉크 소묘를 액자에 표구해 선사했고, 그 선물은 벽에 걸렸다. 내가 이 얘기를 하는 이유는 앤턴 티시가 그 그림 앞에서 발길을 멈췄기 때문이다. 예술가의 허영심이라는 게 참 대단해서, 난 내가 보는 앞에서 그 작은 그림에 눈길이라도 한번 준 사람들은 누군지 다 알고 있었고—정말 몇 사람 되지 않았다—짧은 갈색 고수머리의 깡마른 청년이 내가 그린 서니스 바의 풍경을 찬찬히 살피는 모습을 보고 내 행복감은 한계를 모르고 벅차게 부풀어 올랐다, 아니, 한계는 알았을지 몰라도 아무튼 확실히 부풀어 오르긴 했다.

하지만 여전히 나는 수줍었다. 바로미터는 눈 때문에 굉장히 신경이 날카로워져 있었지만, 무슨 영문에선지 그 역시 젊은 티시가 소묘를 뚫어져라 바라보는 모습을 보고는 전혀 그답지 않은 목소리와 전혀 그답지 않은 태도로 낯선 사람에게 버럭 소리를 질렀다. "해리가 그 그림을 그렸어요!" 내 기억에 따르면 앤턴 티시는 내가 해리라는 걸 깨닫는 데 약간 시간이 걸렸던 것 같지만, 그 문제가 일단 정리되고 나자 우리와 합석했고—바로미터는 보자마자 그를 '테이블'이라고 부르기 시작했다—자연스럽게 알코올과 잡담을 나누며 저녁 시간을 함께 보냈다. 그 대화의 내용은 휘발되어 사라졌다. 그러나 시간이 지나면서 나는 그 청년이 뉴욕 시각예술학교School of Visual Arts에 다녔으며 조르조네(16세기 베네치아 회화의 창시자라 불리는 이탈리아 화가—옮긴이)가 누군지는 모르지만 워홀이 역사상 가장 중요한 화가라고 생각한다는 걸 알았다. 그래서 아마 그렇게 실크스크린에 집착했던 모양이다. 티시는 유명 인사들이 아니라 친구들의 실크스크린 작업을 했는데, 아마도 소위 그네들의 인생에 찬란한 빛이 들 15분이 이미 왔거나 앞으로 올 것이라는 이유에서였을 것이다. 그는 자신의 예술이 직접적으로 워홀을 참조하며 한편으로는 리얼리티 TV라는 현상 역시 가리키고 있다고 설명했지만, 내게 보여준 진부한 이미지들에서는 그런 정보를 파악하기가 어려웠다. 그는 '개념적'이라는 말을 좋아하고 굉장히 많이 썼는데, 에드거가 '맨'이라는 말을 쓰는 방식과 크게 다르지 않았다. 앤턴은 나쁜 아이가 아니었다. 그저 어마무시하게, 가슴 아플 정도로 무식했을 뿐이다.

오즈월드 케이스

(서면 진술)

맨해튼의 밤문화를 즐기는 화려한 족속들 사이에서 나는 소위 나이트클럽을 배회한다고 해서 '크롤러'라는 별명으로 알려져 있지만, 〈블리츠〉에 기고하는 내 칼럼의 제목은 '헤드 케이스'로서, 당연히 내 모든 걸 주신 케이스 부부에게 마땅한 경의를 바치고 있다. 그 잡지에서 나는 가십의 재능과 은근한 암시의 기예를 갈고 닦았고, 부유하고 허영심 많고 수많은 사진들에 찍히는 부류들을 한껏 부풀렸다가 후려치고, 기도와 웨이터와 유명인들 주위를 어슬렁거리는 사람들을 탈탈 털어 건수를 잡곤 했다. 그런 인간들은 명성이라는 게 옆에서 비비면 자기한테도 묻어나는 거라 믿지만, 사실은 다리와 터널을 오가는(뉴욕 교외에서 다리와 터널을 통해 맨해튼에 드나드는 사람들을 가리킨다—옮긴이) 초라한 그들의 삶을 적나라하게 드러낼 뿐이다. 하지만 나는 그런 허망한 백일몽을 부추겼다. 나, 크롤러는 그런 식으로 사람들을 낚는다.

가십을 쓴다는 건 섬세한 일이다. 균형 잡는 기술을 결코 저평가해선 안 되며, 자칫하면 선을 넘기 쉽다. 그들은 나를 필요로 하고 나 역시 그들이 필요하다는 상호 의존성을 항상 의식하고 있어야 한다. 나는 70년대 말 스튜디오 54의 화려한 전성기에 한창 신나게 일을 했고 여기저기서 비앙카와 앤디와 캘빈에 대한 구미 동하는 뒷얘기들을 긁어모아 대박을 터뜨렸다. 널찍하고 유행에 맞춰 휑한 로프트에서 보낸 코카인과 퀘일루드(수면 · 진통제로 쓰이는 메타콸론의 상표명—옮긴이), 평범하지만 영원한 말술과 마구잡이 섹스로 점철된 기나긴 밤들, 의식을 되찾고 나서 늦은 오후에 달러 몇 장을 벌려고 타이핑을 해대곤 했지. 그 시절이 그립다. 그때만 해도 지금은 사라져버린 그윽한 멋이 있었으니까. 그래, 글래머는 이제 영원히 사라졌어요, 버지니아. 글래머는 대중화되는 순간 사라져버렸고, 요즘은 아무 루저나 구글 검색에 걸리거나 유튜브 스타가 될 수 있다. 물론 뉴욕에는 언제나 아무나 들어가지 못하는 세계가 있다. 그러나 유명한 연예인이 뒷방에서 토하고 파파라치한테 주먹을 날리고 브라질리언 왁싱을 한 음부를 보여준다 해도 이젠 좀 지겹고 식상하지 않은가? 무엇보다도 술기운을 떨쳐내고 나자 나로서는 앙뉘(세기말 데카당스의 권태를 뜻하는 문학 용어—옮긴이)가 깊어졌다. 간장을 비롯해서 쇠약해진 신체 부위들을 보존하기 위해 어쩔 수 없이 취기의 기적을 포기해야 했기에 불가피하게 생겨난 결과였다.

그렇게 나는 좀 덜 가혹한 형태의 저널리즘 쪽으로 표류해갔다. 조금 고급스럽다고들 간주하는 분야지만, 겪어보니 인간의 기본적 자질은 별로 다를 바 없었다. 방해가 되는 거추장스러운 사람들을 움켜쥐고 색출하고 쓰러뜨리는 건 인간 종족 어디서나 발현되는 특성이고, 도시의 소규모 연대들은 하나같이 질투에 의해 촉발되는 대단히 흥미진진한 나름의 위계와 사이클을 갖고 있었다. 그리하여 나는 수적으로 감소하고 있는 어중간한 지식인 독자층을 위해 전략적으로 쓰는 뉴욕의 시들시들한 '문화면'을 맡게 되었다. 비평을 하고 인터뷰를 했다. 글쟁이로서 나는 이런 상품이 먹혀들게 하는 건 내 말투라는 걸 알고 있었다. 내 글을 읽는 독자들이 지닌 도도한 영국 억양에 대한 판타지를 놀림감으로 삼으면서, 그들도 그렇겠지만 나 역시 그런 건 우습게 여긴다는 식의 권태와 우월감이 밴 어조. 그게 바로 그들이 원하는 것이었다. 난 그들의 허영심을 부풀려주려고 글을 썼다. 이 말은 절대, 절대로 그들이 이해 못할 언급은 해서는 안 된다는 뜻이었다. 지나치게 고급한 지식을 내놓는 건 안 될 말이었다. 그들의 불안감을 어루만져주는 게 목적이지, 폭로하는 게 아니었으니까.

인터뷰어로서는, 인터뷰 대상의 비위를 맞추고 잘 보이기 위해서는 선망에 차고 심지어 스스로를 낮추되 질척거리거나 비굴해서는 안 된다는 비결을 재빨리 파악했다. (기사에서는 심지어 '질척거리다 Heepish'도 설명을 붙이지 않고 단독으로 써서는 안 될 단어다.) 그리고 적당히 우쭐해지고 물렁물렁해진 VIP는 보석 같은 말들을 뱉어내고, 단어 하나하나 그대로 헤드라인이나 기사의 강조어로 쓸 만한 탐스러운 말실수, 야수를 품고 있는 우리 같은 적확한 인용 거리 같은 걸 토해낼 수 있게 된다. 나는 언론이라는 동물원을 위한 사냥꾼이었다. 난 이런 기술들의 혜택을 어마어마하게 누렸으며 내 나름의 틈새시장을 찾았다. 탐정처럼 조사를 하고, 파르르 떨리는 예민한 귓구멍을 활짝 열어두었으며, 누가 누구이며 누가 누구한테 누군지 이런 이름들을 익혔다. '크롤러'로 살던 나날들은 어느 새 아득한 과거의 일이 되었고 나는 이제 예술에 조예가 깊은 감정가로 인정을 받고 있었다.

뉴욕이라는 대도시에서 문화는 개인 사업이고, 자금 조달의 상당수는 꼭 현금을 보유하진 않았더라도 예술후원자로서 떠오르는 위상을 탐내는 부유한 백인 여성들의 손에 달려 있다. 그들은 완벽하게 단장하고 향수를 뿌리고 기름을 바른 차림으로 자선 만찬에서 반짝거리며 앉아 있는 반면, 거래에 지친 남편들은 뭔지 모르겠다는 표정으로 주위를 둘러보다 정찬 내내 코를 골며 잔다. 최악은 아마 해마다 열리는 PEN 만찬일 것이다. 우울한 작가들과 더 우울한 출판인들이 몸에 맞지도 않는 낡은 턱시도나 푸대 자루 같은 드레스에 흉측한 구두를 신고 부자들과 어울리며 의심스러운 눈초리로 서로를 살피는 몰골이라니. 난 처지에 상관없이—말해두지만, 경제 수준이 참담할 때도 많았다—그래도 반드시 언제나 말쑥한 차림으로 나타나곤 했다. 밀워키의 배관공 따님이셨던 케이스 부인께서는 '적합한' 옷차림과 훌륭한 문법에 워낙 일가견이 있지 않으셨던가? 당신 아들을 '적합한' 학교에 보내려고 기꺼이 희생하지 않으셨던가? 내가 아무 이유 없이 예일대에 장학금을 받고 다녔겠는가?

그리고 인맥 덕분에(물론 열심히 일한 덕분이라고도 할 수 있겠지) 나는 연봉을 받으며 〈더 고서마이트〉에 기사를 쓰는 알짜배기 일자리를 따내게 되었다. 믿음직스럽게 지루하지만 '지독히 배타적'이던 WASP들의 시절이었다면 절대 나를 쓰지 않았겠지만 그런 시절은 이미 지난 지 오래고, 이젠 그들도 필요할 때 독설을 내뿜을 줄

아는 기고자가 필요했다. 내가 딱 적격이었다는 말씀이다. 학부를 갓 졸업한 묘령의 앤턴 티시는 클라크 갤러리에서 설치작품 〈서양 미술의 역사〉를 발표해 파문을 일으키고 있었고, 나는 입소문에 편승해 '뉴욕 시 예술계 근황' 기사를 써달라는 청탁을 받았다. 제프 쿤스가 〈풍선 강아지〉를 발표한 게 몇 년 전의 일이었기에 나는 또 다른 실크 제봉인형 정도를 예상하고 있었다. 제프 쿤스한테 악감정이 있는 건 전혀 아니다. 쿤스는 '미국의 꿈' 그 자체니까.

훌륭한 기자답게 나는 공부를 하고 갔다. 알고 보니 이번 열풍의 진원지는 '플래시 전구! 거대한 토피어리 개!'가 아니라 이 신예의 소위 천재적인 두뇌였다. 그는 까탈스러운 미술 애호가들이 풀려고 애쓰는 수수께끼를 내놓았을 뿐 아니라 그 문제에 대해 입을 꾹 다물고 있었다. 이 당당한 소년 천재는 그저 누구든 잘 보고 '약간'의 독서를 하면 된다고 주장했다. 그렇다, 그는 갤러리에 쫙 펼쳐진 거대한 여성 조각이 조르조네가 그리고 티치아노가 마감한 비너스 그림을 과장스럽게 확대한 3차원적 언급이라고 시인했다. 여자는 한 손으로 머리를 괴고 다른 한 손은 성기에 댄 똑같은 자세로 잠들어 있었고, 빨강 덧베개에 주름진 황토색 천이 그녀의 나신 아래 일렁이고 있었다. 이 수작질의 제목은 〈삽화가 그려진 여자〉였다. 크림빛 나신은 수백 개의 축소판 재현작, 사진과 텍스트들로 뒤덮여 있었다. 표구된 것도 있고 아닌 것도 있었지만, 하나하나가 모두 '단상'이었다. 고전적인 남성 포르노 테마를 담은 그리스 화병, 에라스테스(erastes, 그리스어로 연인이라는 뜻으로 소년을 사랑하는 연장자—옮긴이)와 에로메노스(eromenos, 고대 그리스 문화에서 연장자에게 구애를 받는 소년—옮긴이), 마돈나와 아기, 십자가상, 정물화, "서양만 부탁합니다"

라고 쓰인 쪽지. '제한구역'이라는 문구가 여자의 엄지에 에칭으로 새겨져 있었고, '원시적'이라는 문구가 이마에 끼적거린 글씨로 쓰여 있었다. '아트 어셈블리'(실험적 작품을 취급하는 영국의 큐레이터 그룹—옮긴이) 출신의 어떤 헛똑똑이는, 비너스의 왼쪽 엉덩이에 붙어 있는 '브릴로' 상자 사진이 워홀의 '브릴로' 상자와 함께 예술이 종말을 맞았다고 주장한 철학자 아서 단토에 대한 언급이라고 썼다. 고야와 반 고흐의 편지 구절들뿐 아니라 바사리와 디드로를 인용한 문구들도 발견되었다. 뻔히 예측 가능한 페미니즘 비평가들은 비너스의 훤히 드러난 겨드랑이에 그려진 (그들 주장에 따르면 미켈란젤로가 흠모했다는) 르네상스 화가인 소포니스바 안귀솔라의 자화상에 관심을 집중했다. 늘 비난을 뒤집어쓰고 묵살당하는 예술계 여성들에 대한 호탕한 비웃음이라는 것이었다. 뒤샹의 변기, 즉 〈샘〉과 비슷해 보이는 것에 예술가가 소변을 보는 사진에다가 R. 머트(마르셀 뒤샹이 변기를 〈샘〉이라는 제목으로 발표하며 썼던 가명—옮긴이)라는 서명까지 완벽하게 갖춰놓은 걸 재미있어하는 사람들도 있었다. 이 모든 것들이 합쳐진 총합은 과연 역작이라는 이름이 무색하지 않았다.

실내에 전시된 또 다른 조각에 대해서는 은밀한 볼멘소리들이 많이 오갔다. 남색 투피스 정장 차림에 빨간 넥타이를 매고 뒷짐을 진 모습으로 나체 여인을 바라보는 남자 마네킹이었다. 심오한 의미가 있는 걸까? 심오하게 무의미한 걸까? 그리고 여자 주위에 흩어져 있는 거대한 나무상자들 일곱 개는 대체 뭐란 말인가? 네모난 상자들은 모두 번호가 매겨져 있고 창살 달린 작은 창문들이 나 있어서, 호기심 많은 관람자들은 무릎을 꿇고 앉아 서로 밀쳐대야 그 속을 들여다볼 수 있었다. 각각의 '스토리'(이야기라는 뜻도 있고 건물의 '층'이라는 뜻도 있다—옮긴이)는 안쪽에 설치된 조명 때문에 '섬뜩한' 빛을 만들어내고 있었다.

스토리 1. 작은 소녀 인형이 의자에 서서 두 팔을 들고 입을 벌린 채 미니어처 침실에서 창문 밖을 내다보고 있다. 바닥에는 더러운 키친타월, 걸레, 레이스 조각과 실타래가 지저분하게 널려 있다. 추한 갈색, 녹색, 노랑색 얼룩이 모든 걸 뒤덮고 있다. 침대 밑에서 주먹을 쥔 남자의 팔이 튀어나와 있다.

스토리 2. 소파, 의자 두 개, 커피테이블, 책장이 있는 또 다른 방. 테이블에는 '안 돼'라는 글씨가 인쇄된 찢어진 종이가 한 장 놓여 있다. 그 옆의 작은 목관에 또 글씨가 쓰여 있다. '그녀/그/그것'. 아주 작은 그림들이 벽에 걸려 있다. 스토리 1에 나오는 소녀와 굉장히 닮았지만 소년 같은 인물의 초상—두 팔을 치켜들고 입을 벌리고 있다.

스토리 3. 스토리 2와 똑같은 방. 여자의 인형, 방에 비해 비율이 맞지 않을 정도로 커서 천정 아래로 들어가려면 고개를 숙여야 한다. 의자를 내려다보고 있다. 메시지?

스토리 4. 심란하리만큼 털이 북슬북슬한 포유류, 토끼 비슷한데 토끼는 아니다. 머리가 두 개 달린 그것이 스토리 1의 침실 바닥에 누워 있다. 색마분지에서 오려낸 글자들이 침대 위에 흩어져 있다. G R A T E L O O T Y.

스토리 5. 화장실. 스토리 3의 불균형하게 거대한 형상이 스토리 2에 나오는 아이의 초상을 가슴에 꼭 안고 마룻바닥에 쭈그려 앉아 있다. 한쪽 다리가 복도로 상자 벽을 뚫고 비어져 나와 있다. 욕조는 더러운 갈색 물로 가득 차 있다. 으웩!

스토리 6. 또 화장실. 욕조의 물은 빠졌지만 짙은 띠가 남아 있다. 마루에는 아주 작은 책들이 산더미처럼 쌓여 있다. 'M. S. 1818'이라고 찍혀 있는 책 한 권에서 정체를 알 수 없는 젤라틴 같은 물질이 흘러나오고 있는 것처럼 보인다.

스토리 7. 스토리 1~6에 나오는 침대, 거실, 화장실에 또 다른 방 하나가 붙어 있다. 책들이 즐비하게 꽂혀 있는 서재다. 똑같은 흑백 사진에서 오려낸 듯한 미소 짓는 남자와 미소 짓는 여자의 이차원 형상이 깔개 위에 나란히 놓여 있다. 남자아이가 여자아이의 초상을 머리 위로 치켜들고 열려 있는 문간에서 안을 들여다보고 있다.

그런데 이 앙팡테리블은 대체 누구였을까? 오하이오 주 영스타운에서 태어나 자라 채니고등학교를 졸업하고 부모님을 좋아했으며 뉴욕 시각예술학교에서 '쿨한 사람들'을 많이 만났고 뉴욕은 '멋지다'고 생각했다는 이 청년은 대체 누구인가? 그는 완벽하게 '순진한 연기'를 해냈다. 급작스러운 성공에 어리둥절해하는 시각예술계의 포레스트 검프. 그러나 그는 그럴 듯하게 연기를 해낼 만큼은 똑똑했다. 질문을 받으면 시선을 어디 둘 줄 몰라 헤매는 커다란 갈색 눈. 영향을 받은 작가들을 물으면 환하게 웃던 얼굴. 고야, 말레비치, 신디 셔먼의 이름을 말하던. "기본적으로, 관념적인 거죠, 왜 있잖아요." 바로 지난주에 처음 면도를 시작한 것처럼 생긴 소년은 즉시 대히트를 쳤다. 그리고 단 한 번의 전시회 이후 종적을 감췄다. 그 앞의 케이디 놀랜드처럼, 미술작품을 발표하는 일을 그만두었다.

나도 누구 못지않게 훌륭한 사기에 대해 짜릿하게 흥분하는 사람이다. 예를 들어 언 맬리(호주의 모더니즘 시인으로, 훗날 실존하지 않는

가상의 인물로 밝혀졌다—옮긴이)라든가 데이비드 보위(록 가수가 아니라 〈모던 페인터즈〉 잡지의 편집장—옮긴이)와 윌리엄 보이드가 만들어낸 냇 테이트(내셔널 갤러리와 테이트 갤러리의 이름을 합쳐 만들어낸 이 가상의 화가는 자기 작품의 99퍼센트를 파괴한 알코올 중독자로 설정되었다—옮긴이), 또는 데이비드 체르니의 〈엔트로파〉(EU 본부에 설치된 장난감으로 만든 조각 작품—옮긴이) 같은 건 얼마든지 환영이지만, 평생 미술계 근처를 얼쩡거리던 50대 여자는 사실 '신동'이라고 부르기 힘들지 않은가? 그리고 기만의 여왕이 꾸며낸 마지막 속임수는 결과가 몹시 좋지 못했다.

룬의 작품을 자기 것이라고 주장한 건 지나친 짓이었다. 나는 2002년 〈더 고서마이트〉의 프로필 기사를 쓰기 위해 인터뷰를 하다가 룬과 우정을 쌓게 되었다. 그가 2003년 10월 17일 자살을 하고 나서 얼마 되지 않아 (그렇다, 나는 그가 의도적으로 저지른 일이라고 믿는다) 나는 책 한 권을 구상하기 시작했다. 내가 원했던 건 진짜 이야기였다. 룬에게 실제로 어떤 일이 일어났는지를 파헤치고 싶었다. 나의 저서《예술을 위해 순교하다》(미스라이트 출판사, 2009)는 룬의 이야기이고 그 내용은 내가 보증한다. 나는 심도 깊은 취재를 하며 그 책에 이삼년 간 매달렸다. 인터뷰를 하고 단서를 쫓고 문서를 살폈다. 그 책을 읽어보라! 동네 서점에 있을 것이다. 아니면 온라인으로 주문하라.

해리엇 버든은 돈을 주고 티시와 엘드리지를 샀다. 돈다발이 없었다면 두 사람 모두 그녀와 상종했을 리가 없다. 그건 사실이다. 룬은 유명인사였고 미술계의 스타였다. 그의 십자가들은 수백만 달러를 호가했다. 룬에게는 그녀가 필요 없었다. 룬이 그녀와 무슨 작당을 했건 그건 장난으로, 재미로, 미학적 희롱으로 했을 뿐이다. 룬의 명성에 편승하고 싶어 했던 그녀를 탓할 사람은 아무도 없다. 결국 문제는 룬이 그녀가 원했던 거래를 훌쩍 뛰어넘는 인물이었다는 데 있었다. 예술가로서 그의 천재성은 버든의 주접스럽고 허세에 찬 작품과 비교도 되지 않게 우월했다. 열두 개의 라슨 창문들은 놀라운 성취였다. 나는 버든이 그중 하나라도 만들었을 거라고 믿지 않는다. 그리고 물론 룬은 엄청난 제스처로 그녀를 교묘하게 따돌렸다. 바로 자기 자신의 시체로 말이다. 그가 자기 자신의 죽음을 담은 영화는 오래도록 남을 것이다. 그 영화에서 그는 이 포스트모던 (곧 사이보그가 될) 시대에 우리가 어떤 지경에 다다랐는지, 그 소외된 진실을 폭로했다.

내가 처음 그 여자를 보았던 기억은 티시의 스튜디오에서였다. 작품에 대한 설명을 한두 마디 뽑아볼까 하고 브루클린에 갔을 때였다. 그 여자는 만화의 등장인물 같은 모습이었다. 거대한 가슴과 골반, 어마어마하게 큰 키—아마 195센티미터 정도 될 것이다—펄쩍 도약해 점프 샷을 날릴 만한 덩치에 길고 남성적인 팔과 거인 같은 손, 마치 매 웨스트(섹스어필로 유명했던 흑백영화 시대의 여배우—옮긴이)와 《생쥐와 인간》의 레니를 합해놓은 듯 망측한 몰골이었다. 그녀는 연장 벨트를 메고 스튜디오 안을 쿵쾅거리며 돌아다녔고, 거기서 뭘 하고 있느냐고 묻자 자기가 '앤턴의 친구'이며 '그를 이것저것 도와주고' 있다고 대답했다. 지금 생각해보면 틀린 말은 아니었던 셈이다. 떠나기 전 나는 그녀와 악수를 나누고 아무렇지 않게 말했다. "앤턴의 작품을 어떻게 생각하십니까?" 그녀는 당장이라도 내 머리를 뜯어먹을 기세로 말했다. "외면이 있고 내면이 있죠. 문제는 그 경계가 어디 있느냐? 하는 겁니다." 나는 기사에서 그런 알쏭달쏭한 말장난을 인용하지 않았지만 노트에는 적어놓았다. 녹음한 테이프도 있다. 그녀는 한참 동안 그 통통한 손으로 손사래를 치며 고개를 끄덕이고 나를 향해 짖어대었다.

한 가지 그녀가 잘한 일이 있다. 나는 그녀가 중개인이나 수집가들한테 잘 보였을 거라 생각지 않는다. 뭐, 알 수 없는 일이긴 하지만. 그런 사람들이야 제대로 팔리기만 하면 무엇에든 익숙해지는 위인들이니까 말이다. 그 여자는 지나치게 흥분해 있었다. 프로이트를 인용했는데, 그것은 큰 실수였고—그 엄청난 돌팔이를 인용하다니—게다가 아무도 듣도 보도 못한 소설가며 예술가며 과학자들을 들먹거렸다. 진지함이 뚝뚝 배어났다. 요즘 미술계에서 절대로 뜨지 못하는 게 있다면 그건 바로 과도한 진지함이다. 그네들은 자기가 애지중지하는 천재들이 (시대에 따라) 수줍거나 쿨하거나 혹은 술에 취해 '시더 바'에서 싸움에 휘말리는 걸 좋아한다. 티시의 기사를 게재하기 전에 나는 스튜디오에 있던 괴상한 여자가 펠릭스 로드의 미망인이라는 사실을 알아냈고, 그러자 이야기가 맞아떨어졌다. 화려한 과부와 그녀의 피후견인. 그는 애완 청년이었던 것이다. 사랑스럽고 늘씬한 엉덩이가 아니면 그의 재능 덕분에 사랑을 받는.

나로서는 오히려 어째서 그 여자를 내가 알아보지 못했는지가 이상했다. 그날 티시와 함께 있는 모습을 보기 전에도 틀림없이 여러 번 봤을 텐데 말이다. 나는 전시 오프닝에는 단골로 참석했고, 업타운에 있는 로드의 널찍한 집에서 열린 칵테일 리셉션에도 최소한 두 번 이상 가본 적이 있었다. 회전하는 오르되브르 테이블과 야멸

차고 경쟁적인 수다가 있는 시끌벅적하고 사람 많은 스탠딩 파티였다. 하지만 나는 눈썰미가 예리한 편이고 방 건너에서도 의미심장한 문장의 파편들을 포착할 수 있는 귀를 가지고 있다. 그런데도 펠릭스 로드 부인은 전혀 흔적을 남긴 바 없다. 온갖 현실적인 이유에서 그녀는 투명인간 노릇을 했던 것이다. 뭐, 지금에야 그녀에게 주어진 15분의 명성을 누리고 있는 셈일 테지만—무덤에서 말이다.

레이철 브리프먼

(서면 진술)

내가 이 책에 글을 기고하기로 결정한 건, 메이지와 이선 버든뿐만 아니라 해리엇이 마지막 나날을 함께 보냈던 동반자인 브루노 클라인펠드와 장시간 대화를 나누고 난 후의 일이다. 나는 또한 헤스 교수와 서신 교환을 했고 내 친구 해리엇 버든에 대한 이 책이 지금에야 그녀의 작품을 발견한 많은 사람들에게 그녀의 삶과 예술을 조명해줄 수 있을 거라는 믿음을 갖게 되었다.

해리엇과 나는 1952년 우리가 열두 살이었을 때 헌터 고등학교에서 처음 만났다. 당시 헌터에는 여학생들밖에 없었다. 나는 프랑스어 수업에서 해리엇의 옆자리에 앉았고, 한 마디 말을 건네보기도 전에 그녀가 그림을 그리는 모습을 보게 되었다. 그녀는 수업에 완전히 몰입해 있는 것처럼 보이면서도—언제나 어형 변화를 할 태세를 갖추고 있었다—그림 그리기를 멈추지 않았다. 공책 안에,

공책 밖에, 종이 쪼가리에, 어디든 여백이 있으면 얼굴이며 손이며 몸, 기계, 꽃들을 그렸다. 그녀의 손놀림은 자동적이고 느긋해 보였지만 섬뜩하리만큼 정교했다. 선을 몇 번 그으면 인물들이, 풍경들이, 정물화가 튀어나왔다. 마법의 손을 가진 이 훤칠하고 진중한 소녀는 누구란 말인가? 정말 근사하다고 말했더니 그녀가 나를 돌아보곤 짐짓 으스스한 목소리를 내며 허공에 손을 흔들어 보였다. "다섯 손가락의 야수야." 살인을 저지르며 피아노를 연주하는 음악가의 절단된 손이 나왔던 피터 로르 주연의 공포영화 말이다.

세월이 흘러 의대에 진학한 나는 외계인 손 증후군을 앓는 신경과 환자들에 대한 책을 읽게 되었다. 뇌손상 환자들 중에는 의도한 바와 정확히 반대로 움직이는 제멋대로의 손을 가진 사람들이 있다. 방금 채운 단추를 풀고, 컵이 다 차기 전에 수돗물을 끄고, 심지어 공공장소에서 자위를 하기도 한다. 전반적으로 외계인 손은 경악과 대혼란을 불러온다. 의학 논문에 실린 바에 따르면 주인의 목을 조르려 한 반항적 손이 최소한 하나 이상 있다. 자기만의 정신을 지닌 이런 사지들에 대한 글을 읽고 나서 내가 해리엇에게 전화해 얘기를 해주었더니, 해리엇은 딸꾹질이 날 정도로 심하게 박장대소했다. 이 얘기를 하는 건 그때의 농담이 여전히 여운을 남기고 있기 때문이다. 해리엇, 알게 된 지 얼마 후 '해리'라고 부르게 된 그녀는 영리하고 천재적이고 예민한 감수성을 지니고 있었다. 같이 있을 때도 몇 시간 동안이나 아무 말 없이 뿌루퉁하고 있다가는, 도저히 참을 수 없을 지경이 되면 나를 두 팔로 안아주며 사과를 하곤 했다. 당시에는 말할 수 없었지만 그녀의 소묘들, 그리고 훗날의 회화와 조각 들은 내가 모르는, 하지만 그녀 자신 역시 모르는 어떤 사람이 만든 것 같았다. 그녀에게는 '다섯 손가락의 야수'가 필요했다. 동아줄이나 사슬만큼이나 확고하게 그녀를 묶고 있던 구속들을 뚫고 나갈 창조적인 장난꾸러기 요정이 꼭 필요했다.

우리는 함께 공부했고 함께 백일몽에 잠겼다. 나는 목에 청진기를 걸고 종합병원 복도를 씩씩하게 걸으며 간호사들에게 지시를 하는 하얀 가운 차림의 내 모습을 상상했고, 해리엇은 위대한 예술가나 시인이나 지식인—아니 셋 모두가 된 자기 자신을 그렸다. 우리는 소녀들에게 가능한 최고의 친밀감을 누렸다. 남자애들이 찌들어 있는 허세 따위에 전혀 방해받지 않는 우정이었다. 우리는 날씨가 좋을 때, 심지어 날씨가 안 좋을 때도 자주 메트로폴리탄 미술관 계단에 앉아 이야기를 나누었다. 괴로움을 함께 나누었고 우리 학급의 여학생들을 분석했다. 우리는 이해도 못하는 책을 읽고 잘 알지도 못하는 사상에 열광하는 오만방자한 아이들이었지만, 그런 가식이 우리를 보호해주었다. 우리는 2인 1조가 되어 청소년기의 위계질서라는 적대적인 세계에 대항했다. 우리 어머니는 언젠가 이런 말씀을 하셨다. "레이철, 사람에게 정말로 필요한 건 단 한 사람의 좋은 친구란다." 나는 그런 친구를 해리엇에게서 찾았다.

그때의 우리 모습을 다시 포착하기에는 너무나 많은 시간이 흘렀다. 내가 개업을 해서 아이들과 청소년들을 진료한 지도 어느덧 수많은 세월이 흘렀고, 그애들의 이야기에 대해 알게 된 것과 내 분석이 합쳐져 기억을 재구성한 게 틀림없다. 축적된 경험은 언제나 과거의 지각을 변화시킨다. 2004년 해리엇이 죽을 때까지 우리가 친하게 지냈다는 사실 역시 초창기의 우리 우정에 대한 내 이해를 바꾸어놓았다. 그러나 열정적인 소녀가 열정적인 여자가 되었다는 사실만은 확실히 안다. 그녀는 할 수 있는 한 최대로 배움을 소화하겠다는 어마어마한 지식욕에 휘둘리는 잡식성 탐식가가 되었다. 그 굶주림은 영원히 사라지지 않았다. 그녀의 앞길에 방해가 되었던 세력들은 따로 있다.

열두 살인가 열세 살 때 웨스트 86번가의 우리 부모님 댁에서 함께 찍은 사진을 가지고 있다. 그 방으로 돌아가는 건 전혀 힘든 일이 아니다. 그 아파트의 공간들은 내 뼛속에서 살아 숨 쉬고 있지만, 스냅사진에 찍힌 어린 타인들을 꿰뚫어보려면 좀 더 애를 써야 한다. 키다리 해리가 키 작은 레이철 옆에 서 있다. 우리는 면 원피스를 입었고 짝을 맞춘 벨트로 허리를 꽉 여미었으며 발목 양말에 새들 슈즈(구두끈이 있는 등 부분을 색이 다른 가죽으로 씌운 캐주얼화—옮긴이)를 신고 있다. 해리엇은 머리카락을 뒤로 넘겨 포니테일로 묶었고 나는 머리를 풀었다. 해리엇은 신체적으로 한창 꽃피고 있었고, 나는 이제 막 꽃봉오리를 맺기 시작하고 있었다. 우리 둘 다 카메라 앞에서 편해 보이진 않지만 '치즈'라고 말해보라는 명령에 순순히 따랐고, 그 결과는 거짓은 아니라 해도 딱딱하게 굳은 표정으로 나왔다. 지금 이 사진을 보며 나는 그 진부함에 놀라지만, 한편 그 사진이 얼마나 많은 걸 숨기고 있는지에 또 놀란다. 기억의 매개로서 그 사진은 내면의 진실에 저항한다. 순간의 기록으로서 그 사진은 그때의 우리 모습을 기록한다. 우리 사이에 흐르던 고조된 감정, 몰래 나누던 비밀 이야기, 우리가 맺은 우정의 맹세—이 모든 건 빠져 있다.

해리엇과 나는 '착한 소녀들'이었다. 성적도 좋고 협조적인 학생들이라, 이마에 금은별을 붙이고 다녀도 좋을 만한 모범생들이었다. 하지만 내 절친한 단짝 친구의 성격에는 내게 없는 성자 같은 면이 있었다. 개신교도 아버지에게서 물려받은 듯한 경직된 도덕률이었다. 나는 버든 교수님이 좋았다. 거리감이 있긴 했어도 언제나 내게 친절하게 대해주셨고, 우리에게 말씀하실 때면 종종 재미있다는 듯 아이러니컬한 표정을 지으며 한쪽 입술 끝을 끌어올리곤 했다. 하지만 치아를 보이고 웃는 경우는 거의 없었다. 호방하고 시끄러운 우리 아버지(당신도 나름의 문제가 있긴 하셨다)와 달리 해리엇의 아버지는 신체적으로 뭔가 어색했고, 딸의 팔을 소심하게 톡톡 두드리거나 애정의 표시라기보다도 질주하다 충돌하는 것에 가까운 재빠르고 거센 포옹을 해주곤 하셨다. 의자에서 일어날 때도 오랜 시간이 걸리는 것처럼 보였고, 마침내 똑바로 서면 우리 위로 스윽 솟아나 내려다보고 계셨다. 길고 깡마르고 창백하며 머리가 벗겨지고 있는 어떤 존재처럼. 우리의 이해력을 넘어서는 언어로 철학이나 정치에 대해 설명하시는 걸 좋아했지만, 해리엇은 마치 신이 직접 말씀하는 걸 듣는 사람처럼 황홀하게 아버지의 말을 듣곤 했다. 그분의 이야기에 독선이 느껴졌던 기억은 없다. 교수님은 관용과 학문적 자유를 신봉하셨고, 우리 부모님과 마찬가지로 이른바 '적색 공포'라는 괴물 같은 사태에 분노하며 열렬히 반대하셨다. 그러나 우리의 정체성은 입 밖에 나온 이야기들로 만들어지지 않는다. 그보다는 말하지 않은 이야기들이 더 중요한 경우가 더 많다. 나는 어린 소녀였지만 커다란 의자에 앉은 그분에게서 똬리를 틀고 있는 긴장감을 느꼈다. 올리브 두 알이 든 마티니 잔을 휘감은 긴 손가락에서도. 내가 아는 한 교수님의 생각은 늘 멀리 다른 곳에 가 있었다.

전시에 어린아이였던 우리는 아버지 없이 살았었고 아버지들의 귀환을 기억했다. 우리 아버지는 전투를 직접 본 적이 없지만 버든 교수님은 유럽에서 첩보 부대의 일원이었다. 해리엇에 따르면 아버지는 그 일에 대해 단 한 마디도, 한 번도 발설한 적이 없다고 한다. 언젠가 해리엇이 그 시절에 대해 질문을 했더니 책을 한 권 집어 들고 읽기 시작하셨다는 것이다. 마치 그런 말이 딸의 입 밖으로 아예 나온 적이 없다는 듯이 말이다. 그는 참전하기 전에 결혼을 했고, 해리엇은 아버지가 꿈꾸던 여인이 유대인이라는 이유 때문에 가족과 절연했다는 사실을 알고 있었다. 그러나 불화가 영원히 지속되진 않았다. 버든 가문은 명목상으로 루스 파인과 손녀딸을 받아들였지만, 그들은 완벽한 속물들이었다. 돈은 없었지만 말로 표현되지 않은 반유대주의를 포함하여 전통적 부자들의 사고방식들을 무더기로 품고 살아갔던 것이다. 해리엇의 아버지는 부모님의 편협한 세계를 거부했지만 어쩔 수 없이 그 소산이었다. 그는 오랜 시간 연구를 했고 정밀하고 성실하며 스스로에게 가혹했다. 아내와 딸에 대한 칭찬은 미미하게, 투덜거리며 가끔 던져줬을 뿐이다. 그가 짜증을 내거나 화를 내는 모습을 본 적은 한 번도 없지만, 그는 자기 절제력이 너무 강해서 즉흥성의 여지 자체가 없었다. '해리'라는 별명을 처음 생각해낸 건 바로 그 아버지였다. 정신분석학자로서 나는 그 '애칭'에 공공연히 드러나는 소망을 못 본 척하기 어렵다.

버든 가에서 쌀쌀맞은 독설이나 말다툼이 전혀 오가지 않는다는 사실은 내게 정말로 놀라웠다. 루스는 가끔 해리에게 소리를 지르곤 했지만 남편에게는 결코 그러는 법이 없었다. 우리 부모님은 정기적으로 격전을 벌이고 한동안 냉각기를 갖곤 하셨다. 두 분의 싸움 때문에 내 마음이 심히 아픈 적도 많았지만, 난 해리엇보다 집 안의 갈등에 훨씬 익숙했다. (내겐 목조르기의 대가인 오빠 둘도 있었다.) 어릴 때면 누구나 자기 삶을 통해 인간의 현실을 추정하는 법이다. 그 삶이 다른 사람들의 눈에 아무리 변칙적으로 보여도 날마다 그 안에서 살아가는 사람에게는 정상인 법이니까.

한편으로 나는 버든 가의 조화가 부러웠다. 루스는 싹싹하고 효율적이고 아내로서 해야 할 의무를 굴레가 아니라 소명으로 여겨 진심으로 대하는 것처럼 보였다. 날카로운 유머감각의 소유자였던 그녀는 깔깔 발작적으로 웃음을 터뜨리기도 했고, 가끔은 폭소가 너무 심해져서 도무지 멈추기 어려워 주체를 못할 때도 있었다. 한번은 부엌 바닥에 고기찜 냄비를 떨어뜨렸고, 고기 덩어리가 마루에 질펀하게 육즙을 흘리며 떨어져 의자 다리에 부딪는 걸 보고는 웃다 못해 양쪽 뺨에 눈물을 줄줄 흘렸던 적도 있다. 정신을 차리고 나서 버든 부인은 고기 덩어리를 주워서 다시 냄비에 넣고 '여기저기 약간 수선을' 했다. 우리는 가장에게는 한 마디도 하지 않고 저녁식사를 했지만, 루스는 식사시간 내내 해리와 나를 보고 윙크를 했고 난 공모자가 된 듯 멋진 기분이 들었다.

고기찜 대소동은 버든 가에서는 변칙이었기 때문에 웃기는 사건이 될 수 있었다. 프랑스어와 독일어 번역자였던 우리 어머니는 부엌 식탁에서 일을 하셨다. 저녁식사를 먹기 전에 어머니는 원고를 한쪽으로 밀어 치웠고, 아침에 원고지에 묻은 스파게티 소스 얼룩을 보면 "내가 이 집에서 돼지를 치고 있는 거야?"라며 소리를 질러댔다. 지금은 루스 버든이 밀려드는 불안감을 막고 남편의 차분한 표면을 유지하기 위해 그녀의 세계를 질서정연하게 정돈했다는 생각이 든다. 내면 깊숙이 부글부글 끓고 있었던 남편은 치솟는 분류奔流를 달래기 위해 매일 아침 마티니를 세 잔씩 마셔댔으니까. 나는 버든 부인의 손길이 좋았다. 그녀는 따뜻하고 애정이 듬뿍 담긴 손길을 아낌없이 해리에게 쏟았고, 가끔은 내게도 나눠주었다. 밤에 그 집에서 자고 갈 때면 다 큰 아이들인데도 이불을 덮어 꼭 여며주었고, 난 이마에 닿는 그녀의 손길과 향수 냄새와 잘 자라고 인사하는 목소리가 좋았다.

해리엇은 메이지를 낳고 나서 그런 격렬한 모성애와 질서를 향한 열망에 사로잡힌 듯했다. 엄마 노릇과 살림에 온몸을 던지는 그녀 모습에 나는 솔직히 기겁을 했다. 해리엇은 자신의 어머니처럼 되었는데, 그건 그렇게 쉬운 일이 아니었다. 그녀는 한편 필사적으로 철학자-왕이었던 아버지가 되고 싶어하기도 했으니까. 해리는 매주 내 동료이기도 한 심리치료사 애덤 퍼티그한테 갔다가 나를 만나서 차를 마셨다. 어느 날 오후 해리는 몇 분 늦게 허겁지겁 들어오더니 사과를 하며 식탁 맞은편에 앉았다. "레이철, 우리 자신이 어떤 사람인지 우리가 모른다는 건 이상하지 않니? 내 말은, 우리 자신에 대해서 아는 게 정말 너무 없어서 충격적일 정도야. 스스로에게 이야기를 들려주고 그걸 계속 믿으며 살아가잖아. 그러다가 나중에 알고 보면 그게 틀린 얘기고, 그건 즉 우리가 틀린 삶을 살았다는 얘기가 되지."

우리는 그날 오후 우리의 이야기들과 우리의 기만과 자기 운명에 대한 해리의 분노에 대해 얘기를 나누었다. 가족 이야기도 문화정치학도 그녀의 성격도 그녀에게 일어난 일을 설명해주지 못했다. 우리 모두의 내면에는 구름이 있고, 우리는 그 구름들에 이름을 달아주지만 그 이름들이 창출하는 분류가 언제나 실존하는 건 아니다. 해리의 내면에는 폭풍들이 살고 있었다. 사방으로 다니며 파괴를 일삼는 회오리바람과 토네이도들이 있었다. 그녀의 시련은 뿌리 깊었고 어른이 되었을 때 시작된 게 아니었다. 거울 앞에 서서 눈물을 줄줄 흘리고 있던 그녀 모습이 기억난다. 아마 열다섯인가 열여섯 때였을 것이다. "나는 내 외모가 마음에 들지 않아. 왜 이런 식으로 생겨버린 걸까?"

헌터 고등학교에서 인기 있던 소녀들은 금요일과 토요일 밤에 데이트가 있다며 화요일에 자랑을 했다. 해리와 나는 그런 치졸한 문제들과 거리를 두는 척했지만, 세상 어떤 십대가 흠모의 대상이 되고 사랑 받는 걸 원치 않는단 말인가? 사실, 그 어떤 사람이 마다하겠는가? 짐작컨대 해리의 외모는 미국이라는 나라의 치명적으로 유해한 측면들을 실감하게 되는 장이었던 것 같다—지나치게 키가 커서 남자들에게 매력적으로 보일 수 없다는 느낌. 그러나 사실 그녀는 눈에 번쩍 띄는 미인이었다. 아름답고 강인하고 육감적인 몸을 지니고 있었던 것이다. 남자들은 거리에서 그녀를 뚫어져라 바라보았지만, 그녀는 워낙 추파를 던지는 스타일이 아니었고 우아한 사교성도 없었거니와 잡담을 즐기지도 않았다. 해리엇은 수줍은 외톨이였다. 함께 있을 때도 보통은 말이 없었지만, 한번 말했다 하면 너무나 힘차고 지적이어서 사람들을, 특히 또래 남자아이들을 겁먹게 만들었다. 그들은 해리를 어떻게 생각해야 할지 아예 감을 잡지 못했다. 해리는 가끔 남자아이였으면 좋겠다고 했는데, 내가 봐도 그랬다면 삶의 궤적이 훨씬 더 수월했을 것 같다. 소년에게 어색한 천재성이 있다면 좀 더 쉽게 범주화되고, 전혀 성적인 위협으로 여겨지지도 않으니까.

바로 얼마 전, 나는 고등학교 때 해리가 가장 좋아했던 책을 다시 읽었다. 메리 셸리의《프랑켄슈타인》이었다. 우리는 종종 같은 소설을 읽었고 둘이 함께《제인 에어》《폭풍의 언덕》, 제인 오스틴의 소설 전부, 그리고 디킨스의 소설들도 상당수를 손보고 윤색했지만,《프랑켄슈타인》은 해리엇의 원형적 텍스트가 되었다. 그 책은 자아의 우화이자 해리엇 버든의 현실을 기록한 경전이었다. 나 역시 현대 의학의 발전을 예견한 신화로서 그 책에 매료되었지만 그렇다고 읽고 또 읽고 하지는 않았다. 프랑켄슈타인 박사와 김빠진 여자 캐릭터들은 해리의 흥미를 별로 끌지 못했다. 그녀가 사랑했던 캐릭터는 괴물이었고, 그녀는 괴물 부분에서 나오는 장황한 구절들을 달달 외워 인용하면서 구식 시인들처럼 거창하게 낭송하곤 했다. 그럴 때마다 난 웃음을 터뜨렸지만, 한편으로는 그 밀턴적인 괴물에 대한 그녀의 광적인 애착이 당혹스럽기도 했다.

그러나 어른이 되어 그 책을 다시 읽으니 닫혀 있던 문 하나가 열린 것 같은 느낌이 들었다. 그 문 안으로 걸어 들어가자 해리가 있었다. 19세 소녀가 내기를 위해 쓴 소설에서 나는 해리를 발견했다. 1816년 메리 셸리는 스위스에서 남편과 여름을 보내고 있었고 바이런 경과 또 조금 덜 유명한, 이름이 잘 기억나지 않는 또 한 사람과 함께 있었다. 도전 과제는 다른 사람들을 즐겁게 할 유령 이야기를 쓰는 것이었다. 그들 중에서 과제를 이행한 사람은 메리 셸리뿐이었다. 메리 셸리는 서문에서 이 이야기가 '백일몽' 중에 찾아왔고 이미지들이 연이어 그녀를 사로잡았다고 썼다. "불경한 기예를 공부하는 창백한 학생"이 괴물을 창조하는 모습을 지켜보았다는 것이다.

"그의 침대 맡에 서서 커튼을 열어젖히고 노랗고 번들거리는, 그러나 생각에 잠긴 눈으로 그를 내려다보는 저 끔찍한 괴물을 보라."

이 소설의 줄거리를 잊기란 불가능하다. 프랑켄슈타인이 창조한 그 무서운 존재는 너무도 고독하며 오해받은 나머지 그의 존재 자체가 저주였다는 사실을 나는 알고 있었다. 그 지독한 고립이 복수로 변모했다는 것도 알고 있었다. 그러나 그의 감정이 얼마나 치열한지는—그 분노와 슬픔과 피를 보고자 하는 열망이 얼마나 맹폭한지는 잊고 있었다. 아니, 예전에는 한 번도 느끼지 못했다. 그리고 나는 15장에서 괴물이 하는 이 말들을 읽게 되었다.

"내 외모는 추악하고 덩치는 거인과 같다. 이것이 무슨 의미였던가? 나는 누구였는가? 나는 무엇이었는가? 나는 어디서 왔는가? 내 목적지는 어디였던가? 이런 의문들이 계속해서 생겨났으나, 나로서는 답을 찾을 길이 없었다."

나는 마치 해리의 유령이 내게 말하고 있는 듯한 느낌을 받았다.

13의 요약서

등장인물 소개, 뜬금없는 방담, 고백, 수수께끼,
그리고 H. B.를 위한 추억

(원문에서 아래 각 항목의 첫 글자를 모으면 해리엇 버든이 된다—옮긴이)

이선 로드

1. '노웨어'의 북극 나라에 사는 퍼비들리들의 영웅 고빌라트론은, 눈길로 거대한 호수들을 얼려버리는 기계 인간 보블헤드의 얼음처럼 차가운 손아귀에서 어떻게 벗어났는가? 보블헤드는 한번 쳐다보는 것만으로 고빌라트론을 꽁꽁 얼려버렸다. 빙원 한가운데서 걸어가다 말고 그대로 얼어붙어버린 고빌라트론은 뜨겁게 생각하기 시작했다. 뜨겁디 뜨겁게 생각하다 못해 열병에 걸리고 말았다. 열이 올라 얼음이 녹았고 영웅은 자유로워졌다.

2. 하나의 단어는 하나의 그림으로 표현되지 못한다. '언제든, 하지만, 그 다음에, 아니면 지난주를' 어떻게 그리지? 화살들.

3. 에드워드 보일이 여자애들 거라고 말했던 프랑스에서 산 파자마들에는 온통 빨간 수탉이 그려져 있었다. 나는 가위를 들고서 한 쪽 다리에 구멍을 낸 다음 잘라낸 천 조각을 쓰레기통에 버렸다. 난자당한 파자마들은 사라졌다. 이건 고백이다. 난 여덟 살이었다.

4. 수수께끼: 이름만 말해도 깨질 정도로 연약한 게 무엇일까? 침묵…. 내가 아홉 살 때 가부장家父長인 F. L.이 낸 수수께끼다. 난 답을 말할 수 없었지만, 그가 비밀을 알려준 이후로 내내 그 답에 대한 생각이 뇌리를 떠나지 않았다. 침대에 누워 '침묵'이라는 말을 말하고 또 말해서 침묵이 깨지는 소리를 들었다. 당신은 내게 뭘 하고 있느냐고 물었고, 내가 말해줬더니 미소를 지었지만 그 미소는 곧 일그러졌다. 그게 정확히 무슨 뜻인지 나는 알 수가 없었다.

5. 옷장이 내 적이었던 게 기억난다. 문 뒤에 무언가가 있었던 기억도 난다. 당신이 옷장 속에 손전등을 넣어두고 전지가 다 닳으면 나한테 갈게 해주었던 것도 생각난다.

6. 모든 건 세심히 살펴보면 파악할 수 있는 패턴이나 리듬을 갖고 있지만, 그런 반복들이 마음 밖에 존재하는가 하는 건 아직 풀리지 않은 의문이다. 당신과 나는 같은 패턴을 보지 않았다.

7. "이론은 좋지만 그게 사건이 발발하는 걸 막을 수는 없다." 당신은 죽기 한 달 이틀 삼십칠 분 전에 내게 이렇게 말했다. 신경학자 장 마르탱 샤르코를 인용한 말이었다. 샤르코는 검은 옷을 입었

고 회화를 사랑했으며 최초로 다발성 경화증에 대한 묘사적 분석을 썼다.

8. 권태는 당신에게 전혀 영향을 끼치지 못했다. 공항에서 짐이 나오기를 기다릴 때만 제외하고.

9. 논리학적 오류인 '군중에 대한 호소'에 빠지면 최대의 브랜드가 최고의 브랜드다. 이 허위적 추론은 크기를 막론하고 모든 문화적 군중에 의해 활용된다. 군중은 모여들어 미백 치약이라는 기적에 입을 헤벌리고 감탄한다. 군중은 모여들어 새로 떠오르는 핫한 갤러리의 스타를 본다. 군중은 한마음으로 생각한다. 군중은 집단적 관음자로서 수용된 지식에 추동되어 빛나는 물체 속에서 아름다움, 세련됨, 기발함을 보고 싶어하지만, 그 물체는 가치와 부와 영광의 공허한 매개체일 뿐이다. 그러나 군중은 추악함 역시 사랑한다. 치욕, 살해, 자살, 그리고 시체들. 손닿는 곳에 있는 진짜 시체나 악취가 나는 시체가 아니라 매개된 사망자들, 스크린에서 죽은 자와 죽어가는 자들 말이다. 익숙한 군중, 우리들의 군중은 대체로 취향이 위생적이다. 군중은 매디슨 애브뉴에서 집단적으로 환한 미소를 밝혀주고 월스트리트의 정장을 더럽히지 않는 미백 치약의 기적에 부합할 위생적 취향들을 발견하기 위해 〈더 고서마이트〉를 읽는다. 군중은 크든 작든 이런저런 훌륭한 상품들, 그들의 존재 이유를 통해 다양한 정체성들을 창조한다. 죽은 자뿐 아니라 산 자의 이미지들 역시 탐스러운 몸뚱어리로서 개방된 시장에서 팔린다. 그들의 현실은 철저히 3인칭 대명사적인 다양성을 지니고 있다. 1인칭 단

수가 허락되지 않기 때문에 몸뚱어리에는 내면이 없다. 각각의 군중 집단 속에서 가치는 집단적 인지와 관객의 수에 의해 결정된다.

10. 루빅스 큐브: 43,252,003,274,489,856,000가지 조합. 당신은 그 알고리듬에 내가 빠져들어 헤어나지 못하리란 걸 알고 그걸 내게 주었다. M. L., 메이지 로드, 별칭 트윙클토, 발레복 치마와 매드 해터의 티파티를 좋아하는 내 혈육은 이것이 운동과 색채로 터득해야 하는 6면체 우주라는 걸, 우주론이고 별개의 현실이며 존재해야 할 장소라는 걸 이해하지 못했다. 그애는 내 루빅스 큐브를 망가뜨렸다. 나는 그애의 포니테일을 잘라버렸다. 소리소리 질러대는 그애 앞에서 포니테일을 변기 위에 치켜들고 있었다. 그리고 변기 물을 내렸다. 변기는 좀처럼 머리칼을 집어삼켜 내려 보내지 못했다. 당신이 왔고, 봤고, 소리를 질렀고, 당신은 소리를 지르는 동안 귓가에서 손사래를 쳤다. 그리고 당신은 수건을 가지고 와서 관용에 대해 우리에게 이야기를 했지만, 우리는 전혀 관심이 없었다, 그러니까 관용 따위에 관심이 없었다는 말이다. 당신은 말했다. 우리는 루빅스 큐브를 망가뜨리고 포니테일을 변기에 넣고 물을 내리기에는 이제 너무 컸다고, 그리고 이제 당신은 그런 게—우리가 지긋지긋하다고. 나는 열한 살이었고 메이지는 열세 살이었다. 그리고 당신은 아직 물기가 있는데도 (한쪽 끝에 베이지색 줄무늬가 있는 수건을 들고) 화장실 바닥에 철퍼덕 주저앉았다. 당신의 머리가 가슴께로 툭 떨어지더니 당신에게서 어떤 소리가 났다—목이 메어 훌쩍거리는 소리. 나는 고빌라트론처럼 얼어붙었다. 옴짝달싹도 할 수가 없었다. 트윙클토스가 내게 말했다. 네가 무슨 짓을 했는지 좀

봐! 네가 한 짓을 좀 보란 말이야! 하지만 내 입은 빳빳하게 굳고 차갑게 식어 답을 할 수 없었다.

11. 드보르, 기. 기 드보르는 〈워 게임〉을 발명한 사람이다. 그건 나폴레옹 전쟁에 관한 보드게임이다. 기 드보르, 줄리앙 소렐, 이선 로드 모두가 그 게임을 하고 말을 옮기고 싶어한다. 규칙을 말해달라. 남자들은 게임을 좋아한다. 언젠가 당신은 내게 그렇게 말했다. 하지만 당신도 게임을 좋아했다.

12. 이선 로드, 해리엇 버든과 펠릭스 로드의 외동아들, 핵가족 체제에서 상기의 두 사람 사이에 태어난 자식, 작가 지망생, 퍼즐 제작자, 고아처럼 갈 곳 잃은 신新상황주의자, 그는 어머니를 기억한다. 나는 어머니 당신을 기억하려고 노력하고 있다. 그 뇌의 쪼가리들을 모아서 흄적인 인상들 한 다발 이상의 무언가로 만들어보려 하고 있다. 당신은 데이비드 흄을 따서 흄적이라고, 그렇게 말했을 것이다. 칸트적, 헤겔적, 그러나 스피노자적인 건 아니고, 어쩌면 후설Husserl적인 걸까? 후설의 전집 《후설리아나》가 있다. 내가 후설을 찾아서 몇 페이지 읽었다는 걸 알면 당신은 좋아하겠지. 그는 난해하다. 당신 역시 이해하기 어려울 수 있다.

13. 노비사 놋핑거는 퍼비드와 인접한 나라 파실란드에 살았다. 그곳 사람들은 옷을 잘 차려입고 경건하며 규칙을 잘 따르지만 노비사는 성깔 있고 더럽고 지저분하고 뚱뚱한 여자애였기에 삶이 힘들었다. 그래서 그녀는 퍼비드에서 운을 시험하기 위해 떠났다. 당

신은 메이지를 위해 노비사를 만들어냈지만 그녀를 무장시킨 건 나를 위해서였다. 듬직한 갈색 여행가방 속에는 광선총과 장검과 '악의와 양심의 요정'이 준 특별한 귀 꼬집개가 들어 있었는데, 귀 꼬집개는 딱 일곱 번밖에 쓸 수 없었다. 메이지는 나만큼 그 이야기들을 잘 기억하지 못한다. 마음의 패턴이 달라서.

해리엇 버든

공책 A

1999년 9월 25일 오후 10시

해리엇 버든의 권리 옹호(영국 작가 메리 울스턴크래프트의 《여성의 권리 옹호》를 패러디한 것. 울스턴크래프트는 메리 셸리의 어머니이기도 하다—옮긴이)! 그들은 티시의 지랄에 완전히 속아 넘어갔다, 어찌나 쉽게 꿀꺽 삼키던지, 그 악마 이오시프 스탈린의 말대로 난 지금 성공에 취해 현기증이 날 지경이다. 우리는 그의 이름에서 C를 빼서 철자 수수께끼anagram가 작동하도록 했다. 더 이상 테이블이 아니란 말이지!(독일어로 '테이블'인 Tisch에서 c를 빼서 티시Tish란 이름을 만들었다는 의미—옮긴이) 새로 난 여드름 자국이 선한 이 꼬마 덕분에 그들은 '신동'의 더 많은 작품들, 미술사에 대해 화려하게 언급하는 기발한 농담들을 탐내며 침을 질질 흘리게 된 거지. 바보들은 열정을 주체 못하고 리뷰들을 쏟아내고 있고. 그들은 내가 넣어둔 재담, 인용, 수수께끼의 십분의 일도 못 찾아냈지만 무슨 상관이랴? 스토리 상자들에 대해서도 별로 할 말이 없는 모양이던데, 눈이 멀었다는 걸 스스로 드러내놓고 광고하는 셈일 뿐이지, 안 그런가? 지난번에는 그 부류 중 한 놈이 앤턴의 집에 나타났었는데, 케이스라고 하던가, 정장에 나비넥타이를 매고 머리엔 시대착오적인 포마드를 바르고 움찔할 정도로 민망한 가짜 귀족 억양을 쓰는 난쟁이였는데. 그는 내게 '견해'를 물었지. 제 잘난 맛에 사는 불쌍하고 왜소한 사람.

그가 떠난 후 앤턴과 나는 격한 폭소를 터뜨렸고, 결국 난 스튜디오의 접이의자에 주저앉아 앞뒤로 몸을 흔들어댔다. 우리는 한 팀이라고 나는 그애한테 말했다. 인지의 본질을 깊이 연구하는 2인조라고. 어째서 사람들은 보이는 것을 보는가? 틀림없이 인습들이 있을 것이다. 틀림없이 기대와 예상이 있을 것이다. 그렇지 않다면 우리는 아무것도 보지 못한다. 모든 게 혼돈에 빠질 것이다. 타입, 코드, 범주, 개념. 내가 그를 끌어들였다, 그렇지 않은가? 거대한 나체 여인을 너무도 진지하게 바라보는 양복 입은 남자. 순진한 분위기를 풍기는 미소 띤 젊은 남자 예술가를 그들은 얼마나 금세 수용하고 기름 부어 떠받드는가? 그가 얼마나 학식이 깊고 얼마나 세련되고 얼마나 똑똑한지 보라고. 거대한 비너스는 커다란 (작은) 파문을 일으켰다. 내 귀에는 꿀벌 소리가 들리는데, 꿀벌은 쏘는 법이다. 난 닥터 퍼티그에게 꿀벌을 끔찍하게 증오한다고 말했다. '증오'는 내가 쉽게 쓰는 말이 아니다. 그는 그 사실을 알고 있다. 그 농담은 농담이 아니라는 사실도 그는 안다. 그는 내가 언제 정체를 밝힐 것인지 알고 싶어 한다. 그 말 자체가 흥분된다. 내가 스릴러 속에서 살고 있다는 느낌을 주기 때문이다. 나는 언제 정체를 밝히게 될까?

그는 앤턴에 대해서도 묻는다.

그러나 거대한 비너스는 앤턴 티시의 것이라고, 나는 말했다. 친애하는 퍼티그 선생님, 앤턴이 없었다면 그녀는 존재할 수 없었을 거예요. 그 작품은 그와 나 사이에서 태어난 거랍니다. 왜냐하면 그건 나, 성년이 된 자식 둘과 손자가 있고 은행 계좌가 있는 할머니 예술가 해리엇 버든이 아니라 소년, 앙팡테리블이 창조한 것이니까요.

닥터 퍼티그는 돈이 단순한 경우란 별로 없다는 점을 지적했다.

앤턴은 작품을 판 돈을 받게 된다. 그게 거래조건이었다.

나는 눈을 감는다. 눈을 감는다. 이제 나의 시간이다. 내 시간이고, 절대 그들에게 빼앗기지 않을 것이다. 그리스인들은 연극의 가면이 위장이 아니라 진실을 드러내는 수단이라는 걸 알고 있었다. 출발을 하고 나니 내 등 뒤에서 불어오는 순풍이 느껴진다. 거대한 비너스가 대단해서가 아니라 그저 시니컬한 재미였다 그들이 무엇에 환장하는지가 잘 보여서, 이제 적당한 얼굴만 있으면 훨씬 더 많은 걸 할 수 있기 때문이다. '주목하라Nota Bene.'

그렇지만 앤턴은 갤러리 안에서 잠들어 있는 그녀가 아름답다고, 내가 상상했던 것보다 훨씬 아름답다고 말했다. 왜냐하면 우리가 조립할 때는 그녀를 그렇게 잘 볼 수 없었기 때문이다. 아직 용기가 나지 않아 가보지 못했지만, 밖에서 살짝 훔쳐보거나 창문 너머로 내 커다란 인형, 내 첫 성공작을 볼 수 있을지도 모르겠다.

나와 앤턴과 닥터 퍼티그 말고는 아무도 모른다. 에드거는 의심하고 있다. 또 다른 꼬마 조수들은 내가 제작비를 댔다는 걸 알고 있지만, 비너스는 앤턴의 상상에서 곧바로 부풀려 나온 거라고 믿고 있다. 그중에 폴링 리브스인가 오텀 선샤인인가 하는 황당무계한 이름을 가진 애가 하나 있는데, 뉴에이지 게이 커플의 자식이 틀림없을 것이다. 아무튼 그애가 앤턴한테 딱 달라붙었다—umheimlich(프로이트의 '언캐니' 개념의 어원이 되며 독일어로 '낯선, 섬뜩한'이라는 뜻—옮긴이)한 그 작은 생물은 금발 곱슬머리와 양귀비 빛깔 입술, 이상하고 커다랗고 꿰뚫어보는 듯한 파란 눈의 아주 예쁜 아이다.

바람 얘기를 하자니, 바로미터는 어디 있지? 나는 그의 방안을 들여다보았다. 그는 보통 이 시간이면 날씨를 감지하는 노동에서 벗어나 휴식을 취할 수 있도록 기압을 막아주는 안대와 이어폰을 끼고 침낭에 들어가 누워 있곤 한다. 그 불쌍한 남자가 폭발해서 병원에 실려 가지 않았기를 바랄 뿐이다. 레이철은 의학이 그에게 도움이 될 거라고 주장하지만, 나는 그가 의사들이 주는 독한 알약들을 원치 않는다는 걸 알고 있다. 그의 재능을 죽여버리기 때문이다. 그리고 이상한 말이긴 해도, 그것 역시 재능이다. 가끔 그의 말을 듣고 있다 보면 나까지도 기압의 변화들이 느껴지는 기분이 든다—내 몸이 감지하는 고조와 하강들—시스템의 윙윙거리는 소리.

*

내게는 또 다른 손님이 있다. 피니어스 Q. 엘드리지, 이건 그의 진짜 이름이 아니다. 그는 존 휘티어로 태어났으니까. 그는 커밍아웃을 하면서 본명을 버렸다. 새로 태어난 남자는 누이와 호모포비아인 매형의 심기를 거슬렀지만, 그가 자주 이메일을 보내고 일 년에 한 번씩 노스캐롤라이나로 찾아뵙는 어머니는 아들에게 의리를 지켰다. 어머니와 누이는 몰래 호텔로 그를 보러 왔다. 피니어스는 퍼포먼스 아티스트다. 그는 '반 여장'으로 퍼포먼스를 한다. 한가운데서 뚝 잘라 반은 남자, 반은 여자, 반은 백인, 반은 흑인으로, 그리고 그 몸의 두 부분이 무대에서 대화를 나눈다. 아버지는 백인이고 어머니는 흑인이어서 그는 반쪽에 대해 꽤나 잘 알고 있다. 이 커플은 대체로 충돌하지만, 그러지 않았다면 재미가 없었을 것이다. 그래도 가끔은 함께 어우러지고 화합하는데 내게는 그게 상당히 설득력 있게 느껴졌다. 그는 다음 주에 무대를 보러 오라고 날 초대했는데, 흥분되고 들뜨기도 하지만 좀 걱정도 되는 건 그가 잘했으면 하는 마음 때문이다. 피니어스 Q.(그의 말로는 Q가 사람들이 원하는 건 뭐든 의미한다고 했다—틴이라는 이름이 될 수도 있고 의문Query일 수도 있고 호전적querulous 아니면 질문question일 수도 있으며 그냥 Q일 수도 있다는 것이다)는 매우 자기 표현력이 훌륭하고, 워낙 야간에 작업하기 때문에 자주 만나보진 못했지만 언젠가부터 나는 그가 팔짝거리며 뛰어 들어와서 내 작품에 대해 신랄한 코멘트를 해주기를 바라게 되었다. 그는 내 펠릭스 인형들을 보고 '신의 진미처럼 달콤한 작은 생물들'이라고 불렀다. 그리고 또 〈공감의 상자〉에는 공감이 좀 있으면 좋겠다고 말하기도 했다. 그건 상처가 되는 말이었지만 맞는 얘기였다. 나는 거울들을 가지고 다시 시작했다. 그는 또 그 건물을 '싸구려 여인숙'이라고 부르면서 규칙과 조직, 경영할 사람이 필요하다고 했다. 나라고 해서 현관문을 두드리는 마약중독자와 건달을 다 받아줄 수는 없는 일이다. 이 점에 대해서는 그가 옳다. 지난주에 내가 받아준 양 갈래 머리의 소녀는 너무도 꼭 끼는 빨간 가죽 반바지에 엉덩이를 쑤셔 넣어서 케이싱에 넣은 소시지를 떠올리게 했다. 내가 나가달라고 부탁하기 전에 이미 그녀가 몇 가지 사기를 쳤을 가능성도 있었다. 그날 하룻밤에 왔다 간 음침한 얼굴의 사내들이 둘이나 있었다. 빨간 반바지와 섹스를 했다면 행복한 섹스는 아니었으리라.

피니어스에게는 슬픔이 배어 있었다. 경쾌하고 밝은 페르소나 밑에 숨겨진 상처가 있었다. 난 그가 몇 살인지도 모른다. 아마 삼십대 중반이었을 것이다. 하지만 나는 그 서글픈 됨됨이에 마음이 끌렸다. 순간순간 무방비 상태로 있을 때면 사색에 잠긴 표정에 얼굴 생김새마저 달라 보였다. 나를 바라볼 때는 그런 일이 없었지만, 잠깐 가만히 있을 때나 고개를 돌릴 때면 그랬다. 한번은 내가 물어본 적이 있다. 괜찮아요?

그랬더니 그가 말했다, 아니요.

그 '아니요'가 반가웠다. 우리는 언제나 그럼요, 괜찮죠, 하고 말하지 않는가?

그래요, 당신은요?

괜찮아요, 괜찮아.

우리는 다 괜찮다.

난 내가 그렇게 괜찮지 않았으면 좋았을 거라 생각한다, 그렇게 오랜 세월 동안 그렇게 괜찮지 않았어야 한다….

나는 예의바르게 피니어스 Q.가 왜 괜찮지 않은지 말해주기를 기다렸지만 그는 말해주지 않았고, 내 안에 두려움이 있었기에, 역겨운 과묵함이 있었기에 난 따져 묻지 않았다. 내가 기억하는 한 그 두려움은 언제나 거기, 잠복하고 있었다. 뚱뚱하고 굼뜨고 추악한 존재. 그걸 깨우고 싶지 않았다. 그걸 깨워버리면 땅이 흔들리고 벽이 갈라져 무너질 것이다. 손가락을 입술에 대, 해리, 손가락을 입술에 대고 까치발로 조심조심 걸어 다녀야 해. 친절하고 착하게 굴어, 해리, 할 수 있는 한 최대한 친절하고 착하게.

펠릭스와 있을 때도 그건, 그 괴물은 거기 있었지만 그의 잘못은 아니었다. 이제야 그게 이해가 된다. 펠릭스가 오기 오래전부터 거기 있었으니까. 잠들어 있게 두라. 조용히 걸어 다녀라. 얌전하게 굴어라. 화를 돋우지 말라. 그는 무너지기 쉽고, 무너지기 쉬우며 어쨌든 위험하다. 펠릭스는 언제나 너한테 허락되지 않은 걸 받을 자격이 있다. 어째서? 알 수 없는 감정들. 안으로 파고들어가는, 자동적인, 생각 없는. 말에 앞서는. 말 아래 깔린.

내가 너에게 묻는다, 초창기의 기억이 무엇인가?

내 존재의 근원적 시기를 기억하는 건 상당히 힘든 일이다. 그 시기의 모든 사건들은 혼란스럽고 불분명하게 느껴진다.

나 역시 그러하다.

마음은 그 자체로 장소여서 지옥을 천국으로 바꿀 수도 있고, 천국을 지옥으로 바꿀 수도 있다.[10)]

내가 보는 그림들을 믿을 수 있을까, 아니면 그것들이 모든 감각을 흐리게 할 정도로 변형된 걸까?[11)]

---

10) 메리 셸리, 《프랑켄슈타인》 11장 첫 문장들.

11) 존 밀턴, 《실낙원》 1권(554~55행). 이 구절은 사탄의 말이다. 공책 G에서 버든은 "사탄은 신으로부터 자기 마음을 거둔다. 명백히 이단이다. 명백히 오만이다. 명백히 현대적이다"라는 메모를 했다.

내 삶은 일으켜 세웠다—장전된 총 한 자루를.[12)]

종이 위에서 나는 야성적이다. 야수 같다. 그러고 나면 난 숨어야 해서, 굵은 흑색 크레용으로 글을 줄줄이 다 지워버린다. 페이지를 까맣게 칠해 내가 뭘 그렸는지, 내가 무슨 짓을 했는지 그들이 절대 보지 못하게 한다.

어째서 나는 몸속에 형언할 수 없고 형태가 없고 앎을 넘어서는 비밀을 태아처럼 품고 다니는 느낌이 들까? 그리고 어째서 제어하지 않으면 그것이 엄청난 폭발을 일으키며 분출할 것 같은 느낌이 들까? 그 축축하고 펄떡거리는 불편을 말로 채우고, 동요를 글로 쓰고, 그 이유를 설명하기 위해 이야기를 쓰는 건 쉬운 일이리라, 너무나 쉬울 것이다.

나는 요람에 있었다.

나는 마룻바닥에 서 있었다.

커튼이 쳐져 있었고, 나는 의자 위로 기어 올라가 천을 잡아당기고 창밖 거리를 내다보았다.

나는 문 앞에서 그의 발을 보았다.

---

12) 《에밀리 디킨슨 시 전집》 토머스 H. 존슨 편집(리틀브라운 출판사, 1960) 754번, 369쪽.

*

기억은 무지의 구름으로부터 스스로 형체를 만들기 시작한다. 형체 없는 것이 형체를 갖게 되면 곧 목졸린 표현이 생겨난다—불길하고 의미심장한.

수치가 죄책감보다 먼저 찾아온다.

그러나 돌아갈 길은 없어, 해리. 마음은 그 자체로 장소라서 우리를 앞뒤로 짊어지고 다니지. 마음은 진짜 방들과 진짜 거리들로부터 나온 과거의 건축물을 갖고 있지만, 시간이 지나면서 그 건물은 거듭거듭 다시 지어지고 이제는 밖이 아니라 안에 거하고 있어. 한때 그 장소들은 쓰레기 트럭의 소음과 사이렌 소리와 수다 떨며 지나가는 행인들의 끊어진 문장들과 움직이는 계절들의 냄새로 충만했지만, 그 흐릿한 비전과 소요와 냄새들은 언어로 빽빽하게 굳어진 내면의 정신적 암호들로 단순화되어버렸다. 미래 역시 바로 그것과 똑같은 소재로 만들어진다—소망과 두려움을 품고 우리가 사는 본질적 공간들 말이다. 어째서 두려움들이 그토록 많을까? 안개 낀 유년기의 영토에는 네게 해명해줄 단 하나의 이야기도 없단다, 해리.

나는 가명 안나 O.로 알려진 베르타, 베르타 파펜하임을 생각한다.

우리가 상상하는 것과 우리가 상상으로 만들어내는 것은 소름끼치게 무시무시하다.

그녀, 안나 O.가 브로이어를 맞는다. 소위 최초의 대화요법이라는 카타르시스 요법을 써서 그녀를 치료했다는 내과의사다. 그러나 그가 아니라 그녀, 베르타가 그 이름을 지었다. 그녀가 명명했다. 프로이트는 1932년 슈테판 츠바이크에게 보낸 편지에서 그 이야기의 결말을 제공했다. 브로이어가 방안으로 들어오자, 베르타는 배를 움켜쥐며 고통에 온몸을 뒤튼다. 뭐가 문제요? 그가 묻는다. 무슨 일이 있었던 거요? 그러자 그녀가 말한다, 지금 닥터 B.의 아기가 나온다고.

이것이 그들이 함께 만든 존재다. 보라.

좋은 의사가 공포에 질려 도망친다.

좋은 의사는 공포에 질려 도망치지 않는다. 그건 거짓이다.

그들은 그녀를 다시 썼다.

그녀는 그들을 다시 쓰고자 했다. 용기를 내어.[13)]

나는 닥터 F.의 꿈을 꾼다.

억압된 것. 부상하는 것. 그녀가 이름을 붙였다. 닥터 B.의 아이라고. 끝내 나오고야 말 것이다.

기억과 환각 사이의 경계는 어디인가?

---

13) 베르타 파펜하임은 요세프 브로이어의 환자 안나 O.의 본명이다. 그녀의 사례는 프로이트와 브로이어의《히스테리 연구》(1895)에 등장한다. 그녀의 증후는 틱장애, 극심한 안면 통증, 시각 상실, 기억 장애, 심지어 한시적으로 모국어인 독일어를 말하지 못하는 실어증까지 포괄했다. 브로이어의 치료 중에는 다른 요법들과 병행해서 환자에게 말을 시키고 자기 이야기를 하도록 하는 것이 있었다. 파펜하임은 영어로 '대화요법talking cure'이라는 신조어를 만들어냈다. 사례 연구에서 안나 O.의 이야기는 치유로 끝나지만 진실은 그보다 훨씬 더 복잡했다. 브로이어는 환자를 스위스의 정신병원으로 넘겼다. 파펜하임은 브로이어의 치료 전보다는 훨씬 덜 드라마틱한 증상을 보였지만 여전히 히스테리 증후가 있었으며 모르핀과 클로랄 수화물에 중독되어 있었다. A. 허슈뮬러《요세프 브로이어의 삶과 저작: 생리학과 정신분석학》(뉴욕 대학교 출판부, 1970) 301~2쪽과 〈현대 정신분석학〉 27권 1호에 수록된 D. 길훌리 〈안나 O. 사례의 왜곡된 재현과 오독〉 참조. 정신병원에서 퇴원한 안나 O.는 향후 5년간 세 번 더 입원했다.
츠바이크에게 보낸 편지에 프로이트는 이렇게 적었다. "브로이어의 환자에게 정말로 일어났던 일은 우리가 절연하게 되고 한참이 지난 후, 브로이어가 언젠가 했던 말이 갑자기 기억났을 때에야 짐작할 수 있었다네…. 모든 증후가 사라진 날 저녁에 그는 다시 환자의 부름을 받아 갔고, 혼란에 빠져 급성 복부 통증으로 몸을 뒤틀고 있는 그녀를 발견했다고 했네. 어디가 잘못된 거냐고 물었더니 그녀는 '지금 닥터 B.의 아기가 나온다!'고 대답했다지." E. 프로이트 편《지그문트 프로이트 서한집》(뉴욕 베이직 북스, 1960) 67쪽. 이 기억을 근거로 프로이트는 안나 O.가 히스테리 임신 증상이 있었고 이런 증후의 성적인 특성 때문에 브로이어가 공포에 질려 달아났다고 추정한다. 어니스트 존스는 훗날 프로이트 전기에서 이런 사건 전개를 확증했고 피터 게이 역시 전기 집필에서 이를 따랐다. 그러나 그 증거를 이런 식으로 해석한 데에는 논쟁이 따랐고, 버든은 이런 논쟁을 익히 알고 있었던 것으로 보인다. "그들은 그녀를 다시 썼다. 그녀는 그들을 다시 쓰고자 했다. 용기를 내어."라는 구절은 파펜하임이 훗날 여성 운동가로서 살았던 것을 말한다. 1888년 파펜하임은 빈의 정통파 유대인으로서 누려왔던 상류 부르주아지의 삶을 등지고 떠나 동유럽 전역을 여행하며 유대계 여성들의 권리를 위해 싸우며 저서를 출간했다. 1904년 그녀는 유대인 여성 연대를 공동 창설했다. 의료 시설, 휴양 시설, 청소년 보호시설을 설립하고 여성들에게 직업훈련을 제공한 이 단체는 1938년 11월 9일 해산했다. 연대 지도자들 상당수가 수용소에서 살해당했다. 버든은 파펜하임의 유언장을 인용하고 있는지도 모른다. "만일 나를 기억한다면, 살아가며 부단히 용감하게 헌신하는 여성의 의무와 여성의 기쁨이라는 관념과 사명을 수립하겠다는 말없는 약속이자 상징으로 작은 돌멩이를 가져와 놓아주세요."라고 그녀는 적었다. E. 로엔츠《나로 하여금 계속해서 진실을 말하게 하라: 작가이자 운동가로서 베르타 파펜하임의 삶》(히브리 유니언 칼리지 출판부, 2007)

우리는 즉흥적으로 이미지들을 만든다. 그것들은 나오고야 말 것이다.

그들은 내가 기억하는 한 항상 밤에 잠들기 전 나를 찾아왔다. 예전에는 소스라치게 무서웠다. 자아가 만들어낸 영화의 공포들, 꿈 같지만 꿈이 아닌, 깨어 있음과 잠 사이의 경계적 현실, 명명되어야 하지만 이름이 없는 의식의 역치. 나는 스크린 속이 아니라 밖에 있고, 그들의 업적들을 지켜보며 그들을 사랑하게 되었다. 밤마다 나는 그들을 기다린다. 야수들이 부상한다. 맹폭하고 위협적인 야수들이, 이빨을 드러내고 코에서 분홍빛 콧물을 흘리며 찰랑이는 파란 언덕들을 어정어정 넘어온다. 그들은 절대 가만히 있는 법이 없고 끊임없이 변신한다. 입이 빰이 되고, 눈이 물집이 되고, 유방과 성기가 땅에 뚝뚝 떨어져 새로운 악마들로 화하거나 곪아터진 색채의 더미들이 되어 사라진다. 머리카락이 일그러진 머리 뒤에서 곱슬곱슬한 매듭으로, 화환으로 떠다닌다. 하지만 나는 또한 순수한 자들과 시름에 잠긴 자들, 어여쁜 아이들과 잘생긴 어른들도 본다. 무용수 두 명이 공중 부양을 하며 교미를 하고 나는 그들의 리드미컬한 엉덩이를 보며 미소 짓는다. 아주 작은 남자가 절벽에서 뛰어내리고, 짙은 초록색과 빨강색과 노랑색의 순수기하학이 녹아내려 격렬하게 요동치는 용암으로 변한다. 나는 우리 모두를 보았다. 메이지와 이선과 펠릭스와 나와 부모님과 레이철이 스크린 위에서 내 꼭 감은 눈꺼풀을 지나쳐 도망치는 모습. 거의 인식하지도 못했는데, 그럼에도 불구하고 내 마음이 오래된 영화의 릴을 보관하고 있기라도 한 것처럼 퍼레이드 속에 끼어 있었다. 내가 그 최면의 뮤즈들을 물감이나 필름이나 작은 키네틱 조각으로 옮길 수만 있다면. 그것들은 어디서 오는 걸까? 어째서 어떤 이미지는 오고 다른 이미지는 오지 않는가? 변형된 기억일까? 환각은 두뇌 어디에서 오는가? 아무도 말할 수 없다.

바로미터가 복도에서 씩씩거리는 소리가 들린다. 그가 돌아와서 기쁘다. 한 번에 몇 시간씩 어디를 가는지는 잘 모르겠다. 개종 권유를 하거나 수다를 떨거나 아니면 그냥 배회하는 걸까? 하지만 휘파람 소리를 내는 기관지 소리는 들을 수 있다. 펠릭스도 씩씩거리는 소리를 냈다. 그리고 기침도 했다. 우리 아버지도 기침을 하셨다. 흡연자들은 다 그렇다. 사람마다 촉촉하게 꾸룩거리거나 건조하게 덜컥거리는 특유의 기침 소리가 있다/있었다. 우리가 사람을 기침 소리로 알아들을 수 있다는 게 이상하지 않은가? 기관지에서 배출된 점액이 고유의 소리를 갖는다니? 나의 광인이 씨근거리고 기침을 하고 상상 속의 종기들을 긁기 시작하고, 긁음으로써 현실로 만든다. 나는 그에게 연고를 권했다. 그는 자기 공책들에 불타는 도시와 용과 회교 수도사와 겹겹의 동그라미와 은밀한 상징과 구름, 그리고 당연히 비와 눈과 다양한 크기의 우박을 그린다. 그는 맑은 날씨에 별 관심이 없다. 그는 내 악천후의 친구다.

로즈메리 러너

(서면진술)

모든 예술에는 죽은 자를 신화화하는 경향이 뚜렷하다. 예술가의 생애와 작품 세계를 설명하려는 환원적 서사들을 창조한다는 말이다. 나는 40여 년을 미술 관련 작가로 살았고 이러한 현상을 여러 번 거듭해서 목도했다. 단순화의 이유는 이데올로기적인 경우가 많지만, 센세이셔널한 전기들 또한 미리 틀에 짜 맞춰진 캐릭터와 각본에 맞다 싶으면 뉘앙스들을 모조리 지워버릴 수 있다. 비극의 주인공, 희생자, 천재. 이런 경직된 시나리오들을 전복하는 게 유익하다. 해리엇 버든은 요즘 그녀의 커리어와 관련해 돌아다니는 이야기들에 나타난 것만큼 무명도 아니고 주목받지 못한 작가도 아니었다. 그녀의 작품은 70년대에 다섯 번 이상 단체전을 통해 소개되었고, 나만 해도 1976년 〈아트 인 뉴욕〉에 기고한 리뷰에서 그녀의 작품을 특별히 집어 언급했던 적이 있다.

> 살짝 기울어진 벽과 바닥, 감정이 충만한 인형들, 파스텔조의 색채들, 밀도 높은 텍스트 활용을 통해, 해리엇 버든의 언캐니uncanny한 건축 작품은 천재적이며 충격적으로 독자적인 예술가의 작품으로서 평자의 마음에 여운을 남긴다.

소수 의견이긴 했지만, 나는 혼자가 아니었다. 아치 프레임, 비어트리스 브라운허스트, 그리고 피터 그로스웨터 모두 그녀의 개인전 두 번에 대해 호의적인 논평을 했다. 개인전들은 두 번 모두 뉴욕의 주류 갤러리에서 열렸다. 그렇다, 두 번 모두 그들은 그녀를 붙잡지 않았지만 이건 그리 특별한 운명이라고 할 수 없다. 그저 해리엇 버든을 다른 예술가들의 존경을 얻고 평단의 엇갈린 평가를 받았으며 거물 수집가들을 매료시키지 못했던 여러 뛰어난 남녀 시각예술가들 사이에 자리하게 할 뿐이다.

모든 부류의 비평가들은 자기가 예술작품보다 우위에 있다고 느끼고 싶어한다. 아리송하거나 위협을 느끼면 마구 깎아내릴 가능성이 높다. 지식인이 아닌 예술가들도 많지만 버든은 지식인이었고, 작품에도 광범한 학식이 반영되었다. 그녀의 인용은 많은 분야들을 아울렀고 추적하기 불가능한 경우도 잦았다. 또한 그녀의 예술에는 문학적이고 서사적인 자질이 있어서 수많은 사람들이 반감을 느꼈다. 그녀의 방대한 지식만으로도 일부 평자들에게는 눈엣가시처럼 짜증스럽게 느껴졌을 거라 확신한다. 그녀의 첫 개인전을 통렬하게 비난했던 한 남자와 대화를 나눈 적이 있다. 그가 쓴 비평 얘기를 꺼내며 그녀의 작품을 옹호했더니 그는 적대적으로 나왔다. 멍청한 사람도 아니었고 내가 흠모하는 일부 화가들에 대해 호평을 쓴 적도 있는 사람이다. 그는 버든의 작품이 혼란스럽고 나이브하다고 공격을 퍼부었다. 사실 그녀의 작품은 정반대이다. 나는 그가 공정한 평가를 할 수 있는 상태가 아니었다는 걸 깨달았다. 자기는 박학다식하다는 자부심을 갖고 있었지만 막상 버든의 세심하게 조직화된 텍스트들이 지닌 다중 의미들을 파악할 수 없었고, 그래서 자기 자신의 혼란을 작품에 투영했던 것이다. 그가 내게 마지막으로 한 말은 다음과 같았다. "난 그게 아주 싫었어요, 됐습니까? 그냥 아주 싫었다고요. 그 여자가 무슨 소리를 하는 건지 전혀 관심도 없어요." 그 대화는 내 마음에 오래 남았다. 해리엇 버든에 대한 일화로서가 아니라 나 자신에게 주는 교훈으로서. 격렬한 반응과, 그에 대해 해명할 때 쓸 수도 있을 궤변을 조심해야겠다는 교훈이었다.

그리고 성의 문제가 있다. 여성은 남성보다 미술계에서 자리를 잡는 데 오래 걸리는 경우가 많다. 걸출한 앨리스 닐은 70대에 이를 때까지 별다른 주목을 받지 못한 채 작업했다. 루이즈 부르주아는 1982년 MoMA에서 전시회를 열면서 전기를 맞았다. 일흔 살이었다. 버든처럼, 이런 여자들은 무시당하다가 경력의 후반기에 가서야 독보적인 인정을 받았다. 화가 조앤 미첼은 생전에 이름이 알려져 있었고 존경도 받았지만, 2세대 추상표현주의자들 사이에서 그녀의 입지가 어마어마하게 커진 건 사망 이후의 일이다. 그레이스 하티건은 1958년에서 59년에 걸쳐 열린 MoMA의 전설적인 '뉴 아메리칸 페인팅' 전시회에서 유일한 여성이었다. 버든보다 불과 몇 년 전 쿠퍼 유니언에 다녔던 에바 헤스는 1970년 서른네 살의 나이에 뇌종양으로 세상을 떠났다. 자신의 유명세가 계속 커져가는 것도, 자신이 젊은 화가들에게 얼마나 강력한 영향력을 끼쳤는지도 살아생전에 보지 못했다. 그러나 생전에 그녀는 자신의 작품이 남자 동료들의 작품들에 쏟아지는 것 같은 진지한 관심을 받지 못한다고 불평했고, 그 말은 옳았다. 그녀의 예술이 아니라 삶에 대한 평자들이 많았다. 미술계에서 리 크래스너의 작업은 남편의 작품에 포섭된 것으로 간주되었다. 잭슨 폴락은 예전에도 지금도 낭만적 영웅으로 신격화된다. 크래스너가 죽기 일 년 전 그녀의 작품세계를 돌아보는 전시회가 열렸지만, 그녀는 '이미 늦었다'고 말했다. 아트 비즈니스는 대체로 남자들과 관련된 문제였다. 그리고 여자들과 관련된 것일 때는 과거에 간과했던 잘못을 수정하는 것인 경우가 많았다. 전부는 아니라도 많은 여자들이 바람직한 성적 대상으로서의 전성기가 지난 후에야 각광을 받았다는 건 흥미로운 일이다.

여성 미술가들의 수가 폭발적으로 늘어났지만, 뉴욕 갤러리들이 남자들보다 여자들의 작품을 훨씬 덜 다룬다는 건 공공연한 사실이다. 그 갤러리들의 절반을 여자들이 경영한다는 사실에도 불구하고, 여성의 작품을 다루는 곳은 시내 모든 갤러리의 20퍼센트 언저리에 머문다. 현대미술을 전시하는 미술관들도 나을 게 없고, 현대미술에 대해 다루는 잡지들도 마찬가지다. 여성 예술가라면 누구나 남성 기득권의 음험한 확산에 맞닥뜨리게 된다. 거의 예외 없이 남성의 예술작품은 여성의 예술작품보다 훨씬 더 값이 비싸다. 달러가 말해준다.

예술가로서 공적인 삶을 포기한 후 버든은 남성 페르소나를 활용해 자기 작품에 대한 반응을 시험해보기로 결심했다. 결과는 놀라웠다. 남자의 작품으로 제시되자, 그녀의 예술은 갑자기 열렬한 관객들을 확보하게 되었던 것이다. 그러나 주의해야만 한다. 미술계의 트렌드는 지금 이 순간에도 끊임없이 바뀌고 있다. 하루는 날것이 유행했다면 다음 날은 익힌 요리가 뜬다. 그리고 젊음에 대한 상존하는 갈증도 있다. 메뉴에 오르는 최신판의 순진무구한 젊은이들에 대한 끝없는 허기. 젊은 여성이라도 똑같이 버든에게 좋은 결과를 안겨줬을까? 십중팔구 그렇지 않았으리라. 하지만 성적인 편견이 버든의 작품에 대한 반응에 결정적인 역할을 했다 하더라도, 이 이야기를 단순히 페미니즘 우화로 말해서는 안 된다. 그녀의 가면들은 각각 그녀 상상력의 다른 면모들을 드러내는 것으로 보였고, 예술적 실험의 궤적이 점점 증폭되어 거의 불길한 모호성으로 움직여갔다 말해도 부당하지는 않을 것이다.

미술계에서 완전히 종적을 감춘 앤턴 티시는 꼭두각시 역할을 크게 넘어서지 못한 것으로 보인다. 반면 피니어스 엘드리지는 둘이 함께 작업한 〈질식의 방들〉에 특유의 통렬한 매력을 부여했다. 그 역시 미술계에서 은퇴했지만 발언 자체를 멈춘 건 아니었고, 〈아트라이츠〉에 그가 보낸 편지는 버든이라는 여성에 대한 헌사로서뿐 아니라 그녀의 작품에 대한 통찰력 있는 독해로서 내 마음 속에 남아 있다.

버든과 룬의 공동 작업은 적어도 내가 보기에는 슬프고도 신비스럽게 느껴진다. 그의 자살과 저서 《예술을 위해 순교하다》를 통해 룬을 새로운 테크놀로지 시대의 천재-유명인사로 탈바꿈시킨 오즈월드 케이스의 기괴한 행각들에 대한 논쟁은 실제 논점들을 흐리기만 했을 뿐이다. 창문 작품들 중 네 점은 절대적으로 버든의 작품이라 말할 수 없는 건 사실이다. 그것들이 룬의 작품이라고 주장하는 사람들도 있다. 최후의 평결은 아직 내려지지 않았고, 불확실성은 영원히는 아니라도 앞으로도 한동안 지속될 전망이다. 그럼에도 불구하고 버든-룬 이야기를 이분법적으로 다루는 건 쓸데없는 짓이다. 최악의 경우 신화의 양산으로 이어진다. 소망이 증거를 대체하게 되는 것이다. 그런 태도는 버든의 자전적 글들을 묵살한다. 자전적 글에서 버든은 누군가가, 아마도 룬이 자기 작품들 일부를 공공연히 훔쳤다고 강력하게 주장한다. 2003년 9월 13일의 일기에 그녀는 이렇게 쓰고 있다. "밤새 스튜디오에서 작품 네 점이 사라졌다. 나는 지금 절박하다." 사실이 아니라면 그녀는 어째서 그런 글을 썼을까? 케이스의 이론은 룬의 위법을 강력하게 암시하는 문서 기록을 남김으로써 버든이 룬을 모함했다는 것이다. 케이스는 룬이 해준 말에 크게 의존하고 있었고, 책을 쓸 때는 버든의 서류를 거의 읽지 못했다. 케이스는 그레이스 갤러리에서 회고전이 열렸던 해인 2008년 〈덱스테리티〉 봄호에 3페이지에 걸쳐 게재된 버든의 글에서 단 한 문장을 인용한다. "룬은 너무나 수월하게 빛을 발한다. 그 힘들이지 않는 수월함은 어디서 온 걸까? 사람들은 어디서 그런 자질을 습득할까? 그는 너무나 가볍다. 나는 땅에 묶여 있다. 그가 에어리얼이라면 나는 캘리번이다." 이건 도저히 다른 예술가의 경력을 망치기 위한 마키아벨리적 음모의 증거라고 보기 힘들다.

나로서는 사적인 메모 한 장밖에 덧붙일 말이 없다. 소위 앤턴 티시의 작품으로 추정되던 〈서양 미술의 역사〉를 클라크 갤러리에서 보았을 때, 나는 비너스의 허벅지 안쪽에 새겨져 있던 한 구절에 감명을 받았다.

소녀들도 인형을 위해 그 정도는 하지 않았던가?—인형—그렇다, 지나간 일들과 앞으로 닥칠 일들의 목표 말이다. 나이에 맞춰 받은 마지막 인형은 소년이었어야 하는 소녀였고, 소녀였어야 하는 소년이었다! 그 마지막 인형에 대한 사랑은 첫 번째에 대한 사랑 속에 이미 예시되어 있었다. 인형과 미숙한 사람은 어쩐지 올바른 구석이 있다. 인형은 실물life을 닮았으나 생명life이 없기 때문에, 그리고 제3의 성은 생명life이 있으나 인형을 닮았기 때문에.

이 구절은 쥬나 반즈의 《나이트우드》에서 나온 것이다. 난해하고 이상한 소설이었다. 솔직히 말해서 나는 인형들에 대한 이런 명상으로 무슨 의미를 표현하려 했는지 전혀 확신이 들지 않지만, 버든은 두 번째 개인전에서 선보인 작품 중 하나도 아니고 세 점에 바로 그 특정 책에서 나온 인용문을 포함시켰었다. 물론 《나이트우드》에서 인용할 권리를 누가 독점적으로 갖고 있는 건 아니지만. 그래도 난 여전히 이상하다는 생각이 들었고, 거대한 비너스 조각들을 빙 둘러 에워싼 상자들을 들여다보았을 때는, 그 작은 장면들이 작은 인형들과 삐딱한 서사들을 품고 있던 버든의 초창기 방들과 너무나 강렬한 유사점이 있어서 티시가 그녀의 작품을 틀림없이 봤을 거라고 확신하게 되었다. 타 작가에게서 영향을 받는 건 흔히 있는 일이지만 이 작품들은 그 초창기 작품이 발전한 것처럼 보였고, 나는 혹시라도 그녀가 한 번도 발표하지 않은 작품들을 약탈당했을지도 모른다는 생각에 마음이 심히 불편했다. 비평가 중에 버든을 언급한 사람은 단 한 명도 없었다.

버든의 딸과 친한 지인의 아들을 통해, 나는 브루클린에 거주하는 작가의 연락처를 손에 넣어 전화를 걸었다. 내 신분을 밝히고 전화를 건 이유를 설명한 후 혹시 갤러리에 가서 전시회를 보셨느냐고 물었더니 그녀는 '아니요'라고 대답했다. 나중에 나는 이 말이 사실이었음을 알게 되었다. 그러고는 지금도 작품 작업을 하고 있는지 물었다. 그러자 그녀는 '네'라고 대답했다. 그녀가 좀 더 무슨 말이든 하기를 기다리다가, 나는 약간 더 자세히 설명을 했다. 전시된 작품의 면면들이 그녀의 작품과 너무 근접해서 경계심이 생길 정도라고 말했던 것이다. 길고 어색한 침묵이 이어졌다. 그녀의 숨소리가 들렸다. 마침내 그녀는 목청을 가다듬고 말했다. "고맙습니다. 전화 주셔서 감사해요. 안녕히 계세요."

그게 끝이었다. 나는 그녀에게 기회를 주었다. 하지만 그녀는 받아들이지 않았다. 해리엇 버든에게는 동맹군이 있었다. 나 자신도 그중 한 사람이었다고 믿는다. 그녀가 중개인을 찾았더라면 틀림없이 찾을 수 있었을 거라고 믿어 의심치 않지만, 혹시나 못 찾았다 해도 다른 길을 선택할 수 있었을 것이다. 주류 전시장에서 인정을 받는 데 실패한 화가들의 작품을 선보이는 여성 협동조합들도 있다. 그런 갤러리들에서 아주 훌륭한 작품들이 전시되는 걸 본 적도 있다. 버든은 실험을 원했고, 숨어 있기를 원했다. 그때 내게 대답할 수 있었다면 좋았을 거라는 바람을 나로서는 떨칠 수가 없다. 하지만 동시에, 그 가면들은 그녀가 가장 잘하던 작업의 연장선상에서 고려되어야 한다. 초점이 뚜렷하게 잡힌 모호성의 작품들을 창조하는 일 말이다.

브루노 클라인펠드

(서면 진술)

나는 인생에서 귀퉁이가 접히고, 인쇄가 번지고, 여백에 낙서가 있고, 얼룩지고, 찢어진 장章을 지나던 중에 해리를 만났다. 하지만 그런 건 피상적인 문제에 불과하다. 여전히 해독할 수만 있다면, 나는 누더기가 되고 해어진 전기傳記들을 얼마든지 자랑스럽게 소장하는 사람이다. 시간은 기어간다. 시간은 변화를 부른다. 중력은 끈질기다. 어머니가 입버릇처럼 내게 말씀하셨듯이 "얘야, 오십이 넘으면 그때부터는 짜깁기로 점철되는 거란다." 아니, 그 장이 그토록 나빴던 건 머리가 벗어지고 볼따구니가 바셋하운드처럼 축 늘어진 예순에 가까운 나의 노구 탓이 아니었다. 나 자신을 잃어버렸기 때문이었다. 나는 더 이상 내 인생의 주인공이 아니었다. 오히려 여기저기서 대사 한두 마디씩 흘리는 빌어먹을 단역배우처럼 소위 그늘 속에 잠복해 있었다. 아침에 일어나서 직접 온 집안을 휘저으며 서랍을 다 뒤져보고 옷장을 훑어보고 침대 밑을 확인하며 자기 자신을 찾는다고 상상해보라. 내가 그를 어디다 잘못 둔 걸까? 바로 저 언덕 너머에 찬란하게 빛나는 장래를 바라보던 총명한 곱슬머리 청년을 어디 둔 걸까? 브루노 클라인펠드에게 대체 무슨 일이 벌어진 걸까? 당신은 이렇게 물을 것이다. 나라는 장본인이 어디론가 사라져 게임에 결장한 모양인지, 이제 더 이상 나는 내가 아니게 되어 버렸다. 레드훅의 너저분한 아파트에서 아침에 일어나는 이 사기꾼 브루노 클라인펠드는, 아마 공인된 전기의 이 장에서 저 장으로 대담무쌍하게 누비고 돌아다니는 진짜 클라인펠드에게 엄청난 놀라움을 안겨줄 것이다. 그러나 나는 도저히 진짜 브루노에게 손을 댈 수가 없었고, 정신을 차려보니 저녁 때 수시로 스파게티 O로 끼니를 때우고 두 번인가 절박하게 미식 코너에 달려가서 음식 포장을 해 온 가짜 브루노 클라인펠드한테 묶여 있었다. 알겠나, 그는 월세도 내지 못해 파크 슬로프에 사는 옛 친구 팁 배리모어에게 구걸을 하러 가야만 했단 말이다. 고급 석조 저택에 사는 팁 배리모어의 삶은 진짜 브루노가 누리고 있을 법한 삶에 훨씬 더 가까워 보였다. "굳이 돌려주지 않아도 돼, 브룬." 브룬은 브룬-오를 줄일 수 있는 유일한 이름이다. 비딱하고 은밀한, 똑바로 마주보며 빛나지 않는 동공들. 남자 대 남자가 아니다. 불쌍한 브룬. 팁은 입 밖에 내어 말하지 않았다. 아, 천만의 말씀. 그의 눈이 그렇게 말했다. 저 언덕 너머의 총명한 청년을 동정한다고? 씨팔, 뭐 하는 짓이야? 사람 잘못 봤어, 이 친구야, 그건 브룬-오가 아니라고. 턱에 한 방 맞아. 배에도 한 대 맞고. 웨이터! 프롱삭 한 잔하고 스테이크와 감자튀김을 가져와, '투 드 슈이트(Tout de suite, 당장)!' 마요네즈도 곁들여서!

끼니에 대한 작은 꿈들. 바퀴벌레가 없고, 부드럽게 작동하는 녹슬지 않은 변기가 있고, 갈라터지지 않고 노란 얼룩도 없는 리놀륨 장판에 대한 작은 꿈들. 퉁퉁 부은 몸에 때리지 못하는 무기력한 주먹을 지닌 저 가짜 클라인펠드, 사기꾼의 서글픈 작은 꿈들. 펜스 너머로 홈런을 날리고 질주하여 베이스를 돌던 미끈한 말솜씨의 대가, 바람둥이, 유혹자였던 그 남자는 누구였나? 세 여자의 남편이었고 세 딸의 아버지이며, 시집 두 권을 출간한 유망한 시인이었던 그는 누구인가? 그것도 비주류가 아니라 주류 출판사(시는 비주류 풍이었지만 마이너리그가 아니었다)에서였다. 기라성 같은 사람들이 뒤표지에 찬사를 도배해주었고, 그중에서도 의미심장한 한 단어를 그는 만끽하고 곱씹으며 오랫동안 힘차게 핥고 빨았다. '휘트먼풍'이라는 말. 그 꼬마의 작품은 '휘트먼풍'이었고, 그 국제적 유명 인사들의 추천사들은 모든 문장이 최소한 세 개 이상의 느낌표로 끝난다. 저기 우뚝 솟은 언덕에 힘입어 후원금을 긁어모은 두드러진 천재 소년을 위한 두드러진 구두법이다. 젊고 잘생긴 멋쟁이 시인은 서사시를, 시대를 위한 시를, 모든 미국시를 끝낼 궁극의 시를 쓰기 시작한다.

그는 쓰고, 쓰고, 쓰고, 다시 쓰지만 도저히 원하는 대로 쓰지 못한다. 그는 계속 쓰고, 세월이 흐른다. 그는 결혼을 하고 이혼을 한다. 다시 또 다시 결혼을 하고 이혼을 한다. 아이들이 태어나고, 그는 여전히 그 시를 쓰고 있다. 하지만 원하는 대로 쓰지 못한다. 가끔 그는 아예 시가 보이지 않게 된다. 시에 깔려 있는 그를 시가 짓뭉개어버리겠다고 위협한다. 그는 시에서 헛소리를 없애려 하는 거다, 모르겠는가? B. K.는 원고에서 모든 B. S.(bullshit, 헛소리—옮긴이)

를 제거하고 상기의 언덕을 오르고자 하지만 도저히 넘지를 못한다. 시를 꼭대기까지 밀어붙이고 있다고, 이제 언덕 너머 반대편이 거의 눈에 들어온다고, 그런 느낌이 드는 날도 있지만 그것뿐, 그는 시지포스라도 된 것 마냥 시를 정상 너머로 굴릴 수가 없다.

그래서 시월 어느 날 아침, 가짜 클라인펠드는 늙은 엉덩짝에서 나온 똥 덩어리를 앞에서 말한 너저분한 집구석의 시원찮은 변기에다 부드럽게 떨어뜨리고 있었다. 블라인드를 살짝 올려 저 아래 지나치는 자동차들과 재건축 시기를 한참 넘긴 길 건너 커다란 창고 건물을 바라보는데, 그때 다시 그녀를 본다. 그가 자주, 몇 달 동안 거의 날마다 보았던, 그리고 사람들 입에 오르내리는 소리도 들었던 여자, 키가 크고 씩씩하게 걷는 그녀의 젖가슴만 보면 그의 심장이 멎는다. 또 다른 코트를 입은 그녀가 저기 또 있다. 통 넓은 소매와 어깨를 휘감은 일종의 스카프가 달린 고사리 같은 녹색 코트다. 클라인펠드는 그 여자에겐 코트로만 가득 찬 옷장 하나, 그리고 부츠로 가득 찬 옷장 하나(코트와 마찬가지로 계속 바뀌니까)가 있을 거라는 생각을 한다. 그녀는 날마다 돈이라는 마술로 몸을 칭칭 휘감는다고 생각한다. 그건 단순히 이런 의미다. 코트나 부츠가 그녀의 안중에 없다는 건 딱 보면 알 수 있다. 그냥 그녀에게 그런 것들이 있을 뿐이다. 가난한 사람들은 포상을 몸에 걸치고 다니면서—번지르르한 새 가죽 구두, 방금 나온 신상 스웨터, 값비싼 장갑—뻣뻣한 자의식으로 속내를 다 들키고 만다. 하지만 그녀의 마음은 더 훌륭한 것들에 놓여 있다고 그는 혼자 생각한다. 눈썹 사이에 패인 작은 v자를 보면 알 수 있다. 철학적인 주름이라고 그는 믿는다. 월세나 장볼 거리에 대한 지긋지긋한 걱정으로 깊이 새겨진 진부한 주름이 아니라고. 예전에 아주 우연히, 그는 장거리 F선 열차에서 셸링을 읽고 있던 그녀를 보지 않았던가? 맙소사, 저 여자는 F선에서 〈데일리 뉴스〉라도 스르륵 넘겨보고 있는 듯이 프리드리히 폰 셸링을 읽고 있잖아. 스피드광이었던 옛날의 브루노는 학부 시절에 셸링을 한 번 보다가 혼비백산하고 말았다. 게오르크 빌헬름 프리드리히 헤겔의 《정신현상학》을 들춰봤을 때도 혼이 쏙 빠지게 겁을 집어먹었는데, 그에 비견할 만한 책이었다. 그 여자는 흔히 볼 수 있는 부인이 아니었다. 천만에, 머릿속에 반딧불처럼 춤추는 생각들을 지닌 고고한 취향의 귀부인이었다. 그녀의 머리카락은 헝클어진 곱슬머리였고 눈은 커다랗고 길게 째지고 검었으며, 목은 길고 어깨는 넓게 벌어져 있었다. 그리고 그날, 그 시월의 아침, 예전에도 여러 번 그러했듯 그녀가 길을 건너는데 어쩐지 연약하고 마음 아픈 무언가가 산들바람처럼 그녀의 얼굴을 스쳐지나가는 게 보였고, 그 바람이 부는 동안 그녀는 갑자기 몹시 젊어 보였다. 입매, 미간, 눈이 다 같이 그 표정에 일조했다. 그 표정은 오래 머물지는 않았지만, 사각팬티를 발목까지 내린 채 변기에 앉아 있던 클라인펠드의 분신은 그가 보았고 그녀가 느낀 그 아픔이 누군가를 추모하는 비탄 때문이라고 느꼈다.

그 장면이 그를 걷어차서 해방시켜주었다. 꼬마를, 홈런 주자를, 당당하고 자신감 넘치던 시인을 자유롭게 풀어주었다. 사라졌던 매력의 소유자, 원래의 클라인펠드가 적어도 한순간은 돌아왔다. 나는 (왜냐하면 그건 나, 과거의 브루노 클라인펠드였으니까) 황급히, 하지만 철저히 똥구멍을 닦고 앞에 무더기로 쌓여 있던 청바지와 셔츠를 입은 후 자물쇠가 네 개 달린 문 근처에 있던 옷걸이에서 재킷을 휙 잡아챘다. 호주머니에 든 열쇠를 확인하고 층계를 정신없이 달려 내려가서 문 밖 거리로 내달아 덜 떨어진 음유시인처럼 귀부인을 뒤쫓았다. 버럭 고함을 질렀다. “잠깐만요!”

그녀는 멈춰 서서 뒤를 돌아보았다. 아직 그녀는 나의 해리가 아니었다. 천만에. 코트를 입은 여인이었던 그녀가 부츠 굽으로 빙글 돌아 나를 내려다보았다. 훤칠하게 큰 키였고, 상처받기 쉬운 어린애 같은 표정은 어디서도 찾아볼 수 없었다. 그녀가 깔보듯 미간을 찌푸리자 내 속에서 실패자가, 브루노 행세를 하는 가짜가 불쑥 다시 떠올랐지만 이젠 너무 늦었다. 나는 손을 내밀었다. “브루노 클라인펠드, 이웃입니다. 만나 뵙고 싶었습니다.”

이방인이던 해리는 아주 살짝 웃음을 띠고 내 손을 잡았다. “만나 뵈어 반가워요, 클라인펠드씨.” 그녀가 말했다.

농담이 아니다. 정말로 바로 그 순간 구름 뒤에서 해가 나와 거리를 환히 밝혔고, 나는 그 순간을 놓치지 않았다. 여자들이 스쳐지나가지 못하게 하려면 순간을 포착해야만 하기 때문이다. “운명의 서광이로군요!”

그녀는 혼란스러운 표정이었다. 무슨 뜻으로 하는 소리였을까? 내가 무슨 뜻으로 한 말이라고 생각했을까? 내 말을 이해하려고 고심하는 기색이 역력했다. 그녀는 민망하게 웃음을 지었다.

“신들이 허락하신 겁니다!” 내가 불쑥 말했다.

그녀는 말없이 나를 찬찬히 살펴보았다. 문장 사이에 그렇게 뜸을 들이는 사람을 난 거의 본 적이 없었다. 마침내 그녀가 말했다. “무엇을요, 클라인펠드 씨?”

호레이스 만 고등학교 9학년 때 내게 생물을 가르쳤던 커티스 선생님을 연상시키는 말투였다. 무엇을요, 클라인펠드 씨? 여기는 미국이다. "무엇을요, 클라인펠드 씨?"라는 말을 고등학교 교사 말고 또 누가 한단 말인가?

"우리 말입니다." 내가 말했다. "천우신조의 만남이지요."

"천우신조라는 건 우연히, 요행으로 일어나는 일이라고 생각했는데요. 제가 보기에는 선생님께서 저를 쫓아 내려오신 것 같네요."

해리와 나는 바로 그 지점까지 대화 내용을 정확히 똑같게 기억했다. 그 대화는 이후로 우리가 함께 나눈 두뇌에 각인되었다. 우리는 그 장면의 다음 대목을 놓고 티격태격했다. 나는 아무리 뒤집고 메쳐 생각해봐도 그때 내가 바로 용건으로 들어가서 저녁을 같이 먹자고 했다고 장담했다. 그녀는 우리가 '천우신조fortuitous'라는 말을 놓고 빙글빙글 돌며 우회했고, 그녀가 그 어원인 라틴어 forte가 '우연히'라는 의미라며 우위를 점하자 내가 말을 막아버렸다고 장담했다. 그 말은 '행운'이라는 의미가 아니다. 나도 그건 안다! 그저 나는 장을 싹 비우자마자 미친 듯이 그녀를 쫓아 내려왔던 내 마음을 알아주길 바랐을 뿐이다(물론 그녀는 아무것도 몰랐고, 난 한참 후에야 그녀가 내 장운동을 환하게 밝혀준 나날들이 수없이 많았다고 고백했다). 해리에게는 현학적인 면이 있었다. 까다로운 문법교사 같은 그런 면 때문에 가끔은 돌아버릴 것 같았다. 원래 사람들은 '천우신조'라는 말에 대해 생각하고 나서 자신이 한 생각을 그대로 말했다고 생각하지만, 절대 그렇게 하지 못하는 법이다. 그럴 때가 있다. 원래 그런 거다. 나는 해리에게도 그렇게 말했지만, 그녀는 내 말을 믿지 않았다.

사흘 뒤 레스토랑에 나타난 사람이 어느 브루노였는지는 잘 모르겠다. 그전에 면도를 한 인물은 쓸데없는 원망을 잔뜩 품은 예전의 그 등신이었다. 어떤 여자가 똑같은 시를 25년간 쓰고 롱아일랜드 대학에서 연봉 만 이천 달러를 받으며 문예창작 강의 두 개를 맡고 있는, 외주 편집 일을 하고 거의 무보수로 여기저기 서평을 쓰며 사는 거울 속의 저 멍청이를 원하겠는가? 실패작 중에서도 대실패작인 인생인데. 불안감에 폐가 죄어들었고, 난 밭은 숨을 헐떡거리며 그나마 제일 좋은 셔츠를 다렸다. 지난 삼월에 딸 클레오가 생일 선물로 사준 셔츠였다. 그것도 모자라 나는 같은 층 이웃 루이즈에게 해리와의 데이트 비용 백 달러를 빌렸고, 루이즈는 손가락을 흔들며 특유의 새된 목소리로 말했다. "자선 사업하는 거 아니에요, 브루노. 꼭 갚으세요!" 난 멀대처럼 미동도 않고 서 있었지만 내 심장은 마라톤을 뛰고 있었고, 빳빳이 다린 하얀 셔츠에 땀이 배기 시작했다. 긴장감에 온몸이 마비될 것만 같았다. 나는 대략 오 분 동안 내 방 문 앞에 그렇게 서 있었다. 그 문을 박차고 나가게 등을 떼민 건 외로움이었다. 그 끔찍하고 불안하고 고통스러운, 사람을 갈아버릴 듯한 외로움을 더 이상은 참고 살 수 없다는 느낌이 들었다.

그런 다음, 첫인사를 나누고 빳빳한 마분지 메뉴판을 들여다보고 주문을 하고 웨이터가 자기 이름이 로이인지 레이먼인지라고 소개하는 말을 듣고 나서, 짧게 말해 낯선 타인 둘이서 저녁식사 데이트라는 여정을 떠날 때 이어지는 온갖 어색한 비위 맞추기를 다 겪은 후에, 신들인지 천사들인지 요정들인지 영화배우들인지 몰라도—우리가 편리할 때마다 반쯤 믿는 그런 비현실적인 존재들 중의 누군가가—새싹야채 샐러드에서 우리 둘 다 똑같이 주문한 버섯을 곁들인 약간 뻑뻑한 닭요리로 나아갈 무렵 우리를 내려다보며 미소를 지었다. 하지만 우리가 말라빠진 닭요리를 소화하는 사이에 또 한 번 그 사태가 일어났다. 제대로 된 브루노가 기세등등하게 포효하며 돌아와 코트 차림의 숙녀를 매료시켰고, 또한 숙녀 쪽에서도 그를 매혹시켰다. 그녀는 웃기고 똑똑하고 삐딱하기까지 했던 것이다. 그녀가 던지는 알쏭달쏭한 논평들은 심지어 온전한 진짜 브루노마저도 완전히 파악할 수 없었지만, 그의 호기심을 엄청나게 자극했다. 숙녀가 숨을 쉴 때면 그녀의 젖가슴도 함께 호흡했으며, 그는 고개를 똑바로 치켜들고 있기 위해 두세 번인가 눈을 꼭 감아야만 했다.

그녀의 귓불에는 다이아몬드가 걸려 있었던 것 같다. 테이블 위로 공기 중에 떠다니는 향수 냄새가 살랑살랑 내 코까지 흘러들어왔다. 그녀 말로는 유럽의 치졸한 정복자였던 나폴레옹이 아내들 중 하나였던 조세핀을 위해 조향한 것이라고 했다. 나폴레옹에게는 아내가 둘밖에 없었다. 나보다 하나 적은 수다. 그 오만한 개새끼는 이런 말도 했다. "짐이 혁명이다." 글쎄, 그날 저녁 브루노 클라인펠드의 혁명은 이미 일어나 있었고, 나는 그 혁명을 끝까지 밀어붙이지 않으면 영원히 분열된 국가로 살아가야 한다는 사실을 잘 알고 있었다.

나는 그녀의 말을 경청했다. 이것이야말로 유혹의 제 1법칙이다. 절대 냉소적으로 하는 소리가 아니다. 경청하는 큰 귀 없이는 유혹이란 불가능하다. 해리라고 불러요, 하고 그녀가 말했다. 그래서 나는 그녀를 해리라고 불렀다. 나는 장성한 두 자식에 대한 그녀의 이야기를 들어주었다. 하나는 다큐멘터리 영화 제작자이고 또 하나는 산문작가였다. 그리고 공중제비를 돌 줄 알며 희한하게도 버스터

키튼과 페기 리를 너무나 좋아하는 손주의 이야기도 들어주었고, 그녀의 죽은 남편, 태국인과 영국인 혼혈로 외교관의 아들이었으며 어디에서나 집처럼 편안해했지만 어디서도 집을 찾지 못했던 남편 이야기도 들어주었다. 그는 유들유들한 멋쟁이 같았다—엄청난 돈과 복잡한 면모들을 지닌 남자, 40년대 할리우드 영화 같은 데서 보면, 하얀 디너재킷 차림으로 연기로 가득 찬 술집에 슬며시 들어서서 이방인의 눈으로 방안을 스윽 훑어보는 그런 남자 말이다.

나는 사실 해리를 붙잡을 수가 없었다. 그녀가 대체 어떤 사람인지를 파악할 수가 없었다는 말이다. 그녀는 솔직하고 직설적이었지만 한편으로는 주저하고 있었다. 그녀는 느릿느릿하게 문장을 구성했다. 마치 한 단어, 한 단어를 곱씹어보는 것처럼 말했다. 그녀는 꽤나 길게 보슈에 대해 이야기했다. 얼마나 그녀가 보슈의 악마들과 '돌연변이'들을 사랑하는지 말해주었다. 그녀는 고야를 사랑했다. 그리고 그를 '별세계'라고 불렀다. "그는 보는 걸 두려워하지 않았어요." 그녀가 말했다. "절대 봐서는 안 되는 것들이 있는데도 말이죠." 와인을 두 잔째 마시고 있을 무렵, 그녀는 옆 테이블의 연인들이 자기 목소리를 엿들을까봐 걱정되는 듯 언성을 낮추었다. 그러더니 리버사이드 드라이브에 있던 가족의 아파트에서는 그녀 침대 밑에 어린 소년이 살았었다고 말했다. "그는 입에서 불을 뿜었어요." 이것이 정확히 그녀가 한 말이다. 그는 입에서 불을 뿜었다. 해리는 '상상속의 소년'이라든가 '상상속의 친구'라는 말을 쓰지 않았다. 그녀는 긴 손을 테이블보 위에 놓고 내 쪽으로 몸을 기울이더니 숨을 들이쉬고 내쉬었다. "나는 있잖아요, 날아다니면서 불을 뿜고 싶었어요. 그게 내 절실한 소원이었지만 금지된 것이었죠. 아니,

내겐 금지된 거라고 느껴졌어요. 스스로에게 날아다니면서 불을 뿜어도 좋다는 허락을 내리는 데까지 아주, 아주 오랜 시간이 걸렸어요."

그녀가 나에게 불을 뿜어주었으면 좋겠다는 말은 하지 않았다. 그 말을 하고 싶은 마음은 굴뚝같았지만. 나는 다른 실없는 농담을 했고 그녀는 웃음을 터뜨렸다. 치아도 아주 고왔다. 해리는 그랬다. 고르고 하얀 치아와 낭랑하게 울리는 웃음소리, 호탕하고 걸쭉한 그 웃음소리만 들으면 난 하얗게 기억상실증에 걸렸다. 시궁창에서 구르던 세월이 싹 지워지고 홀가분하고 자유로워졌으며, 그녀에게도 말했듯이 짐을 내려놓는 느낌이 들었다. 해리엇 버든의 웃음은 내게서 롱아일랜드 대학과 시와 갈라진 리놀륨 장판을 그 즉시 싹 걷어내 버리곤 했다. 이유는 모르겠지만, 내가 그녀 이름(Burden에는 짐이라는 뜻이 있다—옮긴이)을 가지고 말장난을 했더니 그녀는 심각한 얼굴로 입술을 파르르 떨었다. 혹시라도 그 자리에서 눈물콧물을 짜며 울음을 터뜨려 반쯤 먹다 만 치킨을 적실까봐 나는 얼른 끼어들었다. 토머스 트래헌을 인용한 것이다. 1674년에 세상을 떠난 내 오랜 친구 톰이야말로 그 순간 최선의 선택이었다. 세상 그 누구보다 희열에 찬 시인, 1896년까지는 거의 소실되었다가 어느 이름 모를 호기심 많은 사람에 의해 런던의 서점 서가에서 발견되었던 그. 트래헌의 시 〈기적〉을 나는 오래전부터 낱낱이 외우고 있었다. 불쑥 뇌리에 떠오른 3연을 내 두개골 속에 보관된 종이로부터 읽어 내려갔고, 내 마음을 앗아간 숙녀는 파르르 떨며 나를 바라보고 있었다.

혹독하고 거친 대상들은 숨겨져 있었다.
억압, 눈물, 그리고 울음,
죄악, 비탄, 애원, 알력, 흐느끼는 눈은
숨겨져 있었다, 그리고 오로지 드러난 건
천상의 정령들과 천사들이 나포하네.
상업과 빈곤이 아닌,
순수와 지복의 상태가 내 감각을 채웠다네.

해리와 나, 우리가 서로를 찾은 건 기적이었다. 여전히 기적이다. 나의 해리는 기적이었다.

그녀는 나를 집으로 데려갔다. 우리가 그 거대한 집에 들어가는 순간, 강물을 내려다보는 통유리 벽에 길고 파란 소파들이 놓여 있고—내 말뜻을 알아줄지 모르겠는데—휑하되 휑하지 않은 공간이랄까, 말하자면 패셔너블하게 휑한 공간에 한쪽 벽에는 미술품이 걸려 있고 다른 벽에는 천정에서 바닥까지 책 수천 권이 꽂힌 서가가 있고 바닥에는 커다랗고 낡은 깔개가 깔렸고 반짝이는 부엌 천장에 주렁주렁 냄비들이 걸린 그 집에 들어간 순간, 나는 마음속으로 말했다, 세상에, 이건 천국이야, 완벽한 천국, 갈라터진 데도 빵부스러기도 흰개미도 바퀴도 없고, 게다가 바로 길 건너편에 있다니! 그리고 해리는 바로 아래층의 스튜디오를 보여주었다. 우리는 계단을 하나 내려갔다. 그녀가 조명 스위치 몇 개를 켜자 긴 복도에 연이어 나 있는 문들이 보였고, 어떤 문 뒤에서는 누군가 코를 고는 소리가 들렸다. 나는 묻지 않았다. 모든 게 너무나 잘 돌아가고 있는데 굳이 망치고 싶지 않았다.

해리는 복도 끝에 있는 이중문을 열고 조명 몇 개를 더 켜서 그녀의 작업공간에 불을 밝혔다. 해리의 예술이 좀 무섭지 않았다고는 말 못하겠다. 솔직히 말해서 그 첫날밤에는 부두교처럼 섬뜩한 기분이 들었다. 들어가자마자 머리 위에 날아다니는 거시기가 보였다. cock, 그러니까 수탉이 아니라 지독하게 진짜처럼 보이는 남자 성기였다. 그리고 작업 중인 몸뚱어리가 몇 개 있었고, 전 남편의 축소판이 적어도 다섯 개쯤 있었으며 또 다른 실물 크기의 인간 형체들이 옷을 다 입고 시체처럼 널브러져 있었다. 어마어마한 크기의 기계들과 꼭 중세의 고문도구처럼 생긴 연장들이 즐비했고, 작업장 한가운데에는 안에 거울이 달린 거대한 유리상자속에 인간 형상들이 두서넛 들어 있었는데 보기만 해도 소름이 끼쳤다. 예전에 루이즈가 동네에 그녀를 '마녀'라고 부르는 사람들이 있다고 말한 적이 있었는데 그때 나는 "에이, 말도 안 되는 소리"라고 대답했었다. 하지만 그 장소에는 확실히 어딘가 지옥 같은 느낌이 있었다. 그녀가 아까 저녁식사에서 말해준 불을 뿜는 아이가 서까래에서 툭 튀어나온다 해도 이상하지 않을 것만 같았다. 우아한 코트 차림의 숙녀는 엄청나게 엽기적이고 괴이한 것들을 만들고 있었고, 솔직히 고백하건대 그 거대한 공장을 둘러보던 내 마음속에서는 예의 하찮은 위인이 다시 슬금슬금 기어 올라오고 있었다. 그는 움츠러드는 소인배였고, 나는 움츠러들었다.

해리는 너무 흥분해서 전혀 눈치 채지 못했다. 그녀는 미소를 지으며 자기 피조물들을 가리켜 보여주고, 저녁 내내 얘기했던 것보다 훨씬 더 유창한 언변으로 특정한 개념들을 관통하는 작업을 하고 있다고 설명해주었다. 육체를 통해, 체화된 정신을 통해 개념을 재현하고 인지적 기대들로 유희를 하고 싶다고 말했다. 그녀는 후설을 좋아했다. 도저히 이해할 수 없는 또 한 사람의 작가인 후설을 그녀는 틀림없이 F선 전철 속에서 읽었으리라. 나도 엄청난 독서가지만 철학책을 읽다 보면 금세 지친다. 월러스 스티븐스 식 철학이라면 얼마든지 환영이지만. 그녀는 내가 이해해주길 원했다. 내가 알아듣기를 원했다. 가동적 의도성. 그래서 움츠러든 소인배는 그저 고개만 끄덕였다. 그렇군요, 후설, 아, 네, 좋아요. 아하.

맞다, 그렇다, 나는 위축되었다. 중립지대인 레스토랑에 있는 건 그렇다 치자. 하지만 여자의 궁전 같은 창고 건물에서 떼거지로 놓인 귀신같은 인형들과 신체 부위들을 보게 되는 건 또 완전히 다른 얘기다. 심지어 몇 개는 전원을 꽂으면 온기가 들어오기도 했다. 그리고 그녀는 내가 절대 읽지 않는 난해한 책들에 대해서 계속 수다를 떨고 있었다. 해리의 작업실에서 나왔을 때 나는 엄지소년 톰만큼 작아져 있었고 아무 시인도 인용하지 않게 되었다. 당장이라도 거기서 뛰쳐나가고 싶은 마음이 턱에 차 있었는데, 해리가 손으로 내 팔을 잡더니 말했다. "브루노, 내가 이러는 거 신경 쓰지 말아요. 정말로 얘기를 나눌 수 있는 사람을 만나는 게 너무 흔치 않은 일이라서 좀 많이 흥분했어요. 이렇게 여기 당신이 있으니 어쩐지 어질어질할 정도인 걸요." 그 소녀 같은 표정이 다시 그녀 얼굴에 떠올라 있었다. 이번에는 슬픔이 아니라 행복이 비쳤다.

우리는 위층으로 올라갔고, 그녀는 샘 쿡이 부르는 〈당신은 날 흥분시켜요〉의 레코드를 틀었다. 세상에서 가장 멋진 멜로디에 세상에서 가장 달콤하고 멍청한 가사가 달린 노래였다. "그대여, 당신은 날 흥분시켜요/당신이 날 흥분시키는 걸 알아요/그대는 나를 흥분시켜요/정말 그래요, 정말로 그래요." 해리는 커다랗고 하얀 치아를 드러내며 날 보고 활짝 웃고는 노래를 따라 부르며 엉덩이와 어깨를 들썩이고 살짝 스텝을 밟았다. 나는 다시 온전한 크기로 돌아왔고 다 자라나자마자 펄쩍 달려들었다. 나는 두 팔로 그녀의 허리를 붙잡고 그 황홀하게 아름다운 젖가슴에 머리를 묻었으며, 우리는 거기서 멈추지 않았다.

그 첫날 밤 우리 사이에서 발생한 끈적끈적한 사건의 전말은 검열하도록 하겠다. 불꽃이 튀자 전기가 흘렀던 육체의 이야기 말이다. 우리는 시뻘건 불꽃을 얼마나 많이 토했는지 모른다. 우리 둘 다 오랜만의 일이었다. 해리에게는 정말 까마득하게 오랜만이어서, 다 끝나고 기진맥진하고 나른해진 우리가 그녀의 커다란 침대에 하늘을 보며 드러눕자 그녀는 울기 시작했다. 몇 번인가 훌쩍거렸을 뿐 소리도 내지 않고 울었다. 그녀를 살폈더니 내 쪽에서 보이는 옆얼굴을 타고 귀까지 흘러내린 눈물이 보였다. 그녀는 일어나 무릎을 감싸 안고 앉았고, 눈물이 마침내 메마를 때까지 계속 그렇게 줄줄 흐르도록 내버려두었다. 나는 언제 입을 닥쳐야 하는지 잘 안다. 그 눈물에 대해서는 아무 말도 하지 않았다. 전부 다 이해했기 때문에 단 한 마디도 하지 않았다. 그녀가 선수를 치지 않았더라면, 그 깨끗하고 부드러운 하얀 침대보에 안도의 눈물을 흘리며 앉아 있을 사람은 아마 나였을 테니까.

메이지 로드

(녹취록 편집본)

브루노 클라인펠드만큼 우리 아버지와 닮은 데가 없는 사람도 없을 거예요. 어머니가 사귀는 남자가 생겼다고 말했을 때는 기뻤지만, 처음 브루노를 만났을 때는 좀 놀랐어요. 브루노도 다 알고 있으니까 화내진 않을 거예요. 아버지는 머리에서 발끝까지 완벽하게 차려입는 사람이었고 브루노는 부스스했죠. 아버지는 욕을 절대 하지 않았지만 브루노는 욕을 입에 달고 살았어요. 아버지는 테니스를 좋아했지만 브루노는 야구를 좋아했죠. 아버지는 둥둥 떠다녔고 브루노는 쿵쾅거리면서 걸어요. 재밌는 게 브루노는 시인이고 아버지는 미술상이잖아요. 그런데 보통 전형적인 이미지는 시인들이 구름 속을 떠다니고 사업가는 장사며 돈 같은 세속적 일에 얽매인 현실적인 사람들이죠. 두 사람의 차이에 대해서는 한도 끝도 없이 읊을 수 있지만 그러진 않을게요. 내가 아는 건 그저 어머니가 브루노와 있을 땐 달라졌다는 거예요. 훨씬 자유로웠어요. 농담도 하고 브루노를 놀리고 그의 뺨을 꼬집었고, 그 역시 어머니에게 그렇게 했어요. 보고 있으면 어니와 버트, 로렐과 하디 같았죠. 실없는 소리로 말다툼을 하는 스크루볼 코미디 속의 한 쌍 말이에요. 솔직히 좀 창피했지만, 눈멀고 귀먹지 않은 한 두 사람이 서로 사랑에 빠져 있다는 걸 모를 수는 없었어요.

어머니가 브루노와 함께 있는 모습을 보게 되면서 부모님을 다시 생각하게 되었던 것 같아요. 실제로 두 분이 어떤 사람이었는지, 내가 생각했던 사람들이 아니었을지도 모른다는 생각. 우리 아버지는 당신 주위에 신비감을 조성했어요. 당신의 타고난 재능이고 카리스마였죠. 아버지를 보면 항상 호주머니에 비밀을 숨기고 있거나 소매에서 마술로 뭔가 꺼낼 것 같다는 생각이 들었어요. 나는 당신 딸이었는데도 항상 그런 생각이 들었거든요. 그래서 사람들이 왜 그 분에게 매력을 느끼고 끌리는지 알 것 같았어요. 나와 마찬가지로 그들 역시 아버지가 미소를 지어주길 원했던 거죠. 물론 아버지도 웃어주었지만, 아주 가끔씩일 뿐이었어요. 가끔은 일부러 미소를 아낀다는 생각이 들 때도 있었어요.

아버지에게 미술은 인생의 마법적 영역이었어요. 무슨 일이든지 일어날 수 있는 그런 영역이었죠. 특히 회화를 좋아하셨고, 형태와 색채와 감정에 지독하게 민감하셨지만, 항상 아름다움만으로는 부족하다고 말씀하셨어요. 아름다움은 얄팍하고 건조하고 지루하다고요. 한 작품에 '생각과 배짱'이 공존하기를 바랐지만 그것만으로는 팔리지 않는다는 것도 역시 아셨죠. 미술을 팔기 위해서는 "욕망을 창조해내야" 하고, 당신 말씀을 빌면 "욕망은 충족되면 더 이상 욕망이 아니기 때문에 절대 충족되면 안 되는" 거예요. 정말로 원하는 무언가는 언제나 부재해야 하는 거죠. "미술상은 굶주림의 마술사들이 되어야 한단다." 그렇게 말씀하셨어요.

아버지는 '뿌리 없는 코즈모폴리턴'을 자처하셨고, 최고의 선생님들—부모님들에게서 그 역할을 하는 법을 완벽하게 배우셨다고 말씀하셨어요. 어린 시절은 자카르타와 파리와 로마와 홍콩과 방콕에서 보내셨지요. 영국인인 제 할아버지는 만나본 적이 없지만, 할머니는 왕족과 무슨 혈연관계가 있는 태국의 귀족 부인이셨어요(왕은 언제나 아내를 여럿 두니까 그렇게 어려운 일은 아니죠). 할아버지가 돌아가시고 나서 할머니는 통유리창이 있고 천정이 높은 파리 16번가의 커다란 아파트에 정착하셨어요. 버튼을 누르면 휙 하고 올라가는 새장 같은 엘리베이터도 있었죠. 네 살인가 다섯 살쯤 되어서야 나는 쿤야가 아버지의 어머니라는 사실을 알게 되었어요. 외조부모님은 엄마가 항상 어머니와 아버지라고 불렀기 때문에 잘 알고 있었지만, 쿤야는 그분들과 전혀 달랐거든요. 일단 언제나 번쩍거리는 보석들을 주렁주렁 달고 계셨어요. 천천히 의식적으로 움직이고, 뉴욕에 사시는 외할머니와는 비슷한 구석이 하나도 없는 영국 억양으로 말씀을 하셨고요.

열 살이 되던 겨울에 우리는 파리에서 휴가를 보내고 있었어요. 크리스마스 전날이었는데 비가 내리고 있었죠. 그 파리의 회색 비가 기억에 선해요. 쿤야가 나한테 줄 것이 있다면서 침실로 따로 데리고 갔어요. 나는 그 방에 들어가본 적이 없었어요. 솔직히 그 안에 들어가 있자니 좀 겁이 났고요. 나무를 깎아 세공한 거대한 침대에 휘황찬란한 사적인 소지품들이며 강렬한 냄새까지 다요. 유리그

룻이나 단지에 담긴 파우더며 연고 같은 게 엄청나게 많았죠. 쿤야는 노란 실크를 덧댄 상자를 열더니 작은 반지를 하나 꺼내서—금으로 된 작은 손 두 개가 루비를 움켜쥐고 있는 모양이었어요—내게 주셨어요. 외할머니였더라면 포옹을 해 드렸겠지만 난 그러지 않았어요. 대신 미소를 지으며 감사하다고 말씀드렸죠. 그러자 쿤야는 두 손으로 내 어깨를 잡고 기다란 거울 쪽으로 돌려세우더니 보라고 말씀하셨어요. 그래서 난 거울을 봤죠. 척추 끝을 누르는 할머니의 손가락이 느껴졌어요. 내 어깨를 잡고 다시 잡아당겼다가 놓아주더니 내게서 물러나 서셨어요. 할머니는 내가 그 자세로 계속 있기를 바란다는 걸 눈치 챘어요. "이제 턱도 치켜들어라." 할머니가 말씀하셨죠. "턱을 치켜들어야 목이 길어져. 배워야 한다, 메이지. 방안에 들어가서 사람들의 주목을 끄는 방법을 말이야. 네 어머니는 그런 걸 못 가르쳐주니까."

나는 그 반지를 꼈지만 쿤야가 했던 말은 절대 아무한테도 하지 않았고, 그 작은 황금 손들을 볼 때마다 어머니를 배신하는 기분이 들어 걱정이 되었어요. 정확히 무슨 이유로 꼿꼿하게 서면 방안 사람들의 주목을 끌게 될 거라고 쿤야가 생각하신 건지는 모르겠지만, "네 어머니는 그런 걸 못 가르쳐준다"는 그 저주의 말은 명백했거든요. 쿤야는 우리 어머니가 부적절하다고 생각해서 당신이 나서신 거예요. 어머니를 옹호했어야 하지만 난 그러지 않았고, 그래서 배신자 같은 기분이 들었어요. 내가 열세 살 때 쿤야는 엉덩이 수술을 받다가 수술대에서 갑자기 돌아가셨고, 나는 막연한 경악 말고는 별 감정을 느낄 수 없었어요. 그것보다 훨씬, 훨씬 더 슬픈 감정을 느껴야 될 것 같아서 기분이 나빴죠. 그래도 우리 할머니였으니까요. 이선은 슬퍼했어요. 옷장에 처박혀서 울었던 거 같아요. 쿤야는 워낙 이선을 예뻐하셨어요. 이선은 쭈그러져 앉아 있건 막대처럼 꼿꼿하게 서 있건 언제나 할머니의 관심을 끄는 데 성공했거든요. 장례식은 파리에서 치러졌고, 수많은 낯선 사람들과 꽃들과 반짝이는 단추들이 줄줄이 달린 빳빳한 까만 정장 차림의 여자들한테서 풍기는 짙은 향수 냄새로 점철되었죠.

쿤야가 돌아가시고 나서 아버지는 파리에서 부모님과 함께 찍은 사진들과 신문 기사들을 모아둔 앨범을 가져와 보여주셨어요. 할머니가 옛날에 얼마나 아름다웠는지 알게 되었죠. "아주 위풍당당하셨어." 아버지가 말씀하셨어요. 언어 습득에 뛰어난 재능이 있어서 프랑스어, 이탈리아어, 영어 외에 광둥어도 약간 할 줄 아셨으며 태국어는 당연히 잘 하셨구요. 그렇지만 아버지 말씀으로는 어디를 가든 뭔가 매력적인 말을 해서 손님들의 호감을 살 정도만큼만 언어를 배우셨대요. "똑똑하긴 하셨지만 철저하진 않으셨지. 중요한 건 효과지 지식 자체가 아니었어, 철저히 세속적이셨지tres mondaine." 아버지가 그 다음에 하신 말을 난 영영 잊을 수가 없어요. "그런 점에서 난 우리 어머니를 닮았어. 하지만 네 엄마와 사랑에 빠진 건 정반대이기 때문이었단다. 심오하고 철저하며, 오로지 홀로 그 답을 찾아내고자 꾸준히 노력하는 질문들에만 관심이 있거든. 세상에서는 네 어머니 같은 사람이 별 쓸모가 없지만, 네 어머니의 시대가 올 거다."

아이들은 부모님이 서로를 사랑하기를 절박하게 원하는 법이에요. 적어도 어렸을 때 나는 그랬어요. 아버지의 그 말씀은 내 기억에 지워지지 않고 남았어요. 그런 문장은 평생 동안 몇 개가 채 되지 않죠. 지금은 이름이 기억나지 않는 어떤 작가가 그런 언어적 기억들을 '뇌의 문신'이라고 했어요. 대체로 우리는 사람들이 한 말들을 잊어버리거나 요지만 기억하는데, 내 생각에 전 그때 아버지가 하신 말씀을 단어 하나까지 낱낱이 기억하는 것 같아요. 그 말들이 무슨 뜻일까 굉장히 많이 궁리했거든요. 아버지는 어머니에게서 당신에게 부재하는 것, 일종의 깊이를 보고 사랑하셨다는 얘기로 들렸어요. 아니, 어쩌면 더 나쁜 얘기는 세상에서 어머니 같은 사람들은 쓸모가 없다고 말하셨던 거죠. 세상은 우리 아버지와 할머니 같은 사람들을 선호한다고요. 그렇지만 아버지는 우리 어머니의 방식이 더 우월하다고 생각한다는 느낌을 받았어요. 가장 중요한 건, 그래서 아버지가 어머니를 사랑하신다는 거였고요. 그렇지만 또 한편으로, 아버지가 그렇게 그 문제를 신경 쓰고 계셨다면 당신 생각보다 훨씬 더 어머니와 같은 자질을 갖고 계신 게 아닌가 하는 생각을 하지 않을 수 없었죠. "쿤야는 어머니를 좋아하지 않으셨죠, 네?" 그래서 아버지에게 여쭤봤어요. 놀란 얼굴을 하시던 게 기억이 나는데 그래도 대답을 해주시더군요. 두 분은 서로 다른 세계에서 온 사람들이라고 하셨어요. 해리엇이 당신 어머니의 기대를 뒤흔들어 놓았다고 하셨죠. 그리고 특유의 미소를 지으며 말씀하셨어요. "메이지, 메이지, 메이지."

그때는 아버지에게 애인들이 있다는 걸 몰랐어요. 훨씬 나중에야 알게 됐지요. 어머니는 돌아가실 때가 가까워서야 그 문제에 대해서 터놓고 말씀을 하셨어요. 애인들 중에는 남자들도 있고 여자들도 있었죠. 어머니는 불륜에 대해 알고 있었다는 걸 나와 이선에게 말해주고 싶어하셨어요. 세세한 사연 말고, 그저 알고 계셨다는 얘기 말이에요. 상처를 받았지만 한 번도, '단 한 번도' 남편을 잃게 될까봐 두려웠던 적은 없다고 하셨죠. 두 분이 함께하셨던 마지막 나날에는 아무도 없이 어머니뿐이었어요. "우리는 다시 서로를 찾아냈지, 그리고 그이가 죽어버렸어."

우리 아파트 복도 테이블에 열쇠 꾸러미가 놓여 있던 기억이 나요. 낯선 열쇠들을 쳐다봤던 기억도 나고요. 그러자 아버지가 재빨리, 아무렇지도 않다는 듯 그 열쇠들을 홱 낚아채어 호주머니에 쑤셔 넣었죠.

서재 밖에 서 있는데 아버지가 안에서 전화 통화를 하시던 기억도 나요. 나지막한 목소리도 기억이 나고요. '우리가 만나는 곳'이라는 말도 기억이 나요.

지금은 부모님보다 배우자한테 더 쉽게 실망을 느낄 수 있다는 걸 알아요. 그건 틀림없이, 적어도 어린 시절에는, 부모님이 신과 같은 존재이기 때문일 거예요. 그러다가 세월이 흐르면서 그분들은 천천히 인간이 되는데, 사실 부모님이 평범하고 늙은 필멸의 인간들이 된다는 건 좀 슬퍼요. 이선 말로는 나한테 가끔씩 헛똑똑이 같은 구석이 있대요. 내가 부모님에 대해 바보처럼 군다고 하더군요. 그리고 자기는 열네 살 때 우리 메르mere와 뻬르pere가 서로에 대해 고드름처럼 차갑게 굳어 있다는 걸 깨달았다고 하더군요. 걔는 똑똑하고 냉정해 보이려고 그런 소리를 하는 거예요. 아버지는 집에 있는 것도 싫어하고 멀리 가서 산 적도 많았다고 했죠. 저는 그런 식으로 기억하지 않아요. 훨씬 더 복잡했다고 생각하고, 어머니가 아버지를 필요로 했던 것보다 아버지가 어머니를 더 필요로 했다고 생각하게 됐어요. 그리고 어머니도 그런 사실을 알고 있었다고 생각해요.

아버지가 돌아가시기 사흘 전에 오스카와 나는 부모님과 함께 저녁식사를 했었어요. 제가 임신 중이라서 '아기' 이야기가 굉장히 많이 나왔죠. 어머니는 유아 발달에 대한 연구 논문을 읽고 계셨어요. 예를 들어서 신생아가 어른들의 표정을 흉내 낼 수 있는 능력이라든가, 그런 것들 말이에요. 우리 두뇌의 체계와 관련이 있던데, 아무튼 어머니가 인용했던 모든 상세한 내용들은 다 알아듣지 못했지만 소위 통합 지각이라는 얘기는 굉장히 흥미진진했어요. 아기의 경우 서로 다른 감각들이 교차된다는 거예요. 촉각과 청각과 시각과 아마도 후각까지도요. (어머니가 말해주신 책 제목들을 적어 놓고 끝내 읽지 않은 게 몇 권인지 몰라요. 뭐, 할 수 없죠.) 어머니는 시각 발달과 문화-언어가 인지에 미치는 영향 얘기도 하셨어요. 우리는 보는 법을 학습하고 그만큼의 학습은 무의식적이라는 거죠. 어머니가 그런 연구를 하는 데엔 절박한 이유가 있을 거라는 걸 전 눈치 챘어요. 어머니는 어째서 사람들이 보이는 대로 보는지 파악하려고 애쓰고 계셨죠.

다큐멘터리 영화를 만든다는 건, 적어도 부분적으로는 대상을 보는 방식을 선택한다는 뜻이죠. 그래서 저는 그 대화에 몹시 큰 흥미를 느꼈어요. 편집은 시각을 조작하는 가장 명백한 방식이에요. 그렇지만 카메라는 가끔 사람들이 못 보는 것도 보거든요—예를 들어 배경에 있는 사람이라든가, 바람 속에서 움직이는 물체 같은 것 말이에요. 이런 사고 같은 우연들이 전 좋아요. 제가 처음 제작했던 장편영화 〈에스페란사〉는 뉴욕 대학교 영화학과 시절 로어이스트사이드에서 친구가 된 여자에 대한 것이었어요. 에스페란사는 삼십

년 동안 날마다 손닿는 대로 움직일 수 있는 물건을 모조리 집에 쌓아두었어요. '초크 풀 오브 넛츠'의 일회용 커피 잔, 〈데일리 뉴스〉, 잡지, 껌 종이, 상품 가격표, 영수증, 고무 밴드, 그녀가 대부분의 쇼핑을 하는 99센트 스토어에서 받은 비닐봉지, 산더미처럼 쌓인 옷가지, 찢어진 수건, 거리에서 찾아낸 오목판까지. 에스페란사의 아파트는 마룻바닥에서 천정까지 쌓인 물건들로 가득 차 있죠. 처음에는 물건이 빽빽하게 들어찬 그 아파트가 혼돈 그 자체로 보였지만, 에스페란사는 그 더미들이 무작위가 아니라고 설명해주었어요. 커피 잔들은 각각 자리가 있었죠. 누렇게 바래고 다 찢어져 너덜거리는 들쭉날쭉한 마분지 탑들이 신문지 더미 옆에 있었어요. 그녀는 또한 도시를 돌아다니면서 실타래, 리본, 밧줄과 철사 조각들도 수집했고 그 조각들을 한데 모아 어마어마하게 거대한 털북숭이 색색 공으로 뭉쳐놓았더군요. 그냥 그러는 게 좋아서라고 했어요. "내 방식일 뿐이에요."

하지만 어느 날 저녁, 하루 동안 찍은 촬영 분량을 보고 있던 나는 어느새 에스페란사의 매트리스 옆에 쌓인 누더기 조각을 찬찬히 살펴보고 있었어요. 해어진 색색의 천 조각들 사이사이에 조심스럽게 끼워져 있는 물체들이 있다는 걸 알아챈 거죠. 연필들, 돌멩이들, 성냥갑들, 명함들. 이 발견이 '해명'으로 이어졌어요. 그녀는 이 세상이 전반적으로 자신의 '라이프스타일'을 인정하지 않는다는 걸 날카롭게 의식하고 있었고, 아파트에 자기 공간이 거의 남아있지 않았다는 걸 잘 알고 있었죠. 하지만 헝겊 사이에 끼워진 물체들에 대해 물어봤더니 "그것들을 안전하게 보관"하고 싶었다고 대답했어요. 헝겊들은 그 물체들의 침대였던 거예요. "침대들과 그

위에 누워 있는 물건들 모두, 편안하고 좋아요." 이렇게 그녀는 말했어요.

알고 보니 에스페란사는 자기가 모으는 모든 물건들에 대해 애착을 느꼈던 거였어요. 마치 상표와 스웨터와 접시와 엽서와 신문과 장난감과 헝겊 쪼가리들에 생각과 감정이 있기라도 한 것처럼 말이죠. 영화를 보고 나서 어머니는 에스페란사가 일종의 '범심론'(모든 사물에 마음이 있다는 생각—옮긴이)을 신봉하는 것 같다고 말씀하셨어요. 그리고 이 말은 마음이 우주의 본질적인 특징이며 돌멩이에서 사람까지 만물에 마음이 존재한다고 믿는 걸 뜻한다고 설명해주셨죠. 그리고 스피노자가 이런 관점을 지지했다고 말씀하시면서 "완벽하게 정당한 철학적 입장"이라고 하셨어요. 에스페란사는 스피노자에 대해서는 아무것도 몰랐어요. 내 영화는 본론과 거리가 있다는 걸 알지만, 이 얘기를 하는 건 중요하다는 생각이 들어서예요. 어머니도 그렇고 나 역시 사물을 정말로 열심히 들여다보아야 한다고 믿어요. 왜냐하면 시간이 좀 흐르면 눈에 보이는 게 바로 얼마 전에 봤다고 생각했던 것과 달라지거든요. 사람이든 물체든 세심하게 본다는 건 곧 그 대상이 갈수록 낯설어진다는 뜻이고, 그러면 점점 더 많은 걸 보게 되지요. 저는 이 외로운 여자에 대한 제 영화가 시각적 · 문화적 클리셰를 허물기를 바랐어요. 그래서 여자의 끔찍한 저장강박증을 곁눈질로 훔쳐보는 관음주의가 아니라 밀착 묘사를 하는 초상이 되기를 바랐어요.

부모님들은 1991년 시사회에서 〈에스페란사〉를 처음 보셨어요. 아버지는 예의바르게 말씀하셨지만, 여자의 추레한 삶의 이미지들을 보기가 고통스러웠던 모양이에요. 주제가 "난해하다"고 하셨어요. 그리고 셀룰로이드에서는 냄새가 나지 않아서 다행이라는 말씀도 하셨죠. 일리 있는 말씀이셨어요. 에스페란사의 아파트에서는 악취가 풍겼거든요. 어머니는 그 영화를 정말 좋아하셨고, 워낙 내가 하는 일마다 응원해주셨던 어머니지만 그때의 열렬한 반응은 진심이라는 걸 알 수 있었죠. 아버지가 말씀을 아끼셔서 난 마음이 상했고, 〈에스페란사〉 얘기를 그날 저녁식사에서 다시 꺼낸 건 일종의 도전에 가까웠다는 생각이 들어요. 아버지에게 난 내가 하는 일의 목적과 의미를 정확히 알고 있고 미학적 관점 역시 갖고 있다는 걸 보여드리고 싶었어요. 오스카는 저장강박증, 불안과 강박장애 얘기를 했고 아버지는 좀 재미있어하시는 눈치를 보이며, 내 영화를 보고 나서 2년 후 안젤름 키퍼의 〈20년간의 고독〉을 보셨다고 말씀하셨죠. 화가의 정액으로 얼룩진 책과 종이들을 산더미처럼 쌓아놓은 작품이었어요. 그리고 내 영화 생각을 하셨다고 말씀하셨어요. 키퍼의 자위가 남긴 잔해에 대한 미술계의 반응은 대체로 당혹과 침묵이었어요. 아버지는 그 여자의 쓰레기 더미는 키퍼의 '사적인 사정'만큼이나 사람 기분을 심란하게 만들더라고 하셨죠.

부모님은 정액 얼룩을 두고 의견이 갈리셨어요. 어머니는 어째서 작품의 사적인 테마가 기피 대상이 되어야 하는지, 어째서 한 남자의 자위와 고독과 슬픔이 '예술' 밖에 있어야 하는지 모르겠다고 하셨어요. 굉장히 공감하셨죠. 보이는 것—얼룩—과 인간의 배설물이라는 정체성을 구별해야 한다고 하셨어요. 아버지는 그 얼룩 문제가 자기만족적이고 혐오스럽다고 하셨죠. 쉽게 흥분하는 일이 좀처럼 없던 오스카도 그 작품은 얘기만 들어도 멍청하게, 지독하게 멍청하게 느껴진다고 말했어요. 나는 잘 모르겠다고, 전시회를 보지 못했다고 말했죠. 그러니까 우리 어머니는 두 남자에 맞서서 홀로 정액을 옹호하고 계셨던 거예요. 수십 년 동안 정액을 배출해온 사람들은 그쪽인데 말이죠. 적어도 두세 번이나마 그들의 정액이 목표물을 맞추었다는 게 다행한 일이라고 생각했던 기억이 나요. 어머니는 굉장히 흥분하셔서 점점 더 달변이 되었고 점점 더 짜증을 내기 시작했어요. 아버지의 오랜 수법은 그냥 화제를 돌려버리는 거였어요. 그러면 어머니는 더욱 격분하며 "대체 왜 내 말에 대답을 안 해요?"라고 버럭 소리를 지르곤 하셨죠.

나는 스물여섯 살이었고 결혼도 하고 임신도 했지만, 그래도 여전히 부모님 사이의 긴장을 견디기 어려웠어요. 어머니는 격정적인 변호에 매달렸고 아버지는 민망해하면서 방안을 이리저리 둘러보며 어머니가 그만두기를 바라셨죠. 수천 번이나 똑같은 장면을 목격했는데 그때마다 저는 내면에서 불안이 점점 증폭하는 느낌을 받았고, 그러다 결국 내 자신이 산산조각으로 터져버릴 것만 같았어요. 안젤름 키퍼의 정액은 사실 진짜 문제가 아니었지요. 결혼 생활을 그토록 오래 하셨으면서도 우리 부모님은 계속해서 서로를 오독했어요. 아버지는 형태를 막론하고 갈등 자체를 싫어했고, 어머니가 기세등등하게 돌진해 오면 숨어버렸죠. 반대로 어머니는 아버지의 회피를 생색으로 해석했고, 그래서 훨씬 더 강력한 펀치를 날릴 수밖에 없었어요. 나는 두 분을 다 이해했어요. 아버지의 회피는 사람을 돌게 만들었고 어머니는 정말 짜증이 치솟게 끈질겼거든요.

두 분의 말다툼은 결국 내가 "이제 그만해요!"라고 외치는 바람에 끝이 났어요. 어머니는 내 뺨과 목에 뽀뽀하며 사과하셨고요. 우리는 모두 상당히 빨리 말라붙은 정액 논쟁에서 회복했지만 아버지의 얼굴에 지치고 우울한 기색이 역력하다는 것과, 이제 부모님의 나이 차가 겉으로도 훤히 드러난다는 건 못 보고 지나칠 수가 없었어요. 어머니는 원기 왕성했고 여전히 젊어 보이셨지만, 아버지는 약간 여위고 백발이 성성했어요. 저녁식사를 마친 후 아버지는 여느 때와 마찬가지로 줄담배를 연이어 피우셨어요. 나도 그만 끊으시라고 잔소리를 하다하다 지쳐 포기했고요. 연기가 피어오르는 던힐 담배는 아버지 신체의 일부였어요. 두 손가락을 허공에 치켜들어 아버지의 얼굴 근처에 연기가 원을 그리게 되는 그 자세 역시 마찬가지였고요. 그건 아버지의 불안감을 드러내는 유일한 신호이기도 했어요. 아버지한테는 불안한 구석이 그것 말고는 한 군데도 없었거든요. 다리를 털거나 손가락을 두드리거나 틱장애가 있지도 않으셨어요. 언제나 차분하고 냉정했지만, 시쳇말로 무슨 굴뚝처럼 담배를 태우셨지요.

식사를 마친 뒤 우리는 다른 방으로 옮겨서 브랜디를 마셨어요. 어머니와 저는 그 술을 마시지 않지만 오스카와 아버지는 좋아했죠. 어머니는 그때 말이 없으셨는데, 자주 그러셨듯 아마도 정액 예술에 대한 열띤 옹호에 지쳐서 듣는 걸로 만족하셨던 것 같아요. 낮은 테이블에는 촛불들과 복숭앗빛 장미가 꽂힌 화병이 있었고 초콜릿이 좀 놓여 있었어요. 이런 세세한 부분이 기억나는 건 그게 아버지를 생전에 뵌 마지막 모습이었기 때문이에요. 그날 저녁의 순간순간들은 아버지의 죽음으로 인해 남김없이 확대되었어요. 아버지를 잃게 될 줄은 몰랐어요. 아버지는 내 아이의 할아버지가 되고 우리 부모님은 계속 싸움을 하시고 앞으로도 오랜 세월 서로 짜증나게 만들면서 같이 목발을 짚고 늙어가실 줄 알았거든요. 우리가 모든 게 지금 이대로 영원히 지속될 거라 생각한다는 건 참 웃기지 않아요?

우리가 어쩌다가 유령이니 마술이니 하는 얘기로 빠지게 됐는지 잘 생각나지는 않지만, 이전의 화두들과 그리 멀지는 않았어요. 로어이스트사이드의 내 범신론자가 모은 수집품과 종이 위에 체액을 보관하는 화가의 괴벽을 보면, 마치 그런 것들에 무슨 신비스러운 가치나 힘이라도 있는 것 같잖아요. 어머니는 소녀 시절 아침이면 밤새 인형들이 움직이지는 않았는지 확인했다는 얘기를 하셨어요. 인형들이 살아날까봐 반쯤은 기대하고 반쯤은 두려워하셨다고요. 그러자 아버지가 '아저씨'와 유령들 이야기를 꺼내셨어요. '아저씨'는 치앙마이에서 우리 증조부모님을 위해 일하시던 깡말랐지만 근육질의 노인으로, 목에서 발까지 뒤덮은 문신이 얇은 갈색 피부를 따라 쪼글쪼글하게 주름져 있었고 빈랑나무 열매를 너무 씹어서 이빨이 온통 까맣게 물들어 있었어요. 어린아이 때부터 '아저씨' 얘기는 익히 들어 알고 있었어요. 증조부모님의 아름다운 옛 저택 사진들도 많이 봤고요. 박공지붕과 휘어진 처마가 있고 기둥 위로 우뚝 솟아 있는 저택과 '아저씨'가 가꾸신 광활한 토지도요.

아버지는 그 얘기를 해주시면서 눈을 지그시 감으셨어요. 열 살이셨던 아버지는 부모님이 '여행'을 하시는 동안 치앙마이에서 조부모님과 함께 살고 계셨대요. 어째서 여행에 데려가지 않았는지는 끝내 알 수 없었다고 해요. 부모님 두 분 다 똑바로 대답해주지 않았지만, 아무튼 아버지의 유년기는 여행과 여러 유모들로 점철되어 있었는데, 유모들은 하나같이 할머니의 '모험'에 대한 암시들을 던져주며 당신을 딱하다는 눈길로 바라보곤 했다죠.

아버지의 커다란 방은 정원을 바라보고 있었어요. 때때로 작은 회색 도마뱀들이 찾아왔고, 집안일을 도와주는 소년 아르티트가 아버지 침대 발치의 간이침상에서 같이 자곤 했대요. 태국 사람들은 절대 혼자 자지 않는다나요. 아버지는 '아저씨'와 별 대화도 나누지 못하면서도 늘 졸졸 따라다녔지만, 태국어가 늘면서 그 늙은 물활론자(만물에 정령이 깃들어 있다고 믿는 사람—옮긴이)의 이야기들을 알아듣게 되었어요. '아저씨'는 약혼자가 메콩 강에 빠져 죽은 아름다운 처녀 이야기를 해주었죠. 비탄에 빠진 처녀는 목을 매달아 죽었고, 그 후로 처녀의 귀신이 나무에 깃들었다고 했어요. '아저씨'는 그 처녀귀신을 보셨대요. 둥둥 떠다니는 머리만요—목 아래로는 창자를 덜렁덜렁 늘어뜨리고 있었대요. 그리고 자기 어머니가 보고 들었다는 귀신 얘기도 아버지에게 해주셨대요. 어머니가 유산을 한 숲속의 바로 그 장소에서 울어대는 태아의 유령인데, 반쯤 몸이 생기다 만 그 작은 괴물은 살아 있는 사람들을 괴롭히면서 때이른 자신의 죽음에 복수를 하고 싶어한대요.

어느 날 '아저씨'는 아버지를 데리고 고향인 치앙마이 북부에 있는 작은 마을로 차를 몰고 가셨어요. 거기 도착했을 때 아이들이 뛰쳐나와 아버지의 금발 머리를 보고 떠들썩하게 수다를 떨며 웃었던 기억이 난다고 하셨어요. 그 금발머리가 그 사람들한테는 '피phee', 즉 귀신들을 생각나게 했나 봐요.

거기서 만났던 사람들은 친절하게 대해줬지만, 아버지는 당신이 희한한 구경거리이고 전시된 물건이라는 느낌을 받았다고 해요. 무엇보다 기분 나빴던 건 '아저씨'가 전혀 다른 사람으로 돌변했던 거였대요. 아첨하듯 비굴하던 태도, 미소와 굽실거리며 하던 절들 모두가 싹 사라졌다는 거예요. '아저씨'는 여동생의 집구석으로 들어가서 위스키를 따라 마시며 아버지에게 가까이 오지 말라고 손사래를 쳐서 쫓았대요. '아저씨'의 누이가 기둥에 이엉을 얹은 강가의 오두막으로 아버지를 데리고 갔을 때는 여전히 대낮이었어요. 남자들이 북을 치고 악기를 연주했고, 여자들이 리듬에 맞춰 천천히 춤을 추기 시작했죠. 아버지는 유령들이 그 사람들의 어깨 위에 말처럼 타고 있었다고 하셨어요. 입에 담배를 문 아주 늙은 노파가 머리 위로 팔을 휘젓고 연기를 내뿜으며 눈을 허옇게 까뒤집더니 입을 벌린 채로 아버지에게 다가와 연기를 곧장 얼굴에다 불었다고 해요. 숨을 쉴 수 없을 것만 같아 헉헉 가쁜 숨을 쉬었는데 그 다음 기억들은 온통 부서져 파편으로만 남았다고요.

확신할 수 있는 건 어느 시점에 고열이 발생해 이틀 동안 앓았다는 것뿐이라고 하셨어요. 비명소리, 바닥에 뒹굴었던 기억, 목을 조르는 공포, 자기 혹은 다른 사람을 후려치는 듯하던 채찍, 그리고 차창을 통해 비치던 태양, 덜컹거리다 못해 튀어 오르던 타이어, 암갈색 먼지 구름만 기억난다고 하셨어요. 자기 침대 옆에서 불타던 아이 시체나 창문으로 줄지어 들어오던 검은 새 떼는 환각이었던 게 틀림없어요. 자기 옆에 어느 남자가 있던 것, 그리고 차가운 욕조에 누워 있던 것도 기억이 나신대요. 사흘째 날 아버지의 열이 내렸어요. 치앙마이의 자기 방에 있었던 거죠. 목둘레에는 부처님의 부적이 걸려 있었지만, 어떻게 그게 거기 있게 되었는지는 전혀 알 수가 없었어요.

그리고 아버지는 다시는 '아저씨'를 보지 못했어요. 할머니에게 '아저씨'는 어떻게 되었느냐고 여쭤보았더니 은퇴했다고 하시더래요. '마이 펜 라이Mai Pen Rai.' 신경 안 써도 된다. 아버지는 마약에 취했던 건지 아니면 그냥 병에 걸렸던 건지 궁금했어요. 의심스러웠고, 어른들이 뭔가 숨기고 있을까봐 걱정도 되었죠. 혹시 구타 흔적이 있는지 온몸을 살펴봤지만 그런 건 전혀 없었어요. "틀림없이 고열로 인해 꿈을 꿨던 모양이야." 아버지는 말씀하셨어요. "하지만 그래도 죽도록 겁이 났단다. 뭐가 현실이고 뭐가 아닌지 도저히 분간할 수가 없었는데, 아무도 말해주지 않았지." 그리고 이렇게 말씀하셨어요. "비밀과 침묵, 거기에 또 더 많은 비밀과 침묵뿐이었지."

"당신, 그런 얘기는 한 적 없잖아요." 어머니가 나지막한 목소리로 말했어요. 연민으로 얼굴이 일그러져 있었죠. 어머니를 보면서, 나는 그 똑같은 표정이 나를 향할 때 얼마나 짜증스러웠는지 문득 깨달았어요. 연민이 지나치면 짜증이 나지만, 왜 그런지는 결코 이해하지 못했죠. 그러면 좋을 것 같잖아요. 어쩌면 엄마들에 대해서만 그런지도 모르죠. 어머니가 그렇게 가까이 오는 건 원하지 않으니까요. 동시에 나는 쿤야가 우리 아버지를 그런 눈으로 봐 준 적이 한 번이라도 있었을까 그것도 궁금해졌어요. 퍼뜩 든 생각인데, 쿤야는 어른이 된 아버지를 더 좋아하지 않았을까 싶어요.

더 많은 비밀과 침묵이라는 건 무슨 뜻이었을까요? 어째서 전 그걸 여쭤보지 않았을까요? 아버지의 에로틱한 삶에 대해 알게 된 후부터 내가 그 생각을 더 많이 하게 된 걸까요? 아버지 역시 비밀이 있었으니까요. 비밀과 침묵이. 어째서 어머니에게는 그 얘기를 한 번도 하지 않으셨던 걸까요? 나는 가끔 아버지를 전혀 몰랐다는 생각을 하곤 해요.

오스카는 우리 부모님 둘 다 이상한 사람들이라고 생각해요. 한 번은 아버지한테 '데카당트'라는 표현을 썼고, 어머니한테는 '신경질적'이라고 한 적이 있어요. 그이는 이선이 아주 영리하지만 "고도 자폐증 스펙트럼의 어딘가에 들어간다"고 생각하고, 나를 "그나마 잘 적응한 축"이라고 부르곤 하죠. 그이는 우리 가족 중에서 "그나마 잘 적응한 축"하고 결혼을 한 거예요. 오스카는 아버지의 돈이 우리를 '현실세계'에서 보호해주었고, 우리가 가난했다면 우리 삶은 아주 달라졌을 거라고 생각하죠. 그건 그이 생각이 옳아요. 그래도 그이는 '현실'이라는 말을 내가 별로 좋아하지 않는다는 걸 알죠. 다 현실이에요—부, 가난, 간, 심장, 생각, 그리고 예술도. (어머니는 입버릇처럼 말씀하셨어요. 나이브한 리얼리즘을 경계하라고. 현실이 뭔지 누가 알아요?) 그렇지만 오스카는 항상 날 보며 대꾸해요. "하루만 내가 하는 일을 해봐, 그러면 내 말뜻을 당신도 알게 될 거야." 그이는 브루클린의 한심한 사무실 망가진 책상에 앉아 임시보호 가정에 입양된 아이들을 심리 치료하는 일을 해요. 그이가 만나는 아이들은 워낙 삶이 엉망진창이라, 그것도 태어날 때부터 엉망진창인 경우가 많아서, 전혀 '잘 적응'하고 있지 못하죠. 나는 오스카가 자기 일에 헌신적이고 이야깃거리가 워낙 많아서 사랑에 빠졌어요. 오스카는 예술에 대해서 별 관심이 없어요. 어쩌면 그게 내 반항이었을지 몰라요. 회화나 조각에 일말의 관심도 없고 영화나 보러 가는 남자와 결혼했으니까요.

스위트 오텀 핑크니

(녹취록 편집본)

앤턴은 못 본 지 수년 됐어요. 지금 어디 있는지, 뭘 하고 사는지도 몰라요. 하지만 내가 〈서양 미술의 역사〉 작업에서 조수로 일할 때 우리는 참된 균형을 이루는 순간을 나눴어요. 친구 버니한테서 이 책이 나온다는 얘기를 듣고 내 얘기를 해야겠다는 생각을 했어요. 일단 이 말은 하고 싶은데, 다른 사람들은 어떻게 생각할지 모르지만, 앤턴은 절대 멍청한 사람이 아니었어요. 책을 많이 읽었고 거창한 관념들에 대해 사유했어요. 내가 그를 만났을 때는 프로이트가 어떻게 틀렸는지 뭐 그런 주제로 프랑스 작가 두 사람이 쓴 《안티 옥타푸스》(질 들뢰즈와 펠릭스 과타리의 공저 《안티 오이디푸스》를 잘못 읽은 것—옮긴이)인가 뭔가 하는 책을 읽고 있었어요. 아주 지적인 책이었거든요. 그렇지만 앤턴은 대체로 영적인 사람이라 고차원적인 의식을 추구했어요. 막상 자기는 간신히 걸음마를 시작한 수준이었지만 말이에요, 제 말 무슨 뜻인지 아시죠. 저 역시 제 여정을 막 시작하던 때였죠. 저는 페테르 되노프(문명의 종말과 황금시대의 서막을 예언한 불가리아 출신의 신비주의 영성가—옮긴이)나 불가리아의 거장 예언가 베인사 두노의 추종자였고, 차크라와 치유의 수정으로 작업을 시작하고 있었어요. 그리고 앤턴과 나는 우주의 리듬, 에너지, 점성술의 별자리에 대해 아주 많은 이야기를 나누었지요. 누구나 이런 지식들을 하나로 종합할 수 있는 건 아니지만, 전 만물의 거대한 보편상 속에서 이 모든 게 다 연결되어 있다고 생각해요. 앤턴은 처음에 좀 회의적이었지만, 내게 그것이—아우라를 읽을 수 있는 능력이 있다는 걸 결국 알게 되었다고 생각해요. 아주 어렸을 때부터 저한테는 그런 능력이 있었거든요. 그게 뭔지 몰랐을 뿐이죠. 가끔은 사람들이 분출하는 에너지장, 소리, 색채 같은 게 너무나 강력하게 느껴져서 쓰러지다시피 할 때가 있어요. 아니면 사람들에게서 꽉꽉 막혀 봉쇄된 부분들이 느껴질 때, 마치 내 안이 꽉 막힌 것처럼 메스껍고 어지러워져서 혼절하게 돼요. 수련과 명상 덕분에 나의 재능을 통제하고 다른 사람들을 치유하는 데 쓸 수 있게 되었죠. 지금은 개업을 했고 동북부 전역에서 내게 도움을 구하러 오는 사람들이 있어요.

바로 첫날부터 저는 스튜디오 안에 뭔가 심각하게 잘못된 데가 있다는 걸 감지했죠—괴상한 에너지가 느껴졌어요. 이미 조수로 일하고 있던 사람들이 둘 있었어요. 에드거와 스티브였죠. 조각은 다 끝나서 우리는 잠자는 여자 위에 사진들을 붙이는 일을 돕고 있었어요. (솔직히 말씀드리자면, 전 그냥 평범하게 나체였던 게 더 좋았어요.) 앤턴은 자기 나름대로 계획이 있었어요—온갖 글이며 메모들을 써둔 커다란 종이들이 있었죠. 초조해 보이는 얼굴로 항상 허리를 굽히고 그것들을 실눈으로 살피곤 했어요. 그의 아우라는 푸른빛이 돌고 노랗고 초록빛도 비쳤지만 막힌 데도 있었어요. 얼마나 긴장하고 있는지 보고 느낄 수 있어서, 나는 그의 팔에 손을 가만히 얹고 그대로 있었죠. 일분도 못 되어 그의 아우라가 점점 더 푸른빛으로 변했어요. 아주 근사한 일이었죠. 앤턴이 나를 보고 미소를 지었고, 난 그가 전생에 어린아이로 죽었을지도 모르겠다는 생각이 들었던 기억이 나요. 그에게는 너무나 앳된 구석이 있었거든요. 형태가 전혀 잡히지 않았지만 영적 잠재성으로 충만한 데가요. 아마 이틀인가 사흘째에 해리가 들어왔을 거예요.

그녀는 빨간 비명소리처럼 느껴졌어요. 난 펄쩍 뒤로 물러서야 했죠. 심지어 가까이 있었던 것도 아닌데, 그녀가 한 번에 너무 많은 걸 발산하고 있어서 뒷걸음질을 쳐야 했단 말이에요. 미친 듯이 흐르면서 온갖 색깔로 빛나고 휘몰아치고 있었지만, 너무나 빨강과 주황빛이 많았어요. 해리는 엄청난 힘과 열정과 야심을 가진 사람이었지만 그녀 안에는 검은색도 있었어요. 뭔가 새까맣게 꺼지고 덧칠해 지워진 부분이 있었는데, 난 그것도 보았죠. 밤의 기호였을지도 몰라요—비탄, 어떤 종류의 혹독함. 앤턴은 그녀를 보고 살짝 움츠러들었지만 두 사람이 굉장히 가깝다는 것도 난 감지할 수 있었죠. 앤턴이 그녀의 에너지를 감당해 맞서기는 힘들었지만 그는 나름 노력했어요. 내가 그녀에게도 손을 대줬다면 좋았을지 모르지만 감히 용기가 나지 않더군요. 전류가 너무 강했어요. 나는 비너스 조각의 광범위한 의미는 정확히 파악하지 못했지만, 앤턴과 해리 사이에 불꽃처럼 튀던 진동은 확실히 포착했어요.

스티브는 이제 거의 기억이 나지 않아요. 아우라가 아주 연한 분홍빛이었고 머리가 길었다는 것만 생각나요. 에드거는 대체로 초록빛을 발산하다가 파동처럼 황록색이 번쩍거리곤 했죠. 아마 항상 음악을 귀에서 떼지 않아서 그런 탓도 있을 거예요. 주위 상황에 크게 반응하지 않고 귓속의 전자음과 박자만 느끼면서, 용수철에 머리가 달린 카니발 인형들처럼 턱을 위아래로 까닥거리기만 했어요. 스토리 상자들이 언제 들어왔는지는 기억나지 않는데, 에드거가 그것들을 보고 처음으로 흥분한 기색을 띠며 약간 주황색으로 변한 건 봤어요. 앤턴은 그것들이 작아서 집에서 만들었다고 했죠. 상자들은 전부 완성된 상태로 도착했어요. 지금은 기분이 나빠지지 않을 것 같은데, 그때는 제가 워낙 깨달음의 초기 단계에 있었던 터라 그 상자들을 보고 좀 우울해지더군요. 슬펐어요—그 안에 있는 어린아이들, 남자의 팔, 자기 화장실에 들어갈 수도 없는 숙녀, 그 글들까지. 음침한 색깔들과 징징거리는 소리를 연상시켰고, 그래서 난 마음속으로 다짐했어요. 앤턴에게 알려줘야겠다고. 그렇게 해서 우리 사이의 이야기가 정말로 시작된 거예요.

어느 날 밤늦게까지 일하다가 상자에 대해 얘기했더니 앤턴은 기분 나빠하는 눈치였어요. 그의 손을 잡았더니 이러더군요. “대체 왜 이런 거예요? 당신은 내 마음을 가라앉게 해요. 난 예전에는 이렇지 않았어요. 만사가 근사했다고요.” 그러더니 스튜디오를 훑어보이듯 손사래를 치며 말했죠. “만사가 좋았어요, 하지만 이제 다 변하고 있어.” 해리한테 뭔가 이상한 구석이 있다고 내가 말했더니 그는 좀 괴상한 표정을 지었지만 아무 말도 하지 않았어요. 그래서 난 그의 등을 손으로 쓸어주었고 그는 내가 마술을 부린다고 했죠.

그래서 아니라고, 그냥 염력일 뿐이라고 했어요. 당시 뉴욕 시에서 지혜를 나눠주고 계시던 스승님 라미 엘더비어에게서 탄트라의 성적 기술들을 배웠거든요. 고차원의 섞임과 황홀한 하나됨으로 이끌어주는 테크닉들인데, 우리 몸의 차이들을 흩어버리고 경계가 없는 고차원적인 상태로 고양시켜주는 거죠. 라미는 처음부터 내게 힘이 있다는 걸 아셨어요. 내 안의 인디고 빛깔을 보았던 거죠. 날 인디고빛 아이라고 부르셨어요.

어떤 스승님들은 섹스를 모두 삼가라고 가르치세요. 베인사 두노는 섹스 자체를 믿지 않았어요. "사랑에 빠지지 않고 사랑하라. 거리를 두고 서서 서로의 결함을 보지 못하도록 하라. 사람들이 서로에게서 거리를 두고 있으면 긍정적인 면만 보게 된다. 너무 가까워지면 사람들은 서로를 견딜 수 없게 된다." 이건 대부분의 경우는 굉장히 현실적으로 좋은 충고지만요, 모든 스승님들이 섹스에 대해 의견이 일치하는 건 아니에요. 베인사 두노 예언자의 제자인 옴람 미하일 아이바노프는 성행위, 탄트라 경전이 더 높은 지혜로 가는 길이 될 수 있다고 가르치셨어요. 나는 앤턴에게 호흡법과 느리게 가면서 자아를 잃는 법을 가르쳤지요. 몇 주 동안 앤턴과 나는 스튜디오의 요가 매트 위에서 지복에 빠졌어요. 완전히 철저한 지복을 누렸죠. 그는 훨씬 행복해졌어요. 아우라가 살짝 보랏빛 섞인 짙푸른색으로 변했고, 미술 작업을 할 때도 평온하게, 끊어지지 않는 나지막한 음조로 콧노래를 불렀어요. 우리는 자아를 포착하고 초월하는 법에 대해 많은 이야기를 나누었고 신경계를 가다듬기 위해서 열흘 동안 불가(쪄서 말린 밀가루—옮긴이)만 먹는 금식에 들어갔어요. 예언자가 미리 처방해준 대로 따랐죠. 보름달이 뜬 직후에 시작해서 초승달이 뜨기 직전에 끝내면 돼요. 끼니로는 뜨거운 물에 탄 밀가루, 호두, 그리고 단맛을 원하면 약간의 꿀만 먹어요. 끼니 사이에 사과를 먹을 수는 있어요. 사과를 먹고 나면 사과를 보고 "고마워, 사과야"라고 말해야 해요. 그 다음에는 씨앗을 심을 땅에 묻어주고요. 그러려면 밖에 나가야 하죠. 우리는 버려진 담배꽁초와 깡통과 콘돔들을 치우고 매장에 적당한 작은 땅뙈기를 마련했어요. 금식하는 동안 부정적인 생각은 절대 하면 안 돼요. 그러니까 쓰레기를 주울 때도 저는 별과 클로버와 맑은 연못 생각에 집중했어요. 정말 효과가 있어요. 사실, 굉장히 경이롭다니까요. 금식을 하는 동안은 섹스도 하면 안 돼요. 우리는 갓 내린 눈이나 새로 뜬 달처럼 정말로 순수하고 하얗고 청결한 느낌을 받았어요.

금식을 진행하는 동안 앤턴은 모든 게 개인적으로는 얼마나 무의미한지, 사적인 게 얼마나 잘못된 길인지 절실히 깨달았다고 말했어요. 나의 길과 너의 길은 동등하다고. 나의 것과 너의 것은 똑같다고. 이 삶에서 우리의 것은 사실 아무것도 없고, 예술 역시 아무도 소유하지 못한다고. 미술 작업에서 명성이나 판매가 중요한 게 되어서는 안 된다고. 더 좋은 곳으로 이끌어주어 더 높은 깨달음을 얻게 해주는 것이 되어야 한다고. 그는 해리가 그걸 알고 있다고, 해리는 자기 자신을 위해 바라는 게 아무것도 없다고 말했어요. 그 여자는 이기적이지 않다고. 마치 또 하나의 어머니 같은 존재라고 그는 말했어요. 그렇게 대단하게 이타적인 사람치고는 해리가 끔찍하게 새빨갛다는 얘기를 앤턴에게는 하지 않았어요. 그가 자기 길을 스스로 알아서 찾아야 한다고 생각했기 때문이에요. 금식 마지막 날 우리는 감자 수프를 먹었고 앤턴은 울기 시작했어요. 큰 소리로 울거나 한 건 아니고 그냥 얼굴에서 눈물이 뚝뚝 흘러내렸죠. 아주 선하게 기억이 나요. 나는 연꽃 자세를 하고 있었고 그는 반연꽃 자세를 한 채 서로 얼굴을 마주 보고 있었는데, 그의 셔츠 앞섶이 풀어져 있어서 가슴에 난 곱슬곱슬한 털이 살짝 보였거든요. 연한 갈색 털 몇 가닥뿐이어서 거의 천사의 가슴처럼 깨끗해 보였어요. 대천사 라파엘은 치유와 온전함과 단합성을 상징하는 천사인데, 그래서 나는 마음속으로 그 천사를 불렀죠. 앤턴, 슬픔은 자아를 파악했기 때문인 거야, 나는 그렇게 말했어요. 우리는 모두 필요를 채워줄 것처럼 느껴지는, 결핍을 충족시켜줄 뭔가를 찾아 헤매. 우리 모두 다음 결핍이 나타나리라는 걸 알고 있고, 그걸 또 쫓아가고 또 쫓아가는 거지. 하지만 그걸 인식하고 정리해놓으면 우리는 그 너머로 나아갈 수 있어. 그랬더니 앤턴의 기분이 좀 나아졌고, 수프를 먹고 나서 우리는 이전에 한 번도 도달하지 못했던 높은 경지에 다다라 탄트라의 진실이 닿는 고차원적 몰자아 속으로 들어갔어요.

우리 모두 그 일이 일어나는 걸 지켜봤죠. 스티브, 에드거, 그리고 나는 그 여자분이 들어왔을 때, 갤러리에서 온 그 여자—이름은 기억이 안 나요—하지만 뭐 이름은 중요하지 않죠. 그녀는 돈이 주렁주렁 달린 탐욕스러운 얼굴을 하고 있었고 내면이 수없이 여러 곳 막혀 있었어요. 그리고 앤턴은 아주 초조해했죠. 숨도 제대로 못 쉬었어요. 게다가 설상가상 해리가 아주 많이 들어왔는데, 특유의 표정이 있었어요. 내 말은 그 눈길만으로도 상해를 입힐 수 있단 말이에요. 해리는 조용했어요, 정말로 말이 없었고, 방금 세탁소에 가서 특별히 잔뜩 풀을 먹인 것처럼 뻣뻣했어요. 앤턴은 그녀를 요정 대모라고 불렀고, 곧 에드거도 그렇게 부르기 시작했죠. 나는 신데렐라였고요. 앤턴이 해준 말인데, 워낙 심각하게 굳어서 한 말이라 웃기지도 않았어요, 제 말 무슨 뜻인지 아시죠. 나쁜 카르마가 점점 더 쌓여갔어요. 어찌나 시끄러웠는지! 명상을 얼마나 많이 해야 했는지 몰라요. 하루 종일 내 아우라를 정화해야 했단 말이에요. 그 사람들이 온갖 거지같은 쓰레기들을 다 가져오는 바람에 내 것도 그 진동들이며 부정적인 에너지로 더러워지고 있었거든요. 하루 종일 손으로 머리카락을 쓸면서 머리를 감고 또 감았어요. 가끔은 밖에 나가서 산책도 하고 바다에서 불어오는 바람에 몸을 맡겨 심신을 깨끗이 하기도 했죠. 수상 택시들 옆을 걷고 창고 건물들을 빼꼼 들여다보면서 다른 각도에서 자유의 여신상을 보는 게 좋았어요. 정말 너무나 강인하고 중심 잡힌 모습이거든요. 자유의 여신상을 보면 늘 기분이 훨씬 나아지곤 했죠.

그리고 전시회가 열렸어요. 앤턴의 엄마와 아빠도 오셨는데 정말 좋아 보이더라고요. 그분들도 정말 좋은 분들이셨고요. 한참 그분들과 말씀을 나누는데 앤턴의 아빠가 "정말 자랑스러워요"라고 말씀하시더군요. 하지만 앤턴은 완전히 겁을 집어먹고 있었어요. 레드 와인을 마시고 취해 있었죠. 비장의 기혈이 완전히 막혀 있었어요. 해리는 거기 없었죠. 앤턴은 계속 되풀이해 말했어요. "안 오겠다고 하시긴 했지만 그래도 올 줄 알았는데. 여기에 없으시다는 게 믿어지지가 않아." 이미 발음이 뭉개지고 있었어요. 그러더니 벽에 쿵 부딪혔죠. 빽빽하게 모인 사람들이 새된 비명을 지르며 웃음을 터뜨렸어요. 그 소리 때문에 제 팔다리가 다 쓰라릴 지경이었어요. 그 사람들이 자기네 에너지로 나를 마구 때리고 있었거든요—뺑, 뺑, 뺑. 그래서 바깥으로 도망쳐 나와야 했어요. 집에 가서 촛불을 하나 켜고 한참 명상을 했죠. 우리 엄마한테 전화를 드렸고, 한 시간쯤 수다를 떨었어요. 그때는 엄마가 좋은 곳에 계셔서 목소리가 꼭 치유의 노래처럼 들렸거든요.

하지만 앤턴과는 사정이 나아지지 않았어요. 사람들이 앤턴과 얘기를 하려고 스튜디오를 찾아왔어요. 이런 저런 말을 좀 해줘요, 라든가 오, 앤턴, 저 거대한 누드를 제작할 때 무슨 생각을 하고 있었어요? 그리고 어쩌고저쩌고, 하지만 우리 나머지는 사실 거기서 별로 할 일이 없었어요. 그래도 여전히 보수는 받고 있었죠. 해리와 앤턴은 귓속말로 말했어요. 음모를 꾸미는 것처럼 나지막한 속삭임이 수없이 오갔죠. 해리는 우리 모두에게 비평들을 읽어주면서 정말로 호탕하게 너털웃음을 터뜨렸고, 눈물이 나서 눈이 번들거릴 정도로 웃어댔어요. 정말 웃긴다고 생각했던 모양인데 난 도저히 이해가 가지 않더라고요. 방 건너편에서도 난 그녀가 느껴졌어요. 반면 앤턴은 점점 더 미끈해졌죠. 말투도 달라졌고 걸음걸이도 달라졌어요. 그의 파동들은 완전히 기괴하게 변했어요. 그는 정말로 비싼 반짝이는 부츠하고 무슨 일본제 셔츠를 샀고, 그런 것들로 마치 자기 내면의 존재에 일어나고 있는 사태를 막을 수 있을 거라는 듯 행동했어요. 내면의 자아는 딱딱한 작은 땅콩처럼 쭈글쭈글 시들어가고 있었는데 말이에요. 저는 호흡법도 많이 하고 아우라 정화도 많이 하면서, 상황이 바뀌기를 바랐어요.

어느 날 내가 거기 있는데 해리가 왔어요. 어쩐지 푹 꺼지고 에너지가 낮은 것처럼 보였죠. 그래서 괜찮으시냐고 물었어요. 그랬더니 처음으로 나를 보더군요. 그러니까, 정말로 나를 쳐다보았다는 말이에요. 그러더니 미소를 지었고 얼굴에 쭈글쭈글 주름이 졌어요. 나는 해리가 굉장히 나이가 많다는 걸 깨달았죠. 난 해리에게 옛날에 전복 껍질을 사용해서 사람들 마음의 슬픔을 씻어준 적이 있다고 말했어요. 전복 껍질은 진정과 감정을 달래는 데 아주 좋다고, 도움이 될 지도 모른다고 말했죠. 그녀는 내 어깨를 토닥토닥 두드려줬지만 아무 말도 하지 않았어요. 한참 동안 앤턴과 이야기를 나누었죠. 그러더니 두 사람은 싸우기 시작했고, 앤턴이 그녀에게 소리를 질렀어요. "이건 내 인생이에요!" 해리는 떠나기 전에 내게 다가와서 말을 걸었어요. 어디서 자랐는지, 그런 이름은 어떻게 얻게 된 건지 묻더군요. 우리 어머니가 클레머티스과의 꽃 이름을 따서 지은 거라고 말했죠. 외할머니인 루시가 세상 어떤 꽃보다 그 넝쿨과 식물을 사랑했기 때문이라고. 아버지는 나를 원치 않았다는 얘기도 했어요. 심지어 출생증명서에 사인조차 하지 않으려 했죠. 웃기는 게, 전 아무한테나 그런 얘기를 하고 다니지 않아요. 그 사람들의 아우라에 달려 있는 거예요. 하지만 그날은 해리가 뭐랄까 에너지가 좀 낮았다고 해야 할까, 그랬는데도 괜찮았어요. 난 그녀에게 대부분의 사람들이 보거나 느끼지 못하는 것들을 감지할 수 있다는 얘기도 했어요. 떠나기 전에 그녀가 뭐라고 했는데 그 내용이 지금까지도 똑똑히 기억이 나요. 해리가 말했던 그대로 옮길 수는 없지만, 아무튼 사람들은 어떤 이해관계가 있는지에 따라서 똑같은 사물들에 서로 다른 이름을 붙인다고, 하지만 그 말들은 우리가 그 사물들을 보는 방식을 바꾸어 놓을 수도 있다고 했어요. 마지막 부분은 확실히 잘 이해가 되지 않지만 어째서 앤턴이 해리를 지혜롭다고 여겼는지 알 것 같았어요. 그날 해리는 현명해 보였고, 그녀가 내 손을 만졌을 때 따뜻하고 달콤한 에너지가 그녀에게서 솟아나는 느낌을 받았거든요.

앤턴은 전시회의 작품을 모두 다 팔았어요. 스티브와 에드거는 떠났고, 그 후로 나는 해리를 본 적이 없어요. 앤턴은 앞으로 작업하는 미술작품에 쓴다면서 제 사진들을 엄청 많이 찍었는데, 끝내 그런 작업은 없었어요. 가끔씩 그는 이상한 이야기가 들어 있는 상자를 들고 들어오곤 했죠. 그런 것들도 다 팔 생각이었어요. 하지만 그중 무엇 하나 그가 붙잡고 작업하는 걸 본 적이 없어요. 바닥에 드러누워 천정을 엄청 많이 물끄러미 바라보곤 했죠. 책들도 읽고, 16세기인가 그쯤의 스페인 화가라는 고야 얘기도 하면서 그 사람이 그린 끔찍한 전쟁 그림들을 보여주었어요. 그래서 내가 말했죠. "앤턴, 그런 건 자기한테 도움이 되지 못해." 그는 해리에 대한 얘기도 해주었어요. 그녀와는 모든 게 다 잘못됐다고 말했어요. 자기가 유령의 집 거울들에 비친 상이 된 기분이 든다고 했어요. "자기는 몰라." 앤턴이 말하더군요. "해리는 나야. 내가 해리야." 그때쯤에는 완전히 그의 균형이 깨어져 있었고, 난 석류석을 써 봤지만 오히려 상태가 악화되었어요. 그래서 난 그의 몸속에 독소들이 쌓여 있다고, 가끔은 치유에 위기가 올 수 있고 모든 게 한꺼번에 폭발하듯 나오게 된다고 설명해주었어요. 그러자 앤턴은 소리를 질러대기 시작했어요. "돌멩이니 에너지니 아우라니 하는 소리나 지껄이는 빌어먹을 꼬마 화냥년아, 다 쓰레기야. 다 쓰레기라고, 모르겠어?" 한 마디 한 마디가 그대로 기억나요. 나 자신의 중심을 잡고 그가 나보다 더 많이 아프다는 걸 이해하려고 했지만, 그가 내뱉은 말들이 하나하나 너무 쓰리게 아팠거든요. 하지만 정말로, 그의 상처가 나보다 더 컸어요. 그는 연장들을 쓰러뜨리고 벽에 발길질을 했죠. 벽이 움푹 파이고 루이지애나 주 비슷하게 생긴 석고 조각이 바닥에 툭 떨어졌어요.

난 꼼짝도 않고 서서 눈을 감았어요. 엄마와 데니가 싸우던 때가 떠오르더라고요. 데니는 소리 지르며 벽을 쳤고 엄마는 울곤 하셨거든요. 두 사람은 집 안의 기물을 수없이 파손했어요. 한번은 엄마의 코에서 피가 뚝뚝 떨어져 셔츠와 마룻바닥을 온통 적셨던 적도 있어요. 데니는 내가 열 살 때 우리 가족을 떠났고, 그 다음에 앨릭스가 왔는데 훨씬 더 다정하고 원숙한 성격이었죠. 일요일마다 나를 해변에 데리고 갔지만, 그 역시 우리를 곧 떠났어요. 내 방 벽에 딱 붙어서 눈을 감고 소리를 아예 듣지 않으려고 애썼어요—엄마와 데니 말이에요. 얼마 후부터는 정말로 효과가 있더라고요. 거기 존재하지 않는 수련을 했더니 정말로 그렇게 됐어요. 가끔은 아주 먼 곳에서 만물을 볼 수 있었죠. 나 자신에게서 이탈해 내려다보고 있었어요. 한참 지나니까 굉장히 수월해지더군요.

신경 쓰지 마. 신경 쓰지 마. 신경 쓰지 마, 스위트 오텀, 그렇게 말하곤 했죠. 둥둥 날아 방밖으로 나가거나 방안을 떠다니며 아주, 아주 조용히 하고 있는 거야. 한참 있다 보면 데니가 떠나곤 했어요—고함을 치면서 뛰쳐나가 자기 차를 타고 가버렸죠. 나는 엄마에게 가서 머리를 토닥여주었고, 그러면 엄마는 울면서 한참 날 안아줬어요. 내가 엄마를 돌봐드리면서 엄마가 내는 소리가 내 안으로 들어오지 않게 막아야 했죠. 그리고 우리는 한 침대에서 같이 잤어요. 있잖아요, 어렸을 때 난 기다리는 법을 배웠어요. 그래서 앤턴을 기다렸지요. 그는 미안하다고 했어요. 그럴 의도가 아니었다고 했죠. 그리고 앤턴은 해리에 대해서 말해줬어요. 그게 사실 대부분 해리의 작품이었고, 자기는 그저 거기 붙은 이름일 뿐이었다고요. 뭐라 형용할 말을 찾진 못했지만, 나 역시 그동안 내내 알고 있었던 것 같아요. 앤턴은 해리에게 〈서양 미술의 역사〉를 판 돈을 주고서 깨끗하게 손을 털고 새로 시작하려 애써봤지만, 해리가 절대 받지 않으려 해서, 이제 세계 일주 여행을 하며 근본적인 질문들에 대한 해답을 찾으려 한다고 말했어요.

그래서 이제 그의 곁에 있는 게 나한테 좋은 영향을 주지 못한다고 설명해줬어요. 이리저리 나를 엎어치고 메치고 괴롭게 만들어서 굳이 그 모든 나쁜 카르마를 받을 필요는 없다고 생각한다고요. 그래서 그곳을 걸어 나와 다시는 돌아가지 않았어요.

일 년쯤 지난 후에, 레드훅에 사는 친구 에밀리를 보러 와서 강변을 산책하면서 혼자 영송을 하고 불어오는 바람의 한없이 정화되는 기운을 느끼고 있었어요. 그러다 앤턴의 옛 스튜디오를 지나치는데 문에 다른 사람 이름이 붙어 있더군요. 에너지들은 원래 그런 식으로 움직이는 거예요. 왜냐하면 이틀 뒤에 엽서를 한 장 받았거든요. 그걸 보관해두고 있었어요.

사랑하는 스위트 오텀,

나는 베네치아의 카페에 앉아 있어. 오늘 아침에는 여기 미술관에 가서 조반니 벨리니의 그림들을 봤어. 그런데 그중에 한 마돈나가 당신과 너무 닮아서 편지를 쓰지 않을 수 없었어. 눈이 당신과 똑같았어. 곧장 마음속으로 파고들어오는 그런 눈이었지. 난 괜찮아. 살 곳으로 캘리포니아를 시험해볼까 생각하고 있어. 당신도 건강하길 바라.

사랑을 담아, 앤턴이

해리도 다시 못 만나다가 아주 병들었을 때에야 보게 됐어요. 그때 해리는 내게 클레마티스라는 이름을 붙여주었지요. 하지만 클렘이라든가 클레미라고 부르는 것도 좋아했어요. 가끔은 날 놀리려고 '클래미'(clammy, 끈적끈적하다는 뜻—옮긴이)라고 부르기도 했죠. "아, 우리 클래미, 만사가 어떻게 귀결되는지 생각해보면 정말 이상하지 않니?" 그런 말을 하곤 했죠. 그러면 내가 이렇게 대답했어요. "아니요, 해리. 바퀴는 계속 돌아가는 거예요." 정말 그래요. 바퀴는 계속 돌아요, 빙글, 빙글.

앤턴 티시

(〈투티 프루티〉 1999년 4월 24일자에 실린 인터뷰, "그저 안부인사")

앤턴 티시의 첫 전시회 〈서양 미술의 역사〉는 뉴욕 시의 클라크 갤러리에서 9월에 개막한 이후 미술계에 날카로운 새 목소리가 나타났음을 선언하며 파문을 일으켰다. 신비스러운 면모를 숨기고 있는 이 스물네 살의 괴짜 악동은 사람들의 입에 오르내렸다. 토비 브루너가 브루클린 레드훅에 위치한 화가의 스튜디오에서 그를 만나 앞으로의 전망을 알아보도록 한다.

TB: 이렇게 핫한 작가로 부상한 남자는 뭘 하나요?

AT: 전 사진을 생각하고 있어요. 있잖아요, 아이콘들에 대한 포스트-워홀적 접근 말입니다. 하지만 아이콘은 아니고, 제 말 아시죠, 그냥 보통 사람들에 대해서요. 아직 작업하고 있는 또 다른 반전이 있긴 해요. 매너리즘에 관심을 갖게 되었거든요. 브론치노(아뇰로 브론치노, 16세기 피렌체 화파에 소속된 화가—옮긴이)를 워낙 좋아해서, 그의 작품에서 내가 취할 새로운 방향을 잡는 데 도움이 될 게 있을까 계속 생각하고 있어요.

TB: 근사한데요. 그리고 스토리 상자는요? 그렇게 빨리 제작할 수는 없다고 들었는데요.

AT: 한두 개는 더 만들지도 몰라요. 모르겠어요. 전시회는 그냥 일회성이었던 거 같아요. 있잖아요, 그러니까 내 시스템에서 과거를 싹 씻어내는, 그래서 이제 새로운 개념의 길을 떠날 채비를 갖췄다고 할까요. 그걸 파악하는 데 시간이 좀 걸릴 수도 있지만 괜찮습니다. 내 마음 속에 개념이 정말로 단단하게 자리를 잡으면 앞으로 전진할 수 있죠. 독서도 많이 하고 생각도 많이 하고 있어요….

TB: 요즘 읽고 있는 책은 뭐죠?

AT: 《양자의 수수께끼: 물리학이 의식을 만나다》라는 책인데요. 진짜 기똥차게 좋아요. 그러니까 이 사람들 말로는 뭔가를 바라보는 방식이 보는 것 그 자체를 창조한다는 거거든요. 그게 양자고, 두뇌와 의식으로 연결되죠. 그런 것이 소름끼친다고 표현하는데, 정말 그래요. 생각해보면 완전 괴상하게 느껴지거든요. 계속 사물을 보면서 내가 보고 있는 게 뭔가 생각하게 돼요.

TB: 무게 있는 주제죠, 하지만 지금 이 자리에 있게 만들어준 게 그런 것 아니겠습니까, 맞죠?

AT: 네, 사람들이 그러더군요.

앤턴 티시의 소름끼치는 인터뷰, 다음편도 기대해주세요. 미술계의 신동이 양자를 논합니다!

레이철 브리프먼

(서면 진술)

1999년 2월 28일 일요일, 해리가 앤턴 티시 이야기를 해주었다. 그 날짜를 기억하고 있는 건 해리가 떠난 후 일기에 우리가 나눴던 대화의 상세한 내용을 기록했기 때문이다. 난 그 귀중한 메모들을 여기 편집해두었다.

밖은 싸늘하고 흐렸지만, 미리 모닥불을 지펴둬서 우리는 따뜻했다. 해리는 극적인 보랏빛 손뜨개 스웨터를 걸쳤고, 소파 쿠션에 발을 올릴 수 있도록 구두를 벗고 있었다. 레이는 워싱턴의 학회에 논문을 제출하러 시외로 나간 터라 우리 두 사람 옆에는 우리집 요크셔테리어 오토뿐이었다. 오토는 워낙 불안증에 안달복달하는 강아지라 수의사가 프로작을 처방해주었다. 아무리 봐도 약의 가시적인 효과는 전혀 없었지만, 그래도 강아지가 '치료'를 받고 있다는 안도감만은 느낄 수 있었다. 거실에 우리가 앉아 있는 사이 오토는 무례하게도 거듭해서 해리의 사타구니에 코를 박고 킁킁거렸고, 그래서 해리는 오토 랭크(프로이트에게 사사한 오스트리아의 정신분석가로 출산에 따른 분리현상을 중시해 출산외상학설을 주창했다—옮긴이)에게서 이름을 따온 오토가 '제일 좋아하는 주제인 출산외상'에 대해 심화 연구를 수행하고 있을 뿐이라고 농담을 했다.

그날 오후가 되기 전에 나는 클라크 갤러리의 전시회도, 전시회의 성공에 대해서도 전혀 알지 못했다. 나도 정기적으로 미술관 전시회에 다녀오긴 하지만 현대미술의 추이를 밀접하게 좇는 건 아니고, 그 폐쇄된 세계에서는 내가 모르는 사이 수많은 전쟁들이 일어나고 가치가 오르곤 한다. 그러나 해리가 리뷰와 사진으로 중무장을 하고 왔기 때문에 나는 그 '삽화가 그려진 여자'를 볼 수 있었고, 해리 말대로 '진짜' 작품, 그러니까 실제로 의미가 있는 작품인 상자들도 볼 수 있었다.

해리가 뭘 했는지 정확히 이해하고 나서 나는 큰 소리로 의문을 제기했다. 대체 아무 자격이 없는 사람한테 작품의 권리를 줘서 좋을 게 뭐야? 해리는 이런 기만의 게임을 하는 건 다 이유가 있어서라고 고집스럽게 우겼다. 단순히 날렵한 손재주로 부리는 얄팍한 마술이 아니라고, 이 마술은 서서히 전개되고 결국은 훨씬 더 고차원적인 목적에 봉사하는 우화로 변해서 이야기되고 또 이야기될 거라고 말했다. 아직 결정하지 않은 어떤 순간에, 그늘에서 성큼성큼 나와 정체를 폭로하고 '그들 모두'에게 치욕을 안겨주겠다고.

'그들의' 굴욕이 내게는 고차원적 목표로 느껴지지 않았던 나는 그렇게 말해주었지만, 해리는 그건 그저 불가피하지만 사소한 이 계획의 일환일 뿐이라고 말했다. 해리는 오래전부터 '그들' 얘기를 했다. '그들'은 오랜 세월 동안 그녀를 박해하고 무시했지만 언젠가 '그들'이 후회할 날이 올 거라고. 부모님이 돌아가시고 펠릭스까지 세상을 떠나자, 돌탑처럼 일관되게 치솟은 적대적 기운은 사그라들기는커녕 오히려 더 커지는 느낌이었다. 여성이 아니라 남성의 얼굴을 한 원수, 그 적은 해리 같은 사람들을 모기 쫓듯 후려쳐 쫓았다. 해리는 수년에 걸쳐 복수를 꿈꾸어왔고 이제 그때가 왔다—고 할 수 있었다. 무정형의 '그들'이 소위 해리의 표현대로 '거시기 달린 스물네 살짜리 몸뚱어리'를 하고 나타난 그녀의 작품에 찬사를 퍼부었다는 게 무슨 뜻이었을까? 열광하는 사람들은 실제로 뭘 보았던 걸까, 나는 물었다. 그녀의 작품일까, 아니면 그저 잘생긴 청년이라는 화가의 초상인 앤턴 그 자체였던 걸까? 얼마나 많은 사람들이 실제로 '예술'을 보았던 걸까? 설령 봤다 해도, 그 안에서 뭘 볼 수나 있었을까? 사람들은 어떻게 실제로 평가를 내리는 걸까? 오히려 문학적인 쪽에 관심이 더 많았던 나는 해리에게 베케트의 《머피》가 43번이나 거절을 당했다는 얘기를 했고, 현재 추앙받는 소설의 원고를 타이핑하고 출판사에 보냈지만 전형적인 거절의 (혹은 더 심한) 편지를 받았던 문학적 저널리스트들의 일화들도 짚어주었다. 위대함의 아우라가 없다면, 고급문화, 힙한 자질, 혹은 명성의 인가가 없다면 무엇이 남는단 말인가? 취향이란 무엇인가? 아무리 박학하고 세련되었다 한들, 관객이나 독자나 청자의 기대와 편견을 훌훌 내려놓은 그런 예술작품이 하나라도 있었단 말인가?

해리와 나는 그런 건 역사상 존재하지 않는다는 데 의견일치를 보았다. 해리는 단순히 자기가 친 덫에 걸린 사람들을 폭로하려는 게 아니라 인지 그 자체의 복잡한 역학, 즉 우리 모두가 어떻게 각자가 보는 것을 창조하는지 그 기제를 탐구하고, 사람들로 하여금 어쩔 수 없이 자신이 바라보는 양식을 점검하고 젠체하는 전제들을 해체하도록 만들고자 하는 게 자기 계획이라고 말했다.

시각의 모호성에 대한 공격을 퍼붓고 난 해리는 자주 그러듯 갑자기 말이 없어졌다. 커다란 눈은 자기 내면의 내레이션에 초점을 맞추고 있었다. 내가 팔꿈치로 꾹꾹 찔러 무슨 생각을 하는지 말해보라고 부추기자 해리는 또 기나긴 논설을 시작했다. 우리는 모두 서로를 비추는 거울이고 반향실이야. 사람들 사이에 실제로 무슨 일이 일어나는 걸까? 정신분열증에 걸린 사람들은 경계를 상실하게 되지. 왜? 난 해리를 잘 알았기 때문에 이게 뜬금없는 딴소리가 아니라 좀 더 사적인 고백으로 나아가기 위한 우회적 장치라는 걸 이해했다. 그래서 결국 못 참고 물었다. "대체 정말로 나한테 하려는 얘기가 뭐야, 해리?"

해리는 또 일 분쯤 말없이 있다가, 내게로 몸을 바짝 붙이고 손으로 내 팔을 잡고서는 앤턴과 함께 모험을 하던 중에 그가 살짝 미쳤다고 털어놓았다. 처음에는 재미로 한 거였다고, 명성을 만들기도 하고 무너뜨리기도 하는 피상적이고 젠체하는 미술계의 전형들, 참으로 별것도 아닌 것들에 대해 너무나 많이 알고 있는 허세에 찬 멍청이들을 둘이 함께 꿰뚫어보자는 거창한 장난이었다. 해리와 앤턴은 모든 작업을 두 사람끼리 진행했다. 그녀는 앤턴에게 스튜디오를 얻어주었고 모든 작품 판매 대금을 그에게 주기로 했으며 서구 예술에 대한 벼락치기 강의도 해주었다. 해리엇 버든의 견해로 볼 때 그리스 시대부터 지금까지 정말로 중요한 게 무엇이었는지에 대한 특별 강의였다. 해리의 강의에서 시에나의 거장 두초 디부오닌세냐는 미켈란젤로보다 더 큰 자리를 차지했고 라파엘로의 완벽함은 주해 정도로 추방되었다. 물론 애초에 거의 아는 게 없던 앤턴에겐 상관없는 일이었다. 비너스 작업을 하면서 앤턴은 때를 가리지 않고 해리에게 전화를 걸어 작품에 대한 질문들을 던졌다. 어째서 또 팔꿈치에 낙서를 해야 하는 거예요? 다비드와 프랑스 혁명의 관계에 대한 얘기 한 번만 더 해주세요. 에밀 놀데(Emil Nolde, 독일 표현주의의 선구자로, 나치가 지목한 소위 '퇴폐미술'의 대표 화가—옮긴이)가 어떤 사람이라고 했죠? 얼마 지나지 않아 그녀의 질문과 논평 들은 그의 것이 되었다고 해리는 말했다. 언어의 주인은 없다. 우리 생각들, 우리 말들의 원천을 우리가 기억하는가? 그것들은 모두 어딘가 다른 곳으로부터 오지 않는가? 앤턴은 해리가 준 책과 에세이들을 읽었고 그녀가 추천한 영화들을 봤고 그녀의 견해들을 열심히 소화했다.

전시회가 열리기 전에 그는 죽도록 불안감에 시달렸고 오프닝 때는 거의 신경쇠약을 일으킬 뻔했지만, 일단 성공을 거두자 차분해졌다. (우리들 중 여럿이 그렇듯) 추종자들의 칭찬에 심신이 풀렸을 뿐 아니라, 자신이 실제로 작품을 만들었건 아니건 그런 찬사를 들어 마땅한 자격이 있다고 느꼈다. 그런 위풍당당함—자기가 세상의 중심이라고 믿는 아기, 유아의 마음은 우리 모두의 마음속 어딘가에 내재해 있다. 해리는 앤턴이 프로젝트 얘기를 할 때, 특히 대명사의 활용에 있어 어조가 미세하게 바뀌는 걸 눈치 챘다. 그는 '우리'와 '우리들,' 그리고 '우리의'라는 말들을 반복적으로 사용했다. 그는 자기 것이 아닌 통찰들을 자기 것으로 기억해내기 시작했다. 앤턴은 해리의 예술이 자기 것이라고 반쯤은 믿게 된 눈치였다. 내가 했다는 걸 알면서 동시에 모르고 있었어. 이렇게 말하더라고.

"저는 당신의 거울이에요"라고.

해리는 그로 하여금 정말로 그녀와 협업을 했다는 생각을 갖도록 부추겼다고 시인했다. 속임수에 끌어들이기 위해서 그의 위상을 높여주었다고. 그녀의 가명으로서 앤턴은 단 한 사람의 관객, 바로 그녀 자신을 위해 연출한 연극에서 결정적으로 중요한 역할을 연기했다. 아무튼, 갤러리를 찾는 손님들은 장면 뒤의 권력자에 대해 몰랐다. 앤턴은 연기자였다. 아니면 해리를 연기하는 앤턴이—혹은 앤턴을 연기하는 해리였을까? 해리는 앤턴이 없었다면 거대한 비너스도 없었을 거라고, 그 운 없는 젊은이가 아이디어의 시발점이었다고 말했다. 충격적으로 무식한 신예가 예술사에 대해 세련된 농담들을 날린다는. 그렇지만 대체 누가 스스로 충격적으로 무식하다고 믿는단 말인가? 세상에, '충격적으로 무식한' 자라니. 게다가 청년은 해리의 후견 아래 많은 것을 배웠다. 나는 그들의 이야기는 성이 역전된 피그말리온 신화의 흥미로운 재구성이었다고 생각지 않을 수 없었다. 앤턴은 해리의 피조물이었다. 적어도 어느 정도는, 남자들의 세계와 그들이 여자들에게 품은 지독하게 뿌리 깊은 편견에 대한 그녀의 환멸로 만들어진 존재였다. 그리스 신화에서 피그말리온은 이성에 대한 깊은 실망감을 겪고 자신이 만든 완벽한 조각, 상아 조상 갈라테아에게 온 사랑을 쏟아 붓는다. 그리고 조각은 이야기의 결말에 달해서야 비로소 생명을 얻게 된다. 해리의 미소년은 불행히도 처음부터 피와 근육과 조직으로 만들어져 있었지만 말이다.

전시회의 영광이 흐릿해지고 기자들이 종적을 감추자, 불쌍한 앤턴은 심리적으로 너덜너덜 해어지기 시작했다. 그는 자신의 미술

작업으로 돌아가고 싶었지만, 한때 활력 넘치고 살아 있어 보였던 것이 이제 밋밋하고 지루해 보였다. 그의 손길이 닿은 것은 모두 손 안에서 쭈그러들고 말았다. 명상을 하고 금식을 하고 독서를 했지만 아무것도 소용이 없었다. 한때 그는 자기 자신을 믿었지만 이제는 그렇지 못했다. 모두 해리 탓이었다.

해리는 마지막으로 앤턴을 보았을 때 그가 새벽 두 시에 그녀 집의 초인종을 눌렀다고 말했다. 문을 열어주자 그는 술에 취하고 화가 잔뜩 난 채로 비틀거리며 들어왔다. 예술가로서 그의 삶은 끝났다고, 그래서 메스껍고 역겹다고 그는 선언했다. "나한테 말해주셔야 해요!" 앤턴은 소리를 질렀다. "나한테 말해주셔야 한다고요!" 바로 그때 해리는 펠릭스를 향해 울부짖는 자기 자신의 목소리를 듣고 있는 것 같은 이상한 느낌에 사로잡혔다. "당신은 나한테 말해줘야 한다고!" 그녀도 그에게 수없이 말하지 않았던가?

해리는 앤턴에게 물 석 잔을 마시게 하고 나서 부엌 식탁에서 이야기를 나누었다. 청년은 처음에는 눈물범벅에 시뻘겋게 달아오른 얼굴을 하고 있었지만, 곧 싸늘해졌다.

해리의 입장은, 앤턴이 거래의 본질을 이미 알고 있었고 그녀가 그를 속이거나 기만한 적이 없다는 것이었다. 두 사람은 보이는 작품과 관련된 예술가의 페르소나가 얼마나 중요한지 가설을 세우고 함께 실험을 했으며 성공을 거두었다. 앤턴은 보수를 두둑이 받았고, 앞으로 미술 작업을 계속하기로 선택한다면 이미 미술계에서 든든한 기반을 갖게 된 셈이었다.

앤턴은 처음부터 계획을 알고 있었다는 데 동의했다. 그리고 그 역시 그 아이디어에 흥미를 느꼈지만, 그렇다고 해서 갑자기 추앙을 받고 심지어 '일종의 유명세'까지 얻게 된다는 게 어떤 의미인지 알리라고 기대해서는 안 되는 거 아니냐고 했다. 그는 한창 뜨는 여타 젊은 신진 작가들과 함께 운동화 광고 모델이 되기도 했었다. 〈밤Bomb〉과 〈블랙북Black Book〉에서 인터뷰를 따 갔고 다른 TV 프로그램에서도 평을 해달라고 접촉을 해 왔다. 헤아릴 수 없는 파티에 초대받았고 예전에는 그를 쳐다보지도 않았을 여자들과 자기도 했다. 그리고 자기가 그런 데 재주가 있더라고, 그는 해리에게 말했다.

"무슨 재주가 있다는 거야?" 해리는 폭발했다. "여자들하고 자는 거? 무슨 소리를 하는 거니?"

"전부 다요." 앤턴은 해리에게 악을 썼다. "전부 다 말입니다. 그들은 나를 원했어요. 당신을 원했을 거 같아요? 이게 결국 이 짓거리의 본질 아닙니까? 내가 없었다면, 이런 일은 아예 일어나지도 않았을 거라고요."

해리는 그 대화를 내게 전달하며 움찔했다. 앤턴의 말이 옳았어. 그애는 정말로 내게 상처를 주길 원했고, 그렇게 했지. 그러고도 계속, 계속해서 말을 했다고 그녀는 말했다. 그가 없었다면 미술계에 별 효과가 없었을 것이고, 젊고 한 방을 가진 신동이 이런저런 인용들을 수없이 한다는 그의 이미지가 진짜로 중요한 거 아니냐고 말했다고. "내가 무슨 소리를 하는지 그들은 알지도 못했어요!" 그는 해리를 향해 소리를 질러댔다. 해리한테서 배운 미술작품 이름들을 아무 데나 툭툭 주워섬기는 건 정말 쉬운 일이었지만, 기자들은 아예 신경도 쓰지 않았다. 그리고 아이러니컬한 건 이 모든 일에서 진짜 중요성을 가졌던 유일한 예술가는 앤디 워홀이었다는 사실이라고 앤턴은 말을 이었다. 앤디 워홀은 처음부터 유명인사에 대한 매혹을 제대로 이해하고 있던 사람이니까. "그리고 워홀은 당신이 나타나기 전부터 내가 정말로 좀 알고 있었던 유일한 예술가란 말입니다. 우습죠, 진짜, 진짜 웃기죠. 이해가 안 돼요? 당신의 엄청난 학식, 아무도 못 알아듣는 헛소리들, 그런 건 저 바깥 세계에서 아무 의미도 없어요, 아니, 아무 의미가 없는 것보다도 못하단 말입니다!"

"그애가 나한테 그렇게 말했어, 레이철. 나는 뚱뚱하고 늙은 몸을 가운으로 감싸고 거기 앉아서 그애를 보고 있었는데, 그 말엔 일리가 있더라고. 심지어 한밤중에 술 취해 있었는데도 그애는 참 잘생겼더라. 어쨌든 내가 뽑은 애잖아. 엄밀히 말해서 미모는 아니었지만 기백이 있었어. 어떤 사상을 체현했었지."

앤턴이 해리에게 한 이야기는 본질적으로 그녀가 그간 스스로에게 내내 들려주었던 것이었지만, 해리는 정당성을 입증받았다는 느낌보다도 상처받고 혼란스러운 기분이 들었다. "그러면 뭘 원하니? 넌 전부 다 가지고 있잖아, 안 그러니? 어째서 여기 와서 나랑 얘기를 하자고 요구하는 거야?"

그러나 앤턴은 원하는 걸 전부 다 가진 사람처럼 보이지 않았다. 비참하고 불행했다. 더 이상 작업을 할 수도 없었다. 해리를 만나기 전 그는 위대한 발견을 향한 여정에 있었다. 그 중요성을 절감하고 있었다. 풍부한 아이디어, 판타지, 생각들로 충만해 있었다. 포스트-워홀 작품들을 제작할 준비를 마치고 있었다. 그저 약간의 시간이 필요했을 뿐이고, 그랬다면 혼자 힘으로 솔로 스타덤에 이를 수 있었으리라.

해리는 나를 보며 턱을 손으로 문질렀다. "그러면 왜 그냥 그렇게 하지 않았느냐고 물었어." 그녀가 중간에 끼어들었기 때문에 그럴 수가 없었던 거다. 그는 누구인가? 그가 거울을 보면 그녀가 보였다. 작품을 판매한 대금을 그녀에게 주려고 애쓰지 않았던가, 안 그런가? 그러나 이제 그는 '그녀를 만든' 사람이 바로 자기라는 사실을 이해했다. '이 모든 짓거리'에는 그의 공적이 어마어마했다. 유명인사라는 건 뭘 해서 되는 게 아니다. 보이는 거다. 장면을 만드는 거다. 그는 '물건을 팔아치운' 소년이기 때문에 수수료를 받아 챙길 자격이 있고도 남았다. 그러나 '그 여정의 어느 시점에서' 앤턴은 자신의 '순수성'을 잃었다.

그가 '순수성'이라는 말을 쓰는 바람에 해리는 발작적으로 폭소를 터뜨리고 말았다. 그 말을 수없이 반복해서 혼자 되뇌었던 모양이었다. 해리는 앤턴이 처음 만났을 때는 자기 재능에 대해 대체로 겸손했다고 말했다. 상업적 예술에 대해서 얘기하면서, 자기 '프로젝트' 작업을 하는 동안 청구서 대금을 지불하기 위해 하는 거라고 했다. 스타덤이나 순수성 같은 이야기는 전혀 들어본 적이 없었다.

내게 이렇게 말하던 해리의 얼굴은 아주 슬퍼보였다. "내가 괴물을 창조한 거야."

그러나 앤턴과 함께 부엌에 앉아 있었던 때 그녀는 화를 냈다, 격노했었다. 그는 과거를 완전히 다시 쓴 거라고, 미술품들을 그녀가 제작했다는 걸 잊어버린 모양이라고, 상자들은 그녀의 몸에서, 수년에 걸친 작업과 생각에서 나온 거라고 앤턴에게 말했다. 그의 뺨을 철썩 때리고 싶은 생각이 굴뚝같았다. 이 꼬마가, 이 애송이가, 일 년 동안 그녀에게 온갖 것들을 캐물으며 멘토링과 돈을 받은 어린애가 잘난 척하는 망상증 환자, 허세에 찌든 괴물이 되었다.

그리고 해리는 내 어깨에 얼굴을 묻고 울었다. 그녀를 한참 안아주고 나서, 나는 앞으로 어떻게 할 거냐고 물었다. 해리는 실험이 제대로 돌아가지 않은 건 그녀 자신도 무슨 일이 벌어졌는지 확신할 수 없었던 탓이라고 말했다. 어쩌면 아무도 그녀의 상자 따위에 개의치 않았을지 모른다. 상자가 팔린 건 그저 앤턴 티시가 만들었다고들 생각했기 때문인지도 모른다. 그 작품을 그녀 것이라고 주장하기에는 아직 때가 이르다고 했다. 광고, 풍문, 앤턴의 얼굴은 연막이었다. 그녀는 기다려야만 했다. 다시 시도해봐야만 했다. 그녀에게는 다른 생각이 있었다. 난 해리에게 실험을 다시 하기 전에 한 번 더 생각해보라고 말했다. 심리적 대가가 너무 컸다. 앤턴의 말이 맞는지 틀린지 여부보다는 두 사람이 그 프로젝트 때문에 그토록 마음고생을 했다는 사실이 훨씬 더 중요했다. 그리고 난 용기를 내어 이런 말도 했다. 해리의 문제는 그녀가 자기 작품을 자기 거라고 인정하지 못하는 데 있는지 모른다고, 어쩌면 호평을 받을 자격이 없다는 생각을 하고 있는 게 아니냐고. 그러자 해리는 자기를 '정신분석'하지 말라고 날카롭게 쏘아붙였고, 금세 후회한 듯 용서해달라고 내게 빌었다.

앤턴과의 그날 밤이 어떻게 마무리되었느냐고 물었더니, 앤턴이 자기가 그 '성공'에 필수적인 역할을 했다는 생각에 줄곧 집착하긴 했지만 해리 덕분에 예술에 대한 자신의 생각이 완전히 바뀌었다는 사실을 뿌루퉁하게 인정했다고 말했다. 그로서는 좀 쉬면서 다음에 어떤 노선을 택할지 생각해보는 것 말고 선택의 여지가 없었다. 그는 마땅한 자격이 있으니까 그 돈은 받겠다고 했다. 그리고 한동안 여행하면서 세상을 보고 생각하고 책을 읽겠다고 했다.

그리고 그때, 이전까지 고뇌에 차 있던 해리의 얼굴에 짓궂은 미소가 떠올랐다. 앤턴은 작별인사를 하면서 고고한 낭만주의 양식을 차용했다는 것이다. 그녀는 소파에서 벌떡 일어나서 시범을 보여주어야 했다.

“다시는 당신을 만나지 않겠어요!”

(팔을 휘두르는 제스처를 동반해 해리가 읊은 문장은 1895년경의 신파극에서나 볼 법했고 그보다 백년 후의 젊은 청년이 말하는 건 도저히 상상도 가지 않았지만, 그래도 어쨌든 나는 웃어주었다.)

“저는 멀리, 아주 멀리, 히말라야로, 사하라로, 파리로, 팀북투로 가요. 하지만 먼저 퀸스에 가서 창고에서 내 소지품들을 챙겨야겠어요.”

(해리는 오른손 손등을 이마에 대며 고개를 홱 젖히고 눈까풀을 파르르 떤다. 땅이 꺼져라 한숨을 쉰다. 손을 툭 떨구더니 나를 보고 두 팔을 펼친다.)

“나는 잃어버린 순수성, 나의 진정성을 다시 찾을 거예요.”

(해리는 내 거실을 들쑤시며 쿠션을 들춰보고 잡지를 훑어보며 열띤 탐색을 펼친다. 폭소를 터뜨린다.)

“그때는 개를 보고 그렇게 웃지 않았기를 바라.” 내가 말했더니, 그녀는 어디 한 번 마음껏 영화 속에 살아보라고, 아니 뭐든 해보라고 그냥 보고 있었다고 말했다. 작별인사를 나눌 때는 둘 다 점잖게 굴었다. 나중에 나는 앤턴이 곧장 히말라야 산맥을 향해 떠난 게 아니라 몇 달 더 주변에 머물다가 종적을 감췄다는 사실을 알게 되었다.

그러나 해리는 어느새 예의 분노로 돌아와 있었다. 앤턴에게 너무 화가 난 나머지, 정신이 나갈 때까지 주먹으로 치거나 단 한 번의 숨결로 바싹 태워버리고 싶을 정도였다고 했다.

이건 불을 뿜는 가상의 친구 보들리에 대한 언급이다. 그의 존재를 나는 이미 수년 전부터 알고 있었다.

한참 말이 없던 해리는 머뭇머뭇 서론으로 들어가기 시작했다. "이 말을 너한테 해야 할지 잘 모르겠어. 아니, 말은 할 수 있어. 말하면 안 될지도 몰라. 말할 거야. 내 안에 뭔가 있어, 레이첼. 내가 이해할 수 없는 무언가가 있어. 앤턴을 죽이고 싶을 때 그걸 느꼈어. 농담이 아니야. 내 아파트에 앉아 있던 앤턴을 증오했어. 나 자신이 겁나더라. 그게 뭘까? 오래된 거야, 레이철. 마치 내 안의 기억 같은데, 그렇진 않아. 느껴져, 그게 점점 치솟아 오르고 있어. 닥터 F.하고도 말이야. 내 안에 뭔가 무서운 게 있어."

나는 해리의 구역질 생각을 했다. 몸 역시 생각들을 품을 수 있고, 메타포를 활용할 수도 있다.

그녀는 내 손목을 꽉 잡고는 자기 안에 숨겨진 이야기가 있다는 생각에 점점 더 사로잡히게 된다고, 뭔지 모르기에, 진짜인지 상상인지조차 알지 못하기에 표현할 수 없는 무언가가 있다는 생각이 뇌리를 사로잡고 있다고 말했다. "겁이 나서 몸과 마음이 부서질 것만 같아, 레이철. 오로지 두려움뿐이야, 아무런 이미지도 없고, 그림도, 말도 없는 싸늘하고 얼어붙은 두려움. 이렇게 해서 사람들은 거짓된 기억들을 만들어내는 거야. 두려움과 소망으로부터, 바이러스처럼 감염시키는 흉측한 꿈같은 생각들로부터 말이야."

해리의 얼굴이 하얗게 질려 있었다.

그러자 나는 판타지에 대해 얘기했다. 판타지는 환자를 대할 때 내가 하는 일의 중심에 있다. 그러나 내면과 외부 세계는 분리하기 어렵고, 그 둘이 어우러지거나 나뉘는 지점은 애초에 정신분석학에서도 흐릿하고 모호한 문제였다. 우리가 날조하는 거야, 하고 나는 해리에게 말했다. 우리가 사랑하거나 증오하는 사람들은 다 우리가 날조하는 거야. 우리는 다른 사람들에게 우리 감정을 투사하지만, 언제나 그런 날조를 만들어내는 역학이 있기 마련이지. 판타지들은 사람들 사이에서 만들어지고 그 사람들에 대한 생각들이 우리 안에 거하는 법이야.

"그래." 해리가 말했다. "그리고 그들은 죽은 후에도 여전히 거기에 있지. 나는 망자로 만들어진 사람이야."

그런 식으로 말하는 사람은 한 번도 본 적이 없다. 나는 망자로 만들어진 사람이라고.

십 년이 넘는 세월이 흘렀는데, 거실에서 앤턴 흉내를 내던 해리의 모습이 여전히 눈앞에 선하다. 신동-가명으로서 내세운 청년의 패러디로 손짓발짓을 하던 그 모습이. 세월로 인해 그 모습은 흐릿해졌고, 향후에 벌어진 일들, 특히 룬과의 관계로 인해 추가적인 의미가 덧씌워졌다. 그리고 지금, 거실에 앉아 그녀의 제스처와 활짝 웃는 얼굴을 추억하고 있는 지금 나는 마치 귀신에 홀린 기분이다. 그 신파조의 동작들은 연인(혹은 어머니)에게 작별을 고하고 모험을 떠나는 젊은 영웅의 것이 아니었다. 새침데기 여주인공의 여성적인 제스처였다. 헤아릴 수 없이 많은 연극과 무성영화에 등장하는 피조물, 들썩거리는 젖가슴과 장미꽃 봉오리 같은 입술을 지닌 사랑스러운 금발 아가씨가 정조를 위협하는 콧수염 악한에게서 제 몸을 보호하려고 애쓰는 모습이었다. 그날 내 아파트에서 해리는 앤턴을 소녀로 바꾸어 연기했고, 그건 그 자체로 일종의 복수였다.

그녀는 앤턴에게 상처받기 쉬운 자신의 소녀-자아, 애덤 퍼티그와의 치료 때문에 울부짖으며 돌아온 그 어린아이를 투사했던 것이 아닐까 싶다. 내게는 그림이나 말이 없이—오로지 두려움만 느꼈다고 말했었다. 그러나 그녀는 상자속의 그 감정으로부터 이미 형상과 이미지들을 만들었다. 앤턴이 해리의 장기 말이었다는 사실에는 의심의 여지가 없다. 해리는 예술로 채울 텅 빈 남자 매개체를 원했지만 앤턴은 속이 텅 빈 존재가 아니었다. 그는 사람이었고, 흠모를 직접 겪었으며 찬사와 아첨을 누렸던 장본인이었다, 해리가 아니었다. 그는 그녀를 찾아와 노련한 연기자로서의 자기 권리를 주장했다. 확실히 종류는 다르겠지만, 그래도 예술가는 예술가였다. 그리고 그가 그토록 능숙했기에 해리가 질투하면서 또한 경멸했을 거라 생각한다. 그녀는 순진했다. 남자의 껍데기를 빌려서 자신의 복수에 쓸 수 있을 거라 상상했었지만, 인간은 가면이 아닌 법이다. 앤턴이 해리의 판타지라는 그물 속에 갇힌 자신을 보았다면, 그녀 역시 자신의 신동에게 자기만의 꿈이 있었다는 사실을 발견했다.

모든 복수심은 무기력함의 고통에서 생겨난다. '나는 괴롭다'가 '너 역시 괴로울 것이다'로 바뀐다. 그리고 솔직히 말해서, 복수심은 활력을 불어넣는다. 초점과 생명을 주고 감정을 외부로 돌려 비탄을 짓이겨 뭉갠다. 비탄 속에서 우리는 산산조각난다. 복수 속에서 우리는 단단히 하나로 뭉쳐 목표를 겨냥하는 하나의 뾰족한 무기로 화한다. 장기적으로 볼 때 아무리 파괴적이더라도, 복수심은 한동안 유용한 목적이 될 수 있다.

그날 오후 나는 해리에게 이야기 하나를 들려주었다. 어쩐지 연관이 있다는 생각이 들었기 때문이다. 예전 내 환자 중에 열한 살 때 끔찍한 폭행을 당했던 여자가 있었다. 어퍼웨스트사이드에 있는 친구 집에 갔다가 집으로 돌아오는 길에 남자의 습격을 받았다. 강도가 아니었다. 그는 나이프로 그녀의 목을 따고 피를 줄줄 흘리도록 인도에 내버려두고 갔다. 그녀는 죽을 뻔했다. 환자의 말로는 가해자에 대한 복수심은 전혀 느끼지 않았다고 한다. 그러나 수년이 지난 후, 남자친구에게서 실연을 당한 후로부터는 옛 애인에 대한 상상을 멈출 수가 없었다. 그녀는 자동차와 스키 사고, 끔찍한 추락, 질병, 돌연한 폭발 사고를 사주하는데, 그는 이 모든 일을 겪고도 살아남지만 끔찍한 외상을 입고 마비된 상태가 된다. 이렇게 장애자가 된 그는 그녀가 자기 평생 최고의 사랑이었으며 그녀가 없으면 자기가 하는 일은 아무것도 의미를 가질 수 없다는 사실을 인정할 수밖에 없게 된다. 시간이 지나면서, 부서지고 피범벅이 된 그의 육신에 대한 이미지들은 아무 경고도 없이 그녀의 사유를 불쑥불쑥 침범하게 되었다. 그녀는 발작적인 자아 상실을 겪었고, 남자의 자동응답기에 잔혹한 메시지를 남기곤 했다. 직장에서 퇴근하는 길에 차에 치이길 바라. 그녀는 자기 자신이 소스라치게 무서웠다. 우리는 강박적 판타지들의 의미를 풀어내면서 여러 차례에 걸쳐 치료를 했다.

해리가 했던 말은 딱 하나, "흉터가 남았겠네"였다.

그렇다고, 환자의 흉터를 본 적이 있다고 나는 말했다. 깔끔하고 끔찍한 일직선은 목주름의 일부가 되어 있었다.

그날 밤 나는 길고 텅 빈 복도에 있는 꿈을 꾸었다. 꿈속에서 마룻바닥에 쭈그리고 앉아 있는 해리를 보았다. 그녀에게 다가갔더니 목에 희미하지만 깊은 자상이 보였다. 머리가 떨어져 나갈까봐 걱정이 되기 시작해서 손으로 그녀의 머리를 꼭 붙잡았다. 내 발밑에 놓인 자투리 목재에서 손톱 몇 개가 삐죽삐죽 튀어나와 있었다. 내가 그걸 주워들었으니까, 틀림없이 해리를 잡고 있던 손을 놓았던 것이리라. 아주 작은 녹색 눈이 껌벅거렸고 빨간 입술이 나한테 무슨 말이라도 하려는 것처럼 재빨리 달싹거리기 시작했다. 나는 아무 소리도 듣지 못했지만 연민의 감정에 휩싸였다. 창문으로 들어오는 햇살이 곧장 내 눈으로 쏟아져 앞이 보이지 않았고, 그때 나는 잠에서 깼다.

꿈의 기괴한 응축과 전이를 풀이하고 해석하는 데는 많은 방법들이 있다. 내 환자의 흉터는 해리의 베인 목으로 돌아왔다. 나는 우리 중 한 사람이 '머리를 잃게' 될까봐 두려워했던 게 틀림없다. 물론 그 꿈은 해리보다는 나에 대해 더 많은 걸 말해주지만, 반쯤 살아 움직이던 자투리 목재는 해리의 작품이 이미지로 드러난 것이었을 수도 있다. 해리의 작품은 다른 방식으로 형용하기 어려운 그녀 자아의 심오한 부분들을 표현해주니까. 확실히는 모르겠다. 나는 거의 날마다 사람들과 마주 앉아 그들의 이야기를 듣는다. 가끔씩 특정 환자들과 함께 있다 보면 내가 그 사람들의 말을 진정으로 듣지 못하는 게 아닐까 걱정하게 된다. 어쨌든 그들은 모두 자신의 이야기에서 의미를 찾아내려 애쓰고 있다. 해리가 그랬던 것처럼 말이다. 자기 안에 뭔가 '끔찍한' 것이 도사리고 있다고 믿는다는 얘기를 내게 해줬던 해리처럼.

피니어스 Q. 엘드리지

(서면 진술)

오스카 와일드는 언젠가 이렇게 말했다. "사람은 자기 본인으로서 말할 때 가장 자기 자신이 아니게 된다. 그에게 가면을 주어보라, 그러면 진실을 말할 것이다." 나는 잠시 해리엇 버든의 가면을 연기했고 단 한순간도 그걸 후회하지 않는다. 근시안적인 혼혈 동성애자라는 나의 자아 뒤에서 그녀는 진실을 말할 수 있었다. 게이 세계에서 위장은 기나긴 역사를 지니고, 단 한 번도 단순했던 적이 없다. 그래서 해리한테서 자신의 대리를 뛰어달라는 부탁을 받았을 때도 아주 낡은 동아줄에 매듭 하나를 더 묶는 정도의 느낌밖에 들지 않았다. 나는 퍼포먼스를 하는 사람이고, 무대에서의 내 표정이 무대 밖에서의 얼굴보다 더 친밀하고 정직할 때도 종종 있다. 하지만 나는 무대 밖에서도 두 가지 정체성을 갖고 있다. 1995년에 나는 태어날 때 얻은 첫 번째 페르소나라는 허물을 벗고 나와 두 번째 자아인 피니어스 Q. 엘드리지가 되었다. P. Q. E. 전에 있던 사람 존 휘티어는 착한 소년이었다. 약간 몽상적이기는 했지만 언행이 방정하고 동물, 여자애들, 가난한 사람들(이 순서대로)에게 친절하게 대했으며 쉽게 겁에 질리는, 우리 어머니의 말을 빌자면 '섬세한' 아이였다. 처음 경기를 일으킨 건 네 살 때였고 마지막은 열세 살 때였다. 의사들은 내가 '나이가 들어서' 경기를 안 하게 되었다고 말했다. 경기는 과거의 나, 더 작은 사춘기 전의 내 몸에 속한 것이었다. 그 몸을 우리 모두는 훌훌 벗어던진다. 한때 그 몸에 꼭 맞았지만 이제는 작아진 상의와 바지와 셔츠와 신발들과 함께 말이다. 덜덜 떨리는 발작은 주로 밤에 왔고 그리 자주 오지는 않았지만, 가끔 맡을 수 있는 악취와 뭐가 기어 다니는 듯한 감각, 찌릿찌릿함과 얼굴의 경련과 흐르는 침, 그리고 까맣게 뭉텅이로 사라지는 기억과 몇 년 동안 매일 침대에 오줌을 싸던 경험은 확실히 내 감성 발달에 큰 영향을 미쳤다.

버지니아 주 리치먼드 외곽의 견실한 복층 중산층 주택의 오락실에서 여동생 레티와 탱고를 추던 안경잡이 혼혈 간질환자 꼬마를 돌이켜보면, 엄마가 신도로 거듭나기 전부터 그가 하느님에게 애착을 가졌다는 사실이 크게 놀랍게 느껴지지 않는다. 학교에서 나는 최하층 천민이었고, 3학년 때 놀이터 미끄럼틀 옆에서 일으킨 전신 간질 발작을 끝내 만회하지 못했다. 하지만 교회에서는 신성한 지병을 앓는 경건한 아기 천사로 환하게 빛났다. 기독교의 아버지이신 바울 성인만 해도 다마스쿠스로 가시는 길에서 내가 가끔 앓는 것 같은 발작에 휩싸여 쓰러지지 않으셨던가? 해리는 흑인 어머니와 백인 아버지 사이에서 태어난 그 섬세하고 가녀리고 주근깨투성이인 존에게 매료되었다. 그 아이는 책을 엄청나게 많이 읽고 TV로 영화를 보았으며 성경(사사기)에서 지명을 따온 그만의 세상 바알다알을 창조했지만, 최초 형태로 보면 그 세계는 꼭 할리우드의 무대배경처럼 보였다. 바알다알에서는 옷을 쫙 빼입은 악한이 초자연적인 힘으로 천사 같은 영웅이자 나의 분신인 레볼로르(창문 블라인드 회사명이었지만, 레볼로르라는 말의 어감이 너무 좋아서 썼다)와 얽히게 된다. 나는 그 마술의 세계에 엄청나게 많은 시간을 쏟아 부었다. 해리가 자기 머릿속에서 상상 속의 친구와 버스 한 대를 꽉 채우고도 남을 불안감들에 엄청나게 많은 시간을 쓰는 것과 마찬가지였다. 그러나 그녀는 하느님 없이 성장한 사람이다.

내가 노래와 춤에 능통하고 하인 열 명이 딸린 영화 같은 분홍색 저택에서 사는 레볼로르라고 꿈꾸면서 침대에 누워 있으면, 하느님이 매분 매초 은밀한 생각들과 사납게 날뛰는 갈망들을 판단하면서 매 순간 내 안을 들여다보고 계시다는 느낌이 고통스러웠다. 팬들이 수만 명씩 떼거지로, 구성진 노래를 불러 젖히고 꼬리털을 흔들고 미끄러지며 춤을 추고 발을 구르며 재즈 스텝을 밟고 털어대는 내 모습을 보러 온다. 예전에는 눈을 감고 군중이 지르는 우레 같은 환호성에 귀를 기울이곤 했는데, 그러다가 이기적이고 불경한 환상이라는 이유로 방향을 바꾸어 레볼로르를 예수님 같은 캐릭터로 만들었다. 그가 번쩍이는 할리우드를 걸어 다니며 병든 자에게 손을 얹어주고 죽은 이를 일으키고 마술처럼 크래커와 수프를 부풀려 누더기 옷을 입고 바닥에 구멍 난 신발을 신은 비극적으로 가난한 사람들에게 나눠주게 했다. 이 판타지 역시 문제가 있었다. 선행을 하는 걸 너무 즐기는 건 옳지 않은데 나는 내 선행에 엄청 뿌듯해한다는 걸 스스로 잘 알았기 때문이었다.

엄마의 신심은 이제 상당히 식었고, 당신만 옳다고 믿는 독선적인 광신자가 되기에는 워낙 마음이 여린 분이시지만, 한때는 열렬한 믿음으로 예배에 참석하던 시절도 있었다. 우리 부모님은 내가 세 살, 레티가 한 살 때 별거하게 되셨다. 우리에게는 주말에만 아빠가 있었다. 제일 처음 생각나는 기억들은 아빠의 무등을 타고 앉아 내려다본 까마득히 저 아래 풀밭, 아빠의 뒷마당 우리에 사는 버스터라는 이름의 토끼, 내 팔뚝 높이 차게 해주셨던 빛나는 은시계, 그리고 엄마의 그릇과 달라 보이는 파란 접시에 놓인 팬케이크이다. 아빠의 집에서 이상한 냄새가 났던 기억이 있고, 아빠가 럭비공을 집어 들고 캐치볼 좀 같이 하자고 할까봐 두려워하곤 했다. 공이 머리 쪽으로 날아왔을 때 나는 내가 뭘 하는지도 모르는 채 머리를 숙여 피했다. 회전이 걸린 딱딱한 공은 보기만 해도 겁이 났다. 나중에는 자기 수련을 통해 똑바로 서서 그 빌어먹을 물건을 잡고 미친 듯이 뛸 수 있게 되었다. 예전에는 아버지를 기쁘게 할 수 있는, 아버지가 원하는, 근육질의 호방한 진짜 소년이 되게 해달라고 하느님께 기도했었다. 당연히 나는 아버지에게 실망만 안겨주었다. 아버지를 닮게 태어나지 않았을 뿐더러, 아버지를 약간 겁나게 했다는 생각도 든다. 어쩌면 간질이, 혹은 엄마가 없을 때 뭔가 무서운 일이 일어날지도 모른다는 생각 자체가 무서우셨을 수도 있다. 아버지는 체육을 못한다고 나를 혼내거나 구박한 적이 없다. 그저 내가 좀 다른 아이였다면 아버지가 더 좋아하셨을 거라고 느꼈을 뿐이다. 그렇지만 레티와 내가 아버지 집에서 자고 갈 때면 아버지는 내 방에 들어오셔서 자는 척하는 내 옆에 앉아 한참 물끄러미 바라보고 계셨다. 내가 깨어 있다는 걸 틀림없이 알고 계셨을 것이다. 하지만 절대로 알고 있다는 티를 내지 않았고, 그저 거기 앉아 지켜보기만 하셨다.

그러다가 여덟 살이 되던 어느 봄날 아버지의 뇌동맥류가 파열했다. 풍선이 터졌고, 아버지는 소파에 앉은 채 홀로 돌아가셨다. 서른한 살이었다. 엄마는 아버지를 남편으로 원치 않으셨지만 그래도 아버지의 죽음 이후 한동안은 마비된 사람처럼 살았다. 그러다가 젊은 시절에 빠졌던 오순절 교회에 대한 믿음이 아버지가 남긴 빈자리를 채우게 되었다. 우리는 교회를 바꿨다.

그들은 엄마를 물웅덩이에 빠뜨려 세례식을 거행했고, 그 후 어머니는 성령으로 충만해지셨다. "그들이 다 성령의 충만함을 받고 성령이 말하게 하심을 따라 다른 언어들로 말하기를 시작하니라." 〈사도행전〉 2장 4절이다. 외부인들에게 그런 행위는 정신 나간 광신이라는 외딴 영토에 속한다는 건 알지만, 나는 찬송가며 설교 때 나오는 "아멘"이며 "형제자매님, 저들에게 말하십시오." 같은 말들이 좋았고 방언이나 성경해석, 간증도 좋았다. 레티와 나는 펄쩍펄쩍 뛰고 미친 짐승들처럼 법석을 떨고 다니며 말도 안 되는 소리를 외칠 수 있어서 집에서 교회놀이를 즐겨했다. 내가 할 수 있는 말은, 갑자기 성령이 들어 무릎을 꿇거나 마루에 쓰러지거나 방언이 터지는 사람들은 가짜로 그러는 게 아니라는 것뿐이다. 물론 나도 솔직히 대놓고 붕붕 뜨는 엘리너 수녀님의 경우는 가끔 의심스러울 때가 있었고, 그 입에서 쏟아내는 말들도 희미하게 어린애들이 라틴어를 흉내 내어 말장난을 하는 것처럼 들렸지만 말이다.

나는 더욱더 열심히 기도하면서 어째서 하느님이 그런 짓을 하셨는지, 어째서 우리 아버지를 데려가셨는지, 어째서 엄마는 아버지를 돌아가시기 전에 집에서 쫓아냈는지, 그리고 혹시라도 슬픔이 아버지 뇌의 풍선과 관련 있었는지 궁금해했다. 아버지는 슬퍼 보이셨던 것이다. 특히 내 침대 옆에 앉아 계실 때면—묵직한 우울이 아버지에게서 내게로 옮겨와 가슴을 죄책감처럼 짓눌렀다. 엄마는 '공존 불가능'이라는 말을 쓰셨다. 아무튼 두 분은 서로 맞지 않았던 거다. 아버지의 죽음 이후 바알다말은 점점 더 정교해지고 점점 더 폭력적으로 변했으며 점점 더 은밀해졌다. 노예제가 테마로 떠올랐다. 레볼로르는 군대를 이끌고 하다르 왕자와 맞서 미국 흑인과 이스라엘인들이 섞인 노예들을 해방시켰다. 그리고 나는 상상 속의 지리 속에서 전투 계획을 짜기 시작했다. 눈을 감으면 지금도 아쉬타로트 호수와 제쉬모스 강과 내가 미즐라라고 이름붙인 산맥이 선하게 떠오른다. 시간이 흐르면서 바알다말의 사람들은 섹스를 발견했고 무시무시한 기세로 섹스를 즐기기 시작했다. 하다르의 추종자들은 종종 벌거벗은 채로 광란의 음악에 맞춰 춤을 추며 레볼로르를 도발했다. 레볼로르는 고결하게 그들의 접근을 물리쳤지만 지켜보면서 크나큰 쾌감을 느꼈다. 나의 영웅이 결국 유혹에 굴복하는 건 불가피한 수순이었다. 그는 담요 밑에서 행주와 하느님의 죄책감과 축축한 경이감과 그 모든 것의 시를 누리며 달콤하게 뒤척이고 세차게 문질러대었다.

해리를 유혹한 건 내가 들려준 바알다말의 이야기들일 거라고 생각한다. 그 가상의 세계는 히브리의 전지전능한 신이 그러했듯 간질이 사라지며 함께 종적을 감추었지만, 나는 방언을 말하는 사람들과 엄마에 대해 아련한 애정을 늘 간직하고 있었다. 엄마는 내가 황무지 같은 세속에서 방황하며 다시는 양의 무리로 돌아오지 않았음에도 불구하고 결코 내게서 등을 돌리지 않으셨다. 내가 그 숙사에 도착했을 때 해리는 자신의 캐릭터들, 일군의 봉제인형들을 보살피고 있었다. 차갑고, 싸늘하고, 따스하고, 또 뜨거운 것들도 있었다. 상당수가 손상되거나 형태가 왜곡되어 있었지만, 그래도 난 해리의 '메타모프'(해리가 그렇게 불렀다)들이 어쩐지 마음에 들었다. 아니, 이 말은 취소다. 난 상처 입은 메타모프들에게 가장 마음이 갔다. 다리나 팔이 없고, 목발이나 팔걸이를 하고 있고, 꼽추거나 얼굴에 발진이 칠해져 있는 것들. 그것들은 실제처럼 보이지 않았지만, 내가 아는 수많은 사람들보다 더 사람처럼 느껴졌고, 해리는 수공예로 제작한 그 작은 생물들을 다정한 손길로 다루었다. 가끔은 어린 에이브을 위해 그것들한테 말을 시키기도 했다. 에이븐은 그때 겨우 네 살이었고, 주말에 '할마'네 집에 와서 미술작품에 온통 키스를 퍼부어 젖은 침 자국을 남겨놓곤 했다.

내가 레드훅 숙사에 이르게 된 길은 멀었다. 대학을 졸업한 뒤 나는 일군의 연극배우 지망생들과 함께 뉴욕 시로 가서 웨이터가 되었다. "안녕하세요, 저는 존 휘티어입니다. 오늘 저녁 여러분의 식사 시중을 들게 되었습니다." 깨진 접시와 무례한 손님들, 오디션, 회신 전화, 탈락, 또 탈락으로 점철된 나날들이었고, 억양과 말투를 주문에 따라 얼마든지 맞출 수 있는 연한 피부색의 주근깨투성이 흑인을 위한 하찮은 단역들이 간혹 나오곤 했다. 오디션 자체는 그래도 괜찮다. 대사도 졸렬하고 구상도 한심해서 소화불량에 걸릴 것 같은 연극이나 영화의 배역을 따기 위해 오디션을 본다는 것, 그건 또 다른 얘기다. 나는 직접 작품을 써서 퍼포먼스 아티스트인 피니어스 Q. 엘드리지가 되기로 결심했지만, 안타깝게도 가난에 허덕일 게 분명했다. 애인 줄리어스에게 실연당한 나는 그럭저럭 호사스러웠던 첼시의 아파트에서 쫓겨나 친구 디터의 소파로 전락하고 말았다. (알고 보니 그 소파는 일종의 시공창이었고 쿠션 사이에서 껌 포장지, 이쑤시개, 먼지 뭉치, 동전 따위가 나왔다.)

구원의 손길을 뻗쳐준 건 이선 로드였다. '핑크 라군'에서 했던 공연이 〈신상황주의자의 뿔나팔〉에 기사로 다루어졌던 것이다. 아마 뉴욕에서 가장 난해한 잡지라 해도 과언이 아닐 것이다. 그러나 이선과 친구 레니는 우리 같은 퍼포먼스 아티스트들을 지원했는데, 당시 대학원에서도 극소수만 이해하던 근거에 입각해서였다. 그들은 자본주의를 인정하지 않았다. 2008년의 금융위기가 오기 한참 전이라 쇼핑은 여전히 전 국민의 여가생활이었다. 물론 이 두 전복자들은 새로 나온 토스터가 주는 기쁨이나 캐시미어 스카프의 촉감이나 끔찍하게 비싼 화장수 한 방울의 심리학적 효능 같은 가치는 전혀 알아주지 않았다. 그들은 엄격했고, 엄격히 중고를 선호하는 자선가게 스타일의 빈티지 보이들이었다. 원칙의 문제이기도 했지만 도착성의 문제기도 했다. 그런 도착성은 우리 보통사람들보다는 부유한 사람들에게 훨씬 쉽게 찾아온다. 이선에게는 트러스트 펀드가 있었다. 레니는 아니었지만, 그래도 부모님한테 매달 수표를 받고 있을 거라 짐작되었다.

그 친구들은 스트레이트였음에도 불구하고 '퀴어 이론'의 옹호자였고, 퀴어 이론이 단순히 동성애자들을 위한 것이나 동성애자들에 대한 것이 아니라 모든 양태의 인간과 사물에 적용될 수 있다고 믿었다. 요는 "범주에 융통성을 갖는" 것이었다. 물론 나 역시 극구

찬성이었고, 두 사람은 진지하고 감동적인 한 쌍이었다. 둥근 철테 안경을 쓴 레니는 30년대의 무정부주의자들을 떠올리게 했고, 커다란 눈과 검은 고수머리의 이선은 어딘가에 유머감각을 숨겨두고 있는 것처럼 보였다. 정확히 어디인지는 파악하지 못했지만 말이다. 처음 만났을 때 이선은 내 연기가 "규범성의 붕괴를 체화"했다고 말했다. 그 붕괴는 내 인생 자체에서 그대로 빠져나온 것이었다. 나는 부모님들의 여러 모습들을 연기하며 헤스터와 레스터라고 이름 붙였고, 레티를 헤티라는 이름으로 바꾸어 못 말리는 어린애였던 모습으로, 또 우리 가족의 이야기를 강탈해 연극에 쓰는 걸 못마땅해하는 진중한 어른 엔지니어의 모습으로 연기했으며, 간질이 있는 소년이었던 나 자신의 옛 모습을 연기했고 방언이 터진 엘리너 수녀님을 연기했다. 하지만 언제나 코믹한 거리를 잃지 않았고, 검은색과 흰색, 남자와 여자로 절반이 뚝 잘린 의상을 차려입었다. 그러나 그 청년들의 말은 옳았다. 쇼가 끝날 때 이것과 저것을 깔끔하게 가르는 모든 구분선들은 이미 '퀴어(모호)'해져 있었다.

이선은 내가 자기 어머니—모든 우주 부랑자들의 구원자—를 만났으면 했다. 나는 이미 시작부터 호감을 사둔 셈이었다. 난 엄밀하게 말해 노숙자였고, 〈뿔나팔〉이 헤스터/레스터를 '연극적 구성물'로 둔갑시킨 뒤였으며, 덕분에 그 잡지의 독자들 아홉 명이 깊은 감명을 받았는데 그중 하나가 바로 해리 본인이었기 때문이다. 내가 버든 부인을 처음 만나기 며칠 전에 레드훅 숙사에 소란이 있었다고 했다. 해리가 데리고 있는 부랑자들 중에 린다 리라는 여자가 있었는데, '예술'로 몸을 그어 자해하고 상처 사진을 찍다가 예술가 기숙동 복도에서 과한 자상을 입어 감리교회 종합병원으로 실려

갔으며, 봉합수술을 받고 일주일간 정신과 병동으로 이관되었다가 몽클레어에 사는 어머니의 집으로 돌아갔다는 것이었다. 보아하니 해리는 그 여자의 예술적 충동이 진짜 피를 수반한다는 사실을 몰랐던 모양이었다. 이선도 심히 골치를 썩었을 거라 생각되지만, 아무튼 자기 말로는, "재앙의 벽력이 두 번 내리치기 전에" 어머니의 "자선 충동을 좀 제어할" 필요가 있다고 했다. 그리고 "미친 사람은 그 집에 하나만 있으면 된다"고도 말했다. 바로미터에 대한 언급이 없는데, 나는 나중에 그와 친해졌고 또 그럭저럭 잘 참고 살았다.

간단히 말해서, 그런 식으로 나는 레드훅 숙사의 의식 진행자가 되었다. 해리는 그간 별로 관심을 기울이지 않고 있었다. 난 해리에게 구걸하러 찾아오는 쓰레기들을 모조리 다 받아주면 안 된다고 했다. 여기는 돈 떨어진 관광객, 또라이, 매춘부, 약쟁이들의 요람이 아니지 않은가? 우리에겐 한동안 머물면서 심부름 일을 할 만한 진짜 예술가 타입이 필요했다. 바로미터는 이미 자리를 잡고 있었고, 해리는 그가 무해하다고 믿으며 애착을 품고 있었다. 물론 도무지 씻지 않는다는 것 말고 별다른 해는 없었다. 일주일에 한 번씩 비누를 들고 욕조 물에 몸을 담그는 게 숙소를 제공받는 대가라며 그를 설득한 건 메이지였다. 메이지는 미친 사람들에 관한 한 일종의 전문가였고, 결국 나중에 〈몸의 기후Body Weather〉라는 제목으로 그에 대한 영화를 제작해 영화제에서 상도 받았다. 그리고 나는 현관문을 여는 메데코 열쇠가 복제되어 밤에 드나드는 일군의 가출 청소년들한테 배포되었다는 사실도 알았다. 그래서 자물쇠를 바꿨다.

나는 파문당한 린다의 공간을 차지했고, '방 없습니다'라는 표지판을 내다 붙인 후 형편이 어려운 예술가들을 위한 비공식적인 지원 절차를 시작했다. 나는 그 건물에 해리를 제외하고 세 사람 정도가 작업하고 살 만한 공간이 있다고 판단했고, 바로미터와 내가 이미 살고 있으니까 레지던트 아티스트가 한 사람 더 들어올 여지가 있었다. 우리는 이브로 결정했다. 아이다호에서 태어나 자란 화려한 성격의 패기 넘치는 스물다섯 살짜리 재봉사였다. 그녀는 싱어 재봉틀을 들고 들어와서 서커스 같은 예술적 작품들을 만들었고, 해리와 나 둘 다 그것들이 사랑스럽다고 생각하며 좋아했었다. 이브는 오래 머물지 않았다. 미니멀리즘 전통의 조각가 율리시스가 뒤를 이었고, 다음엔 낡은 구두로 설치작업만 하는 (내가 가장 좋아했던) 델리아가 왔다. 나는 최소한의 수칙을 만들었다—작업장 바닥에 쓰레기 버리지 않기, 11시 이후에 심한 소음은 절대 금지, 애인은 환영이지만 작업장에서는 절대 성행위 금지(이제는 더 이상 별 문제가 아니지만, 금지조항으로서 그것은 우리를 낄낄 웃게 만들었다), 두 달에 한 번은 출석해서 작업을 마친 작품이나 진행 중인 작품에 대해 설명할 것. 우리는 매주 청소 팀을 고용해서 건물 2개 층을 드르릉거리며 청소했고, 건물 관리를 위한 일들을 배분했으며, 숙사는 문명화되었다.

그러나 독자들이 궁금한 건 어쩌다 그런 일이 일어났는지, 해리와 나 사이의 이야기일 것이다. 뭐, 그렇게 빨리 진전된 건 아니었다. 서서히 기어가듯 진행되었다. 우리는 일요일 오후면 영화를 빌려보았다. 대체로 해리가 못 본 옛날 영화들이었다. 버스비 버클리의 화려한 광상극들—〈풋라이트 퍼레이드〉, 〈황금광들〉, 〈42번가〉—을 보며 만화경 같은 비주얼을 즐기기도 했고, 로저스와 아스테어의 영화들도 봤고, 흑인 관객들만을 위한 옛날 영화들인 〈하늘의 오두막〉이나 〈조심해라 동생아〉, 〈할렘은 천국이다〉도 보았다. 그 영화들에는 〈모든 게 만족스럽기 짝이 없어〉라든가 〈기쁨의 먹구름〉으로 유명한 버지니아 주 리치먼드 태생의 본명 루터 로빈슨, 즉 탭 댄서 '보쟁글스' 빌 로빈슨이 나와서 정확한 리듬, 완벽한 음조로 발을 놀리며 춤춘다. 〈폭풍이 치는 날씨〉에도 로빈슨이 나오는데, 그의 삶과 상당히 유사한 내용의 영화로 팻츠 월러, 캡 캘러웨이, 레나 혼, '세상에나-춤을-너무-잘-춰서-믿기지가-않는' 니콜라스 형제도 함께 출연했다. 나는 네 살 때 탭댄스 레슨을 받기 시작했기에 셔플볼 체인지며 스케이트 타는 동작들로 해리를 즐겁게 해줄 정도는 되었지만, 진짜로 잘하는 건 아니었다. 내 쇼에서는 레스터가 소프트 탭댄스를 좀 추었는데, 그럴 때마다 상당히 반응이 좋았다. 해리는 일요일의 영화를 우리의 '아늑한 시간'이라고 불렀고, 소위 '부드러운 옷'과 '잠옷 비슷한 것'을 차려입고 팝콘을 만드는 걸 좋아했다. 그러고서 우리는 TV 앞에 늘어져서 빈둥거렸다. 항상 우리 둘만 있었던 건 아니다. 다른 숙사 멤버들도 가끔 합류했다. 브루노나 이브도 있었고, 바로미터는 줄곧 들락날락하면서 스케치북을 소파로 가져와 그림을 그리기도 했다.

우리 프로젝트가 정확히 언제 부화했는지는 기억나지 않지만, 어느 토요일인가 해리의 스튜디오에 갔다가 벽에 커다란 글씨로 '질식'이라고 적어놓은 걸 보았다. "생각 중이야." 그녀가 말했다. "하나의 테마로서." 그러더니 그녀는 화제를 바꾸었다, 아니, 그때는 그랬다고 생각했다. 지금은 화제가 바뀐 게 아니라 같은 얘기였다고 믿는다. 왜냐하면 그녀의 아버지에 대한 이야기였기 때문이다. 그녀는 뉴욕에서 열었던 첫 전시회 이야기를 들려주었다. 그때 그녀는 삼십대 초반이었다. 부모님이 오프닝에 오셨다. 어머니는 상냥하고 뿌듯해했으며 축하의 말을 아끼지 않으셨다. 아버지는 말이 없으셨지만, 전시회장을 나가기 직전에 이렇게 말씀하셨다. "흔히 보이는 것들과는 별로 닮은 데가 없구나, 그렇지?"

무슨 뜻으로 하신 말씀이냐고 나는 물었다. 그녀도 사실 잘 모른다고 했다. 어떻게 대답했느냐고 물었더니 그녀는 말했다. "아무 말도 하지 않았어."

그는 그녀의 입을 닥치게 했던 것이다.

그는 교양 없고 무식하지만 사람 좋은 호인이 아니었다. 예술을 알았다. 프랭크 스텔라(1960년대 미니멀 아트의 대표주자였던 미국의 실험적 화가—옮긴이)를 열렬히 선망하셨다고 그녀가 말해주었다. 그래서 내가 해리한테 말했다. "그거 참 차가운 말이네요, 그렇게 생각 안 하세요? 친딸한테 그리 차갑게 말씀을 하시다니."

"닥터 F.도 그렇게 말하더라."

그래서 차가운 걸 차갑다고 알아보는 데 의학 학위가 필요한 건 아니라고 했다.

해리는 울음을 터뜨릴 것 같은 표정이 되었다.

나는 미안한 척했지만, 사실 그렇지 않았다.

해리는 그 남자에 대해 수많은 이야기들을 들려주었고, 그 문제에 대한 내 견해는 해리의 아버지가 살아 있었을 때 해리라는 사람 자체와 그녀의 작업 양면에 있어 난항을 겪었다는 것이다. 존재와 행위—거창하고 중요한 것들. 해리의 작품은 뜨거웠다. 전기 난방이 되었다는 얘기가 아니다—열정적이고 성적으로 치열하고 무서웠다는 뜻이다. 아버지는 깔끔하고 폐쇄적인 체계, 유리병 안에 담긴 세계를 좋아하는 뻣뻣하고 융통성 없는 고집쟁이였다. 그가 해리의 작품을 대체 어떻게 이해해야 했을까? 딸이 아닌 그 누가 했더라도 좋아했을 리 없는 작업들인데. 그래도 해리의 노력을 탓할 순 없다. 나 역시 내 영웅적 아버지를 사랑하고 증오하면서, 그에 대한 온갖 이야기들을 꾸며내는 데 빌어먹을 평생을 바치고 있지 않은가? 그리고 대릴이 환한 미소와 반짝이는 구두로 나타나 엄마에게 구애를 했을 때, 난 그가 어디론가 사라져버리거나 그 자리에 쓰러져 죽어버리길 바라지 않았던가?

우리의 협업은 해리가 남근을 가진 가면을 원했기 때문에 시작되었다. 게이 흑인을 쓰는 일인데 한 번 더 재고해보라고 했지만, 해리는 하나도 아니고 두 개의 소수집단에 속한 내 위상에 전혀 거리낌이 없었다. 그녀는 은유로서 질식의 장면scene들, 즉 베개로 얼굴을 누르는 그런 게 아니라 관객이 들어갈 수 있는 극장 같은 방들을 원한다면서, 그걸 구축하는 작업을 내가 도와주면 좋겠다고 했다. 내 삶의 대부분을 계집애 같은 남자애로 살아오지 않았던가? 1995년 두 번째 자아를 자축하기 위해 이름을 바꾸지 않았던가? 오순절교회의 방언 따위와 상관없이, 그 전에는 숨이 막힌다는 느낌을 받으며 살지 않았던가? 우리는 인종차별 탓에 도착적으로 왜곡된 국가에서 살지 않았던가? 해리보다 피부색이 많이 검지는 않지만, 그래도 나는 흑인이 아니던가? 사람들은 여전히 나를 '흑인'이라고 불렀다, 안 그런가? 피부색이 무슨 상관이 있단 말인가? 해리의 어머니는 유대인이었고, 그러니까 해리도 유대인이었다. 그녀는 반유대주의에 대해서도 익히 알고 있었다. 개신교였던 조부모님은 그 특별한 바이러스에 심하게 감염된 부류였으니까. 게다가 성차별주의는 어떤가? 여성이 투표권을 갖게 된 지 몇 년이나 되었는가? 불과 백 년도 되지 않았다! 나는 남자와 여자, 백인 남자와 흑인 여자를 한 몸으로 연기하지 않았던가? (해리는 헤스터와 레스터를 환장하게 좋아했다. 특히 말주변이 한참 딸리는 레스터를 들들 볶는 헤스터를 특히 좋아했다.) 우리는 서로를 이해하지 않았던가? 우리는 너무나 많은 면에서 서로 닮지 않았던가? (해리가 나와 동일시했다는 게 어떤 사람들에게는 터무니없는 소리로 들릴지 모르겠지만, 그건 사실이었다.) 그녀는 세계를 나누는 인습적 방식들과 타협하지 않았다. 흑/백, 남자/여자, 게이/스트레이트, 비정상/정상, 이런 경계들은 그녀에게 전혀 설득력이 없었다. 그것들은 우리, 우리 인간이라는 혼재 상태를 인식하지 못하는 협잡, 정의하기 위한 범주에 불과했다. "환원주의!" 해리는 가끔씩 이렇게 큰 소리로 외치곤 했다. 해리의 아들은 그녀를 닮았다. 두 사람 모두 저 커다란 바깥세상에서 그들에게 보이는 것들을 좋아하지 않았다—기존의 생각들은 날품팔이 노동자나 굴종적인 노예들에게 어울린다고 생각했다—그러나, 두 사람 사이에도 긴장이 있었다—'털을 세웠다'는 표현이 적합하겠다. 메이지가 중재자였다. 백기를 흔드는 상냥한 아가씨였다.

〈질식의 방들〉로 돌아가자. 나도 내 몫에 자긍심을 가지고 있다. 내가 제공한 반전과 뒤틀림들이 있다. 하지만 그건 해리의 작품이었다. 관객이 문을 열고 새로운 방에 들어갈 때마다 움찔거려야 한다는 건 해리의 생각이었다. 방들은 거의 다 똑같았다. 똑같이 음침한 테이블과 비닐 시트 의자 두 개, 테이블 위에 똑같이 차려진 아침식사 그릇들, 해리와 내가 손으로 쓴 글씨들과 낙서들(나는 여기서 마음껏 활개를 치며 온갖 비밀 메시지들을 써 넣었다)로 만들어진 똑같은 벽지, 그리고 각 방에 똑같은 두 개의 메타모프들. 여정의 초반에는 가구가 성인의 평균적 신체 사이즈에 맞는다—우리는 신장 170센티미터를 기준으로 했다. 그러나 연속된 방으로 갈수록 테이블과 의자, 컵과 접시와 대접과 스푼, 벽지의 글씨는 그만큼 커져서 7번째 방에 오면 가구의 크기로 인해 관객은 걸음마를 하는 아기 수준으로 작아져버린다. 부드러운 봉제 메타모프들도 커졌고 점차적으로 더 뜨거워졌다. 7번째 방은 거의 핀란드 사우나 같은 느낌이 들었다. 우리는 논의를 거쳐, 각 방에 딱 하나 있는 창은 거울이어야 한다고 결정을 내렸다—그래야 훨씬 더 폐쇄공포증을 조장하게 되니까.

그리고 '상자'가 있었다. 방안의 다른 물체들과 달리 상자는 커지지 않았다. 똑같은 크기로 남아 있었다. 해리는 뚜껑과 자물쇠가 달린 낡아빠진 나무 트렁크를 하나 찾아내 브루클린의 제조업자한테 똑같이 여섯 개를 더 만들어달라고 했다. 어찌나 지독히 까다롭게 굴었는지, 충분히 '괴로워지는' 느낌이 들 때까지 상자 하나를 다섯 번이나 되돌려 보낼 정도였다.

나는 색채 변화의 배후에 있는 천재 소년이었다. 나는 각 방의 색조와 두 캐릭터가 약간씩 어두워져야 한다고, 크림 화이트에서 탁한 캐러멜 색으로 변해가야 한다고 생각했다. 그래서 우리는 방들을 점점 더 낡아가게 만들기로 했다. 각 방은 앞의 방보다 좀 더 낡고 추레해졌고 좀 더 헌 가구를 배치했으며, 얼룩과 긁힌 자국들을 짜 넣고 벽지를 찢어 마지막 방에 와서는 더럽고 추레하고 벽지가 다 벗겨진 부엌이 나오게 된다. 인형들에게도 시간의 영향이 느껴져야 해서, 해리는 미간에 주름을 그려넣고 턱 밑을 잡아당겨 축 늘어뜨리고 목을 꼬집었다.

우리는 파괴 작업을 신나게 즐겼다. 나는 애정을 담아 그때의 일과를 회상한다. "나이프 좀 건네주실까요, 우리 소중한 친구 P.?" 해리는 입버릇처럼 말했다. 그러면 나는 정중히 절을 하고 무기를 꺼냈다. 그녀는 내게 답례로 절을 하고 커다란 의자의 비닐 시트를 푹 찔렀다. 그러면 나는 축하의 말씀을 건넸다. "잘하셨습니다, H, 나의 절친." 그러면 그녀는 이렇게 말했다. "당신 차례예요. 먼지를 살짝 묻혀볼까요, P., 내 짝꿍, 그러면 딱 좋을 것 같은데요." 그러면 나는 미리 준비해둔 진흙을 벽이나 테이블에 문질러댔다. 해리와 나는 우리만의 초기 유성영화에 등장하는 공동 출연자였다. P.와 H.라는 코미디 팀이었다. 우리는 함께 어우러지는 우리의 모습과 동료애를 상징하는 기표 pH를 가지고 유희했다.

pH: 용액의 산성과 알칼리성을 측정하는 단위. 우리는 산성에 더 가깝다고 종종 말했다. pH=-log[H+]: 덴마크 생화학자 쇠렌 쇠렌센이 정의한 수소이온농도의 대수적 계측단위. 로그와 관련된 수많은 농담들이 날아다녔고, 그중에는 pH가 우리가 만들어낸 것—즉 어루(logorreah, 병적으로 말이 쏟아져 나와 주체할 수 없는 증상, 병적 다변증이라고도 한다—옮긴이)의 줄임말이라는 얘기도 있었다. 우리는 PhD의 Ph를 둘로 나눈 반쪽들이었다. 철학philosophiae의 P, 그리고 'daddy'와 'dead'의 D를 합쳐 놓은 PhD 말이다. 우리는 즉석에서 이 머리글자의 다른 의미들을 만들어냈다. 음란한 딸꾹질prurient hiccoughs—상상력이 폭주하게 내버려두자—관음증 창녀peeping harlot, 곰보 마녀potted harridan, 제멋대로 발기puckish hard-on, 지질한 도붓장수peevish huckster, 기타 등등, 기타 등등, 기타 등등. 간혹 무대의상을 차려입고 작업할 때도 있었다. 두 남자로, 두 여자로, 남자와 여자로, 아니면 반대로. 저 뚱뚱한 시인은 남장을 하고 여장을 한 우리 두 사람의 사진을 찍었지만, 마음에 들어 하는 눈치는 아니었다. 자기 여자 친구는 여자 친구인 대로가 좋았던 거다. 브루노에게는 마초 기질이 있었다. 그럼에도 불구하고 해리와 나는 완벽한 크로스드레싱 커플이었다. 덩치 큰 해리와 왜소한 나.

어느 날 같이 '방들'을 작업하고 있는데, 해리가 들고 있던 스크루드라이버를 내려놓더니 특유의 진지한 얼굴로 나를 바라보았다. "있잖아, P." 그녀가 말했다. "나는 자기하고 노는 게 좋아. 옛날 어린아이였을 때 꿈꾸던 진짜 놀이친구를 찾아낸 기분이야. 상상의 친구 말고 진짜 친구. 사실 레이철을 알게 될 때까지 내게 친구라고는 없었거든. 자기는 그 시절에 내가 꿈꾸던 친구가 현실이 되어 나타난 사람 같아."

끈적거리는 건 내 스타일이 아니라서, 난 시시덕거리며 농담으로 넘겨버렸고 그녀는 깔깔 웃었다. 하지만 이후 난 침대에 혼자 누워 그녀가 한 말을 떠올렸고 드브로 루이스도 떠올렸다. 그는 뒤에서 내 머리를 손으로 누르고 무릎으로 내 등을 찍으며 내 얼굴을 흙속에 처박고 호모 새끼, 게이 자식, 계집애 같은 년이라고 중얼거렸다. 그리고 레티가 눈물이 그렁그렁한 큰 눈으로 나를 불쌍하게 바라보았다. 그 자식의 머리가 으깨지도록 때려줬어야 하는 건데, 나는 너무 고상했고 너무 겁이 많았다. 그러고 나선 침대에서 내 머릿속에 있는 환상의 소년들을 생각하며 자위를 하던 나 자신과, 하느님에 대한 죄책감과, 외로움이 떠올랐다. 해리 역시 그랬던 거다. 호모는 아니었지만 그저 외로운 아이. 해리는 자기 어머니를 좋아했고 나 역시 우리 어머니를 좋아했다—갈등이 있건 없건 말이다. 그래도 최소한 해리는 아버지를 알고 지냈었다. 우리 아버지는 상상 속의 남자, 내가 카드 패처럼 뒤섞는 일련의 존재에 불과했다. 열 살에 고아가 된 백인 소년, 국립 고아원 출신, 자수성가해서 대학에서 회계를 공부했고, 야심에 찬 간호대학 학생이었던 엄마와 사랑에 빠져 결혼했고, 이혼했고, 죽었다.

상자는 열려야 했다, 아주 천천히, 다음 방으로 넘어가면서 조금씩 더 열려야 했다. 우리 전시를 찾은 관객들 상당수는 네 번째 방에 도달할 때까지 그 변화를 눈치조차 채지 못했다는 사실을 우리는 나중에야 알게 되었다. 해리는 그 안에 몸이 있어야 한다는 걸, 탈출하려 애쓰는 존재가 있어야 한다는 걸 알고 있었다. 그 '등장'에는 유머가 있었지만, 말하자면 블랙 유머였다. 우리는 그 존재를 '그것'이나 '악마'나 '배고픈 아이'라고 불렀다. 해리는 그 얼굴을, 그 몸을, 그 표정을 찾아내려고 그림을 그리고 또 그렸다. 메타모프들은 덩치 크고 어리숙하고 몽글몽글한 인형들이었고, 일곱 개의 방 각각에 아주 사소한 자세 변화만 주어 테이블에 앉혀두었지만, 그 작은 놈은 해리의 말을 빌면 '다른 존재의 차원'으로부터 나와야만 했다. 왁스. 그녀는 밀랍을 선택했다. 영감의 원천이 몇 군데 있다고 했다—피렌체의 라 스페콜라 박물관에 있는 18세기의 엽기적인 해부학 밀랍 조각들, 살갗이 벗겨지고 개복된 채 내장과 신경체계를 드러낸 그 몸뚱어리들, 그리고 바랄로의 사크로몬테(16세기 말에 시작되어 17세기에 완성된 예배당과 부속 건물들로, '성스러운 산'이라는 뜻—옮긴이)에 있는 실물 같은 조각들, 일본의 귀신 족자 그림들. 1950년대 영화에 나오는 외계인 같은 모습은 그녀가 원치 않았기에, 모델은 점점 더 현실적으로 되어갔다. 깡마르고 섬뜩하리만큼 투명하고 (간, 심장, 위, 내장이 아주 살짝 비쳐 보였다) 양성적이며(작은 젖망울과 아직 다 자라지 않은 남근) 인간의 푸석거리는 빨간 머리카락을 지녔다. 그 생물체는 이상하게 아름다웠고, 일곱 번째 방에서 상자 밖으로 나와 창밖을 내다보려고—아니, 거울을 보려고—등 없는 의자에 올라가 서 있는 그/그녀를 만나게 되면 왠지 감동을 받지 않을 수 없었다. (그때쯤엔) 정말로 거대해진 메타모프들은, 그것이 나왔음을 마침내 깨닫고 그쪽을 보려고 다들 머리를 돌렸다.

대체 무슨 뜻이죠? '방들'이 전시되었을 때 그들이 한 질문이다. 당신이 받은 느낌대로죠, 하고 나는 말했다. 뭐든 당신이 느끼는 것. 당신이 의미라고 생각하는 것이라는 의미다. 수수께끼 같은 말이다. 나는 가면을 썼다, 말 그대로는 아니고 배우의 가면, 페르소나 말이다. 그리고 그 가면은 나를 해리와 혼합해준 위대한 역할이었다. 나는 심지어 해리의 몸짓 몇 가지를 터득해 '테아트룸 문디'에서의 쇼에 쓰기도 했다. 해리는 철학적이 될 때면 양손을 퍼덕거리면서 오른손을 오그려 쥐고 허공에 주먹질을 하면서 자신의 요점을 강조했다. 해리한테서 빌려온 제스처 몇 가지와 버지니아 사투리가 덜하게 살짝 수정한 억양, 그리고 완전히 남자다워진 나 자신을 업고 P. Q. 엘드리지는 당당히 미술계에 입성했다.

해리는 누구한테 가서 잘 보여야 하는지 알고 있었다. 어디에 가야 하는지, 어디로 날 보내야 하는지도 알았다. 그녀는 '미술' 파티에서 적당한 사람들에게 나를 소개시켜주었다. 나는 갤러리 오너들과 수집가들과 비평가들을 매료시키며 잡담을 나누었고, 그녀의 인맥을 내 것으로 만들었다. '점잖은' 세계는 아니지만, 생각해보면 그런 세계가 어디 또 있었겠는가. 그때 만난 사람들 중에는 지금까지도 만나는 사람들, 나중에 친구가 된 사람들도 있다. 그러나 전반적으로 미술계는 프랑스인 오노레 드 발자크의 표현 그대로라는 생각이 들었다. 지저분한 인간 희극. 환각과 환각에 또 환각이 겹친. 모든 게 이름과 돈, 돈과 이름, 더 많은 돈과 더 많은 이름이었다.

센세이셔널한 실화 스릴러 《예술을 위해 순교하다》의 작가가 된 오즈월드 케이스는 몇 군데의 전시 오프닝에서 만났다. 그 불쌍한 친구는 사실 작다고 말하기도 어려운 왜소한 난쟁이였지만, 그래도 159센티미터 정도는 되어 보였다. 자의식 과잉. 보타이. 만날 때마다 내게 예일대 얘기를 했다. 예일이 어쩌고 예일이 저쩌고. 그리고 영화배우들 얘기. 스티브 마틴. 스티브 마틴을 잘 안다고 했다. 눈빛이 굉장하다고, 확신에 차 있다고. "그는 호퍼의 그림을 갖고 있어요, 그거 아십니까?" 아뇨, 몰랐습니다. "가격이요? 수백만이죠." (몇백만인지는 잊었다.)

"그래요, 남편과 제가 미술품을 수집한 지 벌써 수년 됐네요." 샤넬 정장을 입은 한 여자가 내게 말했다. "바로 얼마 전에 카라 워커를 하나 샀어요." (여기서 요점 : 흑인 화가에게는 또 다른 흑인 화가 이야기를 하라는 것.) "그녀의 작품은 너어어어어어무 파워풀해요, 안 그런가요?" "그렇습니다." 내가 말했다. "저도 그렇게 생각해요." "우리는 취향이 편중되어 있지 않아요, 아시죠." 그녀는 말하다 말고 방 건너편의 아는 사람 쪽으로 고개를 스윽 돌리더니 외쳐 불렀다. "데이비드, 자기! 죄송해요, 저기 친구가 있네요. 말씀 나누게 되어 너어어어어어무 기뻤어요."

그런 식으로 진행되었다. 재미있었고 권태로웠다. 해리 쪽에서는, 일이 조금 더 복잡했다.

그들이 예술가 해리를 원치 않았던 건 사실이었다. 나는 그걸 근접거리에서 지켜보기 시작했다. 그녀가 뉴스였는지는 모르겠지만, 어쨌든 한물간 뉴스거리였다. 펠릭스 로드의 과부였다. 모든 게 그녀에게 불리하게 작용했지만 해리는 그들을 겁주어 쫓아버렸다. 너무 많이 알고 있었고, 너무 많은 책을 읽었고, 너무 키가 컸고, 예술에 대해 쓰인 거의 모든 걸 끔찍하게 싫어했고 사람들의 오류를 수정해주었다. 예전에는 사람들의 잘못을 지적하는 일이 익숙지 않았다고 해리는 내게 말했다. 오랜 세월 동안 곁에 앉아서 참고문헌과 날짜와 미술가 이름들을 엉망진창으로 말하는 사람들의 이야기를 말없이 듣고만 있었지만, 그때쯤에는 이제 신물이 날 대로 나 있었다. 해리는 닥터 F.가 그녀를 해방시켜줬다고 말했다. 나는 그가 배후에서 해리를 조종하는 투명인간이 아닐까 의심스러워지기 시작했다. 해리는 그 투명인간에게 양허의 공을 돌렸다. 이제 그녀는 이전에 억압하던 것들을 말해도 된다고 스스로 허락했다. "내 생각에 이런저런 뜻으로 하시는 말씀 같네요." 해리는 이렇게 말하곤 했고, 그러면 사람들은 어김없이 '그런데 당신은 누구신지?'라는 눈빛을 던지곤 했다. 어떤 이들은 반격하며 그녀가 틀렸다고 말했다—그러면 전투가 시작되었다. 해리는 이제 더 이상 물러서주는 사람이 아니었다.

그러나 어쨌든, 해리엇 버든의 위상은 올라갔다. 화가로서가 아니라 뉴욕 시의 '누가 거물이고 누가 별 볼 일 없는 위인인가'라는 게임의 참가자로서 말이다. 그녀는 펠릭스 로드가 죽고 나서 한동안 '그 모든 것'들로부터 숨어 있었다. 누구누구들과 거시기들, 돈으로 처바른 공작이며 부인들, 후천적으로 습득한 취향을 지니신 높은 양반들과 대면을 꺼렸다. 하지만 이제 그녀는 펠릭스 로드와 '결혼한 여주인'(해리의 표현이다)이 아니라 당당히 그녀 자신으로서 돌아왔다. 누구누구와 거시기들은 프로모터로서, 젊고 재능 있는 예술가들의 부유한 옹호자로서, 또 수집가로서 해리를 좋아했다. (아무도 그녀의 첫 '발견'인 앤턴 티시가 다 버리고 도망쳤다는 사실을 알지 못했다. 다른 전시회를 준비하느라 열심히 작업하고 있는 줄만 알았다.) 해리는 그 역할을 연기했다. 자기 자신의 가면을 썼고, 일단 쓰고 나서부터는 점점 연기가 좋아졌고 자신감도 충만해졌으며, 결과적으로 훨씬 더 진실에 충실해졌다. "그 기사는 완전히 쓰레기라고 생각했어요." 그녀는 포스트잇으로 정성껏 표시한 〈아트 어셈블리〉를 들고 있는 여자에게 말했다. 그리고 미술품을 사들이기 시작했는데, 대다수는 여성들의 작품이었다. 걸출한 작품이야, 해리는 마거릿 볼랜드의 유화 얘기를 하면서 말했다. 게다가 헐값에 샀고.

"모자요, 해리." 나는 어느 일요일 오후 숙사에서 말했다.

"모자?"

"필요하신 게 모자라고요." 나는 그녀에게 언제나 모자를 쓰고 입장해야 한다고 말했다. 그녀는 이 제안에 앓는 소리를 내면서 지나친 허세에 말도 안 되는 엉터리라고 투덜거렸으나, 내가 사준 회갈색 페도라는 디터의 입버릇을 빌리면 '환상적'으로 잘 어울렸다. 그렇게 해서 H. B. 의 전형적 패션이 탄생했다. 그녀는 모자를 좋아하게 되었다. "내 매력 없는 정신을 가려주니까." 그녀는 말하곤 했다. "아무도 듣고 싶어하지 않는 그 온갖 불쾌한 생각들 말이야."

그렇지만 당연히, 해리는 그녀 자신의 작품이 마치 내 것인 양 자유롭게 논평할 수 있었고, 그럴 때면 정확히 무슨 말을 해야 할지 알고 있었다. 어쨌든 그녀는 자신을 전면에 내세운 게 아니었으니까. 다른 장르로 영역을 확장한 '몹시 흥미로운' 퍼포먼스 아티스트 P. Q. 엘드리지를 그녀는 열렬히 옹호해주었다. "수수께끼 같은 이야기들을 연출하죠." 그녀는 미소를 띠고 말하곤 했다. "퍼포먼스 아티스트로서 그의 작품에 대한 시각적 정교화랄까요." 그러고는 이선을 밀어주었다. "피니의 연기에 대해서는 〈신상황주의자의 뿔나팔〉에 실린 기사를 읽어보셔야 해요. 인종과 젠더와 모호성의 문화적 구성을 궁극적 전복으로 보고 있는데 흥미롭답니다."

시간이 흐르며 우리는 더 많은 작품들을 만들었고, 그중 일부는 진정한 공동 작업이었다. 우리는 조막만한 인형들이 들어 있는 더 작은 방들과 좀 더 큰 방들을 디자인했다. 깔끔하게 떨어지는 이야기를 들려주는 방은 하나도 없었다. 모두가 꿈처럼 어둡고 불투명했다. 나는 3×4평방미터 크기의 〈총과 가슴골Guns and Cleavage〉이라는 방을 구상했다. 쿵푸, 대對흑인 선전물, 구식 서부영화의 이미지들을 조각조각 그러모아 활용했다. 일본의 '핑크 무비'(예술적인 분위기로 찍은 소프트 포르노—옮긴이) 사진 몇 장을 덧붙이고, 러스 메이어 영화의 스틸 사진들로 벽, 바닥, 천정을 도배했다. 흑백이나 노랑, 젖꼭지, 엉덩이, 그리고 총기가 그런 영화들의 연료다. 빵, 빵, 쿡, 스슥, 펑, 쾅. 나는 사진들을 잘라 본질만 남겼다—불타는 6연발 권총, 이두박근이 드러난 남자의 팔뚝에 아기처럼 안겨 있는 자동화기들, 〈클레오파트라〉에 나오는 엘리자베스 테일러의 가슴골, 그러나 한편으로 신진 스타들의 성형한 유방이나 엉덩이들도 넣었다. 파편들의 일부는 너무 작게 잘라져 추상화되었다. 이처럼 성과 폭력의 저속한 해학극이 펼쳐지는 방바닥에 발 달린 잠옷을 입은 갈색 아이 둘이 누워 있고, 둘 다 보호라도 하듯 사타구니를 잡고 있다. (나와 레티 생각이 났다.)

〈밴드에이드 하우스〉도 공동 작업이었다. 해리가 만든 초라한 가구들이 든 작고 일그러진 집의 안팎을 둘이서 찢어진 하얀 거즈로 감쌌는데, 그 천을 통해 벽과 마루와 지붕의 퇴색이며 멍이나 긁힌 상처, 상처와 흉터를 연상시키는 표식들이 훤히 들여다보이게 했다. 처음에는 그 안에 '플러블런지트'(farblondzhet, 이디시어로 '뒤죽박죽'이라는 뜻—옮긴이)한 작은 사람들을 넣었다가 빼버렸다. 그건 텅 비어야만 했다.

수도 없는 칵테일파티와 오프닝들을 치르고 나서, 우리는 앨릭스 베글리 갤러리에서 전시회를 따냈다. 〈질식의 방들〉이 전시되었고, 그것들은 나를 통해서 해독되었다. P. Q. 엘드리지는 예술 속에서 그의 정체성을 탐색하고 있다고. 백인 청년들, 세계의 앤턴 티시들은 물론 정체성을 탐색할 필요가 없다. 탐색할 게 뭐가 있다고? 그들은 중립적이고 보편적인 존재이며 하이픈으로 수식어가 따라붙지 않는 인간들이다. 나는 하이픈 그 자체라고 해도 과언이 아니었다.

그러나 더 심도 깊은 해석이 있었다. 전시회는 뉴욕이 공격을 받은 다음해 봄에 열렸고, 상자에서 기어 나오는 작은 돌연변이는 부상한 생존자 또는 폐허에서 태어난 새로운 존재 같은 섬뜩한 느낌을 풍겼다. 작품이 9·11 한참 전에 완성되었다는 사실은 중요하지 않았다. 점점 더 올라가는 실내 온도 역시 그런 해석에 일조했다. 마지막의 뜨거운 방은 불길하게 느껴졌다. 동시에 나의 데뷔는 그

붕괴한 타워들로 인해 하찮은 희생물이 되고 말았다. 기사 몇 편이 나왔고 대체로 호의적인 내용이었지만, 안 그래도 주변적이었던 시는 한층 더 변방으로 밀려났다. 방들이 진짜로 인정을 받게 된 건 해리에게는 이미 너무 늦은 때였다.

그러나 당시에 해리는 그 모든 걸 지켜보았다. 해리는 앤턴이 자기를 요정 대모라고 불렀다는 얘기를 해주었는데, 아마 내게도 그랬던 것 같다. 그녀는 한쪽 구석에서 모자를 눌러쓰고 자신이 만든 스펙터클이 눈앞에 펼쳐지는 광경을 보았다. 유대인 피가 섞인 백인 여자가 다소 주목을 받는 흑인 게이 남성이 되어 세련된 흑인/게이들뿐 아니라 백인 이성애자들에게도 약간의 파문을 일으킨 것이다. 후자의 부류가 없었다면 작품은 다시 게토로, 미술의 게토이지만 어쨌든 게토인 그 곳으로 다시 돌아가 처박혔을 것이다. 나는 헤스터/레스터로서의 연기 일을 포기하지 않았지만, 일주일에 5일 하던 일을 3일로 줄였다. 싸우고 춤추고 결투하는 2인조를 보러 전형적인 미술계 사람들이 흘러들어온 덕에 전시회의 관객 수는 증가했다. 그야말로 허영의 시장이었다.

그때는 아무도 보지 못했지만, 해리와 나는 〈질식의 방들〉 도배지에 우리의 이야기를 낱낱이 기록해두었다. 우리는 해리의 가면으로서 P. Q.의 이야기에 자동기술, 낙서, 끼적거린 글들, 그리고 소정의 양피지 효과들을—우리가 쓴 글 위에 다시 글을 쓰는 것—섞어 넣었지만, 아무튼 전부 다 거기 있긴 했다. 수년 동안 읽혀지진 않았지만 말이다. 피니어스 Q. 엘드리지는 사실 해리엇 버든이다라는 문장이 벽 여기저기에 쓰여 있었다. P. Q. E.=H. B. 해리는 그 현상을 '부주의의 맹목'이라고 불렀다. 그녀는 방대한 양의 과학논문을 읽었지만 그 말 자체는 간단했다. 사람들은 주의를 기울이지 않는다면 바로 눈앞에 있는 것도 보지 못 한다는 것이다. 바로 마술의 작동원리이기도 하다. 예를 들어 손재주를 활용한 눈속임 같은 것 말이다. 해리는 세상에 말할 준비가 되어 있었지만, 그 고백을 들어줄 준비가 된 사람은 아무도 없었다.

어느 날 밤 나는 그녀가 브루노에게 안겨 우는 소리를 들었다. 두 사람은 그녀의 침실에 있었지만, 워낙 흐느끼는 소리가 컸다. 그리고 쉬, 쉬, 다 괜찮아, 하고 말하는 목소리가 들렸다. 브루노는 그 실험을 몹시 못마땅해했다. 그 일로 둘 다 기진맥진하도록 말다툼을 벌이기도 했다. 그러나 내 생각은 달랐다. 그때도 나는 미술 전문가가 아니었고 지금도 아니지만, 우리의 연극—정 그렇게 부르고 싶다면—을 옹호한다. 해리가 정말로 '보이기' 위해서는 보이지 않아야 했다. 그 상자에서 기어 나오고 있던 건 해리다. 흰 피부의, 반은 소녀고 반은 소년인 꼬마 해리엇-해리. 난 알고 있었다. 그건 자화상이다.

어떤 미술작품을 놓고 왜 그런 난리들이 일어나는지 아무리 생각해도 알 수가 없다. 일단 그 개념이 감기처럼 퍼져나가고 나면 사람들은 지갑을 열고 거기 돈을 쓰기 시작한다. 그 세계에서 '내 것이 네 것보다 더 커'라는 생각은 엄청난 힘이 있다. 아마 모든 세계가 다 그렇겠지만. 나는 해리의 세 번째 가면이 되기로 했던 룬과는 알고 지낸 적이 없다. 이름이 하나밖에 없는 그 아티스트 말이다. 그 미술계의 화려한 면상을 처음 본 건 레임 갤러리에서였다. 해리도 거기서 처음 그와 마주치게 됐을 거라 생각하는데, 두 사람이 처음 만난 사연에 대해서는 워낙 여러 가지 다른 얘기들을 들었으니 내 생각이 틀릴 수도 있다. 나는 〈포스트〉지의 '페이지 식스' 코너에서 그에 대한 기사를 읽었고 그가 대성공을 거두었다는 사실도 알았지만 유일하게 본 작품은 십자가들뿐이었다. 그는 십자가들을 연달아 계속해서 만들어 내놓고 있었다. 적십자 마크를 닮았지만 판판한 아크릴에 온갖 색이었다. 노란색은 딱 한 점밖에 제작하지 않았기 때문에 엄청난 거액에 팔렸다. 그렇게 단순한 것에 대해서는 무슨 말이든지 할 수 있다. 쌓아올리기도 하고 무너뜨릴 수도 있다. 그러나 룬은 그 기독교의 상징을 팝 아이콘으로 홍보해 또 다른 미술 시장의 핫한 상품으로 팔았다. 고향에 있는 갈보리 오순절교회의 신도들은 신성모독이라고 외쳤을 테지만, 그 사람들은 룬의 회화에 대해 어차피 들어보지도 못할 것이다. 명성은 상대적인 단어니까.

룬에게는 '그것'이 있었다. 뭔지는 몰라도 방안에서 느껴지는 무언가 말이다. 동물적인 기백, 어쩐지 성적인 마력이 있는 걸음걸이, 하지만 그건 개인적인 성이 아니었다. 그는 아무도 유혹하고 있지 않았다. 그는 모든 사람을 유혹했고, 그건 크나큰 차이이다. 나는 개인적인 표현을 연구하는 사람이고, 거기서 사람들의 의견에 무심하지는 않더라도 개의치 않는다는 인상을 주는 건 굉장히 중요하다. 절박하게 매달리는 느낌이 조금만 풍겨도 추해지니까 그런 짓은 어떤 대가를 치르더라도 피해야 한다. 불행은 당사자는 물론 어쩔 수 없이 지켜봐야 하는 사람들의 기운까지 쭉쭉 빼앗고, 그러면 다 같이 진흙탕에 빠져버리게 된다. 욕망은 아름다운 공백을 겨냥할 때 가장 잘 작동한다—우리가 행복을 향한 딱한 희망들을 던져버리는 저 소년소녀들처럼. 룬은 여러 모로 해리에게 완벽한 세 번째 후보였다. 처음 나왔을 때부터 기성품의 아우라를, 우리의 눈을 감염시켜 무엇을 보고 있는지 더 이상 분간할 수 없게 만들어버리는 수수께끼의 자질을 이미 갖고 있었으니까. 임금님이 벌거벗고 있는 걸까, 아니면 내가 바보인 걸까? 어떤 이들은 룬의 작품을 끔찍하게 싫어했고 또 다른 이들은 사랑했지만, 그에게 사람을 좌지우지하는 힘이 있다는 건 분명한 사실이었다. 해리가 어떻게 그를 설득해서 자기 대리가 되어달라고 했는지는 모르겠다. 그는 모든 성공의 표식을 가지고 있었다. 그리니치 스트리트의 대궐 같은 아파트, 더 햄프턴스(사우스햄프턴과 이스트햄프턴을 아우르는 롱아일랜드의 부촌—옮긴이)의 저택, 그의 뒤를 쫓아서 마라톤을 하는 것도 마다하지 않는 여자들. 어쩌면 권태로웠는지도 모른다. 2001년 9월 11일 이후 무언가 변화가 일어나서 해리가 가진 것을 원하게 되었는지도 모른다. 그녀의 열정, 진지함, 기쁨을 누리는 힘을. 잘 모르겠다.

해리와 룬이 갤러리에서 머리를 맞대고 이야기하던 모습이 또렷이 기억난다. 두 사람은 키가 비슷했다. 나는 그를 뒤에서 찬찬히 살펴보았다—짧은 금발머리, 넓은 어깨와 등판, 좁은 골반과 작고 단단하고 살짝 납작한 엉덩이, 청바지를 입은 긴 다리, 굽 있는 검은 장화. 앞으로 가서 그의 얼굴을 보자 눈가에 살짝 진 주름이 눈에 들어왔다. 이제 그렇게 젊지는 않았지만 핸섬하고 포토제닉했다. 그리고 아름다운 젊은 여인을 대동하고 있었다. 두 사람은 그 어떤 영화배우의 실물보다도 더 영화배우처럼 보였다. 그녀는 항상 모두가 자기를 쳐다본다는 걸 잘 아는 데서 오는 미끈함을 갖추었고, 존재하지 않는 카메라를 향해 포즈를 취하고 있었다.

두 사람은 무슨 이야기를 나누었을까? 숙사로 돌아오는 택시 안에서 해리는 가장 큰 화두가 빌 웩슬러였다고 말했다. 해리는 웩슬러의 작품을 사랑했다. 자기보다 늦게 출생했는데도 불구하고 자신에게 영향을 준 예술가로 간주했다. 그는 몇 달 전에 돌연 세상을 떠났다. 택시에서 해리가 내 손을 꼭 잡고는 애정이 복받쳐 몇 번인가 키스하면서 "내 소중한, 소중한 피니"라고 불러준 기억이 난다. 집에 돌아와서 우리는 코냑을 마시며 나른한 취기에 젖어 빈둥거렸다. 해리는 솔직히 룬의 십자가들은 재미가 없다고 털어놓았지만, 성형수술 영상과 같은 초창기 작품들 몇 점은 마음에 든다고 했다. 그 작품들은 정말로 소름 끼치게 끔찍스럽다. 아무래도 한 점 사야 될 것 같다고도 했다—좋은 투자일 것 같다고. 오래 두고 보다가 아니다 싶으면 언제든지 마음을 바꿔 그 이름에 목마른 굶주린 수집가한테 팔아버리면 된다고.

택시에서 내게 키스 세례를 퍼붓고 난 후 해리는 까탈을 부리며 짜증내고 심술을 부렸다. 너무 많이 취한 상태였고, 억압되거나 무시당하고 잊힌 여자들의 이름을 줄줄 읊는 그녀에게서 점점 고조되는 자기연민이 느껴졌다. 해리는 소파에서 벌떡 일어나더니 방안을 쿵쾅거리며 왔다갔다 뛰어다녔다. 아르테미시아 젠틸레스키(이탈리아 바로크 시대의 여성 화가. 서양 역사상 최초의 페미니스트 화가로 성경과 신화의 주인공을 주제로 강력한 여성상을 그렸다—옮긴이)는 후대에 경멸당했고, 그녀의 최고 작품은 아버지의 것으로 알려졌다. 유디트 레이스터(렘브란트, 베르메르와 같이 바로크 시대에 활동한 네덜란드 하를럼 출신의 여성 화가—옮긴이)는 생전에 사랑을 받았으나 그 후에 잊히고 말았다. 그녀의 작품들은 프란스 할스의 것으로 치부되었다. 카미유 클로델의 명성은 로댕에 완전히 집어삼켜졌다. 도라 마르는 엄청난 실수를 저질렀는데, 피카소와 자는 바람에 그녀의 천재적인 초현실주의 사진들이 망각된 것이다. 아버지들, 선생들, 그리고 연인들은 여자들의 명성을 질식시킨다. 기억나는 건 이 세 사람이지만, 해리는 끝도 없이 그런 이름들을 댈 수 있었다. "여자들에 대해서는 모든 게 사적인 일로 여겨지지. 사랑과 쓰레기들, 여자들이 같이 자는 그 쓰레기들." 해리는 그렇게 말했다. 해리가 좋아하는 다른 주제로, 아버지처럼 구는 비평가들에 의해 아이들처럼 취급받는 여자들도 있었다. 비평가들은 여자들을 성을 빼고 이름만으로 부른다. 아르테미시아, 유디트, 카미유, 도라.

나는 다리를 꼬고 해리를 비딱한 곁눈질로 바라보다가 휘파람을 불기 시작했다. 내가 이런 식의 접근 방식을 취한 건 처음이 아니었다. "나는 적이 아니에요. 나 기억나요? 페미니스트 피니어스 Q., 당신의 친구이자 동지잖아요. 흑인 게이 남자, 아니 게이 흑인 남자인데다 노예 조상님을 두었고 원래 이름은, 휘티어라든가? 흑인들은 인종주의에 의해 여성화되고 아동화되었던 게 기억나실지 모르겠네요. 검은 육체와 검은 대륙, 사랑스러운 아기들. 일흔 살 노인도 스무 살짜리 백인 '레이디'들한테 '보이'로 불렸죠."

해리는 앉았다. 휘파람을 불면서, 몇 마디 신랄한 언어의 화살을 날려 보통 그녀가 번쩍 정신을 차리게 만들 수 있었다. 그러면 해리는 '오, 피니, 내가 너무 흥분했나 봐, 부끄러워서 어쩌지, 하지만 그래도 내 견해는 흔들림 없어'라고 말하는 듯한 표정으로 나를 보곤 했다. 난 한참 후에 그날 저녁을 되짚어보면서 더 많은 아이러니들을 발견했다. 미술사가 여성 아티스트들의 작품을 아빠, 남편, 스승에게 할당함으로써 그들의 평판을 침몰시키고 있다는 사실을 그렇게 잘 아는 해리라면, 룬 같은 거물의 이름을 빌린다는 건 결국 그녀에게 독이 될 거라는 사실을 알았어야만 했다. 게다가 해리는 자신이 돈과 유명세가 섞이는 집단, 검은색과 갈색 얼굴이 몹시 드문 백인 집단 안에서 수집가로서 움직인다는 사실은 당연하게 여겼다. 내가 그런 얼굴이었기 때문에 잘 안다.

룬은 영악했고 재능도 있었지만, 사실 따져보면 재능을 명성과 분리시킬 수 있는 사람이 실제로 있을까 싶다. 유명세는 나름대로의 기적을 행하고, 어느 정도 시간이 흐르면 예술을 환히 밝히게 된다. 그 남자의 죽음에 대해 호기심도 생기는데, 어쩌면 그는 감정을 만족스러우리만큼 느낄 수가 없었던 게 아닐까, 그래서 시간이 가면서 삶에서 어떤 형태의 흥분이든 느끼기 위해서는 극단적으로 자신을 몰아붙여야 했던 게 아닐까 하는 생각이 든다. 룬과 해리 사이에서 어떤 일이 일어났는지는 사실 잘 모른다. 해리가 그를 아끼고 걱정했다는 건 안다. 그러나 일이 잘못 돌아갔을 때 이미 나는 마르첼로에게 빠져 이사를 나와 있었다. 온갖 가십들, 그 이야기 전체를 연기처럼 둘러싸고 피어오르던 거짓말과 가식들을 보며 나는 불쾌하기 짝이 없었다. 참으로 많은 아픔들이 인구에 회자되어 돌아다녔다.

성형수술을 다룬 룬의 소품 한 점이 두세 달 후 숙사에 불쑥 나타났다. 펠릭스 로드가 축적했던 대다수 '수집품'들은 창고에 보관되어 있었지만, 룬의 스크린은 이층 벽에 걸어두었기에 우리 모두 그 아티스트의 단편영화를 볼 수 있었다. 〈새로운 나〉라는 제목이었다. 그 작품은 '성형 전후' 광고들을 다양하게 재해석한 영상으로 시작했는데, 그중에는 해변의 말라깽이 지질이가 근육남으로 변신한 옛날 소묘도 있었다. 우리는 뚱뚱하고 늘어지고 뭉글뭉글하고 축 처진 사람들이 늘씬하고 탄탄하고 매끄럽고 탄력 있는 모습으로 변신하는 과정을 보았다. 그러나 룬은 '그 사이의 과정'도 포함했다—피에 젖은 거즈, 뺨을 베는 나이프, 껍질처럼 다 벗겨진 피부가 난무하는 성형수술의 영상들뿐 아니라, 일렬로 늘어선 의사들이 시체에서 절단한 머리들을 앞에 놓고 허리를 굽히고 있는 교육용 영상도 플래시로 삽입되었다. 영화는 패스트컷이 많고 고어와 아름다움을 병치하는 영악한 편집을 써서 뮤직비디오 같은 느낌을 주었으나 무성無聲이었다. 약 오 분이 지나자 '변신'은 환상적으로 변했다. 주형을 뜨고 에어브러시로 그려지고 로봇 같은 미형美形 육체들의 애니메이션 파편들로 이루어진 시각적인 사이언스픽션의 여정이었다. 룬 자신의 모습이 짤막한 스틸, 클로즈업, 롱샷으로 영화 전반에 계속 나왔는데 어떤 것은 잘 나왔고 그렇지 못한 것들도 있었다.

나는 마음에 들었다.

이선은 그 작품을 보고 모친에게 유명인의 문화가 낳은 부작용이라고 말했다. 그는 '3인칭의 삶'이라고 했는데, 난 그 표현이 마음에 들었다. 이선은 그게 사람들이 원하는 거라고, 내면을 잃고 순전한 피상이 되기를 원하는 거라고 말했다. 그는 해리에게 돈 낭비를 했다고 말했다. 차라리 노숙자에게 수표를 써주었으면 좋았을 거라고. (노숙자, 혹은 환경이나 질병 연구에 돈 주는 건 언제든 해도 좋을 일이다.) 해리는 룬을 옹호했다. 이선은 멍청한 학생들의 저급한 취향에 비위를 맞추는 쓰레기라고 말했다. 언성을 높이지는 않았지만 꾸준히 논조를 유지했다. 그를 보면 어쩐지 나의 영웅 레볼로르를 떠올리게 되었다. 커다란 말을 타고 쿵쾅거리며 달려가는 경건한 청소년기의 십자군 기사 말이다. 이선 부류의 청교도주의는 좌파의 색깔이 배어 있지만, 그렇다고 그 엄혹함이 너그러워지지는 않았다. 해리는 아들과 의견이 달라도 괜찮다고 중얼거렸지만, 그녀의 목소리는 이미 쉬어 있었다. 그녀는 긴 손가락을 뻗어 그를 잡으려 했으나 어깨 근처에 닿자 망설였다. 그는 한 발 물러서더니 불쑥 내뱉었다. "펠릭스는 끔찍하게 싫어했을 거예요."

해리는 움찔했다. 그리고 눈을 꼭 감더니 콧소리가 날 만큼 크게 숨을 쉬었고, 눈물이 날까봐 대비하는 것처럼 입을 굳게 일자로 다물었다. 하지만 눈물은 나오지 않았다. 그녀는 표정이 흔들리지 않게 하려 애쓰면서 고개를 끄덕거렸다. 손가락들을 입에 갖다 대고, 그저 고개만 끄덕거릴 뿐이었다. 나는 펑하고 보랏빛 연기로 변해 사라져버리고 싶었다. 이선은 사지가 마비된 사람처럼 답답한 분위기를 풍겼다. 뭐라고 말 좀 해, 하고 난 생각했다. 어서, 무슨 말이든 하라고. 그는 할 말을 잃고 서 있었지만 귓가까지 빨갛게 물들어 있었고, 눈은 이미 초점을 잃은 상태였다. 그러고 나서 금세 이선은 가버렸고 해리는 혼자 스튜디오에 들어가 처박혔다. 그 장면을 본 나는 슬퍼졌고, 머지않아 나도 내 갈 길을 가게 되리라는 사실을 깨달았다. 숙사는 한때 스쳐 지나가는 곳, 한시적인 은닉처였고, 내 이상한 삶에 일어난 이상한 변곡점이었다.

해야 할 얘기가 하나 더 있다. 마음속으로 피니, 네가 꿈을 꾼 거야, 라는 생각이 들 때도 있었지만 꿈은 아니었다. 어느 날 밤에 나는 클럽에서 돌아왔다. 새벽 다섯 시 경이었는데 어쩌면 조금 더 늦었을지도 모른다. 그날 밤은 추웠고, 그래서 안에 들어가기 전 강가에 서서 얇게 달무리가 낀 초승달을 올려다보았다. 복도로 들어가다가 즉시 뭔가 잘못됐음을 깨달았다. 구역질 소리와 울음소리, 시끄러운 파열음과 쿵쿵거리는 소음이 들려왔던 것이다. 그 건물의 반향이 좀 이상해서 소음의 진원지를 추적하기가 쉽지 않았다. 바로미터를 먼저 확인해봤지만 그는 자기 침낭에 들어가 있었다. 강도들은 원래 소리를 내지 않는다는 생각이 들었다. 헉하고 밭은 숨소리, 목이 졸리는 소리가 또 났다. 해리의 스튜디오 쪽에서 나는 소리야, 하는 생각이 들었다. 나는 황급히 달려가 문을 열어젖혔고, 대략 23미터쯤 되는 방 저쪽 마룻바닥에 무릎 꿇고 앉은 해리가 보였다. 주방의 커다란 도축용 칼을 단단히 쥐고 메타모프 하나를 갈기갈기 찢어발기고 있었다. 어느 것이었는지는 보이지 않았다. 광활한 공간에 그녀를 내리비추는 불빛 딱 하나만 켜져 있어 어두침침했다. 그녀는 내 인기척을 듣지 못했다. 솜을 넣은 인형의 몸에 칼을 찔러넣을 때마다 신음소리를 냈기 때문이다. 주위에는 부러진 나무 파편들도 널브러져 있었는데, 내 짐작으로는 작은 방이나 상자들 중 하나를 산산조각 냈던 것 같았다.

나는 최대한 조용히 문을 닫고 까치발로 내 방에 돌아왔다. 절망과 좌절에 빠져 자기 작품을 발로 차고 때리고 훼손한 예술가들은 지난 수백 년 간 헤아릴 수도 없이 많을 것이다. 하지만 문틈으로 본 그녀는 소름끼치게 무서웠다. 난 내가 쓸데없이 민감하게 신경을 곤두세워서 그렇다고 생각했다—예민하시기 짝이 없는 피니님이셔서 그렇다고. 그 형체는 사람이 아니었다. 봉제 인형에 불과했다. 아픔도 느끼지 못한다. 다 맞는 말이다. 메타모프를 살해했다고 경찰이 와서 체포해갈 리는 없었다. 훗날에 나는 깨달았다. 그럼에도 불구하고, 그때 나를 그토록 무섭게 한 건 실존했다고. 해리의 분노는 진짜였으니까.

예술과 생성의
몇 가지 의미들을 향한 알파벳

이선 로드

1. 예술가 A는 B라는 예술작품을 생성한다. A라는 실체의 일환이었던 사유가 B라는 물건이 된다. B는 A와 동일하지 않다. B는 심지어 A를 닮지도 않았다. A와 B의 관계는 무엇인가?

2. A는 B와 동일하지 않지만 B는 A 없이는 불가능하다. 따라서 B는 A에 존재를 의존하는 반면, 동시에 B는 A와 구별된다. A가 사라진다 해도 B가 꼭 사라질 필요는 없다. B라는 대상은 A의 육체가 소멸한 뒤에도 살아남을 수 있다.

3. C는 제 3의 요소다. C는 B를 관찰하는 실체다. C는 B에 대한

책임이 없고 A가 B의 창조자라는 걸 알고 있다. C가 B를 볼 때, C는 A를 보지 않는다. A는 실체로서 현존하는 것이 아니라 C라는 실체의 일환인 사유로서 존재한다. C는 B를 묘사하는 단어로 A를 쓸 수 있다. A는 A, 즉 하나의 실체로 남지만 한편으로 A와 C 둘 다에게 소속된 공통의 언어적 표식이기도 하다. B는 상징을 사용할 수 없다.

4. A가 B를 만들 때 일어나는 일은, A가 B로부터 실체이자 표식으로서 사라지는 것이 아닌가? A 대신 D가 B에 유착된다. C는 A가 창조한 B를 관찰하지만, D의 사유가 이미 A를 대체했다. B도 변화했는가? 그렇다. B를 관찰할 때 C라는 실체에 있는 사유가 이제 A가 아니라 D이기 때문에, B는 변화했다. D는 A와 일치하지 않는다. 그들은 별개의 두 실체며 별개의 두 상징이다. D와 A라는 실체가 더 이상 거기 있지 않다면, 기표를 사용할 수 없는 물체인 B는 변화하지 않았다. 그럼에도 불구하고 B의 의미는 오로지 제 3의 요소인 C라는 실체 속에서만 산다. C가 없다면 B는 그 자체로 어떤 의미도 가지지 못한다. C는 이제 B를 D라는 실체가 더 이상 존재하지 않게 된 후 남아 있는 모든 것인 기표 D를 통해 이해한다.

5. D는 B의 창조자가 아니지만 그건 더 이상 중요하지 않게 된다. A는 소실되었다. A라는 실체는 사라졌고, A는 B를 의미하는 집단적 기표로 유통되지 않는다. B를 생성한 A라는 실체에 있던 사유는 어디에 있는가? 그것은 B 안에 있는가? C는 B라는 물체에서 한때 A라는 실체 속에 있던 사유를 관찰할 수 있는가? C가 A가 거기 있

었다는 사실을 모르고 D를 믿는다는 사실에도 불구하고, B 속 어딘가에서 A의 사유가 발견될 수 있을까?

6. B의 가치 또한 사유인데, 숫자로 변환된 사유이다. C는 B를 관찰한 후 소유하기를 원한다. A라는 숫자가 B에 유착되고, 그 숫자들은 그 생성에 연관된 이름에 의존하는데 그게 바로 D이다. D=$. C는 D의 사유가 C의 사유를 강화하기 때문에 B를 산다. B나 D가 문제가 아니라 C가 문제다. B는 이제 순환하는 존재가 되고 또한 C와 D에 대한 사유들에 영감을 주지만, 한때 A라는 실체 속에 존재하는 사유였던 것은 이제 불에 활활 타고 하얀 가루로 화해 상자에 넣어져 땅속에 매장되었다.

7. A라는 실체가 살아 있을 때 그 일부였던 많은 사유들이 있었지만, 그것들은 A로 시작하지 않았다. 그것들은 다른 실체들의 일부였다—나열하기에는 너무 많아 생략한다. 그들은 A가 알던 다른 살아 있는 실체들의 일부였고, A가 태어나기 수 세대 전에 이미 삶을 멈춘 살아 있던 실체들에 새겨진 기표들의 일부였다: E, F, G, H, I, J, K, L, M, N, O, P, Q, R, S, T, U, V, W, X, Y, Z. A는 A였던 실체에 다른 사유들을 취하지 않았다. B는 존재하지 않을 것이다. B는 이제 D의 B로 알려진 물체로서 유통된다. A는 땅 밑에 있다. A는 ABSENCE(부재)의 기표다.

해리엇 버든

공책 B

2000년 1월 15일

자기 검사는 작화(confabulation, 실제 체험과는 다른 것을 자기가 생각해 낸 것처럼 착각해서 말하는 것. 뇌 기질성 정신장애, 특히 코르사코포(건망) 증후군에서 잘 나타난다—옮긴이)를 유발한다.

> 작화는 맑은 정신 상태에서 일화적 기억을 거짓으로 조작하는 것이며, 흔히 기억상실, 다른 말로 실제 사건들과 관련된 기억 착오와 연관이 있다.[14]

그러나 신경과 의사들은 틀렸다. 우리는 뇌병변이 있건 없건 모두 다 작화한다.

*

지금 내가 만사를 해명해 치우고 있는 건지, 그래서 내 삶을 온통 잘못 기억하고 있는 건지 잘 모르겠다. 닥터 F.를 본다. 기억하려 애쓴다. 기억할 수가 없다. 과거에서 너무 많은 것들이 사라졌거나 이제 와서는 달라 보인다. 바로 어제 일이 아니라면 기억은 꿈꾸기와 비슷하다. 어쨌든 꿈 역시 기억이다, 환각적 기억이다. 그리고 의사는 그 자신인 동시에 다른 사람들이다.

사람은 기억하지 못하면 반복한다.

그러나 현실에서는, 내 기억이 지금 명백한 것과 한순간 전에 명백했던 것을 연관 짓고, 말이라는 매개체를 통해 나의 증거를 다른 사람들의 증거와 상관관계를 맺도록 해주어서 자명한 사실에 대한 스피노자식 관념이 기억과 인지의 관념을 전제하도록 해주지 않는다면 내가 참된 사유를 하고 있는지 알 길이 없을 것이다.[15]

---

14) 신경의학으로 본 '작화'의 표준 정의. 뇌손상 환자들은 무의식적으로 만들어낸 이야기와 해명들로 기억의 간극을 채우는 경우가 있다. 버든은 작화를 병리학을 넘어 기억 전반의 변형적 성격으로 확장한다. 공책 U에서 버든은 기억이 고착되어 있다는 신화를 장문으로 반박한다. 버든은 윌리엄 제임스의 《심리학》(1896) 11장을 인용한다. "항구적으로 존재하며 간헐적인 의식의 각광脚光에 가끔씩 모습을 나타내는 '생각'이란 스페이드의 잭만큼이나 신화적인 존재다." 그녀는 기억을 되살려 그녀가 "모든 정적 분류, 역치, 그리고 범주의 적"이라 부르는 앙리 베르그송을 인용할 뿐 아니라 복수의 신경과학 논문들도 참조하고 있다. "활성상태에 있을 때 기억의 취약성을 입증하는 것은, 기억이 새로운 경험의 기능으로서 재조직되어서 다시 통합 절차를 거친다는 생각을 굳히게 된다." S. J. 사라, "복원과 재통합: 기억의 신경생물학을 향하여", 〈학습과 기억의 신경생물학 저널〉 7호 (2000), 81쪽.

그게 전부다—인지와 기억. 하지만 그건 들쭉날쭉하다.

넌 왜 항상 머리를 푹 숙이고 걸어?

엘시 페인골드가 전화로 내게 이렇게 말했다.

나는 내가 머리를 숙이고 걷는 줄 몰랐다.

왜 항상 미안하다고 해? 이래서 미안하고, 저래서 미안하고. 왜 그러는 거야? 너무 짜증나. 넌 너무 짜증나. 그래서 다른 애들이 널 좋아하지 않는 거야, 해리엇. 이건 친구로서 해주는 얘기야.

*

이 일은 실제로 일어났고, 이와 몹시 근접한 단어들이 말해졌다. 폐의 수축. 갈비뼈 근처의 통증. 전화기를 내 방으로 가져가서 문 바로 앞의 방바닥에 드러누워 있던 기억이 난다. 난 아무 말도 하지 않는다. 귀를 기울이고 듣는다. 열거되는 범죄들—내 옷, 내 머리카락. 나는 너무 거창한 단어들을 많이 쓴다고. 나는 언제나 교실에서 질문에 대답을 한다고, 알랑방귀 뀌는 해리엇. 친구로서 해주는 얘긴데….

조용히 하렴. 아버지가 책을 읽고 계셔. 나는 너무 조용하고 너무 착하다. 나는 거의 숨도 쉬지 않는다.

---

15) 모리스 메를로퐁티, 《지각의 현상학》, 콜린 스미스 번역(러틀리지 & 키건 폴 출판사, 1962), 39쪽.

그 안에서 뭐 하고 있니, 해리엇?

책들의 냄새를 맡고 있어요, 엄마.

그녀는 웃고 있다, 종이 울리듯 높은 소리를 내면서. 그녀는 몸을 기울여 내게 키스해준다. 엄마가 내게 키스하는 건가? 내 모습이 작아 보인다. 관찰자로서의 기억.

이건 내 기억일까, 아니면 어머니가 말씀해준 얘기일까? 엄마의 웃음은 언제나, 언제나 다사로운 위안이지만, 이건 어린 해리엇이 아버지 책의 냄새를 맡고 있었다는 엄마의 얘기였을지도 모른다. 그리고 엄마는 내가 그 얘기를 하면 웃음을 터뜨린다. 나는 네 살이었다. 나는 어쩌면 그 작은 이야기를 엄마한테서 훔쳐서 이미지를 부과했는지도 모른다. 그러니까 대리로 내 기억이 된 셈이다. 커다란 책상이 있는 서재도 눈에 선하고 파이프 냄새도 나는 것 같다. 어째서 철학교수들은 다 파이프 담배를 피울까? 허세겠지. 아버지의 학생들도, 다들 젊은이였는데도 한 사람도 빠짐없이 파이프 담배를 피웠다. 대학원생들은 모두 수염을 길렀고, 철학과 건물 7층에서 파이프 담배를 피웠다. 분석철학파. 프레게. 논리는 저 밖에 있다.[16)]

---

16) 고틀로브 프레게(1848~1925), 독일의 수학자, 논리학자, 철학자. 현대 수학 논리와 초기 분석철학에 획기적인 전기를 이끌었으며 특히 버트런드 러셀과 비트겐슈타인(《논리-철학 논고》)에게 큰 영향을 미쳤다. "논리는 저 밖에 있다"는 말은 아마 논리가 인간의 정신이 창조한 것이 아니라 객관적 실재라는 프레게의 논증을 언급하고 있는 것으로 보인다. 프레게에 따르면 논리는 물리적 대상들이 아니라 이상의 세계를 다루지만, 이러한 이상적 대상들은 물리적 사물만큼이나 객관성을 담보한다. 공책 H에서 버든은 프레게의 영향을 받은 자기 나름의 후설 해석을 도해로 풀고 있다. "마음은 탈출이 불가능하다. 어떻게 논리가 인간의 육체와 상호주체성 너머에 존재하는 어떤 이상적 현실 속에서 둥둥 떠다닐 수 있단 말인가? 그렇지만, 그래도 생각들은 우리 사이에서 움직인다. 물리적 사물이 아니라 발화와 상징들로서."

*

펠릭스가 문간에 서 있다. 그는 마치 내가 거기 없는 것처럼, 나를 관통해서 보고 있다. 베를린의 커플이 고양이 펠릭스에게 보낸 쪽지는 내 호주머니에 들어 있다. 갖고 다닌 지 일주일째다. 무슨 말을 할까 연습하면서, 달달 외우면서, 너무나 간단하다.

당신이 떠나기 전에, 하고 내가 말한다, 이걸 당신한테 돌려주고 싶어. 당신 친구들한테서 온 쪽지야. 그 파란 양복 정장에 들어 있었어, 지난주 오프닝에 갈 때 입었던 옷 말이야.

그의 얼굴에 떠오를 놀라움이 눈에 선히 보이고, 수치스러워하는 게 아니라 민망해하는 그의 표정도 선히 떠오른다. 그는 이 모든 일에 대해 소홀해지고 경박해졌다.

그는 쪽지를 받아 호주머니에 넣는다.

하지만 있잖아, 그가 말한다, 이건 당신하고는 아무 상관없어, 여보. 당신에 대한 내 사랑과는 아무 관련이 없어.

나는 지워졌다.

닥터 F.가 말한다, 자신이 얼마나 분노하고 있는지 이해하지 못하는 것 같군요.

그렇다, 나는 내가 얼마나 분노하고 있었는지 전혀 이해하지 못했다.

어젯밤. 이건 내 기억이다, 안 그런가? 그래, 여전히 또렷하다, 조각조각은 또렷하게 기억난다, 절대 보이지 않는 주변부들도 있지만. 너무 많은 목소리들이 떠들어대서 개인의 목소리는 아주 가끔씩 구분될 뿐이다—째지고 깩깩거리는 소프라노 소리. 환한 흰색 방안의 군중들, 그림들—그림들에 대해서는 생각나는 게 거의 없다—아른아른한 신체 부위들, 속옷, 가터밴드, 매니큐어와 향수병들뿐. 재미있을락 말락한 분위기. 미소를 띤 아티스트. 경직된 웃음을 짓고 있지만 누가 그를 탓할 수 있을까? 카탈로그에 실린 길고 장황한 에세이는 저 광대 비릴리오를 인용하고 있다.[17] 피니는 내 허리에 팔을 둘러 안아주었다. 그의 손길이 느껴진다. 이 따뜻한 제스처, 이 작은 선행을 기억하고말고. 그 순간, 나는 우리와 함께 오기를 거부했던 브루노 때문에 걱정한다. 어쩌면 피니의 손길이 브루노, 나의 거친 연인을 떠올리게 만들었을 수도 있다. 나는 그의 손길, 그 덜컹거리는 목소리, 그의 농담들로 다시 살아나지만, 그는 말했다. 그 미술계의 지랄이 끔찍하게 싫다고. 시의 세계도 상당히 안 좋은데, 그보다 더 나쁘다고. 하지만 시에는 돈이 없다고. 그저 자존심뿐.

17) 폴 비릴리오(1932~). 프랑스의 문화이론가, 비평가, 도시계획 전문가로서 테크놀로지에 대해 광범한 저작이 있다. 그는 현대의 삶이 끝없는 가속에 사로잡혀 있어 스피드와 빛이 공간과 시간을 전위했다고 말한다. 그는 묵시록적 사상가로도 종종 인용된다. 버든은 그의 견해에 공감하지 않았던 것이 분명하다. 무작위한 생각들을 쏟아놓는 쓰레기처리장처럼 썼던 공책 X에서 버든은 이렇게 썼다. "그 남자는 '연극적인' 의미에서의 히스테리를 제대로 보여준다. 그리고 돌대가리들 사이에서 추종자들을 얻었다. 그네들의 논리적이지만 극단적인 목적에 맞춰 절반의 진실을 마구잡이로 밀어붙임으로써 똑같이 히스테릭한 젊은이들을 사로잡은 것이다. 그는 패닉의 이론적 체현이라 할 수 있다."

피니와 나: PH. 우리는 함께 F 소리를 만든다. phuck you처럼.

다시 어젯밤. 제임스 루카이저가 내가 펠릭스의 수집품을 확장한다는 얘기를 들었나보다. 이제는 내게 관심이 있단다. 아, 그렇다, 나는 갑자기 빛나는 광휘의 마력을 갖게 되었다. 펠릭스의 아내는 펠릭스의 예술과 펠릭스의 돈을 가졌다. 어쩌면 그는 나를 꼬드겨 작품을 사게 만들 생각인지 모른다. 펴런 지폐 다발을 보여줘요. 그가 짓는 미소는 바로 그런 뜻이다. 나는 파란 벨벳 베레모를 쓰고 있다. 이게 내 허세다, 파이프가 아니라. 피니 덕분이다. 제임스는 내게 명함을 준다. 섬광처럼 기억이 떠오른다—내 오른손에 들린 빳빳한 종이조각, 이름 위를 덮은 내 엄지손가락이 보인다. 명함은 베이지색에 검은색 활자가 찍혀 있다. 미리엄 부시가 합류한다. “몇 년 만에 처음 뵙네요, 해리엇! 아직도 그 작은 집들을 만들고 있으세요?” 제임스는 혼란스러운 얼굴이다, 작은 집들? 그는 내가 미술 작업을 한 적이 있다는 사실 자체를 모른다. 피니와 함께 밖으로 나와서 나는 그 명함을 버린다. 축축한 시궁창 속의 명함이 보인다, 글씨체는 보이지 않는다, 그저 얼음처럼 시린 비가 내리는 거리의 가로등 불빛에 희미하게 빛나는 작은 사각형에 불과할 뿐이다.

기억 속에서 나는 열 살이다. 열 살인가? 열 한 살일 수도 있다. 사실 이젠 열 살인지 열한 살인지 느낄 수 없다, 안 그런가? 하지만 나는 이 기억 속에 있다. 내 몸 속에 있다. 어느 토요일 나는 아버지를 놀라게 하려고 리버사이드 드라이브에서 철학과 건물까지 걸어갔다. 왜 그런 짓을 했을까? 무엇에 씌었을까? 그저 뜬금없는 변덕? 계획? 아니다, 그저 봄의 대기 속에서 걷고 있다가 그리로 걸어가기로 결정한 거다. 비가 갠 맑은 날씨다. 물웅덩이 위에 햇살이 비친다. 딱 좋아 보이고, 아버지 연구실이 아주 가깝다는 생각이 문득 떠올라 문들을 열고 들어가 엘리베이터에 올라탄다. 그러나 불안하다, 그렇다, 이 대담한 행동에는 어떤 불안감이 배어들어 있다. 전에도 이 연구실에 와본 적이 있다. 아버지가 황급히 논문을 가지러 들어가셔서 나는 어머니와 기다리고 있었다. 잿빛 복도에서는 냄새가 난다, 지우개 같은 건조한 냄새다. 이곳에서는 시끄러운 소리가 나지 않는다. 숨죽인 윙윙 소리, 아마도 화이트 노이즈, 여기저기서 들려오는 나지막한 말소리, 마치 이런 것들이 정신노동, 사유의 소리인 것 같다. 나는 노크를 한다. 아버지가 틀림없이 '들어오세요'라고 하겠지만, 이건 사실 잘 기억이 나지 않는다. 아버지가 내 눈앞에 보인다, 책상에 앉아 창문을 등지고 계신다. 빛은 흐릿하다. 유리창에 얼룩이 져있기 때문이다. 아버지는 머리를 숙이고 있다. 고개를 드신다. "해리엇, 여기서 뭐하고 있니? 여기 오면 안 돼."

당신과는 아무 상관이 없어.

"해리엇, 여기 오면 안 돼." 열 살 혹은 열한 살 난 아이는 당황스러워 어쩔 줄 모른다. 죄송해요. 죄송하다고 말하는 건가? 그런 것 같다. 하지만 이 일은 엄청나게 중요하다. 그의 목소리 어조는 어떠한가? 화가 났는가? 아닌 것 같다. 엄격한가? 당혹스러워하는가? 어쩌면 어리둥절했는지도 모르겠지만, 정확하게 기억해낼 수 없다.

떠오르는 건 헉하고 숨을 들이쉬었던 것, 그 고통, 그 수치심. 어째서 수치심이 들었을까? 이건 내가 안다. 나는 깊은 굴욕감을 느낀다. 기억 속에서 아버지는 그 이상 아무 말도 하지 않는다. 앞에 놓인 논문을 내려다보고, 나는 나온다. 하지만 그게 가능한 일인가? 어쩌면 그는 문까지 나를 데려다줬을 수도 있고, 아버지와 함께 걸었던 그 층계들은 시시각각 소용돌이처럼 휘몰아치는 기억 속에서 사라졌는지 모른다. 어쩌면 내 어깨를 토닥토닥 두드려줬을 수도 있다. 가끔 어깨를 두드려주신 적이 있으니까.

그리고 가끔은, 그의 목소리에 노래처럼 부드러운 느낌이 스칠 때도 있었다. 나는 경청을 통해 그 실마리를 찾아내는 법을 배웠다—말투가 살짝 갈라지며 자음이 완전히 통제되지 못하고 다른 음역으로 올라간다. 그리고 무언가 한순간 깨어진다. 마치 그가 나를 본 것처럼, 눈에 보이고 사랑받는 그의 아이를.

어머니가 침대에 누워 계신다. 손을 잡고 불끈 도드라진 혈관을 하릴없이 바라본다—연하기 짝이 없는 녹색. 피부를 지나는 엄마 혈관은 연하기 짝이 없는 녹색이구나, 하고 혼잣말을 하지 않았더라면 아마 그걸 기억해내지 못했을 것이다. 말들이 기억을 단단히 다진다. 감정이 기억을 단단히 다진다. 아버지의 죽음 이후 어머니에게 무슨 일인가가 있었고, 그래서 지금 내게 말씀해주시고 있다, 당신 인생을 말해주고 있다, 아버지는 아기를 원치 않았다고. 임신했다고 말했더니 아버지는 2주일간 어머니와 말을 섞지 않았다. 쥐가 나는 것처럼 감정이 조이고 뭉치는데, 그래도 어머니가 이야기를 멈추는 건 바라지 않았다. 내가 태어나고 나서는요, 나는 알고 싶어했다, 그때는 괜찮았나요? 시간이 꽤 걸렸단다, 어머니가 말씀하신다, 네 아버지가 너한테 익숙해질 때까지 말이야. 물론, 네 아버지는 너를 사랑하셨다.

흄에게서는 붙잡고 매달릴 만한 걸 전혀 발견하지 못했다. 기억이 되는 인지의 꾸러미들 속에서 자아를 발견할 수 없었다. 불완전한 정체성.

그는 나를 원치 않았다.

*

하지만 그건 말도 안 돼, 해리엇, 말도 안 되는 헛소리 아니야? 태어나지도 않은 아기를 원치 않은 남자가 얼마나 있었겠어? 수백만 명. 그렇다면 그런 여자들은 얼마나 있었을까? 그리고 일단 그 작은 것이 생겨났을 때, 밖으로 나왔을 때, 현실이 되었을 때 그걸 원하게 된 남자는 그중 얼마나 있었을까? 수백만 명. 그렇지만 시간이 꽤 걸렸단다, 하고 어머니는 말씀하셨고, 그 감정이란 게 있다. 꼭 발길질을 당한 것 같은, 모든 게 또렷해진 것 같은, 진실의 문이 열린 것 같은 그런 감정. 나는 그 방을 들여다보고, 그러면 거기 태어난 그 작은 물건이 있다. 그런데 어딘가 잘못됐다. 발가락을 세어보라.

하지만 먼저 부탁하고 싶은 게 있는데, 내가 아름다움과 흉측함, 질서나 혼란을 자연 탓으로 돌리지 않는다는 데 주목해주기 바랍니다. 사물이 아름답거나 추하다고, 질서정연하거나 혼란스럽다고 말할 수 있는 건 오로지 우리의 상상력과 관련해서일 뿐입니다.[18]

하지만 상상력들은 뒤섞여요, 교수님. 상상력들은 합병된다고요. 당신을 보면 당신 얼굴에서 내 얼굴이 보이고, 내 눈에 보이는 건 일그러지거나 부재해요.

그렇지만 아무 일도 일어나지 않았잖아, 그렇지?

단일한 이야기도 없고, H. B.의 문제에 대한 완벽한 하나의 해답도 없다. 대략 서너 살이 될 때까지 우리는 모두 다 기억상실의 구름에 가려져 있다. 감정들은 돌아오지만, 우리는 그 의미를 모른다.

*

어쩌면 내가 아무것도 없는 것보다는 무엇인가 있는 쪽을 바랐는지 모른다—그에게 있어 내가 거기 정말로 존재했다고, 부재하지 않았다고 믿게 만들어줄 일말의 열정 말이다. 그러면 가상의 심연 아래서 타격이 올라온다. 아무것도 없을 때는, 유령들이 그 공허

---

18) 바룩(베네딕투스) 스피노자(1632~1667)가 친구인 헨리 올덴부르크에게 보낸 1665년 11월 20일자 편지에서. 《서한집》, 새뮤얼 셜리 번역(해킷 출판사, 1995), 192쪽.

를 채우러 올라온다. 무에서 무가 나온다는 건 사실이 아니다. 언제나 무언가가 있다. 나는 등 없는 의자 위에 서서 거리를 내려다본다. 내 곁에 서 있어, 보들리. 여기, 너를 위한 자리도 있잖아. 사랑해, 보들리. 네가 내겐 최고의 친구야. 보들리, 불을 뿜어봐.

당신의 질서는 내 황야예요, 아버지. 높이 솟은 덤불들 사이를 걸으며 밖으로 나가는 길을 찾을 수가 없어요. 미로에서 나오지 못했어요. 숨이 막혀요. 숨을 쉬려고 애쓰지만 그럴 수가 없어요. 거의 호흡을 하지 못하고 있어요.

당신의 패턴들은 내게 아무 의미도 없어요, 아버지. 아니, 오히려, 그 패턴들이 만들어내는 의미는 피상적이에요. 지저분한 것들을 청소하는 깔끔한 공식들. 당신의 논문들을 읽어보았고, 지금은 좀 유감이에요. 아무리 말끔하고 우아한 논리라도, 참과 거짓에 허비한 인생이라니 유감스러워요.

> '전문가'가 어디선가 등장한다—그의 열정, 진지함, 분노, 앉아서 빙글빙글 도는 자기 자리에 대한 과대평가—구부러진 등, 모든 전문가는 곱사등의 소유자다. 모든 학문적 저서는 또한 일그러진 영혼을 비추는 거울상이다….[19]

펠릭스가 출근한다. 펠릭스가 집에 온다. 펠릭스가 비행기를 타

---

19) 프리드리히 니체, 《즐거운 학문》, 366장.

고 멀리 날아간다. 펠릭스가 팔고 펠릭스가 산다, 하지만 당신은 당신의 은밀한 삶에 대해 내게 말해줬어야 해, 펠릭스, 당신이 쫓는 은밀한 삶들. 그건 분명 나와 상관이 있었어. 당신이 틀렸어, 펠릭스. 하지만 당신은 아기들을 원했지, 그렇지? 그래. 그 아이들은 나보다 사랑하기가 쉬웠지. 문까지 뛰쳐나와서 잠옷 바람으로 팔짝팔짝 뛰며 흥분해서 헐떡거리던 메이지. 아빠가 왔어. 여기 왔어. 아빠! 아빠! 잡아도 잡히지 않는 아버지들. 우리는 얼마나 그들을 사랑하는가.

나는 이선에게 젖을 먹이고 있다, 그 작고 부드러운 코가 내 젖가슴에 뭉개져 있다. 그애가 잠깐 멈추자, 가느다란 젖줄기가 입가에서 피처럼 흘러나온다. 아이는 혼란스러운 얼굴로 두리번거리고 눈을 껌벅거리고 시끄럽게 숨을 쉬고는 다시 젖을 먹기 시작한다. 호기심 많은 메이지가 지켜보고 있다, 머리를 내 어깨에 디밀고 징징거리고 있다. 우리 메이지는 게을러? 엄마 팔 밑에 매달리고 싶니, 게으름뱅이 메이지? 네, 엄마. 그래서 나는 두 아이를 안고 있다, 하나는 젖꼭지에 매달리고 하나는 겨드랑이와 팔꿈치로 이루어진 동굴에 끼워 넣은 채로—삼중의 몸뚱어리. 소모된 세 명의 몸. 아무리 피곤해도, 이건 기쁨이라는 걸 나는 안다. 스스로에게 말한다, 이건 기쁨이야. 잊지 마. 그리고 나는 잊지 않는다.

거기서, 아기들에서 끝내기. 글쓰기로 나른해진 졸린 마음에는 그게 좋다.

내일은 작업이 있고, 밤에는 브루노가 있다. 나는 그를 '명예 회복자'라고 부르는데, 그가 커다란 연인의 커다란 몸을 사랑하기 때문이다. 그는 침대에 사지를 펼치고 누운 내 모습을 보는 걸 좋아한다. 해리, 그 어떤 바로크 화가도 선택하지 않았을, 늙어가는, 벌거벗은 비너스. 하지만 여기서 나는 나만의 급강하 폭격기, 곰 같은 브루노를 멍하니 생각하고 있다. 나의 로미오는 그리 젊지 않고, 오히려 늙어빠진 영감탱이다. 뱃살도 있고 털은 다리에 몰려 있으며 살은 흐물흐물해진, 그래서 그는 놀란다! 그는 젊지 않다! 무슨 일이 있었던 걸까? 그는 정액 분출에 대해 걱정한다, 약간 처진다고, 그 흐름이 이미 흘러간 나날들에 비해서 약간 처진다고. 수년 동안 무슨 화산이라도 그 밑에 달고 돌아다닌 줄 알겠네, 오만방자한 사람. 하지만 얼굴을 마주 보고 음모를 맞대고, 아니면 얼굴에 음모를, 음모를 얼굴에 맞대고, 걸터앉거나 타고 있거나 여기저기 민감한 구멍들에 손가락을 넣고 있거나 하면, 하느님 (어째서 이럴 때 우리는 초자연적인 존재를 부르게 되는 걸까?), 아, 하느님, 나는 저 뚱뚱한 남자를 덮쳐 둥그런 엉덩이에 키스하고 싶은 충동을 참을 수가 없게 된다.

그리고 우리는 싸우고 으르렁거리기도 한다.

H: 그 시를 끝내버리던지 아니면 변기에 넣고 물을 내려버려!

B: 엉덩짝 들고 나가서 당신 작품을 세상에 보여, 이 겁쟁이 같으니!

하지만 나는 사랑에 빠져 있다, 미친 짓 아닌가? 이제, 여기서 정말로 끝내기. 나를 원하는 사람이 있다, 원하는 사람이 있다. 당신 눈에, 브루노 당신, 나는 빛이 나지(글쎄, 적어도 어떤 때는). 잠을 자요, 잠들어요, 시인이 말하는 것처럼, 잠은 상처받은 마음에 바르는 향유니까.

2000년 1월 18일

메이지가 오늘 에이븐에게 목구멍 안에 사는 상상의 친구가 생겼다고 보고했다. 그 사람은 래디시라는 이름인데, 집 안을 발칵 뒤집어놓고 있다고 한다. 메이지는 래디시한테 말을 거는 데 재미를 붙였는데, 그 말은 곧 엄마가 직접 보이지 않는 폭도와 말을 할 수 있도록 에이븐이 입을 쩍 벌리고 지내는 시간이 엄청나게 많아졌다는 뜻이다. 보들리와 함께 수년을 지냈고 지금도 한없는 애정으로 그를 기억하는 나로선 너무나 공감이 되지만, 메이지는 래디시가(래디시는 여자다) 나타난 게 어두운 심리학적 이유 때문이 아닐까 걱정하고 있다. 아이가 어린이집에 가서 스트레스를 받고 있다는 것이다. 어린이집에서 글씨랑 숫자들을 자꾸 보여주는데 에이븐은 생각도 하기 싫어한다고 했다. 게다가 안경을 끼게 되었는데, 이것도 또 걱정거리였다(에이븐보다는 엄마한테 걱정일 것이다). 메이지에게 이런 친구들은 사는 곳이 어디든, 안에 살든 밖에 살든 대개는 도움이 되고 쓸모가 있다고 말해주었다. 우리 어머니도 보들리에게 아주 친절하게 대해주셨고. 테이블에 보들리의 자리도 만들어주고 예의바르게 말도 걸어주셨다(못되게 굴지 않을 때만).

음모로 말하자면, 잘되고 있는 것 같다. 피니어스는 내년 봄 베글리 갤러리에서 〈질식의 방들〉을 전시하라는 제안을 받았다. 그 순간에는 나의 퀴어 감수성, 나의 피니를 보여주게 되어 할렐루야를 외쳤다. 그러나 머지않아 축 처지는 생각들이 들고, 어쩐지 조금 슬퍼졌다. 익명으로 작품을 전시할 수 있을까 궁금하기 시작하던 참이었다. 불가능할지도 모른다. 콘텍스트가 없이는 질서정연한 비전이 있을 수 없는 것 같다. 예술은 작가 없이 즉흥적으로 나타날 수 없게 되어 있다. 브루노는 내 가명들을 인지에 관한 철학적 게임의 장기 말로 바꾸는 건 그저 내 불안감을 감추기 위한 위장이라고 말한다. 나는 두 번 가면을 썼다. 피니의 의견은 다르다. 그는 나와 함께 나가 바깥세상을 돌아다녀보았다, 말하자면 암행을 함께 했다. 피니는 자기가 보고 또 보았다고 말한다. 내가 하는 말이 거의 의미를 갖지 못하는 걸 보았다. 내 지성은 폄훼된다. 객쩍은 소리, 허튼소리. 내가 〈질식의 방들〉을 들고 나가면, 소위 전능하신 권력은 즉시 도망칠 것이다.

작품은 달리 보일 것이다.

갑자기 노파스럽게 보일까?

이것은 절박한 의미를 담은 질문이다.

조세핀Josephine 코르넬이라면 사람들에게 어떻게 보였을까 궁금해지곤 했다. 객쩍은 소리, 허튼소리, 경박하고 감상적이라고? 나약하다고?

조셉Joseph과는 확실히 다르다.

게이 남자일 때는 또 뭔가 완전히 다르지 않나, 안 그런가?

피니는 그렇다고도 아니라고도 한다. 그는 이선의 말을 인용한다. 퀴어화되기는 했어도 마초도 있고 기생오라비도 있고, 탑도 있고 바텀도 있다고. 어쨌든 그런 것들도 중요하다고.

그래?

나는 그와 함께 있으면서 퀴어화되는 게 좋다고 했다. 짝꿍이 되고 퀴어가 되고.

하이힐에 목이 깊이 팬 스웨터에 코르셋을 겉에 입고 낡은 옷들로 만든 루브 골드버그 장치(지극히 단순한 목적을 위해 지극히 복잡한 과정을 거쳐야 하는 비효율적 장치를 가리킨다—옮긴이) 같은 옷차림을 한 이브는 그녀가 속한 성의 오명을 까맣게 모른다. 뭐, 그녀는 젊으니까. 그녀는 나와 P. Q.에 대해 알고 있다. 여기 사니까 알 수밖에 없다.

이틀 전 잠자리에 들기 전 빈둥거리다가, 피니는 덩치 큰 B.에게 진짜로 버럭 고함을 지르고 말았다. "이해 못해요? 해리가 뭘 하든 중요하지가 않다고요! 그 사람들이 보는 건 과부 아니면 돈밖에 없어요. 자기네가 본다고 생각하는 것 때문에 눈이 멀어 있는 사람들이란 말입니다!"

또 다른 골드버그, 1968년의 골드버그 연구. 여학생들은 똑같은 에세이라도 남자 이름이 붙어 있을 때보다 여자 이름이 붙어 있을 때 더 박한 점수를 매겼다. 시각예술 작품을 제시했을 때도 똑같은 결과가 나왔다. 골드버그 연구는 1983년 재검토되었다. 남녀 학생 모두 에세이에 남자 이름이 붙어 있을 때보다 여자 이름이 붙어 있을 때 낮은 점수를 주었다. 결과는 그렇지만, 1990년대에 진행된 연구에서 반전이 나타난다. 여자의 이름에 전문가의 자격증명이 붙어 있을 경우에는 그런 편견이 사라졌던 것이다. 예술가들에게 전문성

은 명성이다. 성과 피부색은 사라지지 않는다. 더 이상 중요하지 않을 뿐이다.[20]

브루노는 편견의 고찰이나 심리학적 연구에서 어떤 역할도 맡지 않으려 한다. 나는 평범한 숙녀가 아니다. 그의 천재적인 해리다. 그 병신들한테 기회를 좀 줘봐. 틀림없이 마음을 돌릴 거야. 이상한 일이지만 피니와 내가 틀렸다는 그의 믿음은 나를 행복하게 하고, 내가 옳다는 피니의 주장은 나를 불행하게 한다. 내가 변태인가보다.

(피니는 자기 생각을 하는 것이기도 하다. 편견에 찬 시선이 너무나 익숙하니까.)

*

가끔 나는 슬프게 앤턴 생각을 한다.

또 다른 일이 있다. 룬을 만났다. 어째서인지는 모르겠지만, 우리의 만남을 브루노에게 말하지 않았다. 무슨 바보 같은 작품의 오프닝에서였다—풍선들, 얼굴들. 정말 잘생긴 남자다. 기름부음을 받

20) 필립 A. 골드버그, "여성은 여성에 대해 편견을 갖고 있는가?" 〈트랜색션즈〉 5호(1968) 28~30쪽. 이 연구는 1983년 미셸 A. 팔루디와 윌리엄 D. 바우어에 의해 되풀이되었다. 이번에는 여자뿐 아니라 남성도 대상으로 삼았다. "작가의 이름에 무엇이 있는가?" 〈성역할〉 9, 3호, 387~90쪽. 나중에 진행된 연구에 대해서는 버지니아 발리언, 《어째서 그렇게 느린가? 여성들의 출세》(MIT 출판사, 1998) 참조.

고 추앙받고 월계관을 쓴. 허영심이 있어 보이지만, 그것도 아주 심해 보이지만, 우리 모두 그렇지 않은가? 게다가 우리는 못생긴 사람들보다 아름다운 사람들에게 허영심이 더 많을 거라 생각해버리니, 그건 어쩌면 공정하지 않을 수도 있다. 우리는 기억 이야기를 했다. 므네모시네(기억의 여신—옮긴이)는 뮤즈의 어머니다. 키케로. 한 가지 생각이 다음으로 꼬리를 물고 이어졌다. 그가 나를 원래 아는 것만 같았다. 희한한 인연이 닿아 있는 것처럼. 게다가 기계기억 얘기는 또 어떤가? 그는 인공지능에 매료된다고 했다, 그렇지만, 하고 내가 말했다. 그런 연구는 막다른 골목에 맞닥뜨리는 일이 많지요. 나는 그에게 토머스 메칭거[21]에 대해 말해주었다. 룬의 작품을 다시 보았다—수술 중인 얼굴들, 벗겨진 피부들. 카탈로그를 하나 가지고 있다. 새로운 표면들이죠, 하고 그는 말하고 있었다. 수술로 변형된, 하지만 또한 신경계에 반응하는 새로운 사지를 위한 생체공학 기술도 있고, 확장된 자아-정신으로서의 컴퓨터도 있고요. 모두 맞는 말이다. 그러나 그게 무슨 의미일까? 그는 외부 기억에 대해 말했다—기이한 생각이다. 그에게 그것은 기록의 광풍, 사진, 영화, 인터넷에서의 제 2의 삶, 전쟁 시뮬레이션과 게임들이라고 한다. 나는 자의식은 새로운 게 아니라고 지적했다. 그러나 테크놀로지는 새롭죠, 그는 주장했다. "내 예술이 이런 질문들이었으면 합니다." 우리는 의견이 다르지만, 그게 쾌감일지도 모른다. 날카롭게 오가는 말, 자격이 있는 파트너와 치르는 경기. 나는 논문과 책들을

---

21) 1958년 출생의 독일 철학자로, 그의 연구는 철학과 신경생물학을 접목시킨다. 버든은 메칭거가 편집한 책《의식의 뉴런 좌표》(MIT 출판사, 1995)에 대해 방대한 메모를 했다.

그에게 추천하고, 그는 제목들을 받아 적는다. 바렐라와 만투라나를 읽어보세요, 내가 말한다.[22] 그는 그러겠다고 말한다. 우리는 웩슬러 이야기를 나눈다. 그에 대해, 우리는 같은 의견이었다. 〈O의 여정〉. 우리가 작별인사를 고할 때 그의 악수는 흐물흐물하지도 너무 세지도 않고 딱 좋았다. 그에게서 이메일이 왔을 때 나는 희망에 부풀어 현기증이 날 정도였다. 내 머릿속으로의 추방 생활이 끝날까 해서, 나를 이해해줄 누군가가 생길까 해서, 내가 아는 걸 '보고' 그것에 대해 내게 대꾸해줄 사람이 생길까 하는 희망에 부풀었다. 그게 그렇게 우스꽝스러운 일인가? 불가능한 일인가?

인정. 닥터 F., 그게 우리가 했던 이야기가 아니었던가요? 인정을 갈구하는 나의 탐욕 말이에요. 일대일로. Tete-a-tete(얼굴을 맞대고). 당신과 나. 나는 당신이 나를 '보면' 좋겠어.

브루노는 내 말을 경청하지만, 내가 무슨 말을 하는지 항상 알아듣는 건 아니다. 내가 무슨 소리를 하는지 아무도 모르는 것 같다.

일 년 전 나는 그의 영상일기 일부를 보았다—그 남자, 룬(한때는 룬 라슨이었던)은 일상적인 일들을 하고 있었다. 이빨을 닦고, 치실을 쓰고, 소파에 누워 책을 읽고, 컴퓨터 앞에 앉아 있고, 흐트러진 커다란 침대에서 그의 어깨에 머리를 기대고 누워 있는 빨간 머

22) 움베르토 R. 만투라나(1928~)와 제자 프란시스코 바렐라(1946~2001), 칠레의 신경생물학자이자 철학자들로 《오토포이에시스와 인지: 산 자의 실현》(D. 라이델, 1972)을 공동 저술했다. 버든은 글에서 이 책을 반복적으로 인용하고 있다. 공책 P에서 그녀는 이렇게 인용한다. "살아 있는 체제는 상호작용의 단위다. 그들은 환경 속에서 산다. 순전히 생물학적 관점에서 보았을 때 그것들은 상호작용하는 그 환경의 일부, 즉 생태조건과 개별적으로 파악할 수 없고, 생태조건은 그것에 특수성을 부여하는 살아 있는 체제와 개별적으로 규정될 수 없다."(9쪽) 이러한 '환경 속에서 구현되고 각인된 정신'이라는 입장은 정신의 연산적 이론들과 반대 입장에 선다.

리 여자의 머리카락을 어루만지고 또 어루만져주었다. 나는 마음속으로 생각했다, 이거야말로 우리가 볼 수 없는 거구나, 우리는 밖이 아니라 안에 있으니까, 그리고 우리 대다수는 습관적인 사건들을 흐릿한 일상으로밖에 기억하지 못하니까. 이것이 그가 영상을 원하는 이유인가? 날짜가 스크린에 나타난다. 그리고 날짜마다 각각 하나의 영화가 있다. 영화가 하루 종일 상영되는 건 아니다. 이건 워홀의 잠자는 영화(워홀은 친구 존 조르노가 잠자는 모습을 5시간 20분 동안 무편집으로 촬영해 영화 〈슬립Sleep〉을 만들었다—옮긴이)나 엠파이어스테이트 빌딩 영화(워홀의 영화 〈엠파이어〉. 엠파이어스테이트 빌딩을 슬로 모션으로 촬영한 흑백영화—옮긴이)가 아니다. 대신 그는 날마다 하루에 한 가지씩, 사소해 보이는 사건들을 기록한다.

오늘 아침 내가 비타민을 먹었는지 이빨을 닦았는지 내가 기억하고 있는가? 오늘 아침이었나 아니면 어제 아침인가, 아니면 그제인가?

머리를 쓸어주는 일은 룬과 젊은 여자 안에 기억으로 존재하고 있을지도 모르지만 그들 각자, 별개의 '나'가 자기 내면의 관점으로 기억하고 있을 공산이 크다. 하지만 가끔 우리는 관찰자로서 기억을 한다. 그건 일종의 거짓 기억이다. 우리가 처음 사랑에 빠졌을 때 당신의 곱슬머리를 쓸고 또 쓸어주었던 어느 날 오후가 기억난다. 당신과 함께 침대에 누워 당신이 몇 분씩이나 계속해서 내 머리카락을 토닥여줄 때 그 손가락의 감촉이 얼마나 기분이 좋았는지 기억이 난다. 그리고 방안에 가득한 한낮의 햇살이 기억나고, 우리 사랑이 기억난다. 사랑의 기억이 무엇인가? 우리는 실제로 그 감정을 다시 떠올리는가? 아니다. 우리는 그게 거기 있다는 건 알지만,

그 미칠 듯한 욕망은 기억 속에 없다. 정확히 우리가 기억하는 게 무엇인가? 그 느낌들은 재생산할 수가 없다. 하지만 감정의 색조나 색채, 무언가 가볍거나 묵직한 것, 기분 좋고 불쾌한 것들은 떠올릴 수 있다, 나도 소환할 수 있다. 펠릭스와 침대에 누워 있던 기억이 있다. 그러나 정말 단 한 번의 일을 기억하는 걸까, 아니면 내가 그이의 손길을 아프게 그리워했던, 우리 강렬한 사랑의 첫 나날들이 하나로 녹아 혼합된 여러 번일까? 섹스를 할 때 내가 가끔 그의 머리를 잡았던 건 안다. 그런 다음 그의 귀에 내 입술을 대고 잊힌 지 오랜, 틀림없이 어리석었을 말들을 속삭였던 건 안다. 그러나 정말 단 한 번, 유일한 시간을 기억하는가? 그렇다, 파리의 레지나 호텔에서, 우리가 같이 밀어야 했던 불편한 침대가 있었던 거기. 오성 호텔과 그 침대들. 그의 몸에 걸터앉아 섹스하면서 묵직한 커튼 틈새로 들어오던 빛줄기를 기억한다고 생각한다. 오래전에.

냉기도 기억난다, 내게서 등을 돌린 그. 우리 사이의 거리, 내게 무관심한 그의 눈빛. 이것도 기억난다—저녁식사에서. 그게 어디였더라? 우리 얘기는 아니었지만 결혼이라는 제도 전반에 대한 신랄한 농담. 뭐라고 했더라? 기억이 나지 않는다. 내가 먼저 시작했고, 그를 보았다는 기억은 있다. 마음속에 금테를 두른 접시가 보인다. 그가 고개를 돌렸다. 이제는 기억과 함께 돌아온다, 통증이, 그렇게 날카롭진 않을지 몰라도 어쨌든 통증이 희미해지다 못해 사라져버린 추억과 함께 찾아온다—농담이, 접시가, 눈길이, 그리고 칼로 베이는 듯한 아픔이 있었다. 기억 속에서 아픔은 기쁨보다 더 오래도록 끈질기게 남아 있는 걸까?

어떤 바보가 과거는 죽었다고 말했던가? 과거는 죽지 않는다. 과거의 유령들이 우리를 소유한다. 그들은 나를 소유한다. 그들이 내 목을 조르고 있지만, 망령들을 퇴치할 수 있을지 모르겠다. 래디시와 상의를 해봐야 할지도 모르겠다. 래디시가 내게 좋은 충고를 해줄지도 모른다. 그냥 계속 작업을 해야 할지도 모른다—스튜디오는 전시되지 않은 작품들로 빽빽하다. 해리엇 버든이라는 이름의 누군가가 만들어낸 무수한 괴물의 형상들. 어쩌면 깨달음이 찾아오면 그들의 눈에서 콩깍지가 떨어져나갈지도 모른다. 어쩌면 내가 죽으면 어느 방황하는 비평가가 작품들이 보관된 건물로 찾아와서 볼지도, 정말로 볼지도 모른다. 왜냐하면 그 사람(나)이 마침내 사라져버렸을 테니까. 그렇다, 현명하게 고개를 끄덕이며, 내 상상 속의 비평가는 오랫동안 물끄러미 바라보다가 내뱉을 것이다, 여기 무언가, 무언가 좋은 것이 있다고. 유디트 레이스터[23]처럼 망각에서 구원되는 거지. 그렇지만 내 소중한 가명들에도 불구하고, 어차피 다 쓰레기라면 어떻게 하지—그들이 욕망하는 게 나보다는, 내가 아니라, 가명들이라면. 나는 곧 예순 살이 된다. 메이지는 생일파티를 열어주겠다고 했지만 나는 대답했다. 그래, 하지만 소중한 사람들하고만 하자—친구의 친구까지 퍼뜨리지 말고. 피니는 또 다른 십 년의 모퉁이를 도는 순간 내가 입을 드레스를 쇼핑하러 가고 싶

23) 유디트 레이스터(1609~1660), 네덜란드 바로크 화가, 하를렘의 세인트루크 길드 소속이었으며 생전에는 찬양받았으나 사후에 잊혔다. 그녀의 작품은 프란스 할스와 유사했기 때문에 여러 점이 그의 것으로 간주되었다. 1893년에 루브르 박물관이 할스의 작품인 줄 알고 구입한 그림이 레이스터의 작품으로 판명되었고, 이 발견은 레이스터의 예술적 명성을 복원하는 데 큰 도움이 되었다.

다고 했다. 뭔가 '화려한' 걸로, 하고 그가 말했다.

꿈속의 펠릭스. 또 다른 펠릭스—증오에 차 있다. 생전에 펠릭스는 증오를 보인 적이 없었다—냉랭하고 폐쇄적이었지만 증오를 보이지는 않았다. 그는 어째서 찾아오는 걸까?

하지만 오늘밤 여기 책상 앞에 앉아 강물을 내다보고 있자니—겨울, 밤, 빛나는 도시—내가 이름 붙일 수 있는 대상이 없는 비탄을 느낀다. 펠릭스도 아버지도 어머니도 아니다. 방금 그것이 세차게 나를 덮쳤다, 뼈아픈 비탄, 하지만 무엇을 슬퍼하는 걸까? 단순히 내가 지나온 세월보다 내 앞에 남은 세월이 너무 적기 때문일까? 고개를 숙이고 걷던 해리엇이라는 이름의 아이를 위해서일까? 내 앞날의 모습인 늙은 여자를 위해서일까? 야심의 분노가 그토록 두들겨 맞고도 아직 내 안에 남아 있어서일까? 내 안에 흔적을 남긴 유령들을 위해서일까?

그래, 해리, 유령들 때문이야. 그렇지만 이름도 유령이 아닌가? 비실체적인? 너는 네 이름이 조명을 받으며 커다란 현수막에 걸리는 걸 보고 싶었니? 허영 중의 허영. 태어날 때 네게 할당된 글자들, 네 부계의 호칭. 아버지의 빛? 그게 네가 희망했던 거니? 하지만 왜, 해리? 네 아버지는 그 버듣이 태어나길 원치 않았어, 그 빽빽 울어대는 짐스러운 작은 버듣, 하지만 너는 그렇게 태어나버렸지.

그는 마음을 돌렸어.

그랬을까, 해리? 정말로 그가 그랬어? 네가 만족할 만큼은 아니었지, 그렇잖아. 펠릭스를 더 좋아하지 않았어? 심지어 네 어머니도 펠릭스를 더 좋아했잖아? 심지어 너한테 말했잖아, 펠릭스한테 너무 심하게 굴지 말라고? 펠릭스를 유난스럽게 아끼고, 감싸고 돌지 않았어?

그래, 하지만 어머니는 날 사랑하셨어.

그래, 그랬지. 하지만 네 작품들은?

어머니는 내 작품들을 이해하지 못했어.

올라오고 있어, 해리, 네가 고개를 숙이고 걷던, 심지어 알지도 못하던 그 시절부터 쌓이고 쌓여왔던 그 맹목적이고 부글부글 끓는 광적인 분노가. 이젠 더 이상 미안하지 않아, 할망구. 문을 두드렸다는 이유로 수치스러워하지도 않아. 노크를 하는 건 부끄러운 일이 아니야, 해리. 너는 가부장들과 그 졸개들에 대항해 일어서는 거야, 그리고 너, 해리, 너는 그들이 지닌 공포의 이미지야. 복수로 미친 메데아. 그 작은 괴물은 상자에서 기어 나왔어, 그랬지? 아직 다 크려면 멀었어, 다 크려면 한참 멀었다고. 피니 다음에 하나가 더 있을 거야. 동화에서처럼 셋이 될 거야. 색깔도 얼굴도 다른 세 개의 가면, 그래서 이야기는 완벽한 형태를 갖추게 될 거야. 세 개의 가면, 세 개의 소원, 언제나 셋. 그리고 이야기는 피 묻은 이빨을 갖게 될 거야.

브루노 클라인펠드

(서면 진술)

중년에서 노년으로 넘어가는 아줌마 아저씨들이 그러듯, 푸짐한 엉덩이를 레이지보이 의자에 붙이고 다리를 발받침에 턱 올려놓은 후 여보, 당신 쓰레기 갖다버렸어? 우유 안 까먹고 사왔어? 하고 물어보는 그런 식으로 우리가 서로에게 정착했던가? 아니, 그렇지 않았다. 시간이라는 영감탱이가 우리에게 엿을 먹였다. 우리에겐 자격이 있었는데, 함께 이빨이 다 빠지고 백내장이 생긴 눈으로 실눈을 뜬 채 한밤중에 서로의 늙어 흐물흐물한 살에 손을 뻗는 비실비실한 영감과 할멈이 되기도 전에 내 사랑하는 숙녀를 갈기갈기 찢어 데리고 가버렸다. 하지만 브루노, 너는 지금 낭만주의적으로 굴고 있군. 해리는 정착과는 거리가 멀었어, 그녀가 키우는 곰 한 마리와 정착을 했을지, 자리를 잡았을지 누가 어떻게 안단 말인가? 브루노 이전에 그녀는 이미 정착하고 자리를 잡아보았다. 남편—

얼마나 이상한 말인가—그 남편은 방안의 연기처럼, 우리 사이의 공기에 악취를 뿜으며 계속해서 돌아온다. 펠릭스 로드와 그의 돈과 예술과 성생활은, 해리가 호사스러운 어퍼이스트사이드의 전생에서 가져와 여기저기 놓아두었던 빌어먹을 크리스탈 재떨이 안에서 까맣게 잊힌 꽁초처럼 아직도 타들어가고 있다. 하느님 맙소사, 나는 다른 점잖고 평범한 고인들처럼 죽어서 쉬기를 거부한 그 퇴폐적 망령을 얼마나 증오했는지 모른다. 그놈은 유령이 되어 그녀 주위를 맴돌았다. 농담이 아니다. 이건 내가 아무렇게나 선택한 말들이 아니다. 나는 시인이다. 실패했을지는 몰라도 여전히 지절거리는 시인이어서, 나는 오래전도 아니고 그렇게 까마득히 멀지도 않은 해리의 전성기 이야기를 들려주려 한다. 나 브루노 클라인펠드는 펠릭스 로드가 반은 죽고 반은 산 채로 해리의 꿈에 나타났다고 여러분 모두 앞에서 선언한다. 그가 송곳니를 그녀 목에 박은 뱀파이어로 나타나면, 내 연인은 식은땀에 젖어 패닉 상태로 잠에서 깨어나 그를 찾아 방안을 황망히 두리번거리곤 했다. 그를 다시 찾고 싶어서가 아니라, 그가 확실히 죽어 사라졌는지 확인하기 위해서 말이다.

메이지와 이선에게 용서를 구한다. 하지만 너희들의 아빠는 엄마를 당연하게 생각하고 홀대했다. 그가 그녀를 위해 싸웠는가? 아니, 그러지 않았다. 대체 그게 어디에 기인하겠는가—가명에 광적으로 매달리는 해리의 집착이—그가 아니라면 말이다? 얼마나 많은 여성 아티스트들이 펠릭스 로드의 갤러리에서 전시회를 가졌는가? 세 명? 그 오랜 기간 동안에? 해리는 그것을 지켜보며 깨달았다. 예술 사기계의 배후조종자인 그녀의 남자가 그녀의 작품을 위해서는 손끝 하나 까딱하지 않을 것이며, 오로지 예술계의 성인 남자만이 만족을 얻을 수 있다는 걸 배웠다. "그이는 날 도와줄 수 없었다고, 모르겠어?" 해리는 흐느껴 울곤 했다. "당연히 할 수 있었어." 나는 버럭버럭 울부짖으며 대꾸하곤 했다. 그렇게 한참 시간이 지나자 이 모든 불의가, 묵살당하는 자의 역겹고 슬픈 불행이 그녀의 심장을 둘로 쪼개버렸고 분노로 정신을 잃게 만들어버렸다. 나는 그녀가 계속 싸우기를 원했지만, 그녀는 뒷문으로 나가 다른 사람을 앞문으로 들여보내기로 결정을 내렸다.

나의 해리, 그녀는 강인한 여성이었지만 쉬운 여자는 아니었다. 그 시, 프로젝트 중의 프로젝트, 태산이 되어버린 개미둔덕, 내가 영원히 오르고 있지만 끝내 넘지 못하는 그 산, 내 사랑하는 작품인 위대한 시, 휘트먼적인 대서사시, 나의 아메리칸 《신곡》, 우리가 정열을 불태웠던 첫 일 년 동안은 해리도 내가 추구하는 고결한 소명으로서 꼭 껴안고 아껴주었던 그 시. 하지만 해리도 그 시가 결코 끝을 볼 수 없다는 사실을 알게 되면서 그것은 우리들 사이의 골칫거리로 전락하고 말았다. 시는 못된 도깨비가 되어 피와 살을 지닌 내 인생의 연인을 말괄량이로, 잔소리하고 바가지를 긁고, 나와 시에게 불붙은 비수들을 던지며 괴롭히는 마녀로 바꿔버렸다. "지나친 신경과민이라고! 당신은 그걸 오백 번이나 고쳐 썼잖아. 대체 뭐가 문제야? 그렇게 두려워하다니. 아니, 당신이 단테가 못 되면 거시기가 쪼그라붙기라도 해?"

아니, 해리와 그 시를 사랑하는 건 쉬운 일이 아니었다. 그 끝나지 않는 프로젝트에 대해 한 판 대결을 하고 나면, 나는 비실비실 기어 나와 길 건너 나의 굴에 처박혀 상처 난 리놀륨 장판 위에서 상처를 핥고는, 또다시 그녀의 침대와 이제까지 알았던 어떤 여자보다 더 세게 안아주는 그녀의 근육질 팔 안으로 개처럼 기어들어오곤 했다. 그때는 말할 수 없었지만, 시에 대해서는 그 할망구의 말이 옳았다. 그 시는 나를 얼마든지 어두운 숲속으로 데리고 들어갈 수 있었지만 결코 단테의 천국으로 데려가주지는 못할 터였다. 하지만 그 시를 포기한다는 건 나를 포기하고, 나의 자아를 포기하고, 나아가 야구 경기가 끝난 날 거울 속의 자기 얼굴을 흡족하게 바라보며 펜스 너머로 날려버린 홈런을 다시 생각하던 열 살짜리 브루노 클라인펠드를 포기하는 일이었다.

페미니스트 여전사였던 해리에게는 말할 수 없었지만, 남자에게는 더 끔찍한 일이다. 남자로서 실패한다는 건, 뻐기는 걸음걸이를 잃고 창자에서 힘이, 위로 위로 올라갈 수 있도록 받쳐주던 불같은 남성성이 쭉 빠져나감을 느낀다는 건 남자에게 훨씬 더 끔찍한 일이다. 수천 년에 걸쳐 돌멩이 하나하나, 벽돌 하나하나, 말 하나하나씩 기대감을 쌓아올려 돌멩이와 벽돌과 말이 너무나 무거워졌고, 희망에 찬 안티히어로는 그 밑에 깔려서 나오질 못한다—길을 찾지 못해 자기 것이라고 부를 수 있는 한 행으로 나오지 못하고, 제발 살려달라고 애원하면서 묵직한 부담 아래 몸을 뒤챈다.

바깥세상에 대한 두려움에도 불구하고, 해리의 내면은 자유로웠다. 그녀는 자신의 증기와 분노를 믿었고, 축축하게 젖고 피범벅이 된 신생아처럼 몸 밖으로 예술을 쑥쑥 내보냈다. 내가 죽고 나면 그들도 알게 될 거야, 그녀는 의기양양하게 일갈하곤 했다. 마지막 농담은 내 차지야. 그녀를 보면 드쿠닝의 〈여인〉이 생각난다고, 입가로 야유를 흘리는 무서운 어미들이 생각난다고 말했더니 그녀는 기분이 좋아 활짝 웃으며 양손을 맞잡고 비벼댔다. 그녀는 〈히스클리프〉를 완성할 때까지 내게 보여주지 않고 숨겼다. 그 형상은 거대한 머리를 뒤로 젖히고 입을 쩍 벌리고 거인 같은 두 손에 반쯤 짓이겨진 새장을 들고 있었다. 새장에는 찢어진 레이스 조각들, 셸리의 시집 한 권, 글씨가 잔뜩 쓰인 종잇조각들, 창살 사이로 혓바닥처럼 축 늘어진 찢어진 흰 스타킹이 들어 있었다. 처음에 그 형상을 보면 배가 발로 걷어차인 듯한 충격과 함께 엄청난 기운이 느껴진다. 하지만 바짝 다가가서 보면 그 사람, 사람이라면 말이지만, 아무튼 그 얼룩덜룩한 황동색 몸과 축 처진 젖가슴에 온통 자상과 열상들이 나 있다는 걸 알게 된다.

"히스클리프는 남자였어, 해리. 이건 여자잖아."

해리가 눈을 번득거리며 말했다. "그는 나보다 더 나 자신에 가까워."

캐서린이 했던 대사다. 《폭풍의 언덕》이라는 그 위대하고 탐스럽고 악마적인 소설에 나오는 최고의 야성적인 캐서린이. 해리의 뇌는 뜨겁고 빠르게 내달렸다. 나는 그 책과 가지를 치며 뻗어나가는 육감적인 문장을 잘 알았다. 예전에 내가 좋아하던 작품, 문학적 벽돌이었다. 그러나 해리는 내가 들어보지도 못한 또 다른 논문이며 팸플릿이며 난해한 작품들을 게걸스럽게 읽어 소화했다. 미술 작업만으로 모자라 읽고 또 읽었고, 가끔은 내가 "해리, 당신이 지금 대체 무슨 얘기를 씨부리는지 진짜 모르겠어"라고 털어놓는 날들도 있었다. 그 여자는 인지 신경과학에 완전히 빠져 있었고, 초록과 논증이 달린 도저히 못 읽어먹을 그 논문들이 어떤 이유에선지 사기꾼으로서 그녀의 제 2의 삶을 정당화시켜주는 모양이었다. 엘드리지 역시 그녀를 부추겼지만, 사기극의 책임이 그에게 있는 건 아니다. 당시에는 〈질식의 방들〉과 게이 남자로서의 해리(그녀는 재미있다고 생각했고 나는 바보 같다고 생각했다)에 반대해 싸우긴 했지만, 그 후유증은 그리 오래 가지 않았다는 걸 이제는 알겠다. 엘드리지는 상황을 바로잡았다. 그 전의 감상적이고 유약한 티시라는 꼬마는 만나보지 못했지만, 내가 보기에는 그 철자 수수께끼의 값어치조차 없는 놈이었다. 티베트로 줄행랑을 놓았다지. 하지만 로드의 유령과 합작해서 엉망진창으로 만들어버린 건 룬이었다. 나는 그 둘한테 책임을 묻는다. 이야기는 간단하지 않고 직설적이지도 않지만, 그래도 내 기억들을 되살려 보태고자 한다. 흐릿한 부분도 있고, 또렷한 부분도 있다.

해리와 내가 끈끈하고 단단하게 엮여 한 쌍이 되었을 때(소위 가방끈이 긴 골수 문학여성과 가능한 한도까지), 나는 그녀 안에서 점점 더 상처받기 쉬운 어린 소녀의 모습을 많이 보게 되었다. 악몽도 끔찍했지만, 그녀는 밤에 흐느껴 울거나 미친 듯이 화를 내기도 했다.

특히 정신과의사를 만나고 온 날이면 더했다. "어째서 그딴 헛소리를 들으러 가는 거요?" 내가 물었다. "그냥 당신을 뒤흔들어 놓기만 하잖아. 그렇다고 무슨 도움이 되기나 하나?" 하지만 그 '치료'에 대한 정보를 알아내려고 꼬드기면 그녀는 그저 머리를 가로저으며 여전히 눈물이 흘러내리는 얼굴로 미소를 짓곤 했다. "당신, 의사한테 질투하는구나. 멋지네, 브루노. 정말 멋져." 나는 질투한 게 아니다. 그녀가 기분 상해 있는 게 싫었고, 또 그녀는 내가 정신분석에 좋은 감정이 별로 없다는 걸 잘 알고 있었다. 내 친구 제리 와이너는 삼십 년 동안 센트럴파크웨스트의 무슨 의사하고 얽혀 있었는데, 적어도 내가 보기에는, 제리는 예나 지금이나 똑같이 싸구려에 저속한 양아치다. 나도 레이철은 좋아했지만, 그녀는 검시관으로 일하겠다고 작정했어도 영안실을 환히 밝혔을 사람이다. 레이철은 원래 그런 사람이다.

룬이 언제 처음으로 해리의 삶에 뛰어 들어왔는지는 내게 수수께끼지만, 2001년 오월의 어느 날 오후—쌍둥이 빌딩이 무너지기 전의 봄이었기 때문에 기억한다. 그리고 날씨는 따사롭고 새싹이 돋고 있었으며, 롱아일랜드 대학에서도 종강이 가까워오고 있었다—들어와 보니 두 사람이 해리의 소파에 앉아 십대 소녀 한 쌍처럼 수다를 떨며 샤르도네를 마시고 땅콩을 먹고 있었다. 해리가 나를 소개하자 룬은 달걀처럼 하얗게 미백 처리한 치아를 드러내며 말했다. "아, 그 시인이시군."

그가 말하는 어조가 마음에 들지 않았다. 아, 그 시인. '아'도 마음에 들지 않았고 '시인'이라고 말꼬리를 빼는 어투도 싫었고, 미백 처리한 치아도, 벨트 버클도, 그가 입고 있던 멍청하게 꼭 끼는 셔츠도, 닳은 부츠나 팔을 소파 등에 걸치고 있던 본새나 자기 '영화'에 대해 말하던 태도도 싫었다. 처음부터 그 인간이 마음에 들지 않았다. 마침내 그가 조그만 엉덩이를 흔들며 문밖으로 사라지자 마음이 놓였다.

해리가 나한테 '무섭게 노려보았다'며 힐난했던 기억이 난다. 나는 무섭게 노려본 적 없지만 그녀는 '완전히 들떠' 있었다고, 성숙한 여인이 십대 소녀처럼 새침 떨며 깔깔거리다니 어울리지 않는다고 응수했다. 언어적 의미론—노려보다, 들뜨다, 새침 떨다 등—을 두고 우리 사이에 잠시 날선 공방전이 오갔고, 그러자 그녀는 '해리의 왕국' 위풍당당한 저 높은 곳에서 최대한 싸늘하고 도도하게 나를 내려다보며 내 인정 따위는 필요하지 않다고 선언했다. 내 변덕을 받아주지 않겠다고. 정말 고맙지만 양보 따위는 옛날에 너무 많이 했고 예전 삶에서는 떨어지는 빵부스러기를 노예처럼 기다리며 까치발로 돌아다녔다고 말했다. (코트 차림의 숙녀가 그리는 이런 자화상은 내게 엄청난 거짓말로 들렸다.) 나는 룬이 빌어먹을 지골로처럼 생겼다고 말했다. 여전히 도도하기 짝이 없게, 완벽하고 잘 구성된 문단을 써서 여왕님께서 말씀을 이으셨다—당신도 당연히 알겠지만 그는 미술 시장을 지배하는 왕이고 내 작품을 정말로 사랑해. 해리는 그에게 작품 구경도 시켜주었다고 했다. 오로지 친구들에게만, 그녀가 전시회를 하지 않는다는 걸 알고 그녀가 중개인이니 갤러리니 '그 모든 것'과 연을 끊었다는 걸 잘 아는 소수의 선택받은 친구들에게만 시켜주는 작품 구경이었다. 어쩌면 그는 그녀의 돈을 좋아하는 걸지도 모른다고, 뭐 하나 팔아볼까 냄새 맡고 킁킁거리며 돌아다니는 걸지도 모른다고 했더니 폭죽들이 펑펑 터졌다, 쉭쉭, 쨍그랑, 쾅. 현금과 자산. 이승에서 여전히 악취를 풍기는 펠릭스 로드의 화장수.

우리가 서로 입에서 뿜어낸 불꽃들이 진화된 뒤, 나는 혹시 그치가 좀 미끈하고 번들거린다는 인상을 받지 못했느냐고 큰 소리로 물었다. 겉치레 룬 씨는 예술적인 걸음걸이와 예술적인 언변의 달인이시더라고, 안 그래? 그래, 그건 그래, 그녀는 인정했지만 손사래를 쳤다. 그 사람은 돈이 산더미만큼 있어, 그리고 '아이디어'도 엄청나게 많고. 미스터 기억력, 미스터 인공지능, 미스터 컴퓨터. 나의 해리의 얼굴은 룬의 고고한 사상들로 온통 햇살처럼 환하고 따스하게 빛났다. 로봇들이 의식을 가질 수 있을까? 사유란 정보처리일까? 그들은 튜링 머신과 튜링 테스트에 대해 논쟁했다. "그 사람은 완전히 틀렸어, 브루노, 하지만 언쟁 자체가 재미있는 거야, 모르겠어?" 그리고 예술은? 나는 그를 검색해 찾아보았다. 나는 그가 빌어먹을 남자 모델처럼 생겼다고 생각했다. 파도치는 복근에 울근불근한 이두박근. 엉덩이를 긁고 코를 파는 자기 모습을 담은 영화라니, 대체 무슨 장난질이야? 나는 해리에게 말했고, 그러자 그녀가 말했다. "하지만 그는 정말로 장난을 치는 거야, 브루노."

모든 삶은 후대를 위해 기록되어야 한다는 생각을 대체 누가 처음 했을까? 그 미친 루소였던가? 자, 나는 거짓말쟁이야, 사기꾼이고 마조히스트야. 이것 봐, 난 내 아이들을 고아원에 갖다버리고 있어! 그 남자는 자기 자신을 쫙 갈라서 모든 사람들이 보라고 전시했다. 나는 장-자크한테 약하다, 그건 사실이다, 그는 나-나-나의 영웅이니까. 삶의 종반에 다다랐을 때 앨런 긴즈버그는 가는 곳마다 촬영팀을 대동했다. 신화로서의 자아, 영화로서의 자아, 그는 카메라를 보고 중얼중얼 말을 했지만, 적어도 그는 좋은 시를 두서너 편은 써냈다. 내 영웅 월트 휘트먼 역시 자기 홍보에 꽤나 열을 올렸다. 《풀잎》에 에머슨의 말들, '사적인' 편지에서 훔친 말들을 처발랐던 것이다. 에머슨의 말은 "위대한 경력을 시작하는 그대에게 경례를 한다"는 것이었다. 그 시집은 두 편의 익명 서평을 받았는데, 둘 다 젊은 월트 본인이 쓴 것이었다. "마침내 미국의 대시인이 나타났다!" 어쩌면 우리는 그가 인터넷에 접속할 수 없었다는 사실을 다행으로 여겨야 할지 모른다. 이제는 알겠다. '어서 참여하라, 휘트먼 광풍에!' 그런데 왜 나는 안 된단 말인가? '브루노 클라인펠드 웹사이트: 미지의 안티히어로는 올리베티 타이프라이터의 키를 두드린다, 대체 누구를 위해서?'

룬, 본명 룬 라슨은 누구였을까? 빌어먹을, 내가 알 턱이 있나. 그에게서 해리는 무엇을 봤을까? 어느 날 밤 침대에 똑바로 누워 천정을 바라보고 있다가 내가 불쑥 물었다. 혹시 더 젊은 남자를 갈망하는 거야? 해리는 둔감한 척했다. "뭐? 무슨 소리 하는 거야?" "그 자식 말이야." 내가 말했다. "그 자식, 미술계 스타." 우스워 죽겠다는 듯 터져나온 그녀의 폭소에 나는 방 건너편으로 하마터면 휙 날아갈 뻔했다. 그녀는 그의 재능, 사람을 좌지우지하는 능력, 페르소나 때문에 그가 너무 좋다고 했다. 광풍과 허세와 추동력으로 영광을 쟁취해낸 사람이라고. 그 사실이 매혹적이라고 했다. 그의 잔뜩 바람들어간 에고에는 전염성이 있었고, 그 외에도 뭔가 더 특별한 자질이 있었다. 어쩌면 해리는 처음부터 그를 찍어놓았는지도 모른다. 어쩌면 그 사이코패스와 소파에서 낄낄거릴 때 두 사람은 이미 공모자였는지도 모른다. 그녀는 내가 용납하지 않을 거라는 걸 잘 알았기에 끝까지 계획을 숨겼다. 그녀가 들어오고 나가는 걸 내가 일일이 추적하지는 않았다. 해리는 터프했다. 더 이상 호구 마누라가 아니었다. '남편'이나 '남자'의 비위를 맞춰주는 일은 이제 그만이었다. 그녀는 자유였고, 커다란 곰이 거기 끼어들 수는 없었다. 나는 그녀의 메시지를 이해했다. 낮은 그녀 것이었다. 저녁은 우리의 시간이었다. 서니스 바에서 술을 마시고, 그녀 집에서 저녁을 먹고, DVD를 보고—그러나 정착은 없었다. 정신이 이상한 숙사 거주자들이 왔고 갔다. 날씨를 감지하는 '지옥의 소용돌이에서 축적된 습기 찬 추행' 바로미터, 엽기적인 옷차림의 이브, 쇼를 위해 새로운 익살을 시험해보던 엘드리지.

해리가 정말로 룬한테서 산 그 물건을 좋아했던 건지 확신할 수가 없다—얼굴을 산산조각으로 잘라 다시 조립하는 비디오 스크린, 글래머와 고어가 뒤죽박죽으로 섞인 영화. 그건 복수 제작된 작품이었고—즉 '그렇게 비싸지 않다'는 의미였다. 어느 날 오후 나는 스크린 앞에 자리를 잡고 앉아 문외한이지만 한번 감상해보겠다고 작정했다. "공정하게 보자. 아티스트가 등신이라고 해서 편견에 차서 보면 안 되지. T. S. 엘리엇이 그리 반듯한 인간은 아니었잖아,

안 그래? 이 피에 젖은 얼굴들과 잘라낸 뺨들이 무슨 도움이 되나? 내가 흥미를 갖게 되는가? 관심을 갖게 되는가?" 솔직히 말해서 그 빌어먹을 물건은 내 혼을 쏙 빼놓았다. 해리에게 그 작품을 보고 고독감을 느꼈다고 했더니 그녀는 웃음을 터뜨렸지만, 그녀 자신도 그걸 보면 외로움을 느낀다고 말해주었다. "친교에 대한 작품은 아니지." 그녀가 말했다. 그 당시에는 룬이 그녀의 마지막 보루가 될 채비를 다 갖추었다는 사실을 모르고 있었다. 그녀 머릿속에서 그는 매개체 제1호였다. 그녀가 룬의 스타 파워를 제어할 수 있다면 기계가 어떻게 작동하는지 입증해보일 수 있었다. 어떻게 위대함이라는 생각이 또 위대함을 낳는지. 그리고 일단 그녀가 승리를 거두고 나면, 가면을 벗는 대사건이 일어날 것이다! 해리엇 버든, 당당한 여자로서 서다.

그렇게 우리 둘, 해리와 브루노는 레드훅의 우리 영역들에서 미친 듯이 서로 때리고 화해했다. 하나는 화려하고 하나는 보잘것없지만, 각 집은 나름대로 든든했다. 우리 주위에서 도시는 윙윙거리고 끽끽 새된 소리를 냈고, 무적霧笛이 울었고, 구름이 머리 위로 흘러갔다. 비가 내리고 천둥번개가 쳤고 환하게 날이 개었으며 계절이 바뀌었다. 그러나 매일 해가 떴고 해가 졌으며 바깥에 나오면 거리가 있었고, 해리엇의 트럭이 있었고, 맨해튼의 스카이라인도 있었다. 그러다 뉴욕 시가 외부의 습격을 받았다. 파란 하늘이 몇 분만에 연기 가득한 하늘로 바뀌었다—우리는 두 번째 비행기 소리를 들었다, 낮고 시끄러운 소리를, 그리고 충돌을 목격했다. 그리고 다시 텔레비전으로 보았다. 이해하려 애썼지만 이해할 수 없었다. 알면서도 알지 못했다. 메이지가 에이븐을 웨스트빌리지 6번가의 리틀 레드 스쿨 하우스 유치원에서 데려왔고, 오스카는 그날 브루클린에 가지 않았으며, 이선은 윌리엄스버그의 자기 아파트에 있고, 뉴욕에 살며 클라인펠드 가의 유일한 자식인 내 딸 클레오가 미드타운의 브릴 빌딩 자기 사무실에 있고, 피니와 율리시스와 바로미터는 그날 꿈쩍도 않고 집에 있었다는 사실을 다 확인하고 나서, 우리는 레드훅 위로 불건전한 먼지와 파편을 싣고 부는 바람을 차창으로 지켜보았다. 말로 형용할 수 없는 악취를 막기 위해 창문을 꼭 닫고, 그 이른 오후 시간의 대부분을 바로미터를 돌보는 데 쏟았다. 그의 우주 철학적 망상들은 날씨가 보통일 때도 여기저기 부딪고 펄쩍 뛰었다. 연기, 폭발, 날리는 종이, 가루가 된 플라스틱, 그리고 살점을 견디지 못한 그는 쉬지 않고 횡설수설을 쏟아내며 뻣뻣하고 기계적인 동작을 반복하는 상태에 빠져버렸다. 머리카락과 수염을 제멋대로 기르고, 더러운 '그레이트풀 데드' 티셔츠를 입고, 앙상하고 휘어진 다리에 찢어진 카키 바지를 걸친 그는 기계적으로 "이동성 기질의 신음하는 숭고와 그들의 가연성 스톰-패트리어트들이 하느님의 대천사와 신성한 성교를 하며 뛰놀고 있는" 것에 대해 해설을 늘어놓았다(P. Q. E.의 테이프에서 발췌한 것이다. 바로미터의 언어는 기억하기가 불가능하다). 나는 기도했다. 그가 입을 닥치게 해달라고 기도했다. 살육은 그 광인에게 아무 의미가 없었다. 대량학살은 그의 마음에 영향력이 없었다. 그는 자기만의 통제 권력 판타지에 빠져 있었고, 그걸 그날 하루가 폭발시키거나 공고하게 해주었던 것이다(어느 쪽인지는 잘 모르겠다). 율리시스가 자낙스 한 알을 꺼냈고, 우리는 간신히 그를 꼬드겨 약을 먹였다. 우리는 그 미친 인간을 재웠다.

소방트럭 래더 101. 전화를 받은 일곱 명의 소방관들은 모두 죽었다.

며칠 후 창가에 서 있던 해리가 기억난다. 그녀는 입이 아니라 가슴에서 쥐어짜내는 듯 나지막한 소리를 냈다. 그리고 말했다. "인간은 관념을 위해 살해하는 유일한 동물이야."

돌이켜 생각해보면 내가 아는 그 누구도 복수를 갈망하지 않았다. 몇 주일 동안, 아직 살아 있던 거의 모든 뉴요커들이 성자가 된 것처럼 보였다. 우리는 지하철에서 타인에게 말을 걸으며 "괜찮으신가요?"라고 물었다. 그 말은 "누구 지인을 잃지 않으셨느냐?"는 뜻이었다. 우리는 삽, 옷, 손전등을 기부했다. 줄을 서서 헌혈을 했다. 결국 그 피는 아무 쓸 데가 없었지만. 죽거나 살아남거나 둘 중 하나였다. 룬은 카메라를 들고 게릴라 스타일로 촬영을 했다. 그 구역에는 차단선이 쳐졌지만, 그는 경찰들을 따돌리고 슬쩍 들어갔던 게 틀림없다. 그가 해리에게 전화를 걸었던 건 안다. 그녀는 사진에 대한 그의 탐욕을 큰 소리로 걱정했다. 9월 11일 이후에 정신적 문제가 있는 사람들의 증세가 악화되었던가? 그 문제에 대해 빌어먹을 보고서가 어디 있을 텐데 말이다.

대부분의 뉴요커들은 천사처럼 기품 있게 행동했지만 젠체하는 학자들, 논평가들, 저널리스트들은 경건한 척 짖어대고 클리셰를 흔들어댔으며 상투적인 소리를 휘둘렀다. 그리고 그 후로 이어진 수년 동안 부시와 그 패거리들은 맨해튼 남부에서 재가 된 시신들 위에 거대한 거짓말을 하나씩 둘씩 쌓아올렸다. 비상하는 집단적 선은 오래 버티지 못한다. 우리는 서로 물어뜯고 말대꾸하지만 간헐적으로 친절하고 도움을 베풀기도 하는 자기 자신으로 퇴행해 돌아왔고, 지하철 폭발이나 다리 붕괴나 마천루의 융해 없이 하루가 오고가고 나날이 흘러가자 워런 G. 하딩의 말대로 '정상성'이라는 것으로 회귀하게 됐는데, 이 말은 '보통 때처럼 하루하루 죽지 못해 사네요, 고마워 죽겠네'의 암호다. 직장에서의 침체와 우울, 불륜 사건, 가족 간의 불화, 온갖 종류의 강박증, 천식, 위궤양, 류머티즘, 그리고 역류성 식도염.

9·11 이후 얼마 되지 않아 룬이 해리의 위대한 3부작 음모에서 마지막 배우로 서주겠다고 했다는 얘기를 들었을 때, 나는 커다란 소리로 "대체 그 사람이 왜 그런 짓을 한대?"라는 반응을 보이고 말았다. 해리의 논리는 그녀의 바람과 뒤엉켜 있었지만 그 가닥은 여러 갈래로 뻗어 있었다. 일단 그 속임수는 딱 룬의 관심사와 맞아떨어졌다. 그 계략에 룬이 환호했던 건, 계획대로 돌아가기만 한다면 그가 예술계를 농락하는 최고의 거물 사기꾼이 될 수 있기 때문이었다. 그는 비평가들이 얼마나 한심한 어릿광대들인지 폭로할 것이다(능지처참을 하고 싶은 작자들도 있다고 그는 말했다). 바로 그게 그 남자의 취약점이라고 해리는 주장했다. 세상에는 그를 보고 전문사기꾼이라든가 배알도 없이 비위나 맞추는 인간이라고 부르는 이들이 있었다. 게다가 그는 시장을 두려워하고 있었다. 하루는 값

이 올라갔다가 다음 날은 떨어지는 게 무섭다고 했다. 찰스 사치가 시장에 덤핑세일로 내다 판 후 다시는 명성을 회복하지 못한 산드로 키아(Sandro Chia, 1946년 이탈리아 피렌체 출신의 화가로 트랜스아방가르드의 대표주자—옮긴이) 같은 길을 걷고 싶지는 않다고 했다. 룬은 파샤처럼 흥청거리며 사는 사람이었기에 유지비가 필요했다. 그러니 반대파들에게 본때를 보여줄 생각이었다. 그들이 그의 최근작을 조롱할 때 해리를 꺼내들어 뒤통수를 칠 생각이었다. 그러나 해리는 또한 자기가 위대한 룬의 생각들을 쥐어짜서 그의 내면세계를 다시 창조했으며 시내에서 벌어진 끔찍한 사태로 인해 그가 짠 줄거리의 판도가 완전히 변했다고 주장했다. 물론 결과는 그렇게 돌아가지 않았다. 결국 멍청한 브루노가 고고하신 아이러니의 귀부인보다 더 사태파악을 잘하고 있었다는 게 밝혀졌다.

여자는 무엇을 원하는가? 해리는 무엇을 원했는가? 그녀는 룬이 되기를 원치 않았다. 그녀는 자기 작품을 수백만 달러에 팔기를 원하는 게 아니었다. 미술계는 돈세탁을 하기 위해 유명한 작가들을 사들이는 점잔 빼는 허영덩어리들 천지라는 걸 그녀는 잘 알고 있었다. "이해받고 싶어." 그녀는 울면서 내게 말했다. 그녀의 게임은 어질어질한, 철학적 동화였다. 아, 해리에게는 해명과 정당화와 논증이 있었다. 하지만 나는 묻는다, 그 이해라는 게 어떤 세상에서 일어나는 일인데? 시민들이 누워 뒹굴며 철학과 과학 책을 읽고 인지에 대해 언쟁을 하는 해리의 마법왕국에서? 세상은 천박하고 조잡해, 나는 그녀에게 말하곤 했다. "시가 어떤 꼬라지가 되었는지 보라고! 색다르고 귀엽고 '접근 가능'해졌단 말이야." 해리는 자기가 내놓는 가명의 이야기가 문맹들에게 읽히길 원했다. 그건 강박이었고, 강박이란 매 시간, 매일, 매달, 매년 끝도 없이 들들 갈고 덜컹거리고 씩씩거리며 돌아가는 기계다. 나는 그녀의 동화를 끔찍하게 싫어했다. 그녀는 룬에게 걸작을, 미로 같은 그녀의 사적 비탄의 춤을 만들어주었는데, 그는 그걸 훔쳐갔다. 룬이 그녀의 계획을 끝까지 실행해주지 않을 거라고 내게 얘기하던 때, 그녀는 스튜디오에 똑바로 누워 천정에 매달아놓은 겸자와 워낭을 든 뚱뚱하고 덩치 큰 여자를 뚫어져라 노려보고 있었다. 에드거와 다른 두 조수, 어슐라와 카를로스는 이미 퇴근한 뒤였다. 저녁 여섯 시 경이었다. 몇 분 전 나는 그녀의 전화를 받았다. "이리 좀 와, 브룬. 일이 생겼어." 그녀의 목소리, 상처받아 흔들리던. 단어 하나하나 또렷하게, 천천히, 계산적으로, 그 이야기가 입에서 흘러나오는 동안, 그녀는 단 한 번도 나를 쳐다보지 않았다. 그녀의 입만 달싹거렸다. 해리의 나머지 부분은 바위로 변해 있었다.

룬은 그녀에게 자기가 펠릭스 로드와 함께 찍은 영상을 보여주었다. 아무것도 아니었다고, 그녀는 계속 말했다. 아무것도 아니었어, 그냥 두 사람이 그녀가 한 번도 못 본 평범한 방에 앉아서, 서로 한 마디도 하지 않은 채 삼십 초, 사십 초쯤 가만히 있다가 딱 한 번 미소를 교환했다고. 죽은 남편이 영화 속에서 포효하며 돌아왔다. "어째서 펠릭스를 안다는 얘기를 하지 않았어요?" 해리가 룬에게 물었다. 그러자 그는 "그게 중요합니까?"라고 물었다.

"그게 중요해, 브루노?"

당연히 중요하지, 내가 말했다. 음흉스럽기 짝이 없어. 야구방망이로 그 자식 대가리를 패서 뇌가 다 튀어나오게 해주고 싶다고 했다.

그러자 해리가 말했다. "이건 만화가 아니야, 브루노."

이젠 너무나 많은 부분을 잊어버렸다, 우리 대화에서 말이다. 우리가 새벽까지 함께 누워 킬킬 웃어대던 그 밤들, 우리 둘이, 내 커다랗고 따뜻한 해리와 나, 나의 애완동물, 내 마음의 평화, 모든 게 사라졌다, 한 단어도 남지 않았지, 하지만 '이건 만화가 아니야, 브루노'라는 말은 내 뇌 주름에 영원히 각인되었다. 이 말에 대해서만큼은 완벽하게 기억한다. 그때 나는 말문이 턱 막혀버렸다. 후두를 잃어버린 남자처럼 아무 말도 하지 못했다. 그녀는 내가 고릴라 옷을 입고 앞이 보이지 않아 맹목적으로 주먹을 휘두르는 멍청하고 무식한 작자 같은 기분이 들게 만들었다.

해리에게 그 영상이 무슨 뜻이냐고 묻자, 그녀는 자기도 모르겠다고 했다. 룬은 말해주지 않았다고. "그냥 게임의 일부라고만 했어."

해리는 천정을 물끄러미 바라보며 고개를 저었다. 룬이 자기와 두뇌싸움을 벌이고 있고 그 개새끼는 이기기 위해서라면 무슨 짓이든 할 작자라고 말했다. 그는 그녀의 두뇌에 한 가지 생각이 벌레처럼 슬그머니 파고들기를 원하는데, 그건 바로 그가 로드의 연인이었으며 만나기 전부터 이미 그녀에 대해서 모든 걸, 뭔가를, 무엇이든 알고 있었을 거라는 생각이라고. 비밀이 일단 생겨버리면, 하고 해리는 말했다. 그 간극은 의혹으로 채울 수 있는 거니까. 생전에 펠릭스에게는 비밀이 많았다. 해리는 입을 굳게 다물고 눈을 가늘게 떴다. 그녀는 나를 보지 않았다. "〈저변〉이 자기 거라고 말할 거래. 하지만 이제 너무 늦었어." 그녀가 말했다. "절대 그렇게는 안 될 걸."

로드의 무덤은 조용할 날이 없었다. 나는 해리를 붙잡고 흔들며 제발 끝내라고 종용하고 싶었다. 지금이 회전목마를 멈출 때라고, 거기서 뛰어내릴 때라고. 내가 도와주겠다고. 브루노가, 그녀의 영웅이자 보호자가 뛰어들어 해리를 그녀 자신에게서 구하겠노라고. "어디 멀리 가자." 내가 말했다. "떠나버리자."

해리는 고개를 가로저었다.

나는 사랑한다고 말했다. 당신을 하늘 끝까지 사랑해, 내가 말했다. 사랑해. 내 말 들려?

그녀는 내 말을 들었다. "나도 사랑해." 그녀가 말했다. 그녀는 나를 생각하고 있지 않았다.

고고한 감상의 말을 탄 브루노, 구원의 용사: 내게는 영웅의 복장으로 갈아입을 공중전화박스만 있으면 되었다. 하지만 요즘 공중전화박스가 어디 있나, 이 영감탱이야.

햇살이 원목 마루에 빛의 사각형들을 그렸던 걸 기억한다. 해리의 슬픈 얼굴을 기억하고, 내 마음 속 양피지 위에 문득 떠올랐던 인용문을 기억한다. 킹 제임스 성경의 룻기에서 나온 구절이었다. 다른 여인을 따라 나서면서 결코 뒤돌아보지 않겠다고 다짐하는 여자의 말들이었다.

“그대가 어디로 가든, 나도 가겠어.” 나는 해리에게 말했다. “그대가 어디서 죽든, 나도 죽어 거기 묻히겠어.”

해리는 금방이라도 무너질 듯 불안한 미소를 지었다. “멋지네, 브루노.” 그녀가 말했다.

배때기를 세차게 걷어차인 기분이었다.

오즈월드 케이스

(서면 진술)

룬은 아이러니를 끝까지 포기하지 않았다. 그게 룬의 승리였다. 9·11 참사의 여파로 전반적으로 확산된 '세상이 완전히 변해버렸다'는 통곡과 불안, 그리고 위대한 미국 영혼의 모색에도 불구하고, 미술계가 그날 이후로 항구적인 변화를 겪었는가 묻는다면 그 대답은 고막이 찢어지리만큼 큰 소리로 외치는 '아니요'이다. 그 모든 일들을 겪고도, 다운타운에서 발생한 삼천 명의 사망자는 미술시장에서는 재채기 정도, 순간적인 양심의 경련 정도에 불과하다. 그렇다, 예술가들은 무의미함과 새로운 시작에 대해 칭얼거렸지만, 몇 달 뒤 삶은 '콤 다비튀드comme d'habitude(습관대로)' 돌아왔다. 메아 쿨파(내 잘못이다). 나는 9월 23일자로 발행된 주간지 〈더 고서마이트〉에 실린 "아이러니는 그라운드제로에서 죽었다"의 필자였다. 이렇게 말해보도록 하자. 사유의 가장 필수적인 형태인 아이러니를 추방했을 때 나는 진심이었다. 로어 맨해튼은 갓 판 무덤과 같았고, 나는 자신이 무슈 상세르(Monsieur Sincere, 진지함의 화신—옮긴이)로 거듭난 줄 알았다. 설상가상으로 나는 이후에 내 오류를 깨달았다. 좌절된 문학적 야심을 오글거릴 정도로 한심한 기사들에 쏟아부은 저명한 내 동료들을 위해서도 나로서는 그 이상 해줄 말이 없다. 그들은 우리 고결한 직업의 모토를 깜박 잊었던 것이다. 바로 "모든 게 부질없다"는 것. 아이러니의 종언을 선언한 내 실수 정도는 9·11 이후 출판된 쓰레기 대다수에 비하면 진부하다고 말할 수도 없다. "누가 이런 일을 상상이나 했겠는가?"라는 문장을 대체 몇 번이나 읽었는지 모르겠다. 할리우드의 삼류 각본가들 모두가 상상했던 일이다. 룬은 사태를 정확히 파악했다. 그는 이 스펙터클이 수천 개의 서로 다른, 대체로 겉만 번드르르한 방식으로 사용되고 착취되고 재사용되리라는 걸 이미 알고 있었다.

2002년 인터뷰 당시 그는 참사를 미술로 다루려는 고투에 대해 말했다. 이미 복수複數의 서사들로 이용당한 대학살이 어떻게 재현될 수 있을까? 그는 테크놀로지의 속도에 대해, 시뮬레이션에 대해, 그리고 마지막으로 경외감에 대해 말했다. 그는 한 번도 경험해본 적이 없었다—경외감 말이다. 9·11 이전에는 느껴본 적이 없는 감정이었다. 그는 그 사태를 '감정적인 초전도체'라고 칭했다. 그래서 작품에 넣고 싶었다. 해리엇 버든 쪽에서 자기가 벌인 '이 여자도 유명한 예술가가 될 수 있다' 캠페인의 세 번째 위장을 찾았다고 믿었다는 건 나도 안다. 문제는, 그로부터 일 년 반 뒤 전시된 작품들의 명의를 라슨에게서 빼앗을 정도로 충분히 간섭했는가 하는 점이다. 난 그렇지 않다고 본다. 룬은 자기가 무엇을 하는지 정확히 알고 있었다. 〈저변〉은 토네이도처럼 미술계를 강타했다. 타이밍은 천재적이었다. 그는 9·11에서 모두가 텔레비전으로 본 이미지들을 며칠도 지나지 않아서 보여주는 건 안 될 말이라고, 적어도 뉴욕 시에서는 절대 안 된다는 걸 알고 있었다. 그러나 어쩔 수 없이 미로를 걷게 되고 파괴된 자동차들이나 흙먼지에 뒤덮인 어린아이의 신발이 나오는 흑백 영상을 보게 된다면, 그 기괴한 가면의 판타지 시퀀스와 겹쳐져(이건 륜이 감독했다고 나는 믿는다) 관객의 체험 강도가 점증하게 된다. 그는 해리엇 버든을 뮤즈로 사용했다. 그 점에 있어서는 그녀의 공을 인정하지만, 판타지 이미지를 완전히 진부한 다른 것들과 뒤섞는 혼합은—커피 잔을 들고 창밖이나 내리는 눈을 바라보는 륜의 모습—〈진부함〉의 직접적 인용이다. 또한 댄서들의 로봇 같은 동작들도 순전히 륜의 것이다. 〈저변〉은 지금 전시되고 있는 질척하게 감상적인 버든의 작품들과는 닮은 데가 전혀 없다.

내가 그와 인터뷰를 하기 한참 전에 륜은 소위 '나쁜 남자' 유명인이 되었고, 그 말은 당연히 그가 착하지 않았다는 뜻이다. 그는 착한 남자가 되기에는 너무 복잡한 사람이었지만, 생각해보면 착하다는 건 과대평가되었을 뿐만 아니라 세간의 평판보다 훨씬 매력이 떨어지는 자질이다. 사람들은 덩치 크고 근육이 우람한 '나'를 사랑한다. 사람들은 그렇지 않다고 말하지만, 미술계에서 겁 많고 쪼그라드는 성격은 주위 사람들을 다 쫓아버리고(하나의 전형으로서 아주 세련되게 다듬어지지 않았다면 말이다) 나르시시즘은 자석처럼 끌어당기는 매력이 있다. 아티스트의 페르소나는 장사의 일환이다. 피카소는 수많은 여자들을 거느렸고 그네들을 괴롭히는 걸 즐겼다.

자신감의 왕이었고 허세에 부풀어 뻐기는 재능의 금자탑이었으며, 그가 냅킨에 끼적인 낙서는 내가 평생 벌 돈보다 훨씬 더 많은 돈에 팔린다. 당신이 사람들을 유혹하지 못한다면 이미 틀려먹었다. 잠옷 차림의 슈나벨(줄리언 슈나벨, 1951년 브루클린 출생의 신표현주의 화가이자 영화감독—옮긴이)을 보라. 당당함이 먹히기 마련이다.

첫 번째 인터뷰에서 룬은 시장의 뜨고 지는 흐름을 빠삭하게 꿰고 있음을 드러냈다. 최근 전시회에 대해 묻자 그는 이렇게 답했다. "〈글래머의 진부함〉이 잘된 건 수집가들이 경쟁력이 있다고 판단했기 때문입니다. 그들은 한나 아렌트를 읽어본 적도 없으면서 그녀에 대한 인용을 보고 좋아했죠. 저 역시 한나 아렌트는 읽어본 적도 없습니다. 그러나 글래머와 죄악으로 벌인 유희가 재미있는 건, 악이란 진부하지 않을 거라고 생각되지만 글래머는 이제 진부하기 때문입니다." 그때까지 룬은 수년에 걸쳐 날마다 자신을 촬영해왔다. 도시에서 뜨는 청년 예술가의 삶. 나는 이 기회를 빌려 지긋지긋한 속담 하나를 바로잡고자 한다. "아름다움은 피부만큼 얄팍하다"는 것이다. 그렇지 않다. 아름다움은 삶만큼 깊다. 아름다움이 당신을 만든다. 190센티를 상회하는 키에 금발, 푸른 눈, 잘생긴 외모, 룬의 북유럽계 혈통은 평범한 전시회보다 수십 데시벨은 더 큰 소리를 내는 TV 광고보다도 요란하게 자기주장을 한다. 그의 눈은 연한 하늘색이다. 가끔 그를 보면 〈블레이드 러너〉 속의 복제인간과 이야기를 나누고 있는 기분이 들기도 했다.

90년대에 그는 한동안 메트로섹슈얼처럼 꾸미고 다닌 적이 있었다—화장수, 매니큐어, 무스, 각질 제거, 셀프 태닝—그러면서 충실하게 이 모든 몸단장 과정을 일기에 기록했다. 그러다 갑자기 그만두었다. 다음에는 '자연주의풍'의 예술가적 카우보이로 변신했다. 빳빳한 청바지, 장화, 땀에 젖은 티셔츠. 서부영화 버전으로 변신하고 나서 또 얼마 후에는 늘씬한 이탈리아식 정장 차림으로 온갖 행사에서 이런저런 아티스트들을 놓고 시끄러운 논평을 했고, 그 말들은 당장 루머로 회자되기 시작했다. 그는 자기 이미지를 잘 파악했고, 그가 자기 자신의 오브제로 작품 속에서 조각처럼 빚어질 몸뚱어리라는 것도 잘 알았다. "가짜입니다." 그가 말했다. "영화 일기는 완전히 가짜예요. 그게 요점이죠. 그렇다고 연출을 했다는 건 아닙니다. 잠에서 깨는 건 나거든요. 파티에 가는 것도 나죠. 허구성이라는 건 알고 보면 그 영상에 자신이 덧씌우고 싶은 의미 외에 아무것도 보고 있지 않으면서 무언가를 보고 있다고 믿는 사실에서 오는 겁니다. 그게 바로 유명세의 문화거든요. 아무것도 중요하지 않고 가격을 붙여서 살 수 있는 욕망만 남는 겁니다. 나 자신에 대한 무슨 이야기에 집착한다면 지겨워지리라는 걸 압니다. 마돈나를 보세요. 나의 재창조들은 내게 어떤 패션도, 어떤 스타일도 없다는 뜻입니다. 난 그저 밍밍하고 특징 없는 금발일 뿐이지요. 내가 새로 창조한 건 하나도 없습니다. 원래 다 있었던 거지만 약간의 반전과 변화를 더했을 뿐이고, 사람들은 그걸 좋아하지요. 저는 독창성의 모든 흔적을 지우려고 적극적으로 싸웁니다."

그의 입장은 희롱이다. 만물이 독창적이지도 실재하지도 않는 소비자의 천국 미국에 대한 영악하고 복잡한 희롱이다. 그가 무슨 말을 하는지 알아듣건 말건, 사람들은 룬 주위에 있으면 힙한 느낌을 받게 된다. 색색의 십자가들은 너무나 단순해서 사람들을 흥분시켰다. 도로 표지판처럼 읽기 쉬우면서 또한 읽기 어려웠다. 그것들은 무슨 뜻이었을까? 적십자 상징을 여러 색깔들로 그린 십자가 연작들은 기독교 역사 전반 또는 십자가 전쟁에 대한 아이러니컬한 언급일 수도 있다. 9·11 이후 그 십자가들은 일종의 선견지명처럼 보이기까지 했다. 동서 갈등, 문명의 전쟁. 아니면 그것들은 그저 형상일 뿐이었을까? 그렇다, 어떤 비평가들은 그를 뒤쫓아다니며 비난했지만, 내가 보기에 수집가들은 전혀 개의치 않았다. 진짜 아이러니는 9월 11일이 실제로 그를 바꾸어놓았다는 사실이다. 그는 적어도 한동안은 자신에게 새로운 미학이 필요하다고 느꼈다. 그래서 무명이다 못해 애초에 한물간 적도 없는 아티스트인 버든을 찾아갔는지 모른다. 개인적으로 나는 그녀의 작품이 신낭만주의적 감정 분출에 불과하다고 본다. 고상한 척하고 감상적이며 당혹스러운, 거대한 고뇌의 신음소리는 되다 만 실존주의를 떠올리게 만든다. 소위 그녀의 '메타모프'들이 어떤 관심사를 갖고 있는지 나는 아직 파악하지 못했다.

정치적 공정성과 정체성의 정치학은 시각예술을 비롯해 코즈모폴리턴적인 미국 문화의 면면에 속속들이 파고들었고, 현재 그녀의 작품이 받고 있는 갈채의 상당 부분을 설명한다. 전시할 갤러리도 찾을 수 없었던 불쌍하고 홀대받은 여성이라니! 불쌍한 해리엇 버든, 오백 달러짜리 모자를 쓴 크로이소스 부럽지 않은 부호, 뉴욕시에서도 역사상 가장 교활하게 사업을 했던 미술상의 과부. 안쓰러워서 가슴이 다 아플 지경이다. 연민으로 심장이 펄떡펄떡 뛴다. 미술은 민주주의가 아니지만 사실에는 눈이 먼 채 선의에 불타는, 디카페인 저지방 라테를 마셔대는 자유주의자 어중이떠중이들로 가득한 이 까다롭고 신경질적인 도시에서 이런 뻔뻔스러운 진실은 심지어 속삭여 말할 수도 없다. 한순간이라도 미술계에 남자가 많은 이유는 남자들이 더 훌륭한 예술가이기 때문이라는 암시를 던진다면 당장 사상경찰에게 고문을 당할 각오를 해야 한단 말이다. 그렇지만 스티븐 핑커의 《빈 서판》을 읽어보라. 그는 저명한 심리학자이자 유전학에 기초한 사회생물학이라는 지평을 새롭게 열어가는 대담한 예언자다. 그 다음에 남자와 여자가 동일하고 똑같은 힘을 갖고 있으며 '젠더'의 차이는 환경적인 거라고 어디 한 번 말해보라. 뇌과학에서 거듭된 테스트의 결과는, 남자가 시각적 · 공간적 기술과 두뇌회전에서 여자보다 높은 점수를 받는다는 것이다. 이 사실이 과연, 적어도 부분적으로는, 시각예술에서 남자의 지배적 위상과 연관이 없을까? 진화론이다. 카드 패부터가 다르단 말이다. 남자들은 사냥꾼이고 싸움꾼이다. 수동적이지 않고 능동적이며 행위를 하고 만드는 사람이다. 여자들은 양육자였고, 아이들을 돌보니 둥지 가까이에 머물러야 한다. 여자들에 대해서 차별과 편견이 있었느냐고? 물론 그렇다. 그러나 페미니즘은 그 명분에 전혀 도움이 되지 못했다. 페미니스트들은 숫자와 쿼터에 대해 빽빽 고함을 질러대서 여자 예술가들을 정치적 도구로 바꿔버렸다. 좋은 예술가들은 페미니즘과 아예 연을 맺고 싶어하지 않는다. 해리엇 버든은 이 유서 깊은 전통에 불어온 최신의 광풍이다. 그녀의 위대한 천재성을 짓밟은 '남근중심적' 세계에 희생된 여성 말이다.

아무튼, 룬은 자기 작품을 뒤흔들어 섞을 길을 찾고 있었다—퇴행적인 요소를 더하고 과거의 요소, 아방가르드를 그리워하는 노스탤지어를 도입할 방법을. 표현주의와 워홀처럼 궁극적인 소비 판타지에 수용되기 전의 미술을 모색하고 있었다. 캠벨 수프 이전의 세계 말이다. 룬이 그것을 버든에게서 찾았다고 본다. 그녀가 그를 찾은 게 아니었다. 그가 그녀를 찾았다. 나중에 룬은 내게 그렇다고 말한 거나 다름없었다. 그 여자의 입지는 훌륭했고, 룬은 그녀의 남편과도 알았다. 기록을 똑바로 하기 위해서 하는 말인데, 룬은 게이가 아니었다. 그 남자 주위에는 여자들이 널려 있었다. 여자들은 은근슬쩍 옆걸음으로 그에게 다가갔다. 우연인 것처럼 몸을 스쳤다. 얼굴에 멍청하고 백치 같은 표정을 띠고 혀 짧은 소리를 내며 애교를 떨었다. 젊고 아름다운 여자들과 그렇게 젊지도 아름답지도 않은 여자들이 모두 그를 조금이라도 더 갖고 싶어 안달을 했다. 룬과 내가 다운타운에서 함께 쳤던 당구 게임이 생각난다. 끝나고 나서 우리는 바에서 맥주를 마셨다. 이십대의 핫한 영계('아름다운 여자'를 뜻하는 이 미온적 속어가 민감하신 분들의 기분을 상하게 한다면 용서를 구한다), 진짜 예쁜 여자가 검은 머리에 타이트한 셔츠를 허리에 묶어 작은 골드 링을 단 배꼽이 살짝 보이게 하고서 우리 쪽으로 다가와 옆에 있던 등 없는 의자에 앉았다. 그녀는 아무 말도 하지 않았다. 그 역시 아무 말도 하지 않았다. 그는 그녀에게 술도 사지 않았다. 니엔테(Niente, 아무것도 하지 않았다—옮긴이). 그는 내 쪽을 돌아보고는 "잘 가요, 오지"라고 말했다. 나는 그들이 술집을 함께 나가 모퉁이에서 오른쪽으로 도는 모습을 바라보았다.

룬의 프로필로 말하자면, 팩트가 필요했다. 〈더 고서마이트〉는 팩트에 목숨을 건다. 팩트를 체크하고 또 체크한다. 이 모든 까다로운 팩트 체크에서 웃기는 점은 대상의 생일, 고향, 연루된 온갖 숫자가 완벽하다면 얼마든지 그 대상에게 모욕을 줘도 된다는 사실이다. 그리고 공공연히 거짓말을 늘어놓는 인간들의 말도 얼마든지 인용할 수 있다. 정확하게 인용하기만 한다면. 그러면 기사가 풍부해진다. 약간 긍정적이기도 하고, 약간 부정적이기도 하고. 우리는 균형 잡힌 기사를 좋아한다. 그렇지만 균형은 심각한 문제에서 제일 중요하다. 정치는 심각하다. 저명인사의 추문은 심각하고, 그에 어울리는 산문이 갖춰져야 한다. 전쟁 지역에 관한 한 모든 유머와 아이러니는 멈추고 단념해야 한다. 예술은 심각한 게 아니다, 적어도 아메리카의 U.S.에서는 그렇지 않다. 예술은 삶과 죽음의 문제가 아니다. 우리는 프랑스인들이 아니다. 예술 비평에서는 사람 이름의 철자를 틀리지만 않으면, 아무 말이나 쓰고 싶은 대로 써도 된다. 마음 내키는 대로 허세에 절어 있는 멍청이를 하나 골라 리뷰라는 이름으로 증오 편지를 보내고 덤으로 유명세를 얻을 수도 있다. 내 말이 기분이 나쁘시다? 죄송하게 됐군요Excusez-moi.

H. L. 멩켄은 비평가가 "격조 높은 방식으로 시시각각 변화하는 상투적 생각들을 옹호하는 일에 헌신한다"면 존중을 받을 것이라고 썼다. 현대의 상투적 생각이란 백인 남자들을 비하하고, 다양성을 조장하고 정전을 파괴하는 것이다. 아니면 반대로, 정전과 구식 예술적 가치들을 옹호하는 깃발을 높이 흔들 수도 있겠다. 물론 멩켄은 대학이 곧 문식력을 의미했던 과거에 그런 글을 썼다. 이제는 더 이상 그렇지 않다. 나는 아이비리그를 갓 졸업하고도 like와 as를 분간하지 못하고, 동사 lie('눕는다'는 뜻으로 쓸 때)를 변화시킬 줄도 모르고, 어법상의 오류로 소름 돋게 만드는 우리 인턴들의 얘기를 몇 시간 동안 한도 끝도 없이 늘어놓을 수 있다. 하지만 어설프게 공부를 하다 만 그들의 입에서는 시시각각 변화하는 '공정한 사유'에 대한 상투적 말들이 줄줄이 흘러나온다. 필기체도 제대로

못 쓰는 사람들이 장악한 세상이 올 텐데, 참 기대가 되는 미래가 아닐 수 없다.

시각예술에서는 클레멘트 그린버그(1909년 미국 뉴욕에서 태어난 비평가로 종래의 인상 관념적 비평과 대조적으로 현대예술의 전개를 내부로부터 파악하는 내재적 · 형식적 비평을 추진했다—옮긴이)가 재위 기간 동안에는 성공적인 독재자였으나, 그의 세계는 이미 끝장이 났다. 하지만 한 예술가를 둘러싸고 더 많은 글이 쏟아져 나온다면 그럴수록 더 좋은 일이다. 특히나 그 예술가의 위대함에 대한 논쟁들이 적당히 난해하게 들리면 금상첨화다. 그러나 나는 룬의 작품에 대한 리뷰를 쓰려는 게 아니었다. 룬의 프로필과 훗날 내 책을 위해서는 그의 인생사가 필요했다. 팩트는 다음과 같다. 1965년 아이오와 주 클린턴 출생. 부모님은 히람과 샤론 라슨. 어린 동생 커스틴이 있음. 아버지는 자동차 정비소 주인. 어머니는 양재 일을 했음. 이웃의 말을 빌면 "조용하고 예의바른 소년"이었음. 클린턴 고등학교를 다님. 1980년 과학제 1등상을 탐. 1981년 어머니가 수면제로 자살함. 1982년 기물 파손(이웃집 마당에 놓여 있던 난쟁이 조각의 목을 자름)으로 체포됨. 장학금을 받고 벨로이트 칼리지를 1년 다님. 미네소타 주립대학으로 옮김. 공학과 언론학 강의를 들음. 6학기를 끝내고 중퇴. 기복이 심한 생활기록부. 뉴욕 시까지 히치하이크. 1987년 영화 〈도시의 노예들〉에 엑스트라로 캐스팅. 같은 해 〈도시의 노예들〉의 원작소설 작가로 잠시 유명세를 탔던 레나 드윗과 사귐. 그 유명한 퍼시 드윗의 딸이자 제약회사 부호의 상속녀인 드윗은 새 남자친구에게 거액의 돈으로 누릴 수 있는 기쁨들을 처음 가르쳐줌—햄프턴스의 파티, 밤생활, 그리고 미술계. 1988년 셀프 다큐멘터리 시작.

1989년 '룬'이라는 하나의 이름만을 지닌 화가임을 공공연히 선언. 〈다이어리〉에서 종이 한 장을 들고 '라슨'이라는 글자를 가위로 잘라버림으로써 의례적으로 성姓을 절단해냈다. 1991년 P.S. 1에서의 단체전 〈그냥 평범한 남자〉[다이어리 1556번]로 데뷔, 이브 클라인식으로 몸을 파랗게 칠한 룬이 고개를 위아래로 까닥거리는 작은 로봇에게 자신의 하루 일과를 이야기하는 영화. 〈뉴욕 타임즈〉에 전시회의 하이라이트로 주목받음. 모델 루이자 폰타나와 친해져 자주 함께 있는 모습이 목격됨. 루이자는 참혹한 종말을 맞음. 4월에 이스트 7번가의 아파트 11층에서 뛰어내림. 아름다운 처녀의 슬픈 죽음을 〈뉴욕 포스트〉에서 대서특필함. 룬은 그녀와 함께 어울리던 친구들 중 한 사람으로 언급됨.

(1986년에서 1992년까지는 알려진 수입원이 없음.) 1992년 〈이별은 어렵다〉[다이어리 1825번]를 자이트 갤러리에서 선보임. 영화 두 편이 동시에 상영됨. 1) 드윗이 소유한 센트럴파크웨스트의 거대하고 호사스러운 아파트에서 연극처럼 연출된 룬과 드윗의 이별 장면을 다큐멘터리로 기록한 영화. 구두를 던질 때 양쪽 모두 상당한 운동능력을 보여준다. 2) 두 사람이 똑같은 제스처를 취하는 애니메이션 '사이버네틱' 버전의 영화. 언론의 주목을 끎. 윌리엄 버리지의 눈에 띔. 룬은 자이트를 떠나 버리지 갤러리로 소속을 옮김. 사생활 침해를 탄식하는 기자들에 의해 몇몇 추정 기사들이 나옴. 원래 우리가 하는 일이 그런 거 아닌가요? 룬은 드윗이 카메라에 대해 알고 있었으며 두 버전 모두 '시뮬레이션'이라고 강조함. 드윗은 카메라의 존재를 깜박 잊었다고 주장함. 1995년 10월, 히람 라슨이 지하실 작업장으로 내려가다 층계에서 추락하는 바람에 머리를 다

쳐 클린턴의 자택에서 사망. 룬은 아이오와에서 열린 장례식에 참석. 1995년 11월, 윌리엄 버리지는 룬이 케이티 헤일과 동거하기 시작하며 이사한 윌리엄스버그로 연락하지만 룬과 연락이 닿지 않음. 두 달 후 케이티 헤일과 헤어지고 인디아 아난드와 사귐. 영화, 비디오, 디지털 레코딩도 없음. 자전적 인생 기록은 룬이 다시 뉴욕에서 부상하는 1996년까지 정지. 11월까지 고정된 주소 없음.

1997년 10월, 버리지 갤러리에서 블록버스터 전시회 〈글래머의 진부함〉 열림. 얼굴 모핑 테크놀로지를 써서 잠에서 깨어나고, 거리를 걷고, '인조인간'이라고 쓰인 티셔츠를 입고 밤에 오프닝에 참석하는 룬 자신의 비디오 시퀀스의 얼굴 생김새를 증폭시키고 변형함. 의족과 로봇 손, 팔, 다리는 물론 십자가와 십자가상들과 뒤섞은 (미용과 재건) 성형수술을 받는 환자들의 동시 영상들. 갤러리의 여러 분기점들에 단순한 문구를 새긴 벽돌들을 배치: Art, Artificial, Art Man, Man Art, Manart, Artman, Cross, Crosses, 그리고 Crucifix. 벽돌들이 활발하게 팔림. 〈아트 어셈블리〉는 〈룬: 비非자아의 구성〉이라는 기사를 게재. 쾰른과 도쿄에서 전시. 1999년 9월 십자가 전시회. 노란 십자가는 삼백만 달러에 팔림.

"천국에 재미있는 사람은 하나도 없다." 누군가 이렇게 썼다. 룬은 확실히 재미있는 사람이었다. 그는 기자들에게 자기가 사라졌던 기간에 대해 서로 다른 이야기를 들려주었다. 막연하거나 보편적인 얘기가 아니라 고도로 구체적인 설명이었으며, 각각의 기자들은 그의 말을 전적으로 믿어버렸다. 시놉시스를 요약하자면 다음과 같다.

1. 그는 드윗과의 연애가 끝나자 상심한 채 뉴욕을 떠나 버몬트 주 뉴페인으로 가서 피터 그레인저라는 다른 이름으로 살았고 생계를 유지하기 위해서 간간히 목수 일을 했다.
2. 버클리로 도망가서 코디스 서점에서 점원 일을 하다가 잘린 뒤 노숙자가 되어 샌프란시스코의 건달 무리에 끼어서 살았다.
3. 몇 달 동안 자기 차에서 살면서 이곳저곳으로 차를 몰고 여행을 다녔고, 일할 수 있을 때는 일을 했지만 어느 곳에서도 삼 주일 이상 머무르지 않았다.

뉴페인에서 수소문을 해봤지만 피터 그레인저라는 이름을 들은 사람도 없었다. 코디스 서점의 사람들은 룬에 대해 아무것도 몰랐고, 여행을 다녔다는 얘기는 어떤 식으로도 입증이 불가능하다.

룬은 내게 네 번째 버전의 이야기를 들려주었다. 레나 드윗과 아버지의 죽음이라는 참사를 겪고 나서 그는 우울하기는커녕 기쁨에 들떴다. "뭘 해도 잘못될 수가 없었습니다." 그가 말했다. "완전히 기분이 들떠서 땅을 걷는 것 같지가 않았죠. 그 감정은 좋다는 정도를 훌쩍 뛰어넘었습니다. 돈을 썼죠. 섹스를 했고, 가끔은 하루에 여자 다섯과 잘 때도 있었습니다. 춤을 추고 노래를 하고 허랑방탕하게 살았어요. 환각도 봤다니까요. 약을 한 건 아니고, 그냥 거대한 빨간 짐승들과 개의 이빨을 가진 여자들의 광적인 신기루들이었어요. 오줌을 지릴 만큼 무서웠죠. 섹스 파트너 한 사람이 마침 정신과 의사였는데, 섹스를 하고 난 뒤에 나를 뉴욕 종합병원의 정신과 응급실에 데리고 갔어요. 말 그대로 떡을 치고 싸움을 했죠. 상상을 해보세요, 섹시한 정신과의사를 보고 헐떡거리고 있었는데,

다음 순간 정신을 차려보니 폐쇄병동의 입원 환자가 되어 있었단 말입니다."

이 이야기의 진위를 확인해보려 애써봤지만 뉴욕 주립병원의 정신과 환자 사생활 보호법이 매번 내 발목을 잡았다. 나는 4번 이야기를 믿는 경향이 있는데, 이 해명을 들은 사람이 나라는 이유에서만은 아니다. 그건 너무 기괴한 얘기고, 완연한 중년으로 접어든 지금 나는 세상일에 대한 얘기를 하도 많이 들어서 진실은 꼭 허위처럼 들리고 허위는 진실의 울림을 갖고 있다는 사실을 알게 되었기 때문이다. 확인되지는 않았지만, 적어도 라슨이 어떤 식으로든 신경쇠약을 겪었다는 건 충분히 개연성이 있다.

룬의 사후 내 책을 쓰기 위해 조사를 하던 중에, 여동생 커스틴은 그의 삶에서 기록이 없는 기간의 상당 부분에서 그가 뭘 하고 지냈는지 알고 있었다는 사실을 발견했다. 커스틴 라슨은 미니애폴리스에 사는 두개 및 안면 기술자다. 암 환자들을 비롯해 코, 귀, 뺨, 앞턱, 옆턱 등을 잃어버린 사람들에게 안면 보형물을 제작해준다. 이런 일을 천직으로 삼는다는 건 솔직히 상상하기 힘들기는 하지만, 전화 통화 중에 그녀는 고귀한 직업이라고 말하면서 자신의 것을 잃어버린 남자를 위해 '생물학적으로 적합한 물질'을 사용해 딱 맞는 보형물을 형성한다는 게 얼마나 큰 도전인지 열변을 토했고, 자신의 작품이 〈글래머의 진부함〉에서 일익을 담당했다고 쾌활하게 털어놓았다. 그러나 오빠의 실종 얘기가 나오자 훨씬 말수가 적어졌으며, 막연하게 "자기를 찾을" 필요가 있었다는 얘기만 하는 것이었다. 룬은 고독을 원했다. 그녀는 "자기가 말할 입장이 아니라는" 등 변명을 늘어놓았다. 정신병을 앓았을 가능성은 직설적으로 없느냐고 물었더니 그녀는 아주 조용히 말했다. "미치지 않고서야 그런 식으로 죽었겠어요, 안 그런가요? 내가 할 말은 그것뿐이에요." "그리고 아버님의 죽음은요? 그 일도 오빠가 굉장히 힘들어했나요?" 긴 침묵이 이어졌다. 나는 인내심을 갖고 기다렸다. 그리고 훌쩍거리는 소리가 들려왔다. 나는 언성을 낮추고 오랜 세월에 걸쳐 완벽하게 갈고닦은 위로의 말투를 썼다. 기분을 상하게 만드는 건 내 의도가 아니었다. 남매에게 아버지의 사고는 충격, 그것도 끔찍한 충격이었던 모양이었다. 전화선 반대쪽 끝에서 들려오는 흐느낌. "오빠가 아버지를 발견했어요. 얼마나 끔찍했을지 이해가 가세요? 아버지의 사체를 오빠가 발견했다고요." 그러더니 그녀는 협박조로 으르렁거렸다. "망자들도 일말의 존중을 받아 마땅해요. 그런 거 몰라요? 엄마, 아빠, 룬. 다들 죽었어요. 하지만 존중해줘야 한다고요."

탐문 취재는 역경이 많고, 이야기를 위해서 꼭 필요한 침해는 불사해야 한다. 눈물로 범벅된 얼굴들이나 목멘 소리에 익숙해진 지는 까마득히 오래 되었지만, 여기 있는 이 여자는 기꺼이 말해줄 생각이 전혀 없었고, 그래서 나는 그녀가 마음에 들었다. 우리가 사는 세상에서는 언론의 관심에 절박하게 목마른 사람들이 TV에 잠깐 나오기 위해 영혼을 파는 일이 비일비재하다. 우리 잡지 이름을 슬쩍 흘리기만 해도 사람들의 눈빛이 총총히 빛나고 혀가 스르르 풀린다. 하지만 아이러니가 첩첩히 쌓여가는 한편으로, 룬이 사람들의 관심을 탐닉했다는 사실만큼은 꼭 말해줘야 했다. 나는 커스틴에게 말했다. "오빠가 자기에 관한 책을 원했을 거라 생각지 않으십니까? 그의 마지막 제스처도 예술과 테크놀로지를 위한 게 아니었던가요? 그는 자기 죽음이 미학적 진술이라는 점을 명백하게 했고 그건 그가 선택한 방식이었습니다."

전화를 끊기 전 커스틴 라슨이 말했다. "당신은 뭐 하나 제대로 알고 있는 것 같지 않네요."

레나 드윗은 그가 죽은 후 '충격과 슬픔'을 표한다는 말만 남기고, 수십조 달러의 재산을 에워싸고 보호하는 법적 장벽 뒤로 사라져버렸다. 그래도 케이티와 인디아와는 수 시간에 걸쳐 대화를 나누고 테이프에 녹음을 할 수 있었는데, 이들은 그들 공통의 연인의 호불호, 어린 시절의 이야기들, 식이습관에 대해—즉, 진짜 룬에 대해—아주 세세한 부분까지 다 알려주었다. 두 사람의 이야기가 일치하는 부분들도 있었다. 그는 책을 굉장히 많이 읽었고 특히 SF, 만화, 예술가 전기들을 탐독했다. 니체를 사랑했고, 감상적인 진술을 인정사정없이 격파했던 이탈리아 미래주의자 마리네티의 말을 즐겨 인용했다. 상세한 내용은 모두 내 책에 밝혀져 있지만, 아주 간단하게 요약하자면—사생활에 대한 보고들이 서로 일치하지 않았다. 친구들과 지인들을 인터뷰해봤지만, 드러나는 건 한 사람이 아니라 여러 다른 사람들이었다. 그는 어머니를 사랑했다. 그는 어머니를 "냉정한 쌍년"이라고 불렀다. 어머니와의 관계에 "문제가 있었다". 아버지에게 맞고 자랐고, 따라서 아버지에게서 소외된 느낌이 들었다. 아버지를 사랑했지만 좀 "사고가 단순하고 인습적"이라고 생각했다. 대학에서 여러 가지 환각제를 먹어본 적이 있다. 마약에는 손도 대지 않았지만 즉흥적 환각을 겪은 적이 있다. 위스키를 좋아했다는 건 내가 직접 확인했다. 어느 날 밤 나와 같이 외출을 하러 나갔을 때, 그는 술 넉 잔을 마시고서 한 팔을 내 몸에 두르고 말했다. “내가 당신을 왜 좋아하는지 알아요, 오지?” 나는 의무감에 대답했었다. “아니요, 룬, 왜죠?” “왜냐하면 우리는 알거든요. 세상이 똥이라는 걸.”

이건 철학적 진술로 치부할 수도 있겠다. 우리는 둘 다 자타가 공인하는 무신론자였으니까. 하지만 그 남자가 나를 매료시킨 부분은 바로, 나에게도 그가 만날 때마다 전혀 다른 모습으로 변했다는 사실이다. 그는 “자기 이미지를 가다듬는다”든가 “자신을 재현”한다든가 “게임 플랜을 완벽하게 확보할 필요”가 있다는 등의 이야기를 굉장히 많이 했다. 그러나 한편으로는 “사람들을 한칼에 갈라버리고” “세차게 뒤흔들” 예술을 제작하고 싶다는 욕망을 고백하기도 했다. 케이티에 따르면 그는 때때로 죽거나 학대받은 아이들이 나오는 기사를 읽고 울었고, 헤아릴 수 없이 많은 동물 자선단체들에 돈을 기부했으며 채식주의를 표방했다. 잠시 스쳐지나가는 과도기였을 수도 있다. 나하고는 고기를 먹었으니까.

룬은 이야기꾼이었다. 마지막까지 부단히도 자기 자신을 창조하고 재창조하기를 거듭했다. 이런 면에서 보면 그는 우리 시대가 낳은 인간이다. 미디어와 가상현실의 피조물, 지구상을 걸어 다니는 아바타, 디지털화된 존재. 아무도 그를 몰랐다. 자전적 영화를 ‘가짜’라고 불렀던 그의 논평은 심오한 동시에 피상적이다. 그리고 바로 그게 요점이다. 우리 세계에는 깊이도, 인격도, 참된 이야기도 있을 수 없다. 오로지 어디에든, 또 모든 곳에 동시적으로 영사할 수 있는 실체 없는 이미지들밖에 없다. 곧 우리는 뇌에 직접 이식된 커뮤니케이션 장치들을 갖게 될 것이다. 현실과 이미지의 구분은 이미 흐릿해지고 있다. 사람들은 각자의 스크린 속에서 산다. 소설

미디어가 사회생활을 대체하고 있다.

〈저변〉이 전시된 후 그리 오래지 않아서 해리엇 버든이 룬의 집에 함께 있는 모습을 본 적이 있다. 창고를 개조한 룬의 집을 나는 '허드슨 강가의 베르사유'라고 부르곤 했다. 엘리베이터는 20명을 수용할 수 있었다. 방들은 입이 떡 벌어질 정도로 컸고, 휘황찬란한 원색 브로케이드, 실크, 벨벳을 덧씌운 거대한 소파들과 속을 빵빵하게 채워 넣은 의자들이 놓여 있었으며, 환한 빛이 흘러넘쳤다. "히치코크 영화 같은 분위기를 내고 싶었어요. 총천연색으로 화려하게." 그가 말했다. 자기 자신의 모습을 담은 거대한 영화 스틸들이 사방에 걸려 있었다. 당시 그의 여자 친구였던 패니 어쩌고(전직 '빅토리아스 시크릿' 모델이었다) 하는 여자가 어그 부츠와 찢어진 청바지를 입고 들락날락했다. "브라우니를 구우려면 팬이 필요해, 룬."

얼마 후 펠릭스 로드의 과부가 문을 열어준 하인의 안내를 받아 방안으로 들어왔다. 낭창낭창하고 사랑스러운 패니와 혹독한 대조를 이루며 거대한 덩치의 해리엇이 서 있었는데, 그녀가 입을 열기도 전부터 날카롭고 새된 존재감이 풍겨왔다. 나는 그녀가 미술작품을 사고파는 일을 해왔다는 걸 알고 있었고, 몇 번인가 오프닝에서 그녀를 훔쳐본 적도 있었다. 그러나 티시의 스튜디오에서 만난 이후로 한 번도 말을 섞어보지 않았다. 그녀는 싸늘하게 내게 인사를 하고 자리에 앉아서 한참 아무 말도 하지 않았다. 룬과 나는 우리의 공통관심사인 AI(인공지능)에 대해서 말하고 있었는데, 해리엇이 끼어들어 AI 과학자들은 빌어먹을 인간처럼 걸을 수 있는 로봇 하나도 제대로 만들지 못했다는 요지로 냉혹한 평을 했다. 그리고는 자기가 무슨 전문가라도 되는 것처럼 의식에 대해 말하기 시작했고, 그때 내가 〈저변〉 이야기를 꺼냈다. 그녀는 십자가 연작을 이은 〈저변〉이 엄청난 변화라고 말했다. 나는 예의를 지켰다. 그녀의 비위를 맞춰주었다. 나는 룬의 작품에서 흥미로운 건 진자 운동이라고 말했다—한쪽 입장에서 반대쪽 입장으로의 움직임—그렇지만 그의 작품은 언제나 몸, 테크놀로지, 그리고 시뮬레이션에 대한 것이었고, 이번에는 그걸 재난 모드로 풀어낸 거라고 말했다.

그녀가 우리의 말허리를 끊었다. "〈저변〉이 어째서 기술에 대한 작품인지 난 잘 모르겠네요."

나는 로봇 댄스 얘기를 했다.

"어째서 그 형상들이 로봇이라고 생각하시죠?"

룬이 내 편을 들어주었다. 댄서들은 로봇 같은 동작을 하고 있다고, 그리고 확실히 자신의 초기 작품들의 연장선상에 있다고. 대부분의 리뷰들은 그런 식으로 묘사를 했다고 룬이 말했다.

나는 누가 보나 명백한 사실이라고 말하며, 그 논평을 그저 다시 한 번 되풀이 말했다.

그러자 그녀가 폭발했다. 목소리가 한 옥타브 올라갔다. 그녀는 '누가'가 대체 누구냐고 따지면서, 내가 콘텍스트에 눈이 멀었고 다른 바보들도 마찬가지라고 말했다. 아니, 결과적으로 그런 요지의 얘기였다. 작가로서 결함이 한두 가지가 아니라며 나를 줄줄이 비난했는데, 무슨 얘기였는지 대부분 기억이 나지 않는다. 그러는 그녀가 정말로 창피스럽고 민망해서, 괜히 대꾸를 해서 부추기지 말아야겠다는 생각이 들었다. 그래서 그녀는 더 짜증을 냈다. 악을 쓰는 데 의존하는 여자들은 항상 나를 더 냉정하게 만드는 효과가 있었다. 솔직히 내 짧았던 결혼생활이 끝장난 것도 아내의 목소리에 알레르기 반응이 생겼던 탓이다. 그 후로 나는 말할 때 어조를 낮고 부드럽게 유지하는 여자들하고만 어울렸다. 해리엇의 독설은 7분, 아마 10분쯤까지 계속되었다. 룬은 그녀를 진정시키려 애썼다. "해리, 해리, 그건 중요하지 않아요. 진정해요. 어서." 그 싸움은 결국 그녀가 휙 코트와 모자를 집어 들고 거창하게 퇴장하는 것으로 마무리되었다.

두 사람이 공동작업자였다는 낌새는 전혀 없었다. 룬이 진두지휘하는 게 명백해보였다. 그 여자 문제가 뭐냐고 물었더니, 룬은 그녀가 과하게 예민하고 약간 불안정하지만 그래도 친구라고 말했다. 룬이 그녀를 옹호했다는 사실을 주목해주기 바란다. "사람들은 해리를 잘 이해하지 못하지만, 그녀는 엄청나게 지적이에요. 자기 견해에 집착할 뿐이에요. 난 그런 해리를 존경합니다."

해리엇이 떠나고 나서, 어쩌다 보니 룬과 나는 돈의 의미를 논하게 되었다. 그 영원한 미국의 화두 말이다. 룬은 뉴욕에 오기 전까지 '진짜' 돈을 본 적이 없었다. 고향인 아이오와 주 클린턴은 19세기 후반에는 벌목업으로 축적한 부의 영광을 누렸지만, 1900년경에 삼림이 고갈된 후로 부도 나무들과 함께 죽어버렸다. 룬은 이미 오래전에 세상을 떠난 백만장자들이 남긴 썩어가는 대저택들과 황량한 공원들 속에서 성장했지만, 그 부자들은 이미 뉴욕 시에서 레나 드윗의 육신으로 환생해 있었다. "그녀의 영혼은 아예 돈으로 만들어졌어요." 그가 말했다. 나는 예일대에서 처음으로 돈을 접했고, 아무렇지도 않게 계급을 전제하는 광경을 직접 눈으로 보았다. 돈의 편안함과 속물근성, 친근하면서도 아득하게 먼 미소 뒤에 도

사리고 있는 잔디밭과 그림들과 타운하우스들. 물론 우리에게는 부자가 필요하다. 언제나 그랬다. 구경하고 부러워하며 모방해야 하니까. 부자들은 우리의 구경거리이며 우리의 기쁨이다. 모든 미국인의 머릿속에는 '저게 내가 될 수도 있어'라는 생각이 들어 있으니까. (문법적으로는 '나일 수도'라고 쓰는 게 맞을지 모르겠지만, 우리의 집단의식에 걸맞는 표현은 아닌 것 같다) 부자들은 어쨌든 우리의 뮈토스(어떤 집단이나 문화에 고유한 신화의 양식—옮긴이), 우리의 동화, 성공에 바치는 우리의 송가를 구성한다. 자수성가한 남자, 강도 남작, 치열한 경쟁, 거친 개인주의, 착한 남자들이 꼴찌로 결승선에 들어온다, 알아서 총을 가지고 다니고 자가용 리무진을 타고 다녀라, 프리미어로 차를 몰고 가서 내릴 때 양쪽에 수술한 젖가슴을 자랑하는 긴 다리의 미녀들을 끼고 있기, 사방에서 터지는 플래시 조명. 지금도 유서 깊은 부자 가문들이 있긴 하다. 조용히 숨어서 눈에 띄지 않는 오래된 돈들도 있지만, 그런 건 옛날처럼 대중의 상상력을 사로잡지 못한다. 사교계 인명록, 19세기 사교 엘리트 클럽, 사교계 데뷔—모두가 여전히 있지만, 트위터와 페이스북이 지배하는 우리의 세계에서 필라델피아 스토리는 점점 줄어들고 있다.

룬과 레나—눈부신 한 쌍. "시골뜨기 룬은 아주 빨리 배웠죠." 룬은 농담을 했다. 미국에서는 여전히 그 신화에 아주 미미한 진실이라도 남아 있기에, 그는 배웠다. 백만장자 미용사들이 백만장자의 상속녀들과 허물없이 어울린다. 졸부가 된 카우보이 상인들이 메트로폴리탄 미술관의 현관문으로 뛰어 들어와 갈라에 참석한다. 무대 뒤에서 구식 대부호의 숨겨둔 첩이 되었던 여배우는 이제 그 자체로 왕족과 같은 위상이 되었다. 새로 뜨는 아티스트는 로프트와 집들을 모조리 사들인다. 나는 별별 일들을 다 보았다. 장담한다. 뜨고 나면 가라앉는다. 비상하기도 하고 참담하게 추락하기도 한다. 나는 그 누구의 양심도 아니지만, 대실패와 탐욕과 마약과 술과 재활시설에서의 발작들을 다 지켜본 사람이다. 그리고 여전히 직업이 있다. 아직도 내 편안한 아파트에 있고, 일주일에 두세 번은 VIP들과 함께하는 저녁식사에 초대를 받는다. 아무도 '크롤러'를 기억하지 못하지만 그때 내가 쓰던 기술들은 여전히 쓸 만하거니와, 내게는 도저히 가짜가 모방하지 못할 자질 – 위트가 있다. 요즘 세상에 공급이 딸리는 상품이다.

대화의 기술은 서서히 쇠퇴해왔고 이제 더 이상 기예라 할 것도 남지 않았지만, 나는 할 수 있으면 그 기술을 되살리려고 최선을 다한다. 그리고 칭찬의 힘도 이해하고 있다. 칭찬을 하려면 언제나 진실을 포착해야만 한다. 그날 나는 룬에게 말했다. 그는 모호해서 사람의 마음을 매료한다고, 그건 그의 작품들이 정말 좋아서기도 하지만, 또한 내가 내 안에서 느끼는 모순들을 그가 체현하고 있기 때문이기도 하다고 말했다. 날마다 목격하고 또 성실하게 보고해야 하는 허영과 어리석음의 서커스를 대하는 내 마음은 흠모와 경멸 사이를 계속 오간다. 출세하는 사람들의 무자비한 정력을 흠모하면서도, 스타일이라고는 찾아볼 수 없는 그들을 안타까워하기도 한다. 미래로 이끄는 힘, 디지털 시대의 혁명을 감지하면서도 과거의 문학적 까다로움, 로맨스와 기사도의 흔적을 갈망하기도 한다.

그는 내 말에 코웃음을 치더니, 길고 장황하고 달뜬 고백 비슷한 걸 했다. 그리고 나는 그걸 녹취했다. 그걸 쓸 의도는 없었다. 그저 양복상의 속으로 녹음 버튼을 눌렀을 뿐이다. 덕분에 녹음 상태가 완벽하지는 않았어도 꽤 많은 걸 건졌다. 룬은 언제나 클린턴에서 벗어나고 싶었다고 했고, 그런 탈출의 욕망을 어머니 탓으로 돌렸다. 그 아들을 볼 때 놀라운 일은 아니지만 어머니는 미인이었고 동창회의 여왕이었으며 당시 미스 아이오와 '데어리 팜'에 뽑히기도 했다. 그렇다, 심지어 룬의 어린 시절이 그리 옛날은 아님에도 불구하고, 중서부의 그런 전통은 면면히 살아 있었던 것이다. 그녀는 주로 시카고를 중심으로 나름의 보바리 부인 같은 몽상을 키우고 있었지만, 결과적으로는 아무 일도 일어나지 않았다. 그녀는 모타운 음악을 사랑했으며 '수프림스'의 노래에 맞춰 미친 듯이 춤을 추곤 했다. 두 아이들과 함께 발을 구르고 방바닥을 발로 비벼대며 헐떡거리고 나면, 셋이서 다 같이 옆구리가 아프도록 웃었다. 거실에는 동창회 파티의 사진들이 액자에 표구되어 있었고—사진 한가운데, '왕'의 옆자리에서 어머니가 웃고 있었다—가슴을 가로지르는 리본을 달고 머리에 황금빛 왕관을 쓴 위풍당당한 미스 '데어리 팜'의 모습으로 나온 11×13 크기의 반들거리는 유광 사진들도 몇 장 놓여 있었다. "그게 어머니의 글래머, 당신 인생의 전성기였죠." 그가 말했다. "모두가 그녀를 쳐다봤어요." 남편이 짜증을 내도 그녀는 절대 그 순간을 놓지 않았다. 자신이 당선되던 이야기들을 몇 번이고 계속해서 들려주었다. "불쌍한 어머니." 룬이 말했다. "아무도 보지 않는데 드레스를 차려입고 미끄러지듯 스텝을 밟으며 집 안을 돌아다니곤 하셨습니다. 지금 생각하니 미쳤던 거죠, 돌았어요, 완전히 확진을 받을 만한 정신병이었어요." 그녀가 아예 침대에서 나오지도 않던 나날도 있었다. 잠옷을 입고 무기력하게 누워서 천정만 물끄러미 바라보고 있었다. 곁에는 콜라로 위장한 보드카 잔을 두고 있었다. "아니면 울었어요." 남매는 무기력한 어머니를 일으켜보려 했지만, 아무 소용도 없었다.

아니, 그가 들려준 건 매혹적인 가족의 초상이 아니었다. 그녀는 치사량의 수면제와 알콜의 혼합물로 자살했다. 의도적이었을 가능성이 높지만, 룬은 정확히 어떻게 일어난 일인지 실제 그녀의 죽음에 대해서는 말하지 않았고 나도 묻지 않았다. 이야기를 하면서 거의 내내 그는 자기 허벅지가 봉고 드럼이라도 되는 것처럼 두드려댔다. 눈은 내가 아니라 의자 옆에 놓여 있는 등불을 보고 있었다. 어느 시점에서 그는 고양이 얘기로 잠깐 말을 돌렸는데, 그때는 허벅지를 때리지 않았다. 당시 그는 여덟 살이었다.

북유럽 핏줄의 고아였던 샤론 라슨 부인—그래서 서로 다른 혈통의 두 이름을 갖게 된 것이다—은 남편의 의사를 무시하고 갓 태어난, 아니 거의 갓 태어난 고양이에게 먹이를 주고 있었다. 말라빠진 얼룩고양이는 오후에 와서 밥을 먹고 갔다. 한참 뒤 고양이는 집 안에 아예 자리를 잡았지만, 가족 세 명은 공모하고서 언제나 가부장이 돌아오기 전에 고양이를 내보냈다. 하지만 가부장은 그 짐승을 찾아 코를 킁킁거리며 '고양이 냄새'가 난다고 투덜거리기 일쑤였다. "고양이는 안 돼! 내가 고양이는 안 된다고 했잖아!" 그리고 운명의 오후에 그 침입자는 가족들의 빨래바구니 안 아버지의 셔츠에 출산을 했다. 사업장 이름인 〈히람〉이 호주머니에 수놓인 회색 작업복 셔츠였다. 부부싸움이 이어졌고, 그 결과 룬이 말해준 사건이 발발하고 말았다. 아버지가 작고 눈도 못 뜬 고양이 새끼들을 종이 냅킨에 싸서, "안 돼"라고 소리 지르는 엄마와 문간에 덜덜 떨며 겁먹고 서 있는 아이들이 보는 앞에서 차고의 양동이에 던져 넣어

익사시켰던 것이다. 라슨 씨가 얼룩무늬 고양이를 잡으러 빨래방으로 돌아갔을 때는 이미 집에서 고양이가 영영 떠나버린 뒤였다. 라슨 부인은 범죄현장의 양동이 옆에 무릎을 꿇고 새끼들의 사체를 건져내면서 울부짖었다. "당신을 증오해! 이 괴물!" 이웃들이 경찰을 불렀다. 그때 라슨 씨는 살육 행위를 후회하며 배우자에게 사과를 했지만 라슨 부인은 들은 척도 하지 않았다. 경관들이 겁주는 바람에 라슨 부인이 입을 다물긴 했지만, 두 사람 사이에 끝내 화해는 없었다. 아들의 말에 따르면 라슨 씨가 애원하고 울고 불며 매달리고 어느 시점에는 참회하며 무릎까지 꿇었는데도 아무 소용이 없었다. 아침에 아이들은 고양이의 잔해들을 차고 바닥에서 찾아냈다. 그 불쌍한 사체들을 묘사한 룬의 형용사는 '역겨웠다'는 것이었다. 커스틴은 정원에서 기도까지 갖춘 제대로 된 장례식을 준비했지만, 오빠는 참석하지 않았다. "결심을 했던 거죠." 룬이 말했다. "바로 그때 그 자리에서, 그 역겹게 말라붙은 작은 똥 덩어리들을 보면서, 나는 이 순간 이후로 내가 되지 않겠다고 결심했습니다."

그게 무슨 뜻이냐고 물었더니, 그는 자기가 이 사람들에게 속하지 않았으며 앞으로도 그럴 수 없다는 사실을 알았다고 했다. 그들은 다시는 그를 볼 수 없었다. 혹시 가출한 거냐고 물었다. 아니, 그런 뜻이 아니었다, 그들이 누군가를 보긴 하겠지만 그건 그가 아닐 거라는 의미라고 했다. "그 사람들에게는 룬 2호, 룬 3호, 룬 4호를 주겠지만 절대 룬 1호는 주지 않을 생각이었습니다. 그들은 차이를 알아보지도 못했어요. 귀찮게 하지만 않으면 어차피 무슨 신경을 그리 쓰겠습니까?" 그는 고양이가 새끼들을 계속 찾아와서 문간에서 야옹거리고 울었다고 말했다. 밖에 나가서 고양이에게 말을 걸어주고 도닥여주고 먹이도 주었다. 어머니는 예전과 달리 고양이에 완전히 흥미를 잃은 눈치였다. "그래서 그 녀석은 제 고양이가 되었어요." 룬이 말했다. "어머니 지갑에서 훔친 돈으로 중성화 수술도 해줬죠. 어머니는 현금이 없어진 줄도 몰랐어요. 아니 알았더라도, 당신이 그토록 조심해서 숨겨두고 있다고 생각했던 술을 사느라 어느새 다 썼나 보다 생각했을 거예요. 난 고양이를 절대 집 안에 들이지 않았어요. 내가 고양이를 찾아 밖으로 나갔지요."

룬은 나를 보고 미소를 지었다. 내 동료들이 그런 표정을 묘사하는 데 즐겨 쓰는 단어라면 '스핑크스 같은'이겠지만, 나는 내 산문이 미끈한 클리셰 범벅이 되지 않도록 노력하고 있다. 요즘 같은 디지털 시대에 정말로 알아봐주는 사람도 없지만 말이다. 그 남자의 미소는 해독할 수가 없었다. 나는 그 신파적 고양이 사건을《예술을 위해 순교하다》에 넣었다. 그가 즉석에서 나를 위해 꾸며낸 이야기든 아니든, 번호를 매긴 자아라는 룬의 생각 자체가 내 마음에 들었기 때문이다. 그 이야기는 룬의 미학과 가상의 자아들에 대한 갈망을 포착하고 있었다. 하나, 둘, 셋, 넷four, 그리고 (각운이 맞는 건 의도적이다) 아마도 그보다 더 많이more.

바로미터

(피니어스 Q. 엘드리지의 테이프 녹취록 편집본, 2001년 10월 15일)

PQE: 어떻게 날씨에 관심을 갖게 되었는가?

B: 하느님한테서. 태초이자 마지막이다. 하느님은 모든 날씨라고 나는 선언한다. 만물과 전체, '끝이 좋으면 다 좋음'의 기상 예보자. 바람 기압은 태초와 끝의 저주받은 존재로 높이 치달린다. 하느님은 알다시피 전체주의자시지만, 또 호텔 주인이기도 하셔서 사람은 들이고 숙소에 재우지만, 그 다음에 사람을 치신다. 노래가 있다. "사람을 치소서, 오 제게 시간을 주소서, 각운을 주시고, 치소서, 치소서, 저 사람을 치소서." 저 왜소하고 치졸한 멍청이를 치소서, 인간, 인간과 그 종족을 리본처럼 갈가리 찢고 산산조각내소서. 어떻게 그렇게 하시는가? 권력자, 하느님께 버림받은 자, 분쇄하는 자이며 자비를 베푸는 자, 우리의 스크린에서 꿈을 꾸는 저 푸른 하

는 우리 아빠의 거대한 비밀이다. 그게 월드와 트레이드, 파워타워에 닥친 일이다. 하느님께서 악몽을 꾸셨고, 그 꿈이 모든 TV와 컴퓨터와 인터넷에 접속한 모든 괴짜들의 머리에 들어왔다. 신성한 머리, 신성이 폭풍처럼 땅으로 휘몰아쳐 우리 물건들에 저주를 내리셨지만, 우리가 이해하고 요구하거나 송환하거나 장악하는 것들은 예외다. 내게는 내면의 아이스크림 스쿱들의 은총이 있어 그런 물질들을 보고 비명을 지른다. 이 기압의 물질은 물질이 아니라 좋은, 좋은 날씨의 공기의 산물인데, 날씨는 좋아야 하는데 종종 좋지 못하고 그 안에서 삶이 공평하지(fair에는 공평하다는 뜻이 있다—옮긴이) 못한 탓이다. 그 모든 게 감지된다, 떨림과 간지럼과 동요, 내 내장과 머리에 느껴지는 고저 기복, 저 위의 잿빛 펄프에 그래프와 흔들리는 작은 바늘이 장착되어 있다. 내 머리는 신성과 직접 소통한다, 두 개의 머리, 그렇지만 가끔은 내 머리로 도저히, 도저히 감당이 되지 않을 만큼 심해지고, 어떤 날은 붕대가 없이는 견딜 수 없어, 땅과 공기가 바깥에서 울고 있고 내 머릿속에서도….

PQE: 이제 해리와 꽤 오래 같이 살았다. 떠나고 싶다고 말했지만 결국 머무르기로 했다고 들었는데.

B: 이유란 악마적이다.

PQE: 악마적?

B: 어두운 시간에 가끔 찾아오는 나쁜 천사가 해리의 물건들 속

에, 메타모프와 뒤바뀐 아이들의 세계에 들어와 몰래 돌아다닌다. 바로미터는 그를, 그의 불길한 징조들을 느낄 수 있다. 나는 장벽으로서 남은 거고, 그가 여기 오면 바늘이 가속된다. 내가 씨름한다. 나는 팀에 있었다. 씨름할 것이다. 야곱은 씨름을 해 싸웠다. 야곱의 허벅지 근육이 움츠러들었다.

PQE: 그렇지, 그들은 밤새도록 씨름을 했다. 난 그게 상당히 동성애적인 얘기라고 생각해왔는데. 하지만 브루노 얘기는 아니지, 그렇지 않나?

B: 브루노는 천사가 아니다. 너는 눈이 없나? 눈이 멀었나? 눈멀고 매정한가? 네가 사라지면 그가 온다, 피니어스. 건물들과 쓰레기통들 뒤에 숨는다. 그는 날개를 접고 있다. 커다랗고 무시무시하고 혈관이 비쳐 보이는 날개들. 그는 추락했다, 알잖나, 천국에서 여기 아래로 떨어졌다, 우리를 낮게 두기 위해서, 우리를 멸망시키기 위하여, 그러나 그가 떨어질 때 아무것도 부러지지 않았고, 이제 그는 숲과 황무지를 배회하고, 언덕과 골짜기를 지나 경도가 위도를 만나는 장소로 간다, 보라, 모르겠는가, 그는 타락했다, 사탄. 그가 너를 만지면 너는 불타 오그라든다. 여기 내 팔을 보라.

PQE: 그 천사가 당신에게 이 붉은 자국을 남겼다는 말인가?

B: 분노로 가득 찬 운명의 불타는 손가락. 그가 말했다. "한 마디도 하지 마, 이 미친 씹새끼야. 단 한 마디도."

PQE: 그가 그렇게 말했단 말인가? 별로 천사 같지 않은데.

B: 그가 그렇게 말했고, 그러더니 돌아서서 날개를 공작 꼬리처럼 질질 끌면서 복도를 걸어갔다.

메이지 로드

(녹취록 편집본)

어머니는 나와 이선에게 피니를 대리로 세우셨다는 얘기를 해주실 수밖에 없었어요. 우리가 〈질식의 방들〉을 보는 순간 어머니 작품이라는 걸 알아챌 게 분명했으니까요. 이 몽글몽글한 인형들, 방 안의 열기. 어머니 말고는 그런 예술을 하는 사람이 없어요. 그냥 불쑥 말씀하셨죠. "메이지, 피니가 나 대신 내 작품을 전시해줄 거야." 입을 떡 벌리고 어머니께 혹시 완전히 정신이 나간 건 아니냐고 물었더니, 얼굴에 주름을 잡으며 그 특유의 다 안다는 듯한 표정을 지으셨어요. 앞으로 뭔가 거창한 해명이 뒤따를 거라는 신호였죠. 그리고 SF 작가 제임스 팁트리에 대한 이야기를 시작하셨어요. 어머니 말로는 적어도 십 년 동안 팁트리를 실물로 본 사람이 없었다더군요. 심지어 편집자도 만나본 적이 없었어요. 은밀한 정체성은 수많은 추정을 낳았고, 어떤 사람들은 그 필명 뒤에 숨어 있는 작가가 남자가 아니라 여자라고 생각하기도 했어요. 또 다른 SF 작가였던 로버트 실버버그가 팁트리의 단편집 서문을 썼어요. 그는 성별의 문제를 저울질하더니 어떤 남자도 제인 오스틴의 소설들을 쓸 수 없는 것과 마찬가지로, 어떤 여자도 어니스트 헤밍웨이나 제임스 팁트리의 단편들을 써낼 수 없을 거라고 주장했죠. 어머니는 팁트리 이야기에서 이 부분을 제일 좋아하셨어요. 왜냐하면 이의를 제기할 수 없는 남성성에 대한 실버버그의 믿음은 완전히 빗나간 것으로 밝혀졌으니까요. 필명 뒤에 숨어 있던 실존인물이 정체를 드러내어 나타났을 때, 팁트리는 앨리스 브래들리 셸든으로 밝혀졌어요.

그렇지만 어머니는 그렇게 단순한 건 없다고 강조하셨어요. 셸든이 팁트리를 만들어내고 나서 앨리스 셸든이라는 자기 정체를 밝히기 전까지 그녀는 또 다른 페르소나를 취했어요. 라쿠나 셸든이라는 이름의 여성 작가였는데, 그녀의 작품들은 수많은 출판사들에게 거절을 당했고 팁트리보다 열등하다는 평가를 받았죠. 페미니스트 SF를 쓸 수 있는 남자로 각광을 받았던 작가에게는 이제 여자의 가면도 있는 거예요. 어머니는 라쿠나(너구리racoon의 여성형 이름—옮긴이)라는 괴이한 이름이 분명히, 적어도 잠재의식 차원에서는, 너구리들이 쓰는 게 아니라 처음부터 갖고 태어나는 가면—자연이 준 가면에서 영감을 받았을 거라고 하셨어요. 그게 제 세 번째 영화의 제목이에요. 지금 어머니에 대해 제작하고 있는 영화 〈타고난 가면〉이죠. 제임스 팁트리와 라쿠나 셸든이 동일 인물의 양면이라는 사실이 밝혀졌다고 해서 앨리스 셸든의 삶이 더 단순해진 건 아니에요. 팁트리와 편지를 주고받는 친구 사이였던 여성들—그중에 어슐러 르귄도 있었어요—은 새롭게 등장한 앨리스 셸든을 따뜻하게 받아들였지만, 그녀에게 편지를 쓰던 상당수의 남자들은 돌연 그녀의 삶에서 사라져버렸죠.

어머니는 눈을 반짝거리며 그 모든 이야기를 들려주었어요. 우리는 부엌 식탁을 사이에 두고 앉아 있었는데, 어머니는 내 쪽으로 몸을 기울이면서 검지를 가끔씩 치켜들어 요점을 강조하곤 하셨죠. 어머니의 흥미를 끌었던 건 단순히 여자의 이름을 남자의 이름으로 대체하는 일 자체가 아니었어요. 그건 진부하죠. 그게 아니라 르귄이 그간 내내 라쿠나와 팁트리가 같은 뿌리에서 나온 두 작가라고 의심하고 있었지만 앨리스에게 보낸 편지에서는 팁트리가 라쿠나보다 더 좋다고 말했다는 사실에 주목했어요. "내 생각에 라쿠나는 절제가 부족하고 위트와 파워도 모자라는 것 같습니다."

어머니 말씀으로는 르귄이 뭔가 심오한 걸 이해했다는 거예요. "남자의 페르소나를 취하면 뭔가 사건이 일어난단다."

그게 뭐냐고 물었더니, 어머니는 의자에 기대앉아 팔을 저으며 미소를 지었어요. "아버지가 되는 거지."

딸로서 나는 어머니가 '아버지가 된다'는 얘기를 하는 게 듣기 싫었어요. 갈비뼈 밑으로 퍼뜩 본능적인 충격이 느껴졌지만, 깔깔 웃으면서 "아, 어머니, 말도 안 돼요, 설마 진심은 아니시죠."라고 말했어요. 그러나 어머니는 진심이었어요. 팁트리가 1987년에 남편을 쏜 다음 자살했다는 얘기를 들려주셨죠. 셸든은 남자 없이 살 수가 없었다는 거예요—물론 남편이 아니라 그녀 안에 존재하는 남자 말이에요—바로 그 이유 때문에 폭발해 폭력적으로 변했다는 거죠.

나는 영화에서 팁트리 이야기를 재구성해요. 친구들 사이에서 앨리로 통했던 앨리스는 언젠가 이런 말을 했어요. "내 자서전은 자웅동체적이다." 친구들 사이에서 해리로 통했던 해리엇 버든 역시 같은 말을 할 수 있었을 거예요. 거기서 끝이 아니에요. 어머니는 내게 가명들에 대해 말하면 내가 기분나빠할 거라는 사실을 알고 있었어요. 왜냐하면 어머니의 아버지와 우리 아버지가 그 안에 어떤 식으로든 뒤섞여 있을 테니까요. 아무래도 우리는 모두 사람들이든 물건들이든 다 제자리에 있는 걸 좋아하잖아요. 까만 테두리를 깔끔하게 두르고 말이에요. 하지만 세상이란 게 절대 그렇지가 않죠.

우리는 한참 에이븐 얘기를 했고 래디시의 죽음에 대해서도 얘기를 나눴어요. 래디시는 오렌지 주스 잔에 빠져 죽었거든요. 우리 딸이 자기 목구멍에서 살던 시끄럽고 까다롭지만 쾌활했던 친구의 죽음에 너무나 호방한 태도를 보여서 걱정 되던 참이었어요. 어머니는 깔깔 웃으시며 상상의 친구들한테는 장례식이 필요 없다고, 그들은 '왔던 곳으로' 돌아간 거라고 하셨고 우리는 둘 다 웃음을 터뜨렸죠.

그리고 우리는 이선이라는 영역을 다루었어요. 어머니와 나는 항상 그랬어요. 이선은 우리 둘이 공통으로 가진 강박증이었거든요. 우리가 확실히 파악할 수 없는 아들이자 남동생인 그애에 대해 우리는 항상 이야기를 나누어야 했어요. 이선이 문학잡지에 첫 단편을 발표했던 때였고, 그래서 어머니는 굉장히 자랑스러워 하셨죠. 〈우산〉은 줄무늬 우산에 에로틱한 애착을 갖게 되는 남자에 대한 이상한 얘기였어요. 비가 내리면 남자는 우산을 펼칠 생각에 흥분되어 전율하고, 맑은 날에는 그 작은 용수철 버튼을 누르려는 충동을 억누르느라 열심히 일해야 해요. 하지만 아무렇지도 않게 우산꽂이에 기대고 있는 그 아름다운 모습을 보고 찬탄하느라 무척 오랜 시간을 보내죠. 내 동생처럼 그 이야기의 주인공 역시 행동 규범을 갖고 있어요. 비가 오는 날 우산을 쓰고 거리에 나가도, 그야말로 기쁨에 떨고 있는 자기 모습을 아무한테도 보이고 싶어하지 않죠. 그가 지나치거나 만나는 모든 사람에게 우산은 그저 사물이어야만 해요—비를 막아주는 도구 말이에요. 그러다가 어느 날 레스토랑에 우산을 코트와 함께 맡겨두고 식사를 한 후, 겉옷을 걸어주는 여자가 코트는 맞게 챙겨주었지만 다른 우산을 건네줘요. 아무리 찾아봐도 줄무늬 우산은 끝내 발견되지 않았고, 이선의 이름 모를 주인공은 참담한 절망에 빠지죠. 그래도 비굴하게 아첨하며 실수에 대해 유창하게 사과하는 매니저한테는 거짓으로 체면치레를 하죠. 그는 바뀐 우산을 가지고 거리로 나와 쓰레기통에 버리고, 폭우가 쏟아지는 중에 집으로 가면서 점점 더 젖고 점점 더 추워지죠. 마지막 문장에서는 처음으로 여성대명사가 나와요. "그런데 그녀가 대체 불가능하다는 사실은 아무도 이해하지 못할 것이다."

어머니는 그 단편이 그때까지 이선이 썼던 소설들보다 한결 허세가 덜하고 훨씬 낫다고 생각하셨고, 저도 같은 생각이었죠. 젠더화된 우산에 성적 흥분을 느낀다는 괴벽도, 워낙 우리 동생이라는 사람 자체가 줄줄이 나열된 괴벽 그 자체니까 그런가 싶었어요. 나는 언제나 이선의 특별함이 부러웠어요. 동작도 뻣뻣하고 괴짜인 우리 집 아들, 그애는 언제나 다들 너무나 조심조심 다루어야 했거든요. 옛날에는 그애를 보면 피노키오 생각이 났어요(물론 피노키오가 진짜 소년이 되기 전 말이죠). 뭔가 작은 물건들을 갖고 제 맘대로 되지 않으면 심히 좌절하면서 성깔을 부려대곤 했죠. 방바닥을 쿵쾅쿵쾅 두들기고, 울부짖고 발길질을 했어요. 어머니는 그애를 두 팔로 꼭 안아주거나 그냥 통곡하게 내버려뒀어요. 나보고는 언제나 '특별한' 아이니까 '네가 봐주라'고 하셨죠. 나는 똑바로 어머니 눈을 바라보면서 어머니에게 나도 '특별한' 데가 있으면 좋겠다고 했어요. 그 특별한 자질, 이선의 신동 취급을 원했지만 나는 그저 특별한 데라고는 단 한 군데도 없는 평범하고 정상적이고 착한 메이지였죠. 내가 너무 큰 소리로 말해서 어머니는 충격을 받은 눈치였어요. 어머니는 테이블 건너편에서 내 쪽으로 몸을 바짝 붙이고 내 손을 잡더니 말씀하셨어요. "메이지!"

내가 치졸했던 거겠죠. 게다가 어머니의 고백이 더 많은 고백의 문을 열어주었고, 나도 주목받고 싶다는 도착적인 욕구가 있기도 했을 거예요. 모든 게 다 이선을 중심으로 돌아갔다고 나는 거듭 말했어요. 이선의 선생님들과 더 많이 만나고, 잠들기 전에 이선의 방에서 오랜 시간 대화를 나눠주고, 애초에 약도 아니고 코코아, 설탕, 우유를 섞어서 만든 그애만의 '특별한' 약이며, 가끔 어머니는 걔가 이빨을 닦았는지 물어보지 않으실 때도 있었어요. 어머니는 눈을 커다랗게 뜨고 의자에 기대앉으셨어요. "계속해봐라, 네 얘기 좀 들어보자"라고 하셨죠. 그래서 얘기를 했어요. 꽤 한참 동안 계속 말했는데, '내-얘기를-들려주는' 고백이 정점에 달한 건 내가 기억할 때마다 마음이 아픈 이야기를 하던 중이었어요.

이선이 아팠어요. 귀의 통증 때문에 이선은 자주 아팠거든요, 이쪽 귀 저쪽 귀 번갈아가며 아파서 어머니는 거실 소파에 그애를 위한 잠자리를 만들어주었죠. 어머니는 이선과 밤새 함께 있으셨어요. 그런데 나는 이선과 그 멍청한 귀를 내려다보면서 속삭이는 대신 큰 소리로 말해버렸죠. 아니, 사실 고래고래 고함을 질렀는지도 모르겠어요. 아무튼 이선은 잠에서 깼어요.

"그런데 어머니가 정말 너무 화를 냈어요." 어머니한테 내가 그랬어요. "'철 좀 들고 쓸데없는 짓 하지 말라'고 하셨죠." 흐느껴 울며 그 문장을 어머니에게 다시 말했어요. 옛날의 감정이 폭발해 다시 덮쳐오더군요. 내가 다시 일곱 살이 되어, 불행과 이 모든 일의 부조리에 대한 정의감으로 얼굴이 뜨겁게 달아오른 기분이었어요. "어머니가 날 내보냈어요!" 나는 어머니를 향해 소리를 질렀죠. "가버리라고 했단 말이에요!"

어머니는 슬프게 나를 보셨어요. 내가 너무나 잘 아는 고통스러운 공감의 표정으로 얼굴이 온통 주름져 있었어요. 하지만 한편으로 얼굴에는 미소가 걸려 있었고, 어머니는 두 팔을 활짝 벌리며 말했어요. "이리 와라, 메이지."

내가 테이블을 돌아서 갔더니 어머니는 나를 무릎에 앉히고 긴 팔로 나를 감싸 안아주셨어요. 눈을 감고 어머니 품속에 쓰러져 얼굴을 어머니 목에 묻었어요. 어머니는 나를 꼭 안아주셨어요. 꼭 붙잡고 한참 동안, 아니 적어도 몇 분 동안을 앞뒤로 흔들며 얼러주셨고, 날 흔들고 내 머리카락을 손으로 쓸면서 귓전에 속삭여주셨죠. "아, 내가 얼마나 너를 사랑하는데." 갈비뼈 밑을 누가 움켜쥐어 뭉친 듯 단단했던 느낌은 완전히 풀어졌고, 어머니 허벅지에 앉아 있던 그 시간동안 나는 이제 다 커서 어른이 되었다는 사실을 잊었어요. 심지어 나한테도 자식이 있다는 사실도 잊었고, 당연히 남동생이 있다는 것도 잊었어요. 그럴 수 있는 분이셨어요, 어머니는. 전혀 예상치 못했을 때 마술을 부릴 수 있으셨죠. 물론 그건 평범한 마술이지만, 그 힘을 어떻게 써야 할지 모르는 사람들이 세상에는 많이 있으니까요.

어머니와 피니의 오프닝 밤—어머니는 무대 옆에서 지켜보고 피니가 스포트라이트를 받던 그날—은 바람이 많이 불었고 모자가 다 날아갈 정도로 성가신 날씨였어요. 도시는 상중이었고 아직도 모두들 신경이 예민했죠. 갑작스러운 소음, 머리 위로 날아가는 비행기, 지하철 연착, 그런 일들이 우리 모두를 한순간 얼어붙었다가 다시 걷게 만들었어요. 나는 오스카와 에이븐을 집에 두고 택시를 타고서 첼시까지 왔어요. 브루노는 가명을 쓰는 어머니에게 화가 나서 오지 않았죠. 레이철은 왔지만 그리 오래 머무르지 않았어요. 레이철이 보란 듯이 어머니와 피니 두 사람에게 다 키스를 하면서 축하인사를 했던 게 기억나네요. 이선은 아주 키가 큰 아프리카 여자를 데리고 왔더군요. 아주 날씬하고 예쁘고 가느다란 안경을 끼고 있었어요. 나중에 알고 보니 어느 나라 공주인가 그랬고 분자생물학 박사과정을 밟고 있었는데, 내가 처음 본 인상은 사람이 우산을 닮을 수 있다면 바로 그녀일 거라는 생각이었죠. 아, 물론 접은 우산 말이에요.

나는 언제나 오프닝에 참석한 사람들이 얼마나 작품에 관심이 없는지를 눈여겨보게 되더라고요. 어떤 사람들은 작품에 눈길조차 제대로 주지 않아요. 또 다른 사람들은 작품 앞에 서서 한동안 쳐다보지만 얼굴에 아무런 표정도 없죠—그야말로 백지 상태에요. 하지만 〈방들〉에서 나오는 사람들은 땀을 흘리면서 얼굴에 약간 일그러진 표정을 띠고 있었어요—미소를 짓고 있지만 불편한 기색이 역력했어요. 그들은 다시 어린이가 된다는 게 어떤 느낌인지 환기했던 거라 생각해요. 큰 사람들을 올려다보는 게 어떤지 말이에요. 최고로 좋은 기분은 아니었죠. 나는 특히 벽에 쓰인 글들 전부가 좋았는데, 마치 내가 책 속으로 들어간 느낌이었거든요. 하지만 말 그대로 페이지 위를 걷는 게 아니라, 단어와 우리가 책을 읽으면서 머릿속으로 그리게 되는 그림들 사이의 공간에 들어가서 움직이는 것 같았어요. 작은 추억들이 연기처럼 뭉게뭉게 피어올랐다 흩어지는 경험도 할 수 있었고요. 오래된 장소나 생각의 알 듯 말 듯한 조각, 조금 아프기도 한 기억들이 내 마음속에 한순간 떠오르다 휙 사라졌어요.

어머니는 팔짱을 끼고 보초병처럼 벽에 기대 계셨어요. 우아한 회색 정장에 초록색 스카프를 두른 차림으로 눈을 가늘게 뜨고 집중하고 있었던 기억이 나요. 그 모든 걸 다 피니에게 줘버리는 걸 어머니가 끔찍하게 싫어하지 않았을까 생각할지 모르겠지만—피니도 회색 옷을 입고 있었어요. 말쑥한 짙은 회색 양복에 빨간 넥타이를 맨 매력적인 모습으로 언제나처럼 농담을 하고 있었지요—그게 가능했던 건 피니가 어머니를 사랑했기 때문이에요. 두 사람은 무장한 전우였어요. 피니는 궁극적 현현을, 복수의 그날을, 응징을 믿었어요. 어머니가 그날 밤 피니의 '동반자'라서 그는 어머니를 이리저리 안내하며 미술계의 신예 역할을 연기해야 했죠.

그렇지만, 그때도 사람들은 그 작품을 어떻게 생각해야 할지 잘 몰랐어요. 아무튼 피니는 하늘에서 뚝 떨어진 듯 뜬금없는 인물이었거든요. 문제는 어떻게 해석하느냐 하는 것이겠지만요. 우리 아버지는 미국 예술의 영웅적인 한 장이 막을 내리기 이전의 선수였어요. 비극적이고 술 취한 글래머 청년들의 '낭만적인 카우보이 시대'를 일별했죠. 우리 어머니는 드쿠닝을 사랑했어요. "거물 작가들을 통틀어서 나는 드쿠닝이 제일 좋더라." 입버릇처럼 그렇게 말씀하셨거든요. 하지만 그런 예술가들에게는 모든 게 맞아떨어졌어요. 감염성 히스테리아가 그들의 명성과 영예에 먹이를 주었어요. "크고, 나쁘고, 야만적이고." 어머니는 말씀하셨죠. "모두가 좋아했지." 하지만 심지어 드쿠닝마저도 기후가 변하고 팝아트와 원색의 아이스크림들이 무대를 장악하자 도매가로 넘어갔잖아요.

피니나 어머니에게는 그런 기후가 없었어요. 그들을 키워주고 가면에 향유를 부어줄 미술 문화가 없었죠. 성공을 해서 우리 어머니의 재능을 표구하고 대중에게 팔아줄 위상에 있는 사람은 룬뿐이었어요. 행방이 묘연한 앤턴 티시를 생각하면 안쓰러운 마음이 들어요. 그를 둘러싼 호들갑 때문에 아마 그는 사기꾼이 된 기분에 사로잡혔을 거예요. 어머니 말을 들으면, 그는 뭔가 진정성이라는 관념에 사로잡혔고 그걸 박탈당했다고 생각했던 모양이에요. 룬은 전혀 달랐어요. 그가 독창성이라는 생각에 구애받을 위인이었을 것 같지는 않아요. 어쨌든 뭐가 정말 독창적인지 아는 것도 지독하게 어려운 일이니까요. 독창적인 것은 너무 낯설어서 우리가 알아보지도 못하지 않을까요, 안 그런가요?

룬은 주위에 마법의 글래머 가루를 흩뿌리며 뒤늦게 오프닝에 나타났어요. 나한테도 느껴지더군요. 모두가 느꼈어요—미스터 핸섬과 미스터 페이머스의 조합을. 이전에 나는 그를 딱 한 번 만난 적이 있었어요. 일 년 전 어머니의 스튜디오에서였고, 그는 "만나 뵙

게 되어서 반갑습니다." 말고는 말 한 마디도 제대로 나누지 않았는데도 내게 깊은 인상을 남겼어요. 에이븐과 함께 스튜디오로 들어갔더니 어머니가 룬을 올려다보고 서 계셨고, 룬은 사다리 꼭대기에 올라가 천정에 매달린 조각을 살펴보고 있었어요. 내려오면서 사다리를 한 손으로 잡고 그네 타듯 매달렸다가 획 뛰어내려 마룻바닥에 아주 부드럽게 착지하더군요. 영문은 알 수 없지만 그게 쓸데없이 잘난 척하는 것처럼 보이지가 않았고, 정신을 차려보니 내가 나도 모르게 활짝 웃고 있었어요. 에이븐은 완전히 넋을 잃었고 자기도 해보고 싶다고 해서, 우리는 너무 위험하다고 아이를 말려야 했어요. 룬의 미소도 그 악수도 잊지 않고 있었기에, 그때 전시회로 그가 들어오던 순간 바라보지 않을 수가 없었어요. 곧장 그가 내게로 와서 양 뺨에 제대로 키스를 퍼붓고—입술이 내 살에 닿았어요—꼭 이 방안 전체에서 내가 가장 보고 싶었던 사람인 것처럼 내 앞에 턱 자리를 잡고 서는 바람에 놀랐죠.

룬은 나한테 수작을 걸었어요. 강렬한 눈빛으로 쳐다보더군요. 그건 추파를 던지는 한 가지 방법이잖아요. 나는 바로미터에 대해 찍고 있는 영화 얘기를 했고, 어떻게 바로미터의 형제와 아버지를 찾아내고 어머니가 돌아가셨다는 사실을 알아냈는지 말해주었어요. 요즘의 정신과 의사들은 이제 환자들이 무슨 말을 하는지 별로 관심을 기울이지 않지만, 나는 바로미터의 언어와 우주론에 몹시 흥미를 느낀다고 했죠. 우리는 다양한 카메라들과 와이드샷과 클로즈업이 의미를 창출하는 법, 또 요즘 세상에서 흑백 영화를 찍는다는 게 얼마나 어려운 일이 되어버렸는지, 그런 얘기를 나누었어요. 그는 영화를 좋아했고 같이 얘기하면 재밌는 사람이었어요. 그때 정확히 그가 무슨 말을 했는지, 어쩌다 우리가 어머니 얘기로 넘어갔는지 잘 기억이 나지는 않아요. 하지만 그는 펠릭스 로드의 아내로만 알려진다는 게 어머니에게 얼마나 힘든 일이겠느냐며 어머니의 작품을 정말 좋아한다는 얘기를 했고, 나는 그에게 나중에 후회할 얘기를 해버리고 말았어요. 어머니가 파크 애브뉴에서 옛 거장들의 소묘를 취급하는 지인을 우연히 만나셨대요. 그래서 매디슨 애브뉴 어디 가서 차 한 잔 하면서 그간의 안부를 얘기하자고 하셨던 거죠. 대화를 나누던 중에 어머니는 파노프스키를 다시 읽고 있는데 굉장히 흥미롭다고 말씀하셨어요. 그러자 래리가 아무렇지도 않게 말한 거죠. "오, 그렇군요, 펠릭스 덕분에 그 모든 걸 알게 됐군요, 안 그래요? 이론을 워낙 잘 알았으니까." 어머니는 아버지가 파노프스키라고는 한 단어도 읽지 않았다고, 그의 작품에 대해서 그가 알고 있던 건 전부 자기가 가르쳐준 거라고 말했대요. 분노로 얼굴이 시커멓게 되어 있었어요. 나는 룬에게 그런 일을 아마 수도 없이 겪었을 텐데, 이젠 인내의 한계를 넘어버린 모양이라고 말했어요. 그래도 나는 어머니가 그냥 마음을 편하게 갖고 다 잊어버리면 좋겠어요, 하고 룬에게 말했죠. 별 말은 하지 않았지만 룬은 온화한 공감의 미소를 띠고 내 말을 경청했어요.

어느 시점에서 우리는 밖으로 나와 층계에 앉아 더 많은 이야기를 나누게 됐어요. 그는 손으로 바람을 막고 불을 붙여 담배를 태웠죠. 연기를 마셨다 뿜으면서 다리를 덜덜 떨었어요. 바람이 불었죠. 이런 은근한 수작을 부추겨서 뭔가 해볼 생각은 전혀 없었지만, 그래도 즐거웠어요. 그는 남색 옷을 입은 내가 마음에 든다더군요. 칭찬을 해줬어요. 나는 기분이 으쓱해졌고 약간 불안하기도 해서 말이 많아졌어요. 불안해지면 저는 말수가 적어지는 게 아니라 훨씬 많아지거든요. 룬은 내 손금을 살펴보고 네 명의 남편과 수많은 모험과 기나긴 장수를 하게 되는 희극적인 미래를 점쳐줬어요. 그리고 내 손을 잡아 검지로 손금을 훑었죠. 그러더니 자기가 코도 읽을 줄 안다면서 내 코를 쓸었어요. 그때 아버지 이야기를 꺼낸 거예요. 우리 집에서 어린이로 산다는 게 어땠을지 알고 싶대요. 사방에 걸작 그림들이 널려 있고 '신 같은 존재들'이 들락날락하는 집에 살면 어떠냐고.

아이들은 그런 생각을 하지 않는다고 말해줬죠—뭐가 있든 그냥 있는 거라고. 그랬더니 옛날에 자기가 처음 뉴욕에 왔을 때 아버지를 '약간' 알았다고 하더군요. "당신 눈이 아버지를 닮았어요." 나는 정말로 아버지의 눈을 닮았는데, 어쩐 일인지 그 말을 들으니까 내가 불쌍하다는 생각이 드는 거예요. 밖에서 나 자신을 보고 있는 느낌이 들었죠. 불쌍해라, 너 피곤하구나, 그런 생각이 들었어요. 그때 나는 이미 수년 동안 지쳐 있었다는 걸 깨달았죠. 영화를 만들려고 노력하고 있었으니까요. 에이븐은 여섯 살이었고, 요구사항도 많은 괴짜 꼬마여서 모든 걸 굉장히 힘들게 받아들였어요. 오스카는 나한테 홀대받는다는 생각을 하고 있었고요. 어머니는 메타모프, 현상학, 가명들로 점철된 당신만의 세계에 몰두하고 계셨고 내 사랑하는 아버지는, 이 모든 상황이 훨씬 더 나아지게 도와주셨을 아버지는 세상을 떠나고 안 계셨어요. 나도 모르게 흐느끼며 우는 소리를 내고 말았어요.

"아버지를 숭배했군요, 그렇죠?" 룬이 내 눈을 똑바로 바라보았어요. '숭배'는 적당한 단어가 아니라고 했지만, 그 말보다는 억양이 왠지 나로 하여금 어색한 기분이 들게 했어요. 그는 미소를 지었어요. "나는 늘 펠릭스한테서 자기가 원하는 바를 아는 남자라는 인상을 받았거든요." 이유는 모르겠지만 살짝 경계심이 들었어요. 그러자 그가 덧붙여 말했죠. "멋진 눈을 갖고 계셨어요." 이 말은 아무 의미도 없었어요. 누구나 하는 말이었죠. 그렇지만 막연하게 불편한 감정이 일었어요. 난 스카프를 매고 있었는데, 룬이 그 끝을 잡더니 술을 만지작거리기 시작하더군요. 그 시절의 기념품이 있는데 갖고 다닌다고 했어요. 호주머니에 손을 넣더니 열쇠를 꺼내더군요. 그리고 손바닥에 놓인 열쇠를 내밀었어요.

그걸 내려다보는데 혼란스러운 심정이 되었던 기억이 있어요. 무슨 열쇠냐고 물었죠. 이제는 사라진 곳의 열쇠라고 하더군요. 그게 아버지와 무슨 상관이냐고 물었더니 이러더군요. "몰라요, 메이지?" 난 몰랐어요, 그리고 짜증이 났어요. 가려고 일어났지만 그가 내 스카프를 아직도 잡고 있었고, 그래서 잡아당겼더니 그가 내 목을 조였어요. 놓으라고 했지만 그는 오히려 나를 자기 쪽으로 홱 잡아당겨 얼굴을 바로 몇 인치 앞에 바짝 붙였어요. 그러더니 활짝 웃더군요. 그를 밀쳐냈더니 놀랐다는 표정으로 양손을 허공에 치켜들고 다 무해한 장난이었다는 식으로 굴었어요. 나보고 '과민'하다고 하더군요. 그냥 좀 '놀렸을' 뿐이라면서. 하지만 나는 이미 겁에 질려 떨고 있었고, 그도 알고 있었어요. 그때 내가 공포를 숨기고 그를 비웃으며 뭔가 신랄한 말을 할 수 있었다면 좋았을 텐데, 하고 나중에 얼마나 후회를 했는지 몰라요. 하지만 그땐 그럴 수가 없었어요.

이 얘기는 아무한테도 꺼낸 적이 없어요. 지금 처음으로 이 얘기를 하는 건, 그런 사소한 일이 그리 대단한 것처럼 느껴진다는 게 이해가 가지 않아 그간 힘들었기 때문이에요. 대체 무슨 일이 일어났던 걸까요? 아무 낡은 문에나 넣어도 될 별것 아닌 낡은 열쇠를 보여주고서, 내가 당연히 알고 있어야 한다고 암시를 했던 거잖아요. 떠나지 못하게 스카프를 붙잡았고요. 동시에 그는 나를 매혹시켰고, 난 수년 동안 그 어떤 남자에게도 느껴보지 못한 끌림을 느꼈어요. 내게 그의 손길이 닿도록 허락했고 내 스카프를 만지작거리게 했어요. 그의 농담을 듣고 낄낄거렸고 내 프로젝트에 대해서 주절주절 수다를 떨었어요. 하지만 그가 아버지 얘기를 하는 순간 그 대화는 완전히 일그러져서 다른 형태로 변해버렸어요. 돌연 이 남자가 아버지와 어떤 사연을 공유했던 것처럼 은밀한 암시들이 난무했고, 분위기도 돌변했죠. 아니, 제 기분이 달라졌어요. 그는 전혀 동요하지 않았거든요. 하지만 나는 마치 그 전에 있었던 모든 일들이 교묘한 잔혹성의 한순간을 위한 서곡이었던 것처럼 굴욕을 느꼈어요. 내 의혹들을 갖고 놀았던 거죠. 그런 의혹들을 내가 품고 있다는 걸 그가 이미 알고 있었던 것처럼 말이에요. 그 의혹들에 대해서는 얘기할 수도 없는데, 겁이 나서도 그렇지만 그게 뭔지 제대로 알지 못해서 말할 수 없는 의혹들인데 말이에요. 내가 무엇을 두려워하고 있는지도 난 몰랐어요.

우리 사이에 무슨 일이 있었는지 확실히 말할 수가 없어요. 그게 뭐였건 간에 나뿐 아니라 우리 아버지와 어머니도 깊이 연루되어 있었어요. 우리는 언제나 세상이 어떻게 돌아가는지, 사람들이 왜 그런 식으로 행동하는지 이론들을 만들어내죠. 꼭 그런 걸 우리가 알아낼 수 있다는 듯이 사람들의 동기도 꾸며내고 말이에요. 하지만 이런 해명들은 실제로 존재하는 것보다 훨씬 단순하고 덜 정신 산란하다는 이유로 우리가 현실 앞에 세워놓는 어설픈 마분지 무대 세트 같은 거예요. 나는 조금 더 진실한 관점을 획득하려 애쓰기 위해 다큐멘터리 영화 제작자가 되었다고 생각해요. 영화가 거짓말을 하거나 왜곡하거나 사악한 목적들에 이용될 수 없다는 게 아니라, 가끔 카메라는 대상의 얼굴이나 몸에서 그들이 큰 소리로 말하지 않는 것들을 추출해내기 때문이지요. 마르셀 오퓔스의 〈슬픔과 동정〉을 처음 보았을 때 나는 열여섯 살이었어요. 그리고 그 후로는 사람들이 표정을 통제하고 있을 때 엄청난 표현력을 보여주던 손들을 뇌리에서 떨칠 수가 없었어요. 내게 카메라가 있었다면 룬에게서 뭘 볼 수 있었을까 궁금해지기 일쑤였죠. 어쩌면 아무것도 못 봤을 수도 있어요. 아무튼 룬은 자기 자신을 필름으로 담는 데는 전문가였으니까요.

그날 밤 코를 골며 자는 오스카 옆에 누워 있는데, "몰랐어요, 메이지?"라고 말하던 룬이 퍼뜩 기억났어요. 그 말이 힐난처럼 느껴졌어요. 내가 뭔가 알았을까요? 그때 아버지의 열쇠들이 기억났어요. 내가 그저 어린 소녀였던 그날 아침 아버지가 휙 낚아챘던 그 낯선 열쇠들 말이에요. 그린우드 공동묘지에 서 있을 때 아버지의 소박한 묘석 근처에 서 있던 화려한 백색 천사도 기억이 났어요. 아버지가 돌아가시고 몇 달 후 어머니를 찾아갔던 때도 기억이 났어요. 내가 자주 갔기 때문에 도어맨은 전화도 걸어보지 않고 나를 올려 보내 줬어요. 복도의 초인종을 눌렀는데, 틀림없이 나라는 걸 알았을 텐데도 어머니가 문을 열어주지 않았어요. 그런데 문은 열려 있었고, 그래서 들어갔더니, 식당에 붙어 있는 복도 쪽 손님용 화장실에서 구토하는 소리가 나는 거예요. 그 소리 쪽으로 달려갔더니 어머니가 두 팔로 가슴을 감싸고 구부정하니 엎드려 있었어요. 토사물이 입에서 미사일처럼 튀어나와서 변기로 들어가는 게 아니라 시트와 바닥에 흘러내렸어요. 어머니의 눈가에 눈물이 맺혀 있었고, 나는 어머니의 팔을 붙잡았어요. "아니, 아니, 괜찮아. 나 내버려둬." 하지만 또 한 번 파도처럼 토악질이 덮쳤고 나는 어머니의 온몸을 떨게 만드는 그 들썩거림의 강도에 충격을 받았어요. 허리를 붙잡고 이마를 변기에 가깝게 잡아드렸어요. 어렸을 때 내가 구토를 하면 어머니가 항상 좀 편하라고 이마를 잡아주셨거든요. "뱃속에 음식을 넘길 수가 없어, 메이지." 어머니는 헐떡거리고 있었다. "나 어디가 좀 잘못된 것 같아. 넘길 수가 없어. 미안하다. 정말 미안해."

행주로 어머니 입을 닦아주고 복도 끝 침실까지 부축해 모시고 가서 침대에 눕혀 드렸어요. 어머니는 자리에 누웠어요. 어머니를 두고 화장실로 돌아와 커다란 두루마리 키친타월로 토사물을 닦고 한 장씩 뭉쳐서 쓰레기통에 버렸죠. 코를 찌르는 악취 때문에 숨을 참아야 했던 기억이 나요. 누런 점액질 위액에 작고 밝은 원색의 음식 조각들이 섞여 있었어요. 표백제를 좀 흘리는 바람에 청바지에 하얀 반점들이 남았던 기억도 나요. 마룻바닥이나 벽이나 변기 뒤에 흔적이 하나도 남지 않도록 열심히 청소를 했어요. 조용히 복도를 걸어 침실로 가는데, 어머니가 큰 소리로 우는 소리가 들렸어요. 어머니는 울지 않았어요, 적어도 내 앞에서는요. 아버지의 장례식에서도, 할머니나 할아버지의 장례식에서도 울었던 적이 없어요. 그 흐느낌은 생경했고, 어쩐지 사람 같지가 않았어요. 꼭 목이 졸려서 낑낑거리며 뭐라고 말을 하려 애쓰는 개 소리 같았죠. 그때 길고 목 쉰, 새된 비명소리가 들려와서 나는 복도에서 그대로 딱 멈춰 섰어요. 기나긴 고뇌의 울부짖음이었어요. 부모님의 침실 밖 벽에 등을 기대고 서서 어머니 목소리를 듣고 있는데 내 얼굴이 마구 일그러지는 게 느껴지더군요. 어머니한테 가고 싶었지만, 그 감정이 무서워서 얼굴을 보기가 두려웠어요. 기다렸어요. 최악의 울음이 끝나기를 기다렸어요. 내가 들어가서 어머니한테 갔을 때는 이미 차분해진 상태셨어요. 이번에도 어머니는 사과를 했어요. 나는 아무것도 미안하실 것 없다고 했죠.

잠이 오지 않는 밤이면 뜬눈으로 〈타고난 가면〉을 생각하는데, 다시 말해 제가 어머니와 어머니의 이야기, 그리고 그걸 필름으로 어떻게 전할 것인지 고민한다는 뜻이에요. 너무 깔끔하고 딱 떨어지는 이야기를 만들고 싶진 않아요. 지저분한 걸 깔끔하게 해명해 치우고 싶지 않아요. 그런 건 어머니가 질색하셨을 거예요. 돌아가시기 바로 일 년 전 내 필름에 찍힌 어머니 모습을 보고 또 보곤 해요. 당신 스튜디오에서 〈공감의 상자〉 옆에 앉아 카메라를 보고 말씀하고 계시죠. 한순간 어머니는 내게 직접 말을 걸어요. 내 이름을 부르고, 그걸 들으면 나는 언제나 심장이 쿵쿵 뛰는 느낌이 들죠.

"우리는 우리의 범주들 속에 산단다, 메이지, 그리고 그걸 믿지. 하지만 그 범주들은 뒤죽박죽이 되는 경우가 많아. 그 뒤죽박죽이 된 상태가 바로 내 흥미를 끌어. 그 지저분한 상태가 말이다."

패트릭 도넌

(〈아트 비츠〉에 실린 〈질식의 방들〉 리뷰, 2002년 3월 27일 뉴욕 시)

"난 그 열기가 좋아요, 그렇지 않으세요?" 피니어스 Q. 엘드리지는 앨릭스 베글리 갤러리의 설치작품 얘기를 하며 미소 짓는다. 그의 첫 개인전은 일곱 개의 폐쇄된 부엌들이 철로처럼 문을 통해 연결되어 있다. 각 방은 이전 방보다 조금씩 더 뜨거워지는데, 다시 말해 관객들 모두 땀을 흘릴 각오를 해야 한다는 뜻이다. '핑크 라군'에서 젠더와 인종을 변형하는 독백을 하는 것으로 유명한 다운타운 퍼포먼스 아티스트는 시각예술로 한 발을 내딛었다. 〈질식의 방들〉의 각 부엌에는 커다란 봉제인형 두 개와 서랍장, 그리고 또 다른 은하계에서 튀어나온 것처럼 보이는 소름끼치는 왁스 인물상이 있다. 연극은 설치미술의 일환이지만, 엘드리지는 그 적나라한 연극성을 이 방들의 연작에 가지고 들어왔다.

엘드리지에 따르면 그 작품에는 아무런 메시지도 없다. 그렇지만 다른 세상 같은 그의 주방들을 지나치다보면 미국의 문화 전쟁들을 생각하지 않기가 어렵다. 일곱 개의 상자에서 나오는 섬뜩한 간성 인간은 LGBT 커뮤니티에 직접적으로 호소한다. 그 상자는(어쩌면 약간 대놓고) '클로짓'(come out of the closet, 즉 옷장에서 나온다는 표현이 게이의 정체성을 공공연히 인정한다는 숙어로 쓰인다—옮긴이)이기도 하다. 엘드리지는 1995년 커밍아웃을 했고, 언더그라운드 카바레 문화의 일환으로 쇼를 하기 시작한 후로 작품에서 게이와 인종적 정체성들을 탐색해오고 있다.

그리고 두 개의 지나치게 거대한 봉제 인간들은? 우익의 '가족관'을 지닌 백인 아메리카일까? 엘드리지는 확실한 언질을 삼간다. 수전 손태그의 말을 살짝 비틀어 그는 이렇게 말한다. "해석은 위험합니다."

9·11 이후로 예술의 대다수는 그저 무의미해 보였지만, 일곱 개 방들의 폐쇄 공포증적 분위기와 점진적 퇴락과 파괴는 자신만의 물질주의적 꿈속에 갇혀 있다가 지난 9월의 참담한 사건으로 충격을 받고 편안한 무기력증에서 깨어난 대다수 미국인들의 속물적인 격리를 문제 삼는다. 앨릭스 베글리는 질식에 대해 자신만의 해석을 덧붙였다. "그 설치는 진정한 충격을 줍니다. 지금 우리의 상황에 소구하는 것입니다."

재커리 도트문트

(〈질식의 방들〉 리뷰, 〈아트 어셈블리〉 2001년 3월 30일자)

앨릭스 베글리에 전시된 피니어스 Q. 엘드리지의 설치 〈질식의 방들〉의 관심사는 YBA(Young British Artists, 1980년대 이후 현대미술을 장악한 영국 출신의 젊은 예술가들로 데미안 허스트, 트레이시 어민, 게리 흄, 제니 새빌 등이다—옮긴이)의 손쉬운 팝 컨슈머리즘뿐 아니라 아방가르드 모더니즘까지 연루된 깔끔한 미학의 전복에 있다. 그러나 관객들을 향한 이 작품의 초대는 사적인 것으로 남는다. 열린 작품을 통해 DIY 상호작용을 이끌어내는 티라바니야(리그리트 티라바니야Rirkrit Tiravanija, 1961년 태국 출생이며 다문화적 정체성을 바탕으로 문화 · 환경 · 공동체를 주제로 작업하는 관계 지향적 예술을 주창했다—옮긴이) 같은 작가들의 작업과는 달리, 엘드리지의 폐쇄된 방들은 걸어서 지나가는 공간이다. 니콜라스 부리오(Nicholas Bourriaud, '관계의 미학'을 주창한 프랑스 출신의 예술이론가—옮긴이)를 인용하면, 이것은 온전한 관계 지향적 예술이 아니다. '얼터-모던'(altermodern, 부리오가 주창한 개념으로, 글로벌한 맥락에서 생산된 예술을 규범화와 상업화에 반대하는 문맥에 놓는 것—옮긴이)하지 않다. 그럼에도 불구하고, 연이어 나타나는 리얼한 환경들은 부리오가 옹호하는 수용적 관계주의보다 궁극적으로 더 전복적인 타격을 날릴 수도 있다. 각 방에서 다시 나타나는 트랜스젠더 형상은 과타리의 정신 착란적 기계 주체성, 욕망과 장기가 없는 몸의 자아-기술을 떠올리게 하는데, 이는 무대 위에서 퀴어화하는 퍼포먼스를 벌이는 엘드리지의 삶의 메아리이기도 하다. 마지막 방의 혼돈은 진정 날카로운 정치적 독설을 품고 있다.

해리엇 버든

공책 K

2001년 4월 19일

그는 영악하지만, 펠릭스가 영악했던 만큼은 아니다. 펠릭스는 어떻게 하면 수집가들을 흥분시킬 수 있는지, 어떻게 하면 그들의 기분을 띄워줄 수 있는지, 어떻게 하면 그들로 하여금 자기 앞에 놓여 있는 예술작품을 정말로 보고 이해한 장본인이라고 상상하게 만들 수 있는지 잘 알고 있었다. 이 남자는 항상 모든 눈이 자기를 바라보고 있기를 원한다. 마치 카메라가 그에게 살아 있다고 말해주기라도 하는 것처럼 날마다 자기 자신을 촬영한다. 그는 탈출 마술사가 되기를 원할 것이다—그 무엇보다도, 그걸 바랄 거라고 난 생각한다. 자연을 거스르거나 아니면 자연의 한계를 거스르는 것처럼 보이기.

나는 그저 작업을 하고 내 계획을 성공시키기를 원할 뿐이다.

그렇지만, 그가 마음에 든다. 그는 거의 무게가 없는 사람처럼 튕겨 오른다. 나는 그가 게임을 하겠다고 할 것 같은 기분이 든다. 외양의 조작에 흥분하는 사람이니까. 그에게 있어 그 쾌감은 거의 성적이고 전희의 형태, 그렇다, 발기의 형태다. 팽창. 나는 느낄 수 있다. 그가 매력을 느끼는 건 늙어가는 해리엇이 아니라 나의 말이다. 그는 내 초록색 가면이었던 앤턴이 아니고, 파란색 가면인 피니도 아니다. 피니와 나는 곧 서로였거나 혹은 서로 너무 닮아 나란히 서서 팔짝팔짝 춤추며 달릴 수 있었다. 듀엣으로, 둘이서 함께 휘파람을 불며 모험이든 불운이든 함께 맞기 위하여 세상으로 나가는 P와 H. 그러나 피니가 나를 떠나기로 했다. 아르헨티나 사람과 사랑에 빠졌고, 그의 두 눈에 환히 밝혀진 불빛은 내 눈에도 보인다. 얼마나 그리울까. 우리가 하나로 어우러지는 건 쉬웠다.

룬, 돌로 만들어진 이름, 완전히 다른 또 하나의 가명: 회색.

그는 틱장애가 있다. 먹이를 확인하는 것처럼 앞니를 핥는다.

나는 룬을 무대에 올리고 싶다. 그의 작품이지만 내가 만들게 될 작품들을 발견하고 싶다. 룬은 나의 유혹자 요한네스가 될 것이다. 끔찍하고, 수줍고, 천재적인 가면. 키르케고르 논평자들은 그 도깨비의 심장을 놓쳤다. 그들은 가학적인 스릴을 억압한다.

양파 같은 페르소나들을 하나씩 하나씩 벗기며 점점 더 깊이 책 속으로 들어가 보라.

들어봐, 해리. 처음 그 책을 읽을 때를 기억하지. 1권의 결말이 임박했을 때 그 문장이 나온다. 너는 아직 1부에 있어. 너를 엄청나게 흔들어놓았지. 기억나? 그는 너 자신의 존재였잖아, 안 그래? 코딜리어 말고 말이야.

아니, 거짓말이야. 불쌍한 코딜리어. 하지만 그 '불쌍한'이란 네가 뱉어내고, 거부하고, 기침처럼 토하고, 게워내는 무엇이지. 늘 그렇지는 않아, 늘 그렇지는 않지, 하지만 유혹은 완벽해. 그가 너를 유혹하는 것. 여자로서가 아니라 남자로서. 나는 요한네스다. 요한네스가 유혹하는 독자는 요한네스가 된다—부분적으로는. 거기 매듭이 있다. 매듭을 보라. 무엇보다도 여자로서, 언제나 여자로서 취급당하는 건 너무 지루하고, 익숙하고, 불공평하다. 나는 반항한다. 어째서 여자다움이 먼저인가? 어째서 이 자질이 제일 먼저인가? 탈출은 불가능하다.

닥터 F.는 내가 치마를 입고 있다는 걸 눈치 챘다. 그는 안다. 그 오랜 세월을 봐왔는데 이번이 딱 두 번째네요, 그가 말한다. 주목할 만한 사건이다. 취약성을 드러낸 것이다. 치마를 입은 사람들은 취약하다. 이건 치마를 입은 여자들의 역사다.

여자들은 추락한다, 하늘에서 떨어진다, 한 사람 한 사람씩, 떨어지고 또 떨어진다. 사타구니를 벌려봐, 내 사랑하는 자기, 그러면 내가 절벽에서 던져버려 죽여줄게. 전쟁터인 질. 폐허인 질. 그러나 그는 결코 말하지 않는다, 날 들여보내줘, 하고. 그게 쿠데타다. 그녀의 유일한 권력은 그를 들여보내주지 않는 데 있다. 나는 다리를 단단히 꼬아둘 것이다.

다리를 꼬아, 코딜리어.

유혹자는 이렇게 쓴다. "모든 건 은유다. 나 자신은 나에 관한 신화다. 내가 서둘러 이 밀회로 향한다는 건 신화이지 않은가? 내가 누구인지는 아무 의미가 없다. 유한하고 한시적인 모든 것은 잊힌

다. 오로지 영원한 것만 남는다. 에로틱한 갈망의 힘, 그 지복 말이다."

유혹자는 오로지 페이지 위에서만 산다. 그는 A의 곡두이고, A는 《이것이냐 저것이냐》의 편집자인 에레미타의 곡두며, 에레미타는 그녀대로 오래전 죽었고 책장들로 살아 움직이는 쇠렌 키르케고르의 곡두다.

A는 자신의 미학적 발명품에 경악하지 않는가?[24)]

우리는 모두 우리 자신에게 있어 신화다.

요한네스는 코딜리어와 성교를 할 것이다.

그리고 그녀를 떠날 것이다.

S. K.는 레지나를 사랑했고, 그녀를 떠났다. 엄밀히 말해 성교를 하지는 않았던 걸로 보인다. 순결은 다른 남자의 몫으로 남겨두었으나 그녀에게 치명적인 상처를 입혔다.[25)]

"나는 그녀에게 작별을 고하지 않으리라." 요한네스는 쓰고 있다. "모든 것을 바꾸지만 본질적으로 아무 의미 없는 여자들의 눈물과 애원만큼 역겨운 건 없다. 나는 그녀를 정말로 사랑했으나, 이

---

24) 버든은 룬이 연기하길 원하는 역할을 키르케고르가 요한네스를 활용한 방식에 비견하고 있다. 요한네스는 《이것이냐 저것이냐》 1부의 마지막 장에 나오는 〈유혹자의 일기〉를 쓴 것으로 되어 있는 가명의 작가다. 요한네스는 자신이 코딜리어를 유혹한 일을 쓰고 있는데, 유혹의 기술이 얼마나 완벽한지 코딜리어는 자신이 그를 뒤쫓는 거라고 상상한다. 1부는 가명성의 '양파'다. 편집자인 빅터 에레미타는 1부의 서문을 쓴다. A는 1권에서 미학적 관점을 차지하는 캐릭터로 자신이 〈유혹자의 일기〉의 편집자지만 작가는 아니라고 밝힌다. 버든은 에레미타를 좇아 요한네스가 A의 허구적 창조물, 즉 가명의 가명, 투영이라는 극단적인 미학적 위상을 뜻하는 '은유'와 '신화'라고 이해하고 있다. A는 자신의 창조물에 경악한다. 서문에서 에레미타는 "A가 정말로 자기 허구를 두려워하게 된 걸로 보이며, 이는 마치 악몽과 같아 계속 이야기하는 일에 있어서도 계속 그를 불편하게 한다."(〈키르케고르의 저작, vol. III, 9).

제부터 그녀는 더 이상 내 영혼을 점유할 수 없다. 내가 신이라면 그녀에게 넵튠이 님프에게 해줬던 대로 해주고 싶다. 그녀를 남자로 바꿔줄 것이다."

자, 여기 나왔다, 마지막의 다섯 단어. 면도날.

나는 룬을 통해 나 자신을 남자로 바꿀 것이다.

내가 요한네스가 될까?

그러나 요한네스는 쇠렌이 아니었다. 그는 A가 아니었다. 아니, 그는 아니었다. 우리는 S. K.가 여자들의 눈물과 여자들의 애원과 여자들의 기도를 신봉했음을 안다. 그리고 나는 룬이 아니다. 그렇지만, 그렇지만, 그래도, 나는 그 주마등처럼 변화하는 환영들 속 어디 다른 곳에 있다. 내가 네 귓전에 속삭이게 하라. 언어의 회초리질을 하는 그 판타지의 남자 역시 쇠렌이라고 속삭이게 하라. 짓궂은 트릭스터. 나는 트릭스터의 자아를 빌리리라.

나를 보라, 프로메테우스다. 나는 스스로 나 자신에 대한 신화다. 내가 누구인가는 아무 상관이 없다.

---

25) 키르케고르는 1837년 레지나 올센을 만났다. 당시 그는 스물네 살이고 그녀는 열네 살이었다. 두 사람은 1840년 약혼했으나, 일 년 뒤 그는 파혼하고 레지나를 모든 면에서 철저한 절망에 빠뜨렸다. 키르케고르는 이렇게 적었다. "그러니 나로서는 끝까지 밀어붙이고, 가능하다면 기만의 힘을 빌려 그녀를 도와주고, 그녀의 자존심을 되살려주기 위하여 그녀를 나로부터 밀어내는 온갖 노력을 다하는 수밖에 달리 할 수 있는 일이 없었다." 브루스 H. 컴스가 번역한 요아힘 가프의 《쇠렌 키르케고르 전기》에 인용된 발언이다. (프린스턴 대학교 출판부, 2005), 186쪽. 비록 그가 일기에 거듭 되풀이해 그녀를 향한 사랑을 고백하고 있지만, 급작스럽게 약속을 깨뜨린 이유는 끝없는 학문적 추정을 불러일으켜왔다. 키르케고르에게 깊이 매료되어 있었음에도 불구하고, 버든은 S. K.와 레지나의 관계가 '도착적'이라고 보았다. 공책 K에 그녀는 "레지나는 사랑의 대상이나 뮤즈 노릇을 하는 모든 여성들에게 할당된 아득한 공간을 차지하고 있다. 불쌍한 레지나! 불쌍한 코딜리어! 나는 판을 뒤엎는다!"라고 썼다.

해리엇 버든

공책 A

2001년 5월 4일

브루노가 회고록을 쓰고 있다. 그래서 나는 너무나 행복하지만, 그런 기색을 드러내지 말아야 한다. 그냥 장난으로 끼적거리는 거야, 그는 말한다, 재미삼아서. 그는 춤을 추듯 수월하게 쓰고 있다. 애초에 그렇게 했어야만 하는 거다, 고집불통 개자식 같으니라고. 천년왕국을 위한 시를 피 토하듯 쓸 게 아니라 그렇게 춤추듯 수월하게, 재미를 보며 글을 썼어야 한다. 하지만 내가 우쭐하거나 잘난 척하진 말아야지, 안 그러면 나한테 화풀이를 하려고 글을 중단해 버릴 수도 있다. 사랑하는 곰탱이, 대체 그 기나긴 당신 인생을 가지고 무슨 짓을 한 거야? 난 당신이 그 신랄하고, 상냥하고, 완고한 남자를 책으로 써내면 좋겠어. 필요하다면 꾸며내서라도, 내 사랑.

그 남자는 거기 있으니까.

코니아일랜드 해변 산책로의 아이스크림에 대해서 쓴 한 단락을 내게 읽어주었다. 그가 어머니 걸 뺏어먹으려고 손을 뻗었더니 어머니가 손을 멀리 휙 뺐고—차가운 초콜릿이 그의 손바닥으로 흘러내렸다. 이 너무나 사소한 순간은 따귀를 맞는 느낌으로 다가왔고, 그 소리가 오랜 세월이 흐른 뒤까지 메아리쳤다. 그들은 뭐라고 했더라? 까다로운 여자. 그녀는 까다로운 여자였다. 까다로운 여자들을 보면 사람들은 고개를 가로젓는다. 우리는 모두 까다로운 여자들이다. 브루노의 어머니는 더 까다로웠을까? 아니, 하지만 그녀는 브루노의 어머니였다. 바로 지금, 이 '까다롭다'는 말은 내게 미친 것처럼 보인다. 한 단어의 미친 철자는 더 이상 내가 알아볼 수도 없게 되었다.

에이븐은 내게 줄리가 "이제 네 친구 안 해"라고 말했다고 했다. 에이븐의 당겨진 입꼬리가 쓴웃음을 띠고 있었다. "하지만 그 말은 안 믿어도 돼. 다음 날 되면 까먹거든!" 에이븐은 잊지 않는다. 우리와 같은 부류니까.

*

어머니는 내 몸 속에서 노래 곡조처럼 재생된다. 시간을 관통해 생각하는 그녀의 목소리는 늙고 목 쉬어 돌아온다. "그이는 마지막에 나를 더 많이 사랑했어." 그리고 무슨 뜻이냐고 내가 묻자 이렇게 말한다. "처음에 그랬던 것보다 더 많이 사랑했다고. 나는 그이를 사랑했어. 나는 네 아버지를 높은 단상에 올려 우러러보았지만,

그이는 나한테서 도망쳤단다."

그리고 언덕과 골짜기들을 넘어 휘적휘적 도망쳐 멀어지는 아버지가 보인다.

그는 어머니를 침묵으로 벌주었다.

"나는 만찬에서 제대로 말 한 마디를 해본 적이 없어. 음식을 가지고 오고 테이블을 치우고 경청했지만, 내가 말하기 시작하면 네 아버지가 꼭 말을 끊곤 했어. 한번은 파티가 끝나고 나서 내가 그 얘기를 꺼냈지. 기분이 나빴다고, 상처받았다고 말했어. 아버지는 대답을 하지 않았지만, 다음번에 만찬이 열렸을 때는 아무 말도, 단 한 마디도 하지 않으시더구나."

"잔인했네요." 내가 말했다.

닥터 F.도 이제 그 얘기를 다 들었다. 나는 우리 어머니를 기억한다.

"잊지 말아라." 어머니는 병원에서 말씀하셨다. "너는 유대인이야."

"잊지 않을게요, 엄마."

병실은 흉측하다. 어머니는 패혈증에서 회복되고 계신다. 트리니다드 출신인 간호사가 나를 본다. "우리는 어젯밤에 어머니가 세상을 떠나실까봐 걱정했는데, 하지만 저분은 강인해요." 어머니는 고열로 환각을 보며 병원 복도를 배회하셨다. 다시 인디애나폴리스의 옛 집으로, 아니 그 집의 일부로 돌아가서 자기 방을 찾아 층계를 오르고 계셨다. "하지만 찾을 수가 없었어. 문들을 아무리 열어봐도, 해리엇."

그리고 아버지는 내가 아니라 자기 같은 부류를 원했다는 생각을 나는 마음속으로 한다. 그의 자연종natural kind. 아니, 해리, 성性은 철학에서 자연종이 아니란다.[26] 어류. 가금. 머리가 두 개 달린 송아지.

그들은 누구였을까, 나는 궁금해진다. 끝내 착상되어 자라지 못한 형제자매들은?

"뭘 입어야 할까?" 어머니가 묻는다.

"입다니요, 어머니?"

어머니는 주위를 둘러보며 짜증을 내신다. "교수진 만찬에서 말이야. 내 진주 목걸이 어디 갔지? 진주 목걸이가 필요할 텐데. 그 스웨터는 너한테 어울리는 것 같지가 않구나, 해리엇."

그리고 나는 미소를 지을 수 있으면 좋겠다고 생각했다. 어머니의 발이 너무 차가워서 손으로 문질렀다. 양말을 세 켤레나 신으셨는데 아직도 차다.

이스트 리버도 보인다. 잿빛 물결, 불빛, 그리고 방안에는 똑똑 방울져 떨어지는 정맥주사액, 어머니의 변색된 팔에 붙어 있는 테이프, 라일락빛 환자복 소매가 걷어 올려져 있다.

아직 죽지 말아요, 난 생각한다.

시간은 현재에서 밀도가 높다. 일련의 점들이 아니라 팽창되어 있다, 주관적 시간, 그러니까 우리 내면의 시간 말이다. 우리는 영원히 간직하고 투사하고, 노래의 다음 음절을 기대하고, 귀 기울여

---

26) 자연종은 1895년 존 스튜어트 밀에 의해 처음 소개된 개념이다.《과학적 방법의 철학Philosophy of Scientific Method》, 어니스트 네이겔 편집(하프너, 1950), 303~4쪽. 이 용어는 인간 범주와 독립적으로 자연에도 분류가 있음을 시사한다. 자연종이 과연 존재하는가를 두고 분석철학에서 상당한 논쟁이 벌어졌으며, 성이 자연종인가 하는 문제 역시 그 논쟁의 일환이다.

들으면서 후렴 전체를 다시 떠올린다.[27]

내 커다랗게 부푼, 단단한 배에서 톡 튀어나와 있던 배꼽을 기억한다. 막달이라서 피부가 팽팽하게 당겨져 있었고, 그 뱃속의 생명은 생경하게 밀고 당기며 태동하고 있었다. 분홍빛의 퉁퉁 부은 내 발은 앞에 놓인 오토만 위에 올려놓았다. 펠릭스가 톡 튀어나온 배에 귀를 대고 있다. 어이 거기, 우리 꼬마, 우리 꼬마 치키티타. 메이지였다. 그래, 메이지였다고 생각한다.

27) 버든은 후설을 차용해 쓰고 있다. 그 철학자는 음악을 듣는 것을 시간의 주관적 체험의 주된 사례로 논한다. 시간은 당장 현존하는 그 이상을, 연속과 지속을 포함한다.《내적 시간 의식의 현상학》(인디애나 대학교 출판부, 1966).

해리엇 버든

공책 M

나는 집-여자를 지을 것이다. 내면과 외면을 만들어주어서 관객들이 그녀의 안팎으로 드나들 수 있게 할 것이다. 그녀를 드로잉하고 있다. 드로잉하면서 형태를 생각하고 있다. 그녀는 커야만 하고, 반드시 까다로운 여자라야 하지만, 질에 이빨이 달린 자연적 공포나 환상의 괴물이어서는 안 된다. 피카소나 드쿠닝의 괴물이어서도, 마돈나여서도 안 된다. 이 여자에게는 이것이냐 저것이냐의 이항대립은 없다. 안 된다, 그녀는 참되어야 한다. 꼬리만큼 중요한 머리가 있어야 한다. 그리고 그 머리 안에는 캐릭터들이 있을 것이다. 여러 가지 일들을 하고 있는 각양각색의 작은 남녀들. 그들이 글을 쓰고 노래를 하고 악기를 연주하고 춤을 추고 우리 모두를 잠재울 정도로 길고 장황한 연설을 읽게 해야겠다. 그녀를 나의 〈생각하는 여인상〉으로 만들어 17세기의 괴물, 즉 여성 지식인이었던 뉴캐슬 공작부인 마거릿 캐번디시를 기리게 해야겠다. 그녀는 희곡, 로맨스, 시, 서한, 자연철학, 유토피아 픽션《불타는 세계》를 썼다. 나는 내 여인을 공작부인에게서 따와 〈불타는 세계〉라 이름붙일 것이다. 그녀는 반反데카르트주의자였고 결과적으로 반-원자론주의자, 반-홉스주의자, 프랑스로 망명한 왕당파가 되었다. 그러나 끝까지 신을 완전히 놓지 못한 불굴의 일원론자이자 유물론자이기도 했다. 그녀의 사상은 라이프니츠와 겹친다. 우리 아버지는 캐번디시와 당신의 영웅 사이의 연결고리를 알고 계셨을까?

미친 매지(마거릿 캐번디시의 별명—옮긴이)는 골칫거리였고, 자연의 면전에 난 화농성 종기였다. 그녀는 스스로를 구경거리로 만들었다. 1666년에 딱 한 번 왕립과학학회 실험 참관을 허락받았던 공작부인은 화려한 괴벽을 아낌없이 선보였고, 그 자리의 모든 걸 적어두었던 새뮤얼 페피스의 기록에 남았다. 그는 그녀를 '정신 나간, 오만한, 우스꽝스러운 여자'라고 불렀다. 쉬운 일이었다. 지금도 쉽다. 그저 그 여자의 답에 대답을 거부하면 된다. 대화에 참여하지 않으면 된다. 그녀의 말이나 그림이 알아서 소멸하도록 내버려두면 된다. 고개를 돌리면 된다. 수백 년이 지나갔다. 처음으로 여자가 왕립학회 회원으로 들어간 해? 1945년이다.

공작부인은 가끔 남성복을 입었다. 조끼와 기사들의 모자. 다리를 까닥해 인사하는 대신 허리를 굽혀 절했다. 수염이 없는 경악의 대상이자 역할의 혼돈이었다. 그녀는 자신을 가면 또는 무도회의 가장으로 연출했다. 궁정기사의 모자를 벗어 당신에게 경의를 표합니다, 공작부인. 부디 그녀의 의상이 휘날리기를.[28)]

캐번디시에게는 크로스드레서 기질이 충만했다. 그렇지 않다면 어떻게 귀족 숙녀가 세상으로 그리 거침없이 뛰어 들어갔겠는가? 달리 어떻게 그 목소리가 세상에 들리도록 했겠는가? 남자가 되거나 아니면 이 세상을 떠나거나, 그것도 아니면 그녀의 육체를, 미천하게 태어난 육체를 버리고 불타오르는 수밖에 없다. 공작부인은 몽상가였다. 그녀의 캐릭터들은 상충하는 단어들을 기치처럼 휘두른다. 그녀는 결정을 할 수가 없다. 다성多聲은 이해에 도달하는 유일한 길이다. 양성구유적 다성. "고결한 정신이 어떻게 저항에의 열정이 없이 치욕스런 굴종을 견뎌낸단 말인가?" 레이디 워드는 그렇게 물었다. 그러나 레이디들은 그들의 세계에서는 항상 이긴다. 결혼, 아름다움, 논쟁, 그리고 울창한 소망의 판타지를 통해서. 구애하는 귀족 나리는 레이디의 명석과 감성으로 인해 번개에 맞은 듯 충격을 받는다. 그는 즉시 거듭난다.

이것이 바로 내가 원하는 바가 아닌가? 내 작품을 보라. 보고 깨달으라.

어떻게 살까? 세상의 삶 아니면 머릿속의 세상? 밖에서 보이고 인정을 받을 것인가, 아니면 안에 숨어 생각할 것인가? 연기자냐 은둔자냐? 어느 쪽인가? 그녀는 둘 다 원했다—안에 있고 밖에 있고, 숙고하고 도약하고. 그녀는 고통스러우리만큼 수줍었고 우울증으로 괴로워했으며, 휘적휘적 걷는 남장여자였다. 그녀는 허풍을 떨었다. 남편을 지극히 사랑했다. 소수의 현자들은 그녀를 천재라

28) 캐번디시의 왕립학회 방문에 대해서, 당대의 일지 기록자이자 새뮤얼 페피스의 친구인 존 에벌린이 발라드를 지은 바 있다. "신이여, 우리를 가호하소서! 처음 그녀를 보았을 때/ 궁정기사처럼 보였네/ 하지만 수염이 하나도 없더군." 엠마 L. E. 리즈, 《마거릿 캐번디시: 젠더, 장르, 추방》에서 인용. (맨체스터 대학교 출판부, 2003) 13쪽.

고 불렀다.

나는 오페라다. 난동이다. 위협이다. 나는 미친 매지다, 매드해터 해리엇이다, 신문 만화란에서 곧장 뛰쳐나온 사람들과 브루클린 강변의 서니스 바 근처 하트브레이크 호텔에 사는 추악한 돌연변이다. 브루노는 이웃에 나를 마녀라고 부르는 사람들이 있다고 했다. 그렇다면 얼마든지 그 이름을 취하겠다, 마법의 주술과 밤의 권력은 창조적이고 비옥하고 축축하다. 그것이야말로 그들의 두려움이 거하는 장소가 아닌가? 여자들은 출산을 하지 않는가? 깩깩 울어대는 아기들을 세상으로 밀어내고 그들을 핥아주고 노래를 불러주지 않는가? 우리가 세대들을 창조하고 뒤흔들지 않는가?

브롭딩낵 거인국의 작은 걸리버는 아기에게 젖을 먹이는 거대한 유모를 올려다본다. "그 괴물 같은 젖가슴만큼 역겨운 광경은 본 적이 없다. 그 사이즈는 무시무시하고, 피부의 흠결이 하나하나 다 눈에 보였다." 스위프트의 현미경적 확대와 여성혐오. 그러나 모든 유아는 젖가슴 속에서 난쟁이가 아니던가?

어머니가 말했다, "그는 내게서 도망쳤어."

나는 불타오르고 우르릉거리고 포효하고 싶다.

나는 숨고 흐느껴 울고 우리 어머니에게 꼭 매달리고 싶다.

그리나 우리 모두가 그렇지 않은가.

해리엇 버든

공책 T

2001년 5월 24일

우리는 동맹을 맺었다. 아니 적어도 동맹을 맺었다고 생각한다. 그는 내 눈을 똑바로 보았고 재미있을 것 같다고 했다.

나는 룬의 멀티플(같은 작품을 다수 제작한 미술작품—옮긴이) 한 점을 샀다—비디오 작품이다. 〈새로운 나〉. 시간이 흘러도 여전히 좋을지 궁금하다.

그의 아파트는 배관공이 꿈꾸는 바로크적 화려함이랄까. 황금빛 술 장식들이 농담인지 아닌지 도저히 물어볼 용기가 나지 않았지만, 그는 영악하니 몰랐을 리가 없다. 그는 모순을 만끽하고 모두가 그와 보조를 맞춰주길 원한다. 이건 유치하기 때문에 모순적으로 매력적이다. 내 장난감들 좀 봐요. 근사하지 않아요? 그는 뻐기며 방들을 돌아다니면서 내게 집 구경을 시켜주었고, 각각의 오브제를 향해 팔을 휙휙 뻗었지만 단 하나의 트로피 앞에서도 멈춰 서서 살펴보는 일이 없었다. "캄보디아의 단지에요, 기원전 2000년. 다이앤 아버스가 찍은 사진이고—71년에 자살했죠—마를레네 디트리히가 〈모로코〉에서 신었던 구두예요." 숏커트 머리의 여자가 갑자기 문간에 나타났을 때 그는 "지니"하고 버럭 소리 지르며 팔을 내저었지만, 곧 나를 보고 농담이니 이해해달라는 듯이 웃어보였다. 소위 '도우미' 팀의 일원이라는 '조수' 하나가 주위를 돌아다녔는데, 그 팀이란 대체로 전화기를 든 유능해 보이는 여자들이었다.

영웅적으로 전시된 로봇의 사진들. 대체로 미국과 제네바를 아울러 다양한 실험실에서 촬영한 것들이었지만 가상의 기계들, 즉 '필름봇'들도 있었다. 2001년 영화 〈할〉의 스틸 한 장과 〈슬리퍼〉에 로봇 웨이터로 등장한 우디 앨런의 사진이었다. 나는 실수투성이라도 우디 앨런이라면 얼마든지 환영이라고 말했지만 룬은 웃지 않았다.

그에게는 아이디어들이 있지만 온통 뒤죽박죽이다. 내가 추천하는 책들은 단 한 페이지도 읽는 법이 없다. 그러나 베르너 빈지라는 사람의 자랑스러운 업적인 '특이점'(The Singularity, 원래 수학적 관점에서는 분수의 분모가 제로에 근접함에 따라 무한대로 발산되는 지점. 기술적 관점에서는 강력한 인공지능이나 인간 지능증폭이 가능했을 때 출현하는 시점, 물리학적 관점에서는 광속으로 이동하는 빛조차도 탈출할 수 없는 블랙홀 개념을 말한다—옮긴이)이라는 악마가 그를 온통 사로잡고 있다. 베르너 빈지는 수학 교수이자 SF 작가로 1993년에 시간의 기념비적이고 혁명적인 변화, 즉 불쌍한 우리 필멸의 인간들이 우리 자신보다 훨씬 위대한 기계 지능을 발명하는 순간을 예언했다. 우리의 기계 장치는 우리를 앞질러 내달릴 것이고, 탈인간적 · 탈생물학적 세계의 여명이 밝을 것이다. 우리는 모두 기계-유기체 혼합물이 될 것이다. 그 방법 자체는 아직 모호하지만, 우리는 우리 자신을 '업로드'하고 불멸이 될 것이다. 테크노 프랑켄슈타인인 빈지는 이렇게 썼다. "대형 컴퓨터 네트워크들은 초인간적 지능을 지닌 존재로서 '각성'할지도 모른다."[29]

각성한다고?

나는 투덜거리고 폭소를 터뜨리고 손가락을 흔들었으나, 룬은 진지한 얼굴로 2030년까지는 그 모든 일이 일어날 거라고 말한다. 내기를 걸고 싶은 마음이 굴뚝같지만 그때쯤이면 나는 죽었을 테지. 해리엇 버든은 먼지, 갈려서 재가 된 뼈가 되어 있을 것이다. 룬은 정말로 그런 걸 믿나? 잘못된 이론적 모델인 '정신의 연산 이론'[30]에 근거한 허황된 믿음의 이런 논문을 정말 믿는단 말인가? 실험실의 청년들과 분석철학을 연구하는 동조자들은 끝없이 가속하며 정보를 처리하는 신성한 기계에 무릎을 꿇고 복종하고 있다. 하지만 그 기계가 체스는 잘할지 모르지만 한 언어에서 다른 언어로 번역

29) 베르너 빈지는 1993년 3월 30일에서 31일에 걸쳐 개최된 NASA 후원의 '비전21' 심포지움에서 특이점에 관한 자신의 견해를 처음 발표했다. 후속 논의에 대한 평은 〈의식연구 저널〉 19권 (2012) 7~8호에 실린 "특이점: 지속적 논쟁, 2부"를 참조할 것.

하는 짓은 괴로울 정도로 못하는데다가 아무 감정도 느끼지 못하는데. 다른 사람들은 패러다임의 변화에 대해 글을 쓰고 있고, 정보처리를 뇌의 모델로 삼는 건 너무나 많은 차원에서 실패하고 있다는 걸 모르는 건가? 룬은 믿고 싶어한다. 그건 구원의 한 형태란다.

특이점은 탈출구인 동시에 출산의 판타지다. 나는 그에게 말했다. 유기적 신체를 완전히 회피하는 제우스의 꿈이야. 새로 태어난 피조물들이 남자의 머리에서 곧장 튀어나오니까. 짜잔! 어머니와 사악한 질은 사라져버리는군.

나는 그의 십자가들이 다산성의 상징이라고 지적했다.

내가 하는 말이 얼마나 먹히는지 모르겠다. 귀머거리라는 건 그의 존재 일부인 것 같다. 그리고 그에게는 그게 도움이 된다. 자기 자신을 젊은 '기적의 남자'로 주장하는 데 도움이 된다.

하지만 그에겐 저류가 있고, 그건 사적이다. 그는 자신의 전기에서 뛰쳐나오려고 애쓰고 있다. 어쩌면 이것이 우리가 교차하는 지

---

30) 정신의 연산 이론(CTM, Computational Theory of Mind)은 정신이 규칙에 근거한 상징의 조작을 통해 컴퓨터처럼 작동한다는 생각을 주창한다. 힐러리 퍼트넘, "뇌와 행동"(1961) 《심리철학 독해》 1권, 네드 블록 편집 (하버드 대학교 출판부, 1980)과 제리 포더, 《사유의 언어》(토머스 크롬웰, 1975). 공책 T에서 버든은 이 모델을 차용한 과학자와 철학자들을 비판하는데, 이 이론이 "육체 전체에서 하나의 축축한 장기로서의 두뇌"를 설명하지 못하고 "길을 안내하는 정서적 앎을 배제하기" 때문이다. 그녀는 또한 CTM을 "데카르트적 이원론의 음흉한 형태"라고 부르며 《컴퓨터들이 아직도 하지 못하는 것들》(MIT, 1992)에서 휴버트 드레이퍼스가 이 이론을 비판한 것을 인용한다.

점인지도 모르겠다. 나도 내 이야기에서 뛰쳐나가고 싶다.

*

오늘, CTM과 치명적 결함들에 대해 내가 신랄하게 독설을 퍼부었더니 그는 이제 죽어 땅에 묻힌 자기 어머니 이야기를 해주었다. 베이비돌 잠옷 차림으로 뒤축이 없고 앞에 하늘하늘한 깃털이 달린 하이힐 슬리퍼를 신고서 비틀비틀 돌아다니는 여자의 모습이 눈앞에 그려진다. 그는 어머니의 옷차림에 대해선 묘사하지 않았지만, 그의 이야기로부터 나는 허영심 많고 정신에 문제가 있는 불쌍한 존재를 꾸며냈다. 유혹적인 어머니, 어린 아들에겐 미쳤고 두려운 애정의 대상인, 눈물범벅으로 매달리거나 잡아 죽일 듯이 분노하는 양 극단을 오가는 여자를 만들어냈다. 그녀는 클리셰다. 1950년대 영화에서 나온 망가진 여자, 테크니컬러로 그려진 단정치 못한 미녀들, 종종 가슴골을 드러낸 술 취하고 흐트러진 여자다. 우리는 모두 '전형'의 죄를 짓는다. 그러나 이야기는 우울하고, 그 이야기를 전하는 그의 눈빛은 싸늘하고 공허하다. 룬의 슬프고 미친 어머니는 길 잃은 고양이를 데려다가 먹이를 준다. 어느 날 임신한 고양이가 가족의 빨래바구니에 새끼를 낳는다. 따뜻하고 부드럽고 더럽고 냄새나는 침대다. 그러나 어머니는 새끼들을 발견하고 아기들은 안 돼, 아기들은 안 돼, 하고 미쳐 울부짖는다. 그녀는 룬과 여동생이 보는 앞에서 양동이에다 새끼들을 넣어 익사시킨다.

아버지는 수동적이다. 그도 눈앞에 훤히 나타난다. 길고 창백하고 괴로운 얼굴을 하고 의자에 앉아 있다. 나는 그를 그려 보일 수도 있다. 이 그림들은 다 어디서 오는 걸까?

“당신이 될 수 있어서 기뻐요.” 룬이 말했다. “아니, 나로서의 당신이 되거나 당신으로서의 내가 될 수 있어 기쁘다고 해야 할까요.” 그는 두 손으로 바닥을 짚고 몇 걸음 걸었는데, 불과 몇 걸음이었지만 나는 깊은 인상을 받았다. 그를 지켜보던 어느 찰나 나는 비상하는 듯한 느낌을 받았다. 자아를 잃고 마치 이 세상이 갓 창조된 것처럼, 바로 그 순간 그 자리에서 그 생경함을 온전히 실감하며 바라보고 있는 느낌. 어렸을 때는 그런 일이 종종 일어나곤 했었다. 문득 새삼스럽게 코라는 것들을 발견하고 한없이 매혹되곤 했다—예를 들자면 콧구멍들, 코털이 있는 것도 있다, 허옇고 흔들리거나 거친, 검은 털들. 여러 개의 통로가 뚫려 있는 얼굴에서 이 두 개의 구멍은 무엇일까? 탄탄하고 가는 것도 있다—그저 작은 틈새지만 미지의 세계로 올라가는 통로를 숨기고 있는. 또한 다른 것들은 벌겋게 달아올랐거나 둥글거나 커다랗거나 떡 벌어져 있거나 곪았거나 점액질로 촉촉했었다.

그런 생각이 들었던 건 물구나무선 룬의 자세 때문이었을지도 모르겠다. 옛날에는 방을 뒤집어서 천정을 걸어 다니는 상상을 했었다. 그 얘기를 했더니 그는 나를 물끄러미 바라보았다. 커스틴과 나도 그랬어요, 그가 말했다. 커스틴은 그의 여동생이다.

해리엇 버든

공책 O. 다섯 번째 원 (2012년 6월 20일, 메이지 로드 발견)

2001년 6월 5일

낸터킷에 혼자 있고, 브루노가 보고 싶다. 그는 '딸들'하고 같이 있다. 경계심 많은 제니, 임신한 라이자(첫 손자를 배고 있다), 아버지를 사랑해 마지않는 클레오. 그들은 아버지의 연인과 거리를 유지하고, 나는 몇 주 전에 그래도 아무 상관없다는 걸 깨달았다. 그들이 나를 좋아할 필요는 없다. 메이지와 오스카와 에이븐이 다음 주에 올 것이다. 이선도 올지 모른다. 내 아들. '어쩌면'이 입에 붙은 메이비Maybe 씨. 꽉 막힌 우리 아들에게서 나는 애정의 표시를 갈망한다. 벅차고 오랜 포옹, 그애 엄마인 나를 향해 돌연 터져 나오는 사랑과 흠모, 하지만 그건 그애 방식이 아니다. 내가 이선을 다시 만들 수는 없다. 나처럼 그애는 읽는다. 항상 읽고, 요즘은 여자들을 읽는다. 시몬 베유, 수전 랭어, 프랜시스 예이츠. 지구를 위한 희망. 그러나 그는 엄혹하다, 짓밟힌 이들을 위한 복수자고 체제의 적이다. 낸터킷 주택을 팔아버려요! 미술품을 팔아버려요! 펀드를 다 해지하고 재분배해요. 베옷을 입고 재를 뒤집어쓴 이선 로드. 그애를 보면 정화를 위해 영적 수련을 거듭하는 예수회 사제가 생각날 때가 있다. 그리고 나는 비틀거리고 쓰러진다, 불결하고 죄 많은 몸으로. 자애롭게도 오늘 통화 중에 그애는 자기 화제에서 이탈해 바슐라르의《몽상의 시학》을 읽어봤느냐고 물어주었고, 나는 그중 한 행을 인용했다. "그때 말들은 마치 그들이 젊을 권리가 있다는 것처럼 다른 의미를 띠게 된다." 그러자 이선은 킬킬 웃으며 말했다. 하지만 그걸 알려면 늙어야 하겠죠. 나는 그 웃음을 사랑으로 받아들였다.

꼬마 이선이 유치원 일과를 끝내고 집 안으로 씩씩하게 걸어 들어온다. 그애가 높이 쌓인 퍼즐들을 들고 옷장으로 들어가 불을 켜고 앉아서 문을 닫는 모습이 눈에 선하다. 그애가 뭘 하는지 나는 안다. 퍼즐 하나를 시작하고, 끝내고, 다음 것을 시작한다. 반시간 후 나는 부드럽게 문을 두드리고 만화 목소리로 아이를 부른다. 옷장 안에 무슨 새 소식 있어요? 열둘, 그애는 내게 노래하듯 말한다, 아니 열넷, 아니면 열여섯.

펠릭스가 침실의 어둠 속에서 말한다. "당신 저애가 정상이라고 생각해?"

그래요, 그래, 그래, 나는 말하곤 했다. 그애는 그저 마음의 패턴이 다를 뿐이야.

집 안에 펠릭스의 그림자들이 많다. 어루만져주기도 하고 철썩

빰을 때리기도 한다. 그의 웰링턴 부츠가 복도에 서 있고, 나는 얼음처럼 시린 빗속에 해변으로 나가던 그의 유령을 소환한다. 그리고 양복 정장만 입던 펠릭스가 낡은 스웨터와 청바지를 입은 모습을 보면 얼마나 흥분되었던가를 기억한다. 여기 낸터킷에서, 전화통을 붙잡고 있을 때만 빼면 그는 완전히 다른 남자가 되었다. 오늘 나는 화장대 위 넓고 얕은 크리스탈 그릇에 아직도 쌓여 있는 돌멩이들을 만져보았다. 그가 오랜 세월에 걸쳐 하나씩 모아온 돌멩이들이었다. 색깔이 도드라지라고 돌멩이가 잠기도록 물을 부어두는 걸 좋아했다. 작년에 나는 그 돌들이 눈에 들어오지도 않았고, 생각조차 하지 않았다. 잡지를 그에게 던졌을 때 놀라던 표정이 생각난다. 주목하란 말이야! 내가 소리를 질렀다. 이젠 정신을 차리고 들을 때도 됐잖아! 부엌에 있는 사진들의 콜라주. 이선과 물고기—겁에 질린 여섯 살짜리가 작은 전갱이를 하늘로 치켜들고 있다. 환하게 웃는 메이지가 아버지의 팔에 안겨 있는데, 윗입술이 흙과 콧물로 살짝 젖어 있다. 펠릭스가 메이지 쪽을 보고 있다. 그 빛을 반사하듯, 부드럽게, 입가를 올리고서. 이 집. 나는 과거의 잔해를 헤치며 나아가고 있다.

룬이 내일 온다. 이 방문을 브루노에게도 알렸다. 그러지 않는다면 바보 같을 것 같아서. 긴 주말이다. 목요일에서 일요일까지. 프로젝트 논의. 그를 좀 더 연구하고 싶다. 그는 역할에 적합하지만, 나는 작품을 발견해야만 한다.

*

기억할 것: 내일 곧장 부두로 가서 황새치, 전갱이 파테, 작은 크래커들을 살 것.

*

〈일기〉를 보고 있던 참이다. 끝도 한도 없이 계속된다. 볼 게 너무 많다. 과잉의 시각적 탐식.

잠깐 내가 영화를 멈춘 순간. 시종이 파티에서 룬을 찍고 있다. 그 말은 카메라가 두 개라는 뜻이다. 보이는 카메라. 안 보이는 카메라. 룬이 미소를 지으며 손짓을 한다. 새빨간 단발머리에 가느다란 초록색 안경을 낀 여자와 수다를 떨면서 흥미로운지 실눈을 뜬다. 그는 웃음을 터뜨린다, 커다랗게 킬킬 웃더니, 손을 흔들어 작별 인사를 하고, 보이지 않는 카메라로 돌아선다. 그러나 그의 얼굴에는 방금 스쳐 지나간 생기의 흔적이 하나도 없다. 그 전환은 너무 폭력적이다. 우리 감정은 그래도 보통 몇 초는 여운을 남기게 마련이다. 나는 그의 유쾌함 밑에 무엇이 도사리고 있는지 자문해 본다.

2001년 6월 7일 목요일

1시 반에 공항에서 그를 픽업했다. 그의 환한 미소와 커다란 손짓은 즉시 어젯밤 했던 생각에 대해 죄책감을 갖게 만들었다. 그는 내 트럭을 가지고 놀렸지만, 내 사랑하는 고물은 달리고 또 달린다.

집에 대한 찬사—맥도날드처럼 찍어낸 게 아니라 진짜 해변 별장이라고, 햄프턴스에 가끔 있는 끔찍한 흉물들처럼 과하게 부풀려진 여름휴가용 집이 아니라고. 나는 그에게 스튜디오를 보여주었다. 〈블레이징〉의 코러스가 될 작은 인형들도 일부 보여주었다. 다들 노래를 부르느라 입을 벌리고 있다.

황새치에 양념을 곁들여 먹고 와인을 마셨다. 우리는 해변과, 튜브에서 갓 짜낸 물감처럼 코발트블루인 밤하늘에 대조되어 거의 새까맣게 보이는 기다랗고 흔들리는 풀잎들을 내다보았다. 불과 몇 초 동안 생경함을 느끼며 나는 생각했다, 이 사람 여기서 뭐하고 있지? 나는 뭘 하고 있지? 어쩌면 나는 미친 과학자인가보다.

룬이 움직이는 것을 지켜보았다. 말없이 그의 우아함을 눈여겨보았다. 그것은 세상에서 도움이 된다—우아함. 그의 왼손(오늘 그가 왼손잡이라는 걸 알았다)은 강조를 할 때면 손바닥을 쫙 펼치고 날아간다. 그의 발화는 너무 빠르지 않게, 거의 감정이 없이, 입에서 술술 흘러나온다. 그의 목소리는 낮고 사람의 마음을 편안하게 달래준다. 아주 긴 간격을 두고 간헐적으로 미소를 지을 뿐이지만, 그가 미소를 지을 때면 무슨 상을 받는 기분이 된다. 그는 호기심이 많고 온갖 책들을 다 읽었지만 유혹하는 건 그의 말이 아니다. 스스로의 유혹하는 힘을 믿는 게 비결이다.

저녁을 마치고 우리는 거실의 빨간 소파 두 개에 기대앉았다. 그는 담배를 피웠고 나는 담배 연기를 들이마셨다. 내 결혼생활을 떠올리게 하는 냄새다. 룬과는 사상 논쟁을 할 수 없다는 걸 그간 터득했다. 우리 사이에서 합리적인 논점이란 아무 소용이 없다. 그는 무차별적이고 산발적인 사람이며 적당한 인용문, 암기한 날짜, 기발한 짝짓기, 불합리한 추론의 대가다. 1938년 4월, 오스트리아가 독일과의 합병에 투표한지 8일째 되던 날, 슈퍼맨이 미국에 처음 모습을 드러낸 날. 그가 가르쳐준 사실인데, 사드 후작은 1740년 6월 2일에 태어났다. 바로 다음 날인 6월 3일에 프러시아의 프리드리히 대제가 즉위했고 첫 칙령으로 고문을 폐지했다. 나는 룬이 사드에게, 반복으로서의 욕망에, 기계로서의 육체에, 그 남자가 계몽주의적인 시계태엽장치를 냉혹하게 성性으로 확장한 것에 유행 타듯 관심을 갖는 게 놀랍지 않다. 자기 스스로 자유분방한 난봉꾼이라고 생각해? 내가 묻는다. 그러자 아니요, 그저 강력한 성적 추동력에 부착되어 입력하고 출력하는 정보처리 기계라고 생각해요. 그는 니체를 인용했다. "인간은 극복해야 할 무엇이다." (그는 니체에 대해서 엉성하고 헤프다.)

룬은 단번에 J. G. 발라드와, 그가 1970년 뉴 아츠 랩에서 충돌한 차들을 내놓았던 전시회로 넘어갔다. 그가 뒤샹보다 낫고 워홀보다 낫다고 말했다. '충돌한 자동차들'은 걸출한 예술 전시회였고, 발라드의 책《크래시》는 '새로운 숭고', 금속과 유리와 사지절단의 에로틱한 폭발을 선포했다고 말했다. 그러나 그 때리고 부수는 영광 이상으로, 발라드는 예언자였고 파멸의 위협이었으며 앞으로 닥쳐올 미래의 전령이었다. 미술관들이 그가 예언한 대로 디즈니의 궁전이 되지 않았나요? 신탁이 말하기를 "조만간 모든 것이 텔레비전으로 바뀐다"고 하지 않았나요?[31] 그가 말하지 않았습니까? "워홀 이후의 시대에는 꼬았던 다리를 푸는 단 하나의 제스처도《전쟁과 평

31) J. G. 발라드,《창조의 날》(W. W.노튼, 1997년) 64쪽.

화》의 모든 페이지들을 다 합친 것보다 더 많은 의미를 띠게 될 것이다"라고요?[32] 후자의 진술이 무슨 뜻이냐고 내가 묻자 룬은 말했다, 명명백백하지 않아요? 내가 말했다, 전혀, 전혀, 그러나 그는 이미 필립 K. 딕과 '딕스러운' 모든 것들로 넘어가 있었다. 그 역시 자기가 얼마나 사랑하는지 모른다고, 우리 시대의 또 다른 위대한 샤먼이라고, 1928년에 태어나서 1982년에 죽었으니까 쉰네 살, 아직 젊은 나이였다고—편집증 환자였고, 중독자였고, 다섯 번 결혼했고, 환각을 보았고, 반쯤 종교적인 광인이었지만 아, 정말이지 근사했다고. 딕이 말하지 않았던가요, "아리스토텔레스의 2값 논리는 다 망했다는 건 모두 알고 있다"고요?

딕이 3값 논리를 옹호했던 거냐고 물어보았다. 불(영국의 수학자이자 논리학자. 기호논리학의 창시자이며 컴퓨터 연산의 기초가 되는 2진법의 불 대수로 유명하다—옮긴이)의 논리 역시 2값 논리이며 컴퓨터 연산에는 필수적이라고. 3값은 참, 거짓, 미지 또는 모호로 구성되는데, 딕이 주창한 건 그런 거였나? 더 크게 생각하고 있었던 건가? 괴델의 불완전성 정리에 대해서(쿠르트 괴델은 오스트리아 출생으로 1938년 나치의 박해를 피해 미국으로 망명한 수학자/논리학자이다. 괴델의 최고 업적인 불완전성 정리가 발표되기 전까지 러셀과 화이트헤드 등 대부분의 논리학자들은 주어진 수학적 명제의 참과 거짓을 판별할 수 있는 절대적 지침이 있다고, 즉 참인 모든 명제는 증명 가능하다고 생각하였다. 그러나 괴델은 참이지만 증명이 불가능한 식을 제시하여 그렇지 않음을 증명해 보였다—옮긴이)? 룬이 제대로 이해하는 건가?

---

32) J. G. 발라드, 《잔학상의 전시회》(포스 이스테이트 출판사, 1990) 27쪽.

룬은 그런 명제들로 사람들에게 인상을 주는 데 익숙하지만, 막상 명제들을 방어하는 데는 익숙지 않다. 그는 아무것도 모르면서 그저 씩 웃으며 손바닥을 활짝 펴 보이고 내가 너무 진지하다고 말한다.

내가 그런 식이면 어떨까? 모순들을 그냥 한쪽으로 치워버린다면? 저렇게 세상만사에 무심하기 짝이 없는 주인공을 연기한다는 건 기분 좋은 일이리라. 자기 자신에 취해 잔뜩 부풀어서, 어설프고 오도된 자들이 보내는 찬탄의 시선을 수집하기나 하고.

내 마음속에 아버지가 보인다. 아버지, 당신의 논리는 관계의 일관성에 대한 것이었지, 소위 진짜 삶이라고 부르는 진흙탕에 대한 게 아니었죠. 한계가 있는 논리였어요. 그게 문제였지요. 당신의 참과 거짓의 명제들은 그 은둔적 반구에서만 완벽하게 작동했어요.

논리를 전체적인 인간의 삶에 적용하려 하는 건, 논리가 기계를 '깨울' 거라 생각하는 건 실수다.

하지만 그때 룬은 옛날 옛적에 두 사람의 딕이 있었다는 얘기를 해준다. 필립 K.와 생후 6주일에 죽은 쌍둥이 제인 샬럿인데, 그 여자 아기의 유령이 남동생의 글에 출몰한다는 것이다. 필립 K. 딕은 제인의 죽음을 어머니 탓으로 돌렸던 모양이다. 더러운 자궁이 누이를 죽였다고? 그 역시 그 안에 같이 들어 있지 않았던가? 어머니가 그를 돌보느라 누이에게 소홀했던 건가? 안타깝게도 자세한 내용들은 잘 듣지 못했다. 룬이 제멋대로 떠들어대서.

죽은 여자 아기는 우리 곁을 결코 떠나지 않는 거울과 분신과 유령 들로 우리를 이끌고, 온전한 하나의 존재를 반으로 뚝 자른 2개의 성性에 대한 옛 이야기가 이어진다. 그는 여동생 커스틴 얘기를 해주었고, 그녀에게 항상 자신의 비밀을 털어놓는다고 했다. 어릴 적 서로 메시지를 보낼 때 부모님이 읽을 수 없도록 암호를 만들어 냈고, 그것을 룬스틴 암호라고 명명했다. 그들은 상자와 폐목들로 요새를 지었고 그 안에서 아기 새의 시체를 해부했다. 나는 어머니의 유산流産들에 대해 말해줬고, 아버지가 아들을 원했던 게 아닐까 항상 궁금했다는 얘기를 해주었다. 어쩌면 유산된 아기들 중 하나는 아들이었을지도 모른다.

나중에 그는 내가 들어보지도 못한 작가들에 대해서 떠벌여댔고, 나는 그가 '지금'—바로 이 순간 첼시의 갤러리에 뭐가 걸려 있는지—에 대해서 백과사전적인 지식을 갖고 있다는 걸 알았다. 인상적이었지만, 시간이 좀 지나자 내 정신은 그의 말들을 떠나서 소리 없는 나 자신의 말들에 머물기 시작했다. 젊을 자격이 있다고 생각하고 새로운 의미를 찾아 배회하는 말들, 그래서 나는 어느 시점에서 그의 말을 끊고 우리 작품 얘기를 꺼냈다. 프로젝트는 그의 미술과 나의 미술 사이에 있는 수술 자국, 그 봉합선을 위장해야 할 거라고 말했다. 그에 대해 더 많이 알아야 했다. 이건 전화轉化의 문제라고 했다.

내가 된다는 겁니까?

아니, 내가 그에게 말했다. 이중의 의식. 그쪽과 나를 합쳐서. 나는 그쪽이 나를 자극해서 뭔가 다른 게 될 수 있기를 바라고 있어. 내 언성이 높아졌다. 추방의 현기증으로 날 몰아세워줘.

그의 얼굴이 무감각해졌다. 영화에서 보았던 것처럼 무표정해졌다. 대답은 없었다.

내가 말했다. 당신 이름을 내 작품에 달면, 달라질 거야. 예술은 인식 속에서만 살아. 당신이 세 명 중 마지막이고, 당신이 정점이야. 내 목소리에서 갈라지는 격정이 들렸다. 차분한 숙고의 말투로 어조를 바꾸었다.

사기를 치자는 생각은 마음에 들지만, 내 아이디어는 구시대적이고 자기 눈에는 좀 어설퍼 보인다고 그가 말했다. 우리는 젠더의 자유, 트랜스섹슈얼리티의 탈페미니즘 시대에 살고 있다는 것이다. 무엇이 무엇이든 누가 신경이나 쓴단 말인가? 이제 미술계에도 여자들이 아주 많다. 도대체 어디에 대결이 있단 말인가?

아니, 내가 말했다. 이건 성 이상의 문제야. 이건 실험이야, 내가 만드는 모든 이야기는. 둘은 됐고, 하나 남았어. 그러고 나면 이 게임에서 은퇴할 거야. 우리는 프로젝트를 찾아낼 거야, 내가 말했다. 그의 작품 〈글래머의 진부함〉이 대체로 여자들의 얼굴과 육체에 집중하지 않았던가? 여자들이 남자들이 모르는 압박을 느낀다는 사실을 그는 분명히 알고 있었다. 아름다움의 문화가 휘두르는 잔혹성에 나 역시 희생되었다. 내가 무슨 말을 하는지 나는 알고 있었다.

그는 온화한 미소를 짓더니 말했다. 해리, 당신은 당신만의 스타일, 당신만의 우아함, 당신만의 여성성을 갖고 있어요. 그는 친절하고자 했지만 나는 부글부글 끓어올랐다—주먹이 불끈 쥐어졌고 분노가 치솟아 올랐다. 그는 내게 생색을 냈고 보상을 하려 했던 것이다. 걱정 말아요, 해리, 당신도 중요해요, 그는 그런 말을 하고 있었다. 이상하게 생기긴 했지만요. 나는 그를 향해 바짝 털을 곤두세우며 으르렁거렸다. 그러나 그건 중요한 게 아니다. 요지는 덫, 그 숨막힘이었다. 나는 고개를 돌렸다.

그는 불쾌해하지 않았다. 한 번의 전시회에서 나를 입고 싶다 이거죠. '입는다'는 건 좋은 표현이었다.

그렇다고 말했다, 바로 그거라고, 다만 그를 '입음'으로써 내 안에서 뭔가 다른 걸 찾아낼 지도 모른다고. 그게 내가 설명하려고 애썼던 것이다.

그는 이를 핥더니 그 무언가란 뭐가 될 것 같으냐고 물었다.

모른다. 모른다. 나는 모른다.

그 후로 약간 더 이야기를 나누다. 이제 피곤하다, 아주 피곤하다.

내일 가면들이 나온다.

2001년 6월 8일 금요일

그에게 한 마디도 하지 않고 하루 종일 숨어 있었다. 나는 그에게 이 집의 규칙을 공지했다. 알아서 아침과 점심을 찾아먹어야 한다고. 나는 스튜디오 창문으로 그를 지켜본다. 손에 책을 들고 해변으로 성큼성큼 걸어가는 모습을. 발바닥에서 모래를 털어내고 담배에 불을 붙였다. 룬을 위해서 펠릭스의 재떨이 두세 개를 이미 파내어 두었다. 조각의 머리 부분을 작업하면서 계속 그의 수술 영화들을 생각했다. 그 제어된 훼손들이 그가 그토록 사랑하는 충돌들을 연상시켰다—피범벅의 미학.

얼굴들. 그 얼굴. 정체성의 중심. 세계가 보는 것. 내 늙은 얼굴.

오늘 스튜디오에서 무슨 일이 일어났지, 해리? 철저히 생각해봐.

해리, 너는 걱정이 되었어. 불안했어. 솔직해봐. 가면들의 포장을 벗겨냈을 때, 약간 겁을 먹었지, 그렇지 않아? 하지만 왜?

왜냐하면 그가 게임을 해줄지 확신이 없었기 때문에. 그런 거야?

하지만 그는 그것들을 보았을 때, 너의 남자 얼굴과 너의 여자 얼굴, 얼굴 가면들을 보았을 때, 미소를 지었지. 한 손가락으로 여자의 형상을 훑어보고 집어 들어 자기 얼굴에 썼어.

그리고 가면을 벗고 찬찬히 살펴보았지. 둘 다 너무 무표정한데요, 그가 말했다.

난 그걸 무표정하게 만들었다.

노(일본 무로마치시대에 성립된 가면극 양식—옮긴이) 가면 같아요, 그가 말했다. 그리고 내가 말했다, 약간 노 가면 같긴 하지만, 가볍고 잘 휘어져. 둘 사이의 차이는 아주 미미해, 턱 부분이지.

우리가 함께하는 작품을 위한 실험으로 그걸 쓰고 싶어, 내가 말했다. 우리가 성별을 바꾸어서 게임을 하는 거야, 연극 게임. 재미있을 거야. 할 생각 있어?

규칙이 있습니까? 그가 말했다.

규칙은 없어, 내가 말했다. 그는 여자를 찾고 나는 남자를 찾게 될 것이라고.

그는 고정된 카메라로 그 게임을 촬영하고 싶어했다. 금방 설치할 수 있다고 했다. 〈일기〉에 덧붙이고 싶다고.

가슴에서 공기가 빠져나갔어, 해리. 심장 박동이 빨라지고, 위험한 느낌. 왜? 그 기계의 눈에 기겁했어? 내가 흉하게 보일까? 내가 우습게 보일까? 나는 그에게 영상을 복사해달라고 우겼다. 하지만 뭔가 더 있어, 해리. 자기 자신을 잘 살펴봐. 도저히 닫을 수 없는 문을 열게 될까봐 무서웠던 건 아니야?

거의 자정이 다 되었지만 지금 이 글을 써놓아야 한다, 그렇지 않으면 이 긴박감을, 이 기세를 잃게 될 것이다. 왜냐하면 그 빌어먹을 필름에 뭐가 찍혔든 그건 내 내면이 아니고, 내 인지가 아니고, 변화의 마술이 아니기 때문이다.

처음에 그것은 천천히 움직였다. 우리는 어색했다, 실없었다. 나는 그에게 내가 존이라고 말했다. 그는 존을 지독하게 싫어했다. 왜 존이야? 너무 밋밋한 이름이야. 어렸을 때 존 역할을 연기한 적이 있다고 설명해야 했다. 허리케인 한가운데의 선장 캡틴 존, 나치를 죽이는 병사 존, 동굴 속의 존. 나는 존이었다가 메리였다가 번갈아가면서 둘을 연기했다는 얘기는 하지 않았다. 존에게 구출되는 메리, 구출되기를 좋아하는, 기절하는, 연약한 메리. 나는 존을 포기하는 데 동의했다. 멍청한 이름이야, 좋아. 가면을 쓰자마자 룬은 어깨를 뒤틀며 흔들고 춤을 추기 시작했다. 나는 그가 여자지, 여장쇼를 하는 남자가 아니라고 날카롭게 쏘아붙였다. 빌어먹을, 어떤 여자도 그런 동작을 하진 않아, 그러자 그는 곧장 대꾸했다, 내기할래요? 하지만 그는 몇 분 후 우스꽝스러운 패러디를 그만두었다. 자기가 루이나라고 말했다.

미친 이름이야, 내가 말했다, 하지만 루이나는 좀 웃긴데. 망가진 여자. 딱한, 망가진 여자 루이나/룬.

가면이 모든 걸 바꿔놓는다.

우리가 게임을 시작할 때 내가 상상했던 것보다 훨씬 더 많은 것을 바꾸어놓는다.

룬은 사라지기 시작했다.

나는 그 텅 빈 얼굴을 바라보았다. 부드러운 분홍색의 무표정한 입, 치켜 올린 눈썹, 좁은 하관과 그의 귀에 걸쳐져 자리를 잡아주는 두꺼운 고무줄. 룬은 목소리 톤을 높이고 더 조곤조곤한 말씨로 말했다. 그는 드로잉을 하고 싶다고 했다. 그러더니 허벅지를 내려다보고 다시 올려보았다. 구멍을 통해 그의 눈이 한순간 내 눈과 마주치는가 싶더니 그가 시선을 돌렸다. 나는 이걸 스스로에게 해명하려고 노력해야만 한다. 어째서 그 일련의 동작들이 내 두개골을 가격하는 것처럼 느껴졌던 걸까? 그는 캐릭터를 만들고 있었다, 그렇지 않은가? 나는 숨을 몰아쉬었다. 가면 밑에서, 피부가 화끈 달아오르는 게 느껴졌다. 가면들은 움직이지 않지만, 그/그녀를 보았을 때 그 고정된 입술이 파르르 떨리는 것 같았다. 마치 내려다보고 올려다보고 시선을 피하는 그 연기에서 그가 뭔가 여성적인 걸 포착했고, 난 그걸 끔찍스럽다고 생각한 것만 같았다.

리처드, 내가 말했다, 리처드 브릭먼. 그 이름이 내 입에 나타났고 그래서 그걸 말했다. 지금, 이 페이지에 적은 그 이름을 보면서 나는 미소를 짓고 있다. 리처드, 사자왕처럼, 리처드 3세처럼, 교활한 딕(미국 대통령 리처드 닉슨의 별명—옮긴이)처럼, 거시기dick와 음경prick처럼, 걷어차기kick보다는 콕 찌르기prick에 가깝지. 이름에 뭐가 있을까?(What's in a name?, 〈로미오와 줄리엣〉의 유명한 대사—옮긴이) 내가 선택한 이름은 진짜 웃긴다. 그리고 벽돌brick들은? 그 얘기를 꼭 해야 아나? 당연히 단단하지. 물론 안정적이고. 세 마리 아기 돼지 얘기, 당연하지. 기억해, 해리, 누구의 집이 무너지지 않았는지? 입으로 바람을 불고 불고 또 불었지만 그 집을 무너뜨릴 수 없었잖아. 그리고 맨man? 해리, 너야말로 미스터 중층결정Mr.

Overdetermined 그 자체야.[33] 하지만 그가 왔어, 리처드 브릭먼이 왔다고, 늙은 해리의 파란 허파에서 그와 루이나, 그 오그라든 새끼손가락 같은 계집애 사이의 보랏빛 공간으로 한 줄기 바람처럼 불어왔어. 루이나에게는 이야기가 있었지. 크고 작은 화려한 영광의 딱한 꿈들도 있었지. 룬은 나를 위해서, 리처드를 위해서 그녀를 꾸며내고 있었어. 그녀는 작가가 아니었어, 아니, 그저 삽화가였지. 대단한 야심이라고는 어린애들 동화책을 위해 소묘를 하고 색을 칠하는 것뿐. 이 수줍고 희망에 찬 생명체를 대체 그는 어디서 찾아낸 걸까? 지금은 궁금한데, 그때는 궁금하지 않았다. 그의 어머니, 누이? 리처드와 루이나에게, 그들의 대화가 만드는 기적에 너무 몰입해 있었다.

나는 가면, 즉 루이나 맞은편에 앉아 있고, 그녀 뒤로 오후 태양의 찬란한 빛이 쏟아진다. 빛바랜 빨강색 면 소파를 등지고 앉아 무릎 위 쿠션을 만지작거리는 루이나를 지켜보았다. 내 자세가 바뀌었다. 양다리를 쩍 벌리고 앞으로 몸을 기울여 팔꿈치를 무릎에 괴었다. 그런데 드로잉은 할 수 있어요? 내가 물었다. 드로잉은 할 수 있어?

자랑을 하고 싶지는 않지만요, 좀 그릴 수 있어요, 그리고 점점 나아지고 있고, 이제 뭔가 계기가 있기를, 누군가한테 소개받기를, 바라고 있어요. 내가 도와줄 수도 있을 것 같은데. 마스크를 쓴 머

33) "중층결정: 무의식의 양상들(증후, 꿈 등등)이 복수의 결정 요인에 기인할 수 있다는 사실." J. 라플랑슈와 J. B. 폰탈리스, 《정신분석의 언어》, 도널드 니콜슨-스미스 번역(W. W. 노튼, 1973) 292쪽. 버든은 갑작스럽게 브릭먼이라는 이름을 떠올린 것이 복수의 무의식적 원천에 기인한다는 암시를 하고 있다.

리가 위아래로 앞뒤로 까닥거린다. 그녀는, 우리의 루이나는, 움직이고 있다. 망설이며 까닥거리는 머리와 불안한 웃음. 부탁한다는 건 그녀로서는 너무 어려운 일이었다. 마음이 내키지 않아서, 애원하는 높은 어조가 그녀의 목소리에 새로이 묻어들었다.

감언이설을 흘리고 한숨을 쉬는 그녀를 보고 있자니 경멸스러워지기 시작했다. 정신 좀 차려요. 원하는 게 있으면 똑바로 말을 해요.

그러자 끔찍하게도, 루이나가 속삭이기 시작했다. 무슨 말을 하는지 잘 들리지도 않았다. 부탁을 하고 있는 건가? 그녀의 머리가 앞으로 툭 떨어졌고, 하도 숨죽여 속살거려서 그녀의 말들은 웅웅거리는 소리처럼 한꺼번에 흘러가버렸다.

큰 소리로 말해요! 리처드는 그녀에게 큰 소리로 말하라고 말하고 있었다. 소리를 지르지는 않았다. 말을 알아들을 수 있게 또박또박 말하라고 명령했다. 이해할 수도 없게 말을 하는 사람하고, 중얼거리지 않고는 문장 하나 입 밖에 내지 못하는 사람하고 대화를 한들 무슨 소용이 있을까? 아무 결론도 내지 못할 것이다.

그녀는 칭얼거렸다. 그 칭얼거리는 소리가 나로 하여금 눈을 질끈 감고 움찔하게 만들었다. 너는 역겨워. 발길질당한 개 같은 소리를 내는군. 누가 그런 말을 했지? 리처드가 그 말을 했다, 잔인한 개새끼니까.

루이나에게서 높은 언성의 항의가 이어졌다. 갑자기 생기가 돌았다. 그녀 나름의 연약한 방식으로 반격을 한다. 언성이 새로운 음역대로 올라간다, 높고, 갈라지는 고통의 소리. 비열해요. 당신은 비열해, 끔찍한 사람이야. 횡설수설이 이어진다.

나는 비열하지 않아. 나는 합리적이야. 내 말을 들어. 나는 그저 합리적으로 말할 뿐이야. 반면 너는 히스테리에 걸린 아이처럼 행동하고 있어. 당장 그만두라고 명령한다, 당장.

루이나가 울고 있다. 가면을 쓴 얼굴에 베개를 대고 있다. 가면이 움직인다는 상상을 한다. 입가가 축 내려가는 모습이 보이고, 미간의 주름도 보인다. 나의 분노에 원기가 왕성해지는 기분이다. 리처드가 일어나서 세 걸음 휘적휘적 걸어 소파로 간다. 그녀의 어깨를 잡고 흔들기 시작한다. 그녀는 봉제인형처럼 흐느적거린다. 손을 들어 그녀를 세차게 때린다. 마스크를 쓴 머리가 뒤로 젖혀지고 룬이 웃음을 터뜨린다. 그 폭소가 나를 격분하게 한다. 그 폭소가 내 안에서 태풍이 되어 휘몰아친다. 룬의 어깨에서 손을 든다. 시끄러운 소리를 낸다, 공허한 으르렁거림. 게임은 끝났다.

우리는 가면을 벗는다.

나는 흥분해서 떨리고, 약간 충격 받은 기분이다. 룬은 유쾌하다. 이 문장을 되풀이한다. 우리 다 필름으로 찍었어요.

그러나 리처드와 루이나는 내 심기를 뒤흔들어 놓았다. 내가 그 말을 했을 때 그는 익힌 로브스터처럼 빨개진 얼굴에서 고무줄을 가위로 끊어내고 있었다. 연극은 어째서 그런 방향으로 흘러갔을까? 누가 방향을 잡은 걸까? 어째서 루이나를 그렇게 소심한 겁쟁이로 만들었던 걸까? 그게 룬이 생각하는 여자들인가? 나는 그 얘기를 해보고 싶었지만 그는 내가 늘 모든 걸 해석하고 싶어한다고 말하면서, 그만 하면 충분하다고 말했다. 재미있었잖아요, 안 그래요? 그리고 나는 그의 유머에 기이하게 안심이 되면서도 여전히 마음이 편치 않았다. 우리의 공모는 흥미로웠어요, 그가 말했다, 끝내주게 흥미진진했어요, 그러니까 아직은 절대로 손을 떼지 않을 겁니다.

그는 그 전해에 목매달아 자살한 작가 친구 이야기를 했다. 그가 사랑했던 여자가 떠났다고.

그 여자한테는 끔찍한 일이었겠네, 내가 말했다.

그러자 그는 어떤 죽음들은 다른 죽음보다 아름답다고 말했다.

나는 죽음이 아름답다고 생각지 않는다고 말했다, 백 살에 자다가 죽는 완벽한 죽음이면 몰라도.

세상에, 그건 지겹잖아요, 그가 말했다.

이제 철저히 생각을 해봐야겠다. 거리를 좀 찾아야만 한다. 해리는 무슨 일이 일어났는지 이해하려 애쓰고 있다.

2001년 6월 9일 토요일

오늘 아침 레이철에게 전화를 걸었다. 거의 한 시간 동안 이야기를 나누었다. 리처드 브릭먼에 대해 말해주고 싶었지만, 무언가가 내 발목을 잡았다. 수치심이었다. 나는 리처드와 루이나 둘 다 부끄러웠다.

*

레이는 동맥에 스텐트(혈관 폐색 방지용 튜브—옮긴이)를 넣었다.

해리, 도대체 넌 뭐야, 소심한 겁쟁이야? 이 작은 연극 놀이에 누가 신경을 쓴다고? 세상은 배우들에게, 특히나 자신을 극단으로 몰아붙이는 배우들에게, 진정성을 위해 배를 곯고, 미친 듯 분노하고 이를 갈아대고 정신 나간 환자들이나 야만스러운 백치들이나 눈을 흘기는 식인食人 사이코패스로 변신하는 배우들에게 사로잡혀 목을 매지 않는가? 우리 모두 퍼티로 만들어진 말랑말랑한 존재들이 아닌가? 잡아당기고 누르고 모양을 다시 잡을 수 있는 존재들이 아닌가? 모든 예술이 이 타자로의 확장에 참여하지 않는가? 뭐가 그렇게 대수인가? 이건 아무것도 아닌 거나 마찬가지고, 전혀 폭력이라 할 수 없다—그저 어깨를 흔들었을 뿐—약간의 분노, 웃음. 왜 걱정하는 걸까?

왜냐하면 브릭먼이 거기 있었기 때문이다, 완전한 형태를 갖추고서. 그 남자는 누구인가?

그렇지만 이것도 생각해보라. 그는 프로젝트로 가는 탄탄대로다. 내가 그렇게 말하지 않았던가? 추방의 현기증? 타자로의 추방.

나는 브루노에게도 전화를 했다. (그에게는 절대 가면 이야기를 하지 않았다.)

클레오는 그에게 구원 같은 존재라고 했다, 하지만 나도 그건 알고 있었다. 제니는 그를 안절부절 못하게 한다. 라이자는 과묵하지만 늙은 아버지에겐 훨씬 더 다정하다. 그는 전형적으로 벅차오르는 과장법을 써서 자기가 아버지 노릇을 완전히 망쳤다고 말했고, 그 말은 사실이 아니기 때문에 나는 쯧쯧 혀를 차주었다. 어쨌든 그 애들은 그를 보고 싶어한다. 배우자들을 집에 두고 아버지를 보러 온다. 그리고 라이자는 피부 아래서 움직이는 그의 첫 손자의 태동을 느끼게 해주었다. 그는 이 태어나지도 않은 아기가 왜 자신이 처음 애를 낳을 때보다도 훨씬 더 흥분되는지 모르겠다고 한다. 그래서 내가 말해준다. 그때는 그가 겁에 질려 있었지만 지금은 두렵지 않은 거라고. 돌봐줄 필요가 없으니까, 그리고 우리는 웃는다, 그리고 곧 그는 '항상 깨어 있는' 내 클리토리스에 대해 몇 마디 한다. 그의 혀가 얼마나 갈망하고 있는지 모른다고, 클리토리스를. 나는 전화로 가짜 신음소리를 몇 번 내고 그러자 그가 웩 하고 토하는 소리를 낸다. 웃음은 축복이다. 그는 내 지골로에 대해 묻는다. 뱀 같은 그 미소년은 잘 있느냐고, 하지만 어조가 냉혹하지 않아 나는 받아들인다. 프로젝트가 진행되고 있고, 룬의 표현을 빌어서 '흥미롭다'고 말한다. 그렇다, 흥미롭다. 그리고 한시라도 빨리 보고 싶다고 말하고, 그는 내가 만나본 적 없는 라이자의 변호사 남편인 프랜시스가 아기 이름을 브랜던이라고 짓자고 우기지 않았으면 좋겠다고 말한다. 정말 계집애 같고 강단도 없는 이름이라고. 어떻게 브루노가 브랜던이라는 이름의 손자를 참을 수가 있단 말인가? 그는 여기 섬에서 글을 쓸 계획이다. 우리는 빌어먹을 시는 입에 올리지 않는다. 그는 내가 무슨 생각을 하는지 알고 있다—그 회고록을 쓰라고!

오늘은 갈비뼈 밑으로 욱신거리며 스며드는 불안 때문에 작업이 쉽지 않다.

네 시에 보니 그는 소파에 누워 후디니에 대한 책을 읽고 있었다. 그는 허공에 책을 흔들며 팩트들을 전해주었다—후디니의 아버지는 위스콘신 주 애플턴의 랍비였고, 후디니는 아내인 베스를 사랑했다. 카프카가 〈변신〉을 출간하기 20년 전에 이 남편과 아내,

두 사람의 후디니는 자물쇠가 걸린 트렁크 속에서 자리를 바꾸고 그 묘기를 〈변신〉이라고 이름 붙였다(독일어로는 Verwandlung이지만 룬은 영어밖에 모르는 사람이다). 거장 마술사는 작은 열쇠들을 마음대로 토해내고 어깨 관절을 자유자재로 탈구했다가 다시 끼울 수 있었으며 거대한 욕조에서 3분간 숨을 참는 법을 연습해 익혔다. 룬은 그 역시 숨을 참는 법을 연습하고 있다고 말했고, 내가 이유를 묻자 자기도 나름대로의 프로젝트가 있다고 했다.

그는 다시 연극을 하자고, 가면을 바꿔 쓰자고 했다. 내가 리처드가 되겠어요, 그가 말했다. 나는 혼자서 생각했다, 그건 불가능해, 너는 리처드가 될 수 없어, 그 사람을 모르잖아, 하지만 입 밖에 내어 말하진 않았다. 나는 말했다, 아니, 다음에. 내가 별로 내키지 않아. 우리는 좀 더 이야기를 나눴지만, 그저 지절거리는 헛소리였을 뿐이다. 그리고 그가 말했다, 제 생각에는 루이나가 그 개새끼한테 좀 복수를 해야 될 거 같은데, 안 그래요? 내가 굉장히 혼란스러운 표정을 지었던 게 틀림없다. 우리가 게임을 계속하려면 루이나가 반격을 해야 하잖아요, 안 그런가요? 그가 말했다. 나는 생각을 해봐야 했다. 나는 그 계속되는 이야기를 내가 중간에서 끊고 나온 건 두려움 때문이었다는 걸 알았다.

룬은 그 촬영분을 〈일기〉 말고도 활용할 수 있을 것 같다고 했다. 우리는 그걸 작품에 넣을 수도 있어요, 그가 말했다, 어쩌면 내 이름으로 하시는 그 작품에 쓸 수도 있죠. 나는 그가 나를 지켜보고 있는 느낌을 받았다. 그래서 아무렇지 않은 척 허세를 부렸다. 하지만 그게 형편없으면 어떡해? 내가 말했다. 그는 이미 몇 번이나 봤다고, 그리고 더 큰 스크린으로 보고 싶다고 말했다. 텔레비전에 영상을 연결할 수 있다고 했다.

우리는 가면을 쓴 외계인들을 침묵 속에서 지켜보았다. 내가 우리 대화를 뭉텅뭉텅 잘라 잊어버렸다는 걸 깨달았고, 내 생각보다 훨씬 더 오래 게임이 지속되었다는 사실도 알게 되었다. 관객으로서 보니 가면이 없다면 그 대화는 힘을 잃었으리라는 사실이 즉시 눈에 들어왔다. 그 자체로만 봐도, 김빠진 대화에 기겁할 지경이었다. 권위주의자 리처드와 움츠리는 루이나는 멜로드라마나 신파극에서 그대로 가져온 전형들이었지만, 그들의 움직임 없는 인위적 얼굴들—내 텅 빈 피조물들—은 그 원형적 캐릭터들의 분투를 강조했고 그들의 몸짓은 파토스의 성질을 띠게 되었다.

파토스포르멜?[34)]

인정받기 위한 경쟁에 갇힌 주인과 노예?[35)]

폭주해버린 역할놀이?

대문자로 쓰인 문화적 패러디?

이 TV 쇼는 과연 객관적 관점이었을까? 나는 내 녹색 스웨터가 모양 없이 내 풍만한 가슴에 느슨하게 걸쳐져 있고, 남자의 가면 밑으로 내 나약한 턱이 목울대 없는 목덜미로 이어지며, 네 머리카락이 푸석푸석한 후광처럼 가짜 얼굴 주위에서 나부끼는 걸 보았으나, 웬일인지 이런 신체적 디테일들은 리처드를 여성화시키지 못했

34) 예술사가 아비 바르부르크(1866~1929)는 시각적 재현이 감동을 일으키는 공식을 묘사하기 위해 '파토스포르멜'이라는 용어를 처음 고안했다. 바르부르크에게 미술작품은 몸짓언어로 표현되는 심적 에너지들로 충만하다. 바르부르크의《이교적 고풍의 재생: 유럽 르네상스 문화사 논고》, 데이비드 브릿 번역(게티 연구원, 1999).

35) 버든은 헤겔의《정신의 현상학》에 나오는 주인/노예 장을 언급하고 있다. 이 장에서 철학자 헤겔은 자의식이란 오로지 타자와의 불가지론적 전투를 통해서만 획득된다고 주장한다.

다. 가면과 그것의, 아니 그의 단호한 움직임에 압도당했던 것이다. 그리고 룬의 둥근 이두박근, 넓은 어깨, 판판한 가슴팍에도 불구하고, 결국 마지막에 공처럼 몸을 말고 울어버리며 파들파들 떠는 루이나는 여성적으로 읽혔다. 수행성.[36] 벽난로, 벽난로 위에 놓인 커다란 조가비, 벽에 걸린 콜더의 프린트, 이런 방안의 세세한 부분들은 두 게임 참여자 사이에서 오간 날것의 감정에 침잠되어 버렸다. 그것은 흉내였던가? 우리는 영상을 다시 보았다.

룬은 앞으로 몸을 기울였다. 팔꿈치를 무릎에 대고 손으로 턱을 고았다. 그의 온몸이 집중하여 탄탄하게 굳어졌다. 우리는 보았다. 목소리가 없으니 영화에는 가면과 움직임만 남았다. 나는 소파 내 옆자리에 앉은 룬을 보지 않았지만, 그가 느껴졌다. 그의 숨소리를 들었는지도 모른다. 모르겠다, 하지만 그는 꿈쩍도 하지 않았고 나 역시 그랬다. 스크린에 나오는 두 사람은 또다시 다른 모습으로 변해 있었다. 두 사람은 가면의 움직임 없는 입술 뒤에서 말했지만, 이번에 우리는 아무 소리도 듣지 않았다. 정적인 얼굴들은 고개를 끄덕이고 손을 들었기 때문에 말하는 것처럼 보였지만 말이 없었고, 나는 두 사람이 침묵 속에서 불안할 정도로 에로틱해진 춤을 추는 모습을 지켜보았다. 루이나의 몸짓에는 리처드의 야수성과 그가 느끼는 쾌감에 불을 지르는 유혹적인 자질이 있었다.

나는 다시 리처드를 느꼈다. 그 겁 많고 움츠러드는 여자애를 턱

---

36) 수행성performativity라는 용어는 주디스 버틀러가 창시했다. "젠더는 퍼포먼스로 밝혀진다. 그 말은, 목표로 삼는 정체성을 구성한다는 뜻이다. 이런 의미에서 젠더는 언제나 행위이다. 하지만 그 행위보다 선행해 존재한다고 말할 수 있는 어떤 주체의 행위는 아닌 것이다."《젠더 트러블: 페미니즘과 정체성의 전복》(러틀리지, 1990) 25쪽.

없이 세게 때리고 싶은 그의 욕망을 느꼈다. 진부한 발화가 사라지자 나의 허구적 존재는 훌쩍 키가 커진 느낌이었다. 그러나 마지막 몇 초로 다시 돌아오자, 나는 대체 마지막에 웃고 있는 사람이 누구였을지 알 수가 없어졌다. 룬이었을까 루이나였을까? 룬이 캐릭터 밖으로 뛰쳐나왔다고 생각했었다, 제 4의 벽(3면의 무대와 객석을 가르는 가상의 벽—옮긴이)을 허물었다고 생각했었다, 그런데 이제는 확신이 없었다. 그녀, 루이나가 게임 안에서 웃고 있는 것처럼 보였고, 그 덕분에 위장의 층이 또 한 겹 더해졌다. 아니, 최소한 그 가상의 영역을 복잡다단하게 만들어버렸다. 나는 방향감각을 잃고 전위轉位된 느낌에 빠졌다.

나는 그에게 물었다, 누가 웃고 있었던 거지?

룬은 무슨 말이냐는 듯 어리둥절한 표정을 지었다.

내가 다그쳤다. 다시 말했다, 누가 웃고 있었느냐고? 당신이야, 루이나야? 그는 그저 나를 물끄러미 바라보았다. 날카롭게 그에게 쏘아붙였다. 그리고 말했다, 말해.

그는 소파에 기대앉아 팔짱을 끼었다. 지금 당신 리처드 노릇하는 겁니까?

아니, 내가 말했다, 나는 해리야. 분노에 가슴과 목구멍이 죄어드는 느낌이 들었다.

톰, 딕, 그리고…. 그는 내게 말했다.

나는 언성을 낮추어 지금 장난치는 거 아니라고 말했다.

그는 농담을 하며 말했다. "가면이 나한테 그렇게 시켰어요. 가면이 시켰다고요." 그러더니 날 보고 너무 심각하다며 나무랐다. 어차피 당신이 시작한 거잖아요, 안 그래요? 게임은 원래 재미로 하는 거예요. 참 나, 지금 둘 중 누가 이겼는지 그게 걱정인 겁니까? 어차피 각본은 없었어요. 우리한테서 나온 건 이미 나온 겁니다. 무슨 상관이죠? 당신의 유머감각은 다 어디 뒀어요?

너의 유머감각은 어디 있었을까, 해리, 우스꽝스러움에 대한 그 영예로운 감각은? 텔레비전 스크린 속에서 겅중거리며 뛰어다니던 그 가면 쓴 남자는 누구였을까? 그게 너 아니었니? 큰 소리로 웃어! 지금 돌아서지 마, 해리. 너희 둘은 가면무도회의 파트너들이었고, 그 스텝들은 혼자 밟았다면 아무런 의미도 없었을 거야. 게임에서 너희 두 사람은 서로의 분신 아닌가? 요한네스와 코딜리어, 존과 메리, 리처드와 루이나? 이번에도 무의식중에 너 자신을 둘로 나누고 있지 않았다면, 어째서 룬에게 도라 마르에 대해 그렇게 주절거린 거냐고?

거기 네가 있었어, 해리, 붉은 소파의 룬 옆자리에 앉아서, 그에게 파리의 카페에서 마르를 발견한 피카소 이야기를 하고 있었지. 마르가 다섯 손가락을 테이블에 쫙 펼쳐놓고 칼로 손가락 사이의 공간들을 쿡쿡 찌르고 있었다고. 잘못해서 놓치면 피를 흘렸다. 다섯 손가락의 윤곽선. 피카소는 그녀의 장갑을 트로피처럼 보관했지.

피카소는 마르를 우는 여자로, 애도 중의 스페인으로 그렸다. 하지만 그-염소는 여자들을 울게 만드는 걸 좋아했다. 눈물방울들이 후드득 떨어지면 그 염소의 페니스는 딱딱해졌다. 피카소는 얼마나 발랄하고 에너지 넘치는 여성 혐오자였던가! 그리고 나는 룬에게 그 모든 이야기를 말해주었지, 마르의 초현실주의 사진들에 대해서, 그중에서도 1936년 상을 탄 숭고한 〈우부〉에 대해서, 그리고 그만큼 환상적이진 못한 회화들에 대해서도 말해주었지. 피카소가 떠나버린 후 마르가 신경쇠약을 일으킨 일, 자크 라캉에게 정신분석을 받았던 일에 대해서도, 피카소가 포장해서 그녀에게 선물로 보낸 금속 막대와 털이 북슬거리는 밧줄로 만든 흉측한 의자, 그녀가 피카소에게 우편으로 부친 낡은 삽날, 두 사람이 함께했던 선물 놀이에 대해서도 말해주었지. 그리고 피카소의 소지품 중에서 1983년 발견된 꾸러미. 피카소가 직접 디자인하고 P D, 즉 도라를 위해서 pour Dora라는 글자를 새긴 인장 반지. 둥근 반지 속에는 스파이크가 있었다.

그 반지를 풀어본 사람은 경악했지만, 그건 아마 마르의 칼놀이에 대한 언급일 거야, 그렇게 생각지 않아? 내가 룬에게 말했다. 그 반지를 본다는 건 피 흘리는 손가락을 보는 거니까.

아무도 혼자 유희를 즐길 수는 없어, 내가 말했다. 심지어 방안에 다른 사람이 아무도 없을 때도, 상상 속의 타인이 있어야만 하지.

나는 룬을 위해 콕토의 발언을 찾아냈다. "피카소는 깊숙이 얽힌 남자이고 여자이다. 그는 살아 있는 가정이다. 도라는 그가 스스로를 배신하고 불륜을 저지른 살아 있는 첩이다. 이 가정으로부터 환상적인 괴물들이 탄생한다."

우리는 모두 하나의 가정이야, 하고 내가 그에게 말했다.

그러자 룬이 말했다, 아주 오래전에 누군가 내게 당신이 명석하다고, 한 마디로 명석하다고 말해줬어요.

누가? 내가 물었다. 그는 기억이 나지 않는다고 말했다. 나를 알거나 옛날에 알았던 어떤 사람이었다고. 파티에서 들은 얘기 같기도 하다고. 사실이에요, 그가 말했다. 당신은 정말 그래요.

나는 너무나 기분이 좋았다. 칭찬을 잔뜩 처바르니 관대해지고 유연해지고 행복해진 기분이 들었다. 불쌍한 노파 해리에게 따뜻한 빛을 비춰주면 버터처럼 녹아버린다.

그러자 우리는 입을 다물고 바다 소리에 귀를 기울였다. 해변으로 가보자, 내가 말했다. 그래서 우리는 갔다. 달은 가느다란 빛의 틈새에 불과했다. 두껍고 흐르는 구름 사이로 잠시 모습을 드러내는 하늘의 은은하고 창백한 공간, 우리는 층층의 회색들로 빛나는 적운의 심도를 올려다보았고, 나는 우리가 같은 걸 보았을 거라 짐작한다. 왜냐하면 그가 휘파람을 불었으니까. 우리는 물가로 총총 뛰어가서 파도가 발을 휩쓸게 했고 물결이 이울 때 발목 위로 지나가는 그 느낌을 즐겼다. 나는 우리가 친구라고 느꼈다.

겨우 한 시간 전의 일이지만, 기억 속에서 나는 이미 관점을 바꾸었다. 이상한 일이다. 나는 더 이상 내 안에 있지 않다. 우리 둘을 뒤에서 지켜보고 있다. 침침한 달빛을 받으며 해변에 서 있는 키 크고 어두운 두 사람의 실루엣. 어느 시점에서, 우리는 돌아서서 해변을 따라 걷다가 집으로 가는 회색 마룻널이 깔린 길을 걷는다. 그리고 그는 내게 잘 자라는 인사를 건넨다, 그는 미소를 짓는다. 멋진 하루였다고 말한다, 진부한 표현이지만 원래 우리가 하는 말 아닌가, 안 그런가? 멋진 하루였어요.

그리고 그는 내 얼굴의 양 볼에 가볍게 키스를 하더니 다시 안녕히 주무시라고 한다.

2001년 6월 10일 일요일

결말:

오늘밤 나는 텅 빈 집에서 호사를 누리고, 야채를 한 무더기 얹은 파스타를 먹고, 에밀리 디킨슨을 읽었다. 그녀는 활활 불타오른다.

내 것—하얀 선거의 권리로서!
내 것—국왕의 봉인으로!
내 것—진홍색 감옥 속의 표식으로!
창살은—감출 수 없다!

반면 룬은 내 마음속에 참호를 파고 들어간 천박한 멜로디로 계속해서 재생되고 또 재생된다. 그는 의혹의 노래로서 여운을 남긴다. 나는 저녁식사 때 그의 그을린 얼굴을 바라보며 인공지능에 대한 그의 말을 들었다. 안이하고 풋내나지만, 어쨌든 생기가 넘친다. “기계와 인간의 리비도.” 나는 그를 위해 새로운 그림들을 만들어냈다—SF 소설들에 머리를 처박은 삼빛 머리칼의 소년. 그가 뒷마당에서 기계를 조립하는 모습을 본다. 어두워진 영화관에서, 외계인의 침공을 보면서 스크린의 빛으로 눈이 총총해진 그의 모습을 본다. 아이오와에서 누이와 살면서 틀림없이 스스로 외계인이 된 기분이었을 것이다. 옥수수 밭과 붉은 헛간들이 보인다. 나는 아이오와에는 가본 적이 없다. 나는 기계적으로 그 그림을 그리고 있다.

어제—어제였다고 생각한다—우리가 해변에 앉아 있을 때 그는 조개껍질로 모래에 문구를 하나 적었다. 마리네티의 1909년 〈미래주의 선언〉에서 나온 문장이었다. "우리는 켄타우로스의 탄생을 지켜볼 것이며 머지않아 천사들이 나는 모습을 보리라." 마리네티는 미쳤고 혐오스럽다고 말했더니, 그는 그 광기와 혐오스러운 부분을 사랑한다고 했다. 그는 불, 증오와 스피드를 사랑했다. 폭력에는 아름다움이 있어요, 그가 말했다. 아무도 그 사실을 인정하고 싶어하지 않지만, 그건 사실이죠. 나는 그가 입고 있던 하얀 리넨 셔츠 아래 갈색 팔뚝을 보았다. 소매는 팔꿈치까지 걷었고 머리에는 야구모자를 쓰고 있었다. 나는 그와 논쟁을 벌였다. 그건 파시스트 미학이야, 내가 말했다. 그리고 신체훼손과 유혈에서 아름다움을 보기 위해서는 사태에 연루된 사람들과 아주 멀리 거리를 두어야 해. 그러나 룬은 재빠른 언어적, 혹은 시각적 발길질이 강한 반응을 부추겨 이끌어낼 수 있고, 그러고 나면 자기는 편하게 뒤로 빠져 즐기면 된다는 걸 배웠던 모양이다. 그는 쉬운 반항에 쉽게 빠진다. 아무도 대가를 치르지 않는 그런 부류의 반항. 그러나 이 페르소나는 내 계획에 완벽하다. 그들은 벌떡 일어나 앉아 주목할 것이다.

너로 하여금 진짜 의혹을 품게 만드는 건 어두운 것, 해명할 수 없는 응어리 같은 거야, 해리. 그리고 그 어두운 것은 룬이 아니라 네 속에 있어, 그렇지 않아? 그건 리처드 브릭먼으로서 네 안에 있어. 그리고 룬도 이걸 알아. 그는 저류에 민감한 사람이야, 너와 마찬가지로. 나는 그가 가면을 들어 쓰는 모습을 본다. 그게 네가 원했던 거잖아, 안 그래? 네가 게임을 하고 싶어했어. 그러나 그 게임에서 태어나 이젠 주체할 수 없어진 불타는 발기가 네 사타구니 사이에 있어. 그게 두려운 거지. 비밀: 나는 룬에게 반해 있지 않다. 내가 리처드이고 그가 루이나일 때만 빼면. 그러나 게임을 하기 위해서 사람은 두 역할을 다 맡아야 한다. 이것이 내 고백이다. 감히 닥터 F.에게 말할 수 있을까?

*

나는 그 드라마(혹은 다른 그 무엇)에 책임이 있다. 나, 가면의 여주인이 이 모든 뼈대를 창조해냈다. 룬은 그에 따라 연기해줬을 뿐 그 이상은 아니다. 그는 연기를 잘했다. 재미있게 흥을 맞춰줬지만, 그건 내 쇼였다, 그렇지 않은가? 두 창조물의 경계는 어디 있지, 해리? 스크린에 나타난 그 부조리한 가면 쓴 존재들 말이야? 그 사이에 선을 그을 수 있어? 너무 많은 걸 들켜버린 거야? 너는 취약해? 그게 네 의혹의 선율이잖아.

그리고 지금, 네가 이 말들을 쓰고 있는 이 순간, 네 눈앞에는 그리 늙지 않은 모습의 네 아버지가 리버사이드 드라이브 아파트의 테이블 끝에 조용히 앉아 있는 모습이 보여, 말 없는 조각상처럼. 그리고 수년이 흐른 후 네 늙은 어머니가 병원에서 라일락빛 가운을 입고 계신 모습이 보이고. 어머니는 아버지가 말하고 싶어하는 그녀에게 어떤 벌을 주었는지 네게 얘기하고 있어. 그는 아무 말도 하지 않음으로써 벌을 주었고 너, 해리는 이 말들을 불쑥 내뱉었어, 그건 잔인해요! 아버지는 잔인하셨어요! 네 어머니는 동의한다. 그건 잔인했다고.

이것만은 확신한다. 나사는 한 번 이상 회전했다는 것(헨리 제임스의 소설《나사의 회전》에 대한 인용—옮긴이).

레이철 브리프먼

(서면 진술)

솔직히 고백하자면, 익명의 프로젝트에 매달리는 해리의 열정이 좀 피곤하다고 느낄 때가 있었다. 우리가 매 주 갖는 티타임마다 그녀는 눈을 빛내며 방대한 독서에 대해 보고하고 그 독서가 자신의 더 큰 계획에 어떻게 맞아 들어가는지 설명해주었다. 소묘와 차트를 보여주고, 철학책과 두뇌 속의 거울 체계에 대한 과학 논문들을 건네주며 그 모든 것들에 대해 내 견해를 요구했다. 가끔씩 관심을 끄는 논문이나 책이 있었지만, 도저히 그걸 다 볼 시간이 없다고 말해줄 수밖에 없을 때도 종종 있었다. 나는 룬을 만나본 적도 없고 프로젝트를 디자인하거나 설치하는 해리를 직접 본 적도 없었지만, 그녀는 나와 프로젝트를 정규적으로 논의했고 이전에 룬의 작품세계에 없던 요소들을 도입하는 위험에 대해 계속 걱정했다. 난 해리가 터널 끝에 위대한 승리가 기다리고 있다고, 오랜 세월 동안의 수

고와 망각에 대한 구원이 기다리고 있다고 믿었음을 알고, 이런 판타지가 비이성적인 색채를 띠었다는 것도 인정한다. 하지만 해리가 룬과의 합동작품에 대해 거짓말을 했다고 믿는 사람들에게는, 그건 불가능하다고 말해주고 싶다. 그리고 해리가 현실감각을 완전히 잃어 더 이상 자기가 오는지 가는지도 몰랐다고 믿는 또 다른 사람들에게는, 정신과 의사로서 해리에게 정신병 증세가 없었음을 확실히 말해줄 수 있다. 그녀는 망상증 환자가 아니었다. 그녀 친구인 바로 미터는 사이코시스도 있고 망상증도 있었다. 해리는 신경이 예민한 일반인들 이상으로 심한 착란은 하지 않았다.

사실, 그녀는 믿음과 망상의 심리학을 이해하는 데 죽도록 매달려 있었다. 믿음과 망상이란 터놓고 말하면 결국 같은 말인 경우가 많다. 황당무계하고 심지어 불가능한 생각들이 전체 인구를 사로잡는 기제는 무엇인가? 미술계는 해리의 실험실이었다—인간의 상호작용을 축소한 소우주였다. 그 속에서 입소문과 뜬소문은 말 그대로 회화와 조각의 외양을 바꿔놓는다. 그러나 아무도 하나의 미술작품이 다른 것보다 진정 우월하다거나 미술 시장이 대체로 그런 눈먼 생각들에 의해 돌아간다는 걸 입증할 수는 없다. 해리가 거듭 내게 지적한 바와 같이, 예술의 개념에 대해서조차 합의가 없는 상황인 것이다.

그러나 어떤 경우에는 망상이 명백해질 때가 있다. 해리와 나 모두 '윤리적 공황'이라고 불리는 현상에 매혹되어 있었다. 급속히 퍼져나가는 공포의 확산, 종종 '일탈적인' 집단이나 타자를 겨냥하는 집단 공포증 말이다. 유대인, 동성애자, 흑인, 히피, 그리고 누구보다도 마녀와 악마들. 1980년대와 1990년대 초반 사탄 숭배가 미국 전체에서 산발적으로 일어났고 엽기적인 의례들이 신문에 진지하게 조목조목 보고되었다. 그 전염성 히스테리로 인해 헤아릴 수도 없이 많은 체포, 재판, 투옥이 초래되었고 숱한 가정이 파탄으로 치달았다. 사회복지사, 심리치료사, 경찰관, 법원이 모두 그 공황상태에 휩쓸려 들어갔다. 결국에는 단 하나의 비난도 진실이었다는 증거가 나오지 않았다. 선고들이 연이어 뒤집혔다. 떠도는 생각들의 역병에 걸린 수백 명의 사람들은 어린이집의 남녀 직원, 보안관, 코치, 같은 거리에 사는 이웃이 아이들을 강간하고 신체를 훼손하거나 자신의 피를 마시고 아침식사로 자신의 배설물을 먹는 괴물이라고 생각했다. 어른과 아이들의 마음속에서 싹튼 엽기적인 기억, 악마의 연회에 대한 설명, 끔찍한 성도착과 집계되지 않은 수많은 살인들에 대한 이야기. 그러나 아무도 시체 한 구 찾아내지 못했고 단 한 사람의 몸에서도 고문의 흔적이 발견되지 않았다. 그런데도 사람들은 믿었다. 여전히 믿고 있는 사람들도 있다.

9·11 이후에 무성하게 유통되던 이야기들을 생각해보라. 월드 트레이드 센터에서는 유대인이 한 명도 죽지 않았고 미국 정부가 그 잔혹상을 조작했다는 이야기들. 그런 헛소리에도 철통같은 추종자들이 있는 한편, 똑같은 살육과 이라크에 대한 부시 정부의 턱없는 거짓말도 믿는 사람들이 있다. 이런 믿음에 휩쓸리는 사람들이 무식하다고 주장하기는 쉽지만, 믿음은 암시, 흉내, 욕망과 투사의 복잡한 혼합체다. 우리는 모두 스스로 타인의 말과 행동에 저항력이 있다고 믿고 싶어한다. 그들의 상상은 우리 것이 되지 않는다고 믿지만 우리가 틀렸다. 어떤 믿음들은 잘못되었다는 게 너무 빤해서—예를 들어 평평한 지구 학회Flat Earth Society라든가—우리

대부분이 아주 쉽게 내칠 수 있다. 하지만 다른 많은 믿음들은 사적인 것과 인간상호적인 것이 쉽게 구별되지 않는 모호한 영역에 거한다.

해리가 수년에 걸쳐 정신분석으로 자기 삶을 다시 쓰고 있었다는 사실을 잊어서는 안 된다. 그리고 그녀의 말을 빌자면, 서서히 현상되고 있던 그녀 삶의 '수정주의적 텍스트'가 이전의 '신화적' 텍스트를 이미 대체하기 시작한 후였다. 사람들과 사건들은 그녀에게 새로운 의미를 띠게 되었다. 회고록은 변화했다. 해리는 어린 시절에서 의혹이 남는 추억들을 하나도 복원하지 않았는데, 2003년 2월 19일 〈저변〉이 전시되기 불과 한 달 전에는, 내게 자기 삶을 되돌아보니 광활하게 펼쳐진 유년기의 한 시기가 뭉텅이로 사라졌다고 말했다. 약간의 자극만 있었다면 그 여백들을 얼마든지 허구로 채울 수 있었을 것이다. 대부분의 추억은 어차피 허구의 한 양태 아니던가? 그녀는 내가 잊어버린 걸 기억했고, 나는 그녀가 잊은 걸 기억했으며, 우리가 같은 이야기를 기억할 때는 다르게 기억하지 않았던가? 그러나 우리 둘 다 발뺌하거나 속이는 건 아니었다. 과거의 장면들은 끊임없이 변화하고 다시 섞이고 현재라는 관점에서 다시 보인다, 그뿐이다, 그리고 그 변화들은 우리가 의식하지 못하는 사이 일어난다. 해리는 수많은 기억들을 새롭게 해석했다. 그녀의 평생이 달라 보였다.

그리고 해리는 물었다, 어디서부터 시작하는 거냐고? 다른 사람들의 생각, 말, 기쁨과 공포들이 우리 안에 들어와 우리 것이 된다. 그들은 처음부터 우리 안에 산다. 윤리적 공황, 다중인격 유행병, 그리고 복원된 기억의 광증이 80년대와 90년대 초반 입에서 입으로 전해진 암시들의 파동으로, 일종의 집단 최면이나 확산되는 무의식적 허가로 미친 듯이 유행해 수많은 사람들로 하여금 갑자기 복수의 존재가 되어도 좋다는 허락을 내렸다, 판도라의 상자였다. 치료사들은 여남은 가지 성격들을 지닌 환자들에 대한 사례 보고를 발표했다. 전체 인구가 한 사람 몸에 거했다—남자들, 여자들, 그리고 아이들이 분신으로서 튀어나왔다. 그게 무슨 뜻이었을까? 그리고 질병의 이름이 해리 정체성 장애로 변화하자 의구심이 고개를 들었고, 그 질병으로 진단받는 사람들의 숫자도 여기저기 소수로 줄어들었다. 해리가 알고 싶어했던 건 이것이었다—우리는 한 사람이었던가 아니면 그 많은 사람들 모두였던가? 배우나 작가들은 직업으로 캐릭터들을 창조해내지 않는가? 그 사람들은 다 어디서 오는가?

나는 아무리 예술가들이 열정적이라 할지라도 창조물과 피조물의 구분은 알 것이고, 그 질병은 병명을 막론하고 트라우마와 연관이 되어 있으며, 의심할 여지없이 당시의 유행은 열의는 높지만 정보는 그리 많지 않던 치료사들에 기인한 것이었다고 주장했다.

해리는 베레모 아래로 잿빛 머리를 곱슬곱슬하게 늘어뜨리고 맞은편에 앉아 오른손으로 나를 향해 손사래를 치다가 홍차 잔을 넘어뜨렸다. 연한 갈색 액체가 식탁보를 적시며 번졌다. 그래, 그래, 그녀는 말했다. 하지만 똑같은 잠재의식적 소재에서 창조물과 분신이 만들어지지 않니? 우리 안의 이런 타자들이 꿈속의 형상들 같지 않니? 그녀는 달려와 굽실거리는 우리 담당 웨이터에게 가라고 손짓하고는 자기 냅킨으로 얼룩을 덮더니 말을 계속했다. 그녀는 한동안 룬과 작업을 해왔다고. 〈저변〉을 위해서 두 사람은 게임을 하며 영상으로 그 게임들을 연출했다고. 가면, 의상, 소품을 동원한 게임이라고. 그리고 게임을 할 때, 사물들이 변하기 시작한다고. 해리는 눈빛으로 나를 꼭 붙들었다. 나는 물었다, 어떤 사물들이?

그녀를 흥분시키면서 가끔은 무섭게 만드는 건 룬이 그녀 안에서 끄집어내는 것들이라고, 그녀는 말했다. 그리고 그게 뭐든 간에, 해리는 아주 오랫동안 그녀 안에 있었지만 한 번도 밖으로 나오지 못했던 것이라고 믿고 있었다. 나는 바로 그날 저녁 일기에 해리의 말을, 아니 적어도 내가 기억하는 해리의 말을 기록해두었다. "전체 프로젝트는 이제 거의 끝났어, 레이철. 곧 내 페르소나의 3부작이 끝날 거야." 그녀는 룬이 '인격화된 가능성'으로서 〈저변〉에 각인되어 있다는 사실을 강조했다. 키르케고르의 말을 차용한 것이었다. 그녀가 착취하고자 했던 건 룬 그 자신보다는 룬이라는 관념이었지만, 그 룬의 관념이 그녀에게 유동성을 주었고 그녀 내면의 문을 열어젖혔다. 해리의 언성이 더 커졌고, 나는 우리 옆 테이블의 남자와 여자가 대화를 멈추고 돌아서서 우리를 무섭게 노려보고 있다는 걸 알았다. 나는 손가락을 입술에 대고 언성을 낮추라는 신호를 보냈고, 그러자 해리의 분위기가 어두워졌다. "그게 바로 내가 말하는 거야," 그녀는 나를 향해 씩씩거렸다. "시끄럽게 굴지 마, 해리. 파동을 만들지 마, 해리. 무릎을 붙이고 앉아, 해리. 그건 예의바르지 못해, 해리."

짜증이 나서 나는 그녀에게 말했다. 세상에, 내가 무슨 짓을 했다고 이러니? 네가 너무 큰 소리로 말해서 우리가 사적으로 대화를 할 수가 없다는 사실을 알아챘을 뿐이야. 그래서 조심스럽게 너한테 신호를 보냈잖아. 해리는 내게로 허리를 굽히더니 으르렁거렸다. "그게 바로 내가 너한테 말하려고 하는 얘기라고. 그것, 그 사람은—뭐든 간에—무자비하고, 오만하고, 시끄럽고, 싸늘하고, 우월감에 차 있고, 잔인하고, 경멸적이고 아무도 건드릴 수 없어. 그것은 예의바르지 않아. 한 번도 예의를 지켜본 적이 없다고."

거참 진짜 매력적인 위인 같구나, 나는 해리한테 말했다. 나는 미소를 짓고 있었지만, 해리는 내 인물 묘사를 웃긴다고 생각하지 않았다. 그녀는 나를 우울하게 바라보았다. 나는 서로 다른 인격들은 우리 자신의 다양한 면면들을 이끌어내는 게 아닐까 제안하며, 나 역시 부드럽게 말하는 사람한테는 언성을 높이고 싶고, 나를 향해 고함을 질러대는 사람이 있으면 뒤로 물러서서 내성적이 되는 경향이 있다고 설명했다. 다 상호작용에 달려 있는 거라고. 해리는 자기가 그보다 훨씬 더 극적인 걸 말하고 있다고 주장했다. 그녀는 한 번도 소위 '타인의 인력'에 저항해본 적이 없다는 것이다. 어렸을 때는 부모를 실망시킨다는 생각을 견딜 수 없었다. 두 분 다 엄격하거나 혹독하지 않았지만, 어떤 이유에선지 그녀는 자신이 항상 맞지 않고 틀렸다는 느낌을 받았다. "나 자신을 올바른 부류의 아이로 바꾸어보려고 너무나 열심히 노력했지만, 한 번도 성공하지 못했어." 그녀의 말을 듣고 있는 건 괴로웠지만, 나는 그녀 삶의 수정된 이야기를 듣고 있다는 걸 알고 있었다.

해리는 앞으로 바짝 몸을 기울이며 축축한 냅킨 위에 두 손을 올려놓았다. 나는 내 손으로 그녀의 오른손을 덮으며 우리가 구석에 앉아 있다는 게, 그녀가 이제 무슨 말인지 들으려면 바짝 다가붙어야 할 만큼 나지막한 언성으로 말해주고 있다는 게 고마워졌다. 그녀는 우리가 미래를 위해 세웠던 거창한 계획들을 기억하느냐고 물었다. "우리 둘 다 유명한 여자들이 되기로 했잖아, 기억나?" 나는 기억했다. 해리는 나를 보고 미소를 지었다. 우리는 의식을 고양했잖아, 기억나? 나는 기억했다. "그건 아무 소용이 없었어. 우리가 고양했던 건 알고 보니 허위의식이었어." 그렇다, 그녀는 예술가가 되었다. 하지만 작품이 다른 모든 것, 다른 모든 사람들보다 항상 후순위로 밀려난다면 그 누구도 예술가가 될 수 없다. 그녀는 무엇에서든 한 번도 첫 번째였던 적이 없었다. 한 번도. 해리는 내 손 밑에서 손을 빼더니 눈물 어린 눈으로 나를 보았다.

나는 해리에게 그녀가 헌터 학교의 우리 반에서 일등이었다는 사실을 짚어주었지만, 이에 대해 그녀는 이렇게 대꾸했다. "그래서 무슨 영광을 봤다고." 해리의 억하심정이 줄줄 흘러나왔다. 펠릭스를 하늘처럼 우러러보고 사랑했었다고, 그녀는 말했다. 죽은 남편에게 질투를 느끼는 브루노로서는 용납할 수 없는 사실이지만, 그에게 맞서기가 그토록 힘들었던 건 그를 향한 그녀의 미친 사랑 때문이었다고. 펠릭스는 해리로 하여금 자신이 흥미롭고 아름다운 존재라는 느낌을 주었고, 그녀는 그가 원한다고 생각한 모습대로 되려고 열심히 노력했었다. "이게 내가 하려는 말이야, 레이철. 우리는 뭘까? 펠릭스는 무엇이었고 나는 무엇이었을까? 그는 내 안에 있었어." 그녀는 언제나 펠릭스가 원하는 것들을 읽고 그녀 자신을 굽혀 그에게 맞추려 했으며, 그건 그리 어렵지 않았다. 왜냐하면 그녀 자신이 내면 깊이로부터 그 반대가 되어서는 안 된다고 믿고 있었기 때문이었다. 어째서 그가 그녀의 바람에 굽혀주고 맞춰주어야 하는 걸까? 그녀가 뭐라고 그런 청을 할 수 있을까? "굽히고, 굽히고, 굽히고," 해리가 말했다. "언제나 굽히고 흔들리고, 굽히고 흔들리고." 그러더니 해리는 아버지의 양말과 팬티를 줍기 위해 허리를 굽히던 어머니, 식탁에서 아버지 시중을 들던 어머니, 타일 사이의 곰팡이를 닦기 위해 칫솔을 들고 마룻바닥에 무릎을 꿇고 있던 어머니, 아버지의 눈빛을 읽으려고 불안하게 고개를 치켜들고 미소를 짓던 어머니의 모습을 기억했다. 그이 마음에 드나? 그이는 행복한가? 해리는 정신을 차려보니 펠릭스가 집에서 일하는 날이면 그를 방해하지 않으려고 서재 앞을 까치발로 걷고 있더라고 했다. 펠릭스가 싸움을 싫어해서 저녁식사 모임 때는 입 다물고 자기 의견을 꾹꾹 눌렀다. 그러나 그는 노크도 하지 않고 그녀의 작업실로 쳐들어와 사소한 질문들을 하기 일쑤였다. 저녁식사 때 그가 예술가를 비판하면 모두가 위대한 사람의 의견을 황홀하게 경청했다. 가끔 그가 해리 자신의 말을 그대로 토해낼 때도 있었다. 바로 그 똑같은 식사 자리에서 해리가 했던 말들, 해리의 말들을, 하지만 아무도 들어주지 않았던 말들을. 그건 사실이다. 나는 몇 번인가 그런 불행한 반복들을 불편한 마음으로 지켜보는 목격자가 되었던 적이 있다. 나는 펠릭스가 자신감을 발산했던 건 냉정하고 흔들리지 않는 몸가짐에 권위를 결합했기 때문이라는 말을 해리에게 하지 않았다. 그는 사람들이 굳이 자기 말을 들어주기를 절박하게 바라지 않았다. 해리는 그랬다.

수년 동안 펠릭스는 그녀의 말을 중간에서 끊었고 그녀는 조용히 입을 다물었다. 그냥 그런 식이었다. 펠릭스는 언제나 그녀의 작품을 흠모하고 지지한다고 말했지만, 자기 일 때문에 여기저기 비행기로 날아다녔고 전화를 해서 늦는다든가 비행기 편을 바꿨다고 말했으며, 해리는 메이지와 이선을 데리고 집에 남아 있었다. 그래,

그래, 그래, 그녀가 말했다. 도우미들도 있었지, 원하는 모든 게 있었지, 하지만 자기 아이들의 영혼을 다른 사람한테 맡기는 사람이 어디 있니. 그리고 메이지는 상대적으로 기르기 쉬운 아이였지만 이선은 워낙 까다롭고 과하게 예민했으며 시도 때도 없이 감정 폭발을 일으키곤 했다. 그 아이의 게걸스러운 욕구들은 가끔 그녀를 통째로 집어삼켰다. 그래도 잘 컸지, 해리는 말했다. 강인하고 제 몫을 다 하는 사람이 됐으니까, 하지만 그녀가 같이 꼬박 밤을 새워주고, 그의 손을 잡아주고, 필립 글래스의 음악과 같은 기괴하고 반복적인 노래들을 불러주지 않았더라면 어땠을까. 그런 노래가 아니면 아예 달래지지도 않았는데. 해리는 숨죽여 몇 소절을 나직하게 불러주었다. 삑, 빵, 럼, 럼, 럼, 드럼, 드럼, 드럼. 트럼, 트럼, 트럼. 그리고 죄책감, 죄책감, 죄책감. 그녀는 짓궂게 내게 말했다. 죄책감, 죄책감, 죄책감. 그녀는 그의 문제들을 자기 탓으로 돌렸다. 대부분 내가 이미 알고 있던 사실이었지만, 해리로서는 내게 말해주고 해명해야 할 필요가 있었다. 그리고 한 번도 돈이 자기 것이라고 생각해본 적이 없다고 했다. 그녀가 번 돈이 아니니까. 펠릭스는 돈을 가지고 시작해서 훨씬 더 많은 돈을 벌었다. 몇 년에 걸쳐 그녀는 미술품 몇 점을 팔았지만, 그뿐이었다. 그리고 그녀가 열었던 전시회들. 해리의 입술이 파르르 떨렸다. "묵살당하거나 혹평을 받고 쓰레기통에 처박혔어."

나는 그건 솔직히 사실이 아니라고 말했다. 꽤 좋은 리뷰들도 있었다. 정말 있었다. 내가 기억한다.

해리의 얼굴은 나를 책망하고 있었다. "돈이 권력이야, 그녀가 말했다. 돈을 가진 남자들. 돈을 가진 남자들이 미술계를 돌아가게 하는 거야. 돈을 가진 남자들이 승자와 패자를 결정해. 좋고 나쁜 걸 결정하지."

이런 현실은 변하고 있다고, 느릴지는 모르지만 그래도 변하고 있다는 말을 했다. 갈수록 더 많은 여자들이 자기 몫을 받아내고 있다고. 방금 내가 읽은 것도 그런….

해리의 표정이 씁쓸하게 변했다. "심지어 제일 유명한 여성 작가도 제일 유명한 남자에 비하면 헐값에 팔려—상대적으로 값이 싸지. 신성한 루이즈 부르주아(프랑스 태생의 미국 표현주의 조각가. 현대미술의 대모로 불리며 70세가 넘어서야 명성을 얻었다—옮긴이)를 봐. 그게 무슨 얘기겠어? 해리의 목소리가 갈라졌다. 돈이 말을 하는 거야. 뭐가 가치가 있고 뭐가 중요한지 말해주는 거야. 그건 절대로 여자가 아니야."

그녀는 모든 해답을 이미 가지고 있었다. 나는 대답을 하지 않았다. 식탁보를 내려다보면서 지금 몇 시일지 생각했다. 하지만 해리의 감정이 너무 신경 쓰여서 시계를 볼 수가 없었다. 어쩌면 해리는 내가 무슨 생각을 하고 있는지 살짝 눈치를 챘는지도 모른다. 미안하다고 사과를 했던 것이다. 그녀는 자기가 이기적이고 집착이 심하고 흥분했다면서, 날 보고 사랑한다고 말했다. 레이의 건강이 어떠냐고 안부를 묻는 그녀에게 그는 잘 지내고 있다고, 의사의 허락을 받고 여전히 일주일에 세 번씩 공원을 자전거로 돌고 있다고, 그리고 봄에 뉴욕 대학교에서 은퇴하는 건 흔쾌히 받아들이고 있다고 말했다. 정년 은퇴라는 생각 자체를 싫어하던 그였지만 이제는 태도가 완전히 바뀌었다고. 심지어 해리는 내게 오토의 안부도 물었다. 그래서 우리 미친 잡종 개는 열두 살이 됐고 항우울증제와 관절염 소염제를 같이 먹어야 한다고 말했다. 해리는 미소를 지었다. "우리 모두 늙어가고 있어, 그녀가 말했다. 늙고 또 늙어가고 있어."

나는 고개를 끄덕였다. 우리는 메이지의 영화 〈몸의 기후〉에 대해서, 바로미터를 봐주는 심리치료사에 대해서, 그리고 바로미터가 복용을 거부하는 향정신성 의약품에 대해 이야기를 나누었다. 나는 그들이 바로미터한테 도움이 될 줄 알았었다. 해리는 생각이 달랐다. 헤어지기 전에 해리는 펠릭스 얘기를 다시 꺼냈다. 이번에는 그의 애정생활, 아니 그녀가 배제된 사생활에 대한 얘기였다. 펠릭스의 양성애는 이제 공공연한 사실이 되었다. 불과 몇 달 전 출간된 《펠릭스 로드 갤러리의 나날》은(작가인 제임스 무어가 해리의 작품을 깊은 존경심과 진지함으로 대하고 있다고 말할 수 있어서 기쁘다) 공공연하게 그 주제를 논했다. 펠릭스의 애인들 중 상당수가 정체를 밝히고 그에 대해 논했고, 생전에 아무리 그의 모험들이 비밀이었다 해도 이제는 비밀이 아니었다. 그럼에도 불구하고, 펠릭스의 성생활은 내부의 이야기는 절대 밖으로 알려질 수 없다는 의미에서 여전히 미스터리로 남아 있다 해도 과언은 아니었다. 나와 같은 일을 수년 동안 하면서 얻게 되는 게 있다면, 온갖 다양한 인간 욕망들에 대한 압도적 공감이다. 성적 흥분은 확실히 우리가 통제할 수 있는 게 아니다. 그 흥분을 실천에 옮기는 건 다른 얘기일 수 있지만 말이다. 그리고 우리가 성적 자유의 시대에 산다는 생각은 절반의 진실이다. 나는 자신들의 성적 생각에 대한 수치심과 참담함으로 결국 병이 든 환자들을 수없이 보았다. 그리고 욕망의 대상이 소년이든 소녀든 나이든 남녀든, 말라깽이든 비만이든, 다정함을 좋아하든 잔혹성을 선호하든, 표준적이거나 특이한 성기구들의 도움을 받든 상관없이, 특정한 판타지 밑에 숨어 있는 힘들을 발견하는 데는 오랜 시간이 걸릴 수 있다. 우리 문화에서는 소아성애적 갈망을 지닌 남자에 대해 일말의 공감이라도 보이거나, 아동에게 지속적 상처를 남가지 않는 성인과 어린이간의 성적 접촉이 있을 수 있다는 단순한 진실을 인정하는 것마저도 금기가 아닌가?

이런 말을 하는 건 성생활에 대한 불관용이 사방에 팽배하기 때문이다. 그리 오래전도 아니다. 나와 안면이 있는 한 여자가 펠릭스에 대한 책을 읽고 해리에 대해 험한 말을 했다. "그런 개똥같은 짓거리를 참는 여자라니 틀림없이 썩어빠진 등신일 거예요." 나는 그녀에게 해리는 내 "소중한 친구"이고 "절대 바보가 아니"라고 말했다. 어색한 순간이었지만, 그 여자는 더 이상 아무 말도 하지 않았다.

처음에는 해리가 무슨 말을 하려는 건지 전혀 알 수가 없었다. 그녀는 우리 대화의 다음 장을, 펠릭스가 가끔 아주 늦은 밤에 외출했다는 말로 시작했다. 그녀가 참석하지 않은 오프닝이나 수집가들과의 저녁식사로 나갔던 그가 집에 돌아오면 인기척이 들렸다. 그는 언제나 큰 소리를 내지 않으려 애썼지만, 그래도 복도를 걷는 가벼운 발소리는 언제나 들을 수 있었다. 아이들이 어릴 때는 한숨소리나 삐걱거리는 소리, 기침 소리에도 잠이 깨어 혹시 그 작은 소리 다음에 울음소리나 엄마를 부르는 소리가 날까봐 귀를 기울였다. 두 개의 세계가 동시에 존재했었어, 그녀는 말했다. 잠의 세계와 깨어 있는 세계, 서로 완벽한 균형을 이루고 있었지. 마치 그 두 가지 상태를 동시에 살아내는 것 같았고, 그래서 문이 열리는 끼익 소리가 나고 남편의 발소리가 들리면 어김없이 눈을 뜨곤 했다. 그는 어떤 날 밤에는 곧장 그녀에게로 와 침대보를 젖히고 안으로 기어들어왔고, 언제나 그녀에게서 고개를 돌려 누웠다고 했다. 그러면 그녀는 그를 가까이 끌어당겨 등을 어루만져주었고, 그는 그걸 좋아했었다. 그러나 또 어떤 날 밤이면, 특히 이른 새벽에 돌아왔을 때면, 그가 욕실에서 옷을 벗고 샤워를 하는 소리가 들렸다. 그리고 해리는 말짱한 정신으로 눈을 뜨고 침대에 누워 쏟아지는 물소리를 들으며 혼잣말을 하곤 했다. "그이는 다른 사람들을 씻어내고 있는 거야."

해리는 그와 맞서지 않았다. 그녀는 이런 심야의 세정식이 무엇을 의미하는지 알고 있었을 뿐이라고 말했다. 그는 자신의 세계들을 분리해두고 싶어했다. 하나의 세상을 씻어내고 다른 세상으로 들어왔다. 그리고 솔직히 털어놓자면 그녀는 그런 그가 불쌍했다. "난 그렇게 누워서 혼자 생각하곤 했어, 레이철. 불쌍한 펠릭스. 그게 나라면 어떨까? 나한테 그런 압도적인 욕망들이 있다면 어떨까? 그러면 어떤 대접을 받고 싶을까? 내가 못되게 굴고 거부하는 걸 원할까?"

나는 성인이 되려면 보통 대가를 치러야 한다고 말했다.

해리도 내 말에 동의했다. 그녀는 자기가 값비싼 대가를 이미 치렀다고 말했다. 그는 그녀에게 상처를 주었고, 그녀는 그를 향한 분노를 억눌렀지만, 그래도 여전히 그녀의 일부는 그가 불쌍하다고 생각하지 않을 수 없었다고. "그래서 그 차가운 가면들이 내게 필요했던 거야, 알겠니." 해리는 나를 너무나 진지하게, 어린애처럼 커다랗게 눈을 뜨고 쳐다보았다. 난 그 얼굴이 우습다고 생각했다.

차가운 가면? 내가 물었다.

그래, 그녀는 내게 대답했다. “차갑고, 딱딱하고, 무관심한 가면, 일어나서 멍청한 자들을 칠 제왕 같은 페르소나. 그는 내가 룬과 함께 있을 때 나와.” 그래서 그녀는 다중인격에 관심을 가졌던 것이다. 왜냐하면 복수성이 인간적이라고 생각했으니까, 그게 그녀의 해명이었다. 그녀는 현기증이 나지도, 정신을 잃지도, 내면의 사람들을 잃지도 않았다. 그녀는 자기가 해리라는 걸 완벽하게 알고 있었지만 자아의 새로운 양상들을 발견했다. 대부분의 남자들이 당연하게 생각하는 양상들, 타인에게 저항하는 양상들. “어째서 모든 다중인격 사례 보고에서 90퍼센트 이상이 여자였다고 생각하니? 굽히고 흔들리니까.” 해리가 의기양양하게 말했다. “굽히고 흔들려. 타인의 인력에. 여자애들은 배우지.” 그녀가 말했다. “여자애들은 권력을 읽는 법을 배우고, 자신의 길을 만들고, 게임에 참여하고, 착해지는 법을 배우는 거야.”

나는 해리가 문제를 너무 단순하게 만든다고 말했다. 싸늘하고 제왕 같은 여자들도 있다고, 자기 길을 막는 사람들에 대해서 별로 개의치 않고 터프하고 당당한 여자들도 있다고.

“오, 레이철.” 해리가 내게 말했다. “너는 너무 합리적이야. 소리지르고 고함 치고 사람 얼굴을 한 대 갈기고 싶은 때는 없니? 불을 뿜고 싶은 적 없니?”

당연히 있지, 나는 해리에게 말했다. 당연히 있지, 하지만 우리는 서로 다른 이야기들을 갖고 있어, 너도 알잖아. 해리는 안다고 했다. 레스토랑을 나올 때 해리가 내 손을 잡았다. 매디슨 애브뉴를 따라 내려오는데 날씨가 추웠고, 우리는 둘 다 따뜻하게 옷을 입고 있었다. 해리는 파랑과 초록 실로 뜬 아름다운 목도리를 목에 몇 번

둘러 감고 있었다. 그게 예쁘다고 칭찬했던 기억이 난다. “우리는 옛날에 손을 잡고 다녔잖아,” 그녀가 내게 말했다. “소녀 시절에, 기억나니?” 나는 아주 잘 기억했다. “걸어 다니면서 손을 잡고 앞뒤로 흔들었지,” 해리가 말했다. “기억나니?” 기억난다고 했다. “이제 우리는 같이 두 할머니가 됐어.” 해리가 말했다. 나는 남 말 하지 말라고 했고, 해리는 내 손을 잡고 팔을 앞뒤로 흔들기 시작했다. 우리는 손을 잡고 팔을 흔들며 적어도 한 블록을 걸었지만, 그곳은 뉴욕시였기에, 아무도 우리를 이상하게 쳐다보지 않았다.

피니어스 Q. 엘드리지

(서면 진술)

나는 2002년 여름에 숙사와 그곳 사람들에게 작별을 고하고, 마르셀로와 함께 부에노스아이레스로 날아가 겨울과 경제 파탄을 겪었다. 다행히 내 연인의 돈은 대부분 다른 데 있었다. 해리는 그녀 나름의 동화를 갖고 있었다. 내게도 동화가 있었고, 지금도 대체로 가지고 있다. 보르헤스와 정신분석과 택시를 모는 시인들의 땅에 대해서. 마르셀로와 나는 〈저변〉이 개막했을 때 뉴욕 시로 돌아왔고, 나는 해리의 거대한 남근적 피날레에 대해 깊은 호기심을 품고 있었다. 룬을 설득하는 게 보통 일이 아니었을 텐데, 하고 나는 해리에게 말했고, 그녀가 그렇게 힘들지 않았다고 말했을 때 약간 조마조마한 기분이 들었다. 왜냐하면 사실 나로서는 도무지 이해가 되지 않았기 때문이었다. 그렇지만, 인간의 심장(펄떡펄떡 뛰는 장기가 아니라 욕망의 메타포로서 말이다)은 알 수 없는 물건이다. 어쩌면 그 십자가 연작 이후로 룬은 판돈을 올리려면 엄청난 사기가 필요하다고 느꼈는지 모르겠다.

마르셀로와 내가 오프닝에 도착했을 때, 거리에는 그 미로에 들어가려고 길거리에서 기다리고 있는 미술가 타입의 사람들이 한 무리 모여 있었다. 고조된 서커스의 흥분이 공기 중에 감돌았다. 우리는 높은 구두를 신고 비틀거리는 역시나 과하게 차려입고 나온 젊은 여자들과, 대체로 백인이며 흐트러진 차림에 구부정한 자세로 패션에 대한 무관심을 열심히 표현하고 있는(그러나 해골과 앵무새 또는 "우리는 엄청나게 진지한 게임을 갈구한다" 같은 깜찍한 문구들로 장식된 멋진 모자와 티셔츠들로 정체를 다 드러낸) 게으름뱅이 소년들과 함께 줄을 섰다. 우리 바로 앞에는 동그란 빨간 테 안경을 끼고 머리부터 발끝까지 세련된 검은색 요지 야마모토를 걸친 늙어가는 프리마돈나가 서 있었다. 상냥하고 부티 나는 갤러리 여직원 두 명이, 한 사람은 흑백 옷을 입고 다른 하나는 빨간 옷을 입은 채 입구를 지키고 서서 뒤틀리며 돌아가는 미로가 너무 붐비지 않도록 한 번에 열 사람씩 관객을 안내하고 있었다. "걱정 마세요, 나오지 못하면 지도가 있습니다. 큰 소리로 외쳐 불러주시면 됩니다." 조지아주에서 온 지 얼마 안 된 빨간 옷의 여자가 말했다. 나는 절대 억양을 놓치지 않는다. 해리는 아무데도 보이지 않았다. 그녀는 우리와 함께 가기를 원치 않았고, 내게도 절대 자기를 찾지 말라고 엄격하게 주의를 주었다—그녀는 지나치게, 지나치게 불안해했다.

문 안으로 들어가자, 마르셀로와 나는 짐작컨대 플렉시글라스나 루사이트로 보이는 소재의 두꺼운 흰색 벽이 양쪽을 에워싸고 있다는 걸 깨달았다. 해리는 작품에 우윳빛 벽을 즐겨 활용했는데, 이건 대략 250센티미터 높이로 위로 넘겨볼 수는 없지만 그렇다고 우뚝 솟아 있지도 않은 정도였다. 처음 눈에 띈 건 그 투명도였다. 바로 인접한 통로를 걷고 있는 세 사람의 그림자를 간신히 알아볼 수 있었는데, 그 움직이는 형체 뒤로 명멸하는 빛의 네모들이 나타났다 사라졌다. 미로는 미로답게 답답해서 폐쇄공포증을 유발했고 위치를 파악하기 힘들었으며, 몇 번인가 잘못 돌아가고 나자 나는 그 몽롱하고 환각적이고 '삶이란 정말 말도 못하게 이상하지' 식의 분위기에 심하게 사로잡혔는데, 어째서 그런 기분이 드는지 파악조차 할 수 없었다. 서서히, 나는 미로의 복도들이 동일한 크기가 아니라는 사실을 깨달았다. 폭이 점점 좁아졌다가 넓어졌던 것이다. 벽들도 길어졌다 줄어들었지만 줄곧 서서히, 서서히 그랬으며 절대 급격하게 변하지 않았다. 어느 갈림길에서는 까치발로 서서 벽 너머를 볼 수가 있었다. 미로에서 나오는 건 쉬운 일이 아니었다. 마르셀로와 나는 똑같은 창이 있는 똑같은 귀퉁이나 모퉁이를 계속 마주치게 되었다. 귀퉁이, 모퉁이, 또는 창은 바로 지난 번 것처럼 보였지만, 계속 걷다보면 몇 분 전 맞닥뜨렸던 것일 수가 없는 막다른 골목이 나오는 것이었다. 나는 새로운 막다른 골목이 전진을 의미한다고 생각했지만, 우리가 랜드마크로 사용했던 벽이나 바닥에 파여 있는 '창문'들은 끝도 없이 우리를 오도했다. 각각의 창문 상자를 찬찬히 숙고하며 그 속에 배치된 오브제 모음이나 영화 시퀀스를 세심하게 살피지 않으면, 불가피하게 우리는 똑같은 상자나 똑같은 옛날 영화를 보고 있다고 믿어버릴 수밖에 없게 된다. 당연히 가끔은 똑같은 걸 봤고, 가끔은 그렇지 않았다. 마르셀로는 계속 '디아볼리코, 디아볼리코(diabolico, 악마 같다거나 몹시 복잡하다는 뜻의 스페인어—옮긴이)'라고 중얼거려서 나는 결국 제발 집어치우라고(Can it, 입 닥치라는 뜻의 비속어—옮긴이) 말해버렸다. Can it? 그가 말했다. Can it? 나는 그에게 미국 비속어 집중 강의를 해주고 있었다. 속도를 늦추고 주위 공간을 열심히 들여다보며 창문, 벽, 비율의 변화들을 눈여겨보지 않으면 그 '악마적인' 공간 속에서 더 멀리 왔는지 아닌지 알 수가 없었다. 해리는 사람들이 어쩔 도리 없이 주의를 기울일 수밖에 없는 미술 오브제를 디자인했고, 그러지 않으면 그 빌어먹을 물건에서 빠져나갈 수 없게 만들어놓았다.

창문들에 대한 몇 가지 메모. 우리가 본 첫 번째 창은 바닥에 매립된 조명 장치가 된 상자였다. 쭈그리고 앉아 유리창을 들여다보면, 커다랗고 텅 빈 눈이 달린 얼굴 전면을 덮는 캐러멜색 가면 두 개, 거즈 붕대 하나—기본적인 응급처치 키트에 다 들어 있는 그런 종류—검은 크레용, 그리고 수직으로 선이 두 줄 그어진 흰 종이 한 장이 보였다. 이 창은 미로 전체에서 계속 다시 나타났다. 바닥에서도 나오고 벽에서도 나오는 시각적 만트라였다. 가끔은 첫 번째 상자와 똑같은 복제들을 만나기도 했지만 그 테마를 살짝, 또는 상당히 비튼 변주들을 보게 되기도 했고, 그래서 일단 게임에 적응한 후로는 마르셀로와 나도 그것들을 추적하기 시작했다. 가면들은 서로 가까이 또는 약간 멀리 놓여 있곤 했다. 크레용은 검은색이 아니라 짙은 회색이기도 했다. 종이 위 두 줄이 수직이 아니라 사선으로 그어져 있었다. 두 개의 선이 교차했다. 선들은 수평으로 누워 있기도 했다. 거즈 붕대가 일부 풀려 있기도 했다. 붕대에 녹슨 갈색 얼룩들이 묻어 있기도 했다. 가면의 뺨과 눈 부분이 잘려나가 있기도 했다. 가위는 사라지고, 종이는 텅 비어 있었다.

창문 영화들도 있었다. 벽 속에 설치되어 있는 영상들은 특별한 차이 없이, 적어도 육안으로 구분할 수 있는 차이는 별로 없이 미로 전체에 걸쳐 계속 다시 등장했다.

1. 커피 한 잔이 놓인 테이블 앞에 룬이 미동도 없이 앉아서 창밖의 구름 한 점 없이 푸른 하늘을 내다보고 있다. 나는 이 지루한 영화를 한참 보았다. 남자는 당연히 숨을 쉬고 있다. 가슴이 들썩거리고, 콧구멍이 살짝 벌렁거리고, 어느 시점에 왼손을 반 인치 정도 움직인다.

2. 카메라가 처치 스트리트의 그을리고 훼손된 차체들을, 재해의 열기로 다 타버린 자동차들을 하나씩 훑으며 천천히 지나간다. 불과 며칠 후에 촬영된 것이 틀림없었다.

3. 카메라가 서서히 움직이며 구두 가게 진열장을 훑는다. 계단식 진열장에 깔끔하게 쌍쌍이 진열되어 있는 아동화들이 깨지지 않은 유리를 통해 보인다. 메리제인 슈즈, 벨크로가 달린 운동화, 튼튼하고 작은 옥스퍼드화와 부츠. 흐트러진 신발은 단 한 켤레도 없으나 모두 9·11의 하얀 먼지에 두껍게 뒤덮여 있다. 유령들을 위한 신발.

4. 커다란 눈송이들이 서서히 젖은 인도 위로 떨어진다.

벽에 난 금들이 처음 눈에 띈 건 대략 20분 정도 미로에서 길을 잃고 헤맨 후였다. 단서들이었다. 출구에 가까워질수록 금들이 더 많아졌다. 뚜렷하게 눈에 띄지는 않았다. 벽의 질감이 점점 더 크게 달라졌다. 거미줄이나 터진 혈관처럼 미세한 금들이 하얀 벽들을 얼룩지게 하고, 출구에 가까워질수록 점점 더 빽빽해졌다. 마르셀로는 처음에 이 혈관들을 전혀 알아채지 못했다. 그것들은, 속담의 표현대로, 빤하게 보이지만 숨겨져 있었다.

마지막으로, 미로의 막다른 골목 세 군데에는 엿보기 구멍이 드릴로 뚫려 있었다. 이것들이 제일 내 마음에 들었다. 나는 엿보기를 좋아한다. 어쩌면 우리 모두가 그렇겠지만. 우리가 처음 맞닥뜨린 구멍을 들여다보자 벽에 깊숙이 박힌 작은 TV 스크린이 보였는데, 아마 내 안구에서 38센티미터 가량 떨어진 거리였을 것이다. 얼굴에 검은 마스크를 쓴 작은 사람 둘이 똑같이 머리를 다 가리는 모자를 쓰고 헐렁한 검은 튜닉과 바지를 입고 휑한 방에 얼굴을 마주하고 서 있었다. 몇 초 후 두 사람은 왈츠를 추기 시작했다. 스텝-투-쓰리, 스텝-투-쓰리, 그리고 선율에 맞춰 빙글빙글 돌기 시작했다. 기분 좋은 느낌이라 나는 살짝 따라서 춤을 추어 마르셀로를 부끄럽게 했지만, 곧 리듬이 빨라지더니 이상해졌다. 한 쌍의 움직임은 두 개의 자동인형처럼 경직되고 기계적이면서도 서로 맞지 않게 변했다. 그들은 점점 더 빨리 춤을 추면서 미친 듯이 돌고 서로에게 엎어지기도 했는데, 보고 있자니 나까지 어지러워질 지경이 되었다. 그때 내가 여자라고 생각했던 형체—다른 사람이 그 사람 등에 손을 올리고 있어서 그렇게 생각했다—가 발이 걸려 넘어졌다. 남자는 여자의 등을 폭력적으로 잡아당기며 벌떡 일으켜 세워 자기에게로 바짝 당겨 잡고 다시 춤추기 시작했다. 그 춤은 똑바로 서서 벌이는 레슬링 매치를 닮기 시작했다. 그녀는 몸을 뒤채며 움찔거렸다. 남자의 팔을 마구 때리며 그 손아귀에서 벗어나려 애썼다. 그들은 눈먼 사람들처럼 벽에 부딪혔지만 남자는 단단히 붙들고 있었고, 그때 사전경고도 없이 여자가 축 늘어졌다. 머리가 뒤로 젖혀지고, 무릎이 풀리고, 팔이 양옆 허리께로 툭 떨어졌다. 그리고 그 짧은 서사가 다시 시작되었다.

이 시퀀스는 길어봤자 이삼 분에 불과했을 것이다. 다른 두 개의 엿보기 구멍 속 영화들에서, 이 시퀀스는 정확히 똑같이 반복되었지만 다른 결말이 주어졌다. 여자가 쓰러지고 나서, 남자는 광적인 왈츠를 계속 추었지만 튼튼하던 인간 파트너는 척추가 없는 봉제인형으로 대체되었다. 남자는 인형을 세차게 뒤흔들고, 그 가면과 모자를 벗겨 던져버리고, 아무것도 없는 허허로운 공허함, 미시즈 노바디의 정체를 드러낸다. 그는 그 꾸러미를 마룻바닥에 떨어뜨리고, 축 처지고 속이 빈 헝겊들을 혐오스럽게 발로 차고 스크린 밖으로 걸어 나간다. 출구로 나오기 직전 코너에 설치된 세 번째 엿보기 구멍에서는 시퀀스가 이 지점까지 반복 재생된다. 그러나 일단 남자가 무대를 떠나자 흩어져 있던 헝겊 더미가 어떤 영화적 마술에 의해 형체가 바뀌어 살아 있는 댄서가 된다. 댄서는 양팔을 펼치고 천정을 향해 공중 부양하기 시작하고, 서서히 날아올라 스크린 맨 위에 발만 보일 정도가 되더니 그 발까지 다 사라져버린다. 동화적 결말이다.

마르셀로와 나는 돌아다니느라 약간 어지러운 기분이 되어 밖으로 나왔다. 미로 너머 갤러리의 탁 트인 공간은 안도감으로 다가왔다. 나는 시끄러운 군중 속에서 룬을 보았다. 청바지, 검은 티셔츠, 스포츠 재킷을 가볍게 걸쳐 입고 수다를 떨고 있는 '뻔뻔한 녀석cool customer'이었다. 난 그 표현, '뻔뻔한 녀석'이라는 표현이 좋았다. 항상 그런 사람이 되고 싶었고, 그 표현이 어디서 왔는지 궁금했었다. 상품이 맘에 들지 않는 척하며 세일즈맨을 화나게 만드는 그런 고객customer을 말하는 걸까? 나는 마르셀로에게 저 뻔뻔한 녀석을 좀 정찰하고 싶다고 말했고, 우리는 미술계의 스타 쪽으로 가깝게 다가가 구석자리에서 그에 대해 뒷담화를 했다. 마르셀로는 룬에게 존 웨인 같은 느낌이 있다고 말했고 나도 동의했다. 웨인이 연기하는 총잡이는 어쩐지 계집애 같은 구석이 있다. 걸음걸이도 좀 여자 같고, 권총집 밑으로 골반을 흔들거리면서 특유의 아장아장 귀여운 걸음으로 걷는다. 룬에게도 그런 게 있었다. 골반이 흔들거리는 느낌. 우리는 부지불식간에 영화 스타들이—남자든 여자든—양성적이기를 바란다.

해리를 찾아보았지만, 내 소중한 거인 여인은 방안에 없었다. TV 드라마에 나오는 여배우를 하나 보았는데 이름은 기억해낼 수 없었다. 몇 분 후 마르셀로가 파티가 축제 분위기라기보다 좀 험악하다고 말해서, 우리는 후퇴했다. 내가 보기에는 성공처럼 보였다. 우리의 〈질식의 방들〉처럼 소소한 성공이 아니라 대성공이었다. 하지만 나는 그 난방이 된 방들이 미로만큼—아니 미로보다 더 좋았다고 얘기할 수밖에 없다. 우리가 갤러리를 나올 때 줄은 블록 전체로 길어져 있었다. 마르셀로와 나는 10번가로 걸어와서 레스토랑을 찾았는데, 그곳 모퉁이에 버버리 트렌치코트를 입고 녹색 클로슈 모자를 쓴 해리가 혼자 서 있었다. 셋이서 키스를 여러 번 퍼붓는 인사치레를 행한 후 나는 그녀에게 미로가 근사하다, 축하한다, 기타 등등 인사를 건넸지만 그녀는 대답을 하지 않았다. 거리는 어두웠지만, 그녀의 멍한 표정을 볼 수 없을 만큼 어둡지는 않았다. 나는 그녀가 아직 전시회에 가지 않았다는 걸 알게 되자 왜 그랬느냐고 물었다. 그녀는 미간을 찌푸리며 고개를 천천히 저었다. 나는 같이 가서 뭔가 좀 먹자고 했지만 해리는 거절했다. 몇 번 더 설득하려 해봤지만 아무 소용이 없었고, 마르셀로와 나는 그녀와 헤어졌다.

해리와의 작별이 저녁 내내 마음에 걸렸던 나는 엔젤헤어 파스타를 먹으며 그 얘기를 너무 많이 했고, 마르셀로가 짜증을 내는 바람에 우리는 말다툼을 했다. 물론, 마르셀로는 한 번도 해리와 살아본 적이 없다. 마르셀로는 베티 데이비스 영화를 보면서 해리한테 등 마사지를 받은 적이 없으니까. 해리가 앉아서 조용히 바로미터에게 그림 이야기를 하며 그를 진정시키는 모습을 본 적도 없고, 긁어서 생긴 상처에 네오스포린을 발랐는지 확인하려고 그 깡마른 광인의 상태를 조용히 밤에 확인하는 모습을 본 적도 없다. 그리고 마르셀로는 예순 살 생일 파티 직전에 내 도움을 받아 버그도프 굿먼 백화점에서 고른 긴 보라색 산둥 실크 드레스를 입고 방안을 빙글빙글 돌며 '집-어-두다-두'를 목청 높여 부르는 해리의 모습을 본 적도 없다. 그러니 마르셀로가 모르는 걸 탓할 수는 없다.

리처드 브릭먼

(〈오픈 아이: 예술과 인지 연구의 융합학문 저널〉 독자 투고, 2003년 가을호)

편집장님께,

열흘 전, 저는 구식으로 미합중국 우체국을 통해 내게 배달된 65페이지의 편지를 받았습니다. 〈허구적 존재의 영역에서 보낸 서한〉이라는 제목의 편지 저자인 해리엇 버든이 어째서 나를 그녀의 고해자로 선택했는지는 확실히 알지 못하지만, 그녀 말로는 이 저널에 발표된 내 논문을 읽었고 자아 철학과 인지 역학에 대한 내 관심이 그녀의 '폭로'에 훌륭한 수신자가 될 거라 보았다고 했습니다. 해리엇 버든이라는 이름의 사람이 실제로 존재하고, 수년 전 뉴욕시에서 전시를 했던 작가이며 편지에 등장하는 예술가 세 명 역시 실존인물이라는 사실을 확인하고 나서, 나는 이 지면에 그녀의 편지에 대한 나 자신의 편지를 기고해달라는 그녀의 청탁을 수락하기로 결정했습니다. 버든의 '서한'은 전문을 게재하기에는 지나치게 깁니다. 특이하고 다양한 그녀의 문체는 우회적 표현, 화려한 방담, 거창한 인용뿐 아니라 간결한 철학적 문장과 논쟁적 비약을 포함하고 있어 학문 저널의 일반 독자들이 기대하는 바와는 거리가 있습니다. 그녀의 결론이나 표현 방식(간혹 열렬하고 감탄조에 천박한 말투로 빠지곤 하죠)에는 동의할 수 없습니다만, 버든의 예술적 실험은 흥미로운 것이라고 믿으며 〈오픈 아이〉의 독자들은 이런 소재가 관심사에 광범하게 부합한다고 볼 것이라 믿습니다.

이 저널이 다양한 학문분야들 간의 지속적 대화에 공헌하고 있긴 하지만 인식론적 접근들은 워낙 다양하기에, 그런 대화에 연루된 난점들을 지면에서 강조해왔습니다. 신경과학에서 한창 꽃피고 있는 인지 연구, 영미 분석철학, 유럽 현상학에서 나온 비교적 덜 정통적인 계열의 사상, 그뿐만 아니라 탈구조주의적 이론은 '우리들은 어떻게 보는가?'라는 문제에 서로 다른 답변들을 내놓고 있습니다.

변화 맹목(주체가 시각 범위 내의 적나라한 변화들을 놓치는 것)과 부주의 맹목(주체가 작업할 때 침범하는 존재를 인식하지 못하는 것)은, 최소한 우리가 아예 인지하지 못하는 것이 우리 주위에 상당히 많다는 사실을 시사합니다. 인지에서 학습의 역할 역시 예측하는 시각적 스키마를 이해하는 데 필수적인데, 이는 인지의 구성주의 이론을 뒷받침하지요.[37] 대체로 우리는 볼 것이라고 예상하는 것을 봅니다. 이런 스키마를 조정하도록 우리를 강제하는 건 새로운 것의 놀라움입니다. 맹시blindsight 연구와 차폐masking 연구는 무의식적 인지가 우리의 태도, 사유, 정서를 형성할 수 있고 또 실제로 형성하는 기제를 더 자세하게 밝혔습니다.[38] 버든은 인지에 대한 논의를 자세히 추적해온 것으로 보이며 다양한 작가들과 연구자들에게서 영감을 얻은 것으로 보입니다. 그중에는 〈오픈 아이〉에 수록된 논문들도 있고요. 편지 2쪽에서 그녀는 관객이 미술작품을 볼 때 어떤 일이 일어나는지 묻고 다음과 같은 냉정한 공식을 도출합니다.

> '나'와 '너'는 '그것' 안에 숨습니다. 이런 관점에서, 주체와 대상은 쉽게 분리될 수 없죠.
> 우리에게 과거의 시각적 경험이 전혀 없다면, 보이는 세계를 의미로 파악할 수 없습니다. 반복이 없다면, 보이는 세계는 넌센스입니다.
> 보이는 대상은 모두 정서적 대상입니다. 매혹적이거나 혐오스럽죠. 둘 중 무엇도 되지 못한다면, 그 사물은 마음속에 머무를 수 없거니와 아무 의미도 없습니다. 정서적으로 충만한 대상들은 기억에 살아남습니다.

---

37) 브릭먼으로서, 버든은 유럽의 탈구조주의적 이론을 언급하고 있다. 이는 세계에서 사물의 인지는 사회적으로 창조(구성)되며 문화적 전통 속에서 유지된다는 주장이다. 최근의 과학이 시사하듯 인간의 인지가 기대에 의해 형성된다면, 구성주의자들의 주장에 일리가 있다는 게 브릭먼의 논점이다.

38) 맹시란, 주요 시각 피질에 병변이 생겼음에도 불구하고 시각 능력은 유지하지만 아무것도 보이지 않는다고 주장하는 환자들에게 나타나는 병리현상을 가리킨다. 사물을 보여주며 무엇인지 말하라고 하면 이런 환자들은 우연보다 훨씬 더 높은 수준으로 정확한 추측을 하는데, 이는 환자들에게 결여된 것이 암시적으로 지각한 대상에 대한 인식이라는 의미를 내포한다. 로렌스 와이스크랜츠, "맹시에 대한 재고", 〈신경생물학 연구 현황〉 6권(1996): 215~20. 시각적 차폐 연구에서는 시각적 자극, 즉 '목표'가 '차폐막mask'이라고 불리는 다른 자극과의 상호작용 때문에 잘 보이지 않게 된다. 예를 들어 보는 사람에게 목표 자극을 제시하고 곧장 차폐막을 보여주면 목표가 보이지 않게 된다는 것이다. 그럼에도 불구하고, 연구에 따르면 목표 이미지의 내용은 주체에게 잠재의식적 효과를 갖는다고 한다. 하눌라 외, "차폐와 암시적 인지" 〈네이처 리뷰 신경과학〉 6권(2005), 247~55쪽.

그러나 보이지 않는 지하의 잠재적 힘 또한 우리에게 인력을 행사합니다. 상당히 자주, 우리는 미술작품을 볼 때 우리가 느끼는 걸 왜 느끼는지 알지 못합니다.

편지에서 해리엇 버든은 뉴욕 시에서 열린 세 번의 개인전에 등장한 작품들을 자신이 창작했다고 주장합니다. 앤턴 티시의 〈서양미술의 역사〉, 피니어스 Q. 엘드리지의 〈질식의 방들〉, 그리고 좀 더 최근작으로 룬이라고 알려진 작가의 〈저변〉입니다. 그녀가 표명한 동기는 단순합니다. "나는 각 가면의 페르소나에 따라 내 예술에 대한 반응이 어떻게 달라지는지 보고 싶었습니다." 과거에 그녀 자신의 이름으로 작품을 발표했을 때는 거의 관심을 갖는 사람들이 없었지만, 세 사람의 '살아 있는 남자의 가면'을 쓰고 가명으로 전시한 작품은 정도의 차이는 있지만 중개인과 대중 모두의 관심을 끌었다고 합니다. 버든은 이를 '남성 증폭 효과'라고 부르며, 남자뿐만 아니라 여자 관객들에게도 영향을 미쳤다는 얘기를 영리하게 덧붙입니다.

군중은 성별로 나뉘지 않습니다. 군중은 하나의 마음을 가졌으며, 그 마음은 생각들에 흔들리고 유혹 당하죠. 여기에 여자가 만든 작품이 있습니다. 섹스의 악취가 나는군요. 난 그 냄새를 맡습니다. 지적이고 예술적 창작물들은 모두 다, 하물며 농담이나 반어나 패러디까지도, 대중이 그 위대한 예술 또는 위대한 사기 뒤에 음경과 고환(물론 악취를 풍기지 않는)이 버티고 있다고 알고 있을 때 대중심리에 훨씬 더 잘 받아들여집니다. 그런 성기가 굳이 진짜일 필요도 없죠. 아뇨, 천만에,

그들이 존재한다는 생각만으로도 군중이 더 높은 평가를 하도록 부추길 수 있으니까요. 그러므로 나는 그 정신적 남성 성기에 의존합니다. 아리스토파네스 만세! 허구의 거시기, 보이지 않는 세계들에 눈을 뜨게 해주는 마술지팡이 만세!

솔직히 과장된 감이 없지 않은 버든의 논증은, 그녀가 남자들의 뒤로 후퇴한 것이 반여성주의적 편향을 제거했을 뿐 아니라 남성성이 대중에게 지적 작품과 미술적 오브제의 가치를 '증가'시킨다는 것입니다. 그녀는 대중을 일종의 무차별적 집단정신으로 놓고 있는데, 확실히 수사적 과장법이지요.[39] 그러나 그런 편향이 존재한다는 건 부정할 여지가 없어 보입니다. 세 사람의 남성 작가와 아울러 세 사람의 여성 작가들을 연루해 실험을 설계했더라면 두 집단의 비교가 가능했겠지만, 심지어 이런 상황에서도 한 작가의 창작품의 수용에 작용하는 변수들은 너무 많아서, 버든의 표현을 빌려 '3막으로 구성된 그녀의 동화'는 실제로 그것이 의미하는 바라는 점에서 볼 때는 궁극적으로 모호해집니다. 뉴욕의 미술계는 상황을 통제한

39) 가명으로 보낸 편지 전체가 아이러니컬하게 읽힐 수 있으나, 아이러니들은 전반적으로 다소간의 층위가 있다. 브릭먼은 키르케고르의 이름을 절대 언급하지 않지만 인용문에 나오는 버든의 '군중'에 대한 언급은 버든 자신의 목소리로 되어 있고(직접적 소통), 따라서 그 덴마크 철학자에 대한 인용으로 해석되어야 마땅하다. 키르케고르는 《관점》에서 "심지어 선의를 지닌 덕망 있는 사람들도 '군중'이 되는 순간 전혀 다른 존재처럼 변해버린다. (…) 군중은 근접 거리에서 봐야 한다. 다른 때는 친절한 사람들도 대중의 이름으로 행동할 때는 둔감해지는데, 그건 참여나 불참여가 하찮아 보이기 때문이다. 하지만 그 하찮음에 수많은 사람들이 동참하면 괴물이 된다."(《키르케고르의 저작》, vol. XXII, 65). 공책 K에 나와 있는 키르케고르와 '군중'에 대한 그녀의 논평은 버든이 '수사적 과장'이라고 말하는 브릭먼의 우월하고 권위적인 어조를 아이러니컬하게 놀리고 있다는 암시다. 브릭먼의 언어는 그 인용문의 천박함과 격정에 절제된 콘텍스트로 작용한다.

실험실로 간주하기 힘듭니다. 게다가 그 작품들이 각 사례에서 동일했다면 버든의 실험에서 결론을 도출하기가 훨씬 용이했을 것입니다. 사실 인종과 젠더는 물론 연령별 인지에 대한 연구는 많이 있었지만, 전부는 아니라도 대다수가 종종 무의식적이고 문화에 따라 달라지는 편향들을 드러냈습니다.

자신의 두 번째 '허구적 구성물' 혹은 가면인 피니어스 Q. 엘드리지에 대한 버든의 논평은 그녀가 그의 대리로 만든 전시회의 인지에 있어 인종과 성의 문제를 본질적인 변수로 다룹니다.

> 타자와 동침하는 내 두 명의 백인 청년들은, 어쨌든 우리가 아는 한에서 그들 고유의 캐릭터가 온전히 폭발하는 데 아무런 장애를 갖지 않은 피조물들입니다. 달리 말하면 그들에게는 정체성이 없지요. 모순이라고요? 그렇지 않습니다. 그들의 자유는 바로 이 지점에서 나오기 때문입니다. 그들은 그들이 아닌 것으로 규정될 수가 없습니다—남자가 아닌, 이성애자가 아닌, 백인이 아닌 것으로. 그러므로 이런 제한된 존재의 부재 속에서 그들은 모든 고유성을 꽃피우도록 허락받는 것이지요. 그는 코를 팝니다. 그는 멍청이고, 그는 천재입니다. 그는 음치입니다. 그는 메를로퐁티를 읽습니다. 그의 작품은 후대에 길이 남겨질 것입니다. 내가 그들, 티시와 룬을 위해 창작한 예술은 그것을 불구로 만드는 형용사 하나 없이 여기 지금 존재합니다. 그러나 나의 게이이고 흑인인, 아니 흑인이고 게이인 피니 가면은, 내 길고 하얀 여성의 얼굴을 뒤에 숨긴 채 세차게 꼬집습니다.

버든의 두 번째 전시회인 〈질식의 방들〉에 나타나는 양성 인간의 존재는 비평가들의 반응을 촉발해 그녀 말대로 소위 '문맥의 맹목'을 초래한 것으로 보입니다. 즉, 한 사람의 정체성을 극단적으로 외면화하고 환원해서 주변성이라는 안정적이고 따라서 제한적인 범주들에 속하게 하는 것이지요. 버든은 당연히 페미니즘 출처를 명시합니다—그중에는 시몬 드 보부아르, 앤 포스토-스털링, 주디스 버틀러, 토릴 모이, 엘리자베스 윌슨이 있습니다. 버든은 철학적 입장으로서 모호성을 주장하며, 경직된 이항대립을 맹렬하게 부정합니다. 심지어 생물학적 차원에서의 인간의 성에 대해서도 이항대립을 부정하는데, 솔직히 이런 관점은 그녀를 극단주의자로 위치시키고, 이는 내 자신의 입장과 전혀 다릅니다.[40]

서한은 자아의 이론들로 한 번 더 방향을 틀면서 심도 깊은 논의를 합니다. 이번에도 버든은 자아의 본질에 대한 철학적 · 과학적 논쟁들을 잘 알고 있는 것으로 보이고, 그녀의 서한은 독자를 에스코트하여 호머에서 스토아학파를 지나 비코로 이어지는 복잡한 길을 따라 W. T. H. 마이어스의 잠재자아로 도약합니다. 자네(프랑스의 심리학자이자 정신병리학자인 피에르 자네Pierre Janet—옮긴이), 프로이트, 제임스를 거쳐 에드문트 후설의 시간 의식과 상호주체성의 현상학을 지나 현대 유아 연구를 비롯해 원초적 자아에 대한 신경과학적 발견들, 시상하부와 뇌수도관 주위의 잿빛 영역에 집중하는 위치주

40) 버든이 '극단주의자'라는 브릭먼의 주장은 성차에 대해 본질주의적 입지를 고수하는 많은 진화론적 사회생물학자들의 주장을 되풀이하고 있다. 그러나 공책 F에 쓴 글로 보면 버든은 생물학적 성차를 부정하지 않는다. 그녀는 명백한 재생산의 성차를 넘어서면 다른 모든 차이들은 존재한다 해도 미지로 남아 있다고 주장한다. 그리고 새롭게 부각되는 후생학 분야와 "경험과 유전자 발현 간의 매끈하게 봉합되는 관계"에 대해 언급한다.

의적 가설들, 나아가 '비개념적 정신'이라는 개념을 주창하는 핀란드 학자 파울리 필코, 그리고 버든에 따르면 소위 '움직이는 표적'의 입지에 있는 무명 소설가이자 에세이 작가 시리 허스트베트까지 이끕니다. 내가 파악하는 한, 버든은 인간의 체험 그 자체를 규정하는 모든 개념적 경계들을 전복하고자 시도하는 것 같군요. 나로서는 유럽 철학의 괴벽스러운 측면으로까지 무분별하게 뛰어드는 버든의 태도가 설득력 있다고 말할 수는 없습니다. 그녀는 비합리성에 수작을 걸고 있어요.[41)]

그럼에도 불구하고, 이 작가가 공표한 야망은 시각의 인습적 양태들을 허물고 그녀의 '족쇄를 풀고 자유로워진 페르소나'들을 '비상의 매개'로 역설하는 것입니다. 그녀는 가면을 취함으로써 예술가로서 더 큰 유동성, 자신을 다른 곳에 위치시킬 수 있는 능력, 제스처를 바꾸고 '자유를 주는 이중성과 모호성'을 살아낼 수 있게 되

---

41) 이 문단은 너무 압축되어 있어서 패러디를 암시한다. 그러나 심지어 저 상당히 난해한 참고자료들마저도 허구는 아니다. W. T. H. 마이어스는 윌리엄 제임스의 친구인 심령 연구자로, 역작인 《인간의 인격과 신체적 죽음을 넘은 인격의 생존》(롱맨, 그린 앤드 컴퍼니, 1906)에서 "잠재의식적 자아"가 있다고 주장했다. 피에르 자네는 신경의학자이자 철학자로서 지그문트 프로이트의 동시대인이다. 그의 '해리dissociation'라는 개념이 정신의학에서 중요한 영향력을 가졌음에도 불구하고, 그는 최근까지 사상가로서는 대체로 잊혀 있었다. 〈히스테리의 주요 증후: 하버드 의과대학에서 의 강연 15번〉(맥밀런, 1907) 참조. 중핵 또는 원초적 자아는 신경과학 연구에 나온다. 공책 P에서 버든은 자크 판크세프의 《감정 신경과학》(옥스퍼드 대학교 출판부, 1998) 309~14쪽 내용을 메모했다. 파울리 필코는 《비개념적 정신: 전체론적 자연주의의 하이데거적 테마들》(존 벤저민스, 1998)의 저자다. 브릭먼/버든이 시리 허스트베트의 어느 작품을 염두에 두고 있었는지는 불명확하지만, 공책 H에서 그녀는 이 작가의 소설 《눈가리개》가 "텍스트적 트랜스베스타이트(이성의 옷을 입는 성도착자—옮긴이)"이며 "프로이트 말대로 '언캐니'의 책"이라는 단상을 적었다. '비합리성'에 대한 브릭먼의 마지막 논평은 버든 자신에 의해 윤색되었을 수 있다. 공책 F에서 그녀는 "서구 역사에서 여성들은 끊임없이 '비합리적'이라는 단어에 의해 목 졸리고, 질식하고, 숨이 막혀왔다"라고 쓴다.

었다고 완고하게 주장합니다. 각 예술가의 가면은 버든에게 있어 '시적 인격'이자 '양성적 자아'의 시각적 부연설명이 되었는데, 이는 그녀 자신의 것이라고도 가면의 것이라고도 말할 수가 없으며 '둘 사이에서 창조된 혼성의 현실'에 속해 있었던 것입니다.

이 선언은 물론 순전히 주관적인 것입니다만, 사실 예술은 객관성에 대한 게 아니지요. 버든의 실험은 퍼포먼스나 퍼포먼스 서사라고 명명하는 게 나을지도 모릅니다. 그녀는 세 번의 전시회를 합쳐 '가면 씌우기'라는 제목의 3부작으로 보고 있습니다. 여기에는 강력한 연극적 또는 서사적인 요인들이 있는데, 버든이 이 3부작에 해당 전시회들이 창출한 리뷰, 공지, 광고, 논평—소위 그녀가 '증식'이라고 부른 모든 것들을 포함시켜야 한다고 주장하기 때문입니다. 이 에세이 역시 증식의 일환이 될 텐데, 이 증식은 버든의 허구적 · 시적 인격들을 예술과 인지에 대한 더 광범한 대화 속으로 투사합니다.

리처드 브릭먼

윌리엄 버리지

(인터뷰, 2010년 12월 5일)

헤스: 인터뷰를 많이 하시지 않는다는 걸 잘 압니다. 그래서 이 프로젝트 참여에 대해 먼저 감사의 말씀을 드리고 싶어요. 곧 공항으로 가셔야 하니까 짧게 할게요. 한 저널리스트는 선생님을 '마이더스의 손'을 가진 미술상이라고 부른 바 있습니다. 선생님께서 눈여겨본 화가는 수집가들 사이에서 명성을 얻는다는 뜻이죠. 선생님과 룬과의 관계는 90년대 말에 시작되었지만, 전 〈저변〉 논쟁에 초점을 맞추고 싶습니다. 해리엇 버든이 그 설치물 창작에 참여했다는 걸 조금이라도 눈치 채셨는지 궁금하네요.

버리지: 해리엇 로드가 룬의 작품을 수집한다는 건 알고 있었고, 룬도 해리엇이 〈저변〉 제작비에 도움을 줬다는 말을 했습니다. 펠릭스 로드와 저는 친분이 있었고, 부인과도 좀 알았죠. 부인이 집에

서 근사한 만찬도 몇 번 대접해줬어요. 좀 묘하고 조용하긴 하지만 몹시 세련된 사람이어서 펠릭스와는 천생연분이라고 생각했습니다. 말이죠, 젊은 시절 부인은 그림 같았어요. 1905년경의 초기 마티스나 모딜리아니의 유명한 유화 〈푸른 눈의 여인〉 같은. 한때 화가를 꿈꾼 적도 있지만, 듣자 하니 펠릭스가 죽고 나서 신경쇠약에 걸렸다가 몇 년 후 다시 나타나서 로드 컬렉션을 만들었다고 합디다. 리히텐슈타인 한 점을 팔아서 샌드라 버크라는 젊은 작가 작품 몇 점을 샀지요. 그때 이후로 잘 나가는 작가죠. 다들 해리엇이 날카로운 감식안을 가지고 있다고 말했지만, 룬의 작품에 관여했다는 생각은 꿈에도 못해봤습니다. 〈저변〉 오프닝에 참석조차 안했어요. 전시회와 이후 만찬에 초대도 받았는데 말이죠. 룬이 핫한 상품이었다는 걸 생각해야 해요. 〈글래머의 진부함〉은 히트작이었고, 그는 십자가들로 그 명성을 이어갔죠. 굉장히 영리한 작품이라고 생각합니다. 평론가들과 비평가들은 그를 좋아했어요. 십자가들을 헐뜯는 사람들도 있긴 했지만.

헤스: 〈오픈 아이〉 편집자들이 받은 편지에서는 버든이 〈저변〉뿐만 아니라 앤턴 티시의 〈서양 미술의 역사〉와 피니어스 Q. 엘드리지의 〈질식의 방들〉의 숨은 작가라고 했습니다. 선생님은 이 전시회에 대해 어떻게 생각하셨습니까?

버리지: 전 〈질식의 방들〉을 본 적 없어요. 그 전시회에 대해 알지도 못했습니다. 그 갤러리는 후미진 곳에 있고 전시회는 별다른 관심도 못 받았거든요. 티시의 전시회는 봤습니다. 제대로 뜨기에는

너무 번잡하다는 인상을 받았죠. 무슨 뜻인지 아시죠? 하지만 눈여겨볼 만한 작가였어요. 친구가 〈오픈 아이〉 기사 링크를 이메일로 보냈기에 읽어봤습니다. 솔직히 말해 일반 독자들을 위한 기사는 아니었어요. 악취 나는 고환에 대한 기괴한 페미니즘적 논평들이라니. 마치 괴짜 남성 혐오자 같은 소리더군요. 유명세를 얻자면 그보다 더 나은 방법들도 많다고요. 그건 주류 저널이라고 볼 수도 없구요. 글을 끝까지 다 읽고 나면 그래서 뭐? 하는 생각밖에 안 들어요. 그런데 도대체 리처드 브릭먼은 누굽니까?

헤스: 음, 저도 찾을 수가 없었습니다. 리처드 브릭먼이라는 이름을 가진 사람은 많았지만 그중에 그런 글을 쓸 만한 사람은 아무도 없더군요. 일 년 전쯤 〈오픈 아이〉에 글을 하나 기고한 리처드 브릭먼이 있긴 해요. 인간 경험의 개념적 구조에 대한 존 맥도웰의 주장을 검토한 다소 지루하지만 지적인 글인데, 그 후 맥도웰이 다시 반박글을 내놓았죠.

버리지: 무슨 말입니까?

헤스: 해리엇 버든이 브릭먼의 글 두 편을 다 썼다고 믿을 이유가 있다는 거죠.

버리지: 하지만 왜요?

헤스: 제 생각에는 버든은 그녀를 단순한 속임수 이상으로, 하지

만 또한 예술계에서 여성의 이데올로기적 위치에 대한 언명 이상으로 만들고 싶어한 것 같습니다. 버든은 인지란 게 얼마나 복잡한지를, 사물을 바라보는 객관적인 방식이라는 건 존재하지 않는다는 걸 모두가 이해하길 바랐어요. 브릭먼은 커다란 예술품 속의 또 하나의 등장인물, 또 하나의 가면이 되었죠. 이번에는 텍스트로 말입니다. 철학적 코미디의 일부죠.

버리지: 철학적 코미디라구요? 이 브릭먼이라는 자는 해리엇 로드를 비판하지 않았습니까? 해리엇이 비합리적이라고 했잖아요? 해리엇이 왜 그런 짓을 하겠어요?

헤스: 자신의 입장을 아이러니컬하게 다룬 거죠.

버리지: 음, 도무지 이해가 안 되는군요. 어쨌거나 곧바로 룬에게 전화를 해서 그 기사에 대해 대놓고 물어봤더니, 룬은 아무것도 아니니 신경 쓰지 말라고 하더군요. 룬은 난처한 입장에 처해 있었습니다. 해리엇은 중요한 수집가이지만, 불안정하고 제정신이 아닌데다 과대망상증이었으니까.

헤스: 그의 말을 믿었습니까?

버리지: 뭐, 들은 이야기와 맞아떨어졌거든요. 해리엇이 아프다는 이야기요. 룬은 망상이라는 말을 썼죠.

헤스: 하지만 라슨은 평생 적어도 한 시기에 대해서는 앞뒤 안 맞는 이야기들을 하지 않았습니까? 아마도 그때 라슨과 연락을 취하려 하신 게 아닌가 싶네요. 오즈월드 케이스의 책에서는 룬이 조울증으로 입원해 있었을지도 모른다고 추측하고 있죠.

버리지: 룬은 사라졌습니다. 그건 확실하죠. 룬이 어디 있는지 정말로 아는 사람은 아무도 없어요. 룬이 기자들에게 말한 이야기들은 그의 익살스런 재능, 그러니까 스스로를 신비화하려는 일종의 장난스런 자기과시였습니다. 전혀 새로울 것 없죠. 요제프 보이스를 봐요. 이렇게 말해보죠. 전 룬이 버든이 제안한 것 같은 사기에 가담했을 리가 없다고 말하는 게 아니에요. 그가 그걸 부정하는 게 상상이 안 된다는 거죠. 딱 룬이 좋아했을 것 같은 짓이거든요. 그래서 룬이 그건 헛소리라고 했을 때 전 그의 말을 믿었습니다. 그런데 전 룬의 중개인이란 말입니다, 절친한 친구가 아니라. 룬을 대변하는 걸 좋아했지만, 우린 허심탄회한 대화나 뭐 그런 걸 좋아하지는 않았어요. 룬에게는 뭔가 눈부신 데가 있었죠. 그는 굉장히 지적이고 책도 많이 읽었지만, 우린 친하지는 않았어요. 〈아트 라이츠〉에서 엘드리지의 글을 싣고 나서야 전 궁금해지기 시작했습니다. 그때쯤엔 룬은 이미 다음 장을 시작하고 있었죠. 그를 죽게 만든 〈후디니 스매시〉 말입니다.

헤스: 그 이야기를 하기 전에 〈저변〉에 대한 선생님의 의견을 듣고 싶습니다. 그 작품이 룬의 특징과 뭔가 안 맞다는 생각은 하지 않으셨나요?

버리지: 이봐요, 룬은 드레스를 입고 나를 맞은 적도 있는 사람이라고요. 거기에 대해선 일언반구 말도 없이, 마치 그게 대단히 정상인 양 대화를 이어나가더군요. 전 뭐가 룬의 특징에 맞고 안 맞는지에 대해선 말할 수 없어요. 그 작품 계획들은 굉장히 인상적이었어요. 9·11에 대한 인용들이 좀 위험하다는 생각이 들긴 했지만. 룬은 사건 직후 시내에서 수많은 사진과 영상을 찍었지만, 차와 신발들을 찍은 걸 제외하고는 그 대부분을 사용하지 않았죠. 룬이 그걸 혼자 만들었다는 게 아닙니다. 저도 이제 더 이상은 그 말 안 믿어요. 해리엇이 거기 관여했다고 저도 확신합니다. 제가 안 믿는 건 해리엇이 그 작업을 혼자 했고 룬이 이름만 얹었다는 말이죠.

헤스: 왜죠?

버리지: 해리엇이 그런 작품을 혼자 만들 수 있는 인물이라는 인상을 한 번도 받은 적 없으니까요. 해리엇이 초기에 작업한 기발한 인형의 집을 본 적 있어요. 지금은 추종자가 있다는 것도, 작품이 팔린다는 것도 알지만, 해리엇의 작품은 전통에서 벗어나지 않아요. 루이즈 부르주아, 키키 스미스, 아네트 메사제. 둥그스름한 여성적 형태들, 돌연변이 육체들, 그런 거요. 〈저변〉은 단단하고 기하학적이며 진짜 기술공학적인 성취물입니다. 그 작품은 해리엇의 스타일은 아니지만, 룬에게는 말이 되죠.

헤스: 드레스를 입어도요?

버리지: 그거 재치 있군요.

헤스: 아니, 전혀요. 전 그저 그런 생각이 함정일 수 있다는 걸 지적하는 겁니다. 버든의 일기에 룬 이야기가 적혀 있는데, 거기엔 그들이 〈저변〉의 공동창작자라는 암시가 전혀 없어요. 버든은 룬을 세 번째 가면으로 여기고 있죠.

버리지: 이 사람 말 다르고, 저 사람 말 다른 그런 거 아닙니까?

헤스: 버든이 사적인 일기에다 거짓말을 하고 있다고 의심하시는 겁니까? 그런 건 이상하지 않겠어요?

버리지: 전 이 업계에서 이상한 일들에 익숙해졌습니다. 당신 말만큼 해리엇이 똑똑해서 고급 잡지 기고자들을 창작해냈다면, 소설 같은 걸 남겼다고 못 믿을 건 또 뭡니까? 룬은 해리엇이 눈길을 끌려고 혈안이 되어 있다고, 분노에 차 있으며 주목받기 위해서 못할 짓이 없다고 말했어요. 또 대부분의 시간을 스스로 만들어낸 환상의 세계 속에서 살고 있다고도 했고. 그러니 어쩌면 자기도 모르게 이야기를 꾸며냈을 수도 있죠. 언젠가 펠릭스도 자기 아내는 혼자만의 상상에 빠져 있다고 말한 바 있어요.

헤스: 그건 많은 걸 의미할 수 있겠네요. 룬의 작품으로 팔렸지만 버든의 것일지도 모른다고 논란이 되고 있는 작품이 네 점 더 있습니다. 한 일기에서 버든은 스튜디오에서 작품 네 점이 없어졌다고

썼어요. 그 작품들은 버든이 룬과 알고 지내며 자주 만났던 시기 즈음에 만들어졌을 가능성이 있습니다. 자세한 묘사는 없지만, 그 작품들에는 〈저변〉을 연상케 하는 데가 있었던 것 같아요. 다양한 사물과 광경을 향해 난 네 개의 조그만 창문들이거든요.

버리지: 창문은 총 열두 개가 있습니다. 연작의 일부죠. 제가 그 작품들을 다 팔았습니다. 네 개가 아니라 열두 개고, 버든의 서명이 붙은 작품은 하나도 없어요. 버든은 자기 작품에 서명을 했잖습니까?

헤스: 어떤 작품들에는 했지만, 다는 아니었던 것 같아요. 연작에는 열두 개의 창문들이 포함되어 있는데, 그중 네 개는 버든의 스튜디오에서 훔쳐왔고 나머지 여덟 개는 버든을 모방한 룬의 작품일지도 모르죠.

버리지: 룬이 자기 스튜디오에서 조수와 함께 〈저변〉을 만드는 과정을 담은 수십 시간의 필름이 있잖아요. 해리엇도 등장하긴 하지만 지시를 하지는 않죠. 이렇게 말해봅시다. 룬에게 왜 해리엇이 필요하죠? 룬이 왜 해리엇의 작품을 훔쳐야 하죠? 말이 안 돼요. 해리엇은 룬에게 미친 협박편지를 보내고 음성 사서함에 비명을 질러대며 메시지를 남겼어요. 해리엇이 룬을 공격했다는 이야기도 있죠, 물리적으로요. 그 여자는 제정신이 아니었어요. 해리엇은 그 녹음테이프에서 펠릭스에 대해 악을 쓰며 떠들어댔어요. 룬이 자기 남편이랑 바람을 피웠다고 비난했습니다. 그건 복수의 동기죠,

안 그래요?

헤스: 그 관계의 성격이 어땠는지는 누구도 모릅니다. 제 추측으론 룬이 펠릭스 로드와의 연계를 버든에게 불리한 방식으로 이용했을 수도 있겠지만, 그건 부차적이에요. 룬이 그 작품들을 버든에게서 훔쳤다면 〈저변〉이 자신의 최고 성공작이라는 걸 깨닫자마자 훔쳤을 테고, 〈오픈 아이〉의 글은 그 성공을 뒤집어엎었을 테죠. 그 글의 주장이 진지하게 받아들여졌다면 말입니다. 어쨌든 그는 자기 스튜디오 카메라 앞에서 죽은 사람이거든요. 그런 자를 정신적 안정의 귀감으로 삼기란 좀 어려울 것 같은 데 말입니다.

버리지: 룬은 그러고서 살아남을 거라고 생각했던 것 같아요. 그게 핵심이었죠? 후디니를 비틀어 꼬는 것. 그걸 카메라에 담고 싶어했죠. 그게 작품이 될 예정이었구요. 그의 부활이.

헤스: 오즈월드 케이스는 그게 자살 쇼였다고 믿습니다.

버리지: 케이스의 책은 추측과 소문투성이에요. 불평은 하지 않습니다. 룬의 명성을 굳혀 그를 영웅 또는 반영웅으로 만드는 데 일조했으니까. 어느 쪽이든 작품에는 좋은 일이죠. 하지만 제가 받은 느낌으로는, 그에게 있어서는 목숨을 거는 게 작품의 일부였습니다. 하지만 룬에게는 자살충동은 없었어요. 대단한 구경거리가 되기를 원했던 거지. 물론 자신이 고안한 건축 장치 안에 스스로를 집어넣을 계획이었다는 건, 룬의 몸이 작품의 일부였다는 건 전 전혀 모르

고 있었습니다. 부검결과를 보니 그는 클로노핀을 먹었더군요. 클로노핀으로 자살하기란 분명 굉장히 어려운 일이에요. 룬은 심장마비로 죽었는데, 자신의 심장상태에 대해선 아마 모르고 있었을 겁니다. 레베카에게는 정말이지 힘든 일이었어요. 레베카가 그를 발견했거든요. 불쌍한 것.

헤스: 네, 이제 그건 영화가 됐지만, 영화가 동기를 밝혀주지는 않죠. 안 그래요? 룬이 배우이긴 하지만 내레이션은 없어요. 게다가 끔찍하게도 〈후디니 스매시〉는 〈저변〉을 차용하고 있죠. 미로의 외형은 끊어져 있습니다. 벽들은 뒤틀린 각도로 기울어져 금세라도 무너질 것처럼 보이죠. 사실 그 구조물은 한 번도 공개되지 않았지만 지금은 촬영되어 카탈로그에 들어간 버든의 작품 여러 점과 비슷해요.

버리지: 〈후디니〉도 버든이 만들었다는 겁니까?

헤스: 아뇨. 버든이 그 작품과 연관되어 있다고 생각하지는 않습니다. 이 인터뷰의 목적은 그저 버든과 룬의 관계에 대한 또 다른 시각을 얻으려는 거예요. 시간이 지나면 다른 정보들이 나타날 수도 있지만, 아닐 수도 있겠죠. 제 관심은 그저 사실들—누가 무엇을 언제 했는지—을 분명히 하려는 게 아니에요. 그게 가능하다 할지라도 더 큰 문제는 여전히 해결되지 않을 겁니다. 룬이 단 하나의 아이디어도 내놓지 않았고, 기안에 선 하나 그리지 않았고, 〈저변〉을 만드는 데 손가락 하나 까딱하지 않았다 할지라도, 전 버든

이 룬 없이는 그 작품이 존재하지 못했을 거라고, 그 작품은 어떤 중요한 방식으로 버든과 룬 사이에서 만들어졌다고 말했을 거라고 믿습니다. 그건 아마 〈후디니〉에도 해당될지 모릅니다. 물론 그 작품은 룬이 만들긴 했지만.

버리지: 룬이 〈저변〉의 일부란 말입니까, 아니란 말입니까? 이거 아니면 저거잖아요.

헤스: 전 다르게 생각합니다. 룬이 그들의 작품과 아무 상관이 없다 해도, 〈저변〉과 그와 연결된 열 두 개의 창문에서 그를 분리하기란 여전히 불가능해요. 버든은 룬이 그 프로젝트 깊숙이 뿌리박고 있다는 걸, 작품이 이해되는 방식에 필요한 존재라는 걸 알고 있었어요. 룬 또한 버든의 가면이라는 자신의 역할에 영향을 받았죠. 결국 〈저변〉은 온통 가면 투성이잖아요. 그건 그의 작품을 영원히 바꿔놓았고, 〈후디니〉에서 의도한 바가 뭐였든 간에 그건 버든 없이는 존재할 수 없었을 겁니다.

버리지: 그러니까 영향이 쌍방향이었다는 말이군요, 그런가요?

헤스: 네, 그리고 전 버든이 어마어마한 야심을 가지고 있었다고 생각해요. 브릭먼이 썼듯이 버든은 '증식Proliferation'을 더 큰 작품의 일부에 포함시키려고 했어요. 버든에게 있어 룬은 소위 〈가면 씌우기〉라는 연극에 필수불가결한 등장인물이며 아마도 가장 중요한 인물이었을 겁니다. 두 사람은 여러 가지 방식으로 벌어지는, 일

종의 한 발 앞서나가기 시합에 참여하고 있었던 것처럼 보였거든요. 그의 죽음은 버든에게는 대단한 충격이었고, 버든이 쓴 글들을 보면 어떤 식으로든 영향을 받은 게 분명합니다.

버리지: 당신은 절 인터뷰하고 있는 줄 알았는데요.

헤스: 맞습니다. 제가 딴 생각에 빠졌군요. 가기 전에 더 하고 싶은 말씀이 있으신지요?

버리지: 있습니다. 당신과 달리 전 해리엇 로드, 그러니까 버든을 실제로 알았어요. 그녀는 재능 있는 조용하고 우아한 숙녀였고 통찰력 있는 수집가였죠. 하지만 버든이 이런 정교한 계획을 짠 여장부 지휘자라거나 룬과 지략 게임을 벌였다는 건 터무니없는 소리 같습니다.

헤스: 하지만 아까는 버든이 일기를 허구로 썼을 수도 있다고 하셨잖아요.

버리지: 음, 누가 알겠습니까? 가능성일 뿐이죠. 전 버든이 룬의 작품에 일조했다고 믿습니다. 몇몇 도면들을 그렸죠. 그건 증명된 바이지만, 알다시피 룬은 인터뷰에서 버든을 뮤즈라고 불렀어요. 엘드리지의 작품은 거의 다 버든이 만든 겁니다. 그는 즉시 나서서 인정했죠. 티시는 음, 어쩌면요. 하지만 룬요? 아뇨, 전 안 믿습니다. 버든이 그 작품에 작은 도움을 줬다는 건 확실하지만, 버든이

그의 명성을 이용해서 자기를 띄우려 한 것일 수도 있지 않습니까? 그러니까, 솔직히 말해보자고요, 예술가로서 버든은 아무것도 아니었어요. 아까 말했듯이 버든의 일기는 자신이 원하는 바를 적은 걸 수도 있잖아요.

헤스: 저도 말씀하신 대로 버든이 라슨을 '자기를 띄워줄' 도구가 되어주길 바랐다고 생각해요. 하지만 그는 약속을 저버렸죠. 버든과 가까운 사람들 중 이야기를 들려줄 사람들이 또 있습니다. 일기가 정보의 유일한 출처는 아니에요. 뭐라고 표현하셨죠, 여장부 지휘자?

버리지: 그게 바로 당신이 하려는 이야기 아닙니까?

헤스: 그건 선생님께서 여장부를 어떻게 정의하느냐에 달려 있겠지만, 그럴 수도 있겠네요. 시간 내주셔서 감사합니다.

버리지: 감사합니다. 책 잘 쓰시길 바랍니다.

다른 곳에서 온 급보

이선 로드

깨어나 보니 E는 파크 애브뉴 1185번지의 어린 시절 침대, 기다란 나무판자 머리판과 발판이 달린 하얗고 좁은 침대에 누워 있다. 그는 여기가 왜 노스 11번가가 아닌지 의아하다. 그는 자기가 더 이상 아이가 아니라는 걸 안다. 더 이상 이 아파트에서 살지 않는다는 것도 안다. 혼란에 빠진 채 일어나려 하지만, 시트와 이불이 마치 살아 있기라도 한 양 그를 꽁꽁 휘감아대는 통에 여러 번 주먹을 날리고서야 겨우 거기서 빠져나온다. 그는 일어나서 우아하고도 거침없이 방안을 가로질러 복도를 따라 내려가 부엌으로 들어간다. 찬장을 열고 2호 커피필터를 꺼내려고 하지만 찾을 수가 없다. 맹렬한 실망감이 밀려온다. 다음 순간 찬장 안에 켜켜이 쌓인 먼지와 커다란 포자가 싹을 틔우고 있는 질척대는 커다란 곰팡이 덩어리가 그의 눈에 들어온다. 그는 버섯형태로 생겨난 균사체의 윤곽을 유심히 바라보다 이 흰 선들이 아는 얼굴과 비슷하다고 커다랗게 혼잣말을 한다. 하지만 무슨 얼굴이지? 그는 문을 쾅 닫아 지저분한 것들을 시야에서 차단한다. 다음 순간, 시선의 왼쪽 끝 창문 너머에서 뭔가 펄럭이는 것이 감지된다. 자극 방향을 향해 몸을 돌리는 백만분의 2 내지 3초 동안 그것이 깃발일 거라고 생각하지만, 바깥을 보니 긴 바지와 양복 재킷, 넥타이 하나가 허공에 가로로 붕 뜬 채 바람에 소리 없이 펄럭이고 있다. 양복바지는 동쪽을 똑바로 가리키고 있다. 양복을 보니 괴로워진다.

E는 재빨리 창문을 열고 홀로 나부끼는 양복을 그러모아 안으로 가져오면서, 옷 속에 보이지 않는 사람이 있어서 자기가 바람에 날려갈 뻔한 이 투명인간을 구해준 거라고 생각한다. E는 양복을 안고 앞뒤로 어르면서 안도감을 느낀다. 양복 주머니에서 종이 하나가 살짝 튀어나와 있다. 자세히 보니 그 주머니는 특이하게 커다랗고 바깥쪽으로 튀어나와 있다. 그는 기다란 흰 종이를 꺼내어 이름을 읽는다. 소퍼스 부게Sophus Bugge. 자기도 모르는 사이 E는 더 이상 양복을 안고 있는 게 아니라 내려다보고 있다. 혼란스럽게도 그건 더 이상 양복이 아니다. 양복에는 프릴장식이 생겨난 것처럼 보이고, 전체적으로 전에는 없던 얇고 투명한 느낌이 난다. 뭔가 수상쩍다. 변형된 옷을 뚫어지게 쳐다보고 있으려니 점점 더 기분이 언짢아지면서 뭔가 중요한 것을 잘못 뒀거나 잊어버렸다는 확신이 든다. 그게 뭘까 자문하려는 찰나, 마치 아래에 짐승이라도 한 마리 있는 것처럼 옷이 휙 하고 튀어 오른다. 대경실색해서 비명을 지르

려 입을 여는 순간 E는 잠에서 깬다. 심장이 쿵쾅거린다. 그는 노스 11번가 윌리엄스버그의 자기 아파트에 있고, 아침햇살이 블라인드 틈새로 쏟아져 들어오고 있다. E의 심장박동이 서서히 느려진다. 그는 꼼짝달싹하지 않고 꿈을 되새겨본다. 소설에 쓸 꿈의 서사를 만드는 중이다. 너무 빨리 움직이면 꿈이 사라져버린다는 걸 그는 알고 있다. 머릿속에서 꿈속의 방들을 되새겨봐야 한다는 걸 안다. 실제 파크 애브뉴 아파트와 꿈속의 파크 애브뉴 아파트는 똑같지는 않지만 공통된 특징이 있다.

냉장고 두 번째 칸에서 호일에 싼 피자 한 조각을 찾아 커피와 함께 먹은 후, E는 상기의 꿈을 꼼꼼히 살펴보려고 타이핑한다. 또한 어젯밤 읽고 있던 《1637~1653년 사이 뉴프랑스 지역 인디언 선교에 대한 예수회 보고서》를 집어 들어 다음의 줄쳐놓은 구절을 발견한다. 1648년 폴 라그노 신부는 이렇게 썼다. "휴런 족은 우리 영혼이 의식적 욕망과는 다른 욕망을 가지고 있다고 믿는다. 숨겨져 있는 이 자연스런 욕망들은 꿈을 통해 우리에게 알려진다. 꿈은 그 욕망의 언어다." E는 잠들기 전 또 다른 예수회 신부의 보고서를 읽고 있었던 걸 떠올리는데, 그 책에는 영혼의 허기를 채우기 위하여 꿈 이야기를 연기하는 낮 동안의 의식이 묘사되어 있다. 신부의 이야기에 따르면, 어느 날 어떤 사람이 오두막 안을 미친 듯이 뒤지며 뭔가를 필사적으로 찾기라도 하듯 물건들을 던져대고 있기에 신부가 뭘 하고 있냐고 물었다. 그는 꿈에서 프랑스 사람을 죽였기 때문에 영혼을 진정시킬 물건을 찾고 있다고 답했다. 신부는 그에게 코트 하나를 주며 죽은 프랑스 사람의 것이라고 말했다. 그 선물에 그 사람은 마음을 진정시키고 갈 길을 갔다. E는 이 이야기 때문에 꿈에 펄럭이는 겉옷이 나타난 것인지 자문한다.

E는 꿈에 등장한 요소들을 구분하여 가능한 해석을 꾀해본다.

장소: E가 어린 시절과 사춘기를 보냈고 청년 시절 찾아갔던 옛날 아파트의 옛 침대. 부모님의 대체로 조용했던 다툼의 장소.

휘감기는 시트: 왜 휘감기는 걸까? 성장기에 집에서 E가 느꼈던 압박감과 어린 시절의 울화, 훗날의 숨도 못 쉴 것 같은 공황상태에 대한 언급일지도. E는 여전히 이따금씩 숨도 못 쉴 것 같은 징후를 느끼며, 이를 대비하여 지갑에 로라제팜(항불안제—옮긴이)을 넣고 다닌다.

2호 필터: 애매모호하다. 현실에서 E는 커피머신에 4호 필터를 사용한다. 왜 2호일까? E는 대역, 쌍둥이, 그림자, 온갖 종류의 쌍을 생각한다. 그는 이원론적 사고, 짝으로 이루어진 세상을 싫어한다. 파크 애브뉴 1185번지에 사는 아버지와 어머니에 대한 언급인가? 꿈에 대해 직감적 확신이 들기 시작한다. 그는 수면연구에 대한 책들을 읽었고, 과학자들이 어떻게 '실험대상자들'을 깨워 꿈 리포트를 쓰게 하는지 알고 있다. "2호 커피필터에 관한 꿈을 꿨어요." 그는 하얀 가운을 입은 남자에게 이렇게 말하는 상상을 한다. 순간 그는 생각한다, 커피와 차, 차를 마실 두 사람과 나를 위한 당신. 신상황주의 저녁모임에서 만난 A의 진지한 얼굴과 발표가 생각난다. 〈기술문화 자본주의, 그것의 신新통화와 정보, 전복 광고를 통한 저항전략〉. 그는 그녀와 30분 동안 이야기했고, 그 말들이 머리에 남아 있었다. "언제 커피나 차 한 잔 하시겠어요?" 하지만 그의 입은 움직이지 않았다. 커피. 차. 두 사람. 종종 침묵이 발생한다. 스스로에 대한 실망감이 맹렬하게 엄습한다.

얼굴처럼 생긴 찬장 안의 오물: 혼란, 배설물, 정리 안 된 것들. E는 자신이 문학과 정치, 사랑에 있어서 앞으로 나갈 길을 찾지 못하고 종종 엄청난 혼란에 빠진다는 걸 인정한다. 그는 매일 서서히, 서서히 글을 쓴다. 문장들은 그에게서 기어 나온다. 자동기술법을 시도해본 적 있다. 이합체 시, 목록, 심지어 19행 2운체 시도 시도해봤다. 이제 꿈의 서사다. 그는 조르주 페렉의 《인생 사용법》을 읽고 있다. E는 조르주 페렉이고 싶다. e나 a나 t 없이 책을 쓰고 싶다. 시도해봤지만 미치게 어렵다. 여전히 그에게는 형식이 필요하다. 어떨 때는 아파트에서 나가지도 않는다. 글을 쓰고, 그런 다음 읽어보고, 그러고 나면 혼란에 빠져 아무 흥미도 없는 차트들을 만든다. 찬장 속의 알 수 없는 얼굴은 엉망진창 썩어가는 자기 자신의 얼굴일지도 모른다.

공중에 매달려 있는 양복: E에게는 양복 한 벌과 넥타이 하나가 있다. 양복바지는 이제 그에겐 너무 짧다. E의 아버지는 매일 양복에 넥타이를 매고 출근했다. 아버지 옷장에는 양복이 주르르 걸려 있었는데, E는 가죽 벨트 냄새가 좋아서 그 아래 숨곤 했다. 아버지는 자주 집을 비웠다. E는 아버지 옷장에 숨어 아버지 냄새를 맡았고 차가운 마룻바닥에서 부하들을 데리고 놀곤 했다. 그는 늘 불을 켜뒀다. 옷장 밖에 있을 때 옷장을 싫어했기 때문에, 그의 전략은 그 안에 들어가는 것이었다. 안에 들어가면 옷장은 변했다. 옷장은 안락했다. 때로 그는 일어서서 옷감을 조금 문질러보곤 했다. 너무 많이 문지르지는 않았는데, 왜냐하면 자국이 남거나 손가락 때문에 닳을 것 같았기 때문이다. 하지만 일부 까슬까슬한 소재들은 싫어서 만지지 않았다. 그는 이것들을 감촉 적군이라고 불렀다. 옷장 벽에 뒤통수가 닿는 느낌이 든다. 학교 생각을 할 때의 화나고 나쁜 감정들, 괴로운 분노가 기억난다. 그 압박감을 덜기 위해 어머니의 품에 있는 힘껏 머리를 묻던 생각이 난다. 어머니는 그렇게 하도록 해주었다.

부엌 창문 밖 공중에 매달려 있는 양복: E의 아버지는 파크 애브뉴 1185번지의 아침식사 코너 식탁의 창문 옆 자리에 앉아 있다가 뇌졸중을 일으켰다. 그래서 E가 창문과 그 밖에서 펄럭이는 양복 꿈을, 유배 중인 육신 없는 남자의 꿈을 꾼 것이다. 죽음은 육신으로부터의 유배, 모든 것으로부터의 유배라고 E는 생각한다. 아버지가 뇌혈관 문제로 쓰러졌을 때 E도 여동생 M도 그 자리에 없었다. 어머니는 있었다. 어머니가 구급차에 탔다. E와 M이 68번가 응급실에 도착했을 때, 응급상황은 끝나 있었다. 응급상황은 삶 또는 죽음으로 끝난다. 슈뢰딩거의 고양이는 E가 아는 세상에는 존재하지 않는다. 삶과 죽음은 하나의 육신에 공존하지 않는다. E는 동맥류 자주막하 출혈이라는 용어를 떠올린다. 대기실의 플라스틱 의자와 그 의자에 앉아 있을 때 허벅지 옆에 있던 지그재그 모양 잉크자국이 생각난다. 아무도 자기를 건드리지 않기를 바랐던 생각이 난다.

정동쪽을 향한 펄럭임: 잠에서 깨어나자 E는 이 수수께끼를 쉽게 푼다. 태국은 동쪽에 있는 나라다. E의 아버지 외가가 정동쪽에 있다. 그 바지자락들은 그의 외할머니, 밝은 빨강머리와 단단한 손톱, 환한 미소를 지닌 쿤야를 향하고 있다.

E는 누군가 들어 있는 것 같은 옷을 구출하지만, 그 누군가는 보이지 않는다: 죽은 아버지는 더 이상 볼 수 없다. 아들은 아버지가 남긴, 날아갈 위기에 처한 뭔가를 구하고 싶은 것일까? 그게 뭘까? E는 대단치 않은 연금을 제외하고 아버지의 돈을 거절했지만, 자신이 위선자라는 걸 알고 있다. 그는 용접공이 되어 밤에 글을 써야 할 것이다. 그는 용접기술 공부에 대해 알아봤다. 심지어 에이펙스 기술학교의 우편 브로셔도 받았지만, 그 훈련을 받지는 않았다. 그는 절대 용접공이 되지 않을 나약한 응석받이 속물이다. 사실 그는 아버지의 유산, 아버지의 돈과 양복, 미술품, 상상할 수 있는 온갖 다른 부르주아적 함정을 붙들고 싶은 것일까? 아버지가 돌아가신 후 E는 울지 않았다. 그는 꿈속에서 품에 안고 있던 양복을 떠올린다. 의식의 땅보다 수면의 땅에서 훨씬 더 강렬했던 안도와 슬픔, 동정심을 생각한다.

양복 재킷 주머니 안의 소퍼스 부게: 사물들은 주머니 안에 숨는다. 바깥에서 보이는 거라곤 툭 튀어나온 모양이나 혹뿐이다. 꿈속에서는 그 이름을 전혀 알 수 없었지만, 잠에서 깨어나자 소퍼스 부게가 13세기 영웅시이자 신화시인 〈구舊에다〉 주석본으로 유명한 19세기 노르웨이 언어학자였다는 게 생각난다. 어린 시절 영웅으로 존경했던 작가 톨킨에게 영향을 줬다는 걸 알고 E가 몇 년 전에 읽었던 시집이다. 그렇다면 〈에다〉의 작가는? 불명이다. 모른다. 이름이 없다. E는 다시 부게에게 돌아간다. 그는 노르웨이 민요의 열혈 수집가였으며 엘더 푸타르크(역사상 가장 오래된 룬 문자—옮긴이)를 해독한 학자였다. E는 엘더 푸타르크의 소리를 좋아했다. 루이스 캐럴이 그 단어들을 발명했다고 해도 그럴 듯하겠지만, 그 말이 재버워키Jabberwocky에서 나온 건 아니다. 뭐든 간에 소퍼스 부게가 무슨 상관이 있는 걸까? 왜 부게의 이름이 아버지 양복 주머니에 있는 걸까? 이제 글을 쓰다 보니 수수께끼의 해답이 불현듯 떠오른다. 엘더 푸타르크는 룬 문자의 형식이다. 룬 문자, 룬 족, 룬이라는 이름의 사람, 어머니의 마지막 프로젝트의 얼굴. E는 커다랗게 '유레카'라고 외친다. E는 승리감을 느낀다. 꿈꾸는 자아의 똑똑함이 어마어마하게 자랑스럽다. 어머니의 미로가 〈저변〉이라고 불리지 않나? 저변, 양복 주머니 속에 숨겨진. 해리엇 버든은 룬 아래에 누워 있고, 룬은 소퍼스 부게 아래에 누워 있었다. 그는 아버지의 주머니에서 어머니를 찾은 걸까?

E는 그게 무슨 뜻일지 알 수가 없다. 그는 해석은 항상 여러 가지라는 것을 인정한다. 연상들이 여러 가지 길로 사람을 이끌 수 있다는 것을 안다. 꿈은 한 가지로만 해석될 수 없다. 그는 애써 프릴장식을 해석하려 하지 않는다. 그는 여전히 그것들이 불쾌하다. 그것들은 끈덕지게 그를 자극한다. E는 아래에서 얇고 매끄러운 물질이 움직이는 것을 보고 혐오감을 느낀다. 마치 수면과 의식의 두 세계가 서로 충돌한 것 같다.

해리엇 버든

공책 D

2003년 2월 7일

어젯밤 그들이 오는 걸 봤다. 그들은 갤러리와 미로, 내 미로 바깥에 길게 줄서서 기다리며 차례차례 왔다. 나는 고개를 젖히고 울부짖고 싶었다. 그건 내 거라고! 하지만 난 이를 악물었다. 어지럽고 거슬리고 불만에 찬 해리, 자기 전시회 첫날 갤러리 밖에 있는 유령. 난 너무 높은 굽을 신고 있어서 걸을 때마다 무릎을 휘청거리는 두 의기양양한 바보 뒤에 잠시 줄을 서서 레모네이드와 소금을 사용하는 '디톡스 다이어트'라는 것의 장점에 대한 오랜 토론을 들었다. 세상에, 린지, 사흘 동안 2킬로그램이 빠졌다고. 세상에, 그거 정말 멋지다, 세상에나.

패트릭 L.이 클레 작품의 경매가 있을지도 모른다는 소문에 대해 물어왔다. 그냥 소문이에요, 해리엇? 그에게서는 희미한 훈제연어 냄새가 풍겼다. 가로등불 아래서 보니 그의 뺨에는 여드름 또는 발진 같은 게 있었다. 그는 이미 〈미로〉를 다 돌았다.

대단해요. 룬은 천재에요, 우라질 천재라구요.

너무 지나친 찬사가 아니냐고 나는 그에게 물었다.

아직 전시를 못 봤잖아요. 〈글래머의 진부함〉은 보셨죠?

난 고개를 끄덕였다.

음, 이건 훨씬 더 대단해요. 다음 순간 그는 펠릭스, 이젠 땅에 묻혀 있는 내 잘난 반쪽 이야기로 갑자기 화제를 바꿨다. 그것밖에 할 말이 없는 것이다. 그는 나를 보면 펠릭스를 떠올리고, 과부라는 생각을 하고, 죽은 남편에 대해 수다스런 칭찬을 늘어놨다. 누구도 진정으로 펠릭스를 대체하진 못했어요. 버리지도 그러진 못했죠. 분명 트렌디하고 세계적인 사람이긴 하지만 말이죠. 참, 뒤늦게 든 생각인데 '당신'은 요즘 뭘 하고 있죠, 언제 점심이라도 하는 게 어때요? 점심이라는 말을 하며 패트릭 L.는 눈을 끔뻑해 보였다. 나는 갑자기 그 동사를 이해했다. 나는 턱을 움직여 그에게 끄덕였다. 왜 끄덕였지? 난 세차게 고개를 저었어야 했다. 싫어, 싫어, 싫어. 내가 미소를 지었던가? 세상에, 미소를 지었어? 미소는 안 지었기를.

패트릭 L.과 이야기하면서 나는 왜, 왜 나는 그들과 같지 않은지 생각했다. 왜 난 외국인일까? 왜 난 항상 그들 중 하나가 되지 못하고 바깥에 밀려나 있을까? 왜일까? 왜 난 항상 창문 너머로 들여다보고 있을까? 내 몸통의 단층선이 당장이라도 쪼개질 것 같다. 스튜디오에 있는 내 샌드백이 생각났다. 그걸 때리고 또 때리면 얼마나 기분이 좋을까. 그를 두들겨 패주고 싶은 욕구가 치밀어 올랐다.

그가 휘청대며 뒷걸음질로 벽에 가 부딪혔다가 하수구에 처박히는 꼴이 그려진다.

나는 줄에서 빠져나와 블록 끝까지 걸어가서 그 광경을 보았다. 룬은 내가 도착하기를 기다리고 있겠지만, 난 안 들어갈 작정이다. 피니와 마르셀로와 우연히 마주쳤다. 소중한 피니, 그는 더 이상 예전 같지 않다. 더 이상 나의 피니, 오두막집의 남자, 춤추고 노래하는 동지가 아니다. 이제 그는 내겐 신경도 쓰지 않는다. 피니가 만찬에 오라고 했지만 나는 거절했다. 아니, 난 말했다, 아니. 난 아니요를 믿는다. 단단하고 저항적이고 다이아몬드 같은 아니요를 믿는다. 아니요, 또 아니요. 아니, 난 안 그럴래. 아니, 절대, 아니. 난 안 그러고 싶어. 난 그래요에 신물이 난다. 오, 그래요, 그럴게요. 네, 그럼요, 물론이죠, 그래요, 당신, 그래, 자기. 네, 네, 네. 그녀는 네, 하고 대답한다.

그들이 손잡고 멀어져가는 것을 보면서 난 울고 싶은 기분이 됐지만, 울지 않았다. 아니, 안 돼. 난 울지 않을 거다.

작가들은 글을, 비평가들은 비평을, 리뷰어들은 리뷰를, 오줌 싸는 사람들은 오줌을 싸야만 한다. 상관없다.

때가 왔고, 그들이 뭐라고 하든—대체로 평범한 것들—그건 중요하지 않다. 그들이 어떻게 보는가가 중요할 뿐이다. 그들은 나를 보지 않을 것이다.

내가 앞으로 나아가기 전까지는.

2003년 2월 25일

룬에게 있어 빛나는 건 너무나 쉽다. 그 수월함은 어디에서 오는 걸까? 그는 너무나 가볍다. 난 땅에 붙어 꼼짝달싹 못한다. 그가 에어리얼이라면 난 캘리번(윌리엄 셰익스피어의 희극 〈템페스트〉에 나오는 초자연적 존재들. 전자는 요정, 후자는 추한 거인이다—옮긴이). 난 머리 위로 깃털처럼 가볍게 날아다니는 그를 바라보며 지하에 숨은 채 속을 뒤집어놓는 혼탁한 생각들에 시달린다. "그 자신이 스스로의 지하 감옥이다."[42] 나, 해리엇 버든은 앙심과 악의에 찬 기계다. 난 천재 룬의 대성공에 관한 리뷰와 관심과 논평들을 걸신들린 듯 집어삼키고 괴로움에 온몸을 뒤튼다. 사람들의 고개가 돌아간다. 〈더 고서마이트〉에 리뷰를 쓴 그 사람, 알렉산더 파인은 자기가 룬이 아니라 나에 대해 썼다는 걸 모른다. 그는 '근육질의, 엄격한, 지적인' 같은 형용사들이 룬이 아니라 내 것일 수 있음을 모른다. 그는 자기가 내 복수의 도구라는 걸 모른다. 여자보다 더 복수를 즐거워하는 사람들은 없다고 유베날리스는 썼다. 여자들이 가장 복수에 기뻐한다고 토머스 브라운 경은 썼다. 복수는 달콤하다, 특히 여자들에게, 하고 바이런 경은 썼다. 그리고 나는 말한다, 왜 그럴까, 남자들이여, 왜 그럴까.

---

42) 존 밀턴, 《코무스, 가면》, 388행.

해리엇 버든

공책 O

좀 와봐요, 룬이 어제 전화로 말했다. 그는 '우리 연극'의 일부로 내게 보여줄 게 있다며 한 가지 힌트를 줬다. '당신의 행복'. 우리는 오늘 4시에 약속을 잡았고, 난 이제 폭로전을 계획할 때라는 걸 알았다. 신문에는 전시회에 대한 수다가 충분히 실렸고, 비밀의 공표는 나를 행복하게 해줄 테니까. 그게 어제였다. 오늘 너는 트라이베카로 차를 몰고 갔고, 이제 너 자신의 모습을 봐. 이제 이 모든 이야기가 거의 끝나가니 너는 한껏 기분이 좋아 엘리베이터에서 나서며 미소 짓지. 너와 공모자는 그들에게 진실을 들려줄 참이고, 난 가면 쓴 내 댄서처럼 공중에 붕붕 떠서 불사조처럼 땅에서 솟구칠 거라고 넌 혼자 생각해. 사실 어쨌거나 더 이상은 감당하지 못했을 거라고 넌 생각하지. 네가 자리에 앉자 그는 힌트를 듣고 해답을 얻었냐고 물었어. 너는 그에게 대답했어, 그래, 이제는 내가 꽃을 피울 때가, 내 행복을 찾을 때가 됐다고. 모두에게 말할 때가 됐다고. 너는 〈오픈 아이〉 기고문이 다음 호에 서한 형식으로 실릴 거라고 설명하고, 그 생각만 해도 기쁘기 짝이 없다며 그에게 고맙다고 말했지. 이 일에 참여해줘서 고맙다고. 그를 '입게' 해줘서 고맙다고 그에게 말했어. 너는 몸을 내밀어 그의 머리를 토닥이고 빌어먹을 천치처럼 다시 미소를 지었지. 너는 미소를 지었어.

*

그러자 그는 담뱃불을 붙이고 너를 쳐다봤어. 그는 담배를 피며 무릎을 떨었고 이를 한번 쓱 핥더니 텔레비전에 DVD를 넣었어. 이걸 보셨으면 해요, 그는 말했다. 제가 힌트를 안 줬다고 하지 마요, 전 줬으니까.

나는 펠릭스를 보고 몇 초 간 숨을 쉬지 못했다.

난 펠릭스와 룬을 봤다.

그들은 이상하게 텅 빈 방 안의 소파에 나란히 앉아 있었다—뒤의 벽에는 아무것도 없었다.

내가 말했다, 왜지?

그냥 봐요, 그가 말했다.

나는 고개를 앞뒤로 저었다. 이게 옛날에 있었던 일이구나, 아닌가? 난 충격 받았다. 그리고 두려웠다. 두 사람을 보고 싶지 않았지만, 고개를 돌릴 수가 없었다. 나는 텅 빈 방 소파에 앉아 있는 그들을 지켜보았다.

영상 속에 부활한 펠릭스를 보았다. 그는 재킷 없이 연한 회색 셔츠만 입고 어머니가 준 회녹색 에르메스 넥타이를 하고 있었다. 메트로폴리탄에서 열린 만찬 때 샐러드드레싱을 흘렸다가 세제로도 못 지운 그 넥타이였다. 그날 밤 미술관 테이블 위의 꽃들, 자리지정 카드, 지루함이 떠올랐다. 그게 몇 년도였더라? 나는 필사적으로 자문했다. 그 만찬 이후 그 넥타이는 다시 매지 못했다. 내 양쪽에 앉은 두 남자가 모두 등을 돌린 채 옆 사람과 이야기했던 것, 홀로 내버려진 채 난 여기 왜 왔을까 생각하며 나 자신과 홀로 대화를 나눴던 기억이 난다. 난 영상 속 죽은 남편의 눈과 말끔하게 면도한 턱, 이마 근처의 회색 머리를 바라보며 어머니가 언제 그 넥타이를 줬는지 떠올리려고 애썼지만, 생각이 안 났다. 그의 머리에는 새치가 섞여 있었지만 나중에, 나중에는 완전히 백발이 될 것이었다.

*

나는 잔뜩 겁에 질린 채 무슨 일이 벌어지기를 기다렸지만, 두 남자는 아무 짓도 하지 않았다. 그들은 카메라를 똑바로 응시하다가 다음 순간, 한 일 분 정도가 재깍거리며 지나간 후, 서로 미소를 교환했고 다시 카메라를 마주보았다.

그건 친밀한 미소였나?

나는 입을 딱 벌린 채 그에게 말했다, 펠릭스와 아는 사이라고 왜 말을 안했어?

펠릭스는 행복이라는 뜻이죠, 그가 말했다, 당신의 펠릭스, 당신의 행복.

해리, 너는 룬의 맞은편에 앉아 고개를 떨궜지. 어떤 표정을 했는지 모르겠지만, 상처를 숨길 수 없었다는 건 알아.

당신과는 아무 상관없어, 여보, 펠릭스는 말했다. 당신과는 아무 상관없어.

여기서 뭘 하고 있는 거지, 해리엇?

여기 있어서는 안 돼.

하지만 펠릭스를 안다는 말을 왜 안 했어? 왜 펠릭스를 안다는 말을 안 했어?

그게 중요한가요? 우리가 가까운 사이였다는 게 중요한가요, 펠릭스와 내가? 그가 말했다. 그는 당신 이야기를 많이 했어요. 그는 당신이 굉장하다고 생각했어요. 당신에게 감탄했죠.

이게 게임의 일부구나, 내가 말했다. 그런 거지?

그는 그게 게임이라고, 더 많은 게임이라고 말하며 주머니에서 열쇠 하나를 꺼냈다. 그는 열쇠를 들어 보였다. 수년 간 어떤 문도 열지 않은 열쇠였다. 그저 기념품일 뿐이다.

그건 잔인했다. 그는 잔인했다.

그래서 넌 어떻게 했지, 해리? 넌 입이 벌어지는 걸 감추려고 손으로 입을 막은 채 바닥을 노려봤지. 맞아? 그래, 넌 손으로 입을 막고 있었어, 그가 네 감정을 못 보게 하려고. 넌 뭘 느꼈지? 불신? 아니, 그건 아냐, 정말로. 배신의 상처, 옛 상처와 새 상처. 그리고 넌 손을 내렸어. 네 얼굴은 평온해져 있었지. 그래, 넌 그 고요함을 느낄 수 있었어.

당신 나한테 끌리죠, 안 그래요? 그가 내게 말했다. 그는 일어섰다. 나는 의자에 그대로 앉아 있었고, 그가 내 목에 손을 갖다 댔다. 당신 나를 보면 흥분되잖아요? 나는 아니라고 고개를 저었다.

아냐, 나는 커다랗게 말했다, 아냐.

내가 펠릭스 역을 해야 하나? 우린 리처드와 펠릭스 놀이를 할 수도 있어요. 재밌을 것 같지 않아요? 아니면 룬과 펠릭스 놀이를 할 수도 있고. 당신이 내가 될 수도 있어요.

나는 그를 보지 않았다. 보지 않을 거다.

당신은 펠릭스가 뭘 좋아했는지 알죠, 그렇죠? 어떻게 하면 그가 행복해하는지 알아요, 그렇잖아요? 이봐, 당신은 당연히 알고 있어야지.

나는 입을 열지 않았다.

너무 간단해, 그가 말했다, 너무, 너무 간단하지. 그는 구경하기를 좋아했거든.

그러자 내 머리 속이 텅 비었다.

우리 어떻게 할까요? 그가 말했다. 당신이 루이나를 하는 게 더 좋을지도 모르겠네. 펠릭스가 리처드와 루이나를 구경하면 재미있을 것 같아. 아니면 룬이랑 루이나, 아니면 룬이랑 리처드. 펠릭스가 보고 있는 척하자고요. 당신의 행복, 당신의 펠릭스. 펠릭스가 당신에 대해 알았을까, 해리? 당신 비밀을 알았을까? 당신이 루이나잖아, 아냐, 해리? 내가 당신 역할을 한 거야, 이 불쾌하고 불안하고 시들어빠진 년.

*

그게 내가 기억하는 말들이다. 살아 있는 한 나는 그 말들을 기억할 것이다. 그 말들은 내 흉터로 남을 것이다.

나는 돌처럼 꿈쩍 않고 말없이 앉아 있었다. 돌덩어리 해리. 그는 〈저변〉이 얼마나 잘나갔는지, 얼마나 예상을 훌쩍 뛰어넘은 반응이었는지 떠들어댔다. 그는 그 성공에 정말로, 정말로 깜짝 놀랐다. 그는 내 어깨에 손을 올리더니 어깨를 세게 거머쥐었다. 그는 말했다, 하지만 정말이지, 생각해봐, 당신 이름이 거기 걸려 있었다면 어떻게 됐겠어? 당신 말이 맞아, 해리. 아무것도 안 됐을 거야.

그가 네 어깨를 붙들고 있는 동안 너는 가만히 거기 앉은 채 손을 뿌리치지도 그를 막지도 않았다. 소리를 지르지도, 그를 때리지도 않았다. 그가 손을 네 목에 갖다 대고 부드럽게 조르며 그저 장난치는 것뿐이라고 말했을 때, 네 분노는 어디에 있었지, 해리? 뭐가 잘못된 거야, 해리? 그는 목 조르기가 지나치지만 않으면 흥분과 쾌감을 준다고 말했다.

무서웠어, 해리?

그래.

다음 순간 그는 네 목에서 손을 뗐지만, 너는 여전히 움직이지 않았어. 움직였니?

아니.

그러고는 그가 네 뺨을 갈겼지, 세게. 넌 움직였어?

아니.

넌 구석에 놓인 의자 위에서 꼼짝도 못하고 있는 아이 같았어. 경솔한 말을 했다고, 수업시간에 손을 들지 않았다고 벌을 받는 아이처럼. 돌로 만들어진 조용한 아이.

룬은 그 작품을 자기 걸로 하겠다고 말했다. 이젠 내 거야. 그건 가장이고 더한 가장이야, 해리, 그는 말했다. 하나의 가면을 벗으면 또 하나가 나오겠지. 룬, 해리, 그리고 또다시 룬이. 내가 이긴 거야.

그게 무슨 말이었을까?
그리고 그가 말했다, 사람들은 알고 있어, 당신 병에 대해서 안다고.

내 병? 나는 반복했다.

당신 정신병.

나는 생각했다, 내 정신병? 내가 정신병이 있었나? 펠릭스가 죽은 뒤 그게 정신병이었나? 그래, 아마도. 룬에게 구토에 대해, 펠릭스에 대해, 닥터 F.에 대해 이야기했었지.

나는 침 삼키는 게 의식되기 시작했다. 커다란 소리를 내며 침을 삼켜야 했다. 더 이상 어떻게 해야 침을 조용히 삼킬 수 있는지 생각나지가 않았다.

그 순간 돌덩어리 아이가 뻣뻣한 돌 다리를 펴서 일어나더니 몸을 숙여 아까 문으로 들어왔던 행복한 여자의 가방을 집어 들었다. 그게 몇 분 전이었더라?

기계적인 발들이 돌아다닌다.[43]

지프는 허드슨 스트리트에 세워져 있었다. 바깥세상은 불안하고 초조해보였다. 그녀는 버비스 식당의 창문 안을 들여다봤다. 사람들이 포크를 위아래로 움직이며 음식을 먹고 있었다. 음식을 씹고 있는 입들, 테이블 위 황갈색 맥주잔을 움켜쥐는 손. 웃으며 벌어지는 또 다른 입 하나, 그 아래로는 까닥거리며 움직이는 턱, 그 위로는 곁눈질하는 눈들. 하지만 그녀의 움직임은 그들과는 달랐다. 그녀의 리듬은 그들과는 달랐다. 결코 같은 적이 없었다, 안 그런가? 아니, 그녀는 다른 시간에서 다른 박자로 살았다. 자신이 누구든지 간에, 그녀는 레드훅으로 차를 몰고 가서 스튜디오 바닥에 드러누웠다. 바로미터가 거대한 혈관들이 도드라진 날개를 단 추락천사의 드로잉을 가져왔다. 그가 말했다, 당신 죽은 사람 같아요, 해리. 그

43) 《에밀리 디킨슨 시 전집》. "엄청난 고통이 지나간 후, 차분한 감정이 찾아오네-"로 시작되는 시에서 인용한 구절이다.

녀는 말했다, 그런 기분이에요. 그러자 그가 말했다, 괜찮아요. 걱정 말아요. 가끔 우리 모두 그럴 때가 있으니까. 나중에, 몇 시간 뒤 그녀는 브루노에게 전화했고, 그가 오자 무슨 일이 있었는지 조금 이야기했다. 하지만 다는 하지 않았다. 그녀는 수치를 감춰야만 했다, 흉터가 될 화상 자국들을 덮어야 했다. 그에게 루이나 이야기를, 돌이 되어 고개를 숙인 채 거리로 걸어 나간 그 불행한 아이 이야기를 할 수는 없었다.

메이지 로드

(녹취록 편집본, 2012년 6월 13일)

정확히 일주일 전, 어머니의 공책 한 권을 발견했어요. 이선과 내가 어린 시절 자던 집이어서 '어린이집'이라고 불렀던 낸터킷의 조그만 집 안 책 더미 뒤에 숨겨져 있었죠. 어머니는 이미 8년 전에 돌아가셨지만, 이 공책이 세상의 빛을 보지 못한 건 그보다 한참 더 된 것 같아요. 이선과 나는 낸터킷 집을 팔기로 결정했고, 우리끼리 물건들을 이리저리 살피며 무엇을 갖고 무엇을 버릴지 정하고 있었어요. 연신 웃음을 터뜨리며 해변에서 죽은 갈매기를 발견했던 일이나, 우리가 찾은 초록색 돌멩이들이 마법인 척했던 일들을 떠올렸죠. 난 매일 수영을 했지만 이선은 그러지 않았어요. 이선은 물공포증이 있었는데 이제야 그걸 인정할 수 있게 됐거든요. 불쌍한 것. 어렸을 때 이선은 물에 들어가기도 했고 수영하는 법도 배웠지만, 늘 물에 빠져 죽는 걸 두려워했던 모양이에요. 이제는 더 이상

수영을 좋아하는 척하지 않아도 되지만. 수수한 회색 공책은 《보물섬》과 《삐삐 롱스타킹》 뒤에 처박혀 있었지만, 난 곡선을 커다랗게 갈기는 어머니의 과장된 필체를 즉시 알아봤어요. "공책 O. 다섯 번째 원." 수십 권에 달하는 어머니의 공책들은 알파벳으로 분류가 되어 있었죠. 난 〈타고난 가면〉을 위해서 몇 년 동안이나 어머니의 공책들을 뒤졌는데, 그 일이 드디어 끝났어요. 어머니가 돌아가시고 나서 우린 이 공책에서 저 공책으로 이어지는 어머니의 글들을 수백 편 발견했죠. 다 합쳐보면 진정한 대작이 돼요.

이선에게 내가 먼저 그 공책을 읽고 주겠노라고 했어요. 우습기도 하지, 어머니가 살아 계실 때는 그 공책을 읽어볼 엄두도 못 냈을 텐데, 죽은 사람은 사생활을, 아니 그 대부분을 잃게 되네요. 어머니와 룬, 〈가면 씌우기〉를 둘러싼 논쟁은 여전히 사라지지 않고 있어요. 어머니와 가까웠던 사람들은 어머니가 쓴 글을 믿기 때문에 진실이 무엇인지 알고 있지만. 나는 그 공책을 다 읽고서 이선에게 주고는 너무나 익숙한 스킴 로드를 따라 산책을 했어요. 마음이 욱신욱신 아프고 울렁대더군요. 뚝뚝 끊겨 분리되어 있는 어머니들을 하나로 짜 맞추려 애쓰고 있었던 것 같아요. 쉽지 않은 일이었죠. 전에는 아버지의 이중생활을 짜 맞춰야 했는데, 참 괴로운 일이었거든요. 낸터킷에서 어머니와 룬이 가면들을 가지고 벌인 게임은 〈저변〉 속에 춤이 되어 들어갈 것이고, 리처드 브럭먼이라는 남자와 루이나라는 여자는 격렬한 싸움을 벌이고 있던 어머니의 두 자아를 표상하는 것 같았어요. 우리 모두에게는 약한 부분이 있고 또 지배적이고 잔혹한 부분도 있지요. 하지만 보통은 서로 뒤섞여 있기 마련인데 어머니의 경우는 그렇지 않았어요. 룬의 집에 갔던 일, 룬이 보여준 테이프에 대해 쓴 글은 역겨웠어요. 〈질식의 방들〉 오프닝 날 룬이 열쇠를 가지고 날 비웃었을 때 나는 그의 가학적 일면을 얼핏 본 바 있거든요. 난 어머니가 무엇을 원했던 건지, 무엇을 바랐던 건지 자문했어요. 이기고 지고 게임을 벌이는 이 세계는 너무나 피곤하고 제정신이 아니고 굴욕적이었지만, 어머니는 여하튼 그 세계의 일부가 되고 싶어했고 룬은 어떻게 하면 어머니에게 다가갈 수 있는지, 어디에 칼을 겨누어야 하는지 알았죠. 솔직히 말해 그 글을, 그리고 다른 글들도 감추고 싶은 마음이, 공책에서 찢어내 태워버리고 싶은 충동이 들었지만, 그랬다면 멍청한 짓이었을 거예요. 뜨거운 태양 아래서 익숙한 우편함들을 지나쳐 먼지투성이 길을 걸어가면서 난 계속 어머니 모습을 떠올렸어요. 어른이 아니라 어머니가 썼던 직유법에 나오는 아이의 모습으로. "너는 구석에 놓인 의자 위에서 꼼짝도 못하고 있는 아이 같았어." 어머니와 룬의 그 끔찍한 만남을 생각하면 여전히 그 이미지가 머릿속에 떠올라요. 키 크고 강하고 열정적인 어머니가 아니라 말없는 어린 소녀, 돌로 변했던 어린 소녀인 어머니가.

산책에서 돌아와 보니 이선은 공책을 옆에 둔 채 이층침대 아래층에 누워 있더군요. 이선이 몸을 돌려 나를 바라보는데, 어머니가 보였어요. 그 놀라운 인지의 순간은 불과 몇 초에 지나지 않았지만, 동생의 얼굴에서 어머니가 보였던 거예요. 어머니는 나타났을 때만큼이나 순식간에 사라져버렸지만 난 약간 충격을 받았어요. 난 이선 옆에 앉아 그애 팔을 잡고 그애 생각을 들으려고 기다렸어요. 이선은 나를 보고 말했어요. "글이 마음에 들어." 나는 웃음을 터뜨렸어요. 안도감이 들었나 봐요. 나는 미적 측면에 대해서는 조금도 생각하지 않았거든요. 이선은 계속해서 어머니가 일인칭에서 이인칭, 삼인칭으로 인칭을 바꿔 쓰는 방식이 좋았다고 말하더군요. 어머니 글을 보면 그게 아주 수월해 보인다는 거예요. 나는 동생에게 사랑한다고 말했어요. 이선이 고개를 끄덕였죠. 이선에게 이메일을 보낼 때면 나는 끝에다 항상 "사랑을 담아, 메이지" 아니면 "사랑과 키스를 보내며, 메이지" 또는 "사랑하는 누나가, 메이지"라고 썼고, 이선은 그냥 "이선"이라고만 썼어요. 항상 그래왔고 앞으로도 항상 그럴 거예요. 이제는 그것도 익숙해졌어요. 이선은 그 공책의 글 몇 개는 책에 들어가야 한다면서 너무 늦기 전에 자기가 스캔하고 헤스 교수에게 전화하겠다고 말했어요.

나는 우리가 신중하게 생각해야 한다고, 플러스와 마이너스를 재봐야 한다고 했죠. 솔직히 그 글들이 괴롭고 오싹하게 느껴지지는 않았느냐고 물었어요. 그는 그렇다고, 하지만 우린 어머니의 유산, 예술가로서 어머니의 작품에 대해 이야기하고 있는 거라고 말하더군요. 이선은 그 공책이 리처드 브릭먼의 수수께끼를 설명해준다고 단언했어요. '해리엇'은 그 필명의 이야기가 알려지길 바랐을 거라고 믿는다고요. 브릭먼은 어머니의 여러 다른 자아들에 더해진 또 하나의 자아이자 더 큰 이야기의 일부라는 거예요. 나도 이선의 말이 옳다고 생각하게 되었어요.

나는 이선에게 단테의 〈지옥〉 중 제 5옥에는 어떤 죄인들이 있냐고 물었어요. 잊어버렸거든요. 분노에 찬 사람들, 이선이 대답했어요. 칸토 7과 8이야. 분노에 찬 사람들은 스틱스 강의 오물과 악취, 고약한 공기 속에서 뒹굴어야 하는 신세가 된다고. 이선은 책 내용을 놀라울 정도로 잘 기억해요. 그애 말에 의하면 종종, 항상은 아니지만 종종 머릿속에서 책의 해당 페이지와 페이지 숫자가 보이며 때로는 그 페이지를 그대로 읽을 수 있다더군요. 이 경우 그렇게까지는 아니지만, 베르길리우스와 단테가 분노의 여신을 만나는데 여신이 메두사를 불러 단테를 돌로 만들려고 한 건 기억한다고 했어요. 여신은 물론 실패했어요. 그녀가 성공했다면 그 시는 끝났을 테니까. 룬은 어쨌거나 잠시 동안이라도 내 어머니를 돌로 만들었어요. 난 그런 짓을 한 그를 증오해요. 죽었음에도 불구하고 여전히 증오해요. 나는 어머니의 노여움, 어머니의 격분, 어머니의 분노를 이해해요. 공책 O의 겉장 안쪽에 이런 글귀가 적혀 있었죠. "이자에게 너의 핏발 선 숨을 내뿜어라, 네 숨결 속에서 그가 시들게 하라, 그를 한 번 더 추적하여 네 심장의 열기와 불길 속에서 쪼그라들게 하라."

이 끔찍한 말들은 아이스킬로스의 〈오레스테이아〉 3부작 중 세 번째 극인 〈에우메니데스〉에서 나온 거예요. 오레스테스는 자신의 어머니 클리타임네스트라를 죽이고, 살해당한 여인의 유령은 자신의 복수를 하여 모친살해를 벌하게 해달라고 복수의 여신을 부추겼어요.

어머니는 여전히 내 꿈에 나타나요. 이제는 항상 유령이죠. 돌아가신 뒤 2, 3년 동안은 어머니가 생전의 옛 모습으로 등장했고, 그러면 나는 어머니를 향해 달려가곤 했어요. 몇 번인가는 어머니가 나를 품에 꼭 안고 내 목에 입술을 갖다 대기도 했고요. 따뜻하고 행복한 느낌이었어요. 하지만 그러다가 어머니는 점점 희미해졌고, 이제 어머니 꿈을 꿀 때면 난 어머니가 유령이라는 걸, 죽은 사람이라는 걸 알고 어머니에게 다가가지 못해요. 가끔 어머니는 레드훅의 옛 스튜디오 안을 휘젓고 다니기도 하고 나를 향해 해석할 수 없는 팬터마임 같은 손짓을 하기도 해요. 바로 며칠 전 난 어머니가 우리집의 내 침실로 걸어 들어오는 꿈을 꿨어요. 어머니는 완전히 투명했어요. 그야말로 고전적인 유령처럼요. 내가 소리쳐 부르자 어머니는 내 쪽을 바라보고 손을 뻗으며 입을 벌렸어요. 그 입 속으로 어머니의 폐까지 다 들여다보였어요. 그러고는 어머니 숨소리가 한 번 들렸고, 다음 순간 온 방안이 불길에 휩싸였어요. 꿈속에서 난 불길이 두렵지 않았고, 어머니에게 말을 하려 들지도 않았어요. 그저 조용히 서서 방이 불타는 것을 지켜보았어요.

브루노 클라인펠드

(서면 진술)

내 서사시. 해리의 장대한 실험. 우리 둘 다 사랑하는 자식들을 치켜들어 물속으로 던져버릴 수가 없었다. 나는 남자의 독립성을 위해 계속 유지했던 추레한 숙소에 내 '인생의 역작'을 처박아놓고 9킬로그램짜리 원고를 도로 꺼내(옷장 속의 더 이상 쓰지 않는 야구글러브 세 켤레 위 선반에 보관해두었다) 가필하고 수정하고 잘라내고 덧붙였는데, 해리는 전혀 모르고 있었다. 해리는 기쁨에 차서 원고 2번, 즉 끝도 없이 양만 늘어나는《어느 비주류 시인의 고백록》에 귀 기울이곤 했다. 브롱크스 출신의 우울한 유대인 불륜남 브루노 클라인펠드라는 위인의 대체로 사실에 입각한 이야기, 그의 모험은 대체로 내 삶에 가깝게 세공되어 있으나, 다행히도 현재 자기 이야기를 끼적이는 작가와 추레하거나 기사다웠던 과거의 온갖 자아들 사이의 불가피한 괴리, 다른 말로 유머, 아이러니, 혹은 망각이라고도 불리는 그 간극의 축복을 받았다. 내 엉덩이를 걷어차 정신을 차리게 해준 해리에게 경의를 표한다. 그 덕분에 내 늙은 손등 관절이 풀려 올리베티 타이프라이터, 1958년에 사랑하는 새뮤얼 클라인펠드 삼촌한테서 물려받은 기계의 미끈한 키보드 위에서 작업을 할 수 있게 되었으니까. 내 인생의 이야기는 있는 그대로, 수월하고 편안하게 흘러나오는 것 같았다. 다른 무엇보다도 크림소다, 게필테 피시(뼈를 발라내고 다진 송어나 잉어에 달걀 등을 섞고 뭉쳐서 수프에 넣고 삶은 유대 전통요리—옮긴이), 그리고 101쪽에서 사춘기에 다다랐을 때 오직 그것에만 세 페이지를 할애해야 했던 도리스 매키니의 미쳐버릴 정도로 정신 산란한 젖가슴들로 점철된 파란만장한 대하소설이다.

주인공이 젊음을 잃으면 자서전이 재미가 없어진다는 사실을 눈치 챈 사람은 나뿐만이 아니고, 그래서 나는 중년 부분을 대충 다루고 넘어가기로 했다. 시인으로서, 남편으로서, 아버지로서 전방위에 걸친 나의 실패에 대해 25페이지를 할애하고, 리얼리즘 혹은 자연주의—녹슨 싱크대와 적나라한 궁상을 표현하는 장르가 뭔지 몰라도 아무튼—에 대한 독자의 부담도 덜어주기 위해서 유사 영웅시의 어조를 활용했다. 그리하여 장성한 세 딸들과, 내가 뿌린 씨들 중에서도 가장 고결한 내 손자 브랜에 다다르게 되었다. 그렇다, 내 《고백록》은 모래시계 같은 형태를 취하고 있다. 지상에서 보낸 내 시간의 양상은 초반과 종반, 그 풍부한 양 끝을 위해 중간을 다 씹어버렸다. 브랜은 못생긴 빨간 얼굴의 싸움꾼으로서 깩깩 울어대며 내 삶으로 들어왔지만, 이 말들을 쓰고 있는 지금은 게임기 화면 속의 야구장을 뛰어다니고 축구공을 차고 들어왔다 나가는 아바타들을 설명해주고 있고, 그리하여 결국 애정에 눈 먼 이 외할아버지의 삶에 찬란한 빛이 되고 말았다.

해리가 똑바로 누워 겨울의 강철처럼 싸늘한 목소리로 룬을 찾아갔던 이야기를 해준 바로 다음 날 나는 그녀의 생각들이 편집증으로 채색되어 있다는, 아니 그녀의 생각들에 편집증이 가루처럼 흩뿌려져 있다는 사실을 눈치 챘다. 해리는 자기가 파우스트의 거래를 했다는 걸 알고 있었다. 영혼을 죽이는 거래, 그 거래는 처음부터 위험으로 점철되어 있었다는 걸. 한때는 위대한 백색 희망이었던 룬은 악마 바알세불로 변해버렸다. 해리는 죽은 남편이 그의 젊은 '친구'와 은밀한 이야기들을 공유하지 않았을까 걱정했다. 룬은 처음부터 그녀에 대해서 기이할 정도로 많이 알고 있는 것처럼 보이지 않았던가? 룬의 영악함은 초자연적으로 보일 지경이 되었다. 해리가 자기 스튜디오에서 작품 네 점이 사라졌다고 큰 소리로 외쳤을 때, 내 짐작은 조수들 중 하나가 산더미처럼 쌓인 레디메이드(본래 다량 제작된 기성품이라는 뜻이지만 마르셀 뒤샹 이후 현대예술에서 새로운 의미를 갖게 되었다—옮긴이)들 밑에 잘못 갖다놨을 거라는 것이었다. 정규적으로 대청소를 하는 것 말고는, 해리는 스튜디오에 적절한 정도의 혼란을 방치해두곤 했다. 팔, 다리, 머리, 가발, 부분 가발이 마룻바닥에 널려 있었다. 층층이 쌓인 목재 더미, 유리판, 밧줄 코일, 철사, 케이블, 연장, 수수께끼의 기계 들이 벽을 빙 두르고 있었다. 한쪽 모퉁이에는 해리가 '요주의 쓰레기'들을 잔뜩 비축해두고 있었다. 주변의 부두 같은 데서 끌고 들어온 그 불쾌한 수집품들은 썩고 시들고 숨죽고 녹슬어 부스러지고 얼룩지고 부패하고 형체가 뭉그러져 원래의 정체성이 아예 사라져버린, 이름도 모를 온갖 폐물과 고물들이었다. 계속 찾아봐, 내가 말했다. 어쩌면 '요주의 쓰레기' 밑에 숨어 있을지도 모르잖아.

그러나 해리는 작품들이 사라진 게 룬의 짓이라고 주장했다. 그가 다중 자물쇠들과 보안 체제를 뚫고 들어와 그녀의 미술을 낚아채갔다는 것이다. 나는 농담처럼 해리에게 룬을 바로미터의 타락천사하고 헛갈린 거 아니냐고 물었다. 마음 내키는 대로 숙사를 드나드는 날개달린 훤칠한 남자 말이다. 그건 있을 수 없는 일이야, 해리, 내가 말했다. 하지만 그녀는 내 말을 믿지 않았다. 어느 날 밤 그녀는 불행으로 참담하게 구겨진 얼굴로 내게 속삭였다. "그가 내 안으로 기어들었어, 브루노. 그가 내 두려움을 보았어. 그는 나보다 더 많이 알고 있어." 나는 그 개새끼를 끔찍하게 미워하지만, 그래도 그가 인간이라는 건 알고 있다.

해리는 〈오픈 아이〉에 투고한 독자서한에 희망을 걸고 있었다. 그게 나오면 다들 알게 될 거야, 하고 말했다. 난 자유로워질 거야. 그렇지만 해리, 하고 나는 말했다. 그건 하품 나게 지루한 학술지라고, 알아먹기도 힘들고 난해하고. 그걸 몇 사람이나 읽겠어? 해리에게 선택의 여지가 있었다고는 생각지 않는다. 그녀는 임박한 승리를 믿어야만 했다. 그 잡지가 마침내 나왔을 때 그녀는 서한을 큰 소리로 내게 읽어주었다. 우쭐거리며 까르륵 웃고 자기 인용문들을 곱씹어 읽고, 전기로 온열 처리된 그녀의 메타모프처럼 얼굴이 발갛게 달아올라서. 나는 고환에 대한 농담을 꼬집어 혼내주었다. 거시기가 뭐야, 진짜, 해리, 내가 말했다. 그리고 브릭먼이라는 사람은 누구야? 그는 자기 역할을 하고 있는 거야, 그녀가 말했다. 그게 중요한 거야.

거봐, 내가 뭐랬어,라는 말은 머저리 등신들이나 하는 거지만, 어쩌다보니 가끔 나도 그런 범주에 들어가는 인간인지라, 룬이 〈아트 어셈블리〉의 인터뷰 지면에서 그녀에게 엿을 먹였을 때 그 말을 해리한테 하고 말았다. 그 인터뷰에서는 룬에게 〈오픈 아이〉에 게재된 리처드 브릭먼의 편지에 대해 대놓고 물었는데, 그는 정말 배짱이 대단했다. 나도 그거 하나는 인정해줄 수밖에 없다.

> 해리엇 로드는 내게 정말 잘해줬어요. 제 작품의 수집가로서뿐 아니라 진정한 후원자로서. 그리고 저도 그분을 프로젝트의 뮤즈라고 생각해요. 〈저변〉은 우리가 나누었던 기나긴 대화와 너그러운 뒷받침이 없었다면 아마 나오지 못했을 겁니다. 제가 이해할 수 없는 건 그분이 내 작품을 자기 것이라고 주장하고 있는 듯해 보인다는 사실인데요. 진짜로 자신이 창작했다고 믿으시는 것 같거든요. 어째서 그런 말씀을 하는 건지 한 마디로 이해가 안 돼요. 아시잖아요, 남편이 돌아가신 후로 정말 힘든 시간을 보내신 분이고, 수년 동안 정신과에서 치료도 받으셨죠. 분명히 말하지만, 정말로 친절하신 숙녀분이긴 해도 가끔씩 약간 혼란을 겪으시는 거 같은데, 그냥 그렇게만 해두죠.

'장기적으로 정신과 치료를 받는 친절하지만 약간 혼란을 겪는 숙녀분'이 그 불쾌한 잡지를 냄비 걸이를 향해 집어던졌을 때, 나는 바로 그 부엌에 있었다. 그녀가 욕을 하고 포효하고 사시가 되도록 눈이 몰렸다가 분노로 눈이 멀어버렸을 때 그 자리에 있었다. 그녀는 고개를 숙이고 두 팔을 휘저으며 선반을 습격해 머그잔, 접시, 그릇들을 닥치는 대로 쳐서 마루에 떨어뜨렸고, 그것들은 산산조각이 되어 장렬하게 최후를 맞았다. 난동이 끝난 뒤 나는 마룻바닥에 무릎을 꿇고 앉아 빗자루와 쓰레받기로 수천 개의 파편들을 주워 담았고, 해리는 마루에 주저앉아 거듭거듭 이렇게 말했다. "죽여버릴 거야." 그놈이 해리를 해리엇 '버든'이 아니라 해리엇 '로드'라고 불렀다는 사실이 이미 쩍 벌어진 해리의 상처에 소금을 뿌린 것이다.

그리고 내가 읊조린 후렴은 '거봐, 내가 뭐랬어'였다. 도저히 참을 수가 없었다. 정말로 그럴 거라고 내가 말해줬단 말이다. 해리는 〈아트 어셈블리〉에 분노로 불타는 편지를 보냈지만 끝내 게재되지 않았다. 룬에게 전화를 걸어 음성 메시지로 악을 썼다. 거짓말쟁이, 도둑놈, 끔찍한, 끔찍스러운 인간, 배신자. 해리가 아무리 매도를 해도 그는 꿈쩍도 하지 않았다. 해리는 앤턴 티시의 부모와 접촉했다. 앤턴의 모친은 정중하지만 단호하게 말했다. "우리 아들은 당신하고 어떤 식으로도 엮이고 싶지 않대요." 해리는 페일이라는 사립탐정을 고용했다. 고주망태 같은 얼굴에 메인 주 억양을 쓰고 말이 짧은 위인으로 협박과 갈취 전문이라고 했다. 페일은 인도의 암자로, 태국으로, 그리고 말레이시아로 그 청년을 추적했지만 청년의 흔적은 항공 기록과 함께 거기서 끝이 나고 말았다. 페일은 추적을 계속하겠다고 약속했다.

주도면밀하게, 의도적으로, 해리는 자신의 주장을 입증할 수 있는 증거라면 아무리 하찮아도, 파편이든, 조각이든, 먼지든 가리지 않고 긁어모았다. 무더기를 파헤치고 논문을 훑어보고 자기 저작권의 흔적들을 사냥하던 해리는 서서히 여명이 터오듯 깨달음을 얻게 되었다—물론 비 내리고 황량하고 잿빛의 여명이었지만 말이다.

자신이 얼마나 주의 깊게 자기가 관여한 흔적을 숨겼던가를 깨닫게 된 것이다. 스케치북에 그린 초기의 소묘들과 컴퓨터의 기획안들을 발굴해냈지만, 다른 소묘들과 심화된 설계도는 모두 룬이 갖고 있었다. 그에게 보낸 그녀의 이메일들은 암호 같았고, 그가 보낸 것도 마찬가지였다. 쪽지 한 장 남아 있지 않았다. 해리가 틀림없이 사정을 알고 있으리라고 확신했던 조수들은 사실 아무것도 몰랐다. 심지어 오랜 작업실 일꾼인 에드거 홀로웨이 3세마저도, 해리가 로빈슨 크루소라면 프라이데이라 할 만한 그마저도 이번에는 전혀 의심조차 하지 못했다고 말했다. 그가 아는 건 해리가 룬한테서 산 작품뿐 아니라 〈저변〉의 창작을 위해서도 수표를 끊어줬다는 것뿐인데, 그렇다고 후원자가 창작자가 되는 건 아니고, 룬은 그녀의 '지원'에 감사한다는 말을 활자로 남겼던 것이다.

엘드리지가 그녀를 위해 나섰다. 〈아트 라이츠〉는 그들의 공동작업 이야기를 게재했지만 당시 그가 토한 열변이 담긴 지면을 접한 독자는 극소수였다. 해리의 실험은 배가 갈라져 짓뭉개졌고, 그녀는 미친 듯이 독설을 퍼부으며 항변했다. 절망의 기제는 일단 돌아가기 시작하자 똑같은 강박적 음악으로 쿵쾅거리고 쩔꺽거렸다. 그녀는 강도를 당했다. 아무도 그녀를 이해해주지 않았다. 아무도 그녀에게 주목해주지 않았다. 그들은 모두 팽배한 성차별주의와 남근 숭배에 물든 돌대가리, 머저리들이었다. 룬은 능지처참해 마땅하고, 눈은 자몽을 떠먹는 면도날처럼 날카로운 숟가락으로 파내서 망치로 짓이겨 젤리로 만들어야 했다. 그녀 인생의 역작이 망가졌다. 빛나는 지성의 블록들로 공들여 쌓아올린 야심찬 프로젝트가, 켜켜이 쌓아올린 아름다운 아이러니들이—성적 편향과 인지에 대한 그녀의 모든 이론들을 단 한 번에 입증해줄 프로젝트가, 그리고 또 그 밖에 뭔지 몰라도 무수히 많은 것들이 그녀 면전에서 폭발해 버렸다.

나는 제발 포기하라고 애원했다. 이제 당신 작품을 보여줘, 내가 말했다. 작품을 여기 레드훅의 협동조합으로 가져가. 가명이니 허구의 존재니, 당신의 아이러니와 철학 따위는 다 잊어버려. 등신 머저리와 가짜가 판치는 근친상간적인 미술계 따위 무슨 상관이야. 하지만 해리는 포기하지 못했다. 익사하는 와중에도 소위 우리가 정의라 부르는 것, 물 위에 어른거리는 박살난 마스트의 작은 파편을 붙잡고 놓지 못했다. 물론 세상에 정의는 없다. 아니 있더라도 눈곱만큼 남아 있을 뿐이고, 그걸 구명 뗏목이랍시고 붙잡고 매달리는 건 크나큰 실수다.

나는 그녀를 품에 안고 어르고 달래주고 싶었다. 우리가 이미 수백 번 함께 다다랐던 달콤한 고지로 보내주고 싶었지만, 그녀는 나를 밀쳐냈다. 짖어대고 비웃고 씩씩거렸다. 나는 나쁜 놈이 아니야, 하고 나는 해리에게 말했지만 어쩌다 보니 결국 나쁜 놈이 되었다. 어느 날 밤 그녀는 치열한 고통에 괴로워하며 커다란 침대에서 일어나 앉아 나를 타박했다. 내가 그녀에게 뭐라 한 마디 할 자격이나 있는 사람인가? 나는 이미 나 자신을 망가뜨렸는데, 그렇지 않은가? 내게는 모든 것이 주어졌다—휘트먼적인 시적 재능, 거시기, 내 편이 되어줄 권력—그런데 난 그걸 다 던져버렸다. 반면 그녀는 싸웠다. 지옥이 무색하게 일하고 일하고 또 일했는데, 이제 배반을 당한 것이다. 나는 그녀의 너그러운 은혜를 받아먹고 사는 초라하고 누렇게 뜬 거머리였다. (다시 말해, 그녀의 돈 말이다. 아니, 로드의 돈이라고 해야 하나.) 우리 사이에 잔혹하고 날카로운 말들이 오간 적은 전에도 있었지만, 이번에 그녀 목소리는 나를 때려 바닥에 쓰러지게 만들었다. 내 유쾌하고 친절한 연인은 딱딱하고 슬프고 비열해졌다. 내 은유적인 제자리에서 비유적인 흙먼지 속에 드러누운 채로, 나는 그녀를 남자를 거세시키는 쌍년이라고 불러버렸다.

그녀는 휘적휘적 방을 나가 돌아오지 않았다. 새벽 세 시까지 그녀를 기다리던 나는 길 건너 내 시궁창으로 돌아가 거기서 잤다. 우리는 석 달이라는 기나긴 시간 동안 서로 만나지도 않고 말도 섞지 않았다. 결별 후 거의 매일 밤 나는 해리를 볼 수 있을까 초조한 마음으로 서니스 바로 달려가곤 했지만, 그녀는 결코 오지 않았다. 나는 바에서 아무 얼간이나 붙잡고 위대한 브루노 클라인펠드의 몰락과 그 후로 이어진 끝없는 전락에 대해 흥분되지만 애잔한 감상에 찌든 이야기를 늘어놓곤 했다. 어떻게 해서 문학적 주인공인 K.가 과거의 영광스런 모습보다 훨씬 찌든 위인이 되어 이렇게 밤마다 동네 술집에 죽치고 술을 마시며 소일하게 되었는지, 한때는 그의 인생 최후의 위대한 사랑인 코트 차림의 숙녀와 함께 보내던 그 시간들을 하릴없이 술로 보내게 되었는지 주절거렸다. 충분히 술에 절어 취기가 오르면 K.는 눈물 짜는 모드로 접어들어 위스키를 마시며 훌쩍거리고 머리 위 스피커에서 흘러나오는 음악에 맞춰 몸을 흔들었다. 바로 그 스피커에서 30센티미터 아래에 사랑하는 여인이 서니스의 다양한 인간 군상을 그린 그림이 걸려 있었고, 그 미술작품을 보면 심장은 반으로 쪼개지곤 했다.

해리는 낸터킷으로 도망가고 없었다. 안에 처박혀서 청승을 떨 집이 있다는 건 좋은 일이다. 커다랗고 텅텅 비고, 사전에 정리된 침대도 있고. 해리가 어디로 갔는지 전화로 알려준 건 메이지였다. 그애는 우리가 상처를 봉합하고 화해하고 우리 사이에 뭐가 잘못됐는지 몰라도 다시 시작했으면 하고 바랐다. 어머니는 아저씨를 잃으면 안 돼요, 그녀가 말했다. 아저씨가 어머니를 용서해주셔야 돼요, 하고. 내가 또다시 나쁜 놈이 된 것처럼 말이다. 빌어먹을 그 초췌한 낭만주의자가 아니라 내가 말이다. 그러나 '거머리'와 '거세자'라는 말은 여전히 굳건하게 박혀 있었다. 그건 낭비였다, 시간 낭비, 낭비된 시간. 지금은 그걸 알지만, 그때는 우리 둘 모두에게 세상이 달라 보였다. 내가 무슨 말을 할 수 있을까? 내 자존심이 콧물 닦는 행주로 쓰였다, 적어도 난 그렇게 느꼈다. 그래서 난 그걸 더 단단하게 매듭지어버렸다. 고난의 작가로서 내 인생을 정당화할 만큼 쓰라리게 아프다는 걸 확인하기 위해서.

그리고 어느 봄날의 초저녁에 나는 신성한 에밀리 디킨슨의 시 두 줄을 머릿속에 되뇌이며 소변을 보고 있었다—'이 느린 날이 흘러가네/하루의 굴대들이 굴러가는 소리가 들리네'—그리고 창밖으로 저 아래 거리를 성큼성큼 걸어가는 해리가 보였다. 마른 모습이었다, 말라도 너무 말랐다, 적어도 5킬로그램은 빠진 것 같았다, 아니 더 마른 것 같았다. 해리가 아니야, 나는 혼잣말처럼 말했다, 내 해리가 아니야. 그리고 우리의 낭만적인 인연을 통해 두 번째로, 나는 층계를 뛰어 내려가 그녀를 쫓아 거리를 달렸다. 하지만 그녀 이름을 소리쳐 부르지는 않았다. 싸늘한 공기를 헤치며 황급히 그녀 뒤를 쫓았고 물가를 종종걸음 쳤다. 용의자를 추적하는 사립탐정처럼 나는 약 10미터 간격을 유지했지만, 그때 그런 생각이 들었다. 뛰어가서 그녀를 잡아. 가서 그녀를 붙잡으라고, 이 친구야. 예전에도 한 번 그러지 않았던가? 그녀 이름을 막 외쳐 부르려는 순간, 나는 반대편에서 그녀를 향해 겅중거리며 걸어오는 룬을 보고 발길을 딱 멈추고 말았다.

두 사람을 지켜보고 있던 그때, 두 사람의 모습은 광활한 잿빛 하늘과 회색 물을 배경으로 두드러져 보였고—그들 머리 위로 낮게 깔린 구름의 노란 후광 같은 빛이 비쳤다. 바람 한 줄기가 해리의 트렌치코트 자락을 뒤로 날리고 머리카락을 흐트러뜨렸다. 두 사람 머리 위 저 높은 곳에서 갈매기 한 쌍이 푸드덕거리고, 푸드덕거리다가 활강하고, 푸드덕거리고, 푸드덕거리고, 푸드덕거리다가 활강했다. 그 장면은 생생하다. 내 마음속 공간에 단단히, 명료하게 새겨진 기억이다. 지금 돌이켜보면 그 기억에는 어쩐지 비현실적이고 꿈같은 느낌이 있지만 말이다. 나는 해리가 두 손으로 애원하는 모습을 지켜보았다. 그녀는 그의 면전에 두 손을 흔들었다. 그는 그녀를 향해 몸을 기울였다. 그녀에게 뭐라고 말을 하고 있었겠지만 너무 멀어서 내게는 아무 소리도 들리지 않았다. 그러자 그가 양 팔을 펼쳤고, 손바닥을 치켜들고, 무관심하게 그녀를 향해 어깨를 으쓱했다. 그들의 말을 굳이 들을 필요도 없었다. 그들의 몸이 대신 말해주고 있었다. 해리는 앞으로 한 발짝 나서 그의 어깨를 잡고 확 밀쳤다. 그는 뒤로 갸우뚱거리며 뒤로 물러서는가 싶더니, 춤추듯 다시 균형을 잡고서 똑바로 서서는 게이 자식처럼 골반과 어깨를 살랑거렸다. 하지만 왜? 그는 그녀를 도발하고 있다. 하지만 대체 이게 다 뭐란 말인가? 남자는 여성적인 몸짓을 계속하며 새침 떨고 우쭐하고 기생오라비처럼 굴었는데, 그때 나는 두 사람이 내가 아는 것보다 훨씬 더 깊이 얽혀 있다는 사실을 깨달았다. 이런 하느님 맙소사, 그들은 애인이었던 건가? 나는 생각했다. 해리는 룬보다 20년도 더 연상인데. 허파 주변으로 어질어질한 혼란이 스미더니 꿰찌르는 불안이 엄습했다. 난 그들을 향해 종종거리며 뛰어가기 시작했다, 내 보호본능이 일 초 일 초 커져 갔다.

바로 그때, 내가 그들에게 가까워지고 있었을 때, 해리가 주먹을 쥐더니 그의 얼굴을 세차게 때리는 광경이 보였다. 그는 비틀거리며 뒤로 물러섰고, 입을 벌리고 고통으로 소리를 질렀다. 나는 그들을 향해 뛰기 시작했지만, 그때는 고함소리가 들리는 반경의 모든 사람들이 이미 다 그리로 뛰기 시작한 후였다. 가보니 룬이 손으로 입을 막고 있었고, 피가 손가락 사이로 흐르고 있었다. 그러나 해리는 아직 끝장을 본 게 아니었다. 그녀는 다시 그를 향해 몸을 던지더니 그의 복부를 강타했다. 그는 배를 쥐고 소리를 질렀지만, 곧 정신을 차리고 그녀의 어깨를 잡더니 그녀를 휙 집어던져 치웠다. 그녀는 발을 헛디뎌 땅바닥에 엉덩방아를 찧고 말았다. 동그란 안경을 쓰고 흑백 체크무늬 재킷을 입은 여자가 해리에게 달려와서 그녀 옆에 쭈그리고 앉았다. 해리의 코트가 피범벅이 된 게 보였다. 아마 룬의 피였을 것이다. 해리는 나를 보았다. 싸움을 구경하러 온 그녀의 옛 애인을 놀란 얼굴로 올려다보았다. 하지만 분노는 보이지 않았다. 분노의 흔적조차 보이지 않았다. 두 남자가 룬을 부축해 더 이상 폭력을 행사하지 못하게 붙잡았다. 그는 말하고 있었다, 저 여자가 나를 습격했단 말이오, 저 여자가 나를 공격했어. 그건 엄연한 사실이었지만, 방금 무방비의 여자를 땅바닥에 내동댕이치고 그 위에 서 있는 남자의 편을 들어줄 사람이 어디 있을까?

룬은 내 시선을 피했고, 그래서 난 기분이 좋아졌다. 그는 내가 안다는 걸 알았다. '아, 그 시인'은 그가, 룬이 빌어먹을 거짓말쟁이이고 도둑놈이라는 사실을 알았다. 둘러선 시민들 사이에서 경찰을 불러야 할지, 기소를 해야 할지 질문들이 오갔지만 싸움에 연루된 양측 모두 법의 관여를 원치 않는다는 것이 분명해졌고, 논의가 오가는 사이 룬은 상의 호주머니에서 담뱃갑을 꺼내 손으로 라이터를 가리고 불을 붙였다. 퉁퉁 부어오른 피 묻은 입술을 피해 조심스럽게 연기를 빨며 아무렇지 않게 주위를 둘러보았다. 난 가겠습니다. 황당하기 짝이 없군. 저 여자는 미쳤어. 저 여자가 날 때리는 걸 본 사람이면 제정신이 아니라는 걸 다 알 거요.

그리고 주변 사람들이 위원회처럼 합의하자 룬은 떠났다. 발뒤축을 빙글 돌려 강가를 따라 휘적휘적 걸어갔다.

해리는 꿈쩍도 하지 않고 있었다. 올빼미 안경을 쓴 여자가 해리를 친절하게 도닥여주었다. 감정적 폭탄이 터졌음을 이해했던 것이다. 그 여자를 비롯하여 염려하며 사건에 간여한 다른 사람들은 각자의 삶으로 흩어져갔고, 그중 몇 사람은 뒤를 돌아보며 쓰러진 부인이 좋은 사람에게 보살핌을 받고 있는지 확인해보기도 했다.

아, 해리, 내가 말했다.

그녀는 나를 보고 고개를 끄덕이기 시작했다. 그녀의 턱이 기계적으로 위아래로 까닥거렸다. 입을 일자로 다물며 쓴웃음을 지었고, 눈물을 참기 위해 실눈을 뜨고는 양 손으로 머리를 감싸고 앞뒤로 몸을 흔들었다. 아, 브루노, 그녀는 울었다. 어떡해야 할지 모르겠어.

그때 나는 어쩐 일로 상황에 적합한 말을 했다. 대단한 라이트훅이었어, 해리.

연습을 했거든, 브루노, 그녀가 말했다. 샌드백으로 연습을 했어. 그러더니 그녀는 부어오른 오른손을 들어서 보여주었고, 나는 벌써 멍이 들고 있다는 걸 알아챘다. 부상당한 전사는 내게로 힘없이 쓰러졌고, 나는 상투적 표현대로 그녀를 추슬러 일으켰다. 우리는 함께 절뚝절뚝 숙사로 걸어갔다. 그녀 손에 붕대를 감아주고, 우리의 재회를 축하했다.

'네 몸은/너만의 것이 되지도 않았고 내 몸을 내 것으로 남겨두지도 않았네.' 드넓었다, 그는, 휘트먼은, 그리고 탐욕스러웠다, 사람들에게 탐욕스러웠다. 그는 사람들을 보고, 듣고, 냄새 맡고, 맛보고, 만져보고 싶어했다. 그들의 인간다움 속에서 뒹굴었다. 그는 도시와 그 군중을 입체적인 현실로서 빨아들였다. 우리는 그날 밤 서로 몸을 겹친 채 해리의 커다란 침대에서 잠들었고, 잠들기 전에 나는, 수면이라는 위대한 민주주의 속에서 잠든 사람들을 훑어보며 전 세계를 항해하는 위대한 시인을 생각했다.

그녀에게 처음이자 마지막이 될 주먹싸움을 하고 나서, 해리는 룬이나 프로젝트나 원한에 대해 아무 말도 하지 않았다, 적어도 내게는 하지 않았다. 나 자신밖에 믿을 사람이 없었어, 그녀는 입버릇처럼 말했다. 나는 키르케고르적인 입장을 취하게 되었다. 키르케고르 철학은 비극적인 여왕과 어울렸다. 해리는 파란만장한 삶을 살았던 여성 철학자 마거릿 캐번디시를 때때로 인용했다. 캐번디시의 열렬한 희망은 죽은 뒤에 독자층을 찾을 수 있으리라는 것이었다. 뉴캐슬 공작부인은 영광스러운 사후의 삶에서 마침내 인정받는 꿈을 꾸었다. 나는 워낙 가부장주의적인 머저리라 해리를 만나기 전에는 캐번디시에 대해 들어본 적도 없었지만, 해리는 그녀를 사랑했다. 1673년 세상을 떠난 그녀의 작품은 삼백 년 이상 방치되고 묵살당하고 폄하되다가 다시 떠올랐고 세상 사람들의 주목을 받게 되었다. 해리는 공작부인을 남자들의 세상에서 만신창이로 두들겨 맞고 거부당한 누이로 받아들였다.

해리는 그녀의 마거릿에게로, 훨씬 예전에 시작했고 거의 다 완성했지만 끝내 만족하지 못해 결국 포기하고 말았던 괴물인 〈불타는 세계의 어머니〉로 돌아갔다. 그 거대하고 활짝 웃고 있는, 벌거벗은, 온열 처리가 된, 임신한 엄마가 젖가슴을 늘어뜨리고 있는 광경을 처음으로 스튜디오에서 대면했을 때 나는 소스라치고 말았다. 해리가 그 꼬마 티시를 위해 만들어주었던 다정하고 꿈꾸는 거대한 여자 노예와는 전혀 달랐다. 이 여자의 내면에는 수많은 세상들이 있었다. 고개를 들어 그녀의 뻥 뚫린 민머리 두개골을 들여다보면 작은 사람들, 바삐 움직이며 볼일을 보는 소인국 사람들이 수없이 많이 보인다. 그들은 뛰어다니고 펄쩍 도약한다. 춤을 추고 노래를 부른다. 축소판 책상에 앉아 컴퓨터, 타이프라이터, 책장을 마주보고 있다. 자세히 들여다보면 그들이 악보를 그리고, 소묘를 하고, 수학 공식과 시와 이야기들을 짓고 있다는 걸 알 수 있다. 어느 볼품없는 늙은이는《비주류 시인의 고백록》을 쓰고 있었다. 여자 걸리버의 머릿속에서는 일곱 쌍의 호색적인 커플이 그 짓을 하고 있었다—남자들과 여자들, 남자들과 남자들, 여자들과 여자들이 한바탕 난교를 벌이고 있었다. 피 튀는 칼싸움도 벌어지고, 총을 든 살인자가 희생자의 시신 위에 서 있기도 했다. 유니콘과 미노타우루스와 사티로스와 날개 달린 뚱뚱한 여성 천사와 다양한 인종의 통통한 아기들도 있었다. 아래층에서는—다시 말해 그녀의 거대한 음순 주름 사이에서는—이 비옥한 여가장이 낳은 또 하나의 소인 도시가 나오고 있었다. 해리는 그 효과를 내기 위해 서스펜션 와이어로 공들여 작업을 했다. 작은 난쟁이들 몇몇은 거대한 인형의 산도産道와 땅 사이의 허공에 매달려 있었다. 또 다른 것들은 이미 땅에 착륙해 기어 다니고 걷고 뛰어다니거나, 사방으로 흩어져 거대한 창조주에게서 도망치고 있었다.

해리는 그 작품이 완성되었다고 보지 않았다. 잘못 됐어, 너무 코믹해, 하고 그녀는 말했다. 그녀는 색색으로 글씨와 숫자들을 덧붙여 넣었다. 더 많은 인형들을 설치했다. 아무 상관없을 거야, 누가 보든 말든, 하고 그녀는 말했다. 그녀는 그것들을 만들어야만 했고 그래서 만들었다. 작고 완벽한 형상의 밀랍 사람들을. 어떤 인형들은 옷을 지어 입히고 나머지는 벌거숭이로 내버려두었다. 그녀는 거의 어디서나 작업할 수 있었다. 내가 소파에 앉다가 딱딱한 작은 몸뚱어리를 깔아뭉개고, 거대한 엉덩이로 남자나 여자나 아이를 질식하게 만든 게 한두 번이 아니다. 이런 사고들이 생기면 해리는 처참하게 흐트러진 그 인형을 내게서 뺏어 머리카락이나 손발을 매만져주며 온갖 법석을 떨었다. 어머, 너구나, 코넬리우스. 케이샤, 네가 어떻게 됐나 안 그래도 궁금했잖아. 해리의 왕국에서는 아무도 이름 없이 살지 않았다.

그녀는 글도 쓰고 책도 읽었다. 샌드백을 치기도 했고(좋은 운동이었고, 상존하는 분노를 푸는 카타르시스도 주었다) 여느 때와 다름없이 정신과 의사를 방문했다. 우리 집에 사는 광인을 다룬 메이지의 영화 〈몸의 기후〉가 9월에 나왔다. 뉴욕 시 13번가의 쿼드 시네마에서 열린 시사회에서 해리는 자긍심으로 얼굴이 빨갛게 달아올랐다. 메이지는 광기를 정상은 아니더라도 이해할 수 있는 것으로 보이게 하는 재주가 있었다. 영화가 반쯤 상영되었을 때 바로미터의 아버지 루푸스 두덱이, 아직도 아들들을 키워냈던 네브라스카의 황폐한 마을에 살고 있는 충혈된 눈의 지친 사내가, 막내아들 앨런(훗날의 바로미터)이 일곱 살 때 그린 천재적인 소묘를 치켜들고 카메라 밖에 있는 메이지에게 아내를 죽인 토네이도에 대해 얘기한다. 그와 아들들이 '남의 집에 놀러'간 사이에 가족들이 살고 있던 트레일러 벽이 푹 꺼져 아내가 압사당했다. 앨런 두덱의 어머니는 날씨 때문에 죽었다. 앨런은 뉴욕으로 가서 스튜디오 스쿨에 진학했지만, 정물화 수업 시간에 신경쇠약을 일으켜 이후 그가 거치게 될 수많은 정신병동들 중 최초의 곳으로 끌려갔다. 스물두 살에 그는 바로미터가 되었다. 바람을 잠재우고 일으키는 남자, 끝내주는 최첨단 성능을 지닌 한편 너무나도 연약한 신경체계로 반구의 움직임을 감지하는 남자가 되었다.

〈몸의 기후〉 이후에 메이지는 해리에 대한 영화 작업을 시작했다. 스튜디오에서 어머니를 쫓아다니고, 강가의 풍경들을 촬영하고, 해리가 자기 삶의 이야기를 하거나 '전개념적'이라든가 '체현' 같은 말들을 빈번히 섞어 사상을 설명할 때 카메라를 단단히 고정했다. 해리의 축 늘어진 자존심을 받쳐준 메이지에게 찬사를 바친다. 이 부분은 강조해서 말하고 싶다. 메이지가 없었으면 우리가 어떻게 살았을까 싶다고. 어마어마한 촬영분이 쌓였다. 딸은 지옥과 해일과 허리케인과 태풍을 무릅쓰고 어머니의 얘기를 할 작정이었고, 이 사실이 해리를 적어도 간헐적으로는 행복하게 해주었다.

나는 자서전 겸 회고록을 마무리하고 이디스 클링크해머(농담이 아니다)라는 이름의 여자한테 타이핑을 부탁했다. 에이전트들에게 우편으로 부쳤고, 몇 번인가 거절을 당한 후 에이전트가 되어주겠다는 회사를 만났고, (만세, 만세) 뉴욕의 출판사도 구했으며, 그러자 해리는 '거봐, 내가 뭐랬어'라며 나를 보고 우쭐해할 수 있었다. 지금 돌아보면 장밋빛 나날들도 있었다—우리가 서로를 되찾은 후 함께 누렸던 자유의 시간. 숙사의 예술가들은 모두 떠나고 바로미터만 남았고, 그의 존재는 의사와 약간의 리튬과 새로운 진단—정동장애—덕분에 예전보다 조금 더 질서정연해졌다. 전체적으로 나는 그 시절을 장밋빛이었다고, 말 그대로 장밋빛이었다고, 아침이면 커피와 베이글과 '안녕-나-이제-일하러-갈게-자기' 키스들로, 퇴근 후에는 야채를 다지거나 저녁식사 후 설거지를 하면서 별것 아닌 일로 수다를 떨며 소일하던 아늑한 나날들이었다고 말할 수 있다. 우리는 한목소리로 사악한 대통령을 야유했고 남자와 여자에 대해, 각각의 성에 있어 선천적인 것과 그렇지 않은 것에 대해 몇 번인가 고상한 싸움도 했다. 그렇다, 솔직히 말하자, 우리는 싸웠다. 싸웠지만 또한 섹스도 했고, 다시 솔직히 말하자면 더 이상 젊지 않았기에 너무 피곤해서 섹스고 뭐고 할 기운도 없던 밤들도 많았으며, 그럴 때면 대신 이야기를 나누었다, 예술과 시와 우리 꼬마들 에이븐과 브랜에 대해서, 우리가 결코 보지 못할 미래를 용감히 젊어질 아이들에 대해 이야기를 나누었다.

룬은 제 꾀에 넘어가 죽었고 〈뉴욕 포스트〉와 〈데일리 뉴스〉의 표제지를 장식했으며 〈뉴욕 타임스〉에서는 9쪽에 실렸다. 헤아릴 수 없는 다른 '지방방송'들이 그의 지구 탈출에 대한 견해를 피력했다. 언론의 아가리에서 룬에게 바치는 헌사들이 쏟아져 나왔고, 그와 함께 여전히 젊은 모습의 예술가가 작품 옆에서 보기 좋게 쭈그리고 앉아 있는 사진들도 여기저기 나왔다. 그중에는 〈저변〉도 있었다. 아니, 특히나 〈저변〉이 많이 나왔다. 예술잡지들은 그의 유산에 대해 특집호를 마련하여 그 출중한 악동이 살았더라면 이룩할 수 있었을 업적들을 추정했다. 그는 우울증에 시달린 모양이었다. 사실, 그 증세를 치유하기 위한 약들이 화장실에 약국이 무색하리만큼 쌓여 있었다. 우울증에 시달린 예술가를 향한 연민이 언론의 모공에서 줄줄 흘러 나왔다. 우울증은 화학적 불균형이라고 그들은 적었다. 불쌍한 사내는 자신의 망가진 두뇌 화학작용에 희생된 거라고.

해리에 대해서는 단 한 마디도 없었다. 그녀는 철저히 지워지고 잊혔다. 〈오픈 아이〉와 엘드리지의 편지는 해리에게 스포트라이트를 비춰주려는 의도였지만, 누군가 조명 스위치를 켜는 걸 잊은 모양이었다. 어느 날 밤 맛있는 대구와 브로콜리 요리를 먹으며 해리는 룬을 만났던 그날 들었던 섬뜩하게 싸늘한 목소리로, 예전에는 그에게 상처를 주고 싶었지만 이제 죽고 나니 아무 감정도 들지 않는다고 선언했다. 그는 죽었지만, 그녀 역시 그에게 있어서 죽었던 것이다. 그 이야기에, 그 가명들에 죽은 몸이었다. 그녀의 빛나는 수레는 목적지에 도달하기 전 사고가 났고, 그의 수레 역시 마찬가지였다. 해리는 그가 자살을 원했을 거라 믿지 않았다. 다른 도리가 없었던 것이다. 그녀는 심지어 자기가 생각했던 것보다 훨씬 더 옳았다. 실세들은 그녀의 예술을 끝내 받아주려 들지 않았다. 그게 그녀의 것이라는 이유로 말이다. 해리엇 버든은 무명인이었다. 커다랗고 뚱뚱하고 아무도 인정해주지 않는 무명인이었다.

나는 해리가 집착을 끝내기를 간절히 바랐고, 그래서 테이블 맞은편에 앉아 있는 뻣뻣하고 원한에 차고 패배한 여자의 모습에 초조해졌다. 예전의 활력과 독기가 차라리 사무치게 그리웠다. 하다못해 단 한 시간 정도라도 용처럼 기세등등한 여자가 돌아오기를 열렬하게 바랐다. 그래서 나는 그 개새끼한테 날린 강펀치 두 방이 꽤 기분 좋지 않았느냐고 여성 복서에게 물어보았다. 그러나 해리는 그저 싸늘한 눈으로 나를 물끄러미 바라보기만 했다. 그 주먹질은 아무 의미가 없었어, 그녀가 말했다. 그건 원했던 결과를 내지 못했고, 그러니 무의미한 일이었어. 난 그에게 모욕을 주고 수치를 느끼게 하고 싶었고, 그가 내 앞에 비굴하게 무릎 꿇기를 원했어—아니, 그 비슷한 거라도. 하지만 실패했어. 나는 그때 해리에 대해 궁금한 게 생겼다. 그녀가 누군지, 내가 정말로 그 여자를 알고 있는 건지 아리송해져버렸다. 그 여자는 너무나 냉혹해질 수 있었다.

그 이야기는 끝났다고 말했을 때, 그녀는 자기가 한 말을 틀림없이 믿고 있었다. 하지만 나중에 나는 그녀가 아직 그 이야기를 완전히 놓지는 못했다는 걸 알게 되었다. 어느 날 오후 〈퍼블리셔즈 위클리〉에 별점이 달린 내 책 리뷰가 실렸고, 나는 거기에 "커다란 파문"과 "섬세하다"는 표현이 있다고 말해주려고 그녀가 작업을 하던 스튜디오에 불쑥 들어갔다. 몰래 들어간 건 놀라게 해주고 싶어서였다. 리뷰를 들고 문간에 까치발로 들어서다가, 가위를 들고 긴 목재 책상 앞에 구부정하니 앉아 미간을 찌푸리고 앞에 놓인 책에 집중하고 있는 그녀의 모습을 보았다. 다가가서 내려다보니 그녀가 뭘 하고 있었는지 보였다.

그녀 앞에 놓인 책은 《룬의 서》였다. 알고 보니 해리는 〈저변〉과 이제는 고인이 된 배신자에 대한 모든 기사를 읽고 오려서 1950년대의 주부가 조리법을 정리하듯이 조심스럽게 두툼한 구식 스크랩북에 정성껏 붙여두고 있었다. 그녀의 설명을 들을 필요도 없었다. 그건 분투의 기록이었고, 해리가 '증식'이라고 부른 텍스트들이었다.

그날 이후로 우리에게 주어진 시간은 일 년이 채 못 되었지만, 그 중 일곱 달이 지난 후에야 해리의 병명이 밝혀졌다. 가끔 그녀는 몸이 붓고 변비가 생긴다고 투덜거렸지만, 예순 넘어서 몸이 붓고 변비에 시달린다고 불평하지 않는 사람이 어디 있겠는가? 그녀는 쉽게 포만감을 느꼈고 더 먹지 못해서 약간 말랐지만 체중이 극단적으로 줄지는 않았다. "썩 좋지 않은" 기분이라고 했고 "약간 처진다"고 했지만, 그게 다였다. 그녀는 병원에 가서 검사를 받아보겠다고 했다.

검사로 발견된 결과를 내게 말해주면서, 그녀는 하얗게 질린 얼굴로 부엌에 서 있었다. 지금 죽을 수는 없어. 어떻게 내가 지금 죽을 수 있어, 브루노?

해리는 죽고 싶어하지 않았다.

나는 새로운 용어들을 배웠다. 상피기질세포 종양, 용적축소 수술, 면역 증강제 화학요법. 그들은 확실히 그녀의 용적을 축소했고 최대한의 암세포를 들어냈지만 이미 암은 간까지 퍼져 있었고, 제기랄, 그건 사형선고였다. 하지만 의사들은 만에 하나 수명을 연장할 수 있는 치료법이나 예외적 사례 같은 소리를 중얼거렸다. 물론 흔치 않죠, 아주, 아주 희귀하죠, 그건 사실입니다, 그들은 눈길을 피하거나, 혹은 비겁하지 않다는 걸 보여주기 위해 오히려 시선을 똑바로 마주보며 그렇게 말했다. 화학요법은 그녀를 창백하고 구역질나고 쇠약하고 어지럽게 만들었다. 그러나 종양들은 충분히 줄어들지 않았다, 그녀를 구할 수 있을 만큼 줄어들지 않았다.

손가락으로 배를 움켜잡거나 관자놀이를 꾹 누른 채, 해리는 모르핀으로도 어쩔 수 없는 통증에 눈멀어 병원 침상에서 몸부림치며 울부짖고 운명을 원망했다. 그녀의 공허한 얼굴, 눈물이 흐르는 핏발 선 붉은 눈, 일그러진 입가. 그녀는 의사들과 간호사들을 저주했고, 나를 저주했고, 주위에 있는 사람을 아무나 붙잡고 저주를 퍼부었다. 병동을 뚫고 퍼지는 사이렌 같은 목소리로 저주를 퍼부었다. 용 같은 나의 여인이 돌아왔다. 어째서 나를 고문하는 거야? 그러면 하얗고 파란 가운을 입은 사람들이 달려와 다른 환자들을 생각하라며 그녀를 꾸짖었다. 저 사람들도 좀 평화롭게 있을 권리가 있잖아요, 안 그래요? 어쨌든 환자가 해리밖에 없는 건 아니었으니까. 종양으로 다리 한 쪽을 잃은 P. 부인을 보세요. 세상에, 그녀는 해리보다 확실히 더 아픈 여자였다. P. 부인을 보세요. 점잖게 계시잖아요. P. 부인은 급속도로 죽어가고 있었다. 불쌍한 P. 부인을 보고 잠시 반성하여 마음이 아파진 해리는 침대에서 훌쩍거리며 울었다. 나 죽고 싶지 않아.

해리는 그들이 자기 배를 가르게 했다. 모든 생식기관을 들어내고 더 많은 신체 부위를 제거하고 봉합하도록 허락했고, 한 사람만 빼고(델마) 대체로 친절한 간호사들과 함께 침대에서 시들시들 말라가게 방치하도록 허락했다. 그들이 화학요법으로 제 몸에 독을 넣고 정맥주사에 몸을 매달게 하고, 그녀가 다섯 살짜리인 듯 하대하는 것도 참았다. 살고 싶었기 때문에. 그녀는 그들이 그녀를 구해주고, 그녀에게 기적을 행하고, 다시 예전의 그녀로 되돌려 주기를 바랐다. 그들은 그녀에게 손도 대지 말았어야 한다, 난 이렇게 말하고 싶다. 빌어먹을 손도 대지 말았어야 한다. 마약성 진통제를 한 트럭 실어서 그녀를 집으로 보내주고 그냥 내버려뒀어야 한다. 메이지와 나는 생각이 달랐다. 메이지와 나는 독하게 싸웠다. 메이지는 부산을 떨며 청소를 하고 어머니의 머리를 닦아주고 허벅지에 배어나온 오줌을 닦아주고 먹지도 못할 샌드위치를 자바스에서 사왔다. 제발 그냥 내버려둬, 나는 그애한테 쏘아붙인 적이 있다. 그냥 좀 가만 둬. 메이지는 울었다. 나는 사과했고, 우리는 화해를 했다. 이선은 트라우마에 빠졌다. 눈을 똥그랗게 뜬 말없는 버전의 트라우마였다. 그는 벽에 기대서서 지켜보았다. 아주 가끔씩 가슴 앞으로 팔짱을 끼고, 윗 팔뚝을 움켜쥔 채 몸을 앞뒤로 흔들었다.

우리는 숙사에 호스피스 시설을 준비했지만 해리는 더 악화되어 싸움을 걸어올 기운도 없었다. 다만 아주 가끔씩 꿰찌르는 곡소리나 가래침이 방을 가로질러 날아올 때가 있었을 뿐. 어느 날 스위트 오텀이 괴상하고 왜소한 얼간이 하나와 함께 치료용 돌멩이며 조가비가 가득 든 봉지를 들고 미친 뉴에이지 헛소리들이 잔뜩 든 대가리로 찾아왔다. 그녀는 마지막까지 머물렀다. 우리 맘대로 했다면 그녀를 쫓아냈겠지만, 해리는 그녀를 좋아했다. 해리는 그녀의 새빨간 입술과 요정 공주 같은 금발 곱슬머리와 재잘거리며 수다를 떠는 하트 모양 작은 얼굴을 좋아했다.

이 글은 나로서는 쓰기 힘들다. 나는 힘겹게 말들을 내뱉는다. 한 단어 한 단어가 입안에 돌멩이처럼 걸린다. 해리의 통증은 번개처럼 내려쳐 사지를 딱딱하게 굳혔다. 우리는 방울져 떨어지는 진통제의 양을 늘렸다. 그녀는 빳빳하게 똑바로 드러누워 끙끙 앓았고, 내가 그녀의 머리를, 목을, 어깨를 쓸고 어루만지게 해주었다. 나 착하게 굴게, 그녀가 속삭였다. 착하게 굴게, 브루노. 나를 떠나지 마. 무서워. 나는 절대 떠나지 않겠다고 말했고, 떠나지 않았다. 그녀가 나를 떠났다. 마지막 말은 '아니'였다. 그녀는 몇 번이나 그 말을 했고, 죽기 전에 웅얼거렸다. 그 소리는 그녀 허파 깊숙한 곳에서 나왔다, 전율하며, 메마른, 시끄러운 소리였고, 우리는 지켜보았다. 해리는 2004년 4월 18일 오후 세 시 정각에 죽었다. 봄날의 공기와 햇살이 얼굴에 닿을 수 있도록 방의 창문을 활짝 열어놓은 채로.

나쁜 사람, 제기랄, 나쁜 사람이야, 당신, 해리, 나를 그렇게 일찍 떠나버리다니.

티모시 하드윅

(“룬의 에고 머신: 새로운 미학의 전령”, 〈비저빌리티: 예술잡지〉 2009년 2월호)

룬의 마지막 작품 〈후디니 스매시〉는 현재 영화와 그 ‘퍼포먼스’의 건축적 유물로 남아 있으며, 비평가들로 하여금 다시 한 번 예술의 본질에 대해 의문을 던지라고 요구한다. 아서 단토는, 서구 예술의 지배적 서사가 종언에 다다른 시점은 워홀이 슈퍼마켓의 물건들과 구분할 수 없는 예술을 창조한 순간이라는 설득력 있는 주장을 폈다. 워홀 이후의 시대에서 룬의 〈후디니 스매시〉는 시작과 끝이라는 생각 자체에 대한 명상으로서 은유적 의미를 갖는다. 단순히 예술에서뿐만 아니라 급속히 구분이 불가능해지고 있는 범주들, 생물학적인 것과 인위적인 것의 구별이 와해되는 것에서도 마찬가지로 적용된다. 우리는 바야흐로 하이브리드 바이오-로봇의 시대, 과학자들이 의식 그 자체를 메타 재현한 조물의 연산 모델을 만들고 있는 시대에 입성했다. 이십 년, 아니 삼십 년 이내에 의식의 신경

대응물이 발견되고 인위적으로 복제되리라고 믿는 사람들이 많다. 오랜 세월 동안 풀 수 없다고 간주되었던 수수께끼가 곧 풀릴 것이다. 의식이라는 난해한 문제는 이중나선 구조와 같은 길을 걷게 될 것이다.

룬의 〈후디니 스매시〉는 에고 머신의 탄생을 예견한다. 인간이 창조한 이 예술적 소산은 그 자체로 의식이고, 창조성의 의미를 파격적으로 변화시킬 테크놀로지의 도래를 의미한다. 왜냐하면 예술가들은 자아-모델을 지닌 예술 오브제를 창조하게 될 것이기 때문이다. 즉 생각하고 행위하는 미학적 창조물들이나 로봇 피조물을 만들 수 있게 되리라는 말이다. 〈아트 어셈블리〉와의 인터뷰에서 룬은 인공지능과 그 파격적인 잠재성에 매혹되어 있다고 밝힌 바 있다. 베르너 빈지와 레이 커즈와일(구글의 엔지니어링 이사로, 연산 능력이 기하급수적으로 증가하여 인공지능이 현실화되고 기술적 특이점이 도래할 것이라고 주장했다—옮긴이)을 인용해 룬은 이렇게 말했다. "사람들이 알든 모르든 인공지능은 예술의 최첨단입니다. 예술가들에게 살아 움직이고 지능을 가진 작품들을 창조할 연장을 제공해 예술 작업을 혁명적으로 변화시킬 테니까요." 커즈와일은 다음과 같은 말로 자신의 유토피아적 관점을 설명했다. "우리가 물질의 최적 연산 능력을 제어하는 법을 서서히 배우게 되면, 우리의 지능은 빛의 속도로 (아니면 그 이상으로) 우주를 가로질러 확산될 것이고 궁극적으로 숭고한 우주적 규모의 각성에 다다르게 될 것이다." 룬이 커즈와일 같은 미래학자의 낙관주의를 지지했을 가능성은 낮다.

룬이 영상에서 의례적으로 주사한 약으로 죽음을 의도했던 거라고 주장하는 사람들이 있긴 하지만, 본 평자는 사실 정반대라고 믿는다. 자기만의 미래주의에 경의를 표하기 위한 작품 연작의 일환으로 룬은 수면 시간을 계획했고 궁극적으로 깨어날 시간을 재서 복수의 카메라로 촬영하려 했다. 그 구조물에서 예술가의 몸은, 더 큰 해부학적 기계로 간주할 수 있을 전체 작품에서 하나의 국부, 장기, 혹은 사지에 불과할 뿐이다. 생물학적 몸은 인위적 팔다리, 디지털 스크린, 그 몸을 에워싼 허물어지는 벽과 통로들과 구분되지 않는 것으로 간주된다. 이전 작품—복잡한 대규모 미로 설치작품 〈저변〉—에서 상당 부분을 빌려와서, 룬은 마치 자체 붕괴되어 본질적으로 이전 작품의 폐허 파편이 되어버린 것 같은 형상의 훨씬 더 압축된 미로 구조물을 구축했다. 평단의 찬사를 한몸에 받은 〈저변〉에서 그는 오브제와 영화의 반복을 활용했고, 그중 일부는 9·11 사태에 대한 날선 인용이었으며, 이를 통해 처음으로 자신의 예술에 애상적이고 서정적인 자질을 도입했다. 반면 〈후디니 스매시〉는 그가 〈글래머의 진부함〉에서 보여준 효과들과 다르지 않은 기계적 착란 상태를 환기한다. 룬의 숭고는 커즈와일의 유토피아가 아니며, 훨씬 어두운 버전의 황홀한 변신이다. 이에 대해 그는 예의 〈아트 어셈블리〉 인터뷰에서 이렇게 설명한다. "예술가는 더 이상 자신의 예술을 제어할 수 없을 겁니다. 예술은 설계자와 독립적으로 작동할 것이고, 그럼으로써 흥분되고 위험한 새로운 상호작용의 영역을 창조할 것입니다."

〈후디니〉에서 관객은 예술가가 작품 한가운데 있는 관 같은 공간으로 기어들어가는 모습을 보게 된다. 관 속에는 호사스러운 분홍색 새틴이 덧대어져 있고 빨간 십자가로 뒤덮인 베개가 있는데, 이 역시 이전 작품에 대한 인용이다. 관객은 룬이 천천히 담배 한 대를 피우고 불을 끈 후 호주머니에 손을 넣었다가 카메라에 주먹을 들어 보이고 왼쪽 손바닥을 펴 한 줌의 하얀 알약들을 보여주는 모습을 보게 된다. 그는 그 알약들을 물 한 잔으로 삼킨다. 텅 빈 유리잔을 자기 옆에 있는 컵 홀더에 끼우고 의례를 행하는 샤먼처럼 얼굴을 부드러운 가면으로 가리는데, 〈저변〉의 창문에서 전시했던 가면들과 동일하다. 그는 똑바로 누워 위에서 촬영하고 있는 카메라 한 대를 응시한다. 그가 컨테이너에 자리를 잡고 누운 뒤, 관객은 룬의 몸이 인간에서 탈인간으로 변화하는 모습을 보게 된다. 거대한 헬멧 같은 형태가 머리에 씌워지고, 다수의 빛나는 알루미늄 사지가 상자에서 튀어나와 천천히 움직이기 시작한다. 50년대 SF영화에 대한 인용이 즉각적으로 명백하게 드러나지만, 이 영상의 소스라치게 놀라운 진짜 성질은 시간이 흐르면서 서서히 밝혀진다. 기계 팔다리들은 점점 더 빨리 움직이기 시작하고, 복수의 카메라 시점은 복수의 스크린들에 포착되어 복수의 앵글로 하이브리드 신체를 굴절시키고 파편화한다. 눈이 감긴다. 에고 머신은 잠들지만, 그 팔다리와 다중의 디지털 이미지들은 수 시간 동안 계속되다 천천히 정지한다.

다음 날 레베카 대니얼스가 스튜디오에 들어왔을 때 룬은 이미 숨을 거둔 후였고, 그의 몸은 사후경직 상태에 들어가 있었다. 작품을 기록한 카메라들은 그녀의 발견도 기록했지만, 버리지 갤러리는 대니얼스의 사생활을 보호하기 위해 영상 후반부를 공개하지 않았다. 이것은 전적으로 이해할 수 있는 처사지만, 영화의 시작은 규정되었어도 마지막은 무작위였다는 주장을 할 수 있겠다. 의도적이건 아니건 예술작품 자체는 죽음의 '컨테이너', 예술가의 시체를 담는 관으로서의 기계가 되지만, 기계는 그 생물학적 부품의 죽음을 넘어 '살아남는다'. 〈후디니〉는 엘리자베스 쿠퍼가 〈아트 다이제스트〉에서 주장하듯 '스너프 영화'나 '의사와 괴물이 하나로 합쳐지는 호러 서사'가 아니다. 시뮬라크라의 스펙터클이다. 〈시뮬라크라와 사이언스 픽션〉에서 보드리야르는 이렇게 썼다. "이제 사이버네틱스적 의미로서 시뮬라시옹의 무대는 완성되었다. 그 말은 곧 이런 모델들을 조작하는 모든 종류의 행위를 뜻한다(가설적 시나리오들, 시뮬레이션된 상황의 창조 등). 그러나 이제 그 무엇도 이 관리-조작을 현실과 구분하지 못한다. 이제 더 이상 픽션은 없다." 현실과 가상, 생물과 무생물, 예술가와 창조물은 하이퍼리얼의 영역으로 들어왔다. 그리고 이 영역에서 이런 고색창연한 구분들은 머지않아 완전히 지워질 것이다.

커스틴 라슨 스미스

(인터뷰, 2011년 11월)

헤스: 2003년 오빠가 사망한 이후로 공개적으로 얘기하는 걸 원치 않으셨죠. 어째서 저와 인터뷰를 하게 되셨는지 말씀해주시겠습니까?

스미스: 오즈월드 케이스가 룬에 대해서 쓴 책을 읽은 후로, 오빠에 대해 몇 가지 사실들을 바로잡고 싶다는 생각을 해왔어요. 오빠가 세상을 떠난 지 8년이 지났고, 전화로 선생님과 통화를 한 후 제 입장을 얘기할 준비가 되었다는 걸 깨달았어요. 몇 년 동안 쌓여온 얘기예요.

헤스: 그 책이 오빠를 잘못 해석했다고 느끼십니까?

스미스: 당연하죠. 일단 그는 룬을 무슨 빈곤 가정의 아이처럼 바꾸어놓았어요. 그가 쓴 글 대로라면 오빠는 트레일러 뒤의 숲속을 뛰어다니며 놀던 더러운 꼬마 백인 쓰레기였고 팔로 콧물을 닦고 통조림으로 저녁식사를 때운 것처럼 보인다고요. 아빠는 클린턴에서 제일 큰 정비소를 소유하고 운영했어요. 우리 엄마는 2년제 대학을 졸업했고 훌륭한 재봉사였어요. 다른 도시였더라면 의류 디자이너로 일했을 거예요. 우리는 가난하지 않았어요. 좋은 집에서 살았고 차를 두 대나 몰았어요. 케이스는 우리를 정말로 아는 사람들과는 얘기도 해보지 않았어요. 기껏해야 허겐비크 부인 정도였는데, 그때쯤엔 치매가 왔을 뿐 아니라 처음부터 심보가 못된 여자였죠.

룬은 나보다 네 살 위였어요. 아빠는 내가 걸음마를 하던 날부터 오빠 뒤를 졸졸 쫓아다녔다고 하세요. 그리고 룬은 작은 그림자 같은 내게 상당히 잘 해주었죠. 나중에 그리 훤칠하게 컸으니까 믿기 힘들겠지만 룬은 왜소하고 뚱뚱한 아이였어요. 사탕, 만화, 레고, 영화를 좋아했죠. 아침마다 신문을 읽었고, 청바지 뒷주머니에 항상 갖고 다니던 작은 책에 마음에 든 기사들에 대해 메모했죠. 운동을 잘했더라면 시사 뉴스들을 적어서 갖고 다니던 그 작은 책이 별로 중요하지 않았을지도 모르지만, 룬은 스포츠에 젬병이라 다른 아이들의 놀림감이 되었어요. 그러다가 열네 살이 되던 해에 갑자기 키가 20센티미터 이상 자랐고, 늘 여자들의 전화와 연애편지를 받는 훤칠하고 잘생긴 청년이 됐죠.

룬이 케이스의 귀가 떨어지도록 자기 삶에 대한 얘기를 떠들어댔을 거라 믿어 의심치 않지만, 우리 오빠는 사실을 과장했어요. 일종의 버릇이 된 거죠. 대놓고 거짓말을 할 때도 자기 마음대로 좌지우지할 수 있었고, 가끔은 그렇게 이리저리 끌고 당기는 말들에 진실이 거의 남아 있지 않기도 했죠.

헤스: 하지만 제 기억이 정확하다면 케이스는 룬이 자신에 대한 신화들을 배양했다고 썼는데요. 제가 생각하기에는 룬이 한 말을 모두 믿지는 않았던 것 같거든요.

스미스: 그럼요, 룬이 말한 걸 전부 믿었을 리가 없죠. 하지만 룬이 꾸며낸 얘기들과 과장들을 무슨 환상적인 업적이라도 되는 것처럼 만들었어요. 있잖아요, 룬의 창의성이 너무 뛰어나서 이런저런 이야기를 했다는 둥, 그가 거짓말을 하고 모두에게 비밀을 갖고 있었다는 게 멋지지 않냐는 입장을 취했다고요. 그건 변태적이지 않나요? 케이스는 유명한 예술가라면 보통 사람들처럼 윤리적이지 않아도 된다고 생각하는 거 같아요. 게다가 케이스는 엄마를 너무 조잡하고 야비하게 묘사해서, 저는 그게 정말 화가 났어요.

헤스: 어머니가 부정확하게 묘사되었다고 느끼셨나요?

스미스: 어머니는 술을 드셨어요. 그건 케이스의 말이 옳아요. 엄마의 하루 주량은 사실 우리 모두 정확히는 몰랐다고 생각해요. 엄마가 숨겨왔기에 그 문제는 점점 악화되었지만, 수년 동안 엄마는 상당히 잘 대처하셨어요. '한심하고 징징 짜는 여자 술고래'가 아니었단 말이에요. 이건 그 책에서 쓴 표현 그대로예요. 우리 엄마는

마술 같은 미소를 지닌 분이셔서 수지 대고모님이 '선샤인'이라고 부르셨다고요. 우리가 아는 어른들 중에서 아이들과 놀아주는 법을 가장 잘 아시는 분이었어요. 뛰어다니며 공중제비도 넘고, 우리 집 뒤에 있던 정글짐에 거꾸로 매달려 그네를 탈 줄도 아셨어요. 치마와 바지를 감치고 손님들을 위해 수선을 해주느라 열심히 일하셨고, 나와 룬에게 예쁜 정장들을 지어주길 좋아하셨어요. 할로윈에 우리 모습을 보셨어야 된다고요. 엄마는 반짝거리고 바스락거리는 내 공주 옷들을 나보다 더 좋아하셨던 것 같아요. 아시겠지만, 엄마는 예전에 넋이 쏙 빠지게 아름다운 그런 소녀였거든요. 거리를 걸을 때마다 사람들 고개가 획획 돌아갔어요. 엄마는 그냥 일상적으로 클린턴에서 거리를 걷고 있는데 어떤 남자가 그녀를 붙잡아 세우고 "당신은 내 평생 본 가장 아름다운 여인이에요"라고 말했던 이야기를 즐겨 해주셨어요. 그게 다예요. 그 남자는 자기 갈 길을 갔지만, 그 얘기를 할 때마다 엄마의 눈빛은 반짝거리고 초롱초롱해졌죠. 아름답다는 게 최고의 자산이라면, 사람은 나이가 들 수밖에 없으니 당연히 낙담하게 되는 거죠. 엄마는 자칭 몽상가라고 하셨어요. 그리고 입버릇처럼 내게 말씀하셨죠. "너는 현실적인 아이지, 커스틴. 룬은 몽상가란다. 너는 네 아버지 같아. 룬은 나 같고."

엄마는 심약한 분이셨어요. 가끔은 유리처럼 부서져버릴 것 같다는 생각이 들 때가 있었어요. 그냥 어느 날 와장창 깨져버릴 것 같았죠. 그리고 정말로 그러셨던 것 같아요. 우리는 자나 깨나 어머니 걱정이었어요. 아침이면 엄마가 일어났는지 문밖에서 기척을 들었죠. 침실에서 걸어 다니는 엄마 소리가 들리면, 학교 가기 전에 아침식사를 하실 테니 다 괜찮으리라는 걸 알았죠. 엄마가 아픈 날이면—엄마가 술을 너무 많이 드셨을 때면 룬과 나는 엄마가 아프다고 말했죠(알코올중독은 병이니까, 그 말이 사실 꽤 정확하기는 하죠). 엄마가 일어나지 못하실 정도로 아플 때는 룬이 핑계를 꾸며내서 결석을 하고 엄마와 함께 있었어요. 아빠는 정비소에 일하러 가셔야 했으니까요. 룬은 엄마 점심을 차려드리고 식사하시는 걸 보고 잘 넘겼는지 확인까지 했어요. 나도 가끔 집에 있었기 때문에 잘 알아요. 오빠는 거실을 청소기로 밀고 정리하고 화장실도 청소했어요. 아홉 살인가 열 살쯤에는 아주 전문가가 됐단 말이에요. 그래요, 엄마는 감상적인 술주정뱅이였어요. 술만 마시면 룬 말대로 아주 감상적이 되셨죠. 우리는 보드카 병을 찾기만 하면 화장실 변기에 술을 따라버렸어요. 하지만 엄마는 똑똑하셨고, 당연히 우리가 술병을 다 찾아냈을 리가 없죠. 엄마는 술 냄새가 나지 않았기 때문에 보드카를 마셨고, 무엇에든 다 섞어 마셨어요. 가끔은 울기도 했고, 그러면 룬은 엄마 옆에 앉아서 토닥거리면서 휴지를 건네 드렸어요. "너무 미안하다, 얘들아." 엄마는 그 말을 하고 또 했고, 나를 정말 세게 안아주셨어요.

룬은 나이가 들면서 엄마한테 책임감을 느꼈고, 겉으로 드러내지는 않았지만 마음속으로는 정말 화가 났던 것 같아요. 물건을 슬쩍해서 자기 방에 숨기곤 했죠. 엄마 지갑에서 몇 달러를 슬쩍하거나 새로 산 감자 칩 한 봉투, 아니면 찬장에서 쿠키를 훔치기도 했어요. 가게에서 물건들을 몰래 갖고 온 것도 순전히 스릴을 즐기기 위해서였던 것 같아요. 오빠의 '보물창고'에는 식품점의 현금 출납기 근처에 달랑달랑 매달려 있던 열쇠고리니 손전등이니 하는 싸구려 장식품들이 있었어요. 오빠는 물건들을 숨겨야 할 필요가 있었고, 비밀을 가질 필요가 있었어요. 룬은 우리 둘만을 위해서 특별한 암호를 만들어냈어요. 지나치게 복잡하지도 않았어요. 단어의 글자 하나하나마다 두 글자 뒤에 오는 글자를 넣어서 비밀 메시지를 만든 거예요. Y와 Z는 그대로 남겨뒀고요. 그래서 가끔은 클라리넷 레슨이 끝나고 집에 오면 식탁 위에 쪽지가 있곤 했어요. OQO KU UKEM. 엄마가 아파Mom is sick. 우리는 정말 능숙해졌죠. 죽기 얼마 전 룬은 내게 전화해서 MKTUVGP라고 말했어요. '믹투브가-파'라고 발음되죠. '커스틴'을 암호로 만든 거에요. 오빠는 정말로 오랫동안 나를 그렇게 부르지 않았어요. 그 정신 나간 단어들을 발음하기 위해서는 중간에 모음을 넣어야 했지만, 무슨 말인지는 아시겠죠.

룬은 부모님 사이가 좋던 때가 기억난다고 내게 말해주곤 했어요. 나는 싸우시던 것만 기억나거든요. 몸싸움이 아니라 소리 지르고 울고 문을 쾅 닫고 나가고, 아니면 침묵이었어요. 두 분은 거의 말씀을 안 하셨고, 옷깃이나 스치고 지나가는 남남처럼 사셨어요. 저는 침대 위 오빠 옆으로 기어 올라가서 '옛날' 얘기를 해달라고 조르곤 했어요. 그러면 오빠는 아빠가 엄마를 위해서 발렌타인데이마다 커다란 꽃다발과 발렌타인 카드를 준비해 갖고 들어오셨다고, 그리고 옛날 그 시절에는 엄마가 술은 입에도 대지 않았다고 얘기해주면서 날 재워줬어요. 오빠는 두 분이 한 쌍의 원앙처럼 서로 뽀뽀하고 안아주면서 거실에서 함께 춤추셨다고 했죠. 나이가 들면서 저도 그게 다 꾸며낸 얘기라는 걸 알게 됐지만, 그래도 중요한 건 나를 위해서 꾸며낸 얘기였다는 거죠. 케이스는 책에서 내 직업도 놀림감으로 삼았어요. 도저히 믿을 수가 없더군요. 그 인간한테는 모든 게 농담인가 봐요. 내 일이 십중팔구 룬의 예술에 영향을 미쳤을 거라고 썼는데, 그 사고에 대해서는 단 한 마디도 쓰지 않았어요.

헤스: 그 사고요?

스미스: 제가 열한 살 때 난 사고예요. 친구 세 명과 함께 발레 수업을 받으러 가던 길이었죠. 제시카 어머니가 차를 몰고 계셨고, 전 조수석에 앉아 있었어요. 그날 여자애들이 나한테 고약한 냄새가 난다고 했기 때문에요. 정말이지 여자애들은 너무도 바보 같고 못되게 굴 때가 있어요. 전 애들이 수준 안 맞고 한심해서 같이 놀아줄 수 없는 척했죠. 아이들은 다들 뒷자리에 올라탔고 내가 탈 자리는 없다고 했어요. 그래서 결국 앞자리에 앉았는데, 그게 굉장히 중요한 부분이에요. 왜냐하면 몇 분 후 교차로에서 어떤 차가 신호를 무시하고 달려와서 자동차에서 제가 앉아 있던 쪽을 들이받았거든요. 제가 마지막으로 기억하는 건 무릎 위에 놓여 있던 제 발레 슈즈의 더러운 회색 바닥이에요. 깨어났을 때 저는 갈비뼈가 부러지고 등의 인대가 찢어지고 어깨가 탈골되고 턱이 부러지고 얼굴에 자상을 입고 있었어요. 하마터면 죽을 뻔했기 때문에, 다들 내가 운이 좋았다고 했어요. 그들은 내 얼굴을 봉합했지만, 켈로이드와 흉터조직을 고치기 위해 수년에 걸쳐서 여섯 번이나 성형수술을 받아야 했어요.

그런데요, 웃기는 건 사고가 나니 곧바로 사정이 훨씬 나아지더라고요. 그러니까 집안사정 말이에요. 엄마는 내 곁을 지켜주셨고

술도 안 드시고 정신도 말짱하신 것 같았어요. 그리고 아빠는 퇴근 후에 곧장 병원으로 오셨어요. 별 말씀은 안 하셨고, 내 턱도 철사로 고정되어 있어서 한 마디도 할 수 없었어요. 애초에 고개만 끄덕여도 아팠지만, 아빠는 제 손을 잡고 꼭 힘을 줬다가 풀었다가 또 꼭 힘을 주시곤, 정말 안쓰럽다는 표정으로 저를 보고 미소를 지었어요. 룬은 아이스크림 막대로 작은 집들을 지어줬는데 그것들도 마음에 꼭 들었죠. 그리고 긁힌 데 하나 없이 멀쩡하게 차에서 걸어나온 제시카, 지나, 엘렌이 죄책감에 시달리면서 카드와 꽃다발을 갖고 왔고, 그것도 기분이 좋았어요.

의사들은 정말 훌륭하게 치료해주었고, 보시다시피 이제는 아주 작은 흔적들이 남았을 뿐이에요. 하지만 옛날의 얼굴을 잃은 건 힘들었어요. 엄마는 처음에 나를 보시고 흐느껴 울고 또 우셨어요. 제 말은, 여자애가 그런 얼굴을 하고 어떻게 살아야 하냐,는 거였어요. 제가 안면보형물 전문 기술자가 된 건 사람이 얼굴을 잃는다는 게, 다른 모습이 되어 일그러진 생김새로 산다는 게 어떤 의미인지 알기 때문이에요. 이건 엄청나게 흥미로운 일이고 정말이지, 세상에는 제가 꿈도 꾸지 못할 만큼 최악의 상황에 빠진 사람들이 많아요. 그리고 사람의 정체성을 복원해주기 위해 제가 할 수 있는 한 최선을 다한다는 건 긍정적인 일이죠. 그게 그렇게 웃기는 일이라고 생각하진 않아요, 안 그래요? 룬이 〈글래머의 진부함〉을 만들었을 때 저는 오빠가 병상에 있던 저를 생각하고 있었다는 걸 알았어요. 내가 받은 수술들이며, 그게 얼마나 힘들었는지도 생각하고 있었던 거예요. 그 작품은 사적인 것이었어요, 아시겠어요. 책에서 케이스는 룬이 만든 작품 중에 사적인 건 없는 양 하죠. 그는 오빠를 사람이 아니라 로봇으로 만들었지만, 우리 오빠는 전혀 그렇지 않았어요. 오빠의 문제들은, 물론 오빠는 문제가 있는 사람이었지만, 아무튼 개인적인 거예요. 그리고 말이 나온 김에, 아빠는 그 고양이 새끼들을 물에 빠뜨려 죽이지 않았다는 얘기도 하고 싶네요.

헤스: 하지만 고양이 새끼들이 물에 빠져 죽긴 했죠?

스미스: 그건 사고가 나기 전에 있었던 일이에요. 제가 일곱 살이고 룬이 열한 살 때였죠. 길고양이 한 마리를 집에 들이고 조라고 불렀는데, 우리 빨래통 안에 새끼를 낳는 바람에 조세핀으로 바뀌었어요. 우리는 애완동물을 못 기르게 되어 있어서 아빠한테 들킬까봐 겁이 났죠. 흔히 있는 일은 아니었지만 아빠는 가끔씩 소위 뚜껑이 열리실 때가 있으셔서, 그럴 때면 괜히 아빠 앞에 얼쩡거리기 싫어서 둘 다 바람처럼 도망치곤 했거든요. 엄마와 아빠 두 분 다 외출하고 안 계셨는데, 그때 룬이 눈도 못 뜬 분홍색 새끼들 여섯 마리를 움켜쥐고 차고에 있는 커다란 양동이에 물을 담아 빠뜨려 죽였어요. 저는 오빠를 할퀴고 발로 차고 때리며 빌어먹을 살인자라고 소리를 질러댔죠. 새끼들은 곧바로 죽었어요. 룬은 거기 서서 슬프고 놀란 얼굴을 하고 새끼들을 내려다봤어요. 오빠도 자기가 왜 그랬는지 몰랐던 거 같아요. 저는 뒷마당의 호랑가시나무 덤불 밑 흙 속에 새끼들을 묻어줬어요.

클린턴과 그 도시 근교의 농장에 주기적으로 고양이 새끼들을 물에 빠져 죽이는 사람들이 있었다는 얘기는 하고 넘어가야겠네요. 그때도 그렇고 지금도 비인간적인 짓이라고 생각하지만, 당시에 동물 권리라는 건 지금처럼 대단한 게 아니었어요. 이틀 동안 저는 오빠하고 말도 하지 않았지만, 오빠가 정말 기분이 좋지 않다고 울면서 먼저 저한테 왔어요. 그래서 오빠를 용서해줬죠. 그리고 케이스는 그 얘기에서 한 가지는 맞게 썼어요. 룬은 조세핀을 그 후로 정말 잘 돌봐줬어요. 온데를 다 돌아다니는 고양이였는데, 룬이 중성화수술도 시켜주었고 밥 달라고 올 때마다 먹이도 챙겨줬죠.

헤스: 룬이 자기가 한 짓을 후회했다는 얘기인가요?

스미스: 그래요, 오빠는 정말로 미안하게 생각했고, 저도 그게 진심이었다고 봐요. 룬은 행실이 완벽했어요. 제 말뜻을 아실지 모르겠는데, 항상 모범생이었고 어느 모로 보나 모범적인 미국 소년이었거든요. 하지만 부분적으로 그건 연기였고 가장이었어요. 가끔 오빠가 엄마 아빠나 다른 어른들한테 말할 때 전 그런 눈치를 채곤 했지요. 얼굴에 독특하고 이상한 표정을 짓곤 했어요, 그야말로 위장이었죠. 친구들과 있을 때는 달랐어요, 터프하고 더 쿨하고. 하지만 그것도 정말 오빠였을까요? 전 아니라고 봐요. 오빠는 외로웠어요. 그래서 나를 필요로 했죠. 자기 자신을 너무 많이 숨기면 외톨이가 되고 슬퍼져요. 우리는 함께 재미있게 지냈어요. 내가 사고를 당하고 엄마는 아프고 아빠라는 사람은 일하러 갔다 집에 들어오는 것 말고는 하등 쓸데가 없던, 정말 힘들던 시절에도요. 룬은 화장으로 내 흉터를 가리는 걸 도와주기도 했는데 그럴 때면 눈과 입술도 그려줬어요. 오빠 내면의 예술가가 스펀지와 브러시로 열심히 작업했고, 다 하고 나면 "글래머 걸, 네 모습 좀 봐라"라고 말하곤 했죠.

정말 뿌듯해하면서요. 가끔은 나를 마녀로 바꿔주기도 했고, 그러면 둘이서 웃다가 화장실 마룻바닥에 배를 쥐고 쓰러져 구르곤 했어요.

엄마는 겨우 일 년 뒤에 돌아가셨어요. 제가 열두 살 때고 룬은 열여섯이었죠. 룬과 저는 집에 있었어요. 우리가 들어온 지 한 시간쯤 되었을 때 방문을 열어봤는데, 전 엄마가 주무시고 계신다고 생각했어요. 아빠가 집에 돌아오셔서 엄마를 깨우러 들어갔다가 엄마가 숨을 쉬지 않는다는 걸 알게 되신 거예요. 우리 모두 정말 끔찍하게 힘들었어요. 엄마가 돌아가시고 우리는 어찌해야 할 바를 몰랐죠. 우리 모두 엄마를 걱정하고 돌봐주고 사랑하고 미워하느라 너무 많은 시간을 보냈고, 더 이상 어떻게 스스로를 추슬러야 할지, 어떻게 함께 살아야 할지 알 수가 없었어요. 가출하기 전에 룬은 굉장히 기분이 음침해질 때가 있었어요. 방안에 처박혀서 얼굴에 수건을 얹고 침대에 누워 있곤 했죠. 한 번은 야구방망이로 거울을 깨뜨린 적도 있어요. 아빠와 내가 와장창 깨지는 소리를 듣고 룬의 방으로 달려 올라갔더니, 오빠는 그냥 씩 웃으면서 서 있었어요. 제가 치우는 걸 도와줬죠. 아빠는 돌아서서 그대로 걸어 나갔고, 그 일에 대해 다시는 한 마디도 하지 않으셨어요.

룬이 집을 떠나고 나서 아빠와 저는 단둘이 살았어요. 목요일이면 아빠는 포커 게임에 가셨고, 일요일마다 우리는 교회에 갔어요. 아빠는 일종의 조용한 신도였던 거 같아요. 교회의 저녁식사 모임이나 사람들과 어울리는 걸 좋아하셨죠. 이후 저도 집을 떠나 대학에 진학했고, 아빠 걱정을 했어요. 아버지가 집 안을 돌아다니면서 저녁을 스완슨 냉동식품 핫도그나 콩 요리로 때우실 게 눈에 선했거든요. 그런 생각을 하면 기분이 우울했어요. 저는 매주 집에 전화를 했지만 룬은 그러지 않았죠. 가끔 오빠가 저와 아빠가 들어가고 싶어도 들어갈 수 없는 차원의 다른 세상으로 떠나버린 것 같은 기분이 들기도 했어요. 어떤 면에서는 그 생각이 옳았던 것 같기도 하고요.

하지만 오빠는 돌아왔어요. 그건 또 다른 얘기죠. 룬은 소위 세간의 시야에서 사라져 남들 눈에 띄어서는 안 되었던 그 시기에 저와 함께 미니애폴리스에서 살았어요. 아빠를 뵈러 왔었는데, 오빠가 머물던 시기에 아빠가 계단에서 실족하셨거든요. 룬이 9·11에 전화를 걸었고 얼마 후 내게도 전화를 했어요. 경찰에서는 아빠가 지하실로 내려가시던 길에 일어난 일이라고 추정했고, 떨어진 후에 더 큰 부상을 당하셨다고 봤죠. 다시는 의식을 회복하지 못하고 돌아가셨어요. 룬은 굉장히 괴로워했어요. 아빠와 룬은 한 번도 사이가 좋지 못했고, 엄마가 돌아가시고 나서 아빠는 룬을 보면 엄마를 떠올리셨던 것 같아요—너무 많이 닮아서, 무슨 말인지 아시죠. 엄마와 룬은 정말 닮았거든요. 아빠는 또 예술가라는 게 완전히 미친 짓거리라고 생각하셨지만, 그건 사실 굉장히 전형적인 태도였죠. 그런 면에서 우리 아버지가 괴상한 돌연변이는 아니었어요. 〈모나리자〉를 알아보셨고, 반 고흐가 자기 귀를 잘랐다는 것도 아셨고, 피카소가 얼굴이 뒤엉킨 사람들 그림을 그렸다는 것도 아셨어요. 하지만 그 정도가 다였죠, 그러면 어때요? 저는 아빠에 조금 더 가까웠던 거 같아요. 우리는 서로 이해했던 것 같거든요. 전 아빠를 위해서 춤도 좀 추어드렸고, 클라리넷 연주도 좀 했고, 성적이 잘 나온 성적표도 보여드렸고, 어깨도 주물러드렸고, 아무튼 그랬어요.

가끔은 내 소소한 잔꾀가 먹힐 때도 있었죠. 아빠는 저를 "내 용감하고 열심히 일하는 딸"이라고 부르곤 하셨어요. 아빠의 장례식 후로 룬은 바람이 빠진 풍선처럼 축 늘어졌어요. 우울증이 심해서 잘 움직이지도 못했고, 그래서 제가 한동안 참고 봐줘야 했죠. 전 그때 이미 대학을 졸업하고 수련도 마치고 첫 직장에 다니고 있었어요.

룬은 제가 사는 집 소파에 누워서 며칠 동안 천정만 물끄러미 쳐다보고 있었어요. 간신히 오빠를 병원에 데려갔더니 약을 처방해주더라고요. 약이 잘 들어서 그런지 또 다른 이유가 있었는지 잘 모르겠지만 아무튼 오빠는 다시 활동하기 시작했고, 다시 돌아다니고 훨씬 더 많이 먹고 스케치북을 만지작거리기 시작했죠. 하지만 성격이 아주 고약해졌어요. 제 요리, 옷차림, 말투, 사사건건 꼬투리를 잡고 시비를 걸었어요—참나, 비음 섞인 중서부 억양이라나요. 어느 날 아침에는 제가 출근하기 전부터 일어나 있더니, 우리 아파트와 자기가 몇 달 동안 자던 소파 겸용 침대를 헐뜯어대더라고요. "이 물건이 얼마나 싸구려고 한심한지 알기나 해?" 오빠는 소파를 발로 차기 시작했어요. 가구가 천박하고 조잡하대요. 믿기지가 않더군요. "이게 네가 원하는 거야?" 계속 그 소리를 되풀이했어요. "넌 짐 같은 놈이랑 인조 카펫이랑 무슨 중산층 시궁창 농장주택 같은 거나 원하느냐고?" 짐은 제 남편이에요. 그때는 약혼자였죠. 우리는 직장에서 만났어요. 그래서 제가 그랬죠, 그래, 난 짐하고 집 한 채하고 일자리를 원해, 그리고 아이들을 원해, 오빠는 대체 뭐가 문제야? 그랬더니 자기 존재에서 라슨이라는 이름을 '절단'해버렸다는 거예요. 그걸 아느냐고 하더라고요. 오빠와 저는 이제 혈연도 아니라고요. 오빠는 엄마를 증오하고 아빠를 증오하고 저를 증오한다고요. 그래서 돌아가신 분들한테 험한 소리 하지 말라고 했죠. 제가 룬을 먹여 살리고 있었다는 사실은 알아주셔야 해요. 그 당시에는 오빠 수중에 돈이 별로 없었고, 룬이 청승을 떨고 있으니 짐을 데리고 와서 같이 자는 것도 재미가 없었어요. 하지만 그래도 우리 오빠니까 계속 붙어 있었던 거죠. 해야 할 일을 한 거였어요. 룬을 돌봐줬다고요. 어쨌든 어렸을 때 오빠도 저를 돌봐줬으니까요.

그런데 그때 오빠가, 아빠가 실족하시기 전에 싸웠다는 얘기를 하더군요. 나는 룬이 딱하다는 생각이 들었어요. 오빠가 그렇게 폐인이 되었던 것도 다 이유가 있었던 거예요. 그래서 그런 일이 있었다면 정말 끔찍하게 힘들 것 같다고 했더니 오빠가 말했어요. "내가 아빠를 밀치지 않았는지 어떻게 알지?" 나는 악을 쓰면서 아빠는 뇌일혈로 죽었다고 대꾸했어요. 그랬더니 그냥 실실 웃고 서서 말하더군요. "하지만 언제 뇌일혈이 생겼는지는 모르잖아." 말 그대로 멍해지더군요. 누가 볼링공으로 제 머리를 내리쳤어도 그보다 더 경악하지는 않았을 거예요. 오빠는 한 일 분쯤 가만히 있었어요, 정말로 일 분은 족히 됐을 거예요. 그러더니 깔깔 웃으면서 말했어요. "맙소사, 너 내 말 믿었구나, 안 그래? 내가 악마라도 된다고 생각하나보다. 내가 친아버지를 죽일 수 있다고 생각해? 무슨 동생이 그러냐?" 그러더니 한 가지 더 날 시험해볼 게 있다고 하더군요. 어렸을 때 엄마가 자기 침대에 들어와서 성적으로 어루만졌다는 거예요, 그것도 한 번 이상. "믿을 수 있겠어?" 내게 그러더군요. 그렇게만 말하고 싱글벙글 웃고 있었어요. 전 그 말 안 믿었어요. "오빠는 미쳤어." 그렇게 말했죠. 내가 퇴근하기 전에 집에서 나가라고 했어요.

그날 집에 돌아왔더니 룬은 가버리고 없었지만, 집은 완전히 쓰레기더미가 되어 있었어요. 유리를 다 깨고 찬장의 접시도 다 깨고 의자들도 다 쓰러뜨려놓고 소파 침대를 담뱃불로 지지고 깔개를 갈기갈기 잘라놓고 화장실 변기 시트에 똥을 처발라놓고 갔어요.

있잖아요, 정상적인 사람은 그런 짓을 하지 않아요. 정상적인 사람이라면 "어쩌면 내가 아버지를 밀쳐서 죽였는지도 몰라" 같은 소리나 "우리 어머니가 나를 성추행했을 수도 있어" 같은 말을 하고 여동생의 아파트를 엉망진창으로 망가뜨리지도 않아요. 전 마음속으로 계속 생각했어요. 우리 오빠는 제정신이 아니야. 짐이 없었다면 어떻게 살았을지 모르겠어요. 짐과 저는 원래 생각했던 것보다 결혼을 서둘렀어요. 그 아파트에서 더 이상 살고 싶지 않았거든요. 우리는 룬에게 말하지 않았고, 룬에게서도 전화도 편지도 사과도 아무것도 없었어요. 물론 뉴욕으로 돌아가서 다시 자기 미술에 빠졌다는 사실은 저도 알았지만요. 오빠한테는 일이 정말 술술 풀렸지만, 인터넷이 없었다면 그것도 몰랐을 거예요. 여기 미니애폴리스의 친구들은 뉴욕 시의 예술가가 어떻게 사는지 시시콜콜 찾아보진 않거든요. 오빠가 유명했다는 건 저도 알지만, 여기서는 그렇게 유명하지 않았어요.

헤스: 룬과 연락을 끊고 살았어요?

스미스: 네, 수년 동안 그랬죠. 9·11 사태가 나서 제가 공황에 빠질 때까지 그랬어요. 오빠 갤러리에 전화를 했고, 그래서 간신히 연

락이 닿은 거예요. 그때는 오빠가 무사한지 확인하는 것 말고는 아무것도 중요하지 않았어요. 짐과 아이들을 빼면 세상에 단 하나밖에 없는 혈육이니까요. 우리는 가끔씩 서로 전화를 하기 시작했고, 결국 전 그때 오빠가 말했던 끔찍한 일들에 대해 물어보고 말았어요. 마음속에 그런 생각을 품고 산다는 게 얼마나 끔찍한지는 설명하기도 어려워요. 아무리 믿지 않는다고 해도 말이에요. 누가 와서 머리에 흙먼지를 뿌리고 가면 깨끗이 씻어낼 수가 없잖아요. 오빠는 나한테 상처를 주기 위해서 거짓말을 한 거고 가끔은 그런 자신을 주체할 길이 없다고 말했어요. 그냥 아무 이유도 없이 황당무계하고 터무니없는 짓을 저지르길 좋아했죠.

헤스: 하지만 서로 찾아가서 만나지는 않았고요?

스미스: 네, 짐은 오빠가 애들 근처에 오는 걸 싫어했어요. 저도 그건 존중해야 했고, 솔직히 그 끔찍한 날 이후로는 룬을 보면 저 역시 불안했어요. 더 이상 오빠에 대해 확신이 없었죠.

헤스: 혹시 해리엇 버든이라는 이름에 대해 무슨 말을 한 적이 있는지 여쭤봐야 하겠는데요.

스미스: 네, 두세 번쯤이요. 처음에는 남자 얘기를 하는 줄 알았는데, 나중에 해리가 여자라는 걸 알았어요. 자기가 그 여자를 위해서 뭘 좀 '요리하고' 있다고 말했어요.

헤스: 정확히 그런 표현을 썼나요?

스미스: 글쎄요, 정확히 그런 표현을 썼는지는 잘 모르겠어요. 비슷했어요.

헤스: 또 다른 말은요?

스미스: 뭔가 즐거워하는 눈치였고, 그녀가 대단히 교양 있다고 생각하는 것 같았어요. '교양 있다'는 건 오빠의 어휘치고는 대단한 말이에요. 오빠는 해리가 정말 똑똑하고 엄청나게 많은 책을 읽었고 두 사람이 서로 통하는 데가 있다고 했어요. 다른 말은 없었던 것 같아요.

헤스: 어떤 점이 통하는지는 말하지 않았고요?

스미스: 네. 오빠가 그분 작품을 훔쳤을지도 모른다고 제게 설명을 해주셨죠? 저한테는 굉장히 복잡하게 들리는 얘긴데다, 자기 작품을 전시하는 데 남자들을 이용했다니 그 여자분도 상당히 정신나간 사람 같더라고요. 하지만 전 정말로 아는 게 없어요. 〈저변〉에 대해서는 전시회 끝날 때까지 아예 얘기를 하지 않았고, 그러고 나서는 스크랩 기사 몇 장을 보냈어요. 이봐요, 저도 오빠가 모든 걸 고백했다고 말할 수 있으면 좋겠지만 그럴 수가 없어요.

룬과 저는 어렸을 때 서로 사랑했지만 나중에는 서로 멀어졌어요. 우리 둘 다 힘든 가정환경에서 자랐지만, 그게 그렇게 나쁜가요? 오빠한테 무슨 일이 있었는지, 어째서 그런 사람이 되어버린 건지 저도 이해가 안 돼요. 오빠가 죽은 건 그저 슬펐을 뿐이고, 오빠가 자살을 하고 싶어했는지 아닌지 제게는 정말로 중요하지 않아요. 그 약들을 먹는 게 위험하다는 건 오빠도 알았을 거예요. 아무튼 엄마도 그렇게 가셨으니까요. 이 모든 사연이 갑자기 덮쳐와 실감이 나면 굉장히 우울해지곤 해요. 긍정적인 태도로 살려고 애쓰지만 그게 항상 쉽진 않고, 그러다 그냥 울어버리고 싶어질 때가 오거든요. 하지만 날마다 그런 건 아니에요. 그러면 전 생각하죠. 룬 덕분에 우리 애들이 대학에 갈 수 있다고. 오빠의 자산에서 나오는 돈이 에드워드와 캐슬린의 등록금을 대줄 거예요. 정작 그애들은 오빠를 알지도 못했는데 말이에요. 세상 모든 슬픔에서는 반드시 뭔가 좋은 게 나오는 법이죠.

해리엇 버든

공책 U

2003년 4월 9일

다시 화가 나고 있다. 달콤한 분노다.

그에게 죗값을 치르게 하고 말겠어. 나는 맹세했다.

음성 메시지를 남기고 이메일을 보내고 있다. 반드시 죗값을 치르게 할 것이다.

브루노는 말한다. 당신은 그 철학 때문에 생매장될 거야. 당신이 하는 소리는 아무도 못 알아들어, 해리.

너는 자기 생각에만 사로잡혀 있어.

오늘, 너는 닥터 F.가 귀담아 듣지 않는다고 비난했어. 어째서? 어째서 그를 비난했지? 맹렬하고 신랄하게. 그리고 우리는 그 이야기를 했어. 그는 듣고 있어. 그는 늘 네 말에 귀를 기울이고, 너는 다시 아주 씁쓸해졌지.

2003년 4월 20일

하룻밤에 스튜디오에서 작품 네 개가 사라졌다. 절망적이다. 내 창문들. 불가능한 일 같지만, 정말로 사라졌다. 내일 다시 살펴볼 것이다. 어쩌면 조수 중 한 명이 옮겨놓았는지도 모른다. 초능력 없이 이 건물에 들어올 수 있는 사람은 아무도 없다. 브루노는 내게 침착하라고 한다. 그래야 한다.

날짜 없음

R. B.로부터의 구원을 기다리고 있다. 그리고 잠들기 전, 사랑하는 이들에게 몇 가지 말을 남긴다.

브루노의 고백록은 점점 더 두터워지고 있다. 그 자신도 점점 더 뚱뚱해지고 있다. 뚱뚱한 할아버지가 되어가고 있다.

이선의 단편 제목은 〈나보다 못한〉이다. 제목의 의미가 무엇인지 생각하는 중이다. 주인공 S가 어느 날 아침에 일어나보니 뭔가 달라져 있다. 뭔가 핵심적인 면, 그녀를 자기 자신으로 만들어주는 것, 그녀의 정수, 그녀의 영혼이 몸에서 빠져나간 것이다. 거울 속에 비친 모습은 다르지 않다. 아파트도 똑같다. 그녀의 옷이 옷장에 걸려 있다. 고양이도 그녀를 알아보지만, 그래도 그녀는 자신이 전과 같지 않다고 확신한다. 그래서 다르게 행동하기 시작한다. 그녀는 채식주의자지만 중국식당에서 고기만두를 시키는 자신을 발견한다. 택시에 돈 낭비를 한 적이 없는 그녀가 택시를 타고 출근한다. 그녀는 직장 동료에게 속마음을 털어놓는다. 전에는 그런 적이 없는 사람이었다, 등등. 그녀는 위층의 이웃 O를 의심하기 시작한다. S는 O를 만난 적이 없지만, O는 밝은 색 옷을 즐겨 입고 천장을 통해 소리가 다 들리도록 여러 애인과 요란하게 섹스를 하는 자유분방하고 즐거운 여자다. 이선은 그 의심에 대해 자세히 설명하지 않는다. 마치 꿈에서나, 혹은 편집증 발작이나 섬망 상태에서 그러듯 의심은 그냥 일어난다. S는 O를 몰래 살핀다. O의 출입을 확인한다. 거리에서 O의 뒤를 밟는다. O에 대해서 알아낼 수 있는 모든 것, 좋아하는 영화, 책, 쇼핑 습관 등을 알아내지만, 새로운 실마리를 얻어도 알 수 있는 것은 없다. 그러자 S는 잃어버린 자아를 기념하는 것, 자신이 잃어버린 모든 것을 나타낼 물건을 만들기로 결심한다. S는 직장에서 돌아와 매일 밤 열심히 일해 마침내 '그것'을 완성한다. 그것이 어떻게 생겼는지 우리는 알 수 없지만 글씨와 그림이 새겨진 몸 같은 것이다. S는 O를 저녁식사에 초대한다. O가 도착해 그것을 보더니 이렇게 말한다. 어머, 저건 나잖아.[44]

나는 이선에게 전화를 걸었다. 기분 좋고 신이 나서 내 생각을 말해주고 싶었다. 우리는 실험 데이터를 모은 것 이상이라고, 사소한 사실을 기록해 쌓아놓은 것 이상이며 우리의 방황과 만남과 직장 이상의 존재이지만, 그 이상이라는 의미가 무엇이냐고 말했다. 우리가 우리 사이에서 만들어낸 것일까? 신경학적인 문제일까? 서사의 산물, 상상력의 산물일까? 너무 흥미롭다고 했다. 하지만 이선은 부루퉁한 목소리로 짧게 대답하며 자신이 하려는 말을 내가 이해하지 못했다고 했다. S와 O는 임의적인 교환 게임의 기호라는 것이다. 그에 대해서 나는 아무 말도 하지 않았다. 그러고서 우리 예술가들은 우리가 하는 일이 무엇인지 대체로 모른다고 했고, 이선은 내게 자기가 뭘 알고 뭘 모르는지 말하지 말라고 했다. 이선은 그 끔찍하게 생긴 털모자를 절대 벗지 않는다. 이제 그 모자를 1년 가까이 써온 셈이니, 사실 그 속에 숨어 지낸 헬멧이나 마찬가지다. 우리 둘을 보면 모자를 쓰는 집안 내력이 있는 것 같다고 하니 이선은 겁에 질린 눈치였다. 그애는 자기 어머니처럼 되기 싫어한다. 아마 그 자리에서 모자를 벗어던지고 싶었을 테지만 그러기에는 자존심이 강한 아이다. 우리 둘의 차이를 어떻게 극복해야 할지 모르겠다. 난 하는 일마다 그르치고 있다.

거기 대해서는 그에게 한 마디도 하지 않았다. 하지만 이선이 자신의 '그것'이 어머니의 작품과 너무나 닮았다는 사실을 모를 수 있을까?

---

44) 이선 로드, 〈내가 아닌 나〉. 〈패러독시컬 리뷰〉 28호(2003년 봄/여름).

에이븐은 내 숫자 소녀다. 에이븐은 일곱 살이고, 자신의 7은 초록색이라고 한다. 에이븐의 3은 노랑이다. 에이븐은 내 수학 아이고 방정식은 그애를 위해 반짝거린다. 래디시는 잊은 지 오래다. 어쩌면 래디시를 지금껏 생각하는 사람은 나뿐일지도 모르겠다. 손녀딸은 머리를 아주 짧게 잘랐는데 그건 일종의 타협점이다. 아이는 모호크 스타일을 원했지만 부모가 안 된다고 했다. 오냐오냐 해주는 할머니인 나는 머리 따윈 기르면 된다고 메이지에게 말했지만, 메이지는 딸이 놀림받을까봐 오스카가 걱정한다고 했다. 머리까지 그렇게 하지 않아도 이미 이상하다고. 그러자 내 이상했던 소녀시절이 기억났다.

넌 여전히 이상해, 해리. 이상하고 따돌림 받지.

커밍아웃을 고대하고 있다. 곧 그렇게 될 것이다. 흥분해서 긴장된다. 잘될 것이다. 좋은 밤 보내길, 당신이 누구든 간에.

2003년 5월 5일

바로미터가 본 천사는 룬이라고 나는 믿는다. 바로미터는 밤에 다녀가는 걸 보았다는 침입자의 모습을 하나 더 그려주었다. 그는 '죽은 듯한 밤'이라는 표현을 좋아한다. 그리고 '어두운 밤, 꼭두새벽, 꼭두새벽의 우울한 시간, 우리의 이른, 슬픈 시간'을 연주한다. '위 윌리 윙키가 시내를 지나간다. 잠옷을 입은 채 위층 아래층으로.' 우리는 그 노래를 함께 불렀다. 바로미터는 날개가 달리고 덩치 큰 근육질의 남자를 그려놓았다. 바로미터가 그 종이를 내게 내밀었을 때 눈을 들여다보자 그가 바로미터로 되기 전, 앨런 두덱을 보는 것 같았다. 한순간 그의 또렷한 시선 때문에 앨런이라고 생각했다. 그가 또렷해지는 순간, 광기에 흔들리지 않고 의식하는 순간이 있다. 바로미터는 가끔 연기하지만 늘 연기하는 것은 아니고, 자신의 병 가운데 일부는 연기하기도 하고, 가지고 놀기도 한다. 그건 인정해야 한다. 따지고 보면 우리 모두 배역을 연기하고 있으니까. 실성한 사람은 위장이 불가능하다고 믿을 정도로 순진해서는 안 된다. 내 미친 친구도 가면을 쓰고 있고, 매주 반드시 해야 하는 목욕이나 샤워를 피하려 계략을 세우고 속임수를 쓴다. 하지만 그는 지하에서 들려오는 소리를 듣는 영적인 재능도 갖고 있다. 우리가 억압해온 것, 두려워하지만 말하지 못하는 것을 느낀다. 그것은 우리가 만들어내는 일종의 날씨 같은 것이 아닐까? 나는 그 그림을 살펴보았다. 오래 보면 볼수록 내게는 점점 더 룬처럼 보인다. 브루노는 나도 정신질환자의 대열에 들어섰다고, 나도 편집증적 망상에 사로잡혔다고 생각한다.

그의 예전 이름을 불렀다. 앨런, 그가 들어오게 했어? 천사를 들어오게 한 거니? 내가 물었다.

앨런은 놀란 표정을 지었다. 그는 손목 살갗을 손톱으로 눌러댔다. 그만 긁으라고 하고 다시 질문했다. 그는 고개를 젓더니 이렇게 말했다. 그 사람이 내 뇌를 파내 스튜를 끓일 거야.

룬이 앨런에게 협박했을까? 발설하면 네 뇌를 끓여 먹어버릴 거야. 룬이 했다기엔 너무 생생한 상상이고 너무 정확한 표현이다. 룬은 남들이 보면 싫어할 것을 감추는 대중적인 존재를 만들어내기 위해 어휘를 사용하기 때문에, 남에게서 빌려온 따분한 말 이상의 표현을 쓰는 법이 드물다. 그의 언어는 그 저변에 깔린 기만을 감추어주어야 한다. 저변! 반면 바로미터는 걸어 다니는 장광설 제조기이지만, 그가 쏟아내는 말에는 이따금 통찰력이 있다. 문제는 그 숱한 말들에서 의미 있는 예언을 어떻게 골라내느냐이다.

너는 남의 도움 없이 〈가면 씌우기〉를 완성해야 한다. 어쨌든 아직 R. B.가 있다. 그리고 다른 이들, 비밀로 삼아온 몇 명이 있다.[45] 게임은 끝나지 않았다.

45) R. B.는 리처드 브릭먼을 가리키는 것이 분명하다. '다른 이들'이 누구인지는 알 수 없지만 버든이 여러 저널에 다른 이름으로 논문을 발표했을 가능성이 있으며, 그럴 가능성이 높기도 하다.

해리엇 버든

공책 O

2003년 9월 23일

여름 휴양객들은 돌아갔고, 섬은 쌀쌀해지고 군데군데 새빨갛게 타오르는 갈색으로 변했다. 요즘은 파도가 무서워서 멀찌감치 떨어져 해안이 거센 바람에 쓰러진 풀밭과 만나는 지점 가까이서 지낸다. 오늘은 파도가 목이 쉰 커다란 동물이 딱히 누구랄 것 없는 상대를 부르는 것 같은 소리를 냈다. 나는 혼자다. 이제는 브루노도 잃었다. 나의 계략과 분노와 실패 때문이다. 나는 세상이 피를 흘리도록 물어뜯고 싶었지만, 결국 내 자신을 물어 가련한 비극을 만들었다.

그리고 혼자가 되니 더욱 늙은 기분이다. 몸은 말랐는데도 배는 늘 불룩하다. 식사를 혼자서 하고, 음식은 그가 함께 있을 때만큼 맛있어 보이지 않는다. 배가 살살 아픈데 무슨 영문인지 모르겠다. 밤에는 복통 때문에 두려워지지만, 낮이 되면 건강염려증이라고 스스로를 나무란다. 주름진 얼굴을 보면 나 자신도 놀란다. 이유를 모르겠다. 주름이 생긴 것은 알고 있다. 아는 것과 보는 것은 다르다. 여기서 작업을 하려고 노력해왔지만, 할 수가 없다. 내 머릿속의 세상이 이제 죽어가는 것 같다. 내 존재를 다해 매달려왔던 불타는 세계의 불길이 서서히 꺼져가는 것 같다. 그래서 나는 난롯불 앞에 앉아 담요로 몸을 감싸고 〈실낙원〉을 다시, 천천히, 천천히 읽고 있다. 너무나 잘 알고 있는 난해한 그 언어를. 오늘 오후 구약의 반전, 이브의 무서운 식사 대목에 다다랐다. 결점 많고 어리석고 허영심 많은 여자가 그 망할 과실을 먹었다. "그녀는 욕심 사납게, 자제심 없이 먹어치웠다." 이브는 알기 위해, 더 많이 알기 위해, 계몽되기 위해 그렇게 했다. 그것을 어떻게 이해할까. 좋아요, 내 머리를 깨워줘요. 알기 위해서는, 더 알기 위해서는 무슨 일이든지 하겠어요. 아담은 겁에 질렸지만 이브를 버릴 수 없다. "살 중의 살이요,/내 뼈 중의 뼈라. 그러니 그대로부터/나는 결코 떠나지 않을 것이니. 기쁨 속에서나 고통 속에서나." 내 뚱뚱한 남자가 내게 말하는 것 같아서, 그동안 내내 집에 보관해두었던 낡은 문고판을 들고 울었다. 그 누구도 브루노보다 나를 더 사랑해주지 않았지만, 우리 사이는 잘될 수 없다.

나는 딱딱하게 굳어버렸다.

해리엇 버든

공책 D

룬은 내 줄기찬 메시지들을 감당할 수 없었다. 그는 만나는 데 동의했다. 내가 '괴롭히기'를 그만두길 바란단다. 맨해튼에서 만나는 것은 거절했다. 레스토랑에서 만나는 것도 싫다고 했다. 그렇다, 그는 예술계 사람이 우리를 보지도, 소문을 퍼뜨리지도 못할 이곳 레드훅에서 만나기를 원한다. 좋다고 했다. 좋다.

내가 졌다. 룬은 결코 포기하지 않을 것이다. 그는 절대 말하지 않을 것이고, 그가 없이는 모두 끝난 것이다. 나는 〈아트 라이츠〉에 피니가 해준 말과 브릭먼의 글에 매달릴 수 있지만, 사람들은 너무나 무관심하다. 무슨 영문인지 내 이야기는 사람들의 흥미를 끌지 못한다. 나는 룬을 다시 징징거리는 루이나로 되돌리고, 그를 파멸시키고, 그가 대가를 치르도록 하고 싶었다. 하지만 이제 그가 게임을 장악하고 규칙을 정한다. 물론 규칙이 남아 있다면, 애초에 규칙이 있기라도 했다면 말이다. 손이 자주색으로 부어올라 엉망이다. 그를 하도 세게 때렸기 때문이다. 그리고 나는 브루노를 발견했다. 아니, 그건 거짓말이다. 브루노가 나를 발견했다. 마치 마법처럼 그가 나타나 나를 땅에서 끌어올렸다. 오늘 그는 내게 치킨 수프를 만들어주었고, 수프를 떠먹는 내 얼굴을 가만히 살폈고, 나는 그가 기뻐할 소리를 내주었다.

10월 18일. 신문에서 읽었다. 룬이 죽었다.

*

그는 마지막 수를 두었고, 〈저변〉에서 훔쳐온 장치로 실행했으며, 이제 신적인 존재가 되었다. 세상은 예술가의 자살을 얼마나 사랑하는가. 물론 나처럼 늙은이, 늙은 예술가의 자살은 해당되지 않는다. 그렇다, 사랑 받으려면 젊거나 젊은 축에 들어야 한다. 명성을 굳히고, 아름다운 시신 앞에 사람들이 모여들어 탐닉하고 빛나는 유산을 곱씹으며 이제는 불가능해진 미래에 가슴아파하도록 만들기에 서른여덟은 완벽한 나이이다. 아, 룬. 최후의 한 수. 그런데 그에게 그럴 의도가 없었다면? 어쨌든 그는 언젠가 자살하고 말았을 것이다. 아름다운 죽음을 원하는 사람 아니었던가? 그리고 그런 죽음은 계획해야 한다. 자연스럽게 오는 것이 아니다. 유명인사의 삶은 제 3자로서 사는 것이다. 이선의 말이 옳다. 남들보다 제 3자로서 사는 것에 능한 사람들이 있다.

하지만 나는 나도 모르는 사이 스스로를 방해하지 않았나? 마치 내가 그 게임이 끝날 때까지 따라가 룬과 죽은 펠릭스와 함께 그 방으로 들어가서 협박당하고 따귀를 맞고 모욕당한 뒤, 목소리를 낼 줄 모르는 풀죽고 수줍은 아이로 되돌아가야 했던 것 같았다. 마치 시간이 아무것도 아닌 것처럼, 과거가 현재이자 미래가 된 것처럼, 죽은 이가 다시 걸을 수 있게 된 것처럼, 나는 그곳으로 끌려갔다. 그들이 해리, 네 머릿속 골짜기, 구불구불한 황야 같은 회백질을 돌아다니는 것 같았다. 네가 원했지만 가질 수 없었던 두 남자, 네 아버지와 남편이. 단지 사랑만이 아니었다. 그것이 바로 네가 잘못된 지점이다. 이제는 그것을 알고 있다. 단순히 사랑하고 사랑받고자 하는 문제가 아니었다. 여자들이 숱한 세월 동안 애처롭게 읊어온 말, 난 당신을 사랑해요, 당신도 나를 사랑해주기를 바라요, 내 사랑, 손을 맞잡고, 고개를 숙인 채 그대를 기다리겠어요, 라는 것이 아니었다. 나는 오디세우스를 기다리며 구혼자들을 물리친 미덕의 화신 페넬로페가 아니다.

나는 오디세우스다.

하지만 그걸 너무 늦게 알아버렸다.

아버지, 당신을 증오해요. 펠릭스, 당신을 증오해. 그 사실, 내가 바로 최고의 영웅이라는 사실을 알아보지 못한 두 사람을 증오한다. 그리고 어머니, 어머니는 고개를 숙이고 처벌을 감내했죠. 아버지는 어머니를 내몰고 무시했어요. 아버지는 어머니에게 말도 걸지 않았어요. 어머니가 말하고 싶어한다는 이유로, 아버지는 어머니가 존재하지 않는 것처럼 굴었어요.

그리고 너, 해리, 너는 고개를 숙이고 그의 벌을 받았지만 그걸 견딜 수 없는 거지?

너도 페넬로페처럼 집에서 기다리지 않았어? 슬프게도 청혼자는 하나도 없었고, 그저 아이 둘만 데리고? 너도 남편과의 약속을 지키지 않았어? 상냥하지 않았어? 오랫동안 고통을 겪지 않았냐고? 그러니 너도 페넬로페가 아니야? 아니다. 페넬로페는 오디세우스가 되고 싶지 않았으니까. 적어도 우리가 아는 한, 페넬로페는 오디세우스가 되기를 원하지 않았다. 하지만 누가 페넬로페가 되기를 바랄까? 너는 기다리기를 원하지 않았는데, 기다리다 거의 미칠 뻔했다. 그런데 이제 네 아들도 네가 오염이라도 되었다는 듯 네게서 거리를 두고 있다. 그가 너와 동일시한다면 남성성을 잃어버린다는 케케묵은 드라마. 내 페미니스트 아들은 모성의 악취를 두려워한다.

나는 오디세우스이지만 페넬로페로 살아왔다.

하지만 예전에 그 작고, 열렬하고, 진지하던 이선은 너를 얼마나 사랑했던가. 지금 이선이 뭐라고 말하든, 무엇을 잊어버렸든. 네 기억 속에는 그 열렬한 이야기가 들어 있다. 그리고 네 딸은 지금도 네 편이다. 네겐 메이지가 있다. 그리고 에이븐도 있다.

그렇다면 룬은? 그는 네 증오와 질투, 분노의 표식 아닌가?

그가 그것을 시작했나, 해리? 아니면 네가 시작했나? 그가 네게서 뭘 원했지? 펠릭스를 통해 너를 상처 주는 즐거움만 원했나?

"그는 보는 걸 좋아했어." 룬은 그렇게 말했다. 펠릭스에게 관음증이 있었다고. 그가 자기 눈앞 바닥에서 성교하는 사람들을 보면서 자기 성기를 문지르며 황홀해하는 것이 문제인가? 아니. 그러면 네가 그 상상을 하면 슬퍼지는 것이 문제인가? 하지만 왜 슬퍼하지, 해리? 게임에서 루이나를 괴롭히는 걸 즐기지 않았어? 그러면 네가 사디즘적인 기쁨으로 가득 찬다는 것을 룬도 알지 않았어? 그래서 그와 너의 사이가 역전된 것 아닌가? 그는 네가 두 역할을 다 한다는 것을 알았다. 그것이 문제다. 그리고 아는 것은 권력이다. 초급 프로이트 이론이지, 친애하는 왓슨. 아이가 매 맞고 있네.[46)]

하지만 나는 펠릭스에 대해 알지 못했다. 내가 아는 것은 비밀이 있었으며, 그중 몇 가지에는 이름이 있었다는 것뿐이다. 우리가 침대에서 싸웠을 때 그가 무엇을 생각하고 있었는지 궁금했다. 그것이 해리엇 버든이었는지 궁금하다. 해리엇 버든, 아내이자 동반자를 생각한 적이 한 번이라도 있었을까? 물론 있었을 것이다. 처음에는 그랬다. 룬은 펠릭스에 대해 거짓말을 했을지 모르지만, 그가

---

46) "아이가 매 맞고 있다." (1919), 《지그문트 프로이트 전집》, 17권(호가스 출판사, 1955), 179~204쪽.

거짓말을 하고 있었다 하더라도 이제 별 차이는 없을 것이다. 룬은 콰인(윌러드 밴 오먼 콰인Willard Van Orman Quine, 미국의 현대 분석철학자—옮긴이)을 공부하고 논리를 마스터하고 파이프 담배를 피우며 아버지를 숭배하는 눈으로 쳐다보는 모든 남자아이들을 나타내는 기호다. 네가 될 수도 있었던 남자아이 말이다, 해리. 자궁 속에서 운명이 바뀌었더라면 너도 그를 기쁘게 하고 승리할 수 있었다. 그런데 룬은 펠릭스가 보여주고 펠릭스가 사랑하고 펠릭스가 유명하게 해주고 펠릭스가 사고 펠릭스가 팔았던 모든 남자아이들의 기호가 되었다. 문제의 핵심에 가까워지지 않는가? 닥터 F., 당신의 의견은 어떤가요? 내가 문제의 핵심에 다가가고 있나요? 룬, 미스터 제 3자, 미스터 허세, 미스터 경박, 중요한 사람, 승리하는 사람. 그리고 해리, 네가 혐오하는 것, 네가 그렇게 흉내내기 힘들어하는 것이 바로 아는 것, 확신, 자격의 본질이 아닐까? 그들 모두가 가진 자질? 그들 모두 네게 잘난 체하지 않았니, 해리? 그들은 너를 열등한 존재로 간주하지 않았니? 그들 모두보다 사고에서든 일에서든 행동에서든 뛰어날 수 있는 너를?

그렇다. 그들은 그랬다. 그리고 그들 모두 죽었다. 그들이 모두 죽었다는 것을 믿을 수 없다.

2003년 11월 1일

나는 불타는 어머니 마거릿에게 돌아갔다. 마거릿, 밀턴의 정반대. 그녀는 세상을 낳는다. 여기서 말하는 이는 기독교의 신이 아니라 자연의 여신이다.

내가 할 수 있는 수고는
아무 소용이 없을 것이며, 물질은 두뇌가 만들어야 한다.
형태가 동그랗고 작은 원을 그려야 하고,
그 가운데 유리공이 서 있어야 한다.
볼록한 곳 없이, 안은 오목하고,
그 가운데 작고 동그란 구멍이 있어야 하는데,
그것을 통해 종種들이 지나가고, 다시 지나갈 것이다.
인생, 모든 것이 바라보는 관점이.[47]

미친 매지는 자기 아이가, 성인으로 키워낼 아기가 없었다. 그녀에게는 '종이 몸들', 숨 쉬는 작품들이 있었고, 그녀는 그것들을 애지중지 사랑했다.[48]

"그러니 나 역시 새롭고 최근에야 생겨난 나의 철학이 한눈에 모든 것을 이해했다고 증명 받을 것이라고 생각하지는 않지만, 이 시

---

47) 리사 T. 새러손,《마거릿 캐번디시의 자연철학: 과학 혁명 기간의 이성과 상상》, (존스 홉킨스 대학교 출판부, 2010), 41쪽.

48) 1664년에 출간된 서간집에서 캐번디시는 상상 속의 여자 친구에게 편지를 쓴다. 서간문 143편에서 캐번디시는 원고가 무사히 출간될 때까지 여러 필사본을 간직해두었다가 태우는 습관에 대해 이야기한다. "하지만 로마의 황제들이 화장당할 때처럼 그 종이 몸들을 태워버려도, 불탈 때 타오르는 빛을 발하지만, 무슨 영문인지 거기서 독수리 한 마리가 나와 타오르는 별로 변한답니다. 그러니 그것들은 그대가 찬성하거나 반대하도록 두고, 나는 이만 쉬렵니다. 그대의 성실한 벗, CL." 실비아 바워뱅크, 새러 맨델슨,《종이 몸들: 마거릿 캐번디시 선집》, (브로드뷰, 2000), 81~82쪽.

대는 아니더라도 신께서 허락하신다면 차후에 그런 평가를 얻을 수도 있다고 생각한다. '그녀'가 지금은 무시당하고 침묵 속에 묻히더라도 차후에 더욱 당당히 일어설 수도 있을 것이다. '그녀'의 근거는 지각과 이성이니, 지금보다 더 높이 평가받게 될 시대를 만날 수도 있을 것이다."[49]

나도 나의 몸뚱이들을 남길 것이다. 냉혹하게 무시하는 시선으로 바라보며 상대를 멍들게 하는 현재가 아닌, 미래를 위해 그것들을 만들고 있다.

마녀는 친구이자 연인인 곰과 함께 바닷가 성에 숨는다. 동화는 그렇게 끝난다. 늙은 마녀와 늙은 곰은 오래오래 행복하게, 그리고 슬프게 산다.

*

12월 1일. 타고난 가면. 그것이 나다. 나는 타고난 가면이다. 메이지가 한 생각이다. 전에 한번 라쿠나를 위해 그 말을 썼지만, 메이지는 자기 어머니에 관한 영화에서 그것을 사용했으며 이제는 카메라 앞에서 내게 직접 그 말을 설명하게 하고 있다. 나, H. B., 필명 애호가인 내게. 그래서 나는 해설하고 설명하고 거들먹거리고,

---

49) 마거릿 캐번디시, 《실험적 철학에 대한 고찰》(1668), 에일린 오닐 편집(케임브리지 대학교 출판부, 2001), 12~13쪽.

우리는 함께 즐거운 시간을 보내고 있다. 이제 너는 수집 강박증 환자, 정신분열증 환자, 그리고 네 어머니를 가졌으니 완벽한 3인조라고 메이지에게 말했다. 그러면 메이지는 웃는다. 모든 걸 말할 수는 없다. 물론 몇 가지 비밀은 지켜야 하지만, 말하면 이해받을 수도 있을 것 같은 기분이 든다. 그것이 그렇게 허황된 바람일까?

에이븐은 오늘 기다랗고 키 크고 말라 보인다. 그애는 내가 '아동 중기'라고 부르는 시기에 들어섰다. 에이븐은 나의 작은 사람들을 살피다가 성교하는 둘을 보고 얼굴을 붉히더니, 똥을 누고 있는 어슐러를 보고는 깔깔 웃었다. 에이븐은 오늘 내가 무릎에 안고 그애를 그리게 해주어, 어린 몸뚱이가 갈비뼈에 닿는 감촉의 쾌감을 할머니가 만끽하게 해주었다. 아이의 짧은 갈색 머리카락에 코를 묻었다. 오늘 거기서는 사과 냄새가 살짝 났다.

해리엇 버든

공책 T

2004년 1월 15일

그가 CT 촬영 결과에 대해 이야기할 때, 나는 그의 입이 움직이는 것을 보았다. 그의 등 뒤 창문에서 흘러들어오는 오후 햇살로 치아에 회색 얼룩이 생긴 것과 그의 책상 위 사진이 내게 보이지 않게 돌려져 있었던 것, 그리고 액자 뒤에 붙은 작은 가격표가 벗겨져 나오고 있던 것이 기억난다. 말은 논리 정연하게 흘러나왔지만, 지금은 그 충격만 기억난다. 숨도 쉴 수 없는 마비. 그는 치료법이 없으며, 이미 전이되었고, 수술로 인한 완쾌 가능성도 없으며, 수술을 해도 환자 가운데 98퍼센트가 재발을 겪었음을 내게 이해시켰다. 그럼에도 그는 내가 당장 입원해 수술을 받기를 원했다.

그들은 너를 지켜주지 않는다. 닥터 P.는 슬픈 표정으로 고개를 젓지 않았다. 그는 내 눈을 쳐다보지 않았다. 원래 그렇게 하는 모양이다. 결국 그들이 늘 하는 일이니까. 나는 수천 명 가운데 하나에 불과하다. 내가 이해하도록 정보를 전하는 것, 이것이 그의 방식이었다.

5기도 있는지 묻자, 그의 눈썹이 위로 올라갔다. 아니, 없다고 그가 말했다.

*

당연히 있죠. 내가 말했다. 5기가 되면 죽는 거예요. 그런 말씀 아닌가요? 나는 죽는다는.

그는 나의 건방진 태도를 좋아하지 않았다. 그는 마음에 들지 않는 내색을 했고, 나는 그가 그러는 것이 기뻤다. 집으로 가서 브루노를 만나 의논하고 상황을 파악하려고 했다. 거리로 나와 손을 들어 택시를 잡으려고 할 때도 나는 여전히 얼어붙은 채 내가 잃어버리는 것들, 도시와 하늘과 보도, 빠르고 느리게 움직이는 사람들, 그리고 모든 것의 색채를 경이로운 마음으로 돌아보면서 목구멍까지 차오르는 공포를 느끼고 있었다. 모든 색채, 이름은 모르지만 충분히 인지하는 색까지도 너와 함께 사라질 거야. 이루 헤아릴 수 없는 상실.

택시 안에서 나는 운전기사의 뒤통수를 보았고 우리 사이의 창문에 붙어 있는 사진을 보았다. 운전기사는 소말리아 출신인 것 같았다. 그는 자기가 뒷자리에 죽은 여자를 싣고서 지옥에서 한 정거장 떨어진 레드훅으로 데려가고 있다는 걸 모르겠지, 하고 생각했다.

2004년 1월 27일

나이프가 나를 가르고 다섯 시간 동안 내장을 재배열하기 전에 쓴 내용을 읽어본다. 나의 순진함에 소리 없이 웃어젖힌다. 지옥이 지금 여기 있고, 그 이름은 약물이다. 내 내장은 생선을 손질하듯 떨어져나갔다. 자궁, 난소, 나팔관, 충수, 그리고 창자 일부가 사라졌다. 그들은 내 병든 기관을 수술실 쓰레기통에 던졌고, 누군가 장갑과 마스크를 쓰고 와서 병든 기관을 처리하는 곳으로 그걸 가져갔을 것이다. 그것들은 어디로 갈까? 배꼽부터 수직으로 가른 배는 테이프로 붙여놓았다. 격렬한 통증 없이는 침대에서 자세를 바꿀 수가 없다. 앉을 수도 없다. 발목과 발은 세 배나 부어올랐고 팔과 손은 얼음처럼 차가워졌다. 먹을 수도 없다. 변을 보기가 무섭다. 용변을 볼 때마다 새로운 고통이 온다. 그런데 이 수술은 '차선'이었다. 이 완곡어법은 그렇게 기괴하지만 않았다면 아주 우스웠을 것이다.

오늘 오후 침대에서 졸다가 깨어나 보니 침대와 탁자, 반짝이는 놋쇠 스탠드, 병실 구석의 연두색 안락의자가 똑같은 복제품으로 바뀐 것 같았다. 내가 너무나 잘 알던 방이 무슨 영문인지 가짜가 되었다. 나는 내 자신이 아니고, 내 집에 있는 것도 아니었다. 공포와 고통이 모든 것을 잠식했다. 집에 가고 싶다. 제발, 이 환상을 거두고 나를 집에 보내주면 좋겠다.

4주 후 그들은 극약 처방을 시작할 것이다. 내게 별 도움이 되지 않을 극약 처방을. 하지만 나는 차도가 있기를 바란다. 아니, 기도한다.

이제 나는 기다린다. 인내심 많은 페넬로페는 인내심 있게 기다린다. 로봇 같은 닥터 P.가 떠나고 이제 나는 좀 더 상냥한 닥터 R.을 기다리며, 그리고 닥터 R.에 대해 이야기하고 나의 두려움과 내가 떠는 것을 이야기해주기 위해 닥터 F.를 기다린다. 나는 닥터 R.이 전화해서 종양 혈액 표지, CA-125에 대해 알려주기를 두려움에 떨며 기다린다. 그녀가 복부의 재난 지역, 들어냈지만 공포가 사라지지는 않은 내 몸의 피폭 지대에서 무엇이 줄어들거나 자라고 있는지 알아내기를 기다린다. 나는 내부에서 공격을 받았고, 세포가 죽음을 가져오는 부대로 증식하지 않는 사람들을 끊임없이 부러워하며 살고 있다. 그들이 매디슨 애브뉴를 걸어가거나 닥터 R.의 사무실 근처 86번가 지하도로 사라지는 것을 지켜본다. 그들이 부두를 따라 손을 잡고 걷거나 서니스 바에 한잔 하러 가는 모습을 지켜본다. 그들의 아무렇지도 않은 편안함, 종양 없는 신체, 자신이 살아 있다는 사실에 완전히 무관심한 태도가 경이롭다.

자꾸만 메이지를, 그리고 이선을 낳던 일이 기억난다. 건강한 신체, 신체가 산 채로 스스로를 잡아먹기 전, 임신 가능하던 신체를 기억하는 것이다. 나를 죽음으로 집어삼킨, 이제는 사라진 난소들. H. B.에게 그보다 더 잔인한 형벌은 없을 것이다. 해리, 네 성별에 대해 애증을 느꼈니? 분명 그랬을 거다. 자, 이것이 네게 꼭 맞는 벌이다. 때때로 남자의 가면을 쓰고 살아온 인생의 아이러니컬한 반전.

산통의 기억. 이선을 낳을 때는 쪼그려 앉았다. 빠른 분만. 힘을 줘. 힘을 주라고. 머리가 나왔고, 좀 더, 좀 더 힘을 주자 검은 머리카락이 달린 길고 미끄러운 몸뚱이가 내게서 쑤욱 빠져나왔다. 피 묻은 자주색 탯줄을 단 채. 살아 있어.

질병처럼, 죽음처럼, 출산도 의지에 따르는 것이 아니다. 그저 일어나는 일이다. '나'는 그것과 전혀 무관하다.

2004년 2월 10일

일하고 싶은 마음이 간절하지만, 너무 힘들다. 무릎이 후들거린다. 사지는 따끔거리고, 시간을 생각하면 공황상태에 빠진다. 너무 지쳤다. 브루노의 염려스러운 표정에서 내 자신의 두려움이 보인다. 종종, 내가 살지 못하리라는 사실을 믿을 수 없다.

누군들 어째서 죽고 싶겠는가?

〈가면 씌우기〉는 이제 멀어졌지만, 내 작품에 집이 있기를, 그리고 필명들이 완전한 프로젝트로, 미완성 작품으로 이해되기를 바란다.

모든 작품의 목록을 만들고 있다.

A. C. 로빈슨. 레스터 본.[50)]

펠릭스에게:《불안의 서》

오 더 나은 시절의 왕자여, 나는 한때 그대의 공주였으며, 우리는 또 다른 종류의 사랑으로 서로를 사랑했다.[51)]

2004년 2월 26일

아침에 눈을 뜨고서 기억이 날 때까지 잠시 시간이 걸리는 경우가 있다. 몇 시간의 잠이 끔찍한 현실을 잊게 해주므로. 나는 병들어 머리가 빠졌고, 내장을 도려냈고, 구역질에 시달린다. 택솔의 부작용으로 온몸에 발진이 났다. 드문 일은 아니다. 가려움이 너무 심해 내 몸을 때리는 버릇이 들었다. 설사와 변비가 번갈아 일어나고, 머리가 제대로 돌아가지 않는다. 방사선치료가 사람을 멍청하게 만들기 때문이다.

날짜가 기억나지 않는다. 무슨 요일인지도 모르겠다.

패닉. 그러다 침착. 다시 패닉.

오늘 오후에는 종양이 삐죽삐죽 자라는 나뭇잎 같은 내 치모 위로 뱃가죽을 뚫고 튀어나오는 꿈을 꾸었다. 종양은 살아서 움직였

---

50) A. C. 로빈슨이라는 이름으로는 아무 텍스트도 찾아낼 수 없었다. 레스터 본이 쓴 논문 〈창조성의 감정적 근원에 관한 철학적 소고〉는 〈과학과 철학 포럼〉 9호(2001)에 실렸다. 본의 정체는 알아내지 못했다. 그가 적은 소속이 허구임이 밝혀졌기 때문이다. 그 논문은 몇 가지 분야의 학자와 과학자들을 인용하고 있으므로, 아마 버든의 글일 것이다.

51) 페르난두 페소아,《불안의 서》, 리처드 제니스 번역(펭귄, 2002). 이 책에서 사용된 페소아의 다른 이름은 베르나르두 소아레스이다.

고, 나는 그것을 열심히 잡아당겨 뽑아내고 살아보려고 했다. 그러자 손에 피가 묻었다. 기다랗게 부들거리는 뱀을 끌어낼 수 있었다. 그때의 승리감이란. 이루 말할 수 없는 기쁨. 세상을 떠나는 우리도 여전히 머무르기를 바랄 수는 있다.

할 일이 더 있다. 내게는 아직 발견하지 못한 세상이 있지만, 난 그걸 결코 보지 못하리라.

오늘은 수요일이고 날씨는 춥고 우중충하다.

모든 죽어가는 사람은 데카르트의 이원론자, 사유하고 연장하는 두 가지 실체로 만들어진 사람의 만화판이다. 사유하는 실체는 불쾌하고 역겨운 물질로 이루어진 신체, 사고하고 말하는 코기토인 영혼에 반역하는 신체 위에서 스스로 움직인다. 데카르트는 여러 다른 불성실한 해설자보다는 정신과 육체의 관계에 대해 훨씬 더 섬세하게 설명하지만, 사유가 어떤 공간에서도, 심지어 사람의 머릿속에서도 자리를 차지하지 않는 것 같다는 그의 말은 옳았다. 사유란 무엇인가? 아무도 모른다. 사유가 무엇인지 사실 아무도 모른다. 물론 그것은 시냅스와 화학물질에 의해 생겨나지만, 언어와 그림이 어떻게 그것에 연결되는가? 나는 아직도 여기서 나의 최후를 서술하고 있다. 나 해리엇 버든은 죽을 것임을 알고 있지만, 나의 일부는 그 사실을 거부한다. 그 사실에 분노한다. 침을 뱉고 소리를 지르고 울부짖고 침대시트를 주먹으로 치고 싶지만, 그렇게 시위하다가는 얼마 남지 않은 기관과 연약한 뼈대가 지나치게 다칠 것이다. 나는 웃기도 했다. 바로 그 뼈와 가련한 살이 다치지 않도록 조심하며 웃었다. 하지만 그럼에도 나는 곧 다가올 죽음을 비웃었다. 시체에 관한 농담을 하고, 내 장례식 계획을 세웠다.

2004년 3월 5일

죽으러 집에 왔지만, 우리의 이 21세기 세상에서 죽어가는 것은 그렇게 간단하지 않다. 죽으려면 팀이 필요하다. '통증 관리'가 필요하다. 집에 호스피스가 찾아와야 한다. 하지만 나는 그들에게 엄격한 원칙을 세웠다. 이건 나의 죽음이지 당신의 죽음이 아니라고, 동정심을 내뿜으며 어떻게 '잘' 죽을지 마지막 단계를 계획하는 망할 사회복지사에게 말해주었다. 잘 죽는다니 모순 어법이잖아, 이 멍청아. 공감 어린 표정으로 거부와 분노와 협상과 우울, 수긍을 팔아먹는 우울증 상담사를 거부했다. 온갖 직업적 문상객과 그들의 빌어먹을 클리셰도 거부했다. 내 침대 근처 10마일 이내에서는 쓰레기 같은 소리를 주절거리지 못하게 할 것이다. 나는 쩌렁쩌렁 소리를 질렀다. 힘을 짜내어 소리쳤다. 모두를 압도했다.

쩌렁쩌렁한 소리는 나를 떠났다. 내 몸은 구멍 난 그릇 같다. 소변과 대변, 눈물이 허락 없이 내게서 새어나간다. 나는 기저귀를 차고 있다. 수술로 망가진 내장은 다시 종양으로 꼬여 있다. 머리카락은 곧게 자라났다. 내가 싫어했지만 소중히 여기게 된 곱슬머리는 사라지고 그 자리에 곧은 잿빛 지푸라기가 자라났다. 이제 나는 꼴불견의 몸뚱이를 부끄러워하는 진정한 괴물이다. 내게서는 지린내와 구린내, 그리고 아무도 언급하지 않지만 죽음의 냄새가 분명한 정체불명의 냄새가 풍긴다. 이 글을 쓰는 동안에도 시트 아래의 전쟁 구역에서 흘러나오는 그 냄새가 난다. 표백제에 몸을 담가야 할 것 같다. 버튼을 누르면 위아래로 움직이는 특수 침대를 강과 그 너머 맨해튼이 보이도록 창가에 가져다두었고, 나는 거기 누워 있다. 내가 떠나는 세상이 그립지만, 그것을 용서하지는 않았다. 그 씁쓸한 맛이 아직 남아 있고, 내 입속에 남은 더께는 뱉어낼 수 없다.

펄이 내 어깨너머로 내가 무엇을 쓰는지 보고 있다. 펄은 매우 능률적이고 예리하다. 트리니다드에서 태어나 스웨덴에서 살다가 이제 뉴욕 시에서 지내는 개인 간호사. 나한테 스웨덴어로 말하라고 했더니 그렇게 하고 있다.

내가 가졌던 정신을 되찾고 싶다. 뛰어오르고 춤추고 공중에서 재주를 넘던 정신을. 전에는 사람들이 그것을 보아주기를, 내 재능을 인정해주기를 원했다. 이제는 그것을 되돌려 받는 것만으로 만족할 것이다.

2004년 4월 2일

오늘 브루노에게 나는 죽어가는 야수고 그는 미녀라고 했다. 그는 고개를 저으며 입술을 떨었다. 당신은 너무나 아름답다고 내가 말했다. 당신은 튼튼하고 다정하며 나만의 소중한 미녀라고. 야수에게로 오라고 했다. 그러자 그는 내 가슴에 머리를 묻고서 꾹 눌렀고, 그의 머리가 무거워 나는 아팠다. 이제 모든 것이 나를 아프게 한다. 구역질이 난다. 모르핀 때문에 정신이 흐려진다. 통증이 심해진다. 너무나 글을 쓰고 싶고 이야기를 하고 싶지만, 점점 더 힘들어진다.

2004년 4월 13일

클레머티스가 찾아왔다. 그 끈적끈적한 덩굴이 나를 감싸고 있다.

메이지는 그녀를 좋아하지 않는다.

이선은 그녀를 좋아한다. 이선이 그녀를 찬찬히 살피는 것이 보인다. 그애는 오늘 왔다. 그애한테는 힘든 일이다. 펠릭스가 죽었을 때도 힘들었겠지만, 펠릭스의 죽음은 오래 끌지 않았으니까. 나는 이제 내 목소리가 된, 속삭이는 것보다 조금 더 클까 말까 한 쌕쌕이는 소리로 이선과 메이지에게 이야기했다. 나중에 그들이 알게 되더라도 놀라지 않도록 펠릭스와 그의 연인들에 대해 이야기해줄 수 있어서 다행이다. 상냥한 목소리로 모든 걸 말해주었다. 스스로가 대견하다. 내가 검은 늪에서 나온 추하고 더러운 존재가 아니라면, 낭만적인 인물이자 쇠약해 죽기 전에 자녀들에게 이해하기 힘든 아버지에 대해서 고결하게 알려주는 어머니가 될 수 있을 것이다. 그 역할은 손쉽게 맡아 연기할 수 있다.

아, 메이지의 고통스러운 표정을 지워줄 수 있다면. 너는 너무 착하구나, 메이지. 그렇게 말해주었다. 그애는 아뇨, 그렇지 않아요, 그렇지 않아요, 하고 말했다. 하지만 선한 사람만이 자신이 선하지 않다고 느낀다. 그애가 살며 일하고 우뚝 솟아오르기를 바란다.

그리고 메이지는 다가오더니 내 머리에 키스했다. 엄마를 정말 존경해요, 하고 그애가 말했다. 그애는 여섯 살 이후로 나를 '엄마'라고 부르지 않았다.

닥터 F.와 통화한다. 그 음성에서 슬픔이 들린다. 그것은 사랑이다. 그런 기이한 형태의 친밀함에, 일방적인 말에 감사한다. 그는 누구보다 나를 더 잘 알고 있다. 이상하지만, 사실이다.

종종 리버사이드 드라이브의 아파트로 돌아간다. 방들을 돌아다니며 살펴본다. 아버지의 서재에서 파이프 하나를 들어 살그머니 그 특이한 냄새를 맡아본다. 아버지가 들어 올까봐 염려된다. 어머니가 나를 막는다. 어머니는 파이프나 펜을 만지지 말라고 한다. 아니, 아니, 아니지. 아버지는 그걸 건드리는 걸 싫어하셔. 옆방에서 아버지 목소리가 들려온다. 어머니는 재빨리 파이프를 정돈한다. 어머니의 얼굴을 올려다보니 두려움과 희망이 보인다. 끔찍한 광경이다. 어머니의 표정이 내 표정을 그대로 비추고 있기에, 끔찍한 광경이다.

어머니는 아버지를 두려워했다.

나는 아버지를 두려워했다.

아버지는 어머니를 때린 적 없었다. 나를 때린 적도 없었다.

그럴 필요도 없었다. 우리는 노예였으니까.

너는 자신이 얼마나 화가 났는지 알지 못했다.

나는 자신이 얼마나 화가 났는지 알지 못했다.

얼마나 분노했는지. 더 이상 화를 낼 수가 없는 것 같다. 내가 너무 약하다고 생각할 때, 다시 악의가 치밀어 오른다. 조금 약해지고, 조금 옅어졌지만, 그래도 여전하다. 내 일을 마치고, 완성되었다고, 그것이 완전히 사라지지 않으리라고 느낄 수만 있다면.

아버지, 당신이 나를 볼 때 얼굴이 환해지기를 얼마나 바랐는지 모르시겠죠. 하지만 당신은 불구였지요. 당신이 불구라는 것을 알아서 도움이 되네요.

어머니의 유령이 찾아와 나를 재워주면 좋겠다.

피니가 오고 있다. 그가 너무 늦지 않기를 바란다.

레이철이 찾아왔다. 레이철을 보니 다섯 손가락의 야수가 생각났다. 또 하나의 야수. 잊고 있었다. 레이철에게 내 손을 쓰다듬어 달라고 부탁했다. 레이철의 손가락이 내 손가락에 닿았던 것이, 이 글을 쓰면서도 느껴진다. 메이지에게 레이철을 데려가 불타는 어머니 마거릿을 보여주라고 했다.

이선이 내게 말했다. 이선이 내 열렬한 이야기를 내게 다시 해주었다. 그애의 기억력이 나보다 훨씬 낫다.

전에는 모든 것을 기억했다. 인용, 페이지 수, 이름, 논문과 그 발표 연도. 하지만 이제는 모든 것이 흐릿하다.

클레미의 붉은 입. 따뜻한 손길. 그 어리석은 돌멩이들. 왜 내가 그것을 견디고 있을까?

성스러운 얼간이를 사랑하게 되었다.

*

에이븐이 나를 무서워한다. 너무도 유감이다.

그애가 여기 언제 왔었지? 오늘? 오늘이었나? 바로미터가 장황한 연설로 나를 내 길로 보냈다. 그는 하늘에서 호령하며 번쩍이는 번갯불과 잔인한 바람을 보내는 성난 신이다.

내가 유대인임을 기억한다.

나는 여러 존재이다.

이 땅은 하나의 점, 하나의 낟알, 하나의 원자이다.[52)]

나는 죽은 이들로 만들어졌다.

이제는 내 생각조차 내 것이 아니다.

---

52) 존 밀턴, 〈실낙원〉, 8권, 17~18행.

스위트 오텀 핑크니

(녹취록 편집본)

누군가 '해리'라고 말하는 목소리를 들었어요. 어떤 남자의 목소리가 내 왼쪽 귀에다 대고 상당히 크게 말했어요. 근처에 아무도 없었는데 말이죠. 새벽 1시 13분이었고 그렇게 늦은 시간에 밖을 돌아다니는 사람은 몇 안 되었어요. 플랫부시 애비뉴의 시리 약국에서 그 일이 일어났을 때 휴대폰을 보았기 때문에 시각을 기억하거든요. 칼리(유기견 보호소 S. O. S.에서 데려온 푸들과 테리어, 치와와 잡종 강아지에요)는 내가 집으로 데려가기 전 오줌을 누고 킁킁거리고 있었어요. 그 목소리가 신호라는 건 당장 알 수 있었죠. 신호에 집중하지 않으면 그냥 지나쳐버리고 운명의 부름을 놓치게 되거든요. 난 당연히 그 소리에 놀랐죠. 해리에 대해서는 오랫동안 생각도 해본 적이 없었고, 그 우편엽서 이후로는 앤턴의 소식도 듣지 못했으며, 난 영적인 성장과 발전, 치유의 재능, 내 '스위트 인디고 영혼

치료소'에서 사람들을 돕는 일에만 집중하고 있었거든요. 알고 보니 좋지 않은 카르마를 가진 남자들 몇 명 때문에 후퇴한 것만 빼면, 나는 진정으로 발전하고 있었어요. 하지만 후퇴도 계몽으로 가는 전진의 일부니까요, 인정하고 앞으로 나아가야 하죠. 페테르 되노프 스승님은 강의에서 이렇게 말하셨어요. "여러분의 의식은 느린 기차의 속도로 움직일 수도 있고, 빛의 속도로, 그리고 그보다 더 빨리도 움직일 수 있습니다." 그 무렵 내 의식은 비행기 속도를 따라잡고 있었던 것 같아요.

이튿날 아침, 꽃봉오리가 피어나는 녹차를 우리고 있다가 해리를 찾아서 천사의 음성에 답해야 한다는 생각이 들었어요. 찻잔 속에서 벌어지는 꽃을 내려다보니 엉치 신경의 차크라가 확장되는 것이 느껴졌고, 오렌지색 느낌이 방안에 떠다녔어요. 해리의 붉고 흐릿한 아우라가 기억나더군요. 브루클린 전화번호부에서 해리의 이름을 찾아 전화를 걸었어요. 해리가 나를 기억하지 못할 경우에 뭐라고 말할지도 준비했죠. 해리가 스승님의 가르침과 점성술, 차크라 같은 것에 관심이 없는 것을 알지만 거리에서 들린 목소리를 설명할 생각이었는데, 전화를 받은 사람은 해리가 아니었어요. 전화를 받은 사람은 이렇게 말했죠. "저는 그분 딸인데, 어머니가 지금 많이 편찮으셔서 가족이나 아주 친한 친구 이외에는 만나지 못하셔요." 살짝 떨리는 그녀의 목소리가 전화를 통해 내 몸에 떨림을 전하더군요. 이름을 묻자 그 여자는 '메이지'라고 대답했고 나는 이렇게 말했어요. "메이지, 전 스위트 오텀 핑크니랍니다. 앤턴 티시를 통해서 어머님을 알게 되었고 작품 제작을 도와드리던 사람인데, 지금 어머님께 도움이 되어드릴 수 있을 것 같아요. 그러니까."

나는 그 다음 말을 천천히, 또박또박 전했어요. "저를 부르셨으니까요." 메이지는 "하지만 전화를 하신 건 그쪽이잖아요."라고 말했어요. 내 말 뜻을 이해하지 못했으니까요. 하지만 상관없었어요. 나는 치마폭이 넓은 자주색 페이즐리 무늬 빈티지 원피스를 입었어요. 긴급 치유에 가장 좋은 색이니까요. 그리고 칼리를 이동장에 넣고 돌 가방을 챙긴 후, 레드훅은 지하철로 가기엔 최악의 장소라서 콜택시를 불렀어요. 거긴 지하철로는 절대 못 가요. 필요할 때 사용하는 믿음직한 업체 '레전드'에 전화를 걸었죠.

주소는 적어 놓았지만 정확한 건물을 찾을 수 없어서, 주위에 서 있는 아이들을 보고 해리 버든이 사는 곳이 어딘지 아느냐고 물었어요. 목에 문신을 하고 검은 야구 모자를 쓴 아이가 이렇게 말했어요. "아, 그 부자 마녀요." 잠시 이야기를 나누어보니 우리가 이야기하는 사람이 동일 인물이라는 게 확실해지더군요. 나는 그애에게 그분을 왜 그렇게 부르는지 물어보았어요. 그애는 그 여자 스튜디오에 '오싹한 쓰레기'가 있으며, 그 건물에서 미친 소음과 사탄이니 신이니 하는 고함소리가 들려온다는 소문이 도는 것밖에는 아무것도 모른다고 하더군요. 아이들은 칼리를 몇 번 쓰다듬어주더니 집이 어딘지 가리켜주었고, 나는 초인종을 눌렀어요. 메이지와 해리의 애인인 브루노에게 해리를 만나러 왔다고 설명했고, 브루노는 해리에게 가서 나를 만날 수 있는지 물었고, 해리가 좋다고 해서 계단을 올라가 햇빛이 사방의 창문으로 들어오는 굉장히 전망 좋은 방으로 들어갔죠. 거기에 해리가 난간 달린 병원 침대에 누워 있었어요. 그러니까 머리와 발 쪽을 모두 세울 수 있는 침대에 누워서 팔에 정맥주사를 꽂고 있었던 거예요. 헐렁한 티셔츠 소매 아래로 그녀의 팔목이 삐져나와 있었는데, 정말로 뼈만 앙상한 걸 보니 나을 병이 아니더군요. 그 광경에 내 마음속이 조용히 가라앉았어요.

그녀 주위에 번진 아우라와 흰색 · 회색 · 황토색 같은 칙칙한 색조, 여러 해 동안 쌓인 상실과 트라우마에서 비롯된 독성이 보였죠. 내가 할 일은 치유가 아니라 차크라를 정화시켜 빛나는 몸이 땅에 묶이지 않도록 하는 것이었어요. 해리의 빛나는 몸을 자유롭게 돌려줘야 했거든요. 하지만 해리가 내게 허락해줘야 했어요. 그냥 쑥 들어가서 허락도 받지 않고 정화와 회전을 시작할 수는 없거든요. 칼리가 짖기 시작해서 이동장에 든 채로 복도에 내놓았어요. 잠시 낑낑거리다가 잠들거라는 것을 알고 있었으니까요.

살그머니 걸어 해리에게 다가갔어요. 댄서처럼 발끝과 뒤꿈치로 걷는 식으로요. 존경을 표시하고 소리를 내지 않기 위해서였어요. 그리고 해리 옆에 섰어요. 해리는 침대에서 몸을 일으켜 앉아 있었어요. 짧게 자른 머리는 내 기억처럼 곱슬머리가 아니라 곧았고, 쑥 들어간 뺨에 광대뼈가 튀어나와 있었어요. 눈 밑 피부는 짙은 회색이었지만 초록색 눈동자는 맑고 또렷했죠. 해리는 나를 똑바로 쳐다보면서 병색이 완연한 쉰 목소리로 말했어요. "뭔가 신비하지 않아, 클레머티스?" 그래서 나는 웃으며 그녀의 팔에 손을 얹었어요. 그러자 그녀는 눈을 가늘게 뜨고 나를 보더군요. 내 손끝에서 전해지는 따뜻한 기의 흐름을 느낀 거죠. 그녀가 눈을 감자 나는 이렇게 말했죠. "해리, 기도를 해도 될까요?" 해리가 미처 대답하기 전에 메이지가 내 뒤로 다가와 무엇을 하고 있는지 물었고, 자기네는 기도하는 집안이 아니라고 하더군요. 해리는 기도를 싫어한다고. 메이지는 파란 아우라를 갖고 있었지만 어머니에게 집착하며 슬퍼하고 있었으므로 약간 뿌연 느낌이었고, 그건 당연히 이해할 수 있었어요. 하지만 내가 만나라고 부름을 받은 이는 해리였으므로, 해리의 뜻을 알고 싶다고 단호하게 말했죠.

해리가 말했어요. "클레머티스, 나는 유대인이야."

난 그런 건 상관없다고, 모든 종교가 각자의 방식을 갖고 있지만 신은 어디서나 같다고 말했어요. 해리에게 페테르 되노프의 기독교는 카르마와 환생의 원칙에 따라 새롭게 변화되었다는 말씀을 전했죠. 그 역시 젊은 시절엔 전 세계에 유행하던 골상학을 좋아했어요. 해리의 핼쑥한 얼굴을 들여다보고 있자니 고통이 보였고, 해리의 입이 벌어지자 엉치 신경이 아팠는데, 너무나 강한 타격이 느껴져 거기 손을 대고 중심을 잡아야 할 정도였어요. 그리고 그 고통이 지나가자 계시를 받았죠. 더 높은 곳에서 부르는 소리가 들려왔어요. 스위트 오텀, 나는 스스로에게 말했어요. (정말 중요한 일이 있을 때면 나는 혼잣말을 하거든요.) 스위트 오텀, 애틀랜틱 애비뉴에서 그 목소리가 네게 전하려는 메시지는 바로 그거였어! 스승님은 최소한 다섯 차례의 입문을 거치고, 인간 단계의 진화를 마치고, 그 너머로 가신 분이야. 그 스승님께서 이렇게 말씀하시지 않았니? "새로운 길이 곧 나타날 것이다." 그분께서 "모든 것을 재생시키고, 정화시키고, 재건시키러" 올 것이라고 하지 않았니? 그리고 스승님 가운데 몇 분은 예술가셨어. 미켈란젤로도 그렇고, 해리 같은 예술가도 그렇지. 그는 시리우스Sirius라는 더 높은 차원의 태양계로 떠났어. 시리Siri 약국에서의 그 음성! 그것은 천사 같은 스승님, 어쩌면 미켈란젤로(Michelangelo라는 이름은 대천사 미카엘을 뜻한다—옮긴이)가 시리우스에서 내게 전한 말일지도 몰라. 나는 상당히 흥분해서 해리에게 말했어요. 메이지의 얼굴이 일그러지며 화를 내는 게 느껴지더군요. 브루노도 어이없는 표정을 짓고 나를 보았지만, 해리는 눈을 감고 듣더니 작은 소리로 이렇게 말했어요. "이제 되노프가 기억나. 클렘, 그가 불가리아의 유대인들을 구하는 데 도움을 주었어."

나는 그렇다고 했고, 해리가 그 이야기를 알고 있어서 너무나 기뻤어요. 그것도 또 하나의 신호였죠. 되노프 스승님이 전령인 로울체프를 보내 어딘가에 숨어 있던 불가리아의 왕을 찾은 뒤 추방당할 백성을 구하게 한 덕분에 4만 8천 명이 목숨을 구했거든요. 왕의 이름은 보리스 3세나 4세였을 거예요. 참, 로울체프는 아무리 찾아도 왕을 찾을 수 없어서 스승님에게 돌아가 구석구석 뒤졌으나 찾지 못했다고 했죠. 하지만 스승님이 사색하더니 도시 이름을 알아냈고, 놀랍게도 왕은 정말 그 도시에 있었으며 스승님을 존경했어요. 불가리아인들은 그들을 지지했고, 왕은 유대인들을 구하는 법을 제정했죠.

"기억나." 해리가 내게 말했어요. "왕이 아니라 황제였지."

그래서 나는 둘은 같다고 말했고, 해리는 내 말이 옳다고 했어요. 매우 비슷하다고.

신호는 더욱 빠르게 오고 있었고, 내가 감당하기 벅찰 정도였죠. 주위 환경에서 많은 것이 느껴질 때면 그러듯 어지러워졌지만, 모든 신호의 가닥이 하나로 연결되고 있었어요. 나는 그렇게 생각해요. 가닥들이 하나로 묶여 원을 그리고 있었고, 해리는 내게 허락을 내려주었죠. 나는 해리를 위해 기도하고, 빛나는 몸이 다음 단계로 넘어갈 수 있도록 정화시킬 수 있었어요. 브라질의 샤먼들은 산으로 들어가 새로운 눈으로, 성스러운 시각으로 주위 모든 것을 바라보라고 하거든요.

난 닷새 동안 날마다 왔어요. 닷새째 해리는 숨을 거두었고요.

다른 이들은 사실상 나를 받아들이지 않았고 내가 믿는 바를 믿지 않는다는 건 나도 알고 있었어요. 메이지는 나를 '참견쟁이'라고 불렀는데, 초대받지 않은 외부 손님이라는 뜻이었죠. 특히 첫날 브루노와 해리의 주간 담당 간호사 펄은 내가 아우라를 정화하고 그것을 우선 시계반대 방향으로, 다음엔 시계 방향으로 돌리는 동안 아니꼬운 표정으로 나를 쳐다보았어요. 오래 걸리는 작업인데, 그들은 나를 보고 어이없다는 표정을 짓더군요. 그런 그들을 못 본 건 아니에요. 스스로 그들에게 신경 쓰지 말자고 생각했던 것뿐이에요. 어릴 적부터 사람들은 내 재능을 놀려왔으니까 내겐 익숙한 일이에요. 나는 단 한 번도 다른 아이들과 같았던 적이 없어요. 늘 다른 아이들이 보거나 느끼지 못하는 것, 색채와 파동, 전기를 팔다리에 느껴왔죠. 아이들은 학교가 끝나면 내가 나오기를 기다렸다가 '못생긴 알비노'라든가 '멍청이', '지진아'라고 소리를 질러댔어요. 이따금 내 발을 걸거나, 내 가방을 치거나, 가방을 벗겨가 속에 든 물건을 모두 길에 쏟아버리기도 했어요. 생각해보면 별로 새로운 일도 아니죠. 그저 고개를 꼿꼿이 들고서 그들이 소리를 질러대도록 내버려두는 법을 익히기만 하면 되거든요. 쉬운 일은 아니에요. 나도 오랜 세월이 지나서야 신경을 쓰지 않게 되었으니까요.

어쨌든, 첫날엔 어이없다는 반응이 나오고 '참견쟁이'라는 별명을 달았지만 점점 상황이 나아졌어요. 메이지에게는 학교에 다니는 딸 에이븐과 남편 오스카가 있었는데, 오스카는 듣기만 해도 따뜻해지는 저음의 목소리를 가진 아주 상냥한 남자였고, 해리는 결국 그들을 잊지 못했거든요. 둘째 날 나는 더 이상 눈을 뜨지 못하는 메이지에게 병상을 대신 지키겠다고 했어요. 메이지는 눈을 자꾸만 감았어요. 그래서 내가 해리 옆에 있을 테니 가서 잠시 눈을 붙이라고, 안 그러면 아무 도움이 되지 않을 거라고 메이지에게 말했어요. 메이지는 해리가 내 손길을 좋아하며, 배에 수정을 얹어놓는 것도 편안해하고, 내 노래도 좋아하는 것을 알아봤어요. 전 루시 할머니가 가르쳐주신 옛날 발라드를 불러주었죠. 해리는 특히 〈낸시를 떠나네〉를 좋아했어요. "작별이 왔고 나의 지친 영혼은 아프네/나의 낸시를 떠나네, 오." 해리는 칼리도 좋아했죠. 칼리도 해리를 좋아했고요. 칼리는 해리의 얼굴을 핥아주고 킁킁거린 뒤, 우리와 함께 방안에 있었어요. 그러는 게 더 편안했어요.

해리가 메이지에게 말했어요. "가서 쉬렴, 아가. 나 아직 안 죽었어. 아직 기운이 약간은 남아 있어." 메이지는 내게 화를 내서 미안하다고 했고, 나는 정말 괜찮으니 염려하지 말라고 했죠.

브루노는 우리 모두에게 짜증을 냈고, 호스피스 의사로 사실 굉장히 점잖은 사람인 닥터 굽타에게 불같이 화를 내기도 했어요. 닥터 굽타는 치유하는 사람답게 녹색 아우라를 갖고 있었어요. 약이 늘 기대대로 작용하는 것은 아니었으므로 닥터 굽타는 상황을 확인하러 다녀갔고요. 브루노가 복도에서 몹시 흥분했지만 해리가 듣지 않도록 음성을 낮추고 의사와 이야기를 나누던 것이 기억나는데, 그는 부루퉁한 말투로 계속 이렇게 말했어요. "해리가 고통 받아서는 안 돼요. 내 말 잘 들어요. 고통 받아서는 안 된다고. 통증이 사라지게 해요." 의사가 돌아간 뒤 브루노는 의자에 앉아서 양손으로 얼굴을 감싸고서 소리 없이, 많이 울더군요. 나는 살그머니 다가가 그의 어깨를 잡았어요. 그는 고개를 들더니 나를 보고 "누구요?"라고 물었어요. 상냥한 말투가 아니라서 굳이 대답하지 않았어요. 대답해도 도움이 될 것 같지 않았거든요. 그런데 그가 이렇게 말한 것 같아요. "해리는 당신이 운이 좋다고 했어요." 내가 말했죠. "운이 좋다고요?" 그러자 그가 말했어요. 아니, 그게 아니라 독일어로 '운하임릭umheimlich'이라는 말이라고 했어요. 섬뜩하고 이상하고 기묘하다는 뜻이에요. 나는 그에게 괜찮다고 했어요. 상관없다고. 브루노는 고개를 저었지만 입 꼬리를 살짝 움직이며 웃어보였고, 그 후로는 나도 좀 기분이 나아졌죠. 참, 그 사람이 해리를 사랑했다는 말은 꼭 해야 되겠어요. 그 사람은 재능이 있었죠. 해리를 사랑하는 법을 알고 있었거든요. 강하고 순수하고 밝은 빛을 갖고 있었고, 해리 곁에 앉아 손에 입을 맞추고 머리를 쓰다듬고 속삭여주곤 했어요. 그들이 웃는 소리도 들렸어요. 나도 죽기 전에 웃고 싶다는 생각이 들더군요. 그럴 수 있으면 좋겠어요. 하지만 해리가 상처를 받았다는 것도 알 수 있었어요. 많은 이들이 그렇듯, 집에서 지내던 어느 시점에서 그랬을 테죠. 이따금 해리의 타오르는 분노가 방으로 흘러나오는 기운이 느껴졌어요. 앤턴을 알 때 보았던 것처럼, 검은 연기와 부정적인 에너지로 가득한 오래된 붉은 불꽃이었죠. 그리고 해리가 떠나기 전 모두와 화해를 해야 한다는 것을 알게 되었고요. 믿음을 막론하고 그건 너무나 중요한 일이니까요. 그리고 화해해야 할 사람들 중 몇 명은 이미 저편으로 떠났으며, 나머지 몇 명은 아직 이곳에서 하얗게 바랜 뼈를 지닌 유령으로 떠돌아다닌다는 깨달음이 오더군요. 가엾은 해리.

이틀째가 되어서야 이선을 만났어요. 바깥이 춥지 않은데도 방한모를 눈썹까지 눌러 쓰고 있었고, 두려움에 떠는 외로운 사람처럼 보였어요. 그가 들어오자마자 난 그가 두려움 때문에 온통 꽉 막혀 있다는 걸 알아챘지요. 집중해서 그 사람 주변을 돌아다녔더니, 그 사람 뒤쪽 심장 차크라에 찢어졌거나 상처 같은 구멍이 보였어요. 그리고 해리에게서 그에게로 날아가는 소망들을 느낄 수 있었죠. 이선은 침대 옆 의자에 앉아 해리에게 이야기를 했어요. 아는 것이 많았죠. 해리처럼 그도 매우 지적인 사람이었어요. 사실 두 사람이 무슨 이야기를 하는지 알 수 없었지만 정말로 해야 하는 진심 어린 대화가 아니라는 것은 알 수 있었고, 그러자 불안해지더군요. 가슴이 답답해져서 숨을 쉬기가 조금 힘들어져 복도로 나가 쉬면서 내 아우라를 정화해야 했어요. 바닥에 누워 30분쯤 명상을 했죠. 야간 담당 간호사 원섬이 일하러 왔어요. 원섬이라니 참 예쁜 이름 아닌가요? 어쨌든 그녀는 방으로 들어갔고, 이선은 나와서 바닥에 앉아 나와 이야기를 나눴어요.

아, 우리가 나눈 대화를 전부 기억할 수는 없네요. 이선은 잠시 칼리를 쓰다듬어주더니 칼리에 대해 물었지만, 어쩌다 보니 어린 시절이 화제가 되었고, 단지 작다는 이유로 얼마나 힘든 일을 겪을 수 있는지 이야기하게 됐죠. 음, 나는 결국 데니가 내 팔을 부러뜨렸던 때에 대해서도 얘기하게 됐어요. 데니는 저녁식사 중에 엄마와 크게 싸우고 있었고, 그냥 있다가는 앞으로 일어날 일이 빤해서 피하려고 했지만, 그가 내 팔을 잡더니 엄마 쪽으로 끌고 가서 벽에 내동댕이쳤어요. 그 바람에 바닥에 세게 쓰러지면서 뼈가 부러져 팔이 엉뚱한 방향으로 꺾여버렸죠. 너무 아프고 이상해서 나는 비명을 지르기 시작했어요. 그러자 어쨌든 싸움은 중단되었죠. 둘 다 너무나 놀란 표정을 짓더군요. 데니가 내게 왔고, 나는 그가 무서워 피했지만, 그가 내 팔을 잡고 부러진 곳을 맞췄어요. 엄청나게 아팠지만, 정말이지 기적처럼 곧바로 훨씬 나아지더군요. 애초에 그 사람이 내 팔을 부러뜨리긴 했지만, 고쳐주기도 한 거예요. 우리 모두 차를 타고 응급실로 갔어요. 데니와 엄마는 팔이 부러진 과정에 대해서 거짓말을 했죠. 내가 나무에서 떨어졌다고 했고, 의사는 데니에게 잘했다고 칭찬했으며, 데니는 자랑스러워했어요. 뭐, 얼굴을 보니 다 보이더군요. 나를 다치게 한 일은 잊어버린 모양이었어요. 내 팔을 부러뜨린 것은 빼고 고쳐준 것만 기억하고 있었던 거예요. 이선은 참 우스운 일이라고 했어요. 나도 그렇다고 했죠. 우리는 잠시 입을 다물고 있었고, 내가 그의 아우라가 막혔다고 하니 그는 "정말요"라고 하더군요.

어쨌든 나는 해리와 앤턴에 대해 그에게 말해주었어요. 그는 그것이 해리의 작품이라는 걸 내가 알고 있고 앤턴이 자기 입으로 그렇게 말했다는 내용의 글을 써주면 좋겠다고 하더군요. 당연히 해주겠다고 했죠. 그래서 난 어머니가 저편으로 넘어가려는데 어째서 무슨 책 이야기만 하는지 물었어요. 이선은 잠시 가만있더니 해리가 퍼비드 가족에 대해 만들어낸 세상 이야기를 꺼냈고, 늘 어머니가 자기와 메이지에게 들려준 이야기를 생각했다고 하더군요. 자신이 작가가 된 건 그 이야기 때문이었지만, 어머니에게 그렇게 이야기한 적이 없다고도 말했어요. "어머니께 말씀드려요." 내가 말했죠. "어머니는 여기 계속 머물진 못하실 테니까요. 어머니는 떠나실 것이고, 어머니와 당신 자신을 위해 말씀드려야 해요." 이선은 그 일이 왜 그렇게 힘든지 모르겠다고 하더군요. 그러고는 내가 자신의 얼굴과 어깨를 만지게 놔두었어요. 손을 얹는 행위는 성경 시절까지 거슬러 올라가는 가장 오래된 치유 방법이거든요. "금식하고 기도한 뒤 그들은 그들에게 손을 얹은 뒤 보냈다." 내 손길이 그에게 에너지를 주는 걸 느낄 수 있었죠. 그리고 우리는 두어 번 키스했어요. 이 내용이 책에 실릴 것이며 이선도 읽으리라는 것을 알지만 상관없어요. 키스 덕분에 그는 기분이 나아졌고 그 주위의 색채도 밝아졌죠. 그가 얼마나 잘생겼는지 알게 된 나는 모자를 벗겨주었어요. 곱슬머리이긴 하지만 예전의 해리만큼 곱슬거리진 않는 매끄러운 곱슬머리가 멋있었어요. 만져봐도 되는지 물었고 괜찮다는 대답에 손을 대보았죠. 나는 숙사에서 지냈어요. 그들은 그곳을 그렇게 부르더군요. 이선, 칼리, 나는 한 침대에 잤지만 섹스 같은 건 하지 않았어요. 밤중에 누군가 복도 저쪽에서 천사에 대해 큰 소리로 말하는 것이 들리더군요. 이선이 염려 말라고, 바로미터라는 사람이라고 했어요. 아침에 설명해주겠다고요.

사흘째에 해리는 더 창백하고 쇠약해 보였어요. 모르핀 주사량을 늘리려고 줄을 누르기도 했어요. 그래도 옆 탁자에 흑백 격자무늬 공책과 펜을 놔두었고, 손을 심하게 떨면서도 몇 자를 적어넣을 수 있었죠. 그러는 데 오랜 시간이 걸렸고, 글쓰기를 마치자 기력이 쇠했어요. 크나큰 통증이 왔죠. 나는 클리넥스로 눈물을 닦아주었어요. 갈라진 입술에 립밤을 발라주기도 했죠. 셔츠 밑 배 위에 새로 수정을 놓아주었고 시트를 갈아주어야 했죠. 수술한 곳 주위 살갗이 쭈그러진 상처를 그때 처음으로 보았어요. 배 전체가 새하얗고 부드러웠지만 살갗이 거의 비치는 것 같아서 이상해 보였어요. 나는 계속해서 차크라를 정화시켰고, 정화와 위로를 위해 원을 그렸죠. 효과가 느껴져서, 진척이 되고 있다는 생각에 기분이 좋아졌어요. 이곳에서 해리가 마지막으로 꾸는 꿈이 좋은 것이기를 바랐고, 정화가 평화로운 꿈을 만들어주리라 믿었죠.

그러더니 오후쯤에 키가 작고 단정하게 생긴 나이 든 여자가 메이지와 함께 들어왔어요. 반백의 머리는 턱 선에 맞추어 짧게 잘랐고, 발목까지 닿는 긴 연두색 스커트는 그녀가 잰걸음을 걸을 때 사그락 사그락 소리를 냈어요. 이선은 그녀가 해리의 가장 오랜 친구 레이철 브리프먼이라고 말해줬어요. 얼마나 현명하고 믿음직스러운 사람인지 곧바로 알 수 있더군요. 그녀는 해리 옆에 오래 앉아서 뺨을 쓰다듬고 낮은 목소리로 말을 건넸어요. 두 사람은 어린 시절을 추억하거나, 아니면 레이철이 해리를 위해 추억하고 있었던 것 같아요. 사실 나는 잠시 등을 돌리지 않을 수 없었어요. 칼리랑 노는 척해야 했죠. 레이철이 해리를 이미 그리워하고 있었으니까. 그러니까 해리가 죽기도 전부터 벌써 그리워하고 있어서 갑자기 눈물이 나올 것 같았단 말이에요. 해리의 의사도 왔어요. 닥터 굽타 말고 정신과 의사가 왔죠. 나이가 꽤 많은 백인 의사였는데 머리숱이 없어 대머리가 된데다 뿔테 안경을 쓰고, 배가 심하진 않지만 유복하고 편안해 보일 만큼 나온 사람이었어요. 전 그 사람 눈이 마음에 들었어요. 브루노와 펄까지 모두가 방에서 나왔어요. 한 시간 가까이 둘만 있었던 것 같아요. 브루노는 왔다갔다 움직이면서 머리를 자꾸만 양손으로 쓸어 넘겼어요. 의사가 나왔을 때 그의 얼굴을 보니 슬퍼하는 기색이 역력했어요. 그는 굉장히 예의바르게 존중하는 태도로 나와 악수를 해주었죠. 그리고 메이지와 포옹을 했어요.

브루노는 아래층으로 내려가 밖으로 나갔고요. 그 사람들이 무슨 이야기를 했는지 모르겠지만, 시간 때문에 주위의 분위기가 빠르게 변하고 있었어요. 영원의 시간이 아니라 이곳 지상의 시간 때문에. 난 일을 마칠 힘을 얻기 위해 기도하고, 명상하고, 기도하고, 명상했죠. 내 기도는 아무도 알 필요가 없었어요. 그래도 칼리는 알았지만요. 칼리는 내 무릎에 머리를 묻고 상냥한 표정으로 나를 올려다보았어요. 때로 가장 순수한 에너지는 동물에게서 나오기도 하거든요.

해리는 아무것도 먹지 않았어요. 메이지가 묽은 수프를 먹여보려고 했지만 실패했어요. 누가 봐도 해리는 먹을 생각이 없었는데, 메이지는 엄마를 살려두고 싶었던 거예요. 해리가 발에 감각이 없다고 해서 나와 메이지가 발을 주물렀고, 그 사이 이선은 옆에 앉아 퍼비드 이야기를 시작했어요. 노비사란 여자아이가 있었는데 별로 깔끔하지도 예쁘지도 않았대요. 보통 이야기란 아름다운 공주가 어쩌고저쩌고 하는 식인데 그건 그렇지 않아서 마음에 들었어요. 노비사는 온몸에 화상을 입어서 '번트'라는 이름이 붙은 괴물, 그리고 비만이라서 날기가 힘든 요정 '팻' 같은 특이한 이들과 모험을 했대요. 팻은 너무 무거웠지만 베이컨과 달걀을 너무 좋아해서 살을 뺄 수 없었어요. 팻은 왕국의 모든 돼지를 먹어치웠고, 닭들이 아무리 알을 낳아도 팻의 배를 채울 수 없었기에 이웃나라와 전쟁이 일어나고 말았어요. 이선은 이야기를 계속했고, 해리는 눈을 감고 모르핀 스위치를 손에 쥔 채 누워 있으면서도 이따금 미소를 지었죠.

그러다 해리가 피가 섞인 점액을 토했어요. 해리가 구역질을 해서 난 가슴에 손을 얹고 숨을 내쉬어주었어요. 해리는 신음소리를 내더니 이렇게 말했어요. "있잖아, 공연히 몸뚱이를 갈라놨어, 클레미. 배를 가르고 독을 먹었지만, 악화되기만 했어." 브루노는 너무나 화난 표정이었어요. 눈에 눈물이 그렁그렁했어요.

바로 그 순간, 머리가 길고 턱수염이 나고 해골이 그려진 티셔츠를 입은 빳빳한 남자가 깡충거리며 들어왔어요. 아이들이 깡충거리듯 뛰면서 들어왔어요. 그러더니 정말 큰 소리로 떠들면서 풍차를 돌리듯 팔을 휘저었죠. 솔직히 한순간 해리의 이야기에 나오는 미친 등장인물 하나가 살아나온 줄 알았지 뭐예요. 그 사람은 연주회장에 가득 모인 사람들 앞에서 피아노 연주라도 할 것처럼 우리에게 고개 숙여 인사하더니 천장을 향해 주먹을 흔들어댔어요. 하지만 그것은 설교 준비였어요. 빠르고 맹렬하게 연설이 튀어나왔어요. 그의 말투를 보니 루시 할머니가 나를 데리고 찾아갔던 영적인 설교자가 떠올랐어요. 그 설교자는 머리에 기름을 발라 빗어 넘기고 파란 정장을 입고 있었지만요. 빳빳한 남자는 신앙과 열의, 고난, 십자가의 보혈과 어린 양과 천사들, 폭풍우와 하늘을 가르는 번갯불과 9·11 사태, 심지어 인터넷에 대해서도 연설했어요. 하지만 그것들이 다 어떻게 연결되는지는 모르겠네요. 그의 아우라를 읽어보려고 했지만, 구부러진 다리로 불안하게 뛰어다니고 있어서 무엇을 내보내는지 알기가 무척 힘들었어요. 해리는 신음하고 있었고, 브루노는 너무나 화가 난 표정이어서 자칫 그 작은 남자를 때릴 것 같았어요.

갑자기 설교하던 남자가 조용해졌어요. 그가 말했죠. "사악하고 못된 자의 팔을 부러뜨리라." 시편에 나온 구절이에요. 나는 어릴 때 시편 대부분을 배웠거든요. 하지만 그 구절은 위로가 되는, 푸른

초장에 눕히리라는 내용이 아니었어요. 그는 또 하나의 무서운 구절, 시편 22편으로 넘어갔어요. "나는 물같이 쏟아졌으며/내 모든 뼈는 어그러졌으며/내 마음은 밀랍 같아서 내 속에서 녹았으며/내 힘이 말라 질그릇 조각 같고/내 혀가 입천장에 붙었나이다/주께서 또 나를 죽음의 진토 속에 두셨나이다." 질그릇이 무엇인지 알 수가 없었어요.

난 그때까지도 해리의 가슴에 손을 얹고 있었고, 리듬에 맞추어 숨을 쉬었고, 해리도 나와 함께 숨을 쉬고 있었어요. 해리가 말했죠. "난 깨진 그릇 같아." 그렇다면 해리도 성경을 알았나 봐요. 몰랐는데, 해리는 책을 굉장히 많이 읽었고 성경도 '위대한 문학'이므로 당연히 읽었다고 나중에 이선이 알려주었어요. 이선은 그 점에 대해 좀 잘난 체하더군요. 뭐 상관없죠.

해리는 강물과 하늘을 보고 싶어해서 우리가 밖으로 데리고 나갔어요. 펄은 무리일 것이라고 생각했어요. 하지만 해리가 정말 원했고, 브루노는 무슨 수를 써서라도 가자고 했어요. 브루노는 얼굴이 새빨갛게 달아올라서 말했죠. "젠장, 해리가 원한다면 하는 거요."

보통 일이 아니었어요. 정맥주사는 움직여서 가져간다고 해도 해리를 휠체어에 태워야 했는데, 해리의 온몸이 너무 약해서 쉬운 일이 아니었거든요. 게다가 해리가 추위를 너무 타서 커다란 스웨터를 걸치고 스카프를 두르고도 담요 두 장을 더 덮어야 했어요. 메이지는 챙이 달린 멋진 녹색 모자를 가져왔고요. 봄이기는 했지만 공기가 따뜻했어요. 사실 해리의 모습은 꽤나 우스웠답니다. 나갈 준비를 마치고 나니 담요 속에서 사람을 찾기가 어렵더군요. 마치 기다란 슬리핑백에 모자를 씌워 데리고 나가는 것 같았죠. 해리는 건물의 화물 엘리베이터를 탔어요. 나는 그런 것이 있는 줄도 몰랐지요. 브루노는 휠체어를 잘 다루는 자기가 밀어야 한다고 했지만 그래도 두어 차례 벽에 부딪쳤고, 그럴 때마다 해리는 "아야" 소리를 냈지만 그것도 아주 잠시뿐이었어요. 펄도 차분하고 단정하고 우아한 태도로 함께 나갔고, 깡마른 남자도 설교에 지쳤는지 갑자기 다리를 절면서 따라 나왔죠. 그가 해리에게 동정심을 느끼지 않아서 다리를 절게 된 것인지 궁금했어요.

그 뻣뻣한 남자가 바로미터라고 이선이 조그맣게 말해주더군요. 그의 어머니는 토네이도 때문에 돌아가셨고 그는 아주 많은 시간을 정신병원에서 보냈지만, 지금은 해리와 브루노와 함께 산다고 했죠. 해리가 볼 수 있도록 강가를 따라 걸었어요. 해리가 하늘을 향해 고개를 든 걸로 봐서 얼굴에 햇살을 느끼고 싶었던 것 같아요. 칼리는 목줄을 맨 채 뛰어다니며 나를 이리저리 끌고 가서 냄새를 맡았죠. 냄새 맡기를 얼마나 좋아하는지.

나는 사람들 틈에서 칼리를 끌어내 조금 뒤에서 걸어갔어요. 그들이 해리와의 시간을 가져야 한다고 생각했거든요. 어쨌든 브루노와 이선, 메이지에게는 그런 시간이 필요했어요. 나는 갈매기들을 바라보고 자유의 여신상도 보았어요. 해리가 적어도 이렇게는 여신상을 다시 보지 못할 텐데, 어떤 느낌일지 궁금하더군요. 저편으로 가면 더 편하고 더 아름다울 거라고 해리에게 알리고 싶었지만, 보다 차원 높은 영혼의 시각에서는 별로 중요하지 않은 것에 매달리고 집착하는 일이라 해도 인간은 주위의 것들을 사랑하지 않을 수 없으니 슬픈 일이었죠. 산책을 오래 하진 못했어요. 해리가 감당할 수 없었거든요. 모자가 얼굴을 가렸지만 해리는 기운이 없어서 메이지가 고쳐 씌워주어야 했어요. 메이지는 어머니의 스카프도 고쳐 매주었는데, 해리가 "이제 내가 아기구나"라고 속삭이는 소리가 들렸죠. 메이지는 웃었지만, 해리 눈에 보이지 않게 브루노 옆에 서서 걷는 동안 얼굴이 온통 눈물범벅이 되어 있더군요.

메이지의 딸 에이븐이 학교를 마치고 돌아왔어요. 나이에 비해 키가 큰 아이였고 짧은 머리에 커다란 눈, 진지한 얼굴을 하고 있었어요. 개구쟁이 같았어요. 이선이 말했죠. "에이븐은 분홍색을 싫어해요. 분홍색 옷은 안 입어요." 에이븐이 수학을 아주 잘한다고도 했어요. "이렇게 순식간에 계산한다니까요." 이선이 손가락을 부딪쳐 딱 소리를 내며 말했어요. 에이븐도 해리에게 작별 인사를 할 생각이었던 거죠. 에이븐이 할머니를 불렀어요. 그애가 그날 좀 더 일찍 할머니를 보았더라면 싶더군요. 해리가 강가 산책 때문에 너무 지쳐 말을 별로 못했거든요. 메이지가 에이븐을 해리 곁으로 불렀는데, 에이븐은 관자놀이와 쑥 들어간 눈가에 혈관이 튀어나온 할머니의 하얀 살갗을, 갈라진 입술을 보고 겁을 먹었어요. 할머니를 만지기 싫어 뒤로 물러났죠. 메이지가 등을 살짝 쳐서 해리에게로 밀었더니 에이븐은 얼굴을 찡그리며 입술을 깨물더군요. 여덟 살밖에 안 된 아이였어요. 기껏해야 아홉 살. 에이븐이 곧 울음을 터뜨릴 것 같아서 나는 칼리를 안고 다가갔어요. 칼리는 좀 낑낑거리더니 해리를 킁킁거리며 냄새 맡았어요. 칼리는 알고 있었어요. 내 작은 강아지는 무슨 일이 벌어지고 있는지 알았단 말이에요. 그래서 나는 에이븐의 손을 잡고 함께 칼리를 쓰다듬었고, 그러다 아이의 손을 잡아 해리의 어깨에 살짝 얹고 한동안 쓰다듬었지만, 다른 한 손으로는 내내 에이븐의 어깨를 감싸고 있었어요. 그때 메이지가 내 등에 손을 얹는 것이 느껴졌어요. 기분이 좋더군요. 메이지는 이제 괜찮다고 생각한 거예요. 해리의 눈에 눈물이 글썽거리는 걸 보고 나는 손녀를 앞에 두고 해리가 울음을 터뜨릴 줄 알았어요. 하지만 에이븐을 쳐다보던 해리의 멍한 눈은 잠시 또렷해졌고, 해리는 목에서 소리를 냈어요. 별로 큰 소리는 내지 못했지만 있는 힘껏 큰 소리로 힘겹게 말했죠. "네 자신을 위해 싸워라. 남들한테 휘둘리지 말고. 내 말 알겠니?"

에이븐이 아랫입술을 깨물자 하얀 이가 보였어요. 에이븐은 뭐라고 말해야 할지 몰라 제 엄마를 쳐다보았어요. 메이지가 고개를 끄덕였는데, 내 평생 그렇게 희미한 끄덕임은 처음 봤지 뭐예요. 그러자 에이븐이 말했어요. "그럴게요, 할머니. 약속해요." 솔직히, 나는 속으로 아주 긴 한숨을 내쉬었어요. 큰 감정 폭발 없이 이 일을 해내서 다행이다 싶은 생각이 들었거든요.

음, 그러고는 대부분 기다림의 시간이었어요. 브루노는 해리 곁을 떠나지 않았어요. 해리 바로 옆에 침대를 갖다 놓았죠. 우리 모두 각자 지낼 방이 있었어요. 메이지, 오스카, 에이븐은 한 방에서 잤고, 나와 칼리에게는 복도 아래 서재를 내주었는데, 해리가 재단의 영수증 같은 것을 정리하던 곳이었죠. 이선은 내게 다시 키스했지만 혼자서 방으로 올라갔어요. 윈섬이 근무시간이 되어 도착했고요. 아침까지 해리는 살아 있었지만 혼잣말을 중얼거리며 신음하고 많이 힘들어했어요. 닥터 굽타가 해리를 보러 오더니 브루노와 한쪽 구석으로 가서 이야기를 나누더군요. 브루노는 고개를 끄덕였어요. 나는 의학적인 문제는 잘 모르지만, 통증에 시달리지 않게 하는 약을 주니 해리가 정말 조용해졌어요. 너무나 꼼짝 않고 누워 있어서, 큰 태풍이 오기 전에 나뭇잎들이 가만히 움직이지 않고 있는 것이 떠오르더군요. 브루노가 "대체 뭘 하는 거요!"라고 소리를 질렀지만, 나는 정화를 계속했어요. 이선이 그를 말렸죠. "어머니가 원하셨어요. 아시잖아요. 나도 알고 있어요. 이 사람을 가만 두세요." 그 순간 이선은 내게 영웅이나 다름없었어요.

음, 오전 늦게, 11시 반쯤, 우리는 모두 모여 그저 해리가 숨을 거두기를 기다리고 있었어요. 나는 최선을 다했고, 차크라가 최대로 정화된 상태라고 확신했죠. 때가 되자 나는 자주색 마노를 해리의 배 위에 올려두었어요. 위쪽 차크라에 작용하기 때문이죠. 그때 침대에 누워 있던 해리가 갑자기 움찔하더니 우리를 모두 깨우는 목소리로 "아냐"라고 했어요. 해리는 그 말을 또 하고, 세 번째로 말했어요. 그러고는 아무 말도 하지 않았어요.

피니어스라는 남자가 오후에 왔어요. 날씬한 중키의 흑인이었는데, 정확하게 말하면 아주 연한 갈색 피부였죠. 얼굴에 주근깨가 아주 많고, 숱이 적고 둥근 눈썹과 부드러운 입매에 아랫입술이 약간 튀어나와 있었어요. 딱 붙는 바지, 부츠, 고급스러워 보이는 스포츠 재킷 등 차림새가 마음에 들었어요. 모두 그를 알고 있더군요. 해리는 결국 그와 이야기를 할 수 없었는데, 아르헨티나에서부터 왔다니 참 안타까운 일이 아닐 수 없어요. 이선은 그가 해리의 대리인 중 하나라고 알려주었죠. 그 역시 앤턴처럼 해리를 위해 역할을 맡아주었지만 앤턴과 달리 그걸 싫어하지 않았대요. 해리는 이제 더 이상 깨어 있지 않았으니까 적어도 보통의 방식으로는 남의 말을 들을 수 없었지만, 피니어스는 곁에 앉아 이야기를 했죠. 오랫동안 뭐라고 말을 하더니 해리의 손을 잡았어요. 그가 해리를 "친구,"

"내 친구, 오랜 친구"라고 부른 것이 기억나네요.

그 후 피니—그 사람 별명이에요—는 우리한테 샌드위치를 사다 주러 나갔고, 우리는 모두 모여 그것을 먹으면서 이런저런 이야기를 나누었어요. 이선은 테이블에 있던 신문을 읽었고, 메이지는 화를 내면서 우리가 저기 누워 다 죽어가는 해리를 잊고 있다고, 지금 뭘 하는 거냐고 말했죠. 하지만 나는 원래 그런 거라고 했어요. 우리는 지금 살아 있으니까. 우리는 모두 나중에 죽을 거니까. 먹어야 한다고. 해리도 우리가 먹기를 바라지 않겠냐고. 밖에는 비가 내리고 있었어요. 창밖에 비가 억수같이 내리고 있었는데, 창문에 빗물이 방울방울 눈물처럼 흘러내렸어요. 그렇게 생각한 기억이 나요.

그날 밤 칼리를 옆에 눕히고 자는데, 혹시라도 브루노나 윈섬이 찾아와 해리가 운명했다는 얘기를 하지 않을까 했지만 다음 날 아침까지는 세상을 떠나지 않았어요. 닥터 굽타는 해리의 신체가 기능을 멈추고 있다고 했죠. 하지만 해리는 여전히 숨을 쉬고 있었어요. 비가 그쳤고, 해가 났고, 브루노가 환기를 시키려고 문을 열었어요. 나는 칼리를 데리고 산책을 나가 수상 택시와 미술 전시를 하는 창고를 지나 달리면서 어쩌면 그곳에서 해리의 작품도 전시했을지 모르겠다고 생각했어요. 내가 돌아오고 나서도 우리는 좀 더 기다렸어요. 나는 한결 깨끗해진 해리의 아우라를 살폈어요. 맑은 색이었어요. 붉은색도 있었지만 초록과 파랑이 많았죠. 그걸 보니 내가 운명에 응했다는 생각이 들어 기뻤어요. 내 아파트와 부엌에 가지런히 놓아둔 찻잔들, 해리와 함께 있으려고 예약을 취소한 고객들을 생각했죠. 솔직히 말하면 기다리는 것이 조금 지루했지만 아직은 해리 곁을 떠나고 싶지 않았어요. 전환이 일어날 때, 해리가 우리 세상을 떠나 더 높은 의식의 영역으로 떠날 때 함께 있고 싶었어요.

떠나기 전 해리는 이상한 소리, 깊고 어둡게 떨리는 소리를 냈어요. 그 소리는 하나의 종말과 하나의 시작을 알리는 소리처럼 내 머릿속을 맴돌았어요. 우리는 아주 조용해졌어요. 나는 해리에게 다가가지 않았지만, 그 주위에서 빛이 솟아나는 것이 보이더군요. 닥터 굽타는 곧바로 엄숙하게 해리가 운명했다고 알렸어요. 해리는 너무나 고요했어요. 피부는 거의 투명할 정도였지만, 얼굴에서는 고통의 기미가 전혀 보이지 않았죠. 이제 내가 물러날 때라는 생각이 들었어요. 브루노는 해리를 안고 있었고 메이지와 이선은 침대 옆에 서 있었기에, 잠시 후 나는 칼리와 내 돌 주머니를 챙겨 생쥐처럼 살그머니 방을 빠져나왔고 부엌에서 '레전드'에 전화를 걸어 나를 데려가 달라고 했어요. 자주색 마노는 두고 나왔는데, 그 사람들이 잊지 않고 잘 씻어주기만 바랐죠.

마지막으로 한 가지만 더 말하고 싶어요. 나는 이선과 연락을 하며 지냈고, 8개월쯤 지난 뒤에 그가 해리의 작품이 스튜디오에 아직 있을 때 와서 보지 않겠냐고 물었어요. 사람들이 그걸 정리한다나 그러더라고요. 그래서 그러겠다고 했어요. 메이지와 이선이 날 맞아주었어요. 칼리는 같은 건물에 사는 이웃 데보라에게 맡기고 갔죠. 뎁은 칼리 봐주는 걸 너무 좋아하거든요. 이선이 열쇠로 문을 열고는 천장의 전등을 켰어요. 그때는 늦가을이었고, 창문을 통해 보이는 하늘은 갈색과 흰색이 조금 섞인 회색이었어요. 브루노와 바로미터는 여전히 그 건물에 살고 있지만, 둘이 잘 지내지 못해 말썽이 있긴 해도 잘 해결하려고 한대요. 해리가 유언장에서 뭔가 그들에게 남겨주고 갔다고도 하고요. 하지만 나는 그 말을 듣지 않았어요. 방에 들어차 있는 모든 것, 커다랗고 부드러운 인형과 방들, 집들을 둘러보고 있었기 때문이죠. 천장에 매달린 작은 조각들도 있었어요. 하나는 남자 성기 모양이었는데, 그걸 보니 웃을 수밖에 없더군요. 그리고 마치 천장으로 붕 떠서 올라가는 것처럼, 이따금 찾아오는 신기한 느낌을 받았어요. 그것은 신호였는데 어쩌면 해리가 보내는 것일 수도 있었어요. 내게 뭔가 중요한 일이 벌어진다는 느낌이 드는 순간, 바닥에 쭈그리고 앉은 여자가 보였어요. 사람이 아니라 머리카락이 없는 커다란 조각상이었어요. 그 여자의 머릿속에는 여러 사람과 글자와 숫자가 들어 있었고, 음부, 그러니까 성기에서 글자와 숫자, 작은 사람들을 쏟아내고 있었죠. 나는 활짝 웃으면서 그쪽으로 다가가 좀 더 자세히 보려고 했어요. 세상에는 내가 이해 못하는 예술작품이 많아요. 솔직히 말해서 그런 것들은 지루하게 느껴지는데, 이건 다르더군요. 쪼그리고 앉아서 작은 형상들을 둘러보는데 성스러운 느낌을 받았어요. 이선에게 그렇게 말했죠. 팔을 벌리고 '우와'라고 말했는데, 그 순간 그녀를 보았어요. "봐요." 난 그들에게 말했어요. "봐요, 이거 해리잖아요. 만져도 될까요?" 그들은 해리가 자기 자신을 작품에 넣은 것을 몰랐고, 그래서 다들 관심을 보였어요. 내가 작은 사람을 가리키자 이선과 메이지가 무릎을 꿇고 앉았죠. 그들도 바로 해리를 알아보았어요. 메이지가 말했어요. "어머니 맞네." 나는 이렇게 말했어요. "봐요, 해리가 기분 좋은 표정으로 건강하게, 딴 데 신경 쓰지 않고서 하늘을 올려다보며 걸어가고 있어요." 작은 조각들이 너무 많아서 그들은 그중에서 조그만 어머니를 알아보지 못한 모양이에요.

그들은 거의 잊혔던 여성 철학자 이야기를 해주었는데, 이름은 잊어버렸지만 아무튼 그 여자가 이 커다란 여성 조각상과 작은 사람들에 영감을 주었다고 해요. 그녀는 아주아주 오래전, 중세 시대에 살았나 봐요. 마고Margot라고 했나. 나는 이름을 도통 기억하지 못하거든요. 이선을 다시 만나면 이름을 물어봐야 되겠어요. 하지만 중요한 사실은 이거예요. 내가 쪼그려 앉아 해리의 상을 보고 있을 때 거기서 빛이 나기 시작했단 말이에요. 정말이에요. 자줏빛이 났어요. 그 에너지가 보였어요. 그 작은 조각에 전자기장이 있었다고요. 그래서 나는 아주 조용히 있었어요. 우리는 한 바퀴 돌면서 다른 작품을 보았고, 문을 나서기 직전에 돌아서서 해리의 작품을 마지막으로 한 번 더 보려는데, 그것들 주위로 그 아우라가 온통 불타는 것이 보였어요. 난 숨을 크게 들이쉬었다가 잠시 멈췄어요. 어쨌든, 그것들은 사람이 아니잖아요. 그저 한 사람이 만든 물건일 뿐이죠. 나는 스승님이 더 높은 곳, 시리우스에 사는 예술가들이 있다고 가르쳐준 이유를 처음으로 이해했어요. 그 사람들은 자신이 만든 것에 영혼과 에너지를 불어넣어주기 때문이죠. 그들에게는 분명 에너지가 넘쳐나서 마음껏 나눠줄 수 있었나 봐요. 어쨌든, 방 전체가 분명히 떨리는 무지갯빛으로 가득했어요.

이선과 메이지가 내게 왜 그러는지 물은 걸로 봐서 뭔가 이상하다고 낌새를 차린 모양이었지만, 나는 아무것도 아니라고 했어요. 괜찮다고요. 실제로 그랬고요. 빛과 색깔 얘기를 해줬다면, 그들이 아무리 선량하고 상냥하다고 해도 나를 또다시 이상한 눈으로 보았을지도 몰라요. 둘 다 착한 사람들이었어요. 나는 눈을 감았어요. 그리고 다시 눈을 뜨고서, 그냥 거기에 웃으며 서 있었어요. 색깔들,

빨강 · 주황 · 노랑 · 초록 · 파랑 · 보라색이 해리가 작업하던 그 방에서 여전히 뜨겁고 환하게 불타고 있었고, 해리가 만든 거칠고 이상하며 슬픈 것들이 하나하나 영혼을 갖고 살아 있음을 확실히 보았으니까요. 한순간, 그것들이 숨 쉬는 소리가 들리는 것 같았어요.

불타는 세계

첫판 1쇄 펴낸날 2016년 3월 23일

지은이 | 시리 허스트베트
옮긴이 | 김선형
펴낸이 | 박남희

종이 | 화인페이퍼
인쇄·제본 | 한영문화사

펴낸곳 | (주)뮤진트리
출판등록 | 2007년 11월 28일 제318-2007-000130호
주소 | 서울시 마포구 토정로 135 (상수동) M빌딩
전화 | (02)2676-7117 팩스 | (02)2676-5261
E-mail | geist6@hanmail.net
홈페이지 | www.mujintree.com

ISBN 978-89-94015-90-3 03840

* 책값은 뒤표지에 있습니다.